Ann Rosman

Das Totenhaus

atb aufbau taschenbuch

ANN ROSMAN ist passionierte Seglerin, die auf ihren Langsegeltouren u. a. bis zu den Äußeren Hebriden reiste. Sie hat Universitätsabschlüsse in Computertechnologie und Betriebswirtschaft. Wenn sie nicht gerade über die Weltmeere segelt, lebt Ann Rosman in Marstrand.

Bisher sind als Aufbau Taschenbuch ihre Romane »Die Tochter des Leuchtturmmeisters«, »Die Tote auf dem Opferstein«, »Die Wächter von Marstrand« und »Die Gefangene von Göteborg« lieferbar.

Mehr zur Autorin unter www.annrosman.com

Marstrand im Jahr 1906. Es ist ein schöner Sommer, und die feine Gesellschaft trifft sich in dem Kurort, um zu baden und Kontakte zu pflegen. Familie Lundgren erhofft sich besonders viel von ihrem Aufenthalt: Tochter Karolina ist krank und soll mit Algenbädern genesen und einen Kavalier finden. Während die Familie mehrere Wochen im für sie eigentlich viel zu teuren Turisthotel logiert, geht es Karolina immer besser. Als sich dann auch noch Douglas, der Sohn einer angesehenen Gräfin, für sie interessiert, scheint sich die Reise gelohnt zu haben.

Marstrand an einem Abend im Mai 2013. Bei einer Feuerwehrübung im verfallenen Turisthotel wird ein Toter gefunden. Schnell stellt sich heraus, dass es sich bei dem Opfer um Holger Eriksson handelt, der sich zeit seines Lebens mit Herz und Hand, Pinsel und Schreibmaschine für Marstrand eingesetzt hat. Karin Adler und ihr Team ermitteln in dem Fall und stehen vor der Frage: Wer profitiert von Holgers Tod?

Ann Rosman

Das Totenhaus

Kriminalroman

Aus dem Schwedischen von Katrin Frey

aufbau taschenbuch

Die Originalausgabe unter dem Titel
Havskatten
erschien bei 2014 bei Damm Förlag, Malmö.

FSC
www.fsc.org
MIX
Papier aus verantwortungsvollen Quellen
FSC® C083411

ISBN 978-3-7466-3253-7

Aufbau Taschenbuch ist eine Marke der Aufbau Verlag GmbH & Co. KG

1. Auflage 2016

First published by Damm Förlag, Sweden
Published by arrangement with Nordin Agency, Sweden
Autorenfoto © Anna Rehnberg
Umschlaggestaltung und Motiv © www.buerosued.de, München
Gesetzt in der Garamond Premier Pro durch Greiner & Reichel, Köln
Druck und Binden CPI books GmbH, Leck, Germany
Printed in Germany

www.aufbau-verlag.de

Für meinen Freund Stig, 1930–2013,
dem ich für viele interessante Gespräche danke.

»Du stellst so viele Fragen, Ann.«

»Ja.«

»Und ich sitze hier und könnte sie alle beantworten, aber noch sind dir gar nicht alle Fragen eingefallen.«

Hier sucht die Kraft, die Gott im Meer verströmt.
Und seid dankbar, dass es auch für die Leidenden Hoffnung gibt.

Dieser Text stand 1822 über dem Eingang zu Marstrands erstem Badehaus in der Arvidsvik auf Koö, Marstrand.

PROLOG

Der Anblick des schönen gelben Gebäudes aus Holz erfüllte ihn jedes Mal mit gemischten Gefühlen. Die vielen Sprossenfenster, die leer auf den alten Handelshafen starrten, der Turm mit den gewölbten Scheiben voller Sandkörner, die morschen Balkongeländer, die auf halb acht hingen, und das undichte Blechdach.

Er fuhr im Nissan King Cab des Rettungsdienstes die Varvsgata hinauf und parkte direkt vor dem Hotel.

Die Feuchtigkeitsflecken an der Decke waren seit seinem letzten Besuch größer geworden, an einer Stelle tropfte es sogar, und an der Südseite waren drei Fensterscheiben kaputtgegangen. Wie immer, wenn er das Gebäude betrat und das geschnitzte Treppengeländer, den roten Teppich auf den Stufen und die mundgeblasenen Lampen aus satiniertem Glas bewunderte, kam ihm der gleiche Gedanke:

So ein Haus verfallen zu lassen, ist doch Wahnsinn.

Die größte Gefahr für die dicht nebeneinander stehenden Holzhäuser auf Marstrandsö stellten Brände dar, das war ihm als Feuerwehrmann mehr als bewusst. Wenige Dinge brannten so gut – und so schnell – wie trockenes altes Holz, das mit mehreren Schichten Leinölfarbe bedeckt war. Fußboden, Decke und Wände waren mit Sägespänen und vergilbtem Zeitungspapier gedämmt, und das ähnlich konstruierte Holzhaus des direkt angrenzenden Nachbarn war im besten Fall durch eine Brandwand geschützt. Ohne Marstrands Feuerwehr, die das Überleben einer Stadt aus Holz erst möglich machte, wäre bereits eine ganze Häuserzeile abgebrannt, bevor die Feuerwehr aus Kungälv die gut fünfundzwanzig Kilometer zurückgelegt und mit der Fähre die Insel erreicht hätte. Als Freiwilliger Feuerwehrmann hatte man sich innerhalb von fünf Minuten nach Empfang des Alarms auf der Feuerwache einzufinden. Das System mit der selektiven Kräftealarmierung, das anzeigte, ob es sich um einen Brand oder einen medizinischen Notfall handelte, hatte sich bewährt. Dank ihrer Schnelligkeit waren sie sowohl mit einem Herzstillstand als auch mit einem eine Woche alten Baby mit Atemnot fertiggeworden. Die Truppe, die er diesmal bei sich hatte, war gut vorbereitet. Die Leute waren normalerweise innerhalb von drei Minuten vor Ort und wussten, dass der Wagen meistens nach fünf Minuten losfuhr. Die Übungen, die er regelmäßig am Montag durchführte, hatten sich gelohnt.

Zwei Stunden später hatte die Nebelmaschine den Flur im Obergeschoss des Nordflügels, wo sich früher die preisgünstigeren Zimmer befunden hatten, mit dichtem weißem Rauch gefüllt. Nicht einmal seine Handschuhe konnte er erkennen.

Drei Übungspuppen waren festgelegt worden.

Lulle hielt sich das Funkgerät an die Lippen, erteilte den wartenden Kräften in der Feuerwache die letzten Anweisungen und sagte zum Schluss: »Abbe und Dennis gehen als Erste vor, anschließend tauschen wir, damit auch Lill-Bengt und Mattias die Übung machen können. Sprecht bitte, soweit es möglich ist, durch die Masken, damit wir nicht alles über Funk mithören müssen. Okay?«

»Klar«, sagte Lill-Bengt, der zwar überhaupt nicht klein war, aber zu einer Zeit bei der Feuerwehr angefangen hatte, als dort noch ein anderer Bengt tätig gewesen war, ein hauptberuflicher Fischer mit Händen so groß wie Klodeckel.

»Dann legen wir los. Alarm. Ein Brand mit starker Rauchentwicklung im Turisthotel. Möglicherweise befinden sich noch Personen im Gebäude.«

Nach wenigen Minuten tauchte das Löschfahrzeug auf.

Lill-Bengt, der normalerweise als Hausmeister in der Schule arbeitete, verließ seinen Platz hinterm Lenkrad und schaltete die Pumpe ein. Anschließend hockte er sich hin und setzte das Standrohr an den Hydranten an. Währenddessen stiegen Abbe und Dennis aus dem Löschfahrzeug.

Gruppenführer Mattias kontrollierte die Ausrüstung von Abbe und Dennis, die zuerst vorgehen und die Puppen holen sollten. Immer zu zweit. Er korrigierte die Position eines Gurtes an Dennis' Atemschutzgerät. Die beiden wirkten jetzt schon verschwitzt unter den Masken. Die zwei eher ruhigen und besonnenen Männer hielten jetzt die Daumen hoch und gingen rein. Draußen saß Lulle neben Mattias, verfolgte die Suche über Funk und warf währenddessen einen Blick auf den Grundriss des alten Gebäudes. Zehn Zimmer, fünf auf jeder Seite des Flurs, in dem sie sich gleich befinden würden.

»Linksrunde.« Das war die Stimme von Dennis. Dieser Befehl bedeutete ihnen, dass sie sich mit der linken Hand an der Wand auf Knien fortbewegen und den Schlauch in der rechten halten sollten. Er klang konzentriert und hatte entgegen der Anweisung vor lauter Eifer ins Funkgerät gesprochen, obwohl die Information nur die beiden Feuerwehrmänner betraf. Mattias und Lulle gingen kommentarlos darüber hinweg, mussten aber hinsichtlich seines angespannten Tons lächeln.

»Okay«, sagte Mattias. »Verstanden.«

Im dritten Raum auf der linken Seite entdeckten sie den ersten Dummy.

»Eine Person gefunden«, ertönte es aus dem Funkgerät. »Wir kommen raus.«

Dennis stellte sich über den Kopf der Puppe und fasste sie unter den Armen. Als sie ihm aus den Händen rutschte, fluchte er laut. Dumpf schlug sie auf dem Boden auf.

Jung und ungeduldig, dachte Abbe, der wusste, wie es war, echte Menschen zu retten. Wie das Adrenalin in den Adern rauschte, wenn man keine Ahnung hatte, wie lange der Vermisste dem Rauchgas bereits ausgesetzt war. Man wusste nur, dass einem nicht viel Zeit blieb, um eventuell ein Leben zu retten. Auch das schwere Gefühl in der Brust, wenn einem klar wurde, dass es schon zu spät war, kannte er. Übungen hingegen machten Spaß und waren vor allem wichtig, damit die Abläufe reibungsloser und routinierter wurden. Er räusperte sich und sprach lauter, um sich durch die Atemschutzmaske Gehör zu verschaffen.

»Wer von dir gerettet wird, kommt zwar mit dem Leben davon, bekommt aber höchstwahrscheinlich eine Gehirnerschütterung« sagte er, damit Dennis sich entspannte.

»Halt die Klappe«, antwortete Dennis schon etwas ruhiger. Er packte die Schultern des Dummys noch einmal, schleppte ihn rückwärts in den Eingangsbereich des Hotels und hinaus auf die Varvsgata. Nach den Rauchmassen im Haus wirkte die Maisonne fast unerträglich grell. Mit zusammengekniffenen Augen nahmen die Männer undeutlich wahr, wie der Gruppenführer den Daumen hob und ihnen zunickte. Anschließend verschwanden sie wieder im verrauchten Turisthotel.

Sie kehrten zunächst in den Raum zurück, in dem sie die Übungspuppe gefunden hatten, und suchten von dort aus weiter. Nachdem sie sich der Reihe nach durch die vielen Zimmer auf dieser Ebene gearbeitet hatten, stiegen sie vorsichtig die Holztreppe ins Obergeschoss hinauf. An einigen Stellen fehlten Stufen, und das geschnitzte Geländer war morsch. Der Wind blies durch eine kaputte Scheibe, und der Rauch lichtete sich für einen Moment, um dann oben, wo sie den Korridor nach links nahmen, wieder dichter zu werden.

»Rechts- oder Linksrunde?«, fragte Dennis, als Abbe ihn vorbeiließ.

»Linksrum, ich folge dir.«

Mit der einen Hand an der Wand und dem Schlauch in der anderen bewegten sie sich in geduckter Haltung durch den schneeweißen Rauch und teilten Mattias mit, wo sie sich befanden. Sie tasteten sich durch einen Raum nach dem anderen, öffneten und schlossen Türen, untersuchten die kleinen Küchenzeilen und die Abstellkammern, die zu einigen Zimmer dazugehörten. Sie traten auf alte Matratzen und zurückgelassenes Besteck, streiften Bettgestelle aus Eisen, Tische und Eiskübel, die auf dem Boden lagen. Hin und wieder sagte Abbe ein paar aufmunternde Worte zu seinem jüngeren Kollegen, gab ihm Tipps und Hinweise und ließ ihn wissen, dass er seine Sache gut machte. Sie waren mit den Räumen auf der linken Seite fertig und auf die rechte Seite des Flurs hinübergegangen, als er Dennis etwas umstoßen hörte.

»Alles in Ordnung?«

»Ja, keine Sorge, ich bin nur irgendwo drangekommen.«

Dann öffnete er die Tür zu einem der letzten Zimmer im Flur und ihnen schlug gleißendes Licht entgegen. Abbe blinzelte.

»Warum ist hier kein Rauch?« Er drehte sich zu seinem Kollegen um, den er nun klar und deutlich erkennen konnte. Beide richteten sich auf und betraten den Raum.

»Keine Ahnung.« Dennis zuckte kräftig mit den Schultern, so dass die Riemen seines Atemschutzgerätes schlackerten.

Er wollte sich gerade über Funk an Lulle wenden und ihn fragen, was hier los war, als er etwas auf dem Boden liegen sah. Einen menschlichen Körper.

»Ich dachte, wir arbeiten diesmal nur mit Dummys und ohne lebende Statisten«, sagte Dennis.

»Warte mal, Dennis.« Abbe betrachtete prüfend den Raum, aber sein Kollege ging bereits auf den Körper zu.

»Ist das einer von euren kranken Scherzen?« Dennis riss sich die Atemschutzmaske vom Gesicht.

Seine Mimik wechselte von Verwunderung zu Entsetzen über die Puppe, die keine war. In dem Raum mit den gelbgestrichenen Wänden hing der unverkennbare Geruch von Schimmel und Tod schwer in der Luft. Dennis stolperte hinaus, und Abbe hörte, wie er sich im Gang übergab.

»Nein, nein, nein, nein ... Was zum Teufel ist denn das?« Abbe hockte sich neben die Gestalt, die tatsächlich ein Mensch, ein Mann, war, wie er nun erkannte. Sie lag auf dem Bauch, das Gesicht von ihm abgewandt.

Abbe tastete den Puls des Mannes. Nicht, dass das nötig gewesen wäre, die kalte Haut, die er berührte, zeigte ihm längst an, dass es zu spät war. Viel zu spät. Vorsichtig und darauf bedacht, nicht noch mehr anzufassen, stand er auf und sprach ins Funkgerät.

»Hier liegt eine Person, ich kann keinen Puls ertasten.«

»Was? Das ist nicht möglich, wir üben diesmal ohne lebende Statisten. In welchem Zimmer seid ihr?«, fragte Lulle.

Der Rauch aus dem Flur wehte herein und ließ die Szenerie noch unwirklicher erscheinen, wie einen Traum. Abbe erklärte, wo sie sich befanden.

»Okay, Jungs«, sagte Lulle. »Verlasst den Raum, ich komme hoch und sehe mir das an.« Bereits auf dem Weg ins Gebäude rief er die Rettungsleitstelle an, wo man über die Übung unterrichtet war.

»Wir haben hier während einer Brandstellenübung im Turisthotel Marstrand eine tote Person gefunden. Wir brauchen die Polizei und einen Rettungswagen. Ich melde mich wieder, wenn ich Genaueres weiß.«

Abbe war zwar für seinen derben Humor bekannt, aber während einer Übung machte er keine Witze. So etwas tat man einfach nicht. Als Lulle Dennis bleich auf den Boden hocken sah, während Abbe am Ende des Flurs ein Fenster öffnete, damit der Rauch abzog, bestand kein Zweifel mehr daran, dass dies alles andere als ein Scherz war.

Lulle klopfte Dennis auf die Schulter, bevor er in den Raum hineinging. In Anbetracht des Blutflecks war das Leben buchstäblich aus dem Mann herausgeronnen. Er achtete darauf, nicht in die Lache zu treten, kniete sich hin und vergewisserte sich, dass der Mann tot war. Nicht, dass er auf Abbes Urteil nicht vertraut hätte, aber er ging lieber auf Nummer sicher.

»Was zum Teufel macht der hier, und was ist passiert?« Abbe stand im Türrahmen und deutete mit einer Kopfbewegung auf den Fußboden. Die hellen Dielen standen in scharfem Kontrast zum dunklen Blut, das in die Ritzen gesickert war.

»Wir fassen nichts an«, sagte Lulle und rief noch einmal bei der Rettungsleitstelle an. Die Übung war zu einem Ernstfall geworden, und nun kam es darauf an, keine Fehler zu machen und alles zu dokumentieren. Er informierte über die Blutspritzer an den Wänden und die Blutlache auf dem Fußboden und erkundigte sich, ob Rettungsdienst und Polizei unterwegs seien. Anschließend sah er Abbe an.

»Nimm Dennis mit an die frische Luft und sperrt unten ab, damit niemand reinkommt. Ich bleibe hier oben und warte auf die Polizei.«

1

Marstrands Warmbadehaus, Samstag, 25. Mai 2013

Als Holger die Rahmen mit grüner Farbe lackierte, stellte er fest, dass der Fensterkitt getrocknet war. Das längliche Gebäude hatte zweifellos eine Menge Fenster. Jeweils zehn hohe und ebenso viele kleinere darüber auf beiden Seiten der Steinstufen, die zu der zweiflügeligen Eingangstür hinaufführten. Und das allein auf der Vorderseite, die nach Osten zeigte. Trotz seiner siebzig Jahre zitterte seine Hand nicht, und wo jüngere Maler rollenweise Malerkrepp verwendeten, setzte er einfach ruhig und konzentriert den Pinsel an. Nicht zu viel und nicht zu wenig Farbe, genau der richtige Winkel und ein sorgfältig ausgewählter Pinsel. Hin und wieder musste er zwar den Lappen aus der Hosentasche ziehen und damit einen Tropfen wegwischen, aber oft kam das nicht vor. Manche Dinge hatte er in all den Jahren eben gelernt. In der Blüte seiner Jahre hatte er sich auch um das Kaltbadehaus gekümmert. Das weiße Gebäude aus Holz, das vor dem Warmbadehaus im Wasser lag, erinnerte mit seinen Zinnen, Türmen und Wimpeln an ein Schloss. In den Becken des Kaltbadehauses hatte er schwimmen gelernt. Und 1969 hatte er dagestanden und mit Tränen in den Augen mitansehen müssen, wie der Sturm das Gebäude in Stücke riss. Der Hafen füllte sich mit Holzstücken, die einst als Badekabinen gedient hatten, in denen sich Grafen und Angehörige des Königshauses genauso ausgezogen hatten wie Küchenmädchen und Laufburschen. Nur die Mole aus Beton war übriggeblieben. Das Warmbadehaus hingegen hatte zum Glück standgehalten. Das ockerfarbene Gebäude hatte die Windstöße und die stürmischen Wellen abwehren können, die den Kai an der nördlichen Hafeneinfahrt überspülten. Die große verglaste Veranda nach Norden war ebenso wie einige Fensterscheiben kaputtgegangen, aber das längliche Haus stand noch und bekam jetzt von ihm einen neuen Anstrich.

Mit Malerarbeiten beschäftigte er sich mittlerweile eigentlich am wenigsten, doch an Tagen wie diesem, wenn die Sonne schien und der vertraute Duft nach Leinölfarbe in der Luft lag, mochte er das Streichen. Holger hatte sich zum guten Geist des Hauses entwickelt, der mal hier und mal dort half. Die Arbeiten machten ihm Spaß, und es war ihm eine Ehre, dass er über die Schlüssel zu mehreren Häusern in der Stadt verfügte. Die Sommergäste riefen ihn oft an. Im Sommer hatten sie Arbeit für ihn, im Winter baten sie ihn, nach dem Rechten zu schauen. Natürlich gegen eine Aufwandsentschädigung. Wenn er Mängel entdeckte, behob er sie, ganz egal, ob es sich um eine undichte Leitung, einen verstopften Abfluss oder ein defektes Stromkabel handelte.

In den vergangenen Jahren hatte er dafür gesorgt, dass im Warmbadehaus alles funktionierte. Eigentlich sollten die Angestellten beim Gebäudeservice der Kommunalverwaltung in Kungälv anrufen, wenn es Probleme gab, aber da die Kommune das Haus am liebsten verkaufen wollte, hätte man dort nur auf dessen schlechten Zustand hingewiesen und die nächstbeste Möglichkeit beim Schopf gepackt, das Bad zu schließen. Daher brachte Holger gemeinsam mit den beiden Festangestellten des Warmbadehauses alles selbst in Ordnung.

Am Ende wurde der Verkauf dennoch durchgesetzt, obwohl man anfänglich behauptet hatte, das Gebäude nicht privatisieren zu wollen. Den meisten der neunundfünfzig Kommunalratsmitglieder in Kungälv war das Städtchen an der Küste nicht wichtig genug. Touristen pilgerten in Scharen dorthin, aber wie sollte man einem Politiker den Wert eines Holzhauses auf der Insel begreiflich machen? Wie ihm klarmachen, dass es unterm Strich allen zugutekam, wenn das ganze Jahr über Leben im Ort war? Aber die Leute denken nicht langfristig, stellte Holger fest. Dies bewies allein die neueste Mitteilung, dass die Kommunalverwaltung sich nicht an der Ausrichtung von Regatten beteiligen wolle, weil man das Segeln als elitären Sport betrachte. Man konnte die Sache sehen, wie man wollte, aber es ließ sich nicht leugnen, dass dieser elitäre Sport dem Hotel und den Restaurants Gäste und den Geschäften Kunden bescherte. Und wenn man schon keine

Menschen unterstützen wollte, die genug Geld hatten, warum um alles in der Welt verkaufte man dann das Warmbadehaus, die einzige Jugendherberge auf der Insel, zum Spottpreis, damit es anschließend in ein Luxus-Spa oder was immer dort eigentlich betrieben werden sollte, verwandelt wurde? Die Angelegenheit wurde nur hinter vorgehaltener Hand besprochen, und wenn Holger fragte, konnte oder wollte ihm niemand wirklich antworten. Die Käufer hatten erklärt, diese Art von Behandlungen gebe es im schwedischen Gesundheitssystem noch nicht und daher wolle man nicht ins Detail gehen. Sonst würde womöglich die Konkurrenz hellhörig werden. Von zwanzig ganzjährigen Arbeitsplätzen und einem MRT-Gerät für fünfzehn Millionen war die Rede gewesen. Holger hatte Leserbriefe geschrieben, in denen er seine kritische Haltung äußerte. Vielleicht wird es trotzdem eine gute Sache, dachte er. Vielleicht bin ich ja einfach nur alt, verbohrt und sentimental.

Holger hatte zu Hause eine Kiste mit alten Fotos, Buchungslisten aus dem Badehaus und sogar einigen alten Krankenakten. Gemeinsam mit den anderen Angestellten hatte er das Ganze gesammelt, und in seiner Funktion als guter Geist durfte er den Kram mit nach Hause nehmen. Vielleicht würde sich der Heimatverein dafür interessieren. Irgendwie mussten die Zeugnisse der Arbeit der Bademeisterinnen doch bewahrt werden. Sowohl Holgers Mutter als auch seine Großmutter hatten als Bademeisterinnen im Warmbadehaus gearbeitet. Großmutter Ida hatte mit ihren vor Kälte schmerzenden Händen im Winter Hering eingesalzen und im Sommer den Badegästen in Marstrands Meereskuranstalt, wie sich Warm- und Kaltbadehaus damals nannten, den Rücken geschrubbt. Sie hatte ihn in die Salzerei mitgenommen und ihm von der Schwindsuchtbrücke erzählt. Und die eine oder andere Geschichte über das Benehmen der feinen Herrschaften gegenüber den Bademeisterinnen. Und vom Seewolf hatte sie ihm auch erzählt.

Hinter der Scheibe tauchte ein bekanntes Gesicht auf. Holger ließ den Pinsel sinken und wartete, bis Björn das Fenster geöffnet hatte.

»Das wird ja richtig schön«, sagte er.

»Kannst du das von drinnen erkennen?«, fragte Holger.

»Nein.« Björn lachte. »Eigentlich bin ich gekommen, um dir zu sagen, dass es bald Kaffee und Kuchen gibt. Was hältst du davon?«

»Ja, gerne«, sagte Holger.

»In fünf Minuten ist alles fertig.« Björn machte das Fenster wieder zu.

Holger trat einen Schritt zurück und betrachtete zufrieden die Sprossen. Er drückte den Deckel auf den Farbeimer und nahm ihn mit hinter das längliche Haus direkt am Wasser. Er kam auf dreißig Wanderjollen, die auf ihren Trailern ordentlich aufgereiht dastanden. Wie immer blieb er einen Augenblick am Ufer stehen. Der Ort mit dem Sandstrand gleich daneben, den Badeleitern auf der Mole, die das ganze Jahr über benutzt wurden, und dem Steg vor dem Warmbadehaus hatte etwas Magisches an sich. Er streckte den Rücken und ging weiter zum Eingang.

Die grünen Flügeltüren standen offen und hießen die Besucher willkommen. Als Holger eingetreten war, bemerkte er, dass hier offenbar eine Art Segelfreizeit stattfand. Wären die Politiker nicht so phantasielos gewesen, hätte man das Haus behalten und ein Segelgymnasium daraus gemacht. Die Schüler könnten im Jugendherbergstrakt des Warmbadehauses wohnen und hätten das Meer direkt vor der Tür, dachte er und schlängelte sich zwischen wasserdichten Taschen und Säcken voller Segel, Schwimmwesten, Stiefeln und Trockenanzügen hindurch, die direkt hinter den Türen lagen. Die Namensschilder zeigten an, wem die Sachen gehörten, und dem Lärmpegel nach zu urteilen, saßen die Jugendlichen im Innenbereich des Restaurants beim Mittagessen. Er selbst hatte schon vor einer halben Stunde gegessen.

Holger nickte Anki zu, die in dem kleinen Büro saß, schloss die Tür zur Abstellkammer auf, verstaute den Farbeimer und ließ den Pinsel in ein mit Terpentin gefülltes Marmeladenglas gleiten. Eigentlich bestand seit dem Verkauf kein Anlass mehr, das Warmbadehaus zu streichen und instand zu halten, aber er konnte einfach nicht mitansehen, wie das Gebäude verfiel und die Farbe abblätterte. Die jungen Segler im Jugendherbergstrakt und auch die Kinder, die sonntags zum Schwimmunterricht kamen, entschädigten ihn für die Mühe. Über die etwa hundert Meter entfernte Rampe wurden Jollen zu Wasser gelassen, und aus der nördlichen Hafeneinfahrt ertönte fröhliches Geschrei. Was würde nun aus all dem werden? Viel Zeit und Arbeit hatte er in das Haus investiert. Er hatte mitgeholfen, als ein Fahrstuhl installiert wurde, damit auch Rollstuhlfahrer beide Stockwerke erreichen konnten. Und er hatte dafür gesorgt, dass das Becken überdacht wurde, so dass man nun auch im Winter schwimmen konnte. Es war ein seltsames Gefühl, im warmen Wasser zu liegen, wenn es draußen stürmte und schneite, oder zuzusehen, wie sich das Salzwasser auf die Kaimauer warf und diese allmählich mit einer trügerischen Eisschicht überzog.

Beim Verkauf hatte die Kommune den Käufer des Warmbadehauses verpflichten wollen, das Schwimmbecken zu bestimmten Zeiten in der Woche für die Allgemeinheit zu öffnen und die beliebten Schwimmkurse am Sonntag weiterhin zu ermöglichen. Doch offenbar war es dem Käufer irgendwie gelungen, um diese Bedingungen herumzukommen. Seufzend wusch sich Holger die Hände und trocknete sie sorgfältig ab, bevor er hinaus in die Sonne ging und sich an den Tisch setzte, den Björn draußen auf der Restaurantterrasse gedeckt hatte.

»Bitte sehr, mein Herr. Unser hausgebackener Rhabarberkuchen mit Baiserhaube.« Björn stellte einen Teller vor ihn hin.

Holger nahm noch Schlagsahne dazu und durchstieß mit dem Löffel die knusprige Decke des Kuchens. Das süße Baiser vermählte sich mit dem säuerlichen Rhabarber, und zusammen mit der Schlagsahne schmeckte das Ganze – ja, himmlisch.

Björn schenkte Kaffee ein und setzte sich Holger gegenüber.

»Tja, du.« Er seufzte.

»Wie geht es dir?«, fragte Holger, obwohl er die Antwort eigentlich kannte. Björn hatte gehofft, im Haus bleiben und den Betrieb seines Restaurants Drott fortsetzen zu können, aber aufgrund der ungewissen Zukunft erhielt er keine Buchungen von sonst lange im Voraus angekündigten Hochzeiten und Festen mehr. Folglich ging es finanziell stetig bergab.

»Nicht besonders. Wir haben Rechtsmittel eingelegt.«

»Ist denn schon unterschrieben?«

»Ja, aber es geht nur schleppend voran, weil einige Akten, die den Verkauf belegen, geheim sind. Fragt sich nur, warum. Irgendwas ist hier faul.« Er trank einen Schluck Kaffee und blickte aufs Wasser. Holger nickte. Auf der anderen Seite des Sunds kreisten Möwen. Eine Najad-Yacht aus Deutschland glitt in den Hafen, die dreifarbige Flagge am Heck wehte im Wind.

»Ich habe nicht verstanden, was sie vorhaben«, sagte Holger.

»Das hat wohl niemand«, antwortete Björn.

»Marstrands beste Lage. Es besteht die Gefahr, dass sie hier irgendwas nur halbherzig betreiben, um dann – da es nicht gut gelaufen ist – zu sagen, dass Wohnungen daraus gemacht werden. Ich habe versucht, die Politiker zu warnen, aber es gibt immer Leute, die einem nicht zuhören.« Holger legte den Löffel auf den Teller und trank Kaffee.

»Wenn man vom Teufel spricht. Ove Karlsson und Angela Fransson.« Björn zeigte zur Långgata, in der ein Mann und eine Frau anspaziert kamen. »Die neuen Besitzer des Warmbadehauses.«

»Ove Karlsson«, sagte Holger. »Ich dachte, der wäre in Konkurs gegangen.«

»Manche rappeln sich wieder auf.« Kopfschüttelnd nahm Björn seine Tasse und ging zurück ins Restaurant.

Holger blieb sitzen und verfolgte, wie das Paar zum Societetshus abbog und die Holzstufen hinaufging. Ove Karlsson war schmal, fast mager, obwohl er sein Geld mit einer Raststättenkette gemacht hatte. Holger konnte sich kaum vorstellen, was Ove mit Marstrands Warmbadehaus im Sinn hatte. Ein einziges Mal hatte er in einer dieser Raststätten gegessen. Die Tabletts waren klebrig gewesen, und erst beim dritten Versuch hatte er einen sauberen Teller gefunden. Das Essen triefte vor Fett, und den Lastwagenfahrern war Bier serviert worden, obwohl sie noch fahren mussten. Nicht, dass man das Ove persönlich zum Vorwurf hätte machen können, aber als Besitzer eines Unternehmens sollte man sorgfältig darauf bedacht sein, geeignete Leute einzustellen, die dann weitere Leute um sich scharten, die ebenfalls aus dem richtigen Holz geschnitzt waren. Was Ove Karlsson mit dem Warmbadehaus vorhatte, war ihm ein Rätsel. Hoffentlich würde er nicht das Restaurant übernehmen. Angela hingegen besaß einen Schönheitssalon, von dem sich mit etwas gutem Willen eine Verbindung zur Geschichte des Hauses herstellen ließ. Traurig war es trotzdem. Holger trank den letzten Schluck von seinem inzwischen kalten Kaffee und wollte gerade aufstehen, als weitere Personen die Treppen zum Societetshus hinaufkamen. Der letzte Besucher wandte sich hastig um, bevor er die Tür hinter sich zuzog. Gevalia. Der Mann hieß eigentlich Lennart Holm und hatte mittlerweile eine Vollzeitbeschäftigung in der Kommunalpolitik. Vor nicht allzu langer Zeit hatte er noch Kaffee verkauft, daher der Spitzname. Es war schon ein bisschen merkwürdig, dass sie alle gleichzeitig ins Societetshus gingen. Oder trafen sie sich womöglich, um den Eigentümerwechsel zu besprechen? Falls es nicht darum ging, dass Björn Rechtsmittel eingelegt hatte. Wie auch immer, ein paar nützliche Gesprächsfetzen konnte er bestimmt aufschnappen. Er warf einen Blick auf seine weiße Malerhose und sagte sich, dass er sich schon lange nicht mehr um die Veranda des Societetshus gekümmert hatte. Und der heutige Tag eignete sich dafür genauso gut wie jeder andere Tag. Er winkte Björn zu, der in der Restaurantküche am Fenster stand, und überquerte den Badhusplan.

Es war nicht schwer, die Gruppe zu finden, die sich in den mittleren Teil der oberen Veranda gesetzt hatte. Unbemerkt gelangte Holger in die Eckveranda an der Westseite. Er hatte sich die Utensilien und die Farbe aus der Abstellkammer des Societetshus geholt und pinselte nun halbherzig an der Fassade herum. Dann stellte er den Eimer ab und das Hörgerät lauter. Aus dem Zusammenhang gerissene Sätze drangen an sein Ohr. Die Stimme der Frau war leichter zu verstehen.

»... gut für alle Beteiligten ... Hindernisse aus dem Weg zu räumen ...«

Holger hatte weder eine Ahnung, was eventuell für alle Beteiligten von Vorteil wäre, noch, wer die Beteiligten oder Hindernisse waren. Vorsichtig schlich er sich noch etwas näher heran. Der Holzboden unter seinen Füßen knarrte, und das Gespräch stockte. Mehrere Sekunden vergingen, bis die Frau weitersprach. Holger klopfte das Herz bis zum Hals. Das Adrenalin schien sein Gehör geschärft zu haben, denn nun bekam er alles deutlich mit. Mit gerunzelter Stirn lauschte er und begriff, dass alles noch schlimmer war, als Björn vermutete. Viel schlimmer. Wer saß mit am Tisch und beteiligte sich an dem Gespräch? Er hätte gerne die Gesichter gesehen, wagte aber nicht, der Gruppe noch näher zu kommen.

»Tja, was meint ihr? Sollen wir uns einen Kaffee holen gehen?«

»Keine schlechte Idee.«

Holger hörte, wie sich die Gruppe in Bewegung setzte. Waren sie alle gegangen? Es klang zumindest so. Sie würden nur wenige Minuten brauchen, um sich unten mit Kaffee zu versorgen und wieder zurückzukommen. Falls er sich den Tisch ansehen wollte, musste er es jetzt tun. Mit dem Farbeimer in der Hand ging er entschlossen in Richtung des Tisches und tat, als würde er die Fassadendetails in Augenschein nehmen, um zu prüfen, ob sie einen Anstrich benötigten. Zum Glück waren alle Beteiligten weg, aber die Dokumente lagen noch auf dem Tisch. Farbenfrohe Broschüren mit der Aufschrift »Das Tor zur Nordsee – Carpe Mare«. Daneben eine Rolle, in der Holger Zeichnungen vermutete. Hastig sah er sich um, bevor er die Blätter auseinanderrollte, hatte sie aber kaum ansehen können, als auf der Treppe Schritte ertönten. Die Rolle fiel auf den Boden, und er beugte sich hinunter, um sie aufzuheben und wieder an ihren Platz zu legen. Sieben Broschüren lagen auf dem Tisch. Rasch öffnete er den obersten Knopf seines Flanellhemds, ließ ein Exemplar darunter verschwinden, und lief denselben Weg zurück, den er gekommen war. Leider jedoch nicht schnell genug.

»Was machst du hier?«, fragte der Mann, der mit einem Becher Kaffee in der einen und einer mit einer Serviette umhüllten Zimtschnecke in der anderen Hand durch die Tür kam. Er trug einen dunklen Anzug, sein blauer Hemdkragen war tadellos gebügelt, und die weinrote Krawatte mit den diagonalen Streifen sah teuer aus. Sein Blick wirkte herausfordernd. »Also? Was treibst du da?«

Holger versuchte einen verständnislosen Blick aufzusetzen. Während er die Achseln zuckte, dachte er fieberhaft nach. Ein Wort auf Polnisch, los, irgendeins …

»Hast du gehört, was ich gesagt habe?« Als der Mann gestikulierend den Arm hob, blitzte eine Kette aus gebürstetem Stahl an seinem Handgelenk auf.

»Czerwona farba.« Holger hielt Pinsel und Farbeimer in die Höhe. Nicht, dass es sich um rote Farbe gehandelt hätte, aber der Mann konnte hoffentlich kein Polnisch. Sicherheitshalber wiederholte er die Worte mit Nachdruck. Anschließend drehte er sich um und ging. Mit kräftigem Herzklopfen stieg er so ruhig wie möglich die Treppe hinunter, verschwand in der Abstellkammer und machte die Tür hinter sich zu. Seine Hände zitterten, und sein Herz überschlug sich fast. Er wagte kaum, Luft zu holen. Der Prospekt klebte an seiner Brust. Wussten sie, wie viele Exemplare sie davon gehabt hatten? Würden sie dieses hier vermissen?

Am besten machte er sich schnellstens aus dem Staub. Er stellte den Pinsel direkt in den Topf und pfiff darauf, dass Pinsel und Farbe dadurch unbrauchbar wurden. Vorsichtig öffnete er die Tür, zog sie leise hinter ins Schloss und ging durch die Hintertür auf die Villagata hinaus.

Eine halbe Stunde später wurde das Treffen auf der oberen Veranda des Societetshus beendet. Feste Händedrücke besiegelten das Versprechen von Erfolg und Gewinnen. Auf dem Weg nach draußen wandte sich einer der Anzugträger an die Kellnerin, die den ganzen Tag gearbeitet hatte.

»Ich würde gerne mal mit dem Polen sprechen«, sagte er.

»Pole?« Sie machte ein fragendes Gesicht. »Ich verstehe nicht, was du meinst.«

»Der Maler?« Er zeigte auf die Veranda, aus der sie gekommen waren.

»Ach so, Holger.« Sie lachte. »Was ist denn mit ihm? Habt ihr Farbflecken auf der Kleidung?« Sie warf einen Blick auf seine dunkle Hose.

»Holger?«

»Holger Eriksson, er ist so etwas wie der gute Geist des Hauses. Bringt fast alles in Ordnung. Aber dass er Pole ist, glaube ich nicht.«

Donnerstag, 24. Mai 1906

Doktor John Bauman, Besitzer der Meereskuranstalt Marstrand und örtlicher Badearzt, setzte seinen Hut auf, nickte dem Hausmeister zu, der ihm die Tür aufhielt, und trat aus dem Warmbadehaus hinaus in die Sonne. Der Wind war noch kühl, aber die Sonnenstrahlen wärmten bereits und würden Luft und Wasser bald auf sommerliche Temperaturen erwärmen.

Wie üblich blieb er stehen und blickte auf das Wasser in der nördlichen Hafeneinfahrt. Aus dem Marstrandsfjord war ein lautes Dröhnen zu hören, und weiter draußen türmten sich weiße Schaumkronen auf den Wellen. Das Dampfschiff aus Göteborg würde nicht pünktlich eintreffen, stellte er fest. Der Wind blies zwar längst nicht mehr so stark wie gestern, aber die Dünung draußen im Fjord war noch kräftig. Die Fahrt war mit Sicherheit alles andere als angenehm. Im Sund glitzerte das Wasser viel ruhiger in der Sonne. Ein mit frisch gefangenen Makrelen voll beladener Kutter war eben auf dem Weg zur Salzerei drüben auf Malepert. Während er über den Badhusplan ging, verfolgte er, wie die Fischer das überladene Boot genau im richtigen Moment in den Wind drehten und die Segel lose flattern ließen, so dass der Kutter nun langsam an die Kaimauer glitt. John Bauman staunte immer wieder über die Geschicklichkeit der Fischer. All die Faktoren, die sie mit einkalkulieren mussten. Stärke und Richtung des Windes und der Strömung, das Gewicht des Schiffs, die Segelfläche und die Ladung an Bord. Und das war erst das Boot selbst, da wusste man noch nicht, ob es am Kai überhaupt einen Anlegeplatz gab. Doch irgendwie bekamen die Fischer es hin, dass sich die behäbigen Holzboote folgsam drehten und in die richtige Position begaben. Tampen wurden an Land oder auf die anderen Boote geworfen, wo sich bereits hilfsbereite Hände nach ihnen ausstreckten. Vorausgesetzt, es handelte sich nicht um die Konkurrenz, die lieber mit verschränkten Armen am Kai stand und zusah, wie alles schiefging. Mehr als einmal hatte er die Fischer wieder zusammengeflickt, nachdem die Konflikte in Handgreiflichkeiten ausgeartet waren. Solange die Fäuste verwendet wurden, blieb es im Rahmen, aber wenn sich die Männer mit ihren Gerätschaften oder anderen Schlagwerkzeugen ausrüsteten, waren die Verletzungen meistens schlimmer.

Er bog ab und spazierte mit dem Wind im Rücken über die Norrbro, den rechtwinkligen Holzsteg, der den Kai vor dem Badhusplan mit dem Hafenkai verband. Der Wind wehte hier nicht ganz so stark, auch wenn er um die alte Verteidigungsfestung Fredrigsborg pfiff. Wo früher die Kanonen gestanden hatten, befand sich nun ein imposantes Gebäude aus Holz. Doktor Bauman blickte hoch zur Villa Aruga. Sie war im gleichen Ocker gestrichen wie das Warmbadehaus und das Grand Hotel. Diese Farbe war früher für den wohlhabendsten Hof in einem Ort verwendet worden, um seine Stellung zu betonen.

Durch die halb geöffneten Balkontüren im oberen Stockwerk sah er, wie ein schützendes Laken von dem Flügel gezogen und zusammengefaltet wurde, bevor auch das nächste Möbelstück aus dem Winterschlaf geweckt wurde. Ein Gärtner hatte alle Hände voll zu tun mit dem Unkraut auf den Kieswegen rings ums Haus, und ein Maler besserte an den Fensterrahmen die Farbe aus, obwohl das Gebäude erst zwei Jahre auf dem Buckel hatte. In jedem Haus wird groß reinegemacht, dachte der Doktor zufrieden und stellte fest, dass Familie Wijk, genau wie viele andere Wohlhabende, Bedienstete vorausgeschickt hatte. Wenn die Herrschaften eintrafen, sollte alles fertig sein. Veranden, die im Winter nicht geheizt, sondern verriegelt und verrammelt gewesen waren, wurden nun geöffnet und gelüftet. Fenster wurden geputzt und Fußböden gescheuert. Für die Ortsansässigen galt das Gleiche. Nicht dass sie selbst etwas von ihren sauberen Wohnungen gehabt hätten. Die Leute aus Marstrand zogen mit Sack und Pack in die Keller, um die oberen Stockwerke an Kurgäste zu vermieten. Man war auf die Einnahmen angewiesen.

Die Insel war vor dem Wind geschützt, und der Kai lag behaglich in der Sonne. Er hielt sich die Hand über die Augen, um besser sehen zu können. Nun näherte sich das Dampfschiff, das gerade dabei war, den Albrektsunds Kanal zu verlassen. In der Dünung in der südlichen Hafeneinfahrt schaukelte es merklich. Kurz darauf ertönte das kraftvolle Schiffshorn. Wie auf Kommando tauchten von überallher Träger und Jungs mit Karren auf, die nur darauf warteten, die mitgebrachten Waren und das Gepäck der Ankommenden zu transportieren.

Die St. Erik machte beim Anlegen den üblichen Krach. Wenn das schwer zu steuernde Schiff im Anmarsch war, hielten sich alle fern. Niemand stellte sich zweihundertfünfunddreißig Tonnen Stahl in den Weg. Die Matrosen warfen Leinen an Land, und kurz darauf wurden die schweren Trosse an den steinernen Pollern auf dem Kai vertäut.

Nachdem die Gangway ausgeklappt war, gingen die Reisenden der Reihe nach von Bord. Doktor Bauman sah blasse Gesichter. Kein Wunder bei dem Seegang. Drei Mädchen mit karierten Kopftüchern schienen besonders erleichtert zu sein, wieder festen Boden unter den Füßen zu haben. Sie bestaunten die elektrische Straßenbeleuchtung und starrten die schwarzen Pfähle an, die das Verladen des Herings auch im Winterhalbjahr ermöglichten. Ein wenig verloren standen sie mit ihren beiden Koffern auf dem Hafenkai und schienen auf jemanden zu warten, der sich um sie kümmern würde. Vermutlich ein Bediensteter aus einer der Pensionen. Die Kofferträger prügelten sich fast darum, gegen ein kleines Entgelt das Gepäck der Reisenden schleppen zu dürfen, aber die Mädchen schüttelten den Kopf, als jemand auf ihre Koffer zeigte.

Er wollte gerade zu ihnen gehen und sie fragen, ob er irgendwie behilflich sein könne, als er einen jungen Mann mit brauner Arzttasche bemerkte.

»Doktor Karl Wallin?«, sprach er ihn an.

»Das ist richtig.«

»John Bauman.« Er streckte die Hand aus. »Willkommen in Marstrand.« Der Händedruck seines Gegenübers war fest, die Hand trocken und warm. Die blauen Augen wirkten so klar wie die eines frisch gefangenen Fischs.

»Danke. Wie freundlich von Ihnen, mich abzuholen.«

Doktor Bauman lächelte unter seinem Schnurrbart.

»Das ist doch selbstverständlich. Ist Ihre Reise von Stockholm gut verlaufen?«

»Sehr gut. Der Zug kam pünktlich, und Ihre Anweisungen waren ausgezeichnet.«

»Ich nehme an, die Schiffsreise war nicht ganz angenehm.« Er lächelte.

»Mit Ihrer Annahme haben Sie absolut recht. Wir hatten fürchterlichen Seegang. Ich persönlich leide nicht an Seekrankheit, aber einigen Passagieren ging es wirklich nicht gut.«

»Das kann ich mir vorstellen«, sagte Doktor Bauman. »Haben Sie etwas vom Archipel im Süden zu sehen bekommen?«

»Der Schärengarten ist hier so anders als in der Umgebung von Stockholm. Sie haben so wenig Bäume.«

»Stimmt, zumindest wirkt es so, wenn man an den Inseln vorüberfährt. Manchmal jedoch verbergen sich hinter den scheinbar toten grauen Klippen fruchtbare Weiden und blühende, von weißen Zäunen umgebene Gärten. Wir werden Ihnen vor Beginn der Saison die Gegend und die Höfe zeigen. Wo ist Ihr Gepäck?«

Seine Arzttasche hielt Karl noch in der Hand, aber nun zeigte er auch auf zwei große Koffer, die Doktor Bauman kurz darauf auf einen Handwagen laden ließ. Zum Schluss stellte Karl seine Arzttasche zum restlichen Gepäck, und dann rumpelte die Karre über das Straßenpflaster und Karl und der Doktor spazierten hinterher. Die pastellfarbenen Holzhäuser mit den verzierten Veranden machten einen idyllischen Eindruck.

»Da ich vermute, dass Sie von der Reise hungrig sind, würde ich Ihnen gern ein Mittagessen im Turisthotel vorschlagen.«

»Das kling gut, vielen Dank.«

Er hatte von dem Hotel gehört, das erst vor wenigen Jahren gebaut worden war, und sogar schon mehrere Ansichtskarten davon gesehen, auch wenn ihm momentan nicht einfallen wollte, welche Verwandte seiner Mutter sie ihm geschickt hatte.

Alle, die ihnen entgegenkamen, grüßten Doktor Bauman. Der Mann erwiderte das jedes Mal mit einem Nicken, während er abwechselnd auf die Schiffe und die Häuser zeigte. Er redete in einem fort und gestikulierte nicht nur mit den Händen, sondern nahm auch seinen Spazierstock zu Hilfe.

»Dies ist das Herz von Marstrand, der Hafen. Die Einfahrten lassen sich mit Pulsadern vergleichen, das Wasser ist ständig in Bewegung. Viele hier sind eigentlich Fischer.« Er deutete auf die Kisten, die sich auf dem Kai stapelten, und den Makrelenkutter, der gerade gelöscht wurde. »Aber im Sommer verdienen sie sich mit Bootstouren für die Kurgäste etwas dazu.«

»In Saltsjöbaden ist es genauso.« Karl betrachtete die silbrigen Leiber, die noch in einer der Kisten zappelten.

»Makrelen.« Doktor Bauman wandte sich an den Besitzer des Bootes. »Ist das dein letzter Fang, Frans?«

»Letzter Fang, Herr Doktor. Wird eine ziemliche Plackerei, das Deck sauberzukriegen.« Er zeigte auf die Eimer an Bord. »Aber es hat letztes Jahr geklappt, also wird es dieses Jahr auch gehen, denke ich.« Er legte die Hand an den Mützenschirm. Doktor Bauman nickte zurück.

»Einige Fischkutter haben sich in die reinsten Vergnügungsboote verwandelt und segeln nur noch mit Kurgästen herum, aber die meisten fischen im Herbst und Winter und schrubben dann in dieser Jahreszeit alle Schuppen und den Fischgeruch weg.«

Doktor Bauman wusste, dass es eine Heidenarbeit war, die Boote zu säubern. Er hatte sie ja gesehen, wenn sie im November voll beladen und verdreckt einliefen. Der Kontrast zum Juli, wenn die Damen mit ihren Sonnenschirmen und den langen weißen Kleidern an Bord gingen, hätte nicht größer sein können. Lauge und anschließend Seife – jeder hatte ein eigenes Rezept, um sein Boot sauberzumachen.

»Ich dachte, hier würde man Hering fischen?«, fragte Karl.

»Das tut man ab Oktober, aber im Frühjahr ist der Hering zu mager, und da nimmt man mit der Makrele vorlieb. Und danach kommen die

Kurgäste. Die Fischer putzen und bauen Sitzbänke ein. Dann fahren sie mit den Badegästen hinaus, wenn das Wetter es zulässt, oft den ganzen Tag. Der Wind darf nicht zu stark sein, sondern nur mäßig die Segel füllen. Auf einem Kutter haben zehn bis zwölf Personen Platz, so dass eine Tagestour drei bis vier Reichstaler einbringen kann. Die Menschen sind anpassungsfähig.«

Doktor Bauman fiel auf, dass der junge Mann sich bemühte, nicht die Nase über den Geruch nach Schweiß und Fisch zu rümpfen, als zwei Fischer an ihnen vorbeigingen. Jeder von ihnen schleppte eine Kiste Makrelen, die anschließend auf ein größeres Schiff verladen wurde. Nicht selten hatten sie es im Beruf mit Wunden zu tun, die einen ähnlich unangenehmen Geruch verströmten. Ein verzogenes Gesicht gehörte sich dabei nicht. Vielleicht würde er ihm eine Salbe geben können, die er sich dann unter die Nase streichen könnte. »Man gewöhnt sich daran.« Doktor Bauman deutete mit einer dezenten Kopfbewegung auf die Fischer.

Karl versuchte sich zu einem Lächeln zu zwingen.

»Es scheint eine gute Saison zu werden. Viele haben schon im Januar gebucht. Die Leute wollen sichergehen, dass sie dieselbe Unterkunft wie im Vorjahr bekommen. Und letztes Jahr hatten wir zweitausend Badegäste.«

Karl blieb stehen. »Zweitausend? Das ist wirklich nicht schlecht.«

»Während der Badesaison verdoppelt sich die Einwohnerzahl von Marstrand. Die Vorsaison beginnt am 1. Juni und endet am 14. Juli, und die Hauptsaison geht vom 15. Juli bis zum 31. August. Daher fand ich es auch gut, dass Sie schon jetzt im Mai kommen, denn da können wir uns in Ruhe um Ihre Angelegenheiten kümmern. Sobald die Badegäste eintreffen, ist dafür keine Zeit mehr.« Doktor Bauman hatte das Tempo beschleunigt, als triebe ihn allein der Gedanke an all die Arbeit, die auf sie zukam, zur Eile an.

Ungläubig betrachtete Karl die wenigen Menschen auf dem Kai. Wer die verschiedenen Gesichter der Stadt nicht kannte, konnte sich den bevorstehenden Ansturm nur schwer vorstellen.

»Warten Sie es ab, Sie werden schon sehen«, sagte der Doktor, als hätte er Karls Gedanken gelesen. »Hier wird der Teufel los sein, ganz zu schweigen von der Ankunft Seiner Majestät. Dann haben wir hier die vornehmsten Familien des Landes.«

Vor seinem inneren Auge sah Doktor Bauman, wie die blaublütigen Damen in den eleganten Kleidern plötzlich so einen unbezwingbaren Blick aufsetzten und sich mit erstaunlich spitzen Ellbogen durch die Menge drängelten, um den König persönlich zu Gesicht zu bekommen. Dann blieb er unvermittelt stehen und richtete seinen Spazierstock auf eins der größeren Holzhäuser am Kai. »Widells Spezialitäten und Gemischtwaren«, sagte er. »Die haben fast alles. Und die Post befindet sich im selben Gebäude.«

»Das merke ich mir«, antwortete Karl.

»Es gibt natürlich noch mehr Geschäfte. Bei Lindberg in der Kyrkogata gibt es Feinkost und Konserven.«

»Kyrkogata?«, fragte Karl. »Ist die hier in der Nähe?«

»Sie verläuft parallel zum Kai. Bäcker haben wir einige. Pehrsson verkauft ebenfalls Spezialitäten und Gemischtwaren, Löfgrens in der Långgata haben eine Buch-, Musikalien- und Schreibwarenhandlung, Walls haben einen Frisiersalon, auch der in der Långgata ...«

»Långgata«, wiederholte Karl. Ihm war anzuhören, dass ihm der Name überhaupt nichts sagte.

»Nach dem Mittagessen haben wir bestimmt Zeit für einen Spaziergang durch die Stadt.« Doktor Bauman setzte den Hut ab, um eine entgegenkommende Dame zu grüßen.«

»Das wäre sehr freundlich.« Karl sah an einem Holzhaus in der Nähe hoch.

Der Mann mit dem Handwagen, der sich Karls Gepäck angenommen hatte, war längst außer Sichtweite, und Karl fragte sich, wo man ihn wohl einquartieren würde.

Doktor Bauman war schweigend an einem länglichen Kellergebäude vorübergegangen, das sich am Kai erstreckte. Karl betrachtete es nachdenklich.

»Etwas merkwürdig, auf einem der Grundstücke mit der besten Aussicht nur einen Keller zu bauen.«

»Salomon Meyer, ein ungemein reicher Kaufmann, wollte das imposanteste Haus in ganz Marstrand bauen, und zwar hier am Kai. Da die Familie jedoch schon nach dem Souterrain finanzielle Probleme bekam, setzte man einfach ein Dach auf das Kellergeschoss und wartete auf bessere Zeiten.«

»Aber die besseren Zeiten sind nie gekommen«, sagte Karl, während sie in die Varvsgata abbogen.

»Genau so war es. Hier dagegen haben Sie das neueste Hotel der Insel. Das Turisthotel.« Doktor Bauman deutete stolz auf die gelbe Fassade. Über den hohen Fenstern zum Wasser waren weiße Markisen montiert, und hinter einem Zaun lag eine Restaurantterrasse, auf der zwei Eschen Schatten spendeten.

»Seine Majestät Oskar II. hat sich an dem Bau beteiligt und besitzt sechs Hotelaktien. Ich selbst habe mich mit einer begnügt. Sie haben immerhin fünfhundert Kronen das Stück gekostet.« Aufmerksam beobachtete er Karls Reaktion.

»Es sieht solide aus«, sagte Karl. »Schönes Gebäude«, fügte er dann noch hinzu. Nun war mehr Begeisterung aus seiner Stimme herauszuhören. »Sie sind also Teilhaber?«

Beim letzten Wort machte Bauman ein zufriedenes Gesicht. Als hätte der junge Arzt begriffen, mit wem er es zu tun hatte.

»Kommen Sie, wir wollen eine Kleinigkeit essen.« Er stieg die Treppe zum Restaurant hinauf.

Er stellt kluge Fragen, konstatierte Bauman und informierte Karl über das Durchschnittsklima im Sommer und den Salzgehalt, der sich zwischen zweieinhalb und drei Prozent bewegte. Schnelle Temperaturschwankungen waren die Ausnahme, und daher pries man mit Recht die lauen Abende und Nächte. Das lag an den enormen Wassermassen und den nackten Klippen, die die Wärme speicherten, erklärte er. Der junge Mann nickte.

»Dank der Wassertemperatur ist das Klima bis Mitte November angenehm und mild, und daher eignet sich Marstrand nicht nur im Sommer als Kurort.«

»Das ist ja interessant«, sagte Karl.

»Alle Straßen und Innenhöfe in der Stadt sind an die Kanalisation angeschlossen, so dass das Wasser nach starkem Regen abläuft und der Boden rasch trocknet. Den hygienischen Verhältnissen hier haben die Gesundheitsinspektoren ein hervorragendes Zeugnis ausgestellt.«

»Und Sie haben eine elektrische Straßenbeleuchtung«, sagte Karl und zeigte auf die Laternen.

»Marstrand ist der erste Meereskurort im Norden, der eine vollständige elektrische Beleuchtung eingeführt hat«, sagte Bauman nicht ohne Stolz in der Stimme. »In den kleineren Straßen haben wir einfache Glühlampen, und in der Hamngata, die am Hafen entlangläuft, große Bogenlampen. Ebensolche stehen auch vor dem Societetshus, das übrigens vollständig elektrifiziert ist. Genau wie das Turisthotel.«

Nach beendeter Mahlzeit führte Bauman Karl herum. Sie gingen die Kyrkogata hinauf und kamen am Pfarrhaus und der Kirche vorbei. Bauman erzählte von dem Franziskanerkloster, das sich hier einst befunden hatte, und machte Wallin auf den Brunnen aufmerksam, der noch aus der Zeit der Mönche übriggeblieben war.

»Ausgezeichnetes Wasser«, betonte Bauman, der ständig Passanten grüßte. Er empfahl Bäckereien und den besten Schuster. Als sie wieder unten am Kai angekommen waren, blieben sie vor dem Köpmansgård stehen, in dem Otto Svenssons Manufakturgeschäft untergebracht war.

»Auch wenn Doktor Wallin an Stockholms reichhaltiges Warenangebot gewöhnt ist, wird er feststellen, dass man in Marstrand alles Notwendige bekommt. Wir können uns größtenteils selbst versorgen.« Bauman nahm Karl mit in den Innenhof, erzählte von den Wohnheimzimmern für Dienstmädchen und ging am Stall vorüber auf ein dreistöckiges Lagerhaus zu, von dem aus früher Hafer nach England verschifft worden war.

»Sagen Sie, brauchen Sie noch etwas für morgen?«, fragte Bauman. »Ich habe dafür gesorgt, dass Sie bei Ihren Wirtsleuten frühstücken können. Das Küchenpersonal wird es Ihnen ein Stockwerk unter Ihrem Zimmer servieren. Apropos, falls Sie keine Einwände haben, schlage ich vor, wir machen uns jetzt auf den Weg zu ihrem Quartier.«

Karl hatte keine Einwände.

Die Frauen würden außer sich geraten, dachte sich John Bauman, nachdem er Karl zu seinem Quartier über der Apotheke an der Ecke zwischen Kyrkogata und Rådhusgata gebracht hatte. Ein unverheirateter Arzt, der zudem nett anzusehen war. So was konnte für Ungemach sorgen.

Der vertraute Duft nach grüner Seife, den er mit Gärda, der Haushälterin der Familie, und seinem Zuhause in Stockholm verband, kam ihm schon im Eingang entgegen. Karl spürte seine Schultern nach unten sinken, als Doktor Bauman die Tür im Erdgeschoss hinter sich zuzog.

Ein Zimmer mit Küche. Es ging auf die Rådhusgata hinaus und hatte einen Schreibtisch vor dem Fenster zu stehen. In der Ecke neben dem Kachelofen standen zwei Eisenbetten, dazwischen ein Waschtisch mit Schüssel und Wasserkanne darauf. Vielleicht hatten seine Vermieter gedacht, er wäre verheiratet und würde eine Ehefrau mitbringen.

Die Arzttasche und die beiden Koffer standen am Fußende des einen Bettes. Er trat an das nächste Fenster. Durch die dünnen Gardinen sah er unten im Hafen das Wasser glitzern. Auf der anderen Seite ging Bauman die Treppe zum Grand Hotel hinaus. Er lüftete den Hut, um zwei Frauen zu grüßen, die ihm Arm in Arm entgegenkamen. Als sie an ihm vorbei waren, drehte er sich um und blickte ihnen nach. Für einen verheirateten Mann unangemessen lange, fand Karl.

Im Pavillon im Paradispark zwischen Grand Hotel und Kai war ein Orchester dabei, die blitzblanken Instrumente zu stimmen, während die Leute heranströmten. Karl öffnete das Fenster, sog die Abendluft ein und streckte den Rücken, bis er knackte. Er war früh aufgestanden und spürte nun, wie ihn die Müdigkeit überkam. Er massierte seine schmerzenden Schläfen, bevor er sich auf das eine Bett setzte, den ersten Koffer öffnete, eine Weile dessen Inhalt betrachtete und sich einen Ruck gab und wieder aufstand. Er nahm die Hemden heraus, die Gärda sorgfältig gebügelt und gefaltet hatte, und hängte sie in den Kleiderschrank.

In der kleinen Küche, die an das Zimmer grenzte, fand er einen

Eimer. Er ging damit die Treppe hinunter, um im Innenhof Wasser zu holen. Aus der offenen Hintertür der Apotheke schleppte ein Junge gerade ein paar Holzkisten und stapelte sie vor dem Geschäft. Als er Karl bemerkte, zog er sich die Mütze vom Kopf und verbeugte sich. Karl nickte zurück und verzog sich mit dem Eimer, bevor noch jemand auftauchte. Auf dem Rückweg erschien ihm die Treppe länger.

Gähnend füllte er die Kanne neben der Waschschüssel und entfernte das Papier von dem Stück Seife, das neben dem Rasiermesser und der Zahnbürste in seinem Necessaire lag. Er überlegte einen Augenblick, ob er das Wasser auf dem Herd erhitzen sollte, war aber zu müde. Nachdem er aus dem Hemd geschlüpft war, wusch er sich mit dem kalten Wasser unter den Armen und im Gesicht. Anschließend trank er ein Glas Wasser und zog sein Nachthemd über. Der Wind zog durch das geöffnete Fenster und blähte die dünne Gardine auf.

Wenige Minuten, nachdem er seinen Kopf auf das Kissen gelegt hatte, begann im Paradispark das Orchester zu spielen, aber da schlief er bereits.

2

Holger machte die Tür hinter sich zu und hängte die Mütze an ihren Platz im Flur.

Esmeralda sprang vom Küchenstuhl, auf dem sie geschlafen hatte. Die Katze streckte sich träge, bevor sie auf ihn zukam und sich streicheln ließ. Sie strich ihm einmal um die Beine und verschwand dann in der Küche. Er hörte das Trockenfutter zwischen ihren Zähnen knirschen.

Holger vergewisserte sich, dass er keine Farbe an der Hose hatte, bevor er sich auf den Hocker setzte, sein Hemd aufknöpfte und den Prospekt hervorzog. Hochwertiges dickes Papier und Vierfarbdruck.

»Dummes Zeug ist das«, brummte er mit der Broschüre in der Hand. Er würde sich das Ganze genau ansehen müssen, stellte er fest. Dann stand er auf, hängte Malerhose und -kittel in die Besenkammer, zog seine Alltagskleidung an und schlüpfte in die Hausschuhe.

Neben der Dickmilch in der Kühlschranktür standen drei Flaschen kaltes Bier. Er machte sich ein Pilsner auf, hängte sich das Fernglas um und öffnete die Verandatür zu der kleinen Holzterrasse auf der Rückseite des Hauses. Das Haus lag ziemlich weit oben in der Vinkelgata, und man konnte von dort aus im Osten Koö und im Westen Ärholmen sehen.

Er trank ein paar Schlucke und sah nach, ob der Stuhl mit Vogelscheiße bekleckert war, bevor er sich setzte und den Prospekt in aller Ruhe von vorne bis hinten durchlas. Anschließend stand er auf, ging bedächtig ein paar Schritte auf und ab und dachte nach. Er trank die Flasche aus, stellte sie auf den Tisch und sagte sich, dass das, was er da gelesen hatte, unmöglich stimmen konnte.

Er betrachtete die Boote auf dem Weg in den Albrektsunds Kanal. Bald würde der Verkehr auf der Segelsechs richtig losgehen. Genau wie auf der E6, nur zu Wasser. Noch lag Klöverön still und friedlich da. Ein Boot steuerte die Tankstelle bei Sten an. Er hielt sich das Fernglas vors Gesicht und sah, dass die Familie auf dem Boot aus zwei Erwachsenen, drei Kindern und einem großen Hund bestand. Amüsiert verfolgte er das Anlegemanöver, bis der Werftbesitzer Magnus Bredelius schließlich die Situation auflöste. Bestimmt wollten sie auch Eis kaufen. Während er das Fernglas sinken ließ, grübelte er weiter. Hatte er das wirklich richtig verstanden? Manchmal musste man eine Weile nachdenken und alles noch einmal durchgehen. Wie wenn man eine Wand in einer Farbe strich, bei der man sich nicht ganz sicher war. Am besten ließ man sie erst einmal trocknen, trat ein Stück zurück und betrachtete sie bei unterschiedlichem Lichteinfall aus der Entfernung, bevor man weiterarbeitete. Dieses Prinzip wendete er auf fast alles an. Er legte das Fernglas beiseite, setzte sich und schlug die Broschüre erneut auf. Doch, es stimmte, natürlich hatte er sich nicht verlesen. Allerdings hatten diejenigen, die den Prospekt hergestellt hatten, wohl kaum ihre Hausaufgaben gemacht, dachte er und verfluchte das Gewinnstreben, das heutzutage über alles ging.

Es war fast fünf, als er mit einem Spaten im Rucksack die Vinkelgata zur Smugglaregata hinunterging.

Die Marstrandsschule lag ruhig da und erholte sich von der Mühsal des Tages. Morgen würde sich das Gebäude aus Holz wieder mit Leben und Bewegung füllen. Er liebte es, die Kinder auf dem Schulhof spielen zu sehen, wenn er vorüberging.

Ein neues Schulgebäude auf der anderen Seite des Sunds war im Gespräch gewesen, und bis zur Fertigstellung schlug man vor, die Kinder mit dem Bus ins fünfundzwanzig Minuten entfernte Kärna zu kutschieren. Als Holger fragte, ob es nicht ökonomisch unsinnig sei, die Räumlichkeiten der Kärnaschule vorübergehend umzubauen, um die zusätzlichen Schüler unterzubringen, wanden sich die Politiker wie die Aale. Wenn die Schule aufgelöst wurde, war es aus mit Marstrand, das wusste er. Dann war für die Eltern, die sich die Mühe machten, hier draußen zu wohnen und zur Arbeit in Stenungsund, Kungälv oder Göteborg zu pendeln, das Maß voll. In jüngster Zeit war die Schülerzahl jedoch gestiegen, und die Zukunft sah so rosig aus wie lange nicht.

Holger grüßte ein paar Bekannte, bog in die Övre Varvsgata ab und ging über die Zugbrücke in die Festung hinein.

Die Kommune musste ein Machtwort sprechen und etwas für die tausendvierhundert ganzjährigen Bewohner tun. Dennoch erweckten alle gefassten Beschlüsse den Anschein, man wolle die Leute um jeden Preis vertreiben, anstatt den Zuzug zu fördern. Gleichzeitig behauptete man, die Vision für Marstrand 2020 seien tausendsechshundert Neuankömmlinge, so dass die Einwohnerzahl auf dreitausend steigen würde. Wie sollte das möglich sein?, fragte sich Holger. Doch wenn er die Politiker danach fragte, fand man ihn lästig und wimmelte ihn ab.

Nachdem er an dem Weg zum Opferstein und an der Treppe zum Lotsenausguck vorbeigekommen war, gelangte er auf den Betongang, der oft gefährlich glatt war. Man musste aufpassen, wo man hintrat, um nicht auf Laub und Nadeln auszurutschen. Anstatt zur heiligen Quelle und den Grotten im St. Eriks Park abzubiegen, ging er weiter geradeaus.

Bald befand er sich auf den Felsen hinter dem Warmbadehaus. Er blieb stehen, sah sich um und verkroch sich ins Gebüsch.

Eine halbe Stunde später wusch er sich unten an dem kleinen Sandstrand am Warmbadehaus die Erde von den Händen. Obwohl ihm die Knie weh taten, hockte er lächelnd am Wasser. Er trocknete sich die Hände an der Hose ab und setzte sich auf die Bank am Warmbadehaus. Sanft spülten die Wellen an den Strand und legten immer wieder den Sand bloß, den man vom Beachvolleyballplatz hinter dem Warmbadehaus hierhergekarrt hatte. Ihm war es zu verdanken, dass man den Sand dort nach Ende der Saison abtrug und am Strand ablud.

Wenn er hier saß, dachte er immer an Mutter und Großmutter. An ihre kräftigen, aber erstaunlich weichen Hände, an die Kurgäste, um die sie sich gekümmert hatten, und die Geschichten, die er als Kind gehört hatte. Von so etwas hatten diejenigen, die den Prospekt im Vierfarbdruck hergestellt hatten, keine Ahnung, und ihnen fehlte auch der Sinn dafür. Während er aufstand und sich auf den Heimweg machte, überlegte er, wen er ansprechen sollte. Wenn das rauskam, war die Hölle los, soviel stand fest. Er durfte keinen Fehler machen.

Er hatte gerade den Schuppen geöffnet, um seinen Rucksack wegzuhängen, als er auf dem Schotter Schritte hörte. Schwer und abwartend. Eigentlich brauchte er sich nicht zu wundern. Sieben Broschüren, natürlich hatten sie gemerkt, dass eine fehlte.

Als der Mann gegangen war, zitterte Holger vor Aufregung. Nicht weil er Angst hatte, sondern weil es ihn maßlos empörte, dass sie glaubten, ihn mit Geld zum Schweigen bringen zu können. Der sonst so geräumige Schuppen war ihm plötzlich eng erschienen, die Decke war näher gekommen und die Luft dünn geworden, als sie über große Pläne und phantastische Möglichkeiten sprachen. Immer wieder hatten sie betont, dies sei eine einmalige Gelegenheit für ihn.

»Da du dich so für das Wohl von Marstrand einsetzt, erkennst du doch bestimmt, welche Chancen sich daraus ergeben. Jetzt hast du die Gelegenheit, etwas richtig Gutes zu tun, etwas, das Bestand haben wird. Arbeitsplätze das ganze Jahr über und Steuereinahmen für die Kommune. Die Renovierung eines altehrwürdigen Gebäudes, das sich heute in einem erbarmungswürdigen Zustand befindet. Manchmal hat man die Möglichkeit, an einer großen Sache mitzuwirken. Jetzt bist du an der Reihe. Dies ist deine einzigartige Chance, etwas beizutragen. Anstatt als Beobachter von außen nur Leserbriefe zu schreiben, kannst du dich wirklich beteiligen. Niemand kennt diese alten Häuser so wie du. Also, was sagst du?«

»Niemals«, sagte Holger. Seine Stimme klang fest, obwohl ihm das Herz bis zum Hals schlug und er vor Wut die Zähne zusammenpresste.

Dass er ablehnen könnte, hatten sie offensichtlich nicht in Erwägung gezogen, denn sie wirkten überrascht. Daraufhin hatte der Größte von ihnen ihm eine schwere Hand auf die Schulter gelegt und gesagt, er solle nachdenken, aber nicht zu lange. Sicherheitshalber hatte er eine Summe genannt, und zwar eine ziemlich hohe, und ihm auch eine Beteiligung an der Firma in Aussicht gestellt.

Holger hatte erklärt, das sei nicht notwendig, er brauche nicht nachzudenken. Er lehnte mit der gleichen Leichtigkeit ab, wie er eine zweite Tasse Kaffee abgelehnt hätte.

»Du könntest reich werden und dir ein neues Boot kaufen. Ein großes. Verstehst du das nicht? Dann wärst du eine angesehene Person.«

»Ich bin bereits ein angesehener Mann, und das hat nichts mit großen Booten zu tun, sondern mit Redlichkeit. Außerdem werdet ihr mit euren Plänen sowieso niemals durchkommen, weil ihr eure Hausaufgaben nicht gemacht habt. Ihr schlampt und schludert und kennt die Gegend nicht so gut wie ich.« Dann erklärte er in wenigen Worten, warum ihre Pläne nicht umsetzbar waren.

»Du lügst«, sagte der eine.

»Untersucht die Sache«, erwiderte Holger.

Anschließend hatte Holger seinen Gästen die Tür geöffnet und sie aus tiefstem Herzen zum Teufel geschickt.

Holger sackte auf einen Hocker im Schuppen. Er hatte die Nase voll von Schwätzern, die glaubten, mit ihren dicken Brieftaschen jedes Problem lösen zu können, die auf armselige Weise kurzsichtige Projekte ohne Substanz und Zukunft vorschlugen. Sie werden es niemals finden, dachte er, und deshalb kommen sie zu mir, damit ich ihnen den Weg zeige. Er ging ins Haus, spülte die Futternäpfe der Katze ab und füllte Esmeralda eine besonders große Portion Trockenfutter ein. Anschließend sammelte er seine Ordner ein und überlegte eine Weile, bevor er sie in den Vorratsschrank räumte und das Katzenfutter davorstellte. Er packte ein paar Kleidungsstücke und etwas zum Essen ein und ging zuerst die Vinkelgata und dann die Varvsgata hinunter. Vor dem Turisthotel verlangsamte er seinen Schritt, denn ein Geräusch, das aus dem Inneren des alten Holzhauses zu kommen schien, ließ ihn innehalten. Er blickte an dem leerstehenden Gebäude hinauf. Dann hörte er das Geräusch noch einmal, aber diesmal aus einer anderen Richtung. Er schaltete sein Hörgerät ein und ging weiter. Er war noch nicht ganz vertraut mit dem kleinen Apparat, der ihm hin und wieder einen Streich spielte.

Obwohl er sie nicht sehen konnte, winkte er Majken Sandell zu, als er an ihrer Wohnung in der Villa Maritime vorbeikam. Es war eher die Regel als die Ausnahme, dass sie hinter dem Vorhang an ihrem französischen Balkon saß und die Straße beobachtete. Irgendwann einmal waren sie zusammen tanzen gegangen, und da hatte eine wilde Flamme zwischen ihnen gelodert. Nie im Leben war Holger so glücklich und hoffnungsvoll gewesen wie damals. Majkens Mutter, die verwitwet war, besaß ein großes Haus am Fästningsbacken, das Majken als einziges Kind übernehmen sollte. Eifrig angefeuert von Majkens Mutter, die einen Teil der Holzschnitzereien in einer anderen Farbe streichen lassen wollte, hatte er die Details an der Ostveranda inspiziert. Doch dann musste Holger seinen Militärdienst leisten, und als er zum ersten Mal Urlaub bekam, stellte sich heraus, dass Majkens Gefühle zu ihm abgekühlt waren. Außerdem war ein anderer Mann in ihrem Leben aufgetaucht.

Seitdem war fast ein ganzes Leben vergangen. Mittlerweile trafen sie sich manchmal im Seniorenstift Sörgård und plauderten bei einem Tässchen Kaffee, aber selten über das Haus am Fästningsbacken und die alten Zeiten. Majkens verschwand immer öfter im Niemandsland des Vergessens, das die Gegenwart zunehmend in trügerisches Dunkel hüllte. In nicht allzu ferner Zukunft würde sie ganz auf den Sörgård ziehen.

Der Kai lag verlassen da. Er ging zu seinem Liegeplatz im ehemaligen Handelshafen am Strandverket, zog sein Boot mit dem Tampen an die Ufermauer und stieg an Bord.

Der Motor sprang sofort an, schnurrend wie Esmeralda. Er schloss die Kühlbox an, die sich mittlerweile immer auf dem Boot befand und ihm dort als Kühlschrank diente, und packte die Lebensmittel hinein. Solange der Motor an war, konnte auch die Kühlbox laufen, aber sobald er den Motor abschaltete, musste er auch die Kühlung abschalten, weil sie sonst zu viel Batterie verbrauchte. Dass sich an Bord ein Kissen und eine Decke befanden, wusste er, ohne nachsehen zu müssen, und im Schrank hingen eine Badehose und die Regenkleidung. Nicht, dass er die Badehose benutzt hätte, er war schon seit Jahren nicht schwimmen gegangen. Er wollte gerade die Vertäuung lösen, als sein Handy klingelte. Der Verbindung war schlecht und das Motorengeräusch laut. Er konnte die Stimme nicht richtig einordnen, als das Gespräch auch schon unterbrochen war, verstanden hatte er dennoch. Jugendliche waren ins Turisthotel eingedrungen. Der Anrufer hatte sich nicht getraut, ihnen zu folgen, hatte aber Glas splittern gehört.

»Vandalen«, brummte Holger, stellte den Motor ab und stieg mit einem Schritt auf den Kai. Diesmal würde er sie auf frischer Tat ertappen. Er konnte in drei Minuten dort sein, vielleicht noch schneller, dachte er und machte sich auf den Weg.

Das Turisthotel lag unten am Kai, so nah, dass er es von seinem Liegeplatz sehen konnte. Es waren nicht zum ersten Mal ungebetene Gäste in das verlassene Gebäude eingedrungen. Der Haupteingang war zwar abgeschlossen, aber es gab noch eine Hintertür. Ganz zu schweigen von den vielen Fenstern.

Holger drehte das Zahlenschloss, bis es auf 1948 stand. Eine der Flügeltüren glitt lautlos auf, und er trat auf den roten Teppich. Hinter ihm fiel die Tür wieder zu.

»Hallo?«, rief er etwas zögerlich. In einem der oberen Stockwerke knarrte es. Er ging bis an die Holztreppe mit dem geschnitzten Geländer und rief nach oben. »Nur damit ihr Bescheid wisst, ich habe die Polizei gerufen.« Seine Stimme klang laut und fest. Natürlich hatte er nicht die Polizei gerufen, aber das konnten diese Rüpel ja nicht wissen. Diese verdammten Bengel, denen sollte man den Arsch versohlen! Allein der Gedanke, dass sie schon mehrmals reingekommen waren und Dinge kaputtgemacht hatten, regte ihn auf.

Langsam ging er die Treppe hinauf. Im Stockwerk über ihm hörte er Schritte. Das Geländer hatte sich am einen Ende von der Wand gelöst und hing auf den Boden. Als er im ersten Stock angekommen war, sah er sich in den größeren Salons auf der rechten Seite um. Da es draußen mittlerweile schüttete, wagte er nicht, ins Turmzimmer zu gehen, wo man den Turm nur provisorisch abgestützt hatte, damit er nicht vollständig einstürzte. Das Gebäude stand nun seit neun Jahren leer, weil die Eigentums- und Nutzungsfragen einfach nicht geklärt werden konnten, aber der Verfall hatte schon früher eingesetzt. Holger hatte auch deswegen Leserbriefe geschrieben, in denen er die Kommunalverwaltung aufforderte, ihrer Verantwortung gerecht zu werden und einen Zwangsverwalter für das Turisthotel einzusetzen.

Als er eine Tür zugehen hörte, blieb er stehen und ging zurück zur Treppe. Das Geräusch schien aus einem der einfacheren Zimmer auf dieser Etage gekommen zu sein. Entschlossen betrat er den Korridor und öffnete die erste Tür auf der linken Seite. Ein Schatten glitt hinter ihn, den er mehr erahnte als sah.

»Haben Sie dich auch angerufen?«, fragte Holger erstaunt. »Wo sind denn die Eindringlinge?«

»Die sind abgehauen.«

»Wer war es denn?«, fragte Holger.

»Das konnte ich nicht erkennen.«

»War das hier ein Vorwand? Hast du mich etwa angerufen?« Holger spürte Ärger in sich aufsteigen.

»Ich wollte vernünftig mit dir reden.«

»Anrufen und mir vorgaukeln, hier wäre jemand eingebrochen? Ich wollte gerade mit dem Boot raus. Was für ein Unsinn. Wozu soll das gut sein?«

»Du solltest mit eigenen Augen sehen, wie verfallen dieses Gebäude im Vergleich zum Societetshus ist, das man instand hält. Du bist doch ständig dort und kümmerst dich darum.«

»Was soll der Quatsch? Mich herlocken, damit ich sehe, wie verfallen das Haus ist?«

»Du verstehst das nicht. Der Prospekt und die Pläne ...«

»Ich verstehe das ganz genau. Du steckst da also auch mit drin? Tja, das war wohl nicht anders zu erwarten. Lass mich unmissverständlich klarstellen, dass eure Pläne niemals umgesetzt werden. Nie im Leben!« Er beugte sich beim Sprechen nach vorn und merkte, dass ihm bei jedem Wort Spucke aus dem Mund lief.

»Wenn man Geschäfte macht, behält man seine Trümpfe eben so lange wie möglich im Ärmel.«

»Geschäfte? Das sind Gangster. Sie bezeichnen sich vielleicht als Geschäftsmänner, und du hältst sie für deine Freunde, aber ich weiß es besser. Ich bin schon etwas länger dabei.«

»Von mehr als deinen Farbtöpfen hast du doch gar keine Ahnung. Das hier ist eine Nummer zu groß für dich. Und dann hält man sich lieber raus.« Er hatte die eine Hand lässig in die Hosentasche gesteckt und gestikulierte mit der anderen. Als sprächen sie über Wind und Wetter.

»Du glaubst, du würdest dich wie ein weltgewandter Geschäftsmann benehmen, aber ich sehe nur einen verängstigten kleinen Jungen vor mir, der auf dem Heimweg von der Schule Prügel bezogen hat.«

Die Worte hatten gesessen, das sah man deutlich. Doch da war noch etwas anderes im Blick des Mannes. Da war plötzlich etwas Hartes.

»Weiß noch jemand von der Sache?«

»Was denkst du denn? Natürlich!« Holger bemühte sich, so ruhig wie möglich zu klingen, aber allmählich war ihm mulmig zumute.

Der einzige Weg aus dem Zimmer führte durch die Tür hinter dem Mann, der vor ihm stand. Hinter Holger befand sich eine Glaswand zu dem alten Hof, auf dem meterhoch Gras und Brennnesseln wuchsen. Erster Stock, dachte er. Das würde nicht funktionieren. Auf dem Tisch neben ihnen lag ein abgebrochenes Tischbein. Wenn er schnell war, konnte er danach greifen.

»Ich frage dich noch einmal.« Der Mann sprach langsam und übertrieben deutlich. »Weiß noch jemand von dieser Sache?«

»Ja, ich habe sicherheitshalber einer Person davon erzählt«, sagte Holger. Es gelang ihm nicht, das Zittern in seiner Stimme zu unterdrücken. Er überlegte, ob ihn jemand gesehen hatte, als er das Turisthotel betrat, Majken vielleicht, aber die vergaß solche Dinge wieder und brachte alles durcheinander. Und anderen Leuten wäre es wahrscheinlich sowieso nicht aufgefallen, denn er war ziemlich oft hier und sah nach dem Rechten.

»Du lügst. Du hast niemandem davon erzählt.« Er schüttelte den Kopf.

Blitzartig streckte Holger die Hand nach dem Tischbein aus. Er packte es, machte einen Schritt auf den Mann zu und holte aus. Der Mann wich ihm aus, verlor aber das Gleichgewicht. Das Holz splitterte, als es sein Ziel verfehlte und mit solcher Wucht auf den Boden prallte, dass es Holger aus der Hand fiel. Der Mann sah ihn zunächst mit Verwunderung, dann mit Entschiedenheit und Zorn an. Fest entschlossen hinauszugelangen, drehte Holger sich um. Er bekam die alte Messingklinke zu fassen und schaffte es, die Tür zum Flur aufzureißen, bevor der Mann wieder auf den Beinen war. Dann rannte Holger, wie er noch nie in seinem Leben gerannt war.

Freitag, 25. Mai 1906

Als Karl sich am Freitagmorgen auf den Weg machte, war er unsicher. Die kleine Stadt hatte so viele Gassen. Er warf einen Blick auf die Uhr. Am ersten Tag zu spät zur Arbeit zu kommen, würde keinen guten Eindruck machen. Wie peinlich wäre es außerdem, wenn er, der doch die Hauptstadt gewöhnt war, sich hier zwischen den wenigen Holzhäusern verlief. Schließlich machte er kehrt und ging stattdessen die Rådhusgata hinunter an den Kai. Dort fand er die Orientierung wieder. Sicherheitshalber fragte er ein Dienstmädchen, das ihm mit schnellen Schritten und einem Korb unter dem Arm entgegenkam. Doch, er sei auf dem richtigen Weg, und nein, weit war es nicht mehr.

Wie vereinbart, trat er schließlich um sieben Uhr morgens durch den Haupteingang des Warmbadehauses ein.

»Wunderbar«, sagte Doktor Bauman, als er Karl erblickte. »Ich dachte, wir sehen uns zusammen an, wie alles funktioniert, und anschließend dürfen Sie selbst einige unserer Behandlungen ausprobieren.«

»Soll ich etwa baden?«, fragte Karl verwundert.

»Haben Sie etwas dagegen? Für einen Arzt kann es durchaus nützlich sein, am eigenen Leib erfahren zu haben, was er verschreibt. Damit man weiß, worum es geht. Nicht wahr?«

Er betrachtete Karl über den Rand seiner Brille.

»Selbstverständlich«, erwiderte Karl, der den Vorschlag vollkommen absurd fand.

»Nun denn. Ich habe an ein Algenbad mit einer Mischung aus Knoten- und Sägetang gedacht. Folgen Sie mir.« Doktor Bauman öffnete die Tür, durch die Karl soeben eingetreten war. Anschließend ging er die fünf Steinstufen hinunter und durch den Kies bis an die Kaimauer. Dort blieb er stehen und streckte die Hand aus.

»Das außerordentlich hübsche Gebäude da drüben ist das Kaltbadehaus. Es gibt eine Abteilung für die Herren und eine für die Damen. In jeder gibt es achtundzwanzig geräumige Umkleidekabinen und zwei Duschräume, und das schwimmende Schwimmbecken mit natürlichem Sandboden hat eine Fläche von fast fünfhundert Quadratmetern. Für die Kinder haben wir noch ein kleineres Schwimmbecken. Ich finde jedoch, wir sollten mit den Behandlungen im Warmbadehaus anfangen.«

»Das klingt gut. Welche Kuren bieten Sie an?«

»Warme Wannenbäder mit Algenabreibung, Kiefernnadelbäder und Schlammbäder in besonders warmen Räumen mit Massage durch unsere spezialisierten Bademeisterinnen. Außerdem Nauheimer und Kreuznacher Bäder, Halbbäder, Sitzbäder sowie alle Arten von heißen und kalten Duschen. Unser gesamtes Badepersonal ist erfahren und kompetent.«

»Beeindruckend.«

»Sehen Sie den Mann in dem Boot da drüben?«, fragte Bauman.

»Natürlich.« Karl fiel auf, dass das Boot nur langsam vorankam und der Mann eine seltsame Technik anwandte, als könnte er gar nicht rudern.

»Das ist Alexander Stenberg, unser Hausmeister.«

»Das Boot scheint schwer zu manövrieren sein«, kam Karl schließlich nicht umhin zu sagen. Nicht zuletzt, um deutlich zu machen, dass er sich mit Ruderbooten auskannte.

Doktor Bauman überging den Kommentar. »Stenberg rudert jeden Morgen hinaus und holt Algen. Er lädt das ganze Boot voll, deshalb ist es so schwerfällig. Wir hieven den Tang hier hoch und kochen ihn. Dann wird er kochend heiß in die Badewannen gelegt, bevor die Patienten hineinsteigen.«

Karl betrachtete den Mann, der nun näherkam. Die braun gebrannten Hände hielten die Ruder wie Klauen umklammert, und er kniff die Augen zu schmalen Schlitzen zusammen. Die Schirmmütze sollte anscheinend das Haar bändigen, das trotzdem darunter hervorlugte und in Koteletten überging, die sich über dem Mund zu einem buschigen Schnurrbart vereinten. Ein Walross, dachte Karl.

»Alles in Ordnung?«, rief Doktor Bauman.

»Danke der Nachfrage, Doktor Bauman«, antwortete der Mann unter dem Schnurrbart. »Es gibt massenhaft Feuerquallen.«

»Oh, gut«, erwiderte Bauman.

Gut?, dachte Karl.

»Ich habe einen Eimer gefüllt«, rief Stenberg.

»Er hätte gleich zwei mitbringen können«, sagte Bauman.

»Wofür verwenden Sie Feuerquallen?«, fragte Karl.

»Wir behandeln damit Rheumabeschwerden, indem wir die schmerzenden Körperteile der Patienten damit einreiben.«

»Wenn das so ist.« Karl hoffte, um eine Kostprobe dieser Methode herumzukommen.

Eine weißgekleidete Bademeisterin mit Wachstuchschürze schleppte zwei große Körbe an. Sie stellte sie auf dem Kai ab, verschwand kurz und kehrte nach einer Weile mit zwei weiteren Körben zurück. Sicher für den Tang, dachte Karl.

Der ältere Arzt wendete sich erneut an ihn. »Nun, wenn Sie mir bitte folgen, beginnen wir dort drüben.« Doktor Bauman ging durch die Glastüren wieder ins Gebäude und stellte sich vor die Luke links vom Eingang.

»Geschäftsführer Victor Hugo Fröblom. Darf ich Ihnen unseren neuen Kurarzt Karl Wallin aus Stockholm vorstellen?«

Geschäftsführer Fröblom gab ihm die Hand.

»Angenehm.« Karl nickte freundlich. Er wollte sich so bald wie möglich alle Namen notieren. Mit lateinischen Begriffen und Ausdrücken hatte er keine Schwierigkeiten, denn die folgten einem System, aber mit Namen sah es nicht so gut aus. Die rutschten ihm irgendwie weg, bevor er sie zu fassen bekam und in seinem Kopf einsortieren konnte.

Der Geschäftsführer holte Luft und wollte gerade etwas sagen, als Doktor Bauman das Wort ergriff.

»An diesem Schalter meldet man sich in Marstrands Meereskuranstalt an. Wir führen Buch über unsere Kurgäste und können verfolgen, welche Behandlungen sie zu welchem Zeitpunkt bekommen haben. Man erhält hier auch die Eintrittskarte, die man der Bademeisterin übergibt.« Doktor Bauman streckte die Hand aus und erhielt vom Geschäftsführer eine Karte. Er überreichte sie Karl, der vermutete, dass er sie sich genau ansehen sollte, was er pflichtschuldig tat. Anschließend schob er sie Fröblom wieder über den Tresen.

»So«, sagte Doktor Bauman mit einem zackigen Ton, der besser zu einem General als zu einem Kurarzt gepasst hätte. Er zeigte auf den langen Flur, der sich nach rechts und links erstreckte.

»Fünf Ellen breit und siebenundneunzig Ellen lang«, sagte er zu Karl.

»Sieh mal an.« Karl versuchte im Kopf in Meter umzurechnen und fragte schließlich: »Wie kommt es, dass Sie in Ellen messen?«

»Das ist ein Relikt. Natürlich wäre es praktischer, die Maße in Metern anzugeben, aber die Damen, die mit Vorliebe die verschiedenen von ihnen frequentierten Badehäuser vergleichen, ziehen Ellen vor. Es soll alles so sein wie früher.« Er lachte auf und bog links ab. »Der Flur ist so lang, damit man auch bei Regen vor und nach dem Bad einen Spaziergang machen kann.« Karl folgte ihm über das Parkett.

Auf beiden Seiten des langen Korridors befanden sich Türen. Sie waren überwiegend geschlossen, und dahinter hörte man rauschendes Wasser und Holzschuhe, die auf Dielen klapperten.

»Wie viele Badezimmer gibt es?«, fragte Karl.

»Wir haben zwanzig Baderäume und ebenso viele Bademeisterinnen. Die meisten wohnen hier in Marstrand, aber manche kommen auch nur über den Sommer zu uns. Einige sind ansprechender als andere.« Er sah Karl augenzwinkernd an, doch der wusste nicht, was er darauf antworten sollte. Doktor Bauman ging auf eine offene Tür etwas weiter hinten zu. Als er an den Türrahmen geklopft hatte, ertönte ein knappes »Ja?«. Der scharfe Ton erinnerte Karl an Großmutter, wenn man es wagte, um ein weiteres Stück Kuchen zu bitten, obwohl man schon zu viel gegessen hatte.

»Wie viele Anwendungen pro Tag?«, fragte Karl, der die Stimme gesenkt hatte, ohne genau zu wissen, warum eigentlich.

»Zweihundertvierzig«, antwortete Bauman und nahm zufrieden Karls hochgezogene Augenbrauen zur Kenntnis.

»Pro Tag?«

»In der Hochsaison«, erklärte Bauman.

Eine weißgekleidete Frau mit Wachstuchschürze erschien in der Tür. Sie hatte die Haare streng zurückgekämmt, und als sie sich umdrehte, sah Karl, dass sie es im Nacken zu einem Knoten zusammengebunden hatte.

»Guten Morgen, Ida.«

»Guten Morgen, Herr Doktor.«

Sie sah Karl neugierig an.

»Das ist Doktor Wallin, der diesen Sommer bei uns sein wird. Das hier ist Ida. Sie wird Ihnen ein Algenbad verabreichen.«

Guter Gott, dachte Karl und betrachtete die kräftigen Oberarme der Frau. Als hätte sie seine Gedanken gelesen, stemmte sie die Arme in die Seiten und musterte ihn ungeniert von Kopf bis Fuß.

»Kommen Sie rüber zu mir, wenn Sie fertig sind.« Doktor Bauman drehte sich um und verschwand mit schnellen Schritten in dem langen Flur.

»Bitte sehr.« Ida bedeutete ihm mit einer Handbewegung, dass er eintreten sollte. Im Kachelofen knisterte ein heimeliges Feuer. Über einer Waschschüssel hing ein großer Spiegel, daneben standen eine Chaiselongue und in der Ecke ein Stiefelknecht mit einem stummen Diener, auf dem man seine Kleidung ablegen konnte.

Ida machte hinter ihm die Tür zu und verschwand im Badezimmer nebenan. Karl knöpfte sein Hemd auf. Ein merkwürdiges Gefühl beschlich ihn. Er wollte sich gerade das Hemd ausziehen, als ihm ein Gedanke kam. War das ein Test? Ein Einweihungsritual? Stand der Doktor vor der Tür und lachte sich über seine Dummheit kaputt wie er selbst über die Medizinstudenten, denen er im ersten Semester immer einen Streich gespielte hatte? Vorsichtig warf er einen Blick in den Flur und vergewisserte sich, dass dort niemand war. Er hängte Hemd und

Hose auf, setzte sich in Unterwäsche hin und fühlte sich unwohl, bis Ida hereinschaute und auf die Leibwäsche zeigte.

»Runter damit«, sagte sie nur, drehte sich um, erreichte mit drei Schritten die Holzwanne und maß die Temperatur, indem sie den Ellbogen ins Wasser tauchte.

Langsam zog er die letzten Kleidungsstücke aus und stand splitterfasernackt vor ihr.

»Bitte, steigen Sie hinein.« Ida deutete auf die große Holzwanne an der Wand. Sie war von außen grün und innen weiß gestrichen.

Zögerlich setzte er erst den einen und dann den anderen Fuß hinein. Das fast etwas zu heiße Wasser brannte auf seiner Haut, aber er wusste, dass er sich daran gewöhnen würde, sobald er mit dem ganzen Körper eingetaucht war. Nachdem er sich vorsichtig hingesetzt und seinen Kopf am hinteren Wannenrand angelehnt hatte, entfuhr ihm ein »Ah«.

Das heiße Salzwasser hüllte ihn ein. Ida nahm den Deckel von einem Eimer voll frisch gekochtem Tang und kippte den Inhalt über ihm aus. Greifbare Hitze überflutete ihn. Er schloss die Augen und spürte, wie der Tang ihn streifte, anfangs heiß und brennend, aber bald in derselben Temperatur wie das Meerwasser in der Holzbadewanne. Er merkte, wie die Algen sich zwischen seine Finger und Zehen flochten, betastete die glatte Oberfläche und zerdrückte eine Blase nach der anderen. So muss es im Urzeitmeer gewesen sein, dachte er, während er das bräunliche Wasser betrachtete. Er spürte förmlich, wie die ursprünglichen Kräfte von Tang und Salzwasser seinem Körper alle Schadstoffe entzogen und ihn das Bad gleichzeitig mit Ruhe erfüllte. Hätte Ida nicht mit ihren Holzpantinen geklappert, wäre er beinahe eingeschlafen. Geschickt sammelte sie die Pflanzen in der Hand und rieb damit kraftvoll und energisch über seinen Körper. Offenbar wollte sie seinem bleichen Stockholmkörper mit roher Kraft den Tang und das Salz einverleiben.

3

Montag, 27. Mai 2013

Am Montagmorgen saß Lycke im Büro und fummelte an der durchsichtigen Kunststoffhülle mit ihren Visitenkarten darin herum. »Lycke Lindblom, Projektmanagerin.« Draußen schien die Sonne, und sie sehnte den Freitag herbei. Bis dahin würde es jedoch noch vier Tage dauern. Seufzend gab sie sich einen Ruck und zwang sich weiterzuarbeiten. Sie blickte zwischen dem Bildschirm, auf dem sie das IT-System der Baufirma Fredlunds Bygg vor sich hatte, und dem Papierstapel auf dem Schreibtisch hin und her. Ein Wust das Ganze. Sie richtete sich im Sitzen auf, streckte die Arme über den Kopf und beugte den Kopf zu den Seiten. Es knackte im Nacken. Sie sehnte den Yogakurs am Abend herbei. Im Grunde hätte sie fast alles lieber gemacht als das hier.

Seit Walters Geburt war sie beruflich kürzergetreten. Hin und wieder arbeitete sie ganz gerne von zu Hause und verließ pünktlich das Büro. Vielleicht war es an der Zeit, sich wieder ein bisschen zu engagieren?

In letzter Zeit war ihr aufgefallen, dass die jüngeren Angestellten, zwei Fünfundzwanzigjährige mit zu langen Haaren, die sie sich mit einem nassen Kamm aus dem Gesicht kämmten, von den Seniorberatern bevorzugt wurden. Irgendwie gelang es ihnen, die Papierstapel mit den zähflüssig gärenden Konflikten zu umgehen und stattdessen mit den neuen Kunden der Consultingfirma zu arbeiten.

Von vorne anzufangen, machte immer mehr Spaß, dann hatten alle gute Laune und es gab Geld für Kick-offs und eine Sandwichtorte. Wenn es jedoch später darum ging, einen Verantwortlichen für die Dinge zu finden, die nicht funktionierten, und vor allem jemanden, der für die Kosten geradestand, wenn etwas schiefging, war die Stimmung nicht mehr ganz so gut. Außerdem hatte das Auswirkungen auf die Boni. Wenn die Grünschnäbel anfangs mit Geld um sich warfen, wurden sie zunächst belohnt. Schwierig war es für denjenigen, der hinterher aufräumen und die so genannten Garantieleistungen erbringen musste, für die es keinen Bonus gab. Systemfehler, dachte Lycke, als an ihre Tür geklopft wurde, Karl-Erik Strand eintrat und auf einem der beiden blauen Besucherstühle vor ihrem Schreibtisch Platz nahm. Vor zwanzig Jahren hatte er diese Firma gegründet, und vor acht Jahren hatte er sie eingestellt.

»Woran sitzt du?« Er lehnte sich zurück. Ein Bein über das andere und die Arme verschränkt.

Lycke streckte sich, rutschte mit ihrem Stuhl ein Stück zurück und setzte sich genauso hin wie Karl Erik.

»Fredlunds Bygg«, sagte sie in einem möglichst positiven Tonfall.

»Wie läuft es?«, fragte Karl-Erik.

»Doch, wir kriegen das schon hin, aber es dauert eben. Wenn man nur von Anfang an alles ordentlich gemacht und nicht so verflucht schlampig gearbeitet ...« Sie deutete auf den Papierstapel.

»Ich habe dich gehört«, unterbrach er sie. »Dann bist du also beim Kunden gewesen?«

»Ich war dort, und die waren hier. Nach dem ganzen Ärger waren ziemlich viele Treffen nötig, um ihr Vertrauen zurückzugewinnen. Beinahe hätten wir sie an Know-it verloren«, sagte Lycke und fragte sich, worauf er wohl hinauswollte.

»Gut, Lycke. Verdammt gut. Tja, ich war gerade bei der Kommune Kungälv. Nachdem wir ein Jahr lang daran gearbeitet haben, können wir das neue System nun endlich einführen. Der Projektleiter bei der Kommune heißt Peter Hagman. Er ist ein guter Mann.« Er hustete und zog eine Schachtel Halspastillen aus der Jackentasche. »Aber dann gibt es da noch Lennart Holm, einen Politiker, der seine Nase überall reinsteckt. Ehemaliger Kaffeehändler, der alles wissen und bei jeder E-Mail CC gesetzt werden will, obwohl er es zeitlich gar nicht schaffen kann, den ganzen Kram zu lesen. Er behauptet, er wolle sich auf diese Weise eine Meinung bilden, aber ich weiß nicht. Er stört vor allem. Wir können beim Start keinen Sand im Getriebe gebrauchen.«

Lycke ahnte, was Karl-Erik im Sinn hatte. Außerdem war Lennart Holm der Politiker, der sich für eine Schließung der Marstrandsschule ausgesprochen hatte. Als jedoch herauskam, dass er in dem Gebäude ein privates Unternehmen unterbringen wollte, an dem er selbst beteiligt war, hatte er seine Glaubwürdigkeit verloren. Milde ausgedrückt. Ihn auszubremsen, würde ihr ein Vergnügen sein.

»Ich soll den Start betreuen?«

»Na, so wie ich dich kenne, hast du doch bestimmt auch ein paar Verbesserungsvorschläge.«

»Na ja«, sagte Lycke. »Ideen habe ich schon, aber das Projekt geht bereits in die Startphase. Das Ideenstadium ist längst vorbei.« Mit diesen Phrasen brauchte er ihr nicht zu kommen.

»Ich habe gehört, was du gesagt hast. Nächstes Mal bist du von Anfang an dabei. Aber wenn du diese Sache sicher in den Hafen bringst, wäre es gut. Anstatt nach Göteborg ins Büro zu kommen, kannst du an den Tagen, an denen du bei ihnen bist, direkt nach Kungälv fahren.«

Lycke schwieg, obwohl er offensichtlich eine Antwort erwartete. Diesen Trick hatte sie von Karl-Erik Strand selbst übernommen. »Hm.« Sie klang skeptisch.

»Komm schon, Lycke«, sagte Karl-Erik. »Das hier kann niemand so gut wie du, und nach all den Umwegen brauchen wir jetzt einen professionellen Abschluss. Ich glaube, hier muss jemand wie du mit neuer Energie an die Sache rangehen.«

»Unbedingt.«

»Super!«, sagte Karl-Erik.

»Ja, verdammt.« Sie schob den Papierstapel auf ihrem Schreibtisch zusammen und packte ihn in eine Mappe mit Gummiband. Anschließend stellte sie wie nebenbei ihre Frage.

»Wer übernimmt die Änderungen bei Fredlunds Bygg?«

»Ich dachte, das könntest du vielleicht ...«, begann Karl-Erik.

Das soll ich also auch machen, dachte Lycke. Vergiss es. Das hier war die Gelegenheit, den Wust loszuwerden.

»Das ist zeitlich nicht zu machen. Wenn wir einen professionellen Probelauf und anschließend die Systemeinführung bei der Kommune

Kungälv reibungslos durchführen wollen, brauchen wir den ganzen Tag. Und diesen Politiker Lennart Holm erledige ich mit links.«

»Das ist mir klar«, brummte Karl-Erik. »Hast du eine Idee, wer sich stattdessen …«

Lycke sah die Grünschnäbel hinter der Scheibe. Ernie und Bert. Sie standen an der Kaffeemaschine und verglichen ihre teuren Armbanduhren. Sie zeigte auf die beiden.

Karl-Erik drehte sich um. »Aber …«, begann er.

Sie erinnerten ihn mit Sicherheit an seine eigene Jugend, dachte Lycke. Wahrscheinlich hatte er deswegen solch einen Narren an ihnen gefressen. »Die Jungs sind gute Verkäufer, aber sie müssen noch Erfahrung sammeln. Um dem Kunden Vertrauen einzuflößen und Kompetenz auszustrahlen, muss man sich mit dem Produkt auskennen und Fragen beantworten können. Es reicht nicht, den Verkauf zu moderieren und beim Kick-off im Wald den Wagen mit dem Allradantrieb zu fahren. Wenn sie das kapiert haben, werden sie richtig gut.« Und vielleicht ein bisschen demütiger, dachte Lycke, obwohl sie es im Grunde bezweifelte.

Karl-Erik klatschte mit den Handflächen auf seine Oberschenkel und stand auf. »Sind das alle Ausdrucke der Dokumentation?«, fragte er und nahm die Mappe von Lyckes Schreibtisch.

»Das sind die Fehler- und Statusmeldungen sämtlicher Vorgänge. Die übrigen Ordner stehen im Archiv.« Alle neun, dachte Lycke.

»Na dann. Ich habe morgen um eins einen Termin bei der Kommune Kungälv. Es wäre gut, wenn wir uns vorher noch mal absprechen und gemeinsam dorthin fahren würden. Sagen wir, morgen früh um neun in meinem Büro?«

»Auf jeden Fall«, sagte Lycke lächelnd.

Sonntag, 15. Juli 1906;
Beginn der zweiten Kursaison

Karolina machte langsame Schritte und hielt sich an ihrem Sonnenschirm fest. Der Kai schien unter ihren Füßen genauso zu schwanken wie das Dampfschiff. Es herrschte strahlender Sonnenschein, und vor dem Turisthotel wehten die blau-gelben Flaggen im Wind.

»Ich habe das Gefühl, dass ohne die norwegischen Farben in der Fahne etwas fehlt«, sagte Karolina, die hinter ihrem Vater, Ingeborg und ihrer Halbschwester Magdalena herging.

»Wenn du Vater fragst, fehlt ganz Norwegen«, antwortete die kleine Schwester.

»Wohnen wir wirklich hier?«, flüsterte Karolina, als ihnen ein junger Mann die Tür öffnete, sich vor ihnen verbeugte und hinter ihm ein einladender dunkelroter Teppich sichtbar wurde. Vorsichtig setzte Karolina einen Fuß darauf. Er erinnerte sie an den Perserteppich, den ihre Großmutter im Schlafzimmer auf Schloss Noor gehabt hatte. Er war so dick, dass man darin einsank. Manchmal, wenn Großmutter es nicht sah, schlich sie sich heimlich in das Zimmer und legte sich auf den Fußboden, als wäre der weiche Teppich eine Wolke oben im Himmel, wo ihre Mutter wohnte. Einmal erzählte sie ihrer Großmutter davon. Dann kullerten dicke Tränen über die Alabasterwangen, und die alte Dame eilte aus dem Zimmer.

Das Foyer hatte eine hohe Decke, unter der zwei – elektrische – Lampen aus satiniertem Glas mit einem Kronenmuster hingen. Karolina sah sich nach dem Lichtschalter um und fragte sich, wie die Lampen wohl aussahen, wenn sie brannten. Der rote Teppich führte eine Holztreppe mit schön geschnitztem Geländer zu einem Absatz hinauf, wo durch ein Fenster die Sonne hereinschien. In dem hellen Lichtfleck bogen Treppe und Teppich um die Ecke und verschwanden nach oben. In ihrem Bauch kribbelte es, und sie streckte den Rücken. Kaum zu glauben, dass sie in einem so feinen Hotel wohnen würden. Wie groß es wirkte. Sie hatte Lust, das kunstvoll verzierte Geländer zu umfassen, die Treppe hinaufzurasen und sich dort oben umzuschauen. Doch das wäre natürlich unschicklich gewesen, und sie hätte es ohnehin nur halb hinauf geschafft, bevor sie gezwungen gewesen wäre, stehen zu bleiben und nach Luft zu schnappen.

Eine Dame, die etwas ins Reservierungsbuch eingetragen hatte, legte ihren Stift beiseite, kam auf sie zu, klatschte begeistert in die Hände und wendete sich an ihren Vater.

»Willkommen in Marstrands Turisthotel. Sie sind Direktor Lundgren, nicht wahr? Ihr Gesicht kenne ich doch von dieser phantastischen Titelseite. Der Sägewerkskönig, hat man sie nicht so genannt?«

Vater gab ihr lachend die Hand und bestätigte das. Ingeborg nickte gnädig. Karolina mochte Ingeborgs Gesichtsausdruck, wenn man ihr ansah, wie stolz sie auf Vater war.

»Dann habe ich wohl mit Ihnen telefoniert? Frau Anna Öster?«

»Das ist richtig, ich betreibe das Hotel. Normalerweise stehe ich nicht am Empfang, aber es macht mir Freude, unsere Gäste zu begrüßen«, sagte Anna Öster.

Direktor Lundgren. Das hörte sich schön an, fand Karolina, aber es sagte nichts darüber aus, wie die Dinge wirklich lagen. Überhaupt nichts.

Vor drei Jahren, als die Zeitungen über Vater berichtet hatten, hatte die Sache anders ausgesehen. Mit graumelierten Schläfen hinter seinem klobigen Schreibtisch sitzend, die Pfeife im Aschenbecher und der geliebte Füller in der Hand, so hatte er eine Titelseite nach der anderen geschmückt. Man hatte über seinen scharfen Intellekt geschrieben und lobend erwähnt, dass er trotz seiner direkten Art diplomatisch und menschlich wirkte. Familienfotos vor dem Gutshof in Karlstad, Vater nach einer gelungenen Jagd mit der aufgeklappten Büchse über der Schulter auf dem Heimweg. Die Hunde an seiner Seite. Karolinas Lieblingsbild war das, auf dem er mitten in dem reißenden Strom auf einem Baumstamm balancierte. Als herauskam, dass dort der Direktor persönlich mit federnden Knien auf einem Baumstamm stand, hielt die gesamte Geschäftswelt den Atem an. Die meisten fanden es höchst unpassend, dass sich ein Firmenchef genauso gebärdete wie die Arbeiter, die schließlich einer anderen Klasse angehörten und sich ohnehin nicht anständig zu benehmen wussten. Die Frauen dagegen waren – wie die Flößer und die Sägewerksarbeiter – voller Bewunderung. Allerdings aus ganz anderen Gründen.

»Ich hoffe, es ist alles zu Ihrer Zufriedenheit.« Anna Öster blätterte in dem dicken Bestellbuch und wanderte mit dem Finger über eine Seite, bis sie gefunden hatte, wonach sie suchte. »Hier. Der Salon im Turmhaus mit den zwei dazugehörigen Schlafzimmern ist bis zum 31. August für Sie reserviert.«

»Das ist richtig.« Karolina sah Vater lächeln, hörte aber an seiner Stimme, dass er sich Sorgen machte. Manchmal fragte sie sich, ob auch Ingeborg die Zwischentöne wahrnahm oder sie einfach ignorierte.

Anna Öster notierte etwas in dem Bestellbuch und legte es anschließend so vor Vater hin, dass er seinen Namen neben das Datum schreiben konnte, den 15. Juli 1906. Seine Schrift war elegant und zeichnete sich durch sanfte Schwünge aus. Als kleines Mädchen hatte Karolina es geliebt, ihrem Vater beim Schreiben zuzusehen. Der Stift tanzte über das Papier, und die Buchstaben verwandelten sich in verschnörkelte Kunstwerke. Es faszinierte sie, wenn er Berge von Verträgen unterschrieb und seinen Namen jedes Mal in derselben Eleganz zu Papier brachte.

»Ich werde Ihnen Ihr Gepäck aufs Zimmer bringen lassen«, sagte Frau Öster, griff nach einem Schlüssel und zeigte zur Treppe.

»Bitte folgen Sie mir.« Sie legte ihre Hand auf das Geländer und ging hinauf. Karolina und Magdalena folgten ihr. Während sie sich am Geländer festhielt, machte Karolina einen Schritt nach dem anderen.

»Wie fühlst du dich?«, fragte ihre kleine Schwester besorgt, als sie merkte, wie langsam es voranging.

»Es geht schon. Ich kann nur nicht so schnell.« Karolina lächelte, obwohl sie in der Brust einen Druck spürte und ihre Lunge beim Atmen pfiff. Als wenn die Röhre, durch die Luft ein- und ausströmen sollte, zu eng geworden wäre. »Geh ruhig schon vor.«

»Nein, ich warte auf dich.«

Schließlich erreichten sie das Obergeschoss, wo sie von zwei geöffneten Flügeltüren erwartet wurden. Magdalena strich zärtlich über die Schnitzereien an den Türblättern.

»Wie schön hier alles ist!«, entfuhr es Karolina, als sie den Raum betrat. Sie bestaunte die Tapeten, hob den Blick zum schweren Kristalllüster, der an einer von eleganten Deckenleisten eingerahmten Stuckrosette befestigt war. Genau darunter auf dem Tisch mit den vier Stühlen stand ein prächtiger Blumenstrauß. Die Sonne schien durchs Fenster und verlockte zu einem Blick nach draußen.

»Oh, was für eine Aussicht!« Magdalena zeigte aufs Wasser. Dann verschwand ihr Lächeln und sie drehte sich zu Vater um. »Können wir uns das wirklich leisten?«

»Na ja.« Vater ließ sich in einen Sessel sinken. »Eure Mutter hat darauf bestanden.« Er seufzte. »Wie üblich.«

»Das ist eine Investition, mein Lieber.« Ingeborg tätschelte seine Wange. »Mach dir keine Sorgen, Magdalena. Vater und ich hoffen, dass die Seeluft Karolina guttut und sie hier einen Kavalier findet. Marstrand ist für beides der richtige Ort.«

Edvard Lundgren sah auf seine Taschenuhr. »Was ist mit dem Mittagessen, Ingeborg?«

»Wir könnten doch ins Restaurant gehen«, schlug sie vor und betrachtete sich im Spiegel an der gegenüberliegenden Wand.

»Ins Restaurant? Es wäre gut, wenn wir bei den Mahlzeiten sparen könnten.« Er reichte ihr die Preisliste, die er mit dem Schlüssel erhalten hatte.

»Himmel!«, entfuhr es Ingeborg. »Nun, dann wollen wir mal sehen, was wir von zu Hause mitgebracht haben. Es müssten noch ein paar Butterbrote und etwas Aufschnitt da sein. Wir essen hier zu Mittag und gehen lieber abends ins Restaurant.«

»Dafür reicht das Geld nicht«, konstatierte Vater nüchtern.

»Du sagst immer so deprimierende Dinge, Liebster.«

»Das Haushaltsgeld kannst du dir so einteilen, wie du willst, aber hier geht es um ganz andere Beträge«, sagte Edvard bekümmert. »Es gibt schließlich auch eine Zeit nach dem Sommer.«

»Lass mich das regeln. Und langfristig ...« Sie warf einen Blick auf die Mädchen. »Kommt mal mit. Ihr schlaft in diesem Zimmer.« Sie führte sie in das andere Schlafzimmer. »Richtet euch doch schon mal häuslich ein.«

Dann machte sie auf dem Absatz kehrt und schloss die Flügeltüren zum Salon hinter sich. Karolina setzte sich auf einen Sessel. Magdalena legte das Ohr an das linke Türblatt und berichtete Karolina, dass ihre Eltern die Diskussion über das Geld und Prioritäten fortsetzten, während ihre Schwester die belegten Brote auspackte, die ihnen die Haushälterin vor der Abreise geschmiert hatte.

»Sollen wir einen Spaziergang machen?«, fragte Karolina.

»Wir sind doch sowieso hier, um einen Mann für dich zu finden, der dich heiratet, und falls nicht schon einer unter deiner Bettdecke liegt, sollten wir uns am besten gleich auf die Suche machen.« Karolina lachte, während Magdalena sich hinunterbeugte und die Tagesdecke anhob.

»Ach, das hatte ich mir gedacht.«

»Du bist verrückt, Magdalena.«

4

Als das Boot leicht krängte, verkleinerte Karin das Segel, damit die Andante nicht so schnell fuhr. Sie wurde mit einem weiteren Ruck an der Angel belohnt und holte vor Skallens Leuchtturm die vierte Makrele an Bord.

»Verzeih mir«, sagte sie, während sie dem zappelnden Fisch einen Schlag auf den Kopf versetzte und ihn in den Eimer zu den drei anderen legte. Johan hatte sich angekündigt, und sie wollte heute Abend Makrele und neue Kartoffeln servieren. Allein bei dem Gedanken ans Abendessen wurde sie hungrig.

Da der Wind abgeflaut war, warf sie den Motor an, legte den Vorwärtsgang ein, drehte das Boot in den Wind und zog am Tampen der Fock, so dass sich das Vorsegel, eine Genua, einrollte. Eine Zeitlang hatten Regen und Gewitter in der Luft gelegen, aber dann waren die dunklen Wolken vorübergezogen, ohne sich zu entleeren, und stattdessen weiter übers Festland gewandert. Im Moment schien die Sonne, aber hinter Pater Noster wartete bereits die nächste düstere Wolkenfront. Die Sonnenstrahlen schienen die Spitze des roten Leuchtturms zu berühren, während die restliche Insel im Schatten lag. Die Meteorologen hatten Regen und Gewitterschauer angedroht, aber hier draußen vor der Küste kam man manchmal ungeschoren davon. Sie machte Ordnung auf den Sitzplätzen, legte die Schoten ordentlich zusammen und hängte sie an die Winschen. Dann nahm sie die Handkurbeln ab, öffnete die Luke aus Teakholz und verstaute alles sorgfältig an seinem Platz. Den ganzen Kram in Ruhe wegzupacken, war etwas vollkommen anderes, als bei stürmischem Wetter an einer Sicherheitsleine vor dem flatternden Segel zu stehen und etwas zu suchen. Dann musste der Tampen, den man brauchte, fein säuberlich zusammengelegt sein und durfte sich nicht ringeln wie eine Schlange im Nest. Hielt man Ordnung an Bord, gab es selten Grund zur Sorge, dachte sie und trat aufs Gaspedal. Zu stark. Sie musste sich hinunterbeugen und Gas wegnehmen, diesmal mit der Hand. Das Pedal war schon alt und schwergängig, obwohl sie es geölt hatte. Außerdem war es so weit unten angebracht, dass sie es mit der Hand nicht erreichte, ohne die Ruderpinne los- und die Umgebung aus den Augen zu lassen. Sie musste den Schalter verlegen, war aber noch nicht dazu gekommen. Daher benutzte sie den Fuß, doch mit dem fiel ihr die Feineinstellung schwerer.

Wenn nicht so viele Boote unterwegs gewesen wären, hätte sie anfangen können, den Fisch während der Fahrt zu säubern, aber es war sicherer, sich auf den ein- und auslaufenden Verkehr in der Hafeneinfahrt von Marstrand zu konzentrieren. Die Makrelen mussten warten, bis sie angelegt hatte.

Die Restaurantterrasse des ockerfarbenen Warmbadehauses war vollbesetzt, und vom Societetshus schallte Musik herüber. Vom Anblick der alten Holzhäuser wurde ihr wie immer warm ums Herz, und ihre Gedanken wanderten zu längst vergangenen Sommern zurück, in denen Marstrands Dampfschifffahrtsaktiengesellschaft die feinen Herrschaften in die Meereskuranstalt transportierte, wo sie sich mit frischer Luft und Bädern stärken durften. Die Orte und Häuser waren noch da. Sogar die Schieferplatten in der Långgata waren noch dieselben.

Während Karin ihr Boot nach Backbord auf die Seite des Sundes zusteuerte, wo die Blekebukt und Koö lagen, beobachtete sie gestresste Segler, die um die Liegeplätze im Hafen von Marstrandsö konkurrierten, obwohl sich die Boote dort bereits schon in zweiter und dritter Reihe drängten. Um diese Jahreszeit war sie froh über den festen Liegeplatz, den sie gemietet hatte. Dass er sich zudem auf der Koö zugewandten Seite und somit im ruhigeren Teil des Hafens befand, schadete auch nicht.

Nachdem sie das Boot sicher vertäut hatte, holte sie ihr Schneidebrett hervor und säuberte die erste Makrele. Das Filetiermesser lief dicht am Rückgrat entlang, damit kein bisschen Fleisch verlorenging. Gerade als ihre Hände richtig klebten, vibrierte das Handy. Fluchend drehte sie es mit spitzen Fingern um.

»Folke Handy« stand auf dem Display. Sie sah sich vergeblich nach der Küchenrolle um und wischte ihre Hände schließlich am Geschirrtuch ab, obwohl es eins der feinen war, in die Großmutter mit rotem Kreuzstich ihre Initialen gestickt hatte. Dann nahm sie den Anruf an.

Obwohl sie seit Jahren zusammenarbeiteten und sie ihn mit »Hallo, Folke« begrüßte, nannte Folke umständlich seinen Vor- und Nachnamen.

»Wo befindest du dich?«, fragte Folke.

»Ich bin in Marstrand und habe gerade vier Makrelen fürs Abendessen geangelt.«

»Das klingt gut. Ich wollte fragen, ob es dir möglich wäre, eine Sache zu untersuchen.«

»Tja, das kommt darauf an, worum es geht.«

»Die Feuerwehr hat eine Art Übung im alten Turisthotel auf Marstrandsö durchgeführt und dabei offenbar eine Person aufgefunden. Obwohl das Gebäude aufgrund seines schlechten Zustands eigentlich abgeschlossen und verriegelt ist.«

»Und in welchem Zustand war die aufgefundene Person?«

»Der Mann war bedauerlicherweise tot«, sagte Folke. »Der Einsatzleiter der Feuerwehr heißt Lars Ullander und ist noch vor Ort. Nachdem der Notruf einging, hat sich sofort eine Funkstreife auf den Weg gemacht, aber ich weiß nicht, ob die schon angekommen ist.«

»Okay, ich gehe mal rüber und sehe nach«, sagte Karin. Die Makrelen mussten solange in den Kühlschrank.

Die Fähre war voll besetzt, als direkt hinter Karin der Schlagbaum gesenkt wurde. Marstrand im Sommer und Marstrand im Winter waren zwei vollkommen verschiedene Dinge, dachte sie, während sie Johans Nummer wählte. Ihre Hände rochen nach Fisch, obwohl sie sie gründlich gewaschen hatte, bevor sie aufgebrochen war. Zu ihrer Freude entdeckte sie in ihrer Jackentasche ein Erfrischungstuch mit Zitronenduft. Schon von der Fähre aus sah sie die Feuerwehrwagen vor dem Turisthotel.

»Wir sehen uns an Bord, wenn du fertig bist.« Johan klang richtig verständnisvoll.

Am Kai bog sie links ab und umrundete die Villa Maritime. Hinter den beiden Feuerwehrautos standen ein Rettungswagen und die Polizei. Als sie näherkam, hob ein junger Polizist das Absperrband hoch und begrüßte sie freundlich. Karin versuchte, sich an seinen Namen zu erinnern. Rapp? Knapp? Schnipp, schnapp, aus die Maus? Es war jedenfalls ein kurzer Name gewesen.

»Wir sind gerade erst gekommen, und ich weiß nicht, ob noch jemand im Gebäude ist.«

»Okay.« Karin erklomm die drei Stufen der Steintreppe mit einem Schritt und öffnete die weiße Flügeltür.

Im alten Hotelfoyer standen fünf Feuerwehrmänner, zwei Sanitäterinnen und ein Polizist. Auf dem roten Teppich lagen Helme und Atemmasken.

»Hallo. Karin Adler, Kriminalkommissarin von der Polizei Göteborg.« Sie holte tief Luft und nahm den unverkennbaren Geruch von Schimmel wahr. »Wer hat angerufen?«

»Ich«, sagte ein Mann um die fünfzig und gab ihr die Hand. »Hallo. Lars Ullander, genannt Lulle.« Er gab Karin einen festen und trockenen Händedruck, strich sich über das raspelkurze Haar, zeigte auf die übrigen Feuerwehrmänner und fasste in breitem Stockholmer Dialekt kurz zusammen, um wen es sich handelte. Dort standen Abbe und Dennis, die beiden Feuerwehrmänner, die ins Haus gegangen waren, der Anführer Mattias und Lill-Bengt, der an der Pumpe gestanden und sich um die Wasserversorgung gekümmert hatte. Karin hatte etwas übrig für Menschen, die keine Zeit verschwendeten, und bis jetzt hatte Lulle noch nicht ein Wort zu viel gesagt.

Er war als Erster vor Ort gewesen, um die Übung vorzubereiten, aber die Leiche in dem verrauchten Raum hatten andere gefunden. An dieser Stelle unterbrach sie ihn.

»Hättest du die Leiche entdecken müssen, als du die Puppen platziert und alles vorbereitet hast?«, fragte Karin.

»Ja, normalerweise hätte ich mir das Gebäude ganz genau angesehen, aber da ich schon so oft hier war, hielt ich das nicht für nötig. Ich kenne das Haus wie meine eigene Westentasche und habe vor ein Zimmer, das wir bei dieser Übung nicht betreten wollten, einen Stuhl gestellt.«

»Hast du reingeguckt, bevor du den Stuhl davorgestellt hast?«, fragte Karin.

Er überlegte kurz. »Nein«, gab er dann zu. »Hab ich nicht.«

»Ist der Mann in dem Zimmer, vor dem der Stuhl stand, aufgefunden worden?«

»Ja.« Lulle sah auf den roten Teppich. Er schien sich zu schämen. »Wir sind ja, wie gesagt, oft hier. Und dabei nehme ich es doch immer mit allem so genau«, fügte er seufzend hinzu.

»Erzähl mir alles von Anfang an und zeig mir, wo er ist«, sagte Karin.

»Abbe und Dennis, ihr kommt mit mir«, sagte Lulle zu den beiden Feuerwehrmännern, die sofort die Treppe hinaufgingen. Während Karin ihnen folgte, ließ sie sich von Lulle erklären, wie die Übung vor sich gegangen war und wo sich jeder Einzelne aufgehalten hatte. Zwei Leute drinnen, die anderen draußen. Durch ein großes Sprossenfenster im Treppenhaus fiel Licht herein und warf einen Schatten in Form eines Kreuzes auf die Stufen. Auf dem Hinterhof zwischen Hotel und Nebengebäuden wuchs das Gras meterhoch. Als sie das Obergeschoss und die Schwingtüren aus satiniertem Glas erreichten, hinter denen sich der Korridor erstreckte, übernahmen Abbe und Dennis die Führung. Sie zeigten ihr, wie sie gemeinsam mit dem Schlauch zwischen ihnen durch den Flur gegangen waren und oben einen Raum nach dem anderen abgesucht hatten. Dennis vorweg, Abbe hinter ihm.

»Du darfst nicht vergessen, dass man nichts sieht. Es ist alles weiß, wie in einem dichten Nebel«, erklärte Lulle ihr. »Der Schlauch ist die Rettungsleine.«

Karin nickte und zählte die Türen am Gang, fünf auf jeder Seite. Unten stand der Kollege von der Funkstreife Wache. Durch ein Fenster am Ende des Flurs sah sie den Turm der Festung Carlsten.

»Ich habe das Fenster geöffnet, damit der Rauch abziehen kann«, sagte Abbe, der ihren Blick bemerkte.

Dennis sprach weiter, und Karin stellte beeindruckt fest, wie eingespielt sie anscheinend aufeinander waren.

»Als ich hier ankam, bin ich gegen etwas gestoßen, was dann umfiel.« Er zeigte auf den Stuhl, der immer noch mitten im Flur vor den Füßen der uniformierten Kollegin lag, einer dunkelhaarigen Frau mit Pferdeschwanz. Karin nickte ihr zu. »Ich wusste jedoch nicht, was es war. Man konnte ja nichts sehen.«

»Ein Fehler meinerseits. Ich hatte vergessen zu sagen, dass ich einen Stuhl vor diesen Raum gestellt hatte, weil er nicht benutzt werden sollte.«

»Also habe ich die Klinke angefasst und die Tür geöffnet.« Dennis' Stimme veränderte sich, zitterte ein wenig. Er räusperte sich. »Soll ich sie jetzt öffnen?« Er richtete sich auf.

Sie sah, wie mitgenommen er war. Die Atmosphäre im Flur war aufgeladen von dem Toten hinter der Tür. Menschen reagieren unterschiedlich, aber leicht ist die Begegnung mit dem Tod nie, und sie lässt niemanden kalt. Karin zog die Latexhandschuhe über, die sie immer in der Jackentasche hatte.

»Ich kann das machen.« Sie trat einen Schritt nach vorn, griff nach der Klinke und stieß die Tür schwungvoll auf. Die Scharniere quietschten. Sie ging an der Nische vorüber, in der sich eine kleine Küchenzeile befand, und betrat den gelb gestrichenen Raum. Ein paar Schritte weiter sah sie den Mann, der bäuchlings auf dem Holzfußboden lag.

Sie brauchte einen Techniker, am besten Jerker, und die Rechtsmedizinerin Margareta, um aufzuklären, was hier passiert war. Und wer der Mann war.

Dennis war ihr widerwillig gefolgt. Er stand direkt hinter ihr, und als sie sich umdrehte, sah sie, dass er die Nase rümpfte. Der Geruch im Zimmer war leicht metallisch. Er stand in scharfem Kontrast zu der gelben Farbe der Wände, dem frischen Gras und dem Vogelgesang vor dem Fenster.

»Wir können hier stehenbleiben«, sagte Karin.

»Anfangs dachte ich, die Jungs hätten mir einen Streich gespielt«, erklärte Dennis. »Deshalb bin ich sauer geworden, hab Abbe angefahren und bin zu dem Körper gegangen. Erst dann habe ich begriffen, dass es kein Scherz war.«

»Ich habe ihm zugerufen und versucht, ihn aufzuhalten«, sagte Abbe entschuldigend.

»Und da habe ich gesehen, dass ...« Dennis kam ins Stocken und starrte den toten Mann auf dem Fußboden an.

»Was habt ihr dann gemacht?«, fragte Karin.

»Ich bin rausgerannt und habe mich im Flur übergeben.«

Lulle sprach weiter. Er beschrieb den weiteren Verlauf. »Abbe rief mich über Funk an und sagte, sie hätten einen Toten gefunden. Ich dachte zwar zuerst auch, es würde sich um einen Scherz handeln, informierte dann jedoch trotzdem die Notrufzentrale, bevor ich hineinging. Wir haben die Polizei und einen Krankenwagen gerufen, aber wir waren ja bereits seit über eine Stunde hier beschäftigt, und ich war vorher schon eine ganze Weile hier gewesen. Ich brauchte nur seinen Puls zu fühlen und ihn anzusehen, um zu wissen, dass es zu spät war.«

»Dennis und ich sind runtergegangen«, sagte Abbe. »Lulle ist noch geblieben.«

»Ich war hier, bis die Funkstreife kam und ich von deiner Kollegin abgelöst wurde. Da bin ich auch runtergegangen zu meinen Jungs«, beendete Lulle seine Erklärungen.

»Der Puls«, fügte Abbe hin. »Natürlich habe ich seinen Puls und seine Atmung sofort kontrolliert, aber er war ja schon kalt.«

»Die Tür da unten, war die abgeschlossen, als du kamst, um alles vorzubereiten?« Karin sah Lulle fragend an.

»Yes, die war abgeschlossen«, antwortete Lulle.

»Hast du jemanden gesehen? Ist dir auf der Straße jemand begegnet?«, fragte Karin.

»Nein, kein Schwein. Ziemlich tot hier ...« Er schien die Worte zu bereuen, kaum dass er sie ausgesprochen hatte.

Die Feuerwehrmänner hatten gut daran getan, nicht in dem Raum umherzugehen. Die Platzierung der Leiche und die Blutlache hatten es unmöglich gemacht, das Gesicht des Mannes zu sehen. Falls man nicht über ihn hinwegstieg. Sie war froh, dass das niemand getan hatte. Auch die Sanitäter nicht, die wahrscheinlich schnell begriffen hatten, wie es um den Mann stand. Doch sie musste wissen, wer die Person war, die dort lag. Sie bat Lulle, sie am Arm festzuhalten, während sie sich nach vorne lehnte und mit dem Handy ein paar Fotos machte. Drei davon waren unbrauchbar, aber auf dem vierten war tatsächlich das Gesicht zu erkennen. Die Haut war erschlafft und hatte einen unnatürlichen Farbton. Man erkannte sofort, dass die Person tot war.

»Weißt du, wer das ist?«, fragte Karin, reichte Lulle ihr Telefon und zog ein Notizbuch aus der Tasche.

Lulle betrachtete das Foto und runzelte die Stirn, doch dann nickte er. »Verdammt, das ist ja Holger«, sagte er entsetzt. »Was ist passiert?«

»Holger?«, wiederholte Karin.

»Ja, Holger Eriksson, er wohnt ein paar Straßen von hier entfernt in der Vinkelgata.«

»Bist du sicher?«, fragte Karin.

Lulle wandte sich an seinen Kollegen. »Guck mal, Abbe, das ist doch Holger, oder nicht?« Er reichte ihm das Handy.

»Klar. Mein Gott, das kann doch nicht wahr sein«, sagte Abbe, nachdem er sich das Foto angesehen hatte, und legte das Telefon wieder in Karins Hand.

»Was hat er hier gemacht?«, fragte Karin und steckte das Handy in die Jackentasche.

»Er war hin und wieder hier und hat nach dem Rechten gesehen. Der Eigentümer des Gebäudes hat auf dem Hof eine Maulwurffalle aufgestellt, und die hat Holger für ihn kontrolliert.«

»Wie heißt der Eigentümer?«

»Ernst Rosén, das ist eine Immobilienfirma in Göteborg. Holger hat sich für die Zukunft des Gebäudes eingesetzt. Er wollte, dass es unter Denkmalschutz gestellt wird.«

»Und die Besitzer?«

»Die wollten das nicht. Holger hat sich hier fast überall eingemischt und hätte es gerne gesehen, wenn noch mehr von den alten Häusern erhalten worden wären.« Lulle lächelte traurig.

»Okay, gehen wir raus zu den anderen.« Bevor sie das Zimmer verließ, machte sie mit ihrem Handy noch ein paar Fotos. Dann schloss sie hinter sich die Tür und nickte ihrer Kollegin zu. Während sie langsam durch den Flur ging, klickte sie Folkes Nummer auf dem Display an, dann entschied sie sich um und rief stattdessen Robert an. Sie ließ es mehrmals klingeln, aber es ging niemand dran. Vielleicht war er noch mit der Familie im Urlaub. Also doch Folke.

»Wie sieht's aus?«, fragte er.

»Als wäre er in einem der Zimmer im oberen Stock erschlagen worden«, sagte Karin. »Ich brauche einen Techniker und einen Rechtsmediziner. Würdest du mir Jerker und Margareta Rylander-Lilja hierherschicken?«

»Ich rufe sie sofort an, aber ich selbst kann leider nicht rauskommen und dir helfen.«

»Okay. Weißt du, wo Robert steckt?«

»Er ist gerade auf dem Rückweg von Dänemark«, erklärte Folke. »Ich habe vorhin mit ihm gesprochen, aber kein Wort verstanden, weil die Kinder so einen Krach im Auto gemacht haben. Begreifst du, warum Eltern heutzutage ...« Karin hörte ihm nicht mehr zu, grinste aber in sich hinein. Vermutlich hatte Robert das Telefonklingeln gar nicht erst bemerkt.

»Danke, Folke, ich rufe ihn noch mal an«, sagte sie, ohne seine Moralpredigt zu kommentieren. Dann klickte sie erneut Roberts Nummer an.

»Hallo, Karin. Alles in Ordnung?«, meldete sich Robert. Im Hintergrund hörte sie die Tochter, die beiden Söhne und Roberts Frau, die die Kinder ermahnte, still zu sein, weil Papa telefonierte. »Du bist der blödeste kleine Bruder der Welt!«, schrie irgendjemand.

»Ja, bei mir ist alles in Ordnung«, schrie Karin beinahe, damit er sie auch hörte.

»Könnt ihr mal leise sein!«, brüllte Robert. »Okay, Karin, jetzt bin ich da.«

»Die Feuerwehr hat im Turisthotel in Marstrand einen älteren Mann tot aufgefunden.«

»Hat es gebrannt?«

»Nein, die haben eine Übung gemacht und sind dabei auf den Toten gestoßen. Es sieht so aus, als wäre er durch einen oder mehrere Schläge auf den Kopf zu Tode gekommen. Ich habe Folke gerade gebeten, Jerker und Margareta herzuschicken. Wie sieht es bei dir aus, kannst du kommen?«

»Ich werde mal versuchen, irgendwo anzuhalten, dann rufe ich dich zurück.«

»Alles klar.« Karin legte auf. Sie folgte den anderen durch den Flur und ging durch die Tür, die Lulle ihr aufhielt.

»Also, noch mal zu Holger«, sagte er. »Es war manchmal ganz schön anstrengend, mit ihm zu tun zu haben, aber ihn deswegen gleich umbringen ...« Er schüttelte seufzend den Kopf.

»Wir werden rausfinden, was passiert ist«, sagte Karin.

»So«, sagte Robert, als er zurückrief. »Ich setze die Familie in zwanzig Minuten zu Hause ab, und dann komme ich.«

»Geht das denn?«, fragte Karin.

»Ehrlich gesagt, kommt mir eine Pause ganz gelegen. Fünf Tage im Aqualand in Dänemark reichen vollkommen. Die Kinder freuen sich auf ihre Freunde, und wir haben bergeweise Schmutzwäsche.«

»Wieso das denn?«, fragte Karin.

»Zwei Kinder hatten Magendarm, da kommt einiges zusammen. Ein Halleluja auf die Dachbox, wir haben das Zeug dort in der Zwischenzeit gelagert. Nun steht uns nur noch die Sanierung bevor.«

»Die du nun deiner Ehefrau überlässt. Was sagt Sofia dazu?«

»Dass ich meinen Beruf mehr liebe als meine Familie und dass ich in den Sommerferien eine Woche ohne Handy mit ihnen verreisen soll, um es wiedergutzumachen.«

»Richte ihr aus, dass ich euch eine Woche zum Segeln einlade. Auf meine Andante. Die ganze Familie.«

»Besprich das lieber zuerst mit Johan.« Robert lachte. »Das klingt wirklich nach einer romantischen Woche mit einer fünfköpfigen Familie an Bord. Johan wird vor Freude in die Luft springen. Also, du weißt Bescheid, ich bin auf dem Weg.«

»Super. Danke, Robert.«

Sie legte auf und betrachtete das Telefon. »Wisst ihr, ob er ein Handy besaß?«, fragte sie die fünf Feuerwehrmänner im Foyer.

»Holger? Ja«, antwortete Lulle. »Ich müsste sogar die Nummer haben.« Er zog sein Telefon aus der Tasche. »Soll ich ihn anrufen?«

»Gerne.«

»Der Teilnehmer ist momentan nicht zu erreichen«, sagte Lulle nach einer Weile.

»Okay.« Karin notierte sich die Nummer. »Dann wollen wir mal sehen ...«

Sie würde die Leute in der Umgebung fragen müssen, ob sie etwas gesehen oder gehört hatten. Besonders wichtig war es, sich möglichst schnell in der Villa Maritime direkt gegenüber umzuhören, denn in dem Gebäude gab es nicht nur Mietwohnungen, sondern auch ein Hotel. Es bestand die Gefahr, dass Gäste abreisten, ohne zu wissen, dass ihre Beobachtungen von Bedeutung waren. Der Kollege, der Hall hieß, wenn sie nicht alles täuschte, wurde hinübergeschickt. Anschließend wandte sich Karin an die Feuerwehrmänner.

»Darf ich euch bitten, aufzupassen, dass niemand hier reinkommt, während ich mich im Gebäude umsehe?«, fragte sie.

»Meine Kollegen fahren jetzt in Göteborg los, aber sie werden eine Weile brauchen.«

Dennis lehnte an der Wand. Er sah sie wortlos an.

»Du kannst hier nicht allein rumlaufen, das ist gefährlich«, sagte Lulle.

»Vielleicht, wenn ich einen Grundriss hätte ...«

»Nein, auf keinen Fall. Das Haus ist teilweise einsturzgefährdet, und ich trage die Verantwortung dafür, dass hier niemand zu Schaden kommt.« Er verstummte und drehte sich schließlich zu den anderen

Feuerwehrmännern um. »Ich begleite sie. Du hast hier alles im Griff, Abbe?« Er nickte diskret in Dennis' Richtung.

»Danke«, sagte Karin.

Ein riesiges Haus mit drei Stockwerken – da gab es unendlich viele Möglichkeiten, sich zu verstecken.

Nach dem Mittagessen machte sich die gesamte Familie Lundgren auf den Weg. Ingeborg hatte etwas an der Rezeption zu erledigen gehabt und war anschließend ganz hektisch geworden.

»Los, beeilt euch!« Ingeborg ging mit raschen Schritten zum Kai.

»Was hast du denn so Dringendes vor?«, fragte der Vater, bekam aber keine Antwort. Offensichtlich leicht verärgert, verlangsamte er das Tempo, aber Ingeborg, die ihm zwei Schritte voraus war, bemerkte das gar nicht.

Ingeborg hatte eine Stunde vor dem Spiegel verbracht, um sich selbst und die Mädchen in einen vorzeigbaren Zustand zu bringen. Nun trugen alle drei lange weiße Röcke, Blusen und Hüte.

Eine angenehme Brise wehte und griff spielerisch nach den Sonnenschirmen. Die Schieferplatten glänzten in der Sonne, und das Wasser im Hafenbecken glitzerte einladend.

Alle Menschen am Kai schienen in dieselbe Richtung unterwegs zu sein und es eilig zu haben.

»Wo wollen die denn alle hin?«, fragte Karolina in dem Moment, als in der nördlichen Hafeneinfahrt Salutschüsse ertönten.

Vater blieb ruckartig stehen. »Ich habe es geahnt«, sagte er.

Ingeborg drehte sich um. »Seine Majestät der König trifft einen Tag eher als geplant ein«, sagte sie dann. »Außerdem müssen wir ohnehin zum Warmbadehaus, um uns anzumelden. Ich möchte, dass Karolina von Doktor Bauman untersucht wird. Vielleicht bringt er ihre Luftröhre in Ordnung.«

Vaters Züge wurden weicher, als seine Ehefrau die älteste Tochter erwähnte. »Nun denn, meine Liebe«, sagte er. »Wenn es dir so wichtig ist, den König zu sehen, würde ich vorschlagen, dass du schon mal vorgehst, damit du ihn nicht verpasst. Magdalena, du kannst sie gern begleiten. Karolina und ich kommen langsam nach.« Er hakte die Tochter unter und sah seine Frau mit Magdalena im Schlepptau davoneilen.

»Die Seeluft wird dir guttun, du wirst sehen, dass die Erkältung nachlässt. Die frische Luft und das Salzwasser. Ich habe sogar gehört, dass man es trinken kann. Allerdings bin ich unsicher, ob es schmeckt.« Lächelnd drückte er den Arm seiner Tochter.

In gemächlichem Tempo gingen sie den Kai entlang. Im Sommer, weit weg von seinem Büro, war Vater ein anderer. Sie wollte ihn nach der Firma fragen, traute sich aber nicht.

Zwei Damen rauschten an ihnen vorbei. Vater schüttelte den Kopf.

»Ich verstehe das nicht. Wir importieren einen Franzosen und machen ihn zum König, taufen ihn auf den Namen Karl Johan um, damit es schwedischer klingt, und wenn sein Enkel Oskar II. seinerseits König wird, spielen die Frauen verrückt, wenn er zu Besuch kommt. Und alle, die es mit Verwandtschaftslinien, Hochadel und blauem Blut seit Generationen ganz genau nehmen, verbeugen sich tief. Er hätte auch Kalle Hansson heißen können.«

Karolina fasste sich ein Herz. Eine bessere Gelegenheit würde sich kaum ergeben. »Die Firma, Vater. Wie läuft es da?«

Er tätschelte ihren Arm.

»Du brauchst dir keine Sorgen zu machen. Ich hätte es vielleicht lieber gesehen, wenn wir stattdessen ins Lyckornas Meeresband in Ljungskile gefahren wären, denn dort hätten wir für den gleichen Zeitraum nur halb so viel bezahlt wie hier, aber eure Mutter wollte partout nach Marstrand. Ich nehme an, das hat etwas mit dem königlichen Glanz zu tun. Sie glaubt wahrscheinlich, es gibt hier die besseren Kavaliere. Und weißt du was? Manchmal hat sie sogar recht.« Lächelnd zog er seine Pfeife aus der Tasche, stopfte sie sorgfältig und zündete sie an.

»Aber nicht immer«, fügte er hinzu.

Der Tabak gab ein ganz besonderes Geräusch von sich, als er Feuer fing und zu glühen begann. Ein leichtes Knistern, dachte Karolina. Und der Duft – den liebte sie. Er symbolisierte ein gemütliches Zuhause und Geborgenheit. Vater in seinem Sessel hinter dem großen Schreibtisch.

Wieder nahm Edvard den Arm seiner Tochter. Der Tabakgeruch wurde zwar vom Wind verdünnt, war aber immer noch wahrnehmbar.

Karolina bewunderte seine Art, nicht mit den Dingen zu hadern, sondern immer weiterzumachen. Es war kein Geheimnis, dass die Eltern sich nicht einig gewesen waren, denn der Aufenthalt in Marstrand war viel teurer als an anderen Orten. Sowohl Lysekil als auch Ljungskile waren im Gespräch gewesen. Ingeborg hatte ein rotes Gesicht bekommen, als Lysekil erwähnt wurde, weil Carl Curman, der dortige Badearzt, mit Karolinas Mutter verwandt war. Schließlich hatten sie sich auf Marstrand geeinigt, und da die Entscheidung nun einmal gefallen war, sah Vater jetzt keinen Grund, sich weiter den Kopf darüber zu zerbrechen.

»Hast du gehört, was ich gesagt habe, Karolina?«

Karolina nickte, war in Gedanken aber noch bei den Diskussionen, die sie aus dem Arbeitszimmer ihres Vaters gehört hatte. Die Nachfrage nach Holz sank, denn große Schiffe wurden immer öfter aus Stahl gebaut, hatte sie Vaters engsten Vertrauten sagen hören, dessen värmländischer Singsang das ernste Gespräch auch nicht heiterer gemacht hatte.

Kalter harter Stahl statt duftendem Holz. Als sie noch zwischen Sägewerk und Wald wohnten, hatte sich Karolina der Arbeit ihres Vaters immer nah gefühlt. Die keimenden Sprosse, denen sie behutsam auswich, würden sich zu stattlichen Bäumen entwickeln. Der Fluss vor ihrem Fenster wirkte an der Oberfläche geruhsam und gutmütig, doch tückische Unterströmungen konnten einen rasch in die Tiefe ziehen. Das Meer sah anders aus, dachte sie, während sie den Kai entlangging. Platt und ein wenig leblos, erst der Wind schien es zum Leben zu erwecken. Der Fluss bei ihnen zu Hause dagegen führte ein Eigenleben.

»Du hast doch nicht etwa jetzt schon Heimweh?«, fragte Vater.

»Nein«, antwortete Karolina. »Aber ich vermisse den frischen Waldgeruch.«

Der Vater lachte.

»Ja, du hättest dir ein Fläschchen Waldduft oder eine Schachtel Sägespäne mitnehmen sollen. Hier riecht es nach Meer und Tang. Aber auch das hat seinen Charme, du wirst schon sehen. Und du kannst dir ganz sicher sein, dass zu Hause weitergearbeitet wird, auch wenn wir hier sind. Im Wald werden Bäume gefällt und auf dem Fluss transportiert. Ich lasse mir Berichte schicken.« Er sagte das mit einem wehmütigen Unterton. Vielleicht lag es auch an Karolinas eigener Sehnsucht, dass sie seine Stimmlage so interpretierte. Der Wald, die Baumstämme, die Planken und Spanten von großen Schiffen werden sollten. Eiche war das härteste und belastbarste Material, hatte sie gelernt. Und wenn man die Stämme der Länge nach viertelte, erhielt man das beste Holz, auch wenn dabei mehr Material verlorenging. Die Bretter wurden erst aus den Vierteln gesägt. Man fing am Mark an, denn man wollte an das dunkle Kernholz und nicht an die jüngeren Randschichten. Der Duft von frisch gesägtem Holz beruhigte sie immer. Über weiche Späne zu laufen, fühlte sich an wie ein Waldspaziergang auf Moos. Karolina war mit draußen im Wald gewesen und hatte gesehen, wie Vater und die Kunden krummgewachsenes Holz begutachteten. Man konnte die gebeugten Bäume als einen Scherz von Mutter Natur betrachten, aber sie waren wertvoll. Jedes Jahr hatten sie sich ein wenig mehr gekrümmt. Dampfkisten konnten ein Stück Holz zwar zwingen, sich zu runden, aber es würde niemals eine so stabile Form bewahren wie die Bäume, die über Jahre krumm gewachsen waren.

Im Städtchen von Marstrand standen nur wenige Bäume, und die schienen hauptsächlich zur Zierde gepflanzt worden zu sein. Gepflegte Gewächse in schnurgeraden Reihen, deren üppige Kronen Schatten spendeten.

Auch auf die Firma des Sägewerkkönigs war ein Schatten gefallen. Abgesehen davon, dass große Schiffe mittlerweile aus Stahl gebaut wurden, war das Unternehmen auch mehrmals von Streiks betroffen gewesen. Die Norweger, die früher für sie gearbeitet hatten, gehörten nun einem anderen Land, einer eigenen Nation an, und seitdem die Union vor einem Jahr aufgelöst worden war, wollten Norweger nur noch im äußersten Notfall für einen Schweden arbeiten. Über all das waren Vaters Berater sehr in Sorge, während er versuchte, Hoffnung zu verbreiten, indem er darauf hinwies, dass auch andere Branchen Holz brauchten. Sie mussten umdenken und sich an andere Kunden als die Schiffbauer richten.

Aber Karolina konnte jetzt kaum zugeben, dass sie die Gespräche heimlich belauscht hatte.

»Weißt du, mein Schatz, ich sehe Licht am Ende des Tunnels, aber es wird noch eine Weile dauern. Es haben einige Leute Interesse daran bekundet, bei uns zu investieren, weil sie an die Firma glauben. Und wenn die Schiffbauindustrie kein Holz mehr will, gibt es genügend andere Abnehmer.«

»Das klingt gut«, erwiderte Karolina und fragte sich, warum sie Vater diese Fragen nicht schon viel früher gestellt hatte. Die Wahrheit war, dass er zuerst zu beschäftigt gewesen war und dann so verbissen gewirkt hatte, dass sie es nicht wagte. Und in der Zwischenzeit reckten sich auf der Waldlichtung neue Bäumchen in die Höhe.

»Ich könnte Geld von einem externen Financier bekommen, aber dann müsste ich einen Großteil des Aktienkapitals abgeben, was bedeuten würde, dass jemand anderes Einflussmöglichkeiten auf die Unternehmensführung erhält, und das will ich nicht. So weit ist es noch nicht gekommen. Und deswegen bin ich dafür abzuwarten. Geduld zu haben. Man sollte nicht jede Gelegenheit sofort am Schopf packen, nur weil man in der Klemme steckt. Wer Hilfe anbietet, hat auch ein Interesse und sieht eigene Chancen, das muss man im Hinterkopf haben. Und jetzt schau dir lieber unseren König an.«

Karolina wandte sich in die Richtung, in die der Vater zeigte, und sah das weiße Schiff in den Hafen gleiten. Die Besatzung an Deck stand stramm, und alle Menschen auf dem Kai hielten inne und bestaunten die königliche Yacht.

»Ist das der König?«, fragte sie.

»Ja. Er verbringt für gewöhnlich den Sommer hier in Marstrand. Meines Wissens tut er das seit zwanzig Jahren, aber erkundige dich besser noch mal bei deiner Mutter, die ist mit allen Details vertraut.«

»Und die Königin?«, fragte Karolina.

»Ich glaube nicht, dass Sofia dabei ist. Früher ist sie immer in die Sommerresidenz in Skinnarböl in Norwegen gefahren, aber seit dem

Ende der Union tut sie das vielleicht nicht mehr. Sie hatte lange Zeit gesundheitliche Probleme und konnte nicht gut laufen, und da ist ein Schiff möglicherweise nicht der geeignetste Aufenthaltsort.«

Karolina fiel ein, dass der König angeblich diverse uneheliche Kinder hatte. Möglicherweise war auch sein Interesse an anderen Frauen der Grund, warum die Königin auf die Sommerfrische in Marstrand verzichtete. In den Zeiten, als der König seine Affären weniger diskret ausgelebt hatte, war sie sogar ins Ausland gefahren. Nach allem, was Karolina wusste und gelesen hatte, war die Königin eine fürsorgliche und rücksichtsvolle Person. Sie hatte sogar ein Krankenhaus gegründet, das Sophiahemmet in Stockholm.

Während sie am Kai entlangschlenderten, fielen ihr zum ersten Mal die schönen Häuser von Marstrand auf. Nach der Schiffsreise, als ihr Körper vollauf damit beschäftigt gewesen war, sich an den festen Boden zu gewöhnen, hatte sie sich weniger auf die Umgebung als auf das Kopfsteinpflaster konzentriert, um keinen falschen Schritt zu machen. Nun sah sie das freundliche Gesicht, das die Stadt dem Hafen zuwandte. Die dicht an dicht stehenden Holzhäuser mit den Balkonen im ersten und zweiten Stock waren in hellen Farben gestrichen. Die verschnörkelten Geländer der Balkone und Veranden erinnerten sie an die vier Etagen hohe Torte, die ihre Cousine Eva und deren dänischer Graf bei ihrer Hochzeit vor einigen Wochen gehabt hatten.

Karolina seufzte. Seit Eva unter der Haube war, richteten sich die Blicke der Familie auf Karolina, die als nun älteste unverheiratete Frau in der Verwandtschaft an der Reihe war. So angenehm ein Urlaub in Marstrand auch sein mochte, konnte sie ihn doch weder genießen noch sich entspannen, weil der Zweck ihres Aufenthaltes nur darin bestand, jemanden zu finden. Einen »geeigneten Kavalier«, wie Ingeborg es nannte. Karolina hatte den Mann der Cousine am Vorabend der Hochzeit mit einer Kellnerin herumturteln sehen, und auch Eva selbst schien nicht gerade vor Glück überzusprudeln, sondern wirkte eher erleichtert. Jetzt war sie verheiratet und hatte das Ganze überstanden.

So will ich es nicht. Karolina dachte an Großmutter und Großvater, die ihre Mutter verstoßen hatten, weil sie sich nicht in die blaublütige

Reihe eingeordnet, sondern ihrem Herz gefolgt war und trotz ihrer hochadeligen Herkunft Edvard Lundgren geheiratet hatte. Die Heirat mit dem Holzproduzenten war eine Heirat nach unten gewesen. Er war zwar ein vermögender und angesehener Mann, aber auch durch und durch bürgerlich. Doch ihre Eltern waren glücklich zusammen gewesen. Ich will ebenso glücklich sein, dachte Karolina.

»Worüber zerbrichst du dir den Kopf?«, fragte Vater.

»Nichts Besonderes«, log Karolina und schaute in einen prächtigen Garten, an dem sie vorbeikamen. Nicht dunkelgrün wie der Wald zu Hause und trotzdem schön. Der Rasen wirkte saftig, und eine Amsel bemühte sich gerade mit aller Kraft, einen Wurm aus der Erde zu ziehen. Kletterrosen, deren betäubender Duft bis an den Kai zu riechen war, wuchsen über und durch den Zaun.

»Wie schön«, sagte Karolina. »Ich hätte wirklich nicht gedacht, dass es hier so ist. Auf der Fahrt habe ich nur graue Inseln bemerkt. Sie sahen aus wie Schädel von kahlen Trollen, die auf dem Meeresboden hocken und nur darauf warten, Schiffe in die Tiefe zu ziehen.«

Vater lachte herzlich. »Du hattest doch Bilder gesehen«, sagte er.

»Das ist nicht dasselbe.« Sie atmete tief ein. »Gerüche und Farben kann man auf Fotografien nicht erkennen.«

Als sie beim letzten Haus vor der Norrbro ankamen, wo der Kai in einen rechtwinklig abbiegenden Holzstieg überging, blieb Vater stehen. Das dreistöckige Gebäude war ganz neu. Am schmiedeeisernen Zaun war dessen Name, »Villa Aruga«, zu lesen. Ein gepflasterter Weg führte zum Eingang, und auf den beiden überdachten Veranden standen Korbstühle und Tische mit großen Blumensträußen.

»Familie Wijks Sommerfrische«, sagte Vater und atmete Rauch aus. Karolina betrachtete das riesige Haus. »Carl Wijk ist mit Nägeln reich geworden«, fuhr Vater fort. »Er handelt mit Stahl. Schade, dass ich das nicht auch gemacht habe. Na ja.« Er bemerkte Karolinas große Augen und ihr bekümmertes Gesicht. »Du nimmst dir das alles viel zu sehr zu Herzen, mein Schatz. Ich bringe das in Ordnung. Unter uns gesagt, habe ich ein paar Investitionen gemacht, die sich auf lange Sicht auszahlen könnten.« Er zwinkerte. »Hier draußen wird es mitunter stürmisch.« Er zeigte auf den Holzstieg, der dort anfing, wo der Kai endete. Offenbar denkt er die ganze Zeit an die Firma, dachte Karolina. Es war schon öfter vorgekommen, dass er auch im Urlaub Geschäftliches zu erledigen hatte und ins Büro musste, aber so bedrückt hatte sie ihn, soweit sie sich erinnern konnte, noch nie erlebt. Karolina wickelte sich ihr Tuch um den Hals, als sie bei der Norrbro um die Ecke bogen und den Badhusplan und die nördliche Hafeneinfahrt erblickten.

»Das gelbe Haus wird wohl Marstrands Warmbadehaus sein«, sagte Vater und wühlte vergeblich in seinen Taschen. »Wir haben im Hotel einen Prospekt bekommen. Ich muss ihn hier irgendwo haben. Wenn der König kommt, stehen die Bademeisterinnen traditionell am Kai.« Er zeigte auf die aufgereihten Bademeisterinnen, die mit ihren weißen Handtüchern winkten, während sich ein etwas kleineres Boot, eine Barkasse, dem Landesteg aus Holz näherte.

Der Badhusplan war voller neugieriger Zuschauer, und es drängten sich weiterhin Scharen von Leuten an Karolina und Vater vorbei, die zu einem eigens aufgestellten, mit Laub bekränzten Ehrentor vor dem länglichen ockerfarbenen Gebäude am Wasser strömten. Dort herrschte helle Aufregung, weil der heftige Wind das Ehrentor noch vor dem Landgang Seiner Majestät umzureißen drohte. Ein Orchester und eine Flut von weißgekleideten Menschen bildeten eine Straße vom Societetshus bis hinunter an den Kai. Auf ein Zeichen des Dirigenten hin legte das Orchester los.

Aus einiger Entfernung sah Karolina, wie der siebenundsiebzigjährige Monarch das Boot verließ und den Holzsteg betrat. Nun drängten sich die Damen mit den breitkrempigen Hüten an ihn heran. Dünne Frauen knicksten mit ihren zarten Knien, verneigten sich tief vor dem König und warfen sich anschließend missgünstige Blicke zu.

Der König beugte seinen großgewachsenen Körper zu einem kleinen Mädchen hinunter, das ihm einen Blumenstrauß überreichte. Sie senkte den Kopf und bekam rote Wangen von dem Kuss, den er darauf hauchte. Eine Frau, die Karolinas Vermutung nach die Mutter des Mädchens war, war vor lauter Stolz ganz aus dem Häuschen, zumal sich

Seine Majestät gleich darauf an sie wandte und vermutlich einige lobende Worte äußerte.

Als Bürgermeister Nils von Zweigbergk lächelnd zu einer Rede ansetzte, um den König willkommen zu heißen, verstummte das Gemurmel.

Karolina meinte, Ingeborg im Gewimmel von Hüten zu erkennen, war sich aber nicht sicher. Wahrscheinlich war es ihr gelungen, bis zu Seiner Majestät vorzudringen, etwas anderes konnte sich Karolina kaum vorstellen.

»Was für ein Spektakel«, sagte Vater. Ingeborg und Magdalena waren bestens über die europäischen Königshäuser informiert, während Karolina eher nach ihrem Vater kam und nur wenig Interesse für Monarchen aufbrachte. Natürlich kannte sie die adeligen Familien in Schweden und den Nachbarländern, doch das war Großmutters Verdienst, denn Karolinas Mutter war Hofdame gewesen. Hin und wieder durfte sie einen Blick in das dicke Buch mit dem Ledereinband und den königlichen Initialen werfen, das in der Bibliothek auf Noor stand. Meistens war Großvater derjenige, der es hervorholte und es ihr mit einem traurigen Blick überreichte, während sie zu dem Foto von ihrer Mutter in der Hoftracht geblättert hatte. Anschließend ging ihr Großvater seiner Wege und kehrte meist erst Stunden später zum Schloss zurück.

»Oh, er steckte in meiner Innentasche.« Vater schlug den Prospekt auf.

Er zeigte auf die Häuser ringsum. »Societetshus«, sagte er dann mit Blick auf das cremefarbene Haus mit den Veranden und den grün gestrichenen Details. »Ingeborg kennt sich besser aus als ich«, sagte er, bevor er zur Mitte des Prospekts blätterte und las. »Direkt gegenüber vom Societetshus siehst du die alte Arztwohnung.« Er hob den Blick. »Die muss da drüben sein. Und es stimmt, dass das große ockerfarbene Gebäude das Warmbadehaus ist. Nachdem wir dich heute angemeldet haben, gehen wir morgen dorthin und statten dem Doktor einen Besuch ab, habe ich mir gedacht. So, und das hübsche Gebäude vor dem Warmbadehaus ist das Kaltbadehaus mit den Schwimmbecken.« Er verstummte und las weiter. »Allerdings steht hier, dass Doktor Bauman Patienten auch in seiner Wohnung empfängt. Na ja, wir fangen mal im Badehaus an und sehen dann weiter. Bitte sehr, möchtest du selbst lesen?« Er reichte ihr das hellgrüne Heftchen mit dem Titel »Die Meereskuranstalt von Marstrand«, auf dem die Becken im Kaltbadehaus abgebildet waren.

Karolina nickte. Ein weiterer Arzt. Als ob das etwas bewirken würde, abgesehen davon, dass es die Kosten noch weiter in die Höhe trieb. Sie hustete und bemerkte Vaters sorgenvollen Blick. Ob er das Gleiche dachte wie sie? Allerdings hatte er nie gezögert, ärztlichen Rat zu suchen, und mit keiner Silbe je erwähnt, dass ihr Gesundheitszustand kostspielig war. Im Grunde brauchten sie sich auch erst seit einiger Zeit Gedanken um ihre Ausgaben zu machen, und Karolina war von Ingeborg darauf aufmerksam gemacht worden, dass sie eine finanzielle Belastung war. Sie war einundzwanzig Jahre alt und kränklich, seit sie denken konnte. Ständig hatte sie sich Erkältungen zugezogen.

»Oder sollen wir gleich heute hingehen?«, fragte Vater.

»Das ist nur ein Husten, Vater, es geht schon.«

»Wir können uns zumindest einen Termin für morgen geben lassen. So war es ohnehin geplant«, sagte Vater und klopfte seine Pfeife aus. »Übrigens habe ich gehört, dass ein Schwimmwettkampf veranstaltet wird – vielleicht sollte man da teilnehmen?« Er zwinkerte ihr zu.

Karolina lachte.

»Tu das.«

Nun wurde ein vierfaches Hoch auf Seine Majestät ausgebracht, und anschließend zog sich die gesamte Gesellschaft ins Societetshus zurück. Der König spazierte an der Seite von Bürgermeister Nils von Zweigbergk voran und zog einen ganzen Rattenschwanz von einigen Herren, aber vor allem Massen von Damen hinter sich her.

5

Während Karin langsam über den alten Holzfußboden im zweiten Stock des Turisthotels ging, hakte sie im Geiste ihre Checkliste ab, damit sie auch ja nichts vergaß. Sie hatte um die Namen aller Personen gebeten, die im Laufe der vergangenen vier Tage in der Villa Maritime übernachtet hatten. Das müsste reichen, dachte sie und öffnete die Tür am anderen Ende des Gangs. Hier lagen die exklusiveren Zimmer und Salons. Durch die hohen Fenster zur Varvsgata strömte das Abendlicht herein.

»Das ist ja total schön hier!«, brach es aus ihr heraus. »So würde ich auch gerne wohnen.«

»Ja, Häuser bauen konnten die«, sagte Lulle.

Sie betrachtete die Villa Maritime, das graugestrichene Hotel auf der anderen Straßenseite. Nüchtern, streng und funktional, während hier noch die Atmosphäre der Jahrhundertwende in den Räumen lag.

Hohe Fußbodenleisten und an der Decke Stuck, der von zierlichen Deckenleisten eingerahmt war. Alles schneeweiß und an manchen Stellen in so gutem Zustand, dass man den Eindruck hatte, hier wäre erst gestern renoviert worden. Jedenfalls solange man den Blick nicht auf den Boden richtete, wo jemand offenbar versucht hatte, ein Lagerfeuer zu entzünden. Zurückgeblieben war ein großer schwarzer Fleck auf den vergilbten Dielen aus Kiefer. Der Lack war vor Hitze abgeplatzt und hatte sich gekräuselt.

»Das waren nicht wir«, sagte Lulle.

Karin lachte.

»Nein, die Aktion scheint auch nicht besonders durchdacht gewesen zu sein.«

Er zeigte ihr die Salons im obersten Stock. Feierlich durchschritt Karin die Gemächer und strich zärtlich über die geschnitzten Blumen und Blätter an den Türen, die so naturgetreu wirkten, als hätte man sie pflücken können.

»Hoffentlich weiß der Eigentümer die zu schätzen«, sagte Karin mit Blick auf die Schnitzereien und die Messingklinken. Einige Möbel standen noch da, alte Eisenbetten und hübsche Tische mit geschwungenen Beinen. Am anderen Ende des Raums jedoch tropfte Wasser von einem gelben Fleck an der weißen Decke. Lulle öffnete eine Flügeltür, die gerade eben über den in der Nässe aufgequollenen Holzfußboden schwang. Karin trat im angrenzenden Raum an das Fenster neben den Balkontüren und blickte hinaus. An einigen Stellen fehlten die Geländer der Balkone, die man offenbar nur unter Lebensgefahr betreten konnte. Die Balkontüren ließen sich nicht öffnen, vielleicht hatten sie sich verzogen, aber möglicherweise war das ganze Gebäude abgesackt. Ein schönes Sofa und ein einst rosafarbener Salonsessel waren an der Stelle mit der besten Aussicht platziert worden. Auf einem schmalen Tischchen daneben stand eine Kaffeetasse. Als hätte eben noch jemand dort gesessen und sich lediglich zu einem kleinen Spaziergang erhoben.

Als ob die Zeit stehengeblieben wäre, dachte Karin.

»Das Haus steht seit Jahren leer und verfällt allmählich«, sagte Lulle. »Erinnerst du dich noch an die Säle?«

»Nein, ich war noch nie hier drinnen. Sind sie auf dieser Etage?«

»Ja, einer davon. Der Spiegelsaal ist gleich nebenan.« Lulle streckte die Hand aus und ließ Karin den Vortritt in den großen Festsaal.

Als Erstes fiel ihr auf, dass der Fußboden abgedeckt war. Plastikfolie, Schüsseln, Eimer und Wannen standen überall, wo es dem grünen Zinkblech auf dem Dach nicht mehr gelang, das Wasser abzuhalten. Sie blickte nach oben.

Der Raum hatte eine beachtliche Höhe, sicher vier Meter. Die Deckenbalken waren sichtbar, und direkt dahinter lag das nackte Nut- und Federholz. Das Haus war von Anfang an nur für die Nutzung im Sommer gedacht gewesen. Eine riesige Glasfläche mit Sprossenfenstern bot einen Panoramablick auf den Kai, Koö und den Albrektsunds Kanal. Die Wand rechts davon war mit Spiegeln bedeckt.

»Wahnsinn!«, sagte Karin.

»Man sieht direkt die Paare vor sich, die hier durch den Saal geschwebt sind.« Lulle deutete auf die riesige Tanzfläche.

»Stimmt.« Karin machte ein paar Schritte rückwärts.

»Stopp! Nicht weiter.« Lulle zeigte auf eine Pfütze. »Darunter könnte das Holz so morsch sein, dass du durch den Boden brichst.«

Karin drehte sich um und betrachtete den schwarzen Fußboden und die tückische Wasserlache.

»Es ist doch verrückt, ein so schönes Gebäude verfallen zu lassen«, sagte Lulle.

»Da gebe ich dir recht«, antwortete Karin. »Haben wir jetzt die gesamte Etage gesehen?«

»Yes. Und jetzt gehen wir nach unten und schauen uns Speisesaal und Küche an. Es ist nicht ganz einfach, die Treppe zu finden. Der ehemalige Eingang wurde nämlich verriegelt.«

Gemeinsam inspizierten sie Stück für Stück das Haus. Karin öffnete eine Tür unter der Treppe, um sich zu vergewissern, dass sich dort niemand versteckt hielt. Während Karin jeden Winkel und die Abstellkammern in Augenschein nahm, blieb Lulle im Hintergrund. Verstecke in Form von Einbauschränken und Kämmerchen gab es genügend. Eigentlich glaubte sie nicht, dass sich noch jemand im Haus befand, aber sie musste dennoch alles überprüfen.

Holgers Mörder hatte genügend Zeit gehabt zu verschwinden. Karin war keine Expertin, aber dem Geruch nach zu urteilen, lag Holger bereits seit einigen Stunden oder sogar Tagen da.

Es war schwierig, sich in dem großen Haus zurechtzufinden. Lange Flure, Treppen und Zwischengeschosse, verschiedenste Festsäle und Salons ließen einen jegliche Orientierung verlieren.

»Ich muss zugeben, dass ich nicht mehr weiß, wo im Haus wir uns eigentlich gerade befinden. Waren wir schon überall?«, fragte Karin schließlich.

»Uns fehlt nur noch der Speisesaal. Er ist hier drüben. Ich weiß, dass es nicht ganz einfach ist, ihn zu finden, wenn man zum ersten Mal hier ist«, antwortete Lulle.

»Beim zweiten Mal ist es sicher genauso«, erwiderte Karin.

»Der Speisesaal liegt unter dem Festsaal.«

»Unter dem Festsaal«, wiederholte Karin und versuchte vergeblich, sich den Grundriss des Hauses vorzustellen.

»Wenn du den Grundriss auf Papier vor Augen hast, wird dir alles klarer«, sagte er.

Ein Wandgemälde von Marstrand mit Segelschiffen im Hafen bedeckte die Südwand des Speisezimmers. Es war dieselbe Wand, die ein Stockwerk weiter oben verspiegelt war.

»Bis wann waren denn die letzten Besitzer hier?«

»Ich bin mir nicht sicher, aber 2004 wurde der ganze Laden dichtgemacht. 1964 hat hier Schwedens erste Diskothek eröffnet. Das ›Oscars‹, du weißt schon, benannt nach dem König, befand sich hier im Keller.«

»Im Keller?«

»Na klar, so ein Mist. Das habe ich vergessen zu erwähnen«, sagte Lulle. »Und einen Dachboden gibt es auch, sorry.«

»Wir nehmen uns zuerst den Dachboden und anschließend den Keller, die Küche und die Nebengebäude vor.«

»Okay. Hier geht es nach oben.«

Der Dachboden war mit alten Möbeln vollgestellt. Mit Hilfe einer Taschenlampe kämpften sie sich zwischen Eisenbetten, Nachttischen mit Nachttöpfen darin und Holzkisten voller Porzellan hindurch. Nach zehn Minuten waren sie mit dem Dachgeschoss fertig und stiegen die Treppe hinunter. Der letzte Abschnitt des gemauerten Kellers des Turisthotels bestand aus Steinstufen ohne Geländer. Lulle ging mit der Taschenlampe voran. Karin war froh, dass er ihr auch eine geliehen hatte. Das Deckengewölbe aus roten Ziegeln erinnerte an die Gänge in der Festung Carlsten. Durch die Ritzen in den Fensterläden drang zumindest ein bisschen Tageslicht. Die Tage des altehrwürdigen Hotels waren längst gezählt, stellte Karin fest. Schade, denn das Gebäude hätte mit Sicherheit gerettet werden können. Falls man rechtzeitig angefangen hätte. Aber so war es ja oft. Erst wenn es zu spät war, erkannte man den Wert vieler Dinge. Wie beim Regenwald, den Weltmeeren oder der Ozonschicht. Oder Menschen, mit denen man sich nie in Ruhe unterhalten hatte, bis sie plötzlich vollständig in die Vergesslichkeit des Alters entschwanden oder einfach verstarben. Sie musste sich wirklich mal einen Ruck geben und Großmutter besuchen, dachte sie und musste husten. Die Luft roch nach Wäsche, die zu lange in der Maschine gelegen hatte und anschließend aufgehängt worden war.

»Es kann nicht gesund sein, das hier einzuatmen«, sagte sie.

»Wahrscheinlich hätten wir besser Atemmasken aufsetzen sollen«, antwortete Lulle.

»Hast du den seltsamen Geruch etwa nicht bemerkt, als du hier alles für die Übung vorbereitet hast?«, fragte Karin.

»Nein. Das Ding ist ja, dass man sich daran gewöhnt, außerdem bin ich erkältet.«

Karin nickte und ging hinter Lulle wieder nach oben.

»Jetzt sehen wir uns die Küche an.« Er öffnete eine Schiebetür.

Vor ihnen erstreckte sich ein schmaler Raum mit breiten Fenstern und Arbeitsflächen. In den Regalen an der einen Wand standen noch immer Gläser und Stapel von Servierplatten und Tellern. Große ungeöffnete Dosen voller *Campbells Tomatensuppe* drängten sich neben silbernem Klebeband, Farbtöpfen und Eiskübeln für Sekt. Vor allem aber ein riesiger Eisenherd erregte Karins Aufmerksamkeit. Mit seinen drei Öfen an beiden Seiten stand er mitten in der Küche. »Blinder« stand auf dem rostigen Gusseisen.

»Donnerwetter!«, sagte Karin. »Was sagt denn die Feuerwehr dazu?«

»Sechs mit Koks beheizte Öfen auf so engem Raum in einer Stadt aus Holz. Einem Feuerwehrmann geht da nicht gerade das Herz auf, aber die Denkmalpflegerin hat ganz feuchte Augen bekommen, als sie zum ersten Mal hier war.«

Karin öffnete die Tür, hinter der sich ein Vorratsschrank zu verbergen schien, und leuchtete mit der Taschenlampe hinein. Neben einer handbetriebenen Mangel und ein paar Laternen auf schönen alten Füßen türmten sich fünf Pakete Haushaltspapier auf einem Regal. Sie machte die Tür wieder zu.

»Wie kommt man denn von hier nach draußen?«, fragte sie und

betrachtete die grüne Tür zum Hinterhof, an der allerdings der Handgriff fehlte.

»Gar nicht mehr. Die Türen wurden von außen verrammelt und die Riegel mit langen rostfreien Schrauben fixiert«, erklärte Lulle und zeigte durch das Fenster hinaus. »Die Leute lassen die Sache sonst einfach nicht in Frieden. Hier ist ständig eingedrungen und was kaputtgemacht worden.«

Als Karin und Lulle zurückkamen, stand Robert mit Jerker und Margareta im Eingangsbereich.

»Ihr müsst eine Runde durchs Haus gehen und euch alles ansehen. Es ist phantastisch!«, sagte Karin, bevor sie die Kollegen begrüßte.

»Hallo, Karin.« Margareta lächelte über Karins Begeisterung. Statt des kurzen Pagenkopfs, den sie meistens trug, hatte sie ihre Haare zum Pferdeschwanz zusammengebunden. Zu ihren Füßen stand ein Rucksack, der nur halb so groß wie die Tasche war, die Jerker mitgebracht hatte. In seinem Auto befanden sich sicherlich noch mehr Ausrüstungsgegenstände.

»Schön, dich wiederzusehen.« Robert umarmte Karin. Er war von der Sonne gebräunt, und sein dunkelblaues T-Shirt spannte über dem durchtrainierten Oberkörper. Er wedelte mit einem Blatt Papier in einer Klarsichthülle. »Wir haben eine Liste mit allen Personen bekommen, die in der vergangenen Woche in der Villa Maritime übernachtet haben. Schöne Grüße von deinem Freund Hall.«

»Super.«

»Nicht super, denn laut Kurzversion von der Rezeption gehen die vermieteten Zimmer auf die andere Seite hinaus, Richtung Fähre. Aber wir werden ja sehen. Hall bemüht sich, sie alle zu erwischen, und klappert jetzt einen Gast nach dem anderen ab.«

»Sehr lobenswert«, sagte Karin. Ein Kollege, der die Liste, anstatt sie ihr persönlich zu überreichen, um sich ein Lob abzuholen, jemand anderem in die Hand drückte, damit er selbst weiterarbeiten konnte.

»Und Folke, was habt ihr mit dem gemacht?«, wollte Jerker wissen und ließ seine Tasche auf den Boden fallen.

»Ich muss dich leider enttäuschen, Folke hat alle Hände voll mit anderen Dingen zu tun.« Karin grinste. »Tja, während der Brandübung wurde …«

Jerker fiel ihr ins Wort. »Abbe und Dennis haben uns alles erzählt, wir legen gleich los. Und die Führung muss warten, ich brauche das bisschen Tageslicht, das noch übrig ist.«

»Klar, komm mit nach oben, der Tatort ist im zweiten Stock.« Sie legte die Hand auf das geschnitzte Geländer und zeigte ihm den Weg. »Was Strom betrifft«, sagte sie an Jerker gewandt, »müsst ihr mit der Feuerwehr sprechen. Keine Ahnung, ob es hier welchen gibt.«

»Dann legen wir eben ein Kabel. Kein Problem.«

Sobald Margareta und Jerker das Zimmer betreten und mit ihrer systematischen Arbeit begonnen hatten, wurde Karin ruhiger. Während sie die Tür hinter sich zuzog, hörte sie die beiden diskutieren, ob sie Bertil anrufen sollten, einen Experten für die Analyse von Blutflecken. Es würde eine Weile dauern, bis er hier draußen angekommen war, und bis dahin wurde mit Sicherheit Strom für Jerkers starke Lampen benötigt. Darum sollen sie sich selbst kümmern, dachte sie und ging wieder hinunter ins Foyer.

»Wenn du Dennis und Lill-Bengt nicht mehr brauchst, schicke ich sie jetzt nach Hause«, sagte Lulle. »Und Mattias auch.«

»Natürlich. Ich muss sie aber erreichen können, falls sich weitere Fragen ergeben.«

»Du bekommst alle Telefonnummern. Und Abbe und ich können noch bleiben und mithelfen.«

»Würdest du mir zeigen, wie man in die Nebengebäude gelangt? Dann überprüfe ich die mit Robert.«

»Klar!«, sagte Lulle. »Ich verabschiede mich nur schnell von den Jungs.«

Karin bedankte sich bei den Feuerwehrmännern für die Hilfe und ging mit Robert auf die Straße. Mittlerweile war das Turisthotel von blau-weiß gestreiftem Absperrband umgeben, und wenn Passanten die Straße überqueren wollten, mussten sie erst einen Polizisten um Erlaubnis fragen.

Im Innenhof hinter dem weißgestrichenen Bretterzaun wucherten Gräser und Brennnesseln zwischen Schieferplatten und Kopfsteinpflaster. Auf der anderen Seite stand das frisch renovierte Holzhaus der Nachbarn. Sie würde Hall bitten, mit den Leuten aus der direkten Umgebung des Turisthotels zu sprechen.

Lulle ging mit großen Schritten durch das nasse Gras.

Karin sah auf die Uhr. »Wenn wir uns hier umgesehen haben, machen wir uns auf den Weg zu Holger nach Hause. Wo wohnte er noch mal?«, fragte sie.

Lulle blieb stehen und zeigte ihr die Richtung. »Die Varvsgata hoch, dann hinter der Schule links abbiegen, nicht in die Fallgatter, sondern in die nächste. Vinkelgata heißt die. Holger hat in der Nr. 10 gewohnt. Ein kleines Häuschen mit zwei Schuppen auf dem Grundstück. Er hat übrigens auch ein Boot, das liegt unterhalb von Sörgård. Vielleicht findest du sein Handy ja dort?«

Montag, 16. Juli 1906

Er hatte sich eingelebt und fühlte sich mittlerweile sogar ganz wohl in seiner Rolle. Der weiße Kittel trug natürlich seinen Teil dazu bei, dachte Karl und streckte unter dem Schreibtisch die Beine aus. Er war mittlerweile routinierter und hatte sich an den Rhythmus der Stadt gewöhnt. Morgens um neun fand in der Kirche das Morgengebet statt, nicht weniger als dreimal am Tag dirigierte Neuman das Orchester im Paradis- oder im Societetspark und, wenn das Wetter es zuließ, auch abends am Wasser. Feste und Veranstaltungen im Freien waren keine Seltenheit, und der oft gehörten Behauptung, Marstrand werde von Steifheit und Luxus geprägt, konnte er nicht zustimmen. Da er jedoch von sieben Uhr morgens bis abends um acht arbeitete, hatte er noch keine der Tanzsoireen besucht, die zweimal in der Woche stattfanden.

Hausangestellte durften zwischen halb vier und halb sechs warme Bäder nehmen, und die zweite Klasse kostete nur halb so viel wie die erste. Der Geschäftsführer Victor Hugo Fröblom kümmerte sich um alles Praktische. An ihn wandte er sich auch, wenn er Anfragen von wohltätigen Stiftungen bekam oder Zuschüsse vom Franckenska Fond an bedürftige Kurgäste auszahlen musste. Nicht, dass Letztere momentan in der Mehrheit gewesen wären.

Es war der 16. Juli, und die erste Badesaison war seit einem Tag abgeschlossen. Doktor Bauman hatte ihm erklärt, er solle die erste Zeit als Lehrphase für die Hauptsaison betrachten. Denn da kamen sie, all jene, die sich gern im Glanz Seiner Majestät sonnten.

Nun strömten die Neuankömmlinge in Scharen in die Praxis, um zu fragen, wie sie sich nach der Reise zu dem kräftigenden Meerwasser verhalten sollten. Wann durften sie ein Bad wagen? Zu allem musste er seine Einschätzung abgeben. Natürlich konnte er bei Doktor Bauman anklopfen und ihn um eine zweite Meinung bitten, falls er sich unsicher war. Und Gott sei Dank konnte er auf die Patientenkartei der vergangenen Jahre zurückgreifen. Vor jedem Termin las er sich sorgfältig die Krankenakte durch. Auf Anraten von Doktor Bauman hatte er auch die Karteikarten von einigen Prominenten studiert. So wusste er auch, wer ein schwaches Herz hatte, und war vorbereitet, falls jemand krank wurde. Die Lektüre der Krankenakten hatte ihm jedoch auch eine Erkenntnis über Doktor Bauman vermittelt, der seinen Patienten offenbar nur ungern schlechte Nachrichten überbrachte und lieber diejenigen mit den leichten Beschwerden behandelte, die man heilen oder zumindest lindern konnte. Die wirklich kranken oder anstrengenden Patienten überließ er Karl, sofern es sich nicht um so hochstehende Persönlichkeiten handelte, dass ihm gar nichts anderes übrigblieb, als sich selbst ihrer anzunehmen.

Seine erste Patientin war Gräfin Lagercreutz, eine Frau mit schriller Stimme. Sie hatte darauf bestanden, ihren kleinen Mops mitzubringen. Mit diesem unterm Arm fragte sie, warum denn Doktor Bauman keine Zeit für sie habe. Solle *sie* sich etwa von einem frisch examinierten Arzt untersuchen lassen? Ob ihm überhaupt klar sei, wen er vor sich habe? Sie musterte ihn zunächst voller Argwohn, doch das Gespräch mit ihm stimmte sie milder. Selbstverständlich wusste er, wer sie war, und hatte darum gebeten, sich um sie kümmern zu dürfen. So würde die Gräfin außerdem das Privileg haben, zwei ärztliche Meinungen zu erhalten. Gemeinsam würden sie ihre Nervosität vielleicht in den Griff bekommen. Als die Gräfin das gehört hatte, wirkte sie ein wenig besänftigt. Der Hund dagegen bleckte knurrend die Zähne, sobald sich Karl hinter seinem Schreibtisch bewegte. Die Gräfin tätschelte dem Tier den Kopf, öffnete ihre Handtasche und gab ihm einen Hundekuchen, woraufhin der Hund Karl nur noch erzürnt anstarrte.

»Ins Wasser wird man sich doch wohl noch nicht trauen dürfen?«, fragte sie, ohne ihrem feindseligen Hündchen Beachtung zu schenken. »Ich bin ja schließlich erst gestern angekommen.«

»In Anbetracht ihrer Tachykardie«, sagte er bewusst auf Latein, »dem starken Herzklopfen, würde ich davon abraten.« Karl deutete auf sein Herz. »Ich würde die Gräfin gern untersuchen und vor allem Ihr Herz abhören.« Kaum näherte sich Karl der Frau, begann der Hund zu bellen. Und er hatte geglaubt, Möpse wären freundliche Gesellen, wobei das natürlich davon abhing, wie sie erzogen wurden. Schließlich bat er Stenberg, den Wachtmeister des Badehauses, den Hund unter seine Fittiche zu nehmen.

Als die Untersuchung vorüber war und Karl Digitalis aus der Apotheke und Ruhe verordnet hatte, beugte sich die Gräfin vertraulich nach vorn.

»Sie tragen keinen Ehering«, sagte sie ohne Umschweife.

Karl lächelte über die Wendung, die der Termin nahm. »Ich bin nicht verheiratet«, sagte er.

»Verlobt?«

»Auch nicht.«

»Stimmt etwas nicht mit Ihnen?«, fragte sie misstrauisch.

»Das will ich nicht hoffen«, antwortete Karl.

»Nun, wenn es so wäre, müssten Sie das ja am besten wissen. Ich gebe heute Abend einen kleinen Empfang. In der Villagata um sieben Uhr. Es wäre nett, wenn Sie uns Gesellschaft leisten würden.«

»Danke, ich komme gern«, antwortete Karl, weil keine andere Antwort in Frage kam und er ohnehin noch nichts vorhatte.

Um sieben Uhr abends klopfte er an die Haustür der großen Villa und hoffte, dass die Gedichtsammlung, die er mitgebracht hatte, den Gefallen der Gastgeberin finden würde. Die Hausangestellte führte ihn in den Salon, wo sich die Gräfin über einen Flügel beugte. In der rechten Hand hielt sie ein Glas Champagner, unter den linken Arm hatte sie sich den misslaunigen Hund geklemmt. Als sie Karl erblickte, stieß sie einen entzückten Ausruf aus und machte eine ausladende Geste, die Karl vermuten ließ, dass es sich nicht um ihr erstes Glas an diesem Abend handelte. Der Hund begann sofort zu knurren.

»Sei still.« Die Gräfin reichte das Tier an die Bedienstete weiter, die Karl soeben mit einem Champagnerglas versorgt hatte. Dann hakte sie sich zärtlich bei ihm unter und begann, ihn den anderen Gästen vorzustellen.

»Sie beide kennen sich bestimmt«, sagte die Gräfin lächelnd, als ein Mann im Frack sich zu ihr umdrehte. Es stellte sich heraus, dass es Doktor Bauman war. Neben ihm stand eine dunkelhaarige Frau um die vierzig. Sie trug ein purpurfarbenes Kleid und hatte ihre pechschwarzen Haare zu einem Knoten zusammengebunden. Ihre dunklen Augen betrachteten ihn neugierig.

»Karl, wie schön. Das ist meine liebe Ehefrau. Anna Teresia, das hier ist der junge Arzt, von dem ich dir erzählt habe.« Jovial legte er ihm eine Hand auf die Schulter.

»Enchantée«, sagte Anna Teresia, als Karl sich verbeugte und ihr die ausgestreckte Hand küsste.

»Wir müssen weiter, à tout à l'heure«, sagte die Gräfin und nahm Kurs auf ein Dienstmädchen, um ihr leeres Champagnerglas auszutauschen. »Merkwürdige Frau, die Frau Doktor«, sagte sie in vertraulichem Ton zu Karl.

»Ach?«, erwiderte Karl. »In welcher Hinsicht?«

»Ihre Mutter ist Schwedin, der Vater Belgier, Katholik und Materialverwalter bei einer der Gruben in Åmmeberg. Die haben ja früher den Belgiern gehört.«

»Åmmeberg«, wiederholte Karl und versuchte vergeblich den Ort geographisch einzuordnen.

»Askersund, auf der Verlängerung des Vätternsees, aber südlich von Örebro«, sagte die Gräfin. »Frau Doktor, wie sie sich übrigens vorzugsweise nennen lässt, hat ihren Mädchennamen Loneux behalten und sich überdies zum römisch-katholischen Glauben bekannt. Man fragt sich, aus welchem Grund.«

Karl fragte sich insgeheim, warum das so wichtig war für die Gräfin, der Doktor Baumans Ehefrau offensichtlich ein Dorn im Auge war. Andererseits imponierten ihm ihre Detailkenntnisse. Ob sie über all ihre Gäste so gut informiert war? Vielleicht hatte Doktor Bauman sie ihm deshalb überlassen?

»Es wird Zeit«, sagte die Gräfin zu einer Frau in seinem Alter.

»Aber Mama, bitte, es ist doch erst Viertel nach.«

»Meine Tochter, Komtess Louise«, erklärte die Gräfin und stellte ihn vor. Louise hatte Sommersprossen und krauses Haar, das ihren Kopf im Verhältnis zum Körper viel zu groß erscheinen ließ. »Wo ist dein Bruder?«, fragte die Gräfin.

»Da drüben.« Louise machte eine Kopfbewegung. »Aber ich weiß nicht, mit wem er redet.«

»Das sind Herr und Frau Lundgren samt Töchtern«, erklärte die Gräfin. »Sie sind gestern eingetroffen.«

»Du bist ein hoffnungsloser Fall, Mama«, sagte die Tochter. »Dann geh rüber und begrüße sie, ich kümmere mich um Doktor Wallin.«

Kaum hatte sich die Mutter in Bewegung gesetzt, packte die Tochter sie am Arm und flüsterte so laut, dass Karl sie hören konnte: »Ich glaube, Douglas hat sein Champagnerglas verschlampt.«

»O mein Gott.« Die Gräfin stürzte quer durchs Zimmer.

»Entschuldigen Sie bitte, da muss ich helfen.« Louise rannte hinter ihrer Mutter her.

Karl drehte sich um und betrachtete die beiden jungen Frauen, die mit ihren Eltern am anderen Ende des Raums standen. Die Dunkelhaarige lachte über etwas, was der Sohn der Gräfin gesagt hatte. Die Blonde sah müde aus. Pflichtbewusst verzog sie den Mund zu einem Lächeln, das in erster Linie angestrengt wirkte. Als wäre sie lieber ganz woanders, dachte Karl. Vielleicht mit einem Buch zu Hause. Ihr dickes Haar war um ihren Kopf geflochten und schmückte ihn wie ein Diadem. Die Frisur erinnerte ihn an das Bild einer rotwangigen Frau aus Bayern, doch im Gegensatz zu diesem Gemälde war diese Frau hier sehr viel blasser um die Nase. Mit dem jungen Grafen noch immer unangenehm nah an ihrer Seite, sah sie sich um und wirkte peinlich berührt, als ihr schweifender Blick auf den von Karl traf, anstatt sich auf den Grafen zu konzentrieren.

Die Bediensteten hatten den Gästen alle Gläser weggenommen, egal, ob ausgetrunken oder nicht. Mit fragenden Gesichtern verfolgten die Gäste, wie das Personal mit den Gläsern davonrannte und keine Minute später mit neuen zurückkehrte. Die Gräfin stand in der Mitte des Saals.

»Ich bitte um Verzeihung, es war der falsche Champagner«, sagte sie lachend, aber die Augen, die den jungen Grafen fixierten, blitzten alles andere als fröhlich. Er wiederum wandte ihr den Rücken zu, während sie die Dienstmädchen zur Eile antrieb, die gar nicht schnell genug die frischen Gläser verteilen konnten. Karl hatte Verständnis für sie. Die Menschen waren entspannter, heiterer und offenherziger nach einem Glas Champagner und schlossen müheloser neue Bekanntschaften. Nachdem die junge Frau an ihrem Glas genippt hatte, wich auch das letzte bisschen Farbe aus ihrem Gesicht. Karl hätte es voraussehen müssen. Lautlos sackte sie auf dem Perserteppich in sich zusammen.

6

»Ich danke euch für die außerordentlich erfüllten Tage. Ohne euch hätte ich das nicht machen können. Ich wünschte nur, mein Vater hätte diesen Tag erlebt«, sagte Christer, als sie am Kai auf die Fähre warteten. Er schien sogar etwas feuchte Augen zu haben, als er allen fünfen feierlich die Hand schüttelte. Peter fragte sich, warum er Oves Hand ein wenig länger festhielt als die anderen. »Dann gehen wir jetzt zur nächsten Phase über. Ich muss sagen, das ist ein unheimlich tolles Gefühl. Ich glaube, die Sache könnte richtig gut werden.«

Alle nickten zustimmend.

Er versuchte sich zu erinnern, wie lange bereits sein Vater von dem Projekt geträumt und geredet hatte. Bis zu seinem Herzinfarkt.

Peter schaute auf seine Uhr. Er bemühte sich vergeblich, dabei so lässig wie Jonny zu wirken.

»Mann, Peter, was bist du denn so unruhig?« Jonny krempelte die Ärmel seines blauen Hemds hoch.

»Ich habe morgen bei der Arbeit ein Projekttreffen und muss dafür noch einiges vorbereiten.«

»Du hast doch keinen weiten Rückweg«, sagte Jonny. »Sieht man dein Haus von hier aus?« Er drehte sich um.

»Ich glaube nicht«, antwortete Peter.

»Ach so, aber die Fahnenstange da drüben – ist das nicht Christers Grundstück?«

»Ja.«

»Du solltest dir auch eine Fahnenstange anschaffen.« Jonny lachte. »Hiss doch einfach ein Bikinioberteil, das ist etwas origineller als die ganzen Flaggen mit den Fischen drauf.«

Peter machte sich nicht die Mühe, ihm zu erklären, dass es sich um das Wappen von Marstrand handelte. Außerdem vermutete er, dass Jonny das wusste. Manchmal sagte er Dinge nur, um ihn zu ärgern und zu verunsichern. Und oft gelang ihm das auch.

»Bald brauchst du dir wegen deines Jobs keine Sorgen mehr zu machen, Peter«, sagte Angela. »Aber es ist wichtig, alles zum Abschluss zu bringen und ordentlich zu übergeben.« Sie zog ihren knallroten Hartschalenkoffer neben ihm her und zwinkerte ihm zu.

»Wir sind gerade mit einer Systemeinführung beschäftigt, und ich bin dafür verantwortlich, dass alles gut klappt. Und das will ich ja auch, vor allem weil ich bald aufhöre.«

»Das ist ja klar. Ansonsten müssen sie dich eben später als Consultant engagieren. Und das wird nicht billig.«

Peter lächelte. Darüber hatte er noch gar nicht nachgedacht, aber sie hatte natürlich recht.

»Vergiss es«, sagte Christer. »Wenn wir ernsthaft loslegen, wirst du alle Hände voll zu tun haben. Dann brauche ich dich und will nichts von Nebenbeschäftigungen hören. Dein Fokus wird hierauf liegen, und nur hierauf.«

Peter dachte darüber nach, wie lange er sich danach gesehnt hatte, diese Worte gesagt zu bekommen und dazuzugehören. Als sie jünger waren, hatte Christer ihm zwar hin und wieder gestattet, dabei zu sein, aber am Ende war Peter immer ausgenutzt worden. Wie damals, als Christer ihm Apfelsaft anbot, er musste etwa elf Jahre alt gewesen. Zur großen Freude von Christers Freunden trank er zwei Schlucke, bevor er begriff, dass Urin im Glas war. Genau wie mit den Salzstangen, die Christer heimlich präpariert und in Möwenscheiße getunkt hatte. Anschließend hatte Peter eine Woche mit Fieber und Durchfall im Bett gelegen, ohne es zu wagen, seiner Mutter den Grund seiner plötzlichen Erkrankung zu verraten. Er wischte die Gedanken an die Vergangenheit beiseite. Jetzt gehörte er dazu, und es war sein Verdienst, dass sie es so weit gebracht hatten. Nun würden alle kapieren, dass Peter das Zeug zu größeren Projekten als nur der Lösung von IT-Problemen der Kommune Kungälv hatte. Die Bewohner des kleinen Ortes würden sich nicht mehr an den kleinen Jungen erinnern, der sich nur zu Hause aufs Klo traute und es manchmal nicht rechtzeitig schaffte. Stattdessen würden sie ihn im dunklen Anzug und seine schicken Visitenkarten mit dem beeindruckenden neuen Titel im Reliefdruck sehen. Die Vorstellung munterte ihn so auf, dass er seinen Rücken durchstreckte und sich breitbeiniger hinstellte. Ein paar Leute aus Marstrand grüßten ihn, aber er ignorierte sie und tat, als hätte er nicht gemerkt, dass er gemeint war. Seine Mutter machte es genauso. Sobald sie ihren Platz hinter dem Kassenschalter in der kleinen Postfiliale verließ, grüßte sie niemanden mehr. Draußen auf dem Kai war sie sofort die Frau von Direktor Hagman, und als solche fühlte sie sich nicht verpflichtet zu grüßen. Die Eltern seiner Klassenkameraden hatten sie in Peters Beisein ungeniert als hochmütig bezeichnet. Überhaupt war seine Kindheit ein dunkles Kapitel, an dem die Eltern schuld waren und das er am liebsten aus seiner Erinnerung streichen wollte. Allerdings hatte Christer es auch nicht gerade leicht gehabt. In gewisser Weise hatten sie ähnliche Probleme mit erfolgreichen Vätern, die ihre Söhne nur nach ihrem geschäftlichen Erfolg beurteilten. Das Ergebnis war im Steuerkalender und an der Anzahl der Vorstandsposten abzulesen. Mit eifriger Schützenhilfe von seiner Mutter konnte Peters Vater eine ganze Abendeinladung dominieren, aber sobald Christers Vater mit einer Zigarre in der Faust den Raum betrat, leicht verspätet, weil er gerade mit dem Flieger aus London gekommen war, entstand ein Machtgefälle, und Direktor Hagman schien zu schrumpfen. Niemand traute sich, ihn darauf hinzuweisen, dass die Asche seiner Zigarette auf den Teppich fiel und Peters Mutter eine Allergie hatte. Stattdessen machte man dem allmächtigen Vorstandsvorsitzenden gegenüber gute Miene und fühlte sich schon geehrt, wenn man sich in seiner Nähe aufhielt. Bei den wenigen Malen, wenn Christers Vater seinen Sohn auf eine Bootstour mitnahm, kamen nur mühsam Gespräche zwischen diesen beiden Menschen zustande, die sich kaum kannten und nur zufällig unter einem Dach lebten. Im fortgeschrittenen Alter hatte er sich auf Schweden konzentriert und in Immobilien investiert. Das Societetshus war nur eine davon.

Apropos Vorstand, Peter hatte soeben seinen ersten Chefposten ergattert und freute sich darauf, den Eltern davon zu berichten. Seine Mutter war mittlerweile geistig vollkommen umnachtet, aber sein Vater würde begreifen, dass er seinen Sohn falsch eingeschätzt hatte. Auch wenn das nicht alles wiedergutmachen würde, was vorgefallen war. Christer hingegen hatte die Chance, ein Projekt in die Tat umzusetzen, an dem sein Vater gescheitert war. Schade nur, dass der wichtige Mann inzwischen verstorben war und seinem Sohn daher nicht mehr anerkennend auf den Rücken klopfen konnte.

Angela bestrich ihre vollen Lippen mit dunkelrotem Lippenstift, überprüfte das Resultat im Taschenspiegel und ließ anschließend den Spiegel und die goldfarbene Hülse in ihre Handtasche fallen.

»Mich beunruhigt nur die Frage, wie ich das zeitlich alles schaffen soll. Ich kann doch die Klinik in Göteborg nicht sich selbst überlassen. Wer soll sich denn darum kümmern, wenn wir hier draußen was Neues aufmachen?«, sagte sie.

»Du musst hier sein, alle werden hier sein müssen«, sagte Christer. »Halbe Sachen kommen nicht in Frage. Ich will Spitzenleistungen sehen. Diejenigen, die normalerweise eine Klinik in der Schweiz aufsuchen, sollen in Zukunft hierherkommen. Und ich will, dass sie auf Empfehlung zu uns kommen.«

»So etwas aufzubauen, dauert«, sagte Angela.

»Ein Grund mehr, uns zu beeilen«, erwiderte Christer.

»Und die Zimmer? Wir können die Leute doch nicht in der Jugendherberge im Warmbadehaus unterbringen.« Nach einer ausladenden Geste stemmte sie die Hand in die Hüfte.

»Es ist doch sonnenklar, dass die nicht in irgendeiner Jugendherberge übernachten können. Das ist doch nicht dein Ernst!«

»Nein, ich habe ja gerade gesagt ...«, begann Angela, aber Christer fiel ihr ins Wort.

»Bis wir das Problem gelöst haben, sollen sie im Grand Hotel wohnen. Aber dich will ich von Anfang an hier haben. Ist das klar?« Christer hatte sich in Rage geredet. Er war immer schnell auf hundertachtzig gewesen. Peter hatte sich daran gewöhnt, aber Angela offensichtlich nicht.

»Ich kann dich ja verstehen, aber ...«

»Kein beschissenes Aber. Wir haben jedes Wenn und Aber hinter uns gelassen. Finde einen Ersatz für dich. Das hier macht man nicht nebenbei, und es ist wichtiger als alles andere, was ihr so treibt.«

»Ich werde eine Lösung finden, Christer, mach dir keine Sorgen«, sagte Angela leise, bevor sie verstummte. Die anderen drehten sich um. Ein Krankenwagen und dahinter ein Feuerwehrauto kamen angefahren und blieben neben ihnen am Kai stehen. Peter nickte Lill-Bengt zu, der am Steuer saß. Dennis hatte sich mit geschlossenen Augen zurückgelehnt.

»Kennst du die beiden?«, fragte Angela.

»Na klar«, sagte Christer. »Peter kennt jeden.« Er klopfte ihm auf den Rücken. Seine Wut war wie weggeblasen.

»Normalerweise übt die Feuerwehr montags«, sagte Peter.

Christer warf einen Blick auf den Krankenwagen.

»Aber nicht mit Notarzt, oder? Das habe ich noch nie gesehen. Und da drüben steht auch Polizei.«

Jonny drehte sich um und betrachtete das Polizeiauto.

»Wenn beide Sanitäter vorne sitzen, haben sie wahrscheinlich keinen Patienten hinten drin«, sagte Angela.

»Kann sein, keine Ahnung«, sagte Peter, obwohl er wusste, dass sie recht hatte.

»Frag doch mal, was passiert ist, Peter. Weil du sie doch kennst, meine ich.« Angela wendete ihre sorgfältig angemalten Raubtieraugen von dem Krankenwagen ab und sah ihn an.

»Na klar, mach ich.« Er ging hinüber und klopfte an die Fahrertür des Feuerwehrautos. Lill-Bengt kurbelte die Scheibe hinunter.

»Hallöchen.«

»Hallo, Lill-Bengt, was ist denn passiert?«

»Wir hatten eine Übung im Turist.«

»Nur ihr beide?« Peter musste lachen. Lill-Bengt verzog keine Miene, sondern sah einfach nur müde aus.

»Nein, verfluchte Scheiße. Die anderen sind noch da.«

»Und was ist mit dem Krankenwagen und der Polizei?«, fragte Peter.

Lill-Bengt warf einen Blick in die Richtung von Dennis, der mit geschlossenen Augen dasaß.

»Ist ihm schlecht?«

»Er hat im Turist jemanden gefunden.«

»Im Turist? Ist da jemand eingebrochen?« Sein Puls schoss in die Höhe.

»Nein, er hat einen Toten gefunden, aber behalt es bitte erst mal für dich.« Seine Hände umklammerten das Lenkrad.

»Weißt du, wer es ist?«, fragte Peter und spürte, wie seine Hände nass wurden.

»Ja, aber ...«

»Wer denn?«, bohrte Peter nach und hörte selbst, wie hell und verzweifelt seine Stimme klang. Verzweifelte Menschen waren pathetisch und würdelos. All das wollte er hinter sich lassen. Er bereute, dass er die Frage gestellt hatte.

»Die Polizei ist dort und untersucht den Tatort genau nach Vorschrift.«

»Logisch. Klar.« Peter wischte die Schweißperlen von seiner Oberlippe. »Kümmere dich um Dennis.«

»Mach ich, bis dann.«

Als Peter zu der kleinen Gruppe zurückkehrte, richteten sich neugierige Blicke auf ihn. Zum Glück trug er über seinem Hemd einen Pullover, sonst hätte man die Schweißflecke unter seinen Achseln gesehen. Angstschweiß hatte einen verräterisch scharfen Geruch. Er musste lernen, mit stressigen Situationen besser umzugehen, durfte sich nicht über Dinge den Kopf zerbrechen, die noch gar nicht passiert waren.

Dicht gefolgt von der Feuerwehr fuhr der Krankenwagen auf die Fähre.

»Was hat er gesagt?« Angela legte ihm eine manikürte Hand auf den Arm. Das Goldkettchen glitt hinunter, und die Anhänger klimperten leise. Ein Fisch, ein goldenes Herz und ein kleines Fabergé-Ei.

»Peter?« Gespannt warteten die anderen ab, was er sagen würde. Er genoss es, die volle Aufmerksamkeit zu bekommen, sogar die von Christer, und ließ sich Zeit. Gleichzeitig klopfte sein Herz unter dem Hemd wie wild. Er sollte es nicht weitererzählen, aber er konnte es nicht lassen.

»Im Turisthotel ist jemand gefunden worden.«

»Ein Toter, oder was?« Jonny machte alles kaputt. »Das erklärt, warum die Polizei da ist und beide Sanitäter vorne im Wagen sitzen. Hinten liegt eine Leiche.«

»Das kann doch nicht sein«, sagte Angela. »Ein Toter? Hat er das gesagt, Peter?«

Peter spürte, wie ihm die Röte ins Gesicht stieg. Das genügte als Antwort.

»Wissen sie, wer es ist?«, fragte Christer mit gerunzelter Stirn.

»Nein, das hat er mir nicht gesagt«, antwortete Peter. »Aber wir werden es sicher bald erfahren.«

Douglas, der Sohn der Gräfin, reagierte im ersten Moment bestürzt, als die Schwester der jungen Frau zu schreien begann.

»Karolina!«

Jemand rief nach Doktor Bauman, aber Karl war bereits neben der Frau auf dem Fußboden. Kniend versuchte er die Situation einzuschätzen. Ihr stand kalter Schweiß auf der Stirn, aber sie hatte Puls. Fest klopfte er ihr auf die blassen Wangen.

»Fräulein? Fräulein, wie geht es Ihnen?«

Keine Reaktion. Diese verdammte Schnürung, dachte Karl und warf einen Blick auf das Korsett, das unter ihrem Kleid hervorblitzte. Er musste es lockern, aber ging das denn hier, vor den Augen der anderen Gäste?

Karl legte der Frau einen Arm unter den Nacken und schob den anderen unter ihre Kniekehlen, die unter dicken Stoffschichten verborgen waren. Anschließend streckte er seinen Rücken, stand auf und ließ seine Beine das Gewicht tragen. Sie war leichter, als er erwartet hatte. Er sah die besorgten Blicke ihrer Eltern und der Schwester.

»Ich bin Arzt«, sagte er trocken und wandte sich an Douglas. »Schnell, wir müssen sie in ein Zimmer bringen.«

»Selbstverständlich, folgen Sie mir.«

Der Körper war schlaff, und trotz ihres geringen Gewichts war es nicht leicht, Karolina zu tragen. Als Karl hinter Douglas ins Obergeschoss ging, hatte er Angst, sie könnte ihm aus den Händen gleiten oder mit dem Kopf an das Treppengeländer stoßen.

»Bringen Sie sie ins Gästezimmer.« Douglas öffnete die zweite Tür im Flur.

Vorsichtig legte Karl sie auf die Tagesdecke des Gästebettes und drehte sich zu Karolinas Eltern und ihrer Schwester um, die ihm gefolgt waren.

»Öffnen Sie das Korsett! Schnell! Sie bekommt nicht genug Luft.«

»Kann ich irgendetwas tun? Oder holen?«, fragte Douglas auf dem Weg zur Tür.

»Danke, im Moment nicht«, antwortete Karl, ohne den Blick von seiner Patientin abzuwenden.

Mutter und Schwester hatten es nun mit vereinten Kräften geschafft, die vielen Haken und Ösen des Kleides zu öffnen und damit das Korsett zu lockern.

»Karolina«, hauchte die Schwester mit brüchiger Stimme. »Du musst atmen, Karolina. Hol ganz tief Luft.«

Währenddessen ging Karl rasch durchs Zimmer, sammelte alle Kissen ein, die er finden konnte, und hob die Beine der jungen Frau an, bis er sie viel höher betten konnte als den Kopf. Auf einer Kommode neben dem Bett standen eine Waschschüssel und eine Karaffe Wasser. Karl nahm die Kanne und spritzte ein paar Tropfen ins Gesicht der bleichen Frau, die jedoch keine Reaktion zeigte. Vielleicht war es zu warm. Er versuchte sich die Anleitung aus dem Lehrbuch vor Augen zu rufen. *Ein starker Reiz für den Geruchssinn.* Er wandte sich an die Schwester. »Haben Sie Riechsalz?«, fragte er, woraufhin Magdalena ihr Handtäschchen öffnete und ihm eine winzige Porzellandose mit goldenem Scharnier überreichte.

»Das gehört Karolina.«

»Wird sie oft ohnmächtig?«, erkundigte er sich, während er den Deckel aufklappte und die geöffnete Dose unter der Nase der Frau hin und her bewegte. Stöhnend drehte Karolina den Kopf weg, um dem stechenden Geruch auszuweichen.

»Ja, manchmal.« Die Schwester sprach mit dünner, fast flüsternder Stimme.

Sauerstoffmangel im Gehirn, dachte Karl. Dazu kommt es entweder aufgrund plötzlicher starker Blutungen oder enormer nervlicher Belastung, von Krämpfen in den Blutgefäßen des Gehirns oder eines heftigen Schlags auf den Körper. Oder er ist die Folge einer langfristigen Anämie wie beispielsweise bei Bleichsucht oder anderen auszehrenden Krankheiten.

Während der ersten Kursaison hatte Karl mit eigenen Augen gesehen, dass die wohlhabenderen Familien ihre Töchter auf Diät setzten, damit sie schmal und zierlich blieben. Dem blassen Teint zuliebe wurde die Sonne gemieden, und wegen der viel zu engen Kleidung fielen die jungen Fräulein häufig in Ohnmacht. In diesem Fall hatte er allerdings seine Zweifel. Er hatte sie husten gehört, als sie den Saal betreten hatte.

Karl hielt die rechte Hand an Karolinas Hals, um sich von ihrem gleichmäßigen Pulsschlag zu überzeugen. Die zarte Haut schimmerte dort so bläulich, als wäre sie durchsichtig. Ihre Hände waren kalt. Sie hatte eine schlechte Durchblutung, das war kein gutes Zeichen. Aber jetzt atmete sie zumindest wieder richtig.

Karl sah den Vater an. Ihn kannte er. Edvard Lundgren, der Sägewerkskönig. »Sagen Sie, haben Sie eine ähnliche Krankengeschichte wie Fräulein Lundgren?«

»Nein, keine derartige Krankengeschichte«, antwortete Karolinas Vater.

»Und wie sieht es bei Ihnen aus?«, fragte er Ingeborg.

»Ich bin nicht Karolinas biologische Mutter.« Sie warf ihrem Mann einen hastigen Blick zu.

Karl nickte langsam.

»Sie ist schon seit einiger Zeit kränklich. Wir sind hier, damit Karolina die bestmögliche Behandlung bekommt«, sagte der Vater mit rauer Stimme.

»Wir sind hier, um für Karolina einen geeigneten Kavalier zu finden«, berichtigte ihn seine Frau und warf ihm einen wütenden Blick zu. Als hätte er Karolinas Wert gesenkt, indem er vor möglichen Interessenten ihre Gebrechen offenbarte.

»Aber meine liebe Ingeborg, es geht ihr doch nicht gut. Und jeder hier hat gesehen, dass sie ohnmächtig geworden ist.«

»In welcher Hinsicht ging es ihr schlecht?«, fragte Karl.

»Sie hatte eine hartnäckige Erkältung, die sie einfach nicht losgeworden ist. Wochenlang hat sie gehustet.«

Plötzlich veränderte sich Karolinas Puls. Karl wandte sich an Herrn und Frau Lundgren.

»Darf ich Sie bitten, den Raum zu verlassen?«, sagte er in freundlichem, aber ernstem Ton. »Und schicken Sie bitte Doktor Bauman zu mir.«

»O mein Gott«, rief Magdalena. Tränen stiegen ihr in die Augen.

»Na, na, das wird schon wieder.« Ingeborg scheuchte sie und ihren Mann aus dem Zimmer, aber Magdalena erschien kurz darauf wieder in der Tür.

»Darf ich bleiben, Herr Doktor? Ich kann Ihnen helfen und werde Ihnen bestimmt nicht im Weg stehen.«

»Na gut, bleiben Sie ruhig. Setzen Sie sich dorthin.«

Kurz nachdem die Eltern gegangen waren, schien sich Karolinas Puls zu stabilisieren, aber ihre Hände waren immer noch kalt. Er nahm sie in seine und rieb sie.

»Ich weiß, dass sie Angst hat, keinen Kavalier zu finden.« Magdalena tupfte sich mit einem Taschentuch die Tränen aus den Augenwinkeln. »Einen, der ihr auch gefällt.«

Es war bestimmt nicht leicht, eine Tochter aus gutem Hause zu sein, wenn man keine ernsthaften Heiratsanträge bekam. Vielleicht rührte daher ihre Nervosität. Er dachte an seine Mutter, die ihm im Winter Fotos von Alfons, dem jungen spanischen König, und Prinzessin Ena von Battenberg in der Zeitung *Idun* gezeigt hatte.

»Sieh mal, wie glücklich sie sind«, hatte sie mit merkwürdigem Unterton gesagt.

Die Bilder waren in Biarritz aufgenommen worden, wo das junge Paar sich in sein Liebesnest zurückgezogen hatte, wenn man der Zeitung Glauben schenken durfte. Wahrscheinlicher war jedoch, dass diese Verbindung zwei Ländern politische Vorteile bot.

Er wollte gerade widersprechen, als ihm die Mutter ihre Hand auf den Arm legte. »Die Liebe kommt mit der Zeit.«

Tat sie das wirklich? War Liebe denn nicht etwas, das man von Anfang an empfand? Wenn man sich zu einem anderen Menschen hingezogen fühlte?

»Fräulein Lundgren?« Er wurde aus den Gedanken gerissen und beugte sich nach vorn.

Er erahnte Karolinas Atemzüge in seinem Gesicht, ein zarter Hauch, kaum spürbar. Als er noch näher an sie herankam, roch er auch den Maiglöckchenduft, der sie umgab. Die Lippen sahen weich, aber auch etwas blass aus und glänzten ein wenig. Ihre Augäpfel rollten unter den Lidern hin und her, und dann begann sie, auch den Kopf zu bewegen. Hoffentlich bekommt sie jetzt keine Krämpfe, dachte er. Wieder schlug er ihr recht kräftig auf die Wange. Die Schwester zuckte zusammen, sagte aber nichts.

Dann schlug Karolina die Augen auf und sah ihn an.

»Gott sei Dank.« Er lächelte. »Guten Tag, Fräulein Lundgren, ich heiße Karl Wallin und bin Arzt.«

»Meine Güte, was ist denn passiert?« Sie sah sich langsam um und betrachtete fragend zunächst den blauen Baldachin des Bettes und dann den Mann, der neben ihr saß.

»Sie sind ohnmächtig geworden.«

Besorgt riss sie die Augen auf. Dann legte sie sich eine Hand aufs Gesicht und machte die Augen zu. Es schien ihr peinlich zu sein.

»Machen Sie sich deswegen keine Gedanken. Ihre Schwester ist auch hier.«

Karolina drehte den Kopf zur Seite und sah Magdalena an. »Karolina.«

Die Schwester kam zu ihr ans Bett und drückte ihre Hand. »Ich werde Mutter und Vater sagen, dass es dir besser geht.«

Karl nickte zustimmend und Magdalena verließ den Raum.

»Wie fühlen Sie sich?«, fragte Karl.

»Mir ist etwas schwindlig. Kann ich etwas zu trinken haben?«

»Natürlich, einen Augenblick. Ich habe Doktor Bauman bitten lassen, nach Ihnen zu sehen.«

»Noch ein Doktor?«, fragte sie besorgt.

»Er ist sowieso hier. Es ist nur zur Sicherheit.«

Er fragte sich, wo der Doktor blieb, aber dann klopfte es, und die Tür öffnete sich. Karl stand auf und ging auf Doktor Bauman zu. In kurzen Worten erläuterte er, was vorgefallen und dass seiner Ansicht nach das Korsett zu fest geschnürt gewesen war. Er ließ jedoch nicht unerwähnt, dass Fräulein Lundgren vermutlich an Blutarmut und einer hartnäckigen Erkältung litt.

»Das Übliche«, brummte Doktor Bauman und zwirbelte seinen Schnurrbart. »Die Mädchen müssen doch um Himmels willen atmen können«, sagte er. »Diese Folterwerkzeuge quetschen die Lunge und die inneren Organe zusammen. Das kann wirklich gefährlich werden. Ich weiß nicht, wie oft ich das schon gesagt habe. Diese ewige Eitelkeit!«

Doktor Bauman hatte bereits das eine oder andere Gläschen Champagner getrunken, stellte Karl fest und überlegte, ob es ein Fehler gewesen war, ihn holen zu lassen. Er hätte gern die Meinung des älteren Arztes eingeholt und ihn gefragt, ob er Fräulein Lundgren Tropfen verabreichen sollte. In dem Fall hätte Doktor Bauman ein Auge auf sie haben können, während er die Medizin holte. Bei näherem Hinsehen erschien ihm die Idee allerdings nicht mehr so gut.

»Ich bleibe noch eine Weile, um sicherzugehen, dass Fräulein Lundgren sich erholt.«

»Ausgezeichnet«, erwiderte Doktor Bauman. »Korrekt und vorbildlich rasch gehandelt, Karl.« Er versetzte Karl einen unpassend festen Schlag auf den Rücken.

»Danke, Doktor Bauman.« Karl fühlte sich beinahe wieder wie ein Student, der die ganze Zeit streng unter die Lupe genommen wurde. Andererseits wurde man als Arzt permanent beäugt, und der kleinste Fehlgriff konnte einen teuer zu stehen kommen.

Er kannte einen Arzt, der im Zentrum von Stockholm eine erfolgreiche Praxis betrieben hatte. Doktor Haglööf. Karl hatte seine Behandlungstätigkeit teilweise bei ihm durchgeführt. Im Laufe der Jahre hatte sich der Mann verantwortungsvoll um seine Patienten gekümmert und einen phantastischen Ruf erworben. Karl hatte zwei Vorstellungsgespräche absolvieren und mehrere Zeugnisse vorweisen müssen – abgesehen von dem Gutachten seines Ausbilders –, um bei ihm als Assistenzarzt überhaupt in die engere Auswahl zu kommen. Doch dann hatte der beliebte Arzt eine Fehleinschätzung abgegeben, ein Irrtum, aufgrund dessen eine eigens aus England angereiste Adelsfamilie ihren einzigen Sohn verlor. Damit hatte er jegliches Vertrauen, das er sich aufgebaut hatte, verloren. Es spielte keine Rolle, dass der Junge wahrscheinlich sowieso nicht durchgekommen wäre und der Arzt immer wieder auf dessen angeborenen Herzfehler hinwies. In Erinnerung behielten die Leute nur, dass sich der Knirps in der Obhut von Doktor Haglööf befunden hatte, als er verstarb.

Er hatte seine Mutter angefleht, nicht den Hausarzt zu wechseln. Doktor Haglööf war noch derselbe und seine Fähigkeiten so herausragend wie zuvor. Verstand sie denn nicht, dass der Junge schwerkrank gewesen war? Sie hatte einen enormen gesellschaftlichen Einfluss in Stockholm – wenn sie bei Doktor Haglööf blieb, würde sie vielen Mut machen, es ihr nachzutun. Doch auf diesem Ohr war Mutter taub gewesen. Noch im selben Jahr jagte sich der Doktor in der Weihnachtszeit eine Kugel in den Kopf. Karl, der ihn gefunden hatte, bemühte sich noch immer, den Anblick des auf seinem Schreibtisch liegenden Mannes zu vergessen. Das Tintenfass stand ordentlich zwischen den Krankenakten mit dem roten Einband. So viel Können und Erfahrung waren zunichte. Als wäre eine ganze Bibliothek in Flammen aufgegangen.

Hatte er alles versucht?, fragte er sich, obwohl er im Grunde wusste, dass er alles versucht hatte, was in seiner Macht stand. Und was er sich zutraute. Sogar ein wenig mehr. Und nun war er hier, der Assistenzarzt von Doktor Haglööf. Würde die Vergangenheit ihn einholen?

»Ich schlage vor, dass sie die Patientin mehrmals in der Woche einbestellen.« Beim Wort »mehrmals« kam Bauman leicht ins Stolpern. Nicht, dass er genuschelt hätte, aber er war ohne Zweifel angeheitert.

»Sollen wir die Schwester von Fräulein Lundgren oder die Eltern bitten, sich um sie zu kümmern – falls die Gräfin uns das Zimmer zur Verfügung stellt?«, fragte Karl.

»Das Zimmer ist das geringste Problem, darüber habe ich bereits mit der Gräfin gesprochen. Allerdings halte ich es für klüger, wenn Sie hierbleiben, Karl, damit wir auf der sicheren Seite sind. Sie sollte besser noch ein oder zwei Stunden beaufsichtigt werden, vor allem in Anbetracht ihrer Bewusstlosigkeit. Wir können bestimmt dafür sorgen, dass man Ihnen beiden etwas zu essen heraufschickt. Ich werde mich persönlich dafür einsetzen, dass das Fräulein was Nahrhaftes bekommt.«

»Aber …«, begann Karl.

Doktor Bauman hob die Hand und senkte die Stimme. »Als Arzt muss man darauf gefasst sein, sich zu den ungünstigsten Zeitpunkten um seine Patienten kümmern zu müssen. Ich verstehe natürlich, dass Sie gern unten mit den anderen Gästen diniert hätten, aber dazu werden Sie noch häufiger die Gelegenheit bekommen. Ich selbst bin ja mehr oder weniger dazu verpflichtet, das verstehen Sie sicher.« Er breitete die Arme aus, als hätte er keinen Einfluss auf die Sache.

»Natürlich«, sagte Karl.

Doktor Bauman war bereits auf dem Weg zur Tür und verschwand mit den Worten: »Ausgezeichnet. Dann rede ich mit den Eltern und lasse Ihnen etwas zu essen bringen.«

Karl hätte gern hinzugefügt, dass es ganz und gar kein Opfer für ihn war, sich dem Stimmengewirr zu entziehen und hier oben bei Fräulein Lundgren zu bleiben. Im Gegenteil. Hätte er die freie Wahl gehabt, wäre er nirgendwo lieber gewesen als hier. Da war etwas mit ihren Augen, den Lippen, dem zierlichen Körper, den er so fest an sich gedrückt hatte, und dem Maiglöckchenduft, der sie umgab.

Er setzte sich wieder neben sie. Sie war immer noch blass. Karl legte ihr eine Hand auf die Stirn und ertastete mit der anderen ihren Puls. Diesmal am Handgelenk. Beide Hände ließ er länger als nötig liegen und redete sich selbst ein, es wäre nur zu ihrem Besten. Schließlich war sie seine Patientin.

Karolina entschuldigte sich und drehte hustend den Kopf zur Seite. Die Situation war ihr offensichtlich unangenehm.

»Für Krankheit kann man nichts.« Während der Hustenanfall andauerte, half er ihr, sich aufzusetzen. Dann stopfte er ihr ein Kissen in den Rücken. Dabei streiften seine Finger ihre nackte Haut an der Stelle, wo man das Korsett geöffnet hatte. Er versuchte, sich nichts anmerken zu lassen, aber sein Körper reagierte auf ihre zarte Wärme.

»Sie verpassen den Abend«, sagte sie.

»Sie auch«, sagte er.

»Ich komme schon zurecht, falls sie wieder hinuntergehen möchten.«

»Sie sind ohnmächtig geworden. Ich bleibe hier und passe auf Sie auf. Außerdem habe ich den Verdacht, dass man mich nur eingeladen hat, damit ich die Bekanntschaft von Gräfin Lagercreutz' Tochter Louise mache, und der bin ich bereits begegnet.«

»Oh, Sie drücken sich. Was, wenn ich Sie verrate?« Sie lächelte.

»Dann bin ich gezwungen, Ihnen eine richtig bittere Medizin zu verabreichen«, sagte er.

Karolina lachte. »Und Sie wollen Arzt sein?«

»Tja, da staunen Sie.«

Was für ein Glück, dachte er, denn sonst hätte er nicht hier bei ihr sitzen dürfen.

7

Holger Erikssons Handy war nicht in seinem weißen Boot. Allerdings sah es so aus, als hätte er vorgehabt, mit dem Boot hinauszufahren, stellte Karin fest, bevor Robert und sie zu seiner Wohnung gingen.

»Ich glaube, dieses Telefon können wir vergessen«, sagte Robert.

»Ja, das liegt wahrscheinlich auf dem Meeresgrund.«

Das Haus in der Vinkelgata war nur einen fünfminütigen Fußweg vom Turisthotel entfernt. Das schlichte weiße Holzhäuschen stand hoch oben auf einem Klippenabsatz in Richtung Süden. Robert stieg als Erster die graue Granittreppe hinauf, klopfte an, ohne dass sich jemand rührte, und stellte dann fest, dass die Tür nicht abgeschlossen war. Vorsichtig ging er, dicht gefolgt von Karin, hinein. Neben einem gepolsterten Hocker stand ein Telefontischchen mit einem Spiegel und einer Ablage darüber, auf der zwei Telefonbücher lagen. Das Telefon war mit großen, gut leserlichen Tasten und einem vollkommen verknoteten Kabel ausgestattet. Daneben lagen ein Buch und ein Stift. Auf dem abgegriffenen roten Umschlag stand in Goldschrift »Adressen«.

»Hallo, wir sind von der Polizei. Jemand zu Hause?«, rief Robert und ging noch ein paar Schritte. »Hier hat jemand rumgewühlt«, stellte er dann fest. Im Wohnzimmer waren alle Schubladen herausgezogen. Der Inhalt war auf dem Fußboden verstreut.

»Ich rufe Jerker an. Er soll sich alles ansehen, bevor wir mögliche Spuren zertrampeln«, sagte Karin.

Jerker hatte im Turisthotel Fußspuren gesichert und war bester Laune. Außerdem hatte er Verstärkung von einem weiteren Kollegen erhalten und konnte sofort zu Holgers Haus in der Vinkelgata kommen.

»Lasst mich mal rumgehen.« Er strich sich durch die roten Haare. Es hatte keinen Sinn, Jerker zur Eile anzutreiben. Die Techniker hatten ihre Arbeitsmethoden und notierten, fotografierten und dokumentierten alles auf ihre eigene Art. Wer es wagte, irgendetwas anzufassen, der konnte nur noch auf Gottes Gnade hoffen. Ein Tatort war für ihn nur wertvoll, wenn noch niemand dort herumgetrampelt war.

»Ihr könnt euch ja solange mit den Nachbarn unterhalten.« Er zeigte auf die umstehenden Häuser.

»Darauf wären wir auch selbst gekommen«, sagte Karin, aber Jerker hatte bereits die Tür zugemacht.

Karin und Robert begannen mit dem Nachbarhaus links von Holgers Haus, in erster Linie deshalb, weil eine Mutter mit drei Kindern im Fahrradanhänger gerade auf das Grundstück fuhr. Robert stellte sie beide vor und erläuterte ihr Anliegen. Die Frau, die Eva hieß, blieb stehen. Als Robert fragte, ob sie in den vergangenen Tagen jemanden zum Haus in der Vinkelgata gehen oder von dort kommen gesehen hatte, schüttelte sie den Kopf.

»Was kannst du uns über Holger erzählen?«, fragte Robert.

»Er lebte allein. Ein eingefleischter Junggeselle, aber er hatte ja Esmeralda.«

»Esmeralda? Wohnt die auch hier draußen?«

»Esmeralda ist die Katze. Graugestreift.« Eva sah sich um. »Sie taucht bestimmt bald auf. Besonders gut habe ich Holger nicht gekannt. Ich weiß nur, dass er sich auskannte und sehr engagiert war, vor allem, wenn es um Marstrand ging.«

»Hat er jemanden gegen sich aufgebracht?«

»Das war wohl unvermeidlich. Sogar die Einwohner von Marstrand fanden ihn manchmal etwas anstrengend.« Sie zuckte mit den Schultern.

Karin nickte.

»Hatte er Feinde?«

»Keine Ahnung. Ich weiß nur von einem Sommerhausbesitzer, der sich einen Balkon bauen wollte, damit er mehr von der Abendsonne hat. Holgers Meinung nach passte der Anbau nicht zu dem Haus, und da hat er an die Bauaufsicht geschrieben, obwohl es ihn gar nicht betraf. Weiß der Teufel, ob er das auch bei einer Familie gemacht hätte, die das ganze Jahr über hier wohnt.«

»Und was ist dann passiert?«

»Ich glaube, die Sache ist noch nicht entschieden.«

»Ich meine, was haben denn die Leute gesagt, die den Balkon bauen wollten?«

»Die waren stinksauer. Sie hatten ja schon einen Zimmermann gebucht und alles. Außerdem ist die Mutter Architektin.«

»Welches Haus war es denn?«, fragte Robert.

Sie zögerte.

»Wir werden sowieso Kontakt zur Bauaufsicht aufnehmen, um uns zu erkundigen, ob noch mehr Vorgänge dieser Art vorliegen, aber es erleichtert uns die Arbeit, wenn du es uns gleich erzählst.«

Sie zeigte auf ein zweistöckiges weißes Holzhaus.

»Da drüben. Die Leute wohnen in Shanghai. Vor Anfang Juli sind sie nie hier. In dieser Straße gibt es außer Holger nur noch eine Frau, die ganzjährig hier wohnt. Ruth Karlsson. Sie ist ebenfalls eine Nachbarin, aber sie ist nicht zu Hause. Ich habe sie auf der Fähre getroffen, als wir kamen.« Sie zeigte auf das Haus hinter dem von Holger.

Karin hörte jemanden auf der Straße. Am besten befragten sie alle, die möglicherweise etwas gesehen hatten, und zwar so schnell wie möglich.

»Wir müssen weitermachen. Hier ist meine Visitenkarte, falls ihnen noch etwas einfällt.«

Nach vier weiteren Häusern stellten sie fest, dass in der Vinkelgata tatsächlich größtenteils Sommerhäuser standen. Die Passanten waren deutsche Touristen, die die gut erhaltenen Holzhäuser und die rundgeschliffenen Steine bewunderten, die zu Dekorationszwecken auf einer Mauer lagen. Vielleicht waren am Wochenende mehr Nachbarn da, dachte Karin. Sie hoffte es.

»Wir müssen versuchen, die Hausbesitzer ausfindig zu machen, und sie fragen, ob sie am Wochenende hier waren.«

Robert nickte und brummte zustimmend, während sie die schmale Straße überquerten und zu Holgers Haus zurückgingen.

»Ich bin so gut wie fertig«, sagte Jerker, als sie ankamen. »Eine oder mehrere Personen haben das ganze Haus durchsucht. Es wurden Schubladen herausgezogen und Papiere durchwühlt.« Er reichte Karin und Robert blaue Plastiküberzieher für die Schuhe. »Ich nehme an, das hat Einfluss auf eure ursprüngliche Annahme?«

»Da ist doch bestimmt nicht zufällig jemand im Turisthotel aufgetaucht, als Holger dort war«, sagte Robert, während Karin die alten Kupferstiche und Karten von Marstrand an den Flurwänden betrachtete. Ein Foto von Oskar II. auf der Terrasse des Turisthotels hing neben einer gerahmten Aktie, die zwar vergilbt, aber noch deutlich lesbar war: »Aktie Nummer 78 des Turisthotels«.

Um nicht umzufallen, hielt Karin sich mit einer Hand an der Wand fest, während sie die Schuhschützer überstreifte. Anschließend ging sie in die Küche.

»Die Küche ist mehr oder weniger der einzige Ort, der unberührt geblieben ist«, sagte Jerker. Es lag zwar der Inhalt von zwei Tüten Altpapier auf dem Boden verteilt, aber ansonsten war nichts in Unordnung gebracht worden. Auf dem Abtropfgestell standen eine Kaffeetasse und ein Teller. Neben dem geschwärzten Küchenherd von Husqvarna war das Feuerholz ordentlich aufgestapelt, und auf der fleckigen alten Arbeitsfläche stand eine alte Kaffeemühle.

»Wieso ist er überhaupt ins Turisthotel gegangen?«, fragte Robert.

»Hier ist die Dachbodentreppe.« Mit Hilfe des Schlüssels, der im Schloss steckte, öffnete Jerker eine Tür. Die Treppe war so steil, dass Karin sich am Geländer festhielt. In einem Wandschrank auf der einen Seite bewahrte Holger Winterstiefel und Kleidung auf. Sie fand sogar ein altes Paar schwarze Schlittschuhe mit Schützern an den Kufen.

Gleich rechts, wenn man den Dachboden betrat, standen ein Schreibtisch und daneben ein leeres Bücherregal mit Klebeetiketten an den verschiedenen Regalbrettern.

»Sieh mal hier«, sagte Jerker. »Ein Fach ist fein säuberlich beschriftet, aber es sind keine Ordner drin. Dafür habe ich welche im Vorratsschrank gefunden. Er muss sie versteckt haben. Den Computer hingegen haben sie mitgenommen, der müsste hier gestanden haben.« Er zeigte auf eine rechteckige Fläche auf dem Schreibtisch, die nicht von der Sonne ausgeblichen war. »Und das Kennwort stand auf einem Zettel unter der Maus.« Er hob sie hoch.

»Aha«, sagte Karin. »Noch was?«

»Bestimmt jede Menge, aber das überlasse ich euch. Bis dann.«

Als Jerker gegangen war, holte Karin die Ordner und stellte sie ins Regal. Sie las die Aufschriften. Alle schienen Leserbriefe, Zeitungsartikel und in manchen Fällen auch Briefe zu enthalten und waren thematisch geordnet. Sie zog einen Ordner heraus und staunte über das Gewicht. Die Feuerwehrmänner und die Nachbarn hatten Holgers Engagement zwar erwähnt, aber wie engagiert er wirklich gewesen war, wurde ihr erst jetzt klar. Sie überflog einige Überschriften: »Präsenzpflicht – eine Alternative?« und »Lasst Marstrand seine Schule!«. Die Texte strotzten vor Faktenwissen und waren zwar streitlustig, aber im Ton vollkommen korrekt. Eine ausgezeichnete Beschäftigung für Folke, dachte sie. Er sollte Holgers Aktivitäten durchgehen und überlegen, bei wem sie nachhaken mussten.

Kurz darauf rief Magdalena an und teilte mit, dass sie Holger Erikssons Leiche mit in die Rechtsmedizin genommen hatten, um ihn eingehend zu untersuchen.

»Darf ich es wagen zu fragen, wann er gestorben ist?«, Karin wusste, dass Margareta es hasste, grobe Schätzungen abgeben zu müssen.

»Fragen kann man immer«, antwortete sie. Karin meinte ihren melodiösen Dalarna-Dialekt herauszuhören, obwohl Margareta schon seit Jahren im Exil lebte.

»Ungefähr?«

»Zwei bis vier Tage.«

»Holger hat die Insel verlassen«, sagte Karin zu Robert. »Aber sieh dir das mal an. Das nenne ich Engagement.«

»Wenn du mich fragst, ist das krankhaft. Er muss vielen Leuten auf die Nerven gegangen sein.« Er blätterte in einem Ordner.

»Sich zu ärgern, ist eine Sache, aber so weit, jemanden umzubringen, gehen wahrscheinlich die Wenigsten. Wonach haben diejenigen, die hier waren, gesucht?«

»Gute Frage.« Robert sah sich um. »Das kann ja alles Mögliche gewesen sein.«

»Wir müssen auch mit den übrigen Nachbarn reden und uns Holgers finanzielle Verhältnisse und andere praktische Dinge anschauen. Und dann wären da ja noch die vielen Ordner«, seufzte sie.

Es war elf Uhr abends, als Karin endlich ans Ende des Schwimmstegs in der Blekebukt ging, an dem die Andante vertäut war. Ihre Schritte waren zögerlich, und sie hatte ein schweres Gefühl in der Brust, eine Mischung aus Trauer und Dankbarkeit. Die Wasseroberfläche im Hafen war spiegelblank, und die Luft trug alle Geräusche mühelos über den Sund.

Wie versprochen, als Karin ihn angerufen und ihm erzählt hatte, was Holger zugestoßen war, hatte er den Tisch gedeckt. Neben einem Weinkühler mit einer Flasche darin stand eine Petroleumlampe auf dem Tisch. Die blauen Kissen waren auf den Teakbänken verteilt, und auf Karins Platz hatte er sogar eine Fleecedecke bereitgelegt. Sie musste lachen, als sie die Decke sah. So gut kannte er sie mittlerweile.

Sie roch die frisch gebratenen Makrelen, die Johan genau in dem Moment in einer zischenden Pfanne servierte, als sie an Bord kam.

»Herzlich willkommen zum Souper«, sagte er, legte die Topflappen beiseite und nahm sie in den Arm.

»Danke.« Karin wollte ihn nicht wieder loslassen. Er verströmte einen dezenten Geruch nach Rasierwasser, trug eine Schürze und hatte die Ärmel hochgekrempelt. Das war einer der Gründe, warum sie sich in ihn verliebt hatte: Er kochte gerne und war vor allem auf ihr Wohl bedacht. Oft stellte er seine eigenen Interessen hinter ihren zurück. Manchmal fragte sie sich besorgt, ob die Verliebtheit nur andauerte, weil jeder seine eigene Wohnung hatte. Würde die Sehnsucht durch Genörgel ersetzt werden, wenn sie zusammenzogen? Diskussionen darüber, wer was nicht gemacht hatte. Robert wies sie manchmal darauf hin, dass sie doch lieber froh als argwöhnisch sein sollte, wenn ihr Traumprinz keine schlechten Seiten zu haben schien.

»Wie geht es dir?«, fragte er. »Alles okay?«

»Ja, schon. Oder besser gesagt, ich weiß nicht.« Sie seufzte.

»Meine Mutter hat angerufen. Sie hat den Einsatz im Turist gesehen. Erzähl, was ist passiert?«, sagte Johan, fasste sie an den Schultern und sah sie an.

»Wir wissen es zwar eigentlich nicht genau, aber es sieht so aus, als hätte ihm jemand auf den Kopf geschlagen. Jerker und Margareta waren beide hier.«

»Könnte er nicht auch hingefallen sein?«

»Wohl kaum.« Sie dachte an die Blutlache und die Spritzer an der Wand. »Kanntest du ihn?«

»Was heißt kennen? Ich habe hin und wieder mit ihm geredet. Meine Eltern haben ihn vor einigen Jahren mit der Renovierung der Fenster beauftragt, und ich habe geholfen, sie zu Holgers Haus zu transportieren. Er hat eine Werkstatt in einem Schuppen auf seinem Grundstück. Ihr wart wahrscheinlich dort, nehme ich an.«

»Ja.« Karin setzte sich. Sie überlegte, ob die Eindringlinge in Holgers Haus gefunden hatten, wonach sie suchten.

Johan legte ihr eine Decke um und schenkte Weißwein ein. »Oder hast du keine Lust auf Wein?«, fragte er, als er Karins abwesenden Gesichtsausdruck bemerkte.

»Doch, ich trinke gerne ein Glas, mir geht nur gerade so viel durch den Kopf. Irgendjemand war vor uns im Haus und hat da rumgewühlt. Er muss irgendwas gesucht haben.«

»Was denn?«

»Wenn ich das wüsste.«

Sie dachte an die Techniker, die das ganze Haus systematisch unter die Lupe genommen hatten. Hoffentlich fanden sie irgendeinen Hinweis, eine Spur. Karin sah Johan an. Hatte er etwas gesagt, das ihr entgangen war?

»Entschuldige, hast du etwas gesagt?«

»Ich habe gefragt, ob du etwas essen möchtest. Schließlich hast du diese Makrelen selbst gefangen.« Er hob den Glasdeckel von der Bratpfanne und reichte ihr den Pfannenheber. Karin nahm sich von den knusprig gebratenen Makrelenfilets. Er legte ihr zwei Kartoffeln auf den Teller.

»Holger ist gerne fischen gegangen, aber ansonsten hat ihm vieles nicht gefallen, und damit hat er auch nicht hinterm Berg gehalten. Vielleicht wäre das besser für ihn gewesen. Er ist mit vielen Menschen aneinandergeraten, hat jedoch manchmal auch Dinge gesagt, die zwar alle dachten, aber niemand auszusprechen wagte.«

»So sehe ich das auch.«

Johan stellte sein Weinglas ab.

»Wie schön du das alles gemacht hast.« Karin trank einen Schluck Wein, bevor sie ihre Gabel mit Fisch und Kartoffeln belud.

Johan nickte wortlos und schaute gedankenverloren aufs Wasser hinaus.

Die Holzhäuser von Marstrandsö spiegelten sich im Wasser. Evert Taube wäre ins Schwärmen geraten. Vielleicht hätte er ein Lied über den alten Hafen und die Stadt, die ringsherum gewachsen war, komponiert? Oder gab es so eins bereits? Nein, davon hätte sie gewusst.

»Hab ich schon gesagt, wie froh ich bin, dass es dich gibt.«

»Nicht oft genug.« Er lächelte etwas gequält. »Im Ernst, Karin, wir müssen uns mal unterhalten. Du kannst nicht davon ausgehen, dass ich ewig zur Verfügung stehe. Ich finde dich großartig und möchte mit dir zusammenleben, eine Familie mit dir gründen und mit dir alt werden, du weißt schon, all das. Wenn du nicht so empfindest, sag es mir bitte.«

»Was?«, fragte Karin. »Zur Verfügung stehen? Ich habe doch zu Beginn des Abends gesagt, wie froh ich bin, dass es dich gibt.«

»Klar. Und weiter? Gibt es eine Fortsetzung? Manchmal fühlt es sich nämlich so an, als ob – ach, ich weiß nicht.«

»Du kannst liebend gern zu mir aufs Boot ziehen.« Sie sah, dass er drauf und dran war, etwas zu erwidern, sich aber im letzten Augenblick zurückhielt. »Ich wünsche mir auch eine Fortsetzung«, fügte sie schnell hinzu. »Es ist nur so, dass ich nicht an Land ziehen möchte. Ich fühle mich hier wohl, ohne den ganzen überflüssigen Kram. Und ich möchte nah am Wasser sein.« Sie sprach nicht aus, dass man sich außerdem jederzeit auf den Weg machen konnte, da nur die Tampen das Boot am Steg festhielten, denn sie bemerkte seinen Blick, der auf ihr ruhte. Seine Augen wirkten etwas traurig. »Aber vielleicht kann ich mich ja woanders ebenso wohlfühlen«, murmelte sie. Eigentlich glaubte sie nicht daran, sondern sagte die Worte nur, um Johan einen Gefallen zu tun. Sie kamen ihr schon in dem Moment falsch vor, als sie aus ihrem Mund drangen.

»Glaubst du wirklich?«, fragte er skeptisch und erfreut zugleich, füllte ihr Weinglas und setzte sich neben sie.

Nein, dachte Karin, eigentlich glaube ich das nicht. Außerdem war es ein denkbar ungünstiger Moment für diese Diskussion. Eine günstige Gelegenheit würde zwar niemals kommen, das war ihr bewusst, aber jetzt musste sie sich auf Holger Eriksson konzentrieren.

Eine Weile saßen sie schweigend da. Zwei Segelschiffe glitten langsam in den Hafen. An Bord des einen waren die Leute emsig damit beschäftigt, die Angeln wegzuräumen. Beide Boote pflügten Furchen in die glatte Wasseroberfläche. Wie unterschiedlich sie aussehen kann, die Wasseroberfläche, dachte Karin. Dasselbe Wasser und doch verschieden. Mit Tatsachen war es genauso. Sie mussten den Fall nur aus dem richtigen Blickwinkel betrachten, dann würden sie schon herausfinden, wer Grund dazu hatte, einen alten Mann zu erschlagen.

Dienstag, 17. Juli 1906

Als Karolina mit Ingeborg im Wartezimmer des Doktors saß, waren ihre Handflächen schweißnass, obwohl ihre Hände kalt waren. Ihr Blick war fest auf die Tür gerichtet, die sich jederzeit öffnen konnte. Dann war sie an der Reihe.

»Er hat nach dir gefragt.« Ingeborg blickte von der Marstrandzeitung auf.

»Wer?« Karolina wendete für einen Moment die Augen von der Tür ab.

»Douglas Lagercreutz, du hast ihn gestern kennengelernt.«

»Douglas?« Karolina versuchte sich an die Gäste des vergangenen Abends zu erinnern. Vor ihrer Ohnmacht.

»Aber Karolina, meine Liebe, das ist der Sohn der Gräfin. Sieh mal – hier stehen alle frisch eingetroffenen Kurgäste. Er auch.« Sie hielt Karolina die Zeitung hin und zeigte auf die Rubrik »Badegäste in Marstrand«.

»Der Sohn der Gräfin«, sagte Karolina nachdenklich.

»Hier steht auch, wo alle übernachten«, stellte Ingeborg zufrieden fest. »Guck mal – hier stehen wir. Direktor Lundgren und Familie, Turisthotel.« Sie sah sich um, aber leider hatte niemand gehört, dass sie im teuersten Hotel wohnten. Karolina fiel ein, was Großmutter gesagt hätte: »Über Geld redet man nicht.«

Die Tür war aufgegangen, und eine Arzthelferin erschien.

»Fräulein Lundgren«, sagte sie.

Ingeborg und Karolina standen auf.

»Bitte sehr.« Die Helferin hielt ihnen die Tür auf.

Doktor Wallin saß hinter seinem Schreibtisch und notierte etwas, legte aber den Stift beiseite, als Karolina und Ingeborg eintraten.

»Wie erfreulich, Fräulein Lundgren wieder auf den Beinen zu sehen.« Lächelnd gab er zuerst Ingeborg und dann Karolina die Hand. Karolina lächelte zurück und spürte, wie sie rot wurde. Sie wünschte, sie hätte ihre Hand vorher am Rock abgewischt. Hatte er gemerkt, dass sie ein wenig feucht war?

»Nehmen Sie bitte Platz.« Er zeigte auf zwei Stühle. Karolina setzte sich.

»Haben Sie vielen Dank, dass Sie sich gestern um Karolina gekümmert haben.« Ingeborg raffte ihre Röcke, legte sie zur Seite und setzte sich ebenfalls.

»Es war mir ein Vergnügen«, erwiderte Karl und sah ihr in die Augen. »Als Arzt steht man schließlich immer zu Diensten«, fügte er hinzu, als er das nachdenkliche Gesicht der Mutter sah.

Karolina wusste nicht, was sie sagen sollte.

»Wie fühlen Sie sich?«, fragte Karl.

»Es geht ihr besser«, antwortete Ingeborg.

»Das freut mich. Spüren Sie noch Druck auf der Brust?« Er richtete die Frage eindeutig an Karolina.

»Nicht mehr so schlimm«, sagte sie, »aber ...« Sie warf einen Seitenblick auf die Mutter.

»Wir hatten sie wohl ein wenig zu fest geschnürt«, fiel Ingeborg ihr ins Wort. »Vielleicht ist sie aus dem Kleid herausgewachsen.«

»Das kann natürlich sein«, sagte Karl diplomatisch zu Ingeborg und wandte sich wieder Karolina zu. »Sie sagen, der Druck auf der Brust habe nachgelassen, wollten aber noch etwas hinzufügen.«

Karolina betrachtete den weißen Kittel, das Stethoskop, das ihm um den Hals hing, und seine ruhigen Hände auf dem Schreibtisch.

»Ich fühle mich schlapp und bekomme manchmal schlecht Luft.« Sie blickte zu Boden.

»Ist das schon lange so?«

Karolina nickte stumm, dann fasste sie sich ein Herz. »Erkältungen dauern bei mir viel länger als bei den anderen in der Familie.«

»Weil dein Vater dich verzärtelt«, sagte Ingeborg.

Karolina senkte den Blick und wünschte, Vater hätte sie an Ingeborgs Stelle begleitet.

Karl schien ihrer Bemerkung keine Beachtung zu schenken. Er stand auf. »Ich muss Ihre Lunge abhören. Machen Sie den Oberkörper frei, aber behalten Sie das Unterhemd an und setzen sich auf die Pritsche da drüben.« Karolina folgte seiner Hand, die auf einen Paravent deutete. Anschließend sah sie Ingeborg an, die zustimmend nickte. Karolina stand auf, verschwand hinter dem Wandschirm und öffnete langsam die vielen Ösen und Knöpfe. Dann hängte sie ihre Bluse an den kleinen Haken an der Wand und ging mit vor der Brust verschränkten Armen zu der Pritsche hinüber, die so hoch war, dass sie auf einen kleinen Hocker steigen musste. Es war ihr unangenehm, nur in Rock und Unterhemd dazusitzen, aber Karl stellte sich hinter sie, legte ihr eine warme Hand auf die Schulter und platzierte das Stethoskop auf ihrer nackten Haut.

»Es fühlt sich etwas kalt an.« Bedeutungsvoll hielt er das Stethoskop hoch. »Husten Sie mal.« Karolina hustete und betrachtete dabei insgeheim seine Hände. Saubere Nägel, eine zarte Haut. Kein Ehering.

»Noch einmal.« Er klang nachdenklich, als er das sagte.

Karolina hustete lautstark. »Stimmt etwas nicht?«, fragte sie dann und blickte ihn über ihre Schulter an.

»Es könnte eine schwerwiegende Erkältung sein«, sagte er mit freundlichem Lächeln. »Ich muss auch ihre Brust abhorchen.« Er ging um die Pritsche herum und stellte sich vor sie. Ganz nah. Vorsichtig schob er die Kante ihres Unterhemds beiseite und setzte das Instrument an die Brust. Karolina spürte ihr Herz klopfen, und sie bemühte sich, mit durchgestrecktem Rücken dazusitzen. Hoffentlich bemerkte er nicht, dass ihre Brustwarzen hart geworden waren. Es war zwar kühl im Raum, aber trotzdem.

»Können Sie noch mal husten?«, bat Karl.

Karolina hustete, wusste aber nicht genau, wo sie mit ihren Händen hinsollte. Sie legte sie sich abwechselnd in den Schoß und stützte sich dann wieder auf die Pritsche. Er stand so dicht neben ihr, dass sie den rauen Stoff seines Kittels am Arm spürte. Er roch gut nach Seife, und sie bekam Lust, ihren müden Kopf an seiner Schulter auszuruhen.

»Und jetzt die andere Seite.« Karl versetzte das Stethoskop und forderte sie auf zu husten.

»Wie lange haben Sie diese Erkältung schon?«, fragte er.

Karolina dachte nach, bevor sie eine Antwort gab. »Das Fieber ist seit zwei Monaten weg.«

»Und seitdem husten Sie?«

»Ja.« Karolina nickte. »Allerdings vor allem nachts.«

»Husten ist ja keine Krankheit, sondern ein Symptom.« Karl wandte sich an die Mutter. »Auch wenn man wieder gesund ist, kann man wochenlang weiterhusten.«

»Sie ist also eigentlich gesund und hustet nur noch?« Ingeborgs Ton verriet, dass sie das schon lange geahnt hatte.

»Ganz so einfach ist es nicht. Wir werden das untersuchen.« Karl sah Karolina an. »Wie schlafen Sie nachts?«

»Ich wache oft auf und wälze mich unruhig im Bett.« Bereits als sie die Worte aussprach, wusste sie, dass sie Ingeborg missfallen würden.

»Wie fühlen Sie sich tagsüber?«

»Ich bin oft müde und habe Kopfschmerzen.«

Karl nickte nachdenklich. Dann nahm er ihre Hand. »Ihre Hände sind kalt. Ihre Füße auch?«, fragte er.

»Ja«, sagte Karolina.

»In Anbetracht dessen, was Sie mir über die Hartnäckigkeit Ihrer Erkältungen erzählen und besonders im Hinblick auf Ihre gestrige Ohnmacht möchte ich, dass Sie dreimal in der Woche hier erscheinen, damit ich Sie abhören kann.«

»Dreimal in der Woche?« Ingeborg breitete die Arme aus. »Ist das nicht übertrieben?«

»Ich bin nicht zufrieden mit Fräulein Lundgrens Atemgeräuschen und möchte sichergehen, dass sie keine Lungenentzündung bekommt.«

»Na dann.« Ingeborg nickte. »Hauptsache, sie wird wieder gesund.«

Karolina holte seufzend Luft. Als hätte er ihre Gedanken gelesen, sagte er: »Es dauert nicht besonders lange, und da es sich nur um kürzere Kontrollbesuche handelt, bezahlen Sie auch nicht so viel wie für einen normalen Arztbesuch.«

Karolina sah, dass Ingeborg ebenso peinlich berührt wie erleichtert war.

»Haben Sie schon mal Blut gehustet?«, fragte er.

»Nein.« Karolina schüttelte den Kopf und warf einen verstohlenen Blick in Ingeborgs Richtung.

»Haben Sie Schmerzen in der Brust, wenn Sie atmen?«

Karolina senkte den Blick. »Manchmal.«

»Sie müssen wahrheitsgemäß antworten, Fräulein Lundgren. Haben Sie Schmerzen, wenn Sie tief Luft holen?«

Sie nickte stumm.

»Kommt das oft vor?«, fragte Karl mit sanfter Stimme.

»Ja.«

»Leiden Sie unter Müdigkeit?«

»Ja, auch wenn ich viel schlafe.«

»Aber Karolina, so schlimm ist es doch nun auch wieder nicht, meine Liebe«, mischte sich Ingeborg ein. »In dem Alter sind doch alle jungen Leute müde.«

Karl schien große Lust zu haben, Ingeborg hinauszuschicken, was sich natürlich nicht gehört hätte.

»Ich möchte ein paar Proben nehmen und außerdem Ihre Schwester bitten, regelmäßig Ihre Temperatur zu messen, damit wir sichergehen, dass Sie kein Fieber bekommen.« Er legte die Hand auf ihre Stirn. »Ruhen Sie sich einen Moment aus, während ich notiere, was gemacht werden sollte. Bitte nehmen Sie solange hier Platz.«

Karolina streckte sich auf der Pritsche aus. Karl setzte sich an den Schreibtisch und schrieb etwas auf. Anschließend stand er auf und verließ den Raum.

»Ist es denn wirklich nötig, dreimal pro Woche hierherzukommen?«, fragte Ingeborg empört, ohne zu merken, dass die Tür einen Spalt offenstand. »Vielleicht will er nur seinen Terminkalender füllen, es gehen wahrscheinlich alle zu Doktor Bauman. Schließlich ist er noch so jung. Ich finde wirklich, dass wir Doktor Bauman konsultieren sollten, bevor wir ständig hier antanzen.«

»Sie können gern auch noch Doktor Baumans Meinung einholen«, sagte Karl, der wieder im Raum stand. »Ich habe den Verdacht, dass Fräulein Lundgren eine Anämie hat, das heißt Blutarmut und eventuell auch Bleichsucht.«

Die Arzthelferin, die hinter ihm herkam, guckte neugierig zuerst Ingeborg und dann Karolina an.

»Sie können mit Doktor Bauman sprechen, während wir die Proben nehmen. Da ich gerade von ihm komme, weiß ich, dass er Zeit hat.«

Ingeborg stand auf und ging wortlos hinaus. Karolina lag unter einer Wolldecke auf der Pritsche. Die Arzthelferin wendete ihr den Rücken zu und hantierte mit verschiedenen Instrumenten in einem Schrank. Karolina meinte ein Fieberthermometer zu erkennen.

»Wenigstens mir müssen Sie sagen, wie es Ihnen wirklich geht.« Karl sah Karolina an. »Versprechen Sie mir das. Sonst kann ich nichts tun. Es ist kein gutes Zeichen, wenn Sie auf einer Feier ohnmächtig werden, und gut, es hat vielleicht mit Ihrem Korsett zu tun, aber das ist nicht die ganze Wahrheit. Langwierige Erkältungen und Husten sind Symptome. Nun?«

Karolina machte ein verständnisloses Gesicht.

»Verzeihung?«

»Versprechen Sie es mir?«

Karolina runzelte die Stirn. »Was soll ich Ihnen versprechen?«, fragte sie verwirrt.

»Mir vollkommen wahrheitsgemäß zu sagen, wie Sie sich fühlen.« Karl hängte sich das Stethoskop um den Hals.

»Das verspreche ich Ihnen.« Karolina konnte sich ein Lächeln nicht verkneifen.

»Na dann, Fräulein Lundgren. Lassen Sie sich von meiner Helferin einen neuen Termin geben, bevor Sie gehen.« Er streifte ihre Hand. »Wir sehen uns übermorgen.«

Lächelnd ging er aus dem Zimmer.

8

Dienstag, 28. Mai 2013

Kurz nachdem sie fertig gefrühstückt und ihren Kaffee getrunken hatten, trampelte Robert wie üblich wie ein Elefant an Bord. Folke kam hinterher.

»Oh, das riecht aber gut.« Robert öffnete die Luke zur Kajüte.

»Was meint ihr?«, fragte Karin. »Können wir draußen sitzen?«

Robert betrachtete die taufeuchten Sitzbänke und den grauen Himmel. »In Göteborg hat es geregnet. Weiß der Teufel, ob es hier nicht auch bald anfängt.« Er stieg hinunter in die Kajüte. Folke reichte Robert seine braune Aktentasche und kletterte anschließend rückwärts die Leiter hinunter. Nachdem er sich bedächtig umgedreht hatte, öffnete er die beiden Schnallen seiner Tasche.

Karin stellte die Thermosflasche voll Kaffee und die Becher für die beiden Männer, auf denen Pater Noster und Nidingen abgebildet waren, auf den Tisch.

»Kann ich mir auch ein Brot nehmen? Wenn man drei Kinder zum Kindergarten und in die Schule bringen muss, du weißt schon, Turnbeutel, Obst, Lesebücher, eine Gitarre und ein quengelnder Vierjähriger, kommt man manchmal gar nicht zum Frühstücken.«

»Du, ich habe auch mal kleine Kinder gehabt«, sagte Folke in seiner trägen Art.

Das Thema Kinder erinnerte Karin an ihr gestriges Gespräch mit Johan. Sie bemühte sich, diese Gedanken beiseitezuschieben, denn im Moment musste sie sich um andere Dinge kümmern.

»Wer etwas essen möchte, kann sich gerne ein Brot schmieren, aber dann haben wir einiges zu tun«, sagte Karin, um deutlich zu machen, dass sie anfangen wollte.

Folke setzte sich auf die Bank an der Steuerbordseite und schenkte Kaffee in die drei Becher.

»Nun.« Karin sah Folke an und nickte. »Wie gut bist du über den aktuellen Fall informiert?«

»Das Turisthotel?«, fragte er »Das ist das große gelbe Gebäude auf der linken Seite, wenn man von der Fähre kommt.«

»Ja.«

»Es wurde vor ungefähr zehn Jahren an eine Immobilienfirma verkauft. Sie wollten Wohnungen daraus machen, aber da im Bebauungsplan ein Hotel vorgesehen ist, hatte man Schwierigkeiten, diese Änderung durchzusetzen. Außerdem gab es Streit wegen der äußerlichen Veränderungen des Gebäudes. Es gibt hier draußen einige Gebäude, die für das Erscheinungsbild der Stadt von entscheidender Bedeutung sind, und das Turisthotel ist eins davon. Das Turisthotel, das Grand Hotel, das Societetshus und das Warmbadehaus.« Er zog einen Stapel Zeitungsartikel aus seiner Aktentasche.

»Sieh mal an.« Karin fand, dass Folke wie immer seinen eigenen schrägen Zugang zu dem Fall gefunden hatte. Er konzentrierte sich nicht auf den Toten, sondern auf das Gebäude, in dem er aufgefunden worden war.

»Was wissen wir über Holger Eriksson, der tot im Turisthotel aufgefunden wurde?« Sie nippte an ihrem Becher.

»Alleinstehend, zweiundsiebzig Jahre alt und Maler von Beruf«, sagte Robert. »Anstatt in den Ruhestand zu gehen, ist er immer noch berufstätig.«

Karin hatte Lust, darauf hinzuweisen, dass sie das bereits gestern gewusst hatten, aber es war durchaus sinnvoll, wenn Folke es auch hörte. Während der Autofahrt hatten sie offensichtlich über andere Dinge geredet. Vielleicht hatte sich Folke über die jüngsten Katastrophenmeldungen ausgelassen, über schädliche Blutfette, umweltschädliche Haartrockner, Plastikmüll in den Weltmeeren oder die Absurdität von Jeans, die man schon mit Löchern kaufte. Bestimmt hätte Robert gerne einen Abstecher zu McDonald's gemacht, um dort zu frühstücken, und Folke hatte sich wie immer geweigert.

»Vielleicht konnte er es sich nicht leisten, als Maler aufzuhören?«, fragte Folke.

»Vielleicht war er noch fit und wollte weiterarbeiten?«, schlug Robert vor.

»Er hätte nur das Haus, in dem er wohnte, verkaufen müssen. Dann hätte er für den Rest seines Lebens ausgesorgt«, sagte Karin nachdenklich. »Die Immobilienpreise hier draußen sind vollkommen irre. Ich schätze, dass er bei der Lage neun bis dreißig Millionen dafür gekriegt hätte.«

»Für das kleine Haus?«, fragte Robert erstaunt. »Das Grundstück ist zwar groß, aber das Häuschen ist doch kleiner als unser Reihenhaus in Mölndal.«

»Es gehört ihm nicht«, sagte Folke.

»Was?«, fragte Karin. »Er ist nicht der Besitzer?«

Folke hielt einen Ausdruck hoch.

»Im Grundbuch steht, dass das Haus einer Ruth Karlsson, achtundsiebzig Jahre alt, gehört. Sie ist Holgers Nachbarin. Beide Grundstücke gehören ihr.«

»Beide Grundstücke? Dann müssen wir mit ihr unbedingt im Laufe des Tages reden«, sagte Karin.

»Wir werden wohl das Übliche überprüfen, Finanzen, Freunde und Bekannte.«

»Ich habe doch gesagt, dass er es sich nicht leisten konnte aufzuhören«, sagte Folke.

»Ich glaube, es bringt am meisten, wenn wir sofort zu Holgers Haus gehen und uns vor Ort mit der Sache beschäftigen.« Karin sah auf die Uhr. »Die nächste Fähre geht in vierzehn Minuten, wir versuchen sie zu erwischen.«

Die Schulkinder in Marstrand hatten Pause. Walter war auf dem Schulhof. »Hallo, Karin!«, rief er und winkte ihr zu, als sie die Varvsgata hinaufging.

»Das ist Johans Neffe Walter«, erklärte sie Robert und Folke und winkte zurück.

»Wenn man hier Kinder haben könnte. Keine Autos, nur hin und wieder ein Lastenmoped«, sagte Robert.

Eine ältere Dame kam ihnen mit strammem Schritt und einem Einkaufstrolley entgegen. Sie grüßte, indem sie im Vorbeigehen kurz nickte und guten Tag sagte. Trotz Trolley und Steigung war sie nicht einmal außer Atem.

»Beeindruckend«, sagte Folke.

»Die Logistik ist hier allerdings aufwendiger«, sagte Karin. »Es ist eine ewige Schlepperei.« Sie dachte an die Recyclingstation auf Koö, wohin die Bewohner von Marstrandsö mit ihren Fahrradanhängern ihre alten Zeitungen und das Altglas brachten. Falls man nicht beide Augen zudrückte und sie einfach in den Müll warf.

»Sie wird sicher hundert Jahre alt werden«, sagte Folke, während er auf Karins Anweisung hin nach links in die Vinkelgata abbog. Die Dame war auch hier langgegangen, aber aus ihrem Blickfeld verschwunden, als die Straße eine Rechtskurve machte. »Stell dir mal vor, wie viel Bewegung sie bekommt, wenn sie zum Kai hinuntergeht, mit der Fähre über den Sund fährt, in den Laden marschiert und dann den ganzen Weg wieder zurückdackelt. Anstatt einfach in das Auto vor dem Haus zu steigen. So sollten es alle machen.«

»Ich höre heraus, dass du noch keinen Großeinkauf mit drei Kindern gemacht hast«, sagte Robert. »Ich habe bildlich vor Augen, wie ich mit den Kindern im Bollerwagen zu Ica Maxi im Mölndalsväg wandere. Eine Packung Klopapier und der Anhänger ist voll. Man kann sich natürlich auch noch einen Rucksack aufsetzen. Und die Kinder auch mit jeweils einem ausstatten, das käme bestimmt richtig gut an.«

»Die Kinder von heute kriegen doch alles auf einem …«

»Da drüben liegt Holgers Haus«, meldete sich Karin zu Wort. »Nr. 10.«

Mitten auf der Straße saß eine graue Katze mit weißen Pfoten und sah sie an. Es war natürlich Esmeralda, Holgers Katze. Karin ging zu ihr und hockte sich in einer gewissen Entfernung neben sie. Träge erhob sich Esmeralda, machte ein paar Schritte auf sie zu, strich um ihre Beine und ließ sich schließlich streicheln. Auch Folke streckte die Hand nach der Katze aus, um ihr über den Rücken zu streichen, aber da wich sie aus.

»Die hat Menschenkenntnis«, sagte Robert, während er das Grundstück betrat.

Karin verkniff sich ein Seufzen. Ich hätte eine Medaille und eine Gehaltszulage verdient, weil ich den Laden hier am Laufen halte. Es war nicht zu fassen, wie viel Kraft und Konzentration sie darauf verwenden musste, zwischen den beiden Kollegen zu vermitteln, damit sie überhaupt zusammenarbeiten konnten. Sie würde mit Carsten darüber sprechen müssen, ihrem Chef. Zum wiederholten Mal.

Karin blieb stehen.

»Die Schuppen. Jerker hat sich beide bereits angesehen, wir können also hineingehen. Das haben wir gestern nicht mehr geschafft«, fügte sie hinzu, bevor Folke danach fragen konnte.

Sie zog den Schlüssel aus der Tasche und schloss die Tür auf. Kaum dass der Spalt weit genug geöffnet war, schlüpfte die Katze vor ihr ins Haus, obwohl es eine Katzenklappe gab.

»Es gibt Unterlagen und Ordner, die wir durchgehen müssen. Folke, du bist doch so ein strukturierter Typ. Kannst du dir vorstellen, dich mit dem Inhalt der Ordner zu befassen und herauszufinden, bei welchen Themen Holger sich engagiert hat und mit wem er sich angelegt haben könnte?«

»Hübsches Haus«, sagte Folke, ohne ihre Frage zu beantworten. Stattdessen sah er sich in dem kleinen Flur und in der Küche um. An und für sich hatte er damit recht. Durch die Fenster flutete Licht herein und brachte den Flickenteppich im Flur zum Leuchten. »Na klar. Wo ist das Arbeitszimmer?«

»Auf dem Dachboden«, sagte Robert. »Hat Jerker keine Schuhschützer dagelassen?« Er schlüpfte aus seinen Schuhen, ohne sie aufzuknoten, und ging vor.

Folke schüttelte den Kopf über Roberts Schuhe, setzte sich auf den Hocker und schnürte seine Eccotreter auf.

»Kommst du endlich?«

»Ja, ich komme.« Folke stand auf. »Diese Katze sieht aus, als ob sie Hunger hätte.« Er betrachtete das Tier, das sie erwartungsvoll anstarrte.

»Ja, meine Güte. Die Arme«, rief Karin, die in den Flur zurückgekehrt war. »Wir kümmern uns um dich. Wo ist denn dein Essen?«, fragte sie die Katze.

Sofort rannte das Tier in die Küche und setzte sich vor den Vorratsschrank. Karin folgte ihr. Sie öffnete eine Schranktür und nahm eine Dose heraus. »Ente und Hähnchen in Sauce«, las Karin laut vor. »Wäre das was für dich?« Sie zog den Deckel ab. In einem der Küchenschränke fand sie einen Teller für das Katzenfutter. Die Katze leckte sich schon die Lippen, bevor sie den Teller auf den Boden gestellt hatte.

»Wie schön, dass du isst.« Karin streichelte sie.

Durchs Küchenfenster sah sie die kleine ältere Dame, die vorhin an ihnen vorbeigelaufen war. Sie saß auf einem Gartenstuhl vor dem Nachbarhaus und trank Kaffee.

Karin rief nach Folke. »Folke, wusstest du, dass Ruth Karlsson neben Holger gewohnt hat?«

»Sie hat nicht nur dort gewohnt, sie wohnt immer noch dort«, ertönte es im Obergeschoss.

Der hat Nerven, dachte Karin. Sie ging die Treppe hinauf zu den anderen. Sie war aber auch froh, dass Folke aufgetaucht war, denn er eignete sich am besten für die Durchsicht der Ordner. Robert hatte nicht genug Geduld, und sie selbst wollte lieber mit dieser Ruth sprechen.

»Auf welcher Seite wohnt Ruth Karlsson? Nr. 8 oder Nr. 12?«, fragte sie.

»Vinkelgata Nr. 12«, antwortete Folke.

»In dem Fall könnte sie die Frau da draußen im Garten sein. Ich gehe mal rüber und frage.« Folke blickte kaum von seiner Lektüre auf.

»Klar«, murmelte er und blätterte weiter.

Robert dagegen klappte den blauen Ordner, den er in den Händen hielt, zu und stellte ihn wieder ins Regal.

»Ich komme mit.« Er sah aus dem Fenster im oberen Stock. »Mensch, das ist ja die eiserne Oma, die uns vorhin auf dem steilsten Stück überholt hat.«

Ruth Karlsson hatte geweint. Ihre Augenlider waren gerötet und ein Päckchen Taschentücher ragte aus ihrer Hosentasche. Als Karin ihr erklärt hatte, dass sie von der Polizei waren, sagte sie, sie habe bereits gehört, was Holger zugestoßen war, und fragte, ob sie ihnen einen Kaffee anbieten dürfte. Robert ließ sich nicht lange bitten.

»Wir waren gestern hier, aber da warst du nicht zu Hause«, sagte Robert.

»Gestern Abend war ich zum Essen eingeladen und habe Bridge gespielt. An meinen Bridgeabenden wird es meistens spät.« Sie zeigte auf zwei Teakstühle, die an der Wand lehnten. »Macht es euch bequem, ich hole Kaffee«, sagte sie und verschwand im Haus.

»Wenn du Stühle holst, gehe ich hinein und frage, ob ich irgendwie helfen kann«, schlug Karin vor und folgte Ruth. Sie klopfte an die gläserne Terrassentür und rief »Hallo«, um die alte Dame nicht zu erschrecken.

»Prima«, sagte Ruth. Sie zeigte auf einen Stapel Sitzpolster auf einer alten Kiste hinter der Tür. »Nimmst du die bitte mit nach draußen?«

»Klar.« Karin klemmte sich zwei blaue Polster unter den Arm.

»Ich muss zugeben, dass ich noch nie in dieser Straße war und gar keine Ahnung hatte, was für eine herrliche Aussicht man von hier aus hat«, begann Karin vorsichtig.

»Tja, die Straße ist vielleicht ein bisschen abgelegen, aber es ist schön hier.« Ruth nahm ein wenig aufgetautes Gebäck aus der Mikrowelle und legte es in einen Brotkorb, der bereits auf einem Holztablett stand. »Man hat das Gefühl, man könnte die ganze Welt überblicken. Das habe ich immer gedacht, wenn ich als Kind hier oben stand, und ich denke es immer noch.«

»Das kann ich verstehen. Stimmt es, dass dir beide Grundstücke gehören? Die Nr. 10 und die Nr. 12?«

»Ja, das ist richtig.« Ruth stellte ein Keramikkännchen voll Milch auf das Tablett. Karin hoffte, dass sie ihr die Fragen nicht übelnahm. Falls sie es tat, ließ sie es sich nicht anmerken.

»Holger war also dein Mieter?«, fragte Karin und ärgerte sich, dass sie nicht überprüft hatten, ob Holger und Ruth irgendwie verwandt waren. Nun, das würden sie eben später erledigen.

»Na ja.« Ruth nahm das voll beladene Tablett in die Hände. »Wir hatten eine Abmachung. Holger hielt beide Häuser in Ordnung und durfte dafür mietfrei hier wohnen. Strom und Wasser musste er natürlich selbst bezahlen, und falls etwas kaputt ging, musste er für Ersatz sorgen. Zuletzt war das beim Küchenherd der Fall.«

»Wie großzügig.« Karin trat durch die Terrassentür hinaus, legte die Polster auf die Stühle und setzte sich. »Wart ihr miteinander verwandt?«

»Nein, aber ich habe auf ihn aufgepasst, als er klein war, und dann sind wir mehr oder weniger gemeinsam durchs Leben gegangen. Holger hatte keine Verwandten mehr, aber wir waren wie Bruder und Schwester. Und für mich war es wichtig, jemanden neben mir zu haben, der das ganze Jahr über hier wohnt. Es ist zu traurig, dass er von uns gegangen ist. Ich dachte immer, ich würde als Erste sterben. Wir haben sogar Scherze darüber gemacht.« Kopfschüttelnd schenkte sie den Kaffee ein. »Aber wo ist denn der gutgekleidete Mann?«, fragte sie.

»Wer?«, fragte Robert und trank einen Schluck Kaffee.

»Ich dachte, er wäre ein Kollege von euch.«

Robert machte ein Geräusch, als würde er den Kaffee durch die Nase ausprusten, bekam aber nur einen Hustenanfall. Er stand auf und lehnte sich an die Wand.

»Möchte er keinen Kaffee?« Erst jetzt fiel Karin auf, dass Ruth zusätzlich zu ihrer eigenen drei Tassen mitgebracht hatte.

»Danke, aber unser Kollege Folke hat vor kurzem einen getrunken«, antwortete Robert. »Außerdem sieht er gerade ein paar Unterlagen durch und da stört man ihn besser nicht.«

»Entschuldigt bitte.« Ruth tupfte sich die Augen ab. »Aber Holger ist, oder war, ein wichtiger Teil meines Lebens. Wir haben zusammen Großeinkäufe gemacht, ich selbst habe ja gar keinen Führerschein«, fügte sie erläuternd hinzu. »Wir luden alles auf Holgers Lastenmoped und karrten es hier herüber. Manchmal war es so viel, dass wir das Auto auf der Fähre mit hinübernahmen, aber das kam selten vor und auch nur bei schlechtem Wetter. Holger hat das Auto dann zurück nach Koö gebracht und dort wieder auf dem Parkplatz abgestellt, während ich gekocht habe. Erst vor einem Monat habe ich ihm neue Vorhänge für sein Wohnzimmer genäht.«

»Wie war er als Mensch?«, fragte Karin.

»Ihr müsst wissen, dass er sich für Marstrand immer sehr ins Zeug legte. Da wir beide hier draußen geboren und aufgewachsen sind, ist das vielleicht kein Wunder, aber wenn sich mehr Leute engagieren würden, wäre manches möglicherweise anders. Manchmal wird die Insel als Museumsinsel bezeichnet, wusstet ihr das?«, fragte sie, ohne eine Antwort abzuwarten. »Holger versuchte bereits in den Siebzigern mit den Politikern zu reden, um die Entvölkerung der Insel aufzuhalten. Damals hat man Sachen zusammen gemacht, zum Beispiel das Rathaus belagert, als die Politiker es abreißen wollten. Man kann doch nicht ein Haus von 1640 abreißen, das ist doch eine Schande.« Sie schüttelte den Kopf.

»Aber Holger hat nicht lockergelassen. Er war unermüdlich, schrieb Unmengen von Leserbriefen und hat bei Bürgertreffen geredet.«

»Bürgertreffen? Was ist das?«, fragte Robert.

»Das sind Versammlungen, die die Kommune Kungälv für die Einwohner jedes Stadtteils veranstaltet, Marstrand ist ja auch ein Stadtteil. Man kann Fragen einsenden und bekommt dann beim Bürgerrat hoffentlich eine Antwort von Politikern oder Kommunalbeamten.«

»Kommt denn da jemand?«, wollte Robert wissen.

»Und ob. Es ist immer jeder Platz besetzt. Der Verkauf unseres alten Warmbadehauses war ja ein richtiger Fortsetzungsroman, ich nehme an, er ist ihnen ein Begriff – und Holger war in dieser Frage unheimlich aktiv. Und für die Zukunft der Schule hat er sich engagiert. Er war großartig, wenn er vorne stand und glühende Reden hielt …« Jetzt flossen die Tränen wieder. »Entschuldigt bitte, er ist nur so plötzlich von uns gegangen.« Sie zog ein Päckchen Taschentücher aus ihrer beigen Hose. »Und dass ihn angeblich jemand kaltblütig … unfassbar.«

»Es tut mir leid, dass wir dich mit unseren Fragen belästigen müssen«, sagte Karin.

Ruth stand auf.

»Ich verstehe das.« Sie machte eine beschwichtigende Handbewegung, bevor sie ins Haus ging.

Sie hörten, wie sie sich die Nase putzte. Ein paar Minuten später kam sie wieder.

»Holgers Mutter war ja Bademeisterin, tja, und seine Großmutter auch. Deshalb hat ihm das Warmbadehaus so viel bedeutet.«

»Wann wurde es verkauft?«, fragte Karin.

»Das war so ein Chaos, dass ich mir gar nicht sicher bin, ob der Verkauf schon über die Bühne gegangen ist«, antwortete Ruth. »Verkaufen, verkaufen, verkaufen und Geld, Geld, Geld, ist das alles, was die Leute im Kopf haben? Bin ich die Einzige, die erkennt, dass alte Häuser noch einen anderen Wert haben?«

»Nein, ich kenne eine, die genauso argumentiert wie du«, sagte Robert.

»Tatsächlich?«, fragte Ruth.

»Sie hier.« Robert zeigte auf Karin.

»Du hättest sie mal hören sollen, als sie im Turisthotel die Fußbodenleisten und die Kassettentüren gesehen hat.« Karin warf Robert einen verwunderten Blick zu.

»Aber mittlerweile ist es so verfallen. Das ist schade. Auch für dieses Gebäude hat sich der arme Holger ein Bein ausgerissen.« Ruth nickte und richtete ihre grauen Augen auf Karin. »Habe ich dich nicht mit Johan Lindblom zusammen gesehen, dem Sohn von Putte und Anita?«

»Doch.«

»Wir sind uns aber nicht vorgestellt worden, da bin ich mir sicher. Du bist also Polizistin und beschäftigst dich nur mit Mord und so traurigen Sachen?«

»Ja, das stimmt«, gab Karin zu. Eigentlich verrückt, dachte sie, sich für diesen Beruf zu entscheiden, aber sie spürte, dass ihre Arbeit etwas bewirkte.

»Dann bist du die Frau, die auf dem Boot wohnt?«, fragte Ruth. »Wie kommt das?«

Karin merkte, wie ihr das Gespräch entglitt, wusste aber, dass die Leute nur dann etwas erzählten, wenn man ihr Vertrauen gewonnen hatte. »Als mein damaliger Lebensgefährte und ich uns vor einigen Jahren getrennt haben, blieb er in unserer Wohnung in Göteborg und ich zog auf das Boot.«

»Und seitdem wohnst du da?« Ruth machte ein erstauntes Gesicht.

»Ja.«

»Auch im Winter?«

»Ja, auch dann.« Karin hatte keine Ahnung, wie oft sie dieses Gespräch schon geführt hatte, aber obwohl es ihr längst zum Hals heraushing, konnte sie all die Fragen, die ständig gestellt wurden, natürlich nachvollziehen. Allein auf einem Boot, verständlich, dass die Leute sich wunderten.«

»Lebst du allein?«

Robert sah die Falte auf Karins Stirn und meldete sich zu Wort. »Auf welche Weise hat sich Holger für das Warmbadehaus eingesetzt?«, fragte er.

»Es ist ihm zu verdanken, dass der Betrieb dort weiterlaufen konnte. Das war viel Arbeit«, sagte Ruth.

»Hat er gestrichen?«

»Er war eine Art Mädchen für alles, pfiffig und geschickt. Er hat undichte Rohre genauso repariert wie das Saunaaggregat. Aber dann wurde das Gebäude verkauft. Eine Zeitlang hat er von nichts anderem als dem Verkauf des Warmbadehauses gesprochen. Er konnte den Verfall einfach nicht mitansehen und war erst letzte Woche wieder dort. Björn, der das Restaurant betreibt, lädt ihn immer zum Essen ein.«

»Gab es einen Konflikt, in den Holger geraten sein könnte und der vielleicht aus dem Ruder gelaufen ist? Oder fällt dir jemand ein, der ihm Schaden zufügen wollte?«

»Wo soll ich da anfangen?«, erwiderte Ruth trocken. Sie breitete die Arme aus. »Man soll nicht schlecht über die Toten reden, aber die Wahrheit ist, dass er viele zur Weißglut getrieben hat und oft zu weit gegangen ist. Er legte Rechtsmittel gegen Bauvorhaben von Sommerhausbesitzern ein, mischte sich aber bei den Leuten, die das ganze Jahr über hier wohnen, selten ein. Entweder merkte er nicht, dass die Leute sich ärgerten, oder es war ihm egal. Mit zunehmendem Alter wurde es immer schlimmer. Mit den Jahren verstärken sich alle Charaktereigenschaften. Nicht nur die guten.«

»Hier versteckt ihr euch also.« Folke kam durchs Gartentor.

»Für dich habe ich auch Kaffee.« Ruth stand auf.

»Sehr freundlich.« Folke gab ihr die Hand. »Wie bedauerlich, unter so traurigen Umständen zu kommen. Kannten Sie einander gut?«, fragte er, während Ruth Kaffee einschenkte und von ihrem Verhältnis zu Holger erzählte.

Folke hörte zu, nickte mit dem Kopf und fragte Ruth, ob sie an jenem Abend etwas gehört oder gesehen habe. Doch es sei alles so gewesen wie immer, antwortete Ruth.

Karin betrachtete das Grundstück hinter der Mauer. Der Rasen war grün und dicht, und es zeigte sich kein einziger Löwenzahn.

»Eine Sache ist mir noch eingefallen«, sagte Ruth. »Ich glaube, Holger hat eine Kiste in einen meiner Schuppen gestellt. Da ist eine Menge Papierkram drin. Das interessiert euch bestimmt.«

Karin und Robert sahen sich an, aber Folke war derjenige, der das Wort ergriff. »Dann werden wir die Kiste mal in Augenschein nehmen.« Er stand auf.

»Um was für Kram handelt es sich deiner Ansicht nach?«, fragte Karin.

»Ich habe keinen blassen Schimmer.« Robert blinzelte in die Sonne.

Kurz darauf kamen Ruth und Folke zurück. Folke rückte Ruth den Stuhl zurecht, und Karin schenkte allen Kaffee nach.

»War etwas Interessantes darin?«, wollte Karin wissen.

»Es scheinen alte Unterlagen vom Warmbadehaus zu sein«, antwortete Folke. »Ich werde mich mal genauer damit befassen.« Er lächelte Karin an.

Karin wurde nicht schlau aus ihm. Seinen Kollegen gegenüber benahm er sich manchmal so unmöglich, dass sich einige Leute weigerten, mit ihm zusammenzuarbeiten, und Karin konnte sie gut verstehen.

In bestimmten Situationen jedoch bewies Folke trotz allem ein gewisses Maß an sozialer Kompetenz. Daher hatte Karin den Verdacht, dass er konnte, wenn er nur wollte. Doch so oder so war sie froh, dass er so nett zu Ruth war.

Esmeralda kam um die Ecke, setzte sich und betrachtete sie ein Weilchen. Dann sprang sie auf Karins Schoß und machte es sich dort bequem, als wäre es das Normalste auf der Welt.

»Bei mir hat sie das noch nie gemacht«, sagte Ruth.

Karin strich der Katze über den Kopf. Esmeralda schloss die Augen, zog die Krallen ein, legte den Kopf auf die Pfoten und fing an zu schnurren. Ihre Wärme war durch den Jeansstoff zu spüren.

»Die Katze«, sagte Karin. »Gibt es jemanden, der sich um sie kümmern könnte? Du vielleicht?«

»Nein, ich will keine Katze haben. Ich kann sie aber erst mal füttern und mich umhören. Es wäre am besten, wenn sie auf der Insel bleiben würde.«

Sie unterhielten sich noch ein bisschen, bis Robert aufstand. »Vielen Dank für Kaffee und das leckere Gebäck.«

»Es war mir ein Vergnügen.«

Ruth sammelte die Teller und Tassen ein und stellte sie auf das Tablett, während Karin versuchte, Esmeralda von ihrem Schoß zu heben. Die Katze machte sich schwer und wollte sich von dem gemütlichen Platz auf keinen Fall vertreiben lassen.

Doktor Bauman blickte von seinem Schreibtisch auf.

»Frau Direktor Lundgren! Was verschafft mir die Ehre?« Er stand auf, ging auf sie zu und küsste ihr die Hand. Dann schien ihm plötzlich der Vorabend wieder einzufallen. »Natürlich!«, rief er. »Wie geht es denn dem Mädchen?«

»Sie ist gerade bei Doktor Wallin im Zimmer. Wir sind schon eine ganze Weile hier. Eine Helferin wollte noch Proben nehmen.«

»Wunderbar.«

»Komme ich ungelegen?« Ingeborg warf einen Blick auf die Tür.

»Ganz und gar nicht. Der nächste Patient kommt erst in einer halben Stunde. Setzen Sie sich doch bitte.« Er deutete auf einen Stuhl.

»Tja, Doktor Bauman.« Sie zögerte.

»Nennen Sie mich ruhig John. War es nicht ein netter Abend gestern?«

Ingeborg lachte kurz. »Wirklich nett.«

»Was für ein Unglück, dass es Ihrer Stieftochter nicht gutgeht. Ich nehme an, Sie machen sich Sorgen um das Mädchen?«

»Doktor Wallin, Ihr junger Arzt, scheint die Sache sehr ernst zu nehmen«, sagte Ingeborg.

»Gut. Sie werden sehen, dass er der Sache auf den Grund gehen wird. Er ist äußerst sorgfältig.«

Ingeborg räusperte sich.

»Stimmt irgendetwas nicht?«, fragte Doktor Bauman.

»Ich frage mich, ob es wirklich nötig ist, dass Karolina dreimal in der Woche vorbeikommt.«

»Wenn Doktor Wallin das sagt, wird es wohl so sein. Wäre Ihnen wohler zumute, wenn ich mir den Fall mal ansehe? Soll ich mir die Laborergebnisse ebenfalls vorlegen lassen, wenn sie da sind?«

»Wären Sie denn dazu bereit?«, fragte Ingeborg.

»Ihnen zuliebe?« Er machte eine Geste, als hätte er sie am liebsten in die Arme geschlossen. »Selbstverständlich, Frau Lundgren.«

»Karolinas Mutter ist ja tot, und ich habe manchmal das Gefühl, dass ihr Vater sie verhätschelt. Vielleicht macht er sie kränker, als sie ist, indem er ständig darüber redet und sie daran erinnert.«

»Wenn das so ist«, sagte Doktor Bauman, der mit den Familienverhältnissen von Familie Lundgren seit langem vertraut war. »Trotzdem ist sie gestern ohnmächtig geworden.«

»Natürlich soll die Sache untersucht werden, sie ist hoffentlich nicht ernsthaft krank. Wir sind schließlich hier, damit sie einen geeigneten Kavalier findet. Aber Sie wissen ja, wie kompliziert die jungen Leute sein können. Sie brauchen manchmal eine Ablenkung, damit sie nicht immer nur an sich denken.«

Er lächelte.

»Sie haben ja so recht. Hat Doktor Wallin gesagt, woran Fräulein Lundgren seiner Ansicht nach leidet?«

»Anämie und Bleichsucht«, antwortete Ingeborg.

»Sie wissen ja sicher, dass Anämie das Gleiche ist wie Blutarmut. Sowohl die als auch die Bleichsucht können wir behandeln, sofern sie nicht schon zu weit fortgeschritten sind. Frische Luft, Sonne, gute und nahrhafte Kost, das braucht sie jetzt. Sie muss Milch trinken. Stärkende Bäder. Bewegung. Wenn sie friert, braucht sie etwas Ordentliches zum Anziehen, ist sie niedergeschlagen, muss sie aufgeheitert werden ...« Er verstummte und schien nachzudenken. »Hm ...«

Ingeborg sah ihn an. »Woran denken Sie?«, fragte sie.

»Es geht mich natürlich nichts an, aber unsere Gastgeberin von gestern Abend, Gräfin Lagercreutz, geht heute mit ihrem Sohn Douglas, den sie gestern kennengelernt haben, auf einen Segeltörn. Er ist groß und dunkelhaarig. Übrigens hat er im Frühjahr seine Verlobung mit einer adeligem Fräulein aus Stockholm aufgelöst.«

»Sie meinen, dass ...«, begann Ingeborg.

»Mit Ihrer Erlaubnis könnte ich einen Anruf tätigen und mich erkundigen. Vielleicht darf Karolina die beiden begleiten. Unter Deck kann man sich hinlegen, falls es ihr zu anstrengend wird. Die frische Luft würde ihr sicherlich guttun. Fischer Kalle Hansa ist der Skipper, sie wäre also in guten Händen. Das Wetter eignet sich hervorragend für einen Segeltörn.«

»Das ist wirklich umsichtig von Ihnen«, sagte Ingeborg.

»Ich werde dafür sorgen, dass Sie an der Rezeption des Turisthotels eine Nachricht vorfinden, sobald Fräulein Lundgren hier fertig ist.«

»Ich weiß gar nicht, wie ich Ihnen danken soll, Doktor Bauman.«

»Sagen Sie doch bitte John zu mir. Wenn es uns gelingt, zwei junge Menschen zusammenzuführen, ist das doch eine ausgezeichnete Sache.« Er stand auf und küsste ihr noch einmal die Hand.

Mit roten Wangen machte Ingeborg die Tür hinter sich zu, während Doktor Bauman zum Hörer griff.

Karolina und Ingeborg überquerten den Badhusplan, bogen rechts ab und gingen mit langsamen Schritten die Långgata hinauf.

»Hast du mit Doktor Bauman gesprochen?«

»Ja. Er sagte, wenn du Anämie und Bleichsucht hast, brauchst du frische Luft und Bewegung. Und du musst ordentlich essen.«

»Es tut mir leid, wenn die Behandlung kostspielig …«

»Denk jetzt nicht daran. Nun wollen wir dafür sorgen, dass du wieder gesund wirst, damit wir einen netten Kavalier für dich finden.«

Karolina sah Ingeborg erleichtert an. Vielleicht war es doch nicht so schlecht um ihre finanziellen Verhältnisse bestellt?

Der Spaziergang zurück zum Turisthotel ging in bedächtigem Tempo vor sich. Auf den großen Schieferplatten schritten sie gemächlich an den vielen Geschäften und der Kirche vorbei. Ingeborg, die normalerweise gern stehenblieb und die Schaufenster ansah, unterhielt sich stattdessen mit Karolina.

Auf beiden Seiten der Straße standen die Holzhäuser dicht an dicht. Hinter den Zäunen sah man Gemüse neben Kartoffeln und Rosen wachsen. Rittersporn schwankte im Wind hin und her. Karolina fragte sich, wie die Blumen mit einem richtigen Sturm zurechtkommen würden. Ingeborg ließ ihren Sonnenschirm kreiseln und zeigte auf einen Laden mit hübschen Stoffen in der Auslage. Sie packte Karolina am Arm und zog sie mit sich.

»Wir müssen dir ein neues Kleid besorgen, Karolina. In Marstrand werden so viele Bälle, Soireen und Empfänge veranstaltet, dass du es gut gebrauchen kannst. Mindestens ein Kleid, vielleicht sogar zwei. Welche Farbe findest du am schönsten?«

Ein neues Kleid, dachte Karolina. Wie lange hatte sie schon nichts Neues mehr von Ingeborg und Vater bekommen? Das letzte Mal musste im vergangenen Sommer gewesen sein, als Vater noch nicht von geschäftlichen Sorgen sprach. Hatten sie wirklich Geld für neue Kleider? Trotzdem konnte sie es sich nicht verkneifen, sich Gedanken über die Farbe des Stoffes zu machen. Mit einem zaghaften Lächeln auf dem Gesicht atmete sie die frische Luft ein. Sie hatte Schmerzen in der Brust, wenn sie tief einatmete, aber ihr Herz war immerhin leichter geworden. Ein Doktor, der ihr zuhörte und sie ernstnahm, hatte sich um sie gekümmert. Er schien sogar das zu verstehen, was sie nicht sagte. Als könnten diese unheimlich blauen Augen direkt in ihre Seele schauen und ihre Gedanken lesen. Sie wusste, dass Ingeborg die Arztbesuche und die Behandlungen überflüssig fand, aber dagegen war nichts zu machen. Magdalena hatte ja nie Schmerzen in der Brust, aber hätte sie jemals welche bekommen, wäre Ingeborg bestimmt nicht knausrig gewesen. Nun hatte sie immerhin versprochen, dass Karolina ein neues Kleid bekommen sollte. Vielleicht würde es doch ein guter Sommer in Marstrand werden.

Wäre es nur nicht alleiniger Sinn und Zweck ihres Aufenthalts gewesen, dass sie einen geeigneten Ehemann fand, hätte sie ihn wohl auch genießen können. So, wie die Dinge lagen, wurde sie ständig beäugt. Zuerst von Vater und Ingeborg und sobald sie einen Fuß vor die Tür setzte von allen andern. In erster Linie von den Eltern heiratsfähiger Söhne, aber auch von den Müttern anderer Fräulein, die sich einen Eindruck von der Konkurrenz verschafften. Vorfahren und Abstammung hatten am meisten Gewicht. Danach kamen Bildung, Sprache, Kleidung, Haltung und Konversationstalent. Alles wurde geprüft und beurteilt. Sie wusste, dass ihre hochadelige Herkunft ihr Ass im Ärmel war. Ihre Mutter war zwar von ihren Eltern verstoßen und enterbt worden, doch als sie im Sterben lag, hatten die Großeltern ihre Meinung geändert. Das Enkelkind sollte das Erbe antreten dürfen, auch wenn es an gewisse Bedingungen geknüpft war. Immer diese Bedingungen. Das Mädchen sollte die besondere Ausbildung erhalten, die in den Augen der Großeltern notwendig war, und wenn sie starben, würde das Schloss in ihren Besitz übergehen. Vorausgesetzt, sie war dann mit einem geeigneten Mann verheiratet. War sie zu dem Zeitpunkt unverheiratet, würden das Schloss und das restliche Erbe Cousine Eva zufallen. Vater hatte sich den Wünschen der Eltern seiner verstorbenen Frau gebeugt, und Karolina hatte zeitweise auf Schloss Noor gewohnt und war dort von einer deutschen Hauslehrerin unterrichtet worden.

Karolina hustete in ihr Taschentuch. Ihre schwächliche Konstitution war neben der Tatsache, dass sie mittlerweile einer nichtadligen Familie angehörte, ihr größter Makel.

Als sie das Turisthotel betraten, kam Frau Anna Öster ihnen schon entgegen. »Frau Direktor Lundgren, Sie haben eine Nachricht bekommen. Bitte sehr.« Sie überreichte ihr einen Umschlag.

»Geh schon mal vor«, sagte Ingeborg und riss das Kuvert auf. Ihrer Stimme war deutlich anzuhören, wie erfreut sie war, als Frau Direktorin angesprochen zu werden.

Mit langsamen Schritten ging Karolina die Treppe hinauf. Sie hielt sich an dem eleganten Holzgeländer fest und blieb auf jedem Absatz stehen, um Atem zu holen. Nein, es war wirklich nicht alles in Ordnung, dachte sie bei sich.

Als sie zurück ins Zimmer kam, strahlte Magdalena sie an. »Endlich! Ihr wart aber lange weg! Vater wollte unbedingt, dass wir hierbleiben und auf euch warten, obwohl ich immer wieder gesagt habe, wir könnten euch doch entgegengehen. Was hat der Doktor gesagt?«

»Dass ich dreimal in der Woche zur Kontrolle kommen soll«, antwortete Karolina.

»War es der alte? Doktor Bauman?«

»Nein.« Karolina musste lächeln.

»Ach was«, sagte Magdalena. »Es war der Held von gestern. Doktor Wallin, stets zu Ihren Diensten!« Sie tippte sich an eine imaginäre Mütze, zog die Hand aber rasch zurück, als an die Tür geklopft wurde. Höchst unpassend, hätte Großmutter gesagt, dachte Karolina.

Vater kam herein. »Wie geht es dir, Karolina?«, fragte er.

»Gut.«

»Was hat der Doktor gesagt?«

Karolina gab wieder, was er gesagt hatte, obwohl sie vermutete, dass er bereits alles von Ingeborg gehört hatte.

Vater nickte. »Wir sind gefragt worden, ob wir auf einen Segeltörn mitkommen wollen«, sagt er dann.

»Ihr?«, fragte Magdalena enttäuscht und ließ die Beine baumeln.

»Nein, nicht nur wir. Die ganze Familie.«

»Au ja!«, jubelte Magdalena und sprang vom Sessel auf.

»Eine feine Dame tut das nicht, Magdalena.« Ingeborg warf ihr einen wütenden Blick zu.

»Oh doch, wenn keiner zuguckt!« Magdalena grinste von einem Ohr zum anderen. »Wer hat uns denn eingeladen?«, erkundigte sie sich voller Begeisterung.

»Gräfin Lagercreutz und ihr Sohn Douglas«, antwortete die Mutter. »Eigentlich wären wir mit einer Gegeneinladung an der Reihe, weil wir gestern bei ihnen waren, aber damit werden wir uns später befassen. Ich habe gefragt, ob wir einen Picknickkorb mitnehmen und alle zum Mittagessen einladen dürften, aber dafür ist bereits gesorgt.« Karolina sah Ingeborg an, dass sie darüber im Grunde erleichtert war, nicht zuletzt, weil sie sich auf diese Weise einen Eindruck vom Inhalt anderer Körbe verschaffen konnte, bevor sie einen eigenen zusammenstellte. »Benehmt euch anständig. Im Übrigen hat Douglas seine Verlobung mit einem adeligen Fräulein aus Stockholm aufgelöst, es besteht also Grund zu der Annahme, dass er auf Brautschau ist.«

Aha, dachte Karolina und unterdrückte einen Seufzer.

»Fühlst du dich stark genug, uns zu begleiten?«, fragte Vater. »Ingeborg hat gesagt, man könne sich an Bord hinlegen, wenn man müde wird. Und die Ärzte glauben ja, dass Meeresluft dir guttut.« Sie merkte ihm an, wie sehr er sich auf den Törn freute. Er segelte für sein Leben gern, hatte es von Kindesbeinen an getan und wünschte sich nichts sehnlicher, als dass die Töchter und seine Ehefrau genauso viel Geschmack an frischem Wind und Salzwasserspritzern im Haar finden würden wie er.

Karolina nickte. Sie konnte niemanden aus der Familie zwingen, zu Hause zu bleiben, nur weil sie müde war.

»Ich schaffe das schon.«

9

Die Luft im Konferenzraum der Kommune Kungälv war stickig, aber Lycke widerstand der Versuchung, ein Fenster zu öffnen. Sie unterdrückte ein Gähnen und hoffte, dass Karl-Erik sie nicht gesehen hatte. Rings um den Tisch standen durchgesessene Holzstühle mit braun gestreiften Sitzpolstern. In der Ecke stand ein offenbar nicht mehr genutztes Bücherregal neben einem Stapel weiterer Stühle. Auf dem Tisch daneben standen neben ein paar Notizblöcken und Bleistiften schlechter Qualität fünf Flaschen Mineralwasser, vermutlich lauwarm. Der ganze Raum sah aus, als wäre er seit fünfzehn Jahren nicht betreten worden. Lycke strich das Revers ihres Blazers glatt und lehnte sich auf dem harten Stuhl zurück.

»Unsere Öffentlichkeitschefin wird auch dabei sein, sie kommt gleich«, sagte der IT-Verantwortliche der Kommune, Peter Hagman. »Und dann haben wir noch einen Politiker, der sich für das System interessiert, Lennart Holm. Er taucht wahrscheinlich auch noch auf.«

Peter Hagman war sie ein paar Mal draußen auf Marstrand begegnet, hatte aber bislang kaum ein Wort mit ihm gewechselt. So war es eben mit manchen Leuten in einem kleinen Ort, man kannte sie vom Sehen, hatte aber nicht den blassesten Schimmer, wie sie hießen oder was sie beruflich machten.

Karl-Erik ergriff das Wort.

»Wir haben beschlossen, dass Lycke, eine unserer kompetentesten Beraterinnen, die Systemeinführung durchführen soll. Sie ist bestens mit unserem System und euren Arbeitsvorgängen vertraut. Außerdem lebt sie übrigens in der Kommune Kungälv, und zwar auf Marstrand, und gehört damit zu euren Endkunden.«

»Dich kenne ich doch«, sagte Peter und kramte in seinem Gedächtnis. »Rotary oder Westschwedische Handelskammer?«, versuchte er es.

»Nicht ganz«, erwiderte Lycke, die sich nun erinnerte, wo sie sich zuletzt über den Weg gelaufen waren, und es lieber gesehen hätte, wenn es Peter nicht wieder eingefallen wäre.

»Wir haben doch schon mal miteinander gesprochen. Weißt du noch, wann das war?«, fragte er.

»Du hast letzten Winter vor Coop Nära in Marstrand den Schlitten meines Sohnes überfahren«, sagte Lycke.

Karl-Erik warf ihr einen entsetzten Blick zu, und Peter lächelte beschämt.

»Warst du das? Meine Güte, das tut mir leid.«

»Er saß ja zum Glück nicht drauf.« Lycke hoffte, er würde sich nicht an ihre Worte von damals erinnern.

»Du bist also gekommen, um dich zu rächen?«, fragte Peter.

»Genau«, antwortete Lycke lachend.

Zwanzig Minuten nach der vereinbarten Zeit traf Lennart Holm in Begleitung der Öffentlichkeitschefin ein. Sie stellte sich vor, wies darauf hin, dass Peter zuständig sei, und verschwand nach einer kurzen Entschuldigung wieder. Lennart Holm dagegen stellte kluge Fragen zu den Backups und dem Umgang mit verschiedenen Versionen, wenn mehrere Leute am selben Dokument arbeiteten. Nachdem Karl-Erik versucht hatte, ihn mit einer knappen Antwort abzuspeisen, ergriff Lycke das Wort und blühte regelrecht auf, bis Lennart einen zufriedenen Eindruck machte.

»Lycke hat das schon oft gemacht, und falls weitere Fragen auftauchen, kennt sie den Ablauf bis ins kleinste Detail.«

»Ausgezeichnet. Ich möchte gerne auf dem Laufenden gehalten oder zumindest mit Zwischenberichten versorgt werden.«

»Das besprichst du am besten mit mir, damit wir Lycke nicht unnötig belasten«, sagte Peter.

Als Lycke am Nachmittag nach Hause fuhr, hatte sie das Gefühl, beruflich noch einmal neu anzufangen. Die Arbeit mit Fredlunds Bygg war vom Tisch, und stattdessen hatte sie einen neuen Kunden. Es handelte sich zwar um eine Inbetriebnahme und somit um den Abschluss eines Projekts, aber den konnte sie jetzt bestmöglich umsetzen. Lycke trat aufs Gaspedal, drehte die Stereoanlage auf und sang bis zum Fähranleger aus vollem Hals.

Auf der anderen Seite des Sunds zog Karin in Holgers Flur die Schuhe aus, ging in die Küche und zapfte ein Glas Wasser aus dem betagten Boiler. Während sie es austrank, sah sie aus dem Sprossenfenster. Ruth sammelte gerade die Sitzkissen der Verandamöbel ein. Die hatten sie vergessen. Für die alte Dame würde sich vieles ändern. Ein leeres Haus und niemand mehr, der ihr zur Hand ging.

Als Karin ins Obergeschoss kam, hatte sich Folke bereits an Holgers Schreibtisch installiert. »Interessant«, sagte er und klopfte auf den Ordner, als er Karin erblickte. Warum konnte er es ihr nicht einfach erzählen, anstatt sie zum Nachfragen zu zwingen.

»Was ist denn so interessant?« Sie bemühte sich, nicht gereizt zu klingen.

»Ich bin schon eine ganze Reihe von seinen Leserbriefen durchgegangen, er war recht fleißig, um es milde auszudrücken.« Folke nickte.

Karin wartete auf eine Fortsetzung, die nicht kam. »Und was hast du entdeckt?« Sie bemerkte selbst den angespannten Unterton.

»Tja, an und für sich habe ich das Material erst überflogen, um mir einen Überblick zu verschaffen, und wir müssen uns das Ganze natürlich noch gründlicher ansehen, um ganz sicherzugehen …«

Karin widerstand der Versuchung, einen Schrei auszustoßen. Während Folke seine umständlichen Erläuterungen abgab, tauchte Robert auf dem Treppenabsatz auf.

»Hast du was gefunden?«, fiel er Folke ins Wort.

»Wie ich Karin gerade erklärte, habe ich in erster Linie versucht, einen Gesamteindruck des Materials in den Ordnern zu bekommen, um dann …«

»Und zu welchen Ergebnis bist du gekommen?«, fragte Robert.

»Ich habe ja noch nicht alles geprüft und schon gar nicht Wort für Wort gelesen, was er geschrieben hat …«

»Das habe ich kapiert, aber sag doch einfach, was du bis jetzt weißt«, bat Robert.

»Er war ordentlich und engagiert. Allein die Tatsache, dass er verschiedene Ordner für die jeweiligen Themengebiete hatte. Die Leserbriefe sind gut, auch wenn manche von ihnen ein wenig weinerlich klingen. Ich habe sowohl die *Kungälvs-Posten* als auch die *Göteborgs-Posten* angerufen, um zu fragen, was man dort für einen Eindruck von Holger hatte.«

»Gut.« Karin staunte über seine Tatkraft. »Was haben sie denn gesagt und wann haben sie den letzten Leserbrief bekommen?«

Folke warf einen Blick auf seinen Notizblock. »Der letzte Leserbrief erreichte die *Göteborgs-Posten* vor etwa einer Woche«, stellte er fest und machte ein Häkchen an den Rand.

»Worum ging es darin?«, fragte Robert.

»Das weiß ich nicht. Da müssen wir wohl noch mal anrufen«, antwortete Folke.

»Kannst du das machen? Schließlich hast du schon einmal mit denen gesprochen. Und wenn wir die Zeitungen sowieso anrufen, sollten wir bei der Gelegenheit auch darum bitten, dass sie uns alles schicken, was Holger geschrieben hat. Es ist ja nicht gesagt, dass er alles in diesen Ordnern aufbewahrt hat. Frag mal, ob sie uns alle seine Leserbriefe zusammenstellen und per E-Mail schicken können.«

»Sei so nett und lass alles so stehen«, sagte Folke zu Robert, der vor dem Bücherregal stand und an den Ordnern herumfummelte.

Karin klappte ihren Collegeblock auf und notierte sich ein paar Dinge. Dann warf sie einen Blick auf die Ordnerrücken und schrieb ab, was auf den Etiketten stand. »Okay«, fuhr sie fort. »Zu welchen Fragen hat er Stellung genommen?« Sie deutete auf das Regal. »Ich nehme an, dass dies die großen Themen sind, wenn er jeweils genügend Material für einen eigenen Ordner gesammelt hat. ›Marstrands Schule und Vorschule‹, ›Marstrands Warmbadehaus‹, ›Turisthotel‹, ›Leserbriefe und Artikel – allgemein‹, ›Wohnungsbau in Hareslätta‹ und ›Zahnärztliche Versorgung auf Marstrand‹. Ich wusste gar nicht, dass es hier draußen einen Zahnarzt gibt«, sagte Karin.

»Gibt es auch nicht mehr«, antwortete Folke. »Holger wollte, dass er bleibt, aber das hat nicht geklappt. Abgesehen von dem Leserbrief hat er auch allen ganzjährigen Bewohnern eine Wurfsendung in den Briefkasten gesteckt, in der er sie aufforderte, auf Marstrand zum Zahnarzt zu gehen, anstatt woanders hinzufahren. Bei der Apotheke war es das Gleiche. Er hat sich auf jedes Thema gestürzt – von den Hundehaufen am Kai bis zu der etwas größeren Sache mit der Schule oder seiner Forderung an die Kommune, neuen Wohnraum für ›normale‹ Leute zu schaffen.«

»Vielleicht hätte er sich lieber auf einige besonders wichtige Fragen konzentrieren sollen, anstatt auf allen Hochzeiten zu tanzen«, sagte Karin.

»Vielleicht kam er den Leuten rechthaberisch vor. Umgänglich scheint er jedenfalls nicht gewesen zu sein.« Robert warf einen Seitenblick in Folkes Richtung.

»Er hat sich also mit Fragen auf jedem Niveau beschäftigt und sie an Privatpersonen, Unternehmen und die Kommune gerichtet. Wunderbar«, seufzte Karin.

»Ich könnte mir vorstellen, dass einige ganz froh sind, den Alten los zu sein.« Die Worte kamen von Robert, der in einem der Ordner blätterte.

»Wir müssen uns das alles so schnell wie möglich ansehen. Spielt es eine Rolle, welche Ordner wir mitnehmen?«

Folke drehte sich mit dem Bürostuhl herum und betrachtete das Regal. Dann zog er einen Ordner heraus und reichte ihn Robert.

»Ich setze mich unten in die Küche.« Robert ging die Treppe hinunter.

Folke studierte die übrigen Ordnerrücken und sagte plötzlich: »Ach, natürlich, da war doch noch jemand im Hotel gegenüber vom Turisthotel, der mit uns reden wollte. Heißt das nicht Villa Maritime?«

»Was? Wer?«, fragte Karin.

»Jemand, der etwas gesehen hat, glaube ich.« Folke öffnete seine Aktentasche und reichte Karin ein Blatt Papier. »Hier.«

»Wann hast du die bekommen?« Karin las die ausgedruckte Mail.

»Da oben steht, wann sie gekommen ist.« Folke tippte auf das Blatt. »Als ich zur Arbeit kam, war die Mail schon da.«

»Wir hätten der Sache sofort nachgehen müssen, anstatt zu dritt hierherzukommen. Ist dir das klar?«

»Ja, da hast du recht. Das ist etwas unglücklich gelaufen. Ich gehe mir jetzt mal das Material im Schuppen ansehen.«

Während Karin die schmale Treppe hinunterging, fragte sie sich, ob Qualm aus ihren Ohren drang. Unglücklich?, dachte sie. Das war gar kein Ausdruck.

»Du machst aber ein böses Gesicht«, sagte Robert, als Karin in die Küche kam.

»Ja, und zwar mit Recht.« Karin zeigte ihm die ausgedruckte Mail, die Folke ihr gegeben hatte. »Eine Zeugin?«, fragte Robert verwundert.

»Ich rufe sie jetzt an. Falls sie zu Hause ist, gehe ich gleich hin. Willst du mit?«

Mittwoch, 18. Juli 1906

Karl war gerade zwei Helferinnen zur Hand gegangen, die sich um die Frau von Großhändler Lindman kümmerten. Sie lachte so laut, dass sich alle nach ihr umdrehten. Anfangs lächelten die Leute über die fröhliche Frau, aber als deren Gelächter in ein lautstarkes Weinen überging, eilten die Leute weiter. Doktor Bauman war aus seinem Büro gekommen und hatte ausnahmsweise seine Unterstützung angeboten, solange sich Karl mit ihrem Mann unterhielt. Als die Großhändlergattin den älteren Arzt erblickte, grinste sie schelmisch.

Der verhärmt wirkende Ehemann hatte dunkle Ringe unter den Augen, was in Anbetracht des Zustands seiner Frau vollkommen verständlich war. Karl hatte gelesen, was Doktor Bauman im vergangenen Jahr in der Karteikarte notiert hatte. Damals hatte sie an Kopfschmerzen, Hitzewallungen und Ohnmachtsanfällen gelitten, und der Doktor hatte ihre Gemütsverfassung als rührselig, weinerlich und unleidlich beschrieben. Der Frau ging es kein bisschen besser als im Vorjahr, im Gegenteil, alles war noch schlimmer geworden, und die Krämpfe hatten zugenommen. Die Schmerzen schienen in ihrem Körper zu wandern. Wie kam es, dass sie an verschiedenen Stellen auftraten, wollte der Ehemann wissen und berichtete vom wechselhaften Appetit seiner Frau, von Schweißausbräuchen, häufiger Übelkeit, saurem Aufstoßen und von Blähungen. Hier verstummte er. Karl sah ihm an, dass er unter der Situation litt. Er machte sich Notizen und bedeutete dem Mann mit einer Kopfbewegung, dass er fortfahren sollte.

»Manchmal ist sie außer sich vor Freude und bricht im nächsten Augenblick in Tränen aus. Bei jedem Wetterwechsel klagt sie über Beschwerden.«

»Hysterie und neuralgische Vapeurs«, sagte Karl.

»Hysterie ist mir bekannt, aber was ist Neuralgie?«, fragte der Ehemann.

»Eine Nervenkrankheit, die sich in den verschiedensten Schmerzempfindungen äußert. Am einen Tag tut es hier weh, am anderen dort. Meistens sind Frauen betroffen.«

»Sie hat aber auch Schluckbeschwerden, ich sehe doch mit eigenen Augen, wie sie mit dem Essen kämpft.«

Karl nickte. »Um die Gesundheit zu erhalten, muss man ein Gleichgewicht zwischen körperlicher und seelischer Aktivität finden.«

»Was meint der Doktor damit?«, fragte der Mann.

Karl dachte an Doktor Haglööf, der immer gesagt hatte, dass der Arzt bei Frauen mit Krämpfen immer das Klimakterium im Hinterkopf behalten musste.

»Ihre Frau ist neunundvierzig Jahre alt. Wenn die Frau älter wird, zieht sich die Fruchtbarkeit aus den Fortpflanzungsorganen zurück und Letztere stellen ihre Tätigkeit ein. Das ist rein physiologisch eine große Umstellung, die auch das psychische Wohlbefinden beeinträchtigen kann.«

Karl sah dem Mann an, dass er möglicherweise auf der rechten Spur war. Er wollte der Sache weiter auf den Grund gehen und sich einen

Eindruck vom Familienleben verschaffen. Wie immer bestand die Kunst darin, sich richtig auszudrücken.

»Könnten Sie mir etwas mehr über ihre familiäre Situation erzählen? Womit ist Ihre Ehefrau tagsüber beschäftigt, und wie schläft sie nachts?«

Der Mann entspannte sich nun ein wenig und beantwortete Karls Fragen, so gut er konnte. Er erzählte von ihrer gesicherten finanziellen Lage, dank derer seine Ehefrau nun seit vielen Jahren überhaupt keine Pflichten hatte, von den Kindern, die von Kindermädchen versorgt worden waren, und dem ältesten Sohn, der mittlerweile ein Internat besuchte. Seit einiger Zeit jedoch irrte seine Frau nachts durch das große Haus und schlich sich häufig in die Kinderzimmer. Da ihr Zustand ihm Kopfzerbrechen bereitete, hatte er es für das Klügste gehalten, die Kinder in der Obhut der Kindermädchen zu lassen und mit seiner Frau nach Marstrand zu fahren.

Jeder Mensch mag es, gebraucht zu werden, nicht zuletzt eine Mutter, dachte Karl, begriff aber gleichzeitig, dass sich die Verfassung der Frau über einen langen Zeitraum entwickelt hatte. Er musste behutsam vorgehen. Der Mann vor ihm schien jedoch ernsthaft besorgt um seine Frau zu sein und hörte Karl aufmerksam zu.

»Man könnte sagen, Bewegung, Arbeit und ein fröhliches Gemüt sind die besten Schlafmittel«, sagte er vorsichtig.

»Meine Frau soll nicht arbeiten müssen.«

»Lassen Sie sie Anteil nehmen an den Tätigkeiten in Ihrem Haus. Gebraucht zu werden, ist wertvoll.« Weiter wagte Karl sich nicht vor.

Die konkreten Schritte musste er dem Mann überlassen, der seine Frau und die Situation am besten kannte.

Sie unterhielten sich noch eine Weile, damit Karl sich ein noch klareres Bild machen konnte. Doktor Bauman hatte die Frau hoffentlich untersucht, so dass sie gemeinsam einen geeigneten ärztlichen Rat abgeben konnte.

»Dafür, dass Sie noch so jung sind, sind Sie sehr klug.« Auf dem Weg zur Tür gab der Großhändler Karl die Hand.

»Wenn Sie einen Augenblick warten, spreche ich mit Doktor Bauman.« Karl wollte die Frau auch selbst untersuchen. Er bedeutete dem Mann, dass er sich auf einen Stuhl im Flur setzen und warten sollte, und ging selbst ein paar Türen weiter zu Doktor Baumans Behandlungsraum. Die Helferin im Vorzimmer sagte, er sei beschäftigt, Karl war jedoch so versunken in seine Gedanken über die Großhändlergattin und eine mögliche Diagnose, dass er die Klinke hinunterdrückte, ohne anzuklopfen. Durch den Türspalt sah er Doktor Bauman, der sich mit heruntergelassener Hose intensiv der Frau mit dem entblößten Unterleib auf seinem Schreibtisch widmete.

Hastig drückte Karl die Tür wieder zu und blieb davor stehen, ohne zu wissen, was er jetzt tun sollte. Das war doch nicht die Frau des Großhändlers gewesen? Er warf einen Blick auf ihren Mann am Ende des Flurs. Dann fasste er sich ein Herz und klopfte mit Nachdruck an die Tür.

»Einen Augenblick!«, rief Bauman.

Es dauerte eine ganze Weile, bis die Tür geöffnet wurde und die Bademeisterin Ida herauskam. Als sie Karl sah, senkte sie den Blick.

Bauman stand mit rotem Gesicht vor dem Spiegel und kämmte sich, als Karl den Raum betrat.

»Die Ehefrau des Großhändlers«, sagte Karl. »Haben Sie die untersucht?«

»Leider nicht«, sagte Bauman. »Ich musste dringend etwas mit Ida besprechen.«

»Eine wichtige Angelegenheit?«, fragte Karl.

»Natürlich! Schließlich habe ich sie einer Patientin vorgezogen, das ist doch klar.«

»Und wo ist nun die Großhändlergattin?«

»Sie hat in der Zwischenzeit ein Bad genommen. Zwei Bademeisterinnen sind bei ihr. Ich dachte, ein Bad würde ihrer gereizten Stimmung entgegenwirken.«

Karl fiel es schwer, sich zu beherrschen. Hinter der gepflegten Frisur und dem gebügelten Hemd Doktor Baumans verbarg sich ein Mann, der Frauen nachstellte. Karl erinnerte sich jetzt, Doktor Baumans große Hände schon öfter auf gewissen Körperteilen der Bademeisterinnen gesehen zu haben. Zunächst hatte er geglaubt, er müsste sich getäuscht haben, aber nun wusste er es besser.

»Was wollten Sie denn von mir?«, fragte Bauman.

»Mit Ihnen den Zustand von Frau Lindman besprechen«, antwortete Karl, aber der Anblick von Baumans heruntergelassener Hose ließ ihm keine Ruhe.

»Ich schlage vor, wir besorgen ihr ein Zimmer in der Villa Marieberg oben in der Lavettgata, da bringe ich die hysterischen Frauenzimmer immer unter. Da das Haus ein wenig abseits von der Stadt liegt, stören sie dort nicht das gesellschaftliche Leben.«

»Oder stört nicht eher das gesellschaftliche Leben die Frauen?«, fragte Karl.

»Ich wollte damit sagen, dass wir früher die Villa Victoria für solche Fälle verwendet haben, aber die liegt zu nah am Societetshus.«

»Und was verordnen Sie für gewöhnlich?«, fragte Karl.

»Ich rate dem Ehemann, sich zu amüsieren, und überlasse die Behandlung für gewöhnlich dem Hausarzt in der Heimat der Familie. Aber tun Sie, was Sie für richtig halten. Wenn Sie sie untersuchen möchten, nur zu.«

Nach dem Bad untersuchte Karl die Frau. Zuerst sprach er unter vier Augen mit ihr, dann holte er ihren Ehemann dazu. Es stellte sich heraus, dass die Reise nach Marstrand ein großer Irrtum war. Der Mann hatte geglaubt, die Abwechslung würde ihr guttun, aber sie hatte sich unter Druck gesetzt gefühlt und hätte die Zeit viel lieber zu Hause mit den Kindern verbracht, sagte sie weinend. Karl wunderte sich, dass zwei Menschen, die doch unter einem Dach zusammenlebten, offenbar nicht miteinander redeten.

»Mein Herz rast, und ich habe meine schrecklichen Stimmungsschwankungen nicht unter Kontrolle.« Ihr Blick flackerte unruhig über die Wände. Der Ehemann griff nach ihrer Hand. Karl sagte, das sei in ihrem Alter vollkommen normal, und erklärte den beiden, woran es seiner Ansicht nach lag.

»Es geht mit der Zeit vorüber«, beruhigte er sie.

Das Paar fasste den Entschluss, schon am folgenden Tag nach Hause zu fahren. Karl stellte zwei Rezepte aus, unter anderem für Prinzens gelbe Tropfen, die der Gatte sofort in der Apotheke besorgen sollte. Die Medizin hatte hoffentlich eine beruhigende Wirkung auf die Frau und würde ihr helfen, ihr inneres Gleichgewicht wiederzufinden.

Nach der Arbeit fühlte Karl sich lustlos und träge. Er hatte keine Lust, etwas essen zu gehen. Die Gefahr war groß, dass er einen seiner heutigen Patienten treffen würde, und an diesem Abend stand ihm überhaupt nicht der Sinn danach. Nein, lieber blieb er zu Hause. Er spazierte die Långgata hinauf. Aus dem Restaurant Alphütte, dessen Terrassen größtenteils voll besetzt waren, ertönte fröhliches Gelächter. Soweit er wusste, hatten in dem Lokal tausend Leute Platz. Gemütlichkeit verströmte das Gebäude allerdings nicht, es handelte sich vielmehr um ein unproportioniertes Monstrum aus Glas. Er ging die Treppen hinauf und grüßte höflich nach rechts und links. Nein, es reizte ihn wirklich nicht, sich hier hinzusetzen. Stattdessen bestellte er sich etwas zu essen und konnte das Gericht nach zehnminütiger Wartezeit mit nach Hause nehmen. An der Silberpappel bog er in die Rådhusgata ein. Bedienstete und Burschen, die nur monatsweise beschäftigt wurden, waren unterwegs, die Badegäste eilten zu den abendlichen Einladungen, in die Restaurants oder zum Billardspiel im Grand Hotel. Karl lüpfte immer wieder den Hut.

Als er fast zu Hause war, begegnete ihm die Frau des Apothekers. Sie stand vor der Haustür in der Kyrkogata. Apotheker Schagerström selbst war damit beschäftigt, seine Medikamente einzuschließen und winkte ihm wie üblich durch die große Glasscheibe zu. Karl nutzte die Gelegenheit, um sich zu erkundigen, ob die Tropfen, die er Frau Lindman verschrieben hatte, abgeholt worden waren. Das waren sie. Die Antwort erfüllte ihn nicht nur mit Zufriedenheit, sondern regelrecht mit Freude.

»Fühlen Sie sich denn wohl bei Doktor Bauman?«, fragte die Apothekersfrau in ihrem melodiösen Norrländisch, nachdem sie sich vergewissert hatte, dass ihr Mann außer Hörweite war.

»Danke, ja«, antwortete Karl. Den ganzen Nachmittag hatte er versucht, den Anblick seines Kollegen mit heruntergelassener Hose zu vergessen.

»Ich selbst kann den Kerl ja nicht ausstehen«, sagte Frau Schagerström. »Ich weiß nämlich, wie er die Bademeisterinnen behandelt.« Sie sprach so schnell, als wollte sie sichergehen, dass sie fertig wurde, bevor ihr Mann für heute alles abgeschlossen und das Licht ausgemacht hatte. Karl wusste nicht, was er darauf erwidern sollte, und blieb stumm.

»Hier draußen hat jeder einen Spitznamen, aber wissen Sie, wie man Doktor Bauman nennt?«

»Nein.« Karl schüttelte den Kopf.

»Den Seewolf.«

»Seewolf? Ich glaube, ich verstehe nicht ganz.«

»Das ist auch kein Wunder, denn Sie sind nicht von hier, wie ich höre. Ein Seewolf ist jedenfalls ein richtig hässlicher Fisch. Groß und grau. Der Kopf erinnert an das Gesicht eines Menschen, aber die Zähne stehen so merkwürdig vor. Wenn man einen Seewolf an Bord holt, muss man aufpassen, denn die Zähne sind spitz, und der Fisch hat einen muskulösen Kiefer. Wenn er sich an der Reling festbeißt, braucht man viel Kraft, um ihn loszubekommen. Die Bademeisterinnen warnen sich gegenseitig, wenn der Seewolf in einer ganz besonderen Stimmung ist.«

Karl machte sich nicht die Mühe, sie zu fragen, welche Stimmung er meinte. Nachdem er Baumans entblößtes Hinterteil gesehen hatte, konnte er es erahnen. Mit der Begründung, sein Essen würde kalt, wünschte er ihr einen guten Abend und zog sich mit einem unbehaglichen Gefühl im ganzen Körper zurück.

Etwas später versuchte er zu lesen, aber es war nicht daran zu denken, weil er sich überhaupt nicht konzentrieren konnte. Der Seewolf, dachte er und sah aus dem Fenster. Ein passender Name. Die hässlichen Fische im Meer waren eine Sache, aber wenn man ihnen an Land begegnete, war das etwas vollkommen anderes.

10

Sobald sie herausgefunden hatten, dass die Zeugin, eine ältere Dame, zu Hause war, ließen sie Folke oben im Haus allein zurück und machten sich auf den Weg zur Villa Maritime. Sie kamen an schönen weiß gestrichenen und hübsch verzierten Holzhäusern mit handtuchgroßen Gärten vorbei, in denen Gartenmöbel aus Teak mit rostfreien Grills, die an kleinere Ufos erinnerten, um das bisschen Platz konkurrierten. Auf einem Grundstück hatte man mit Müh und Not noch ein Trampolin untergebracht.

»Das hätte den Kindern gefallen«, sagte Robert. Karin murmelte eine unhörbare Antwort.

In dem hellgrauen Gebäude gegenüber vom Turisthotel befanden sich nicht nur Hotelzimmer, sondern auch Eigentumswohnungen.

Eine dieser Wohnungen im dritten Stock gehörte M. Sandell, wenn man den weißen Buchstaben auf der Klappe über dem Briefeinwurf an der Tür Glauben schenken durfte. Nachdem Karin geklingelt hatte, dauerte es eine halbe Ewigkeit, bis die Tür geöffnet wurde. So lange, dass Robert schließlich vorsichtig durch den Briefschlitz lugte. In dem Moment erschien ein Rollator in seinem Blickfeld.

Majken Sandell war die dünnste Frau, die Karin je gesehen hatte. Aus Angst, ihr die Finger zu brechen, wagte sie kaum, der alten Dame die Hand zu geben. Bläuliche Blutgefäße schimmerten durch die weiße Haut, die an manchen Stellen fast durchsichtig wirkte. Die großen Perlenohrringe zogen die Ohrläppchen hinunter, und aus den Löchern darin waren Striche geworden. Karin kam sich groß und grobschlächtig vor neben der zierlichen Person, die von Kopf bis Fuß in Rosa gekleidet war – der Plisseerock, das Angorajäckchen und das Halstuch, alles in zartem Rosé, bis auf die Stützstrümpfe in den bequemen Sandalen.

Unendlich langsam schob sie den Rollator vor sich her und hatte Probleme mit den beiden flauschigen Teppichen im Flur, die sich an den Kanten aufrollten und die Räder des Rollators nicht passieren lassen wollten. Immer wieder nahm sie neuen Anlauf. Karin hätte die Dinger am liebsten aufgerollt und in die Ecke gestellt.

»Brauchst du Hilfe?«, fragte Robert.

»Nein, es geht schon.« Schließlich hatte Majken auch den zweiten Teppich überwunden und konnte zu einem Korbstuhl mit einem Schaffell darauf schlurfen. Sie ließ den Rollator mit der einen Hand los und tastete sich zu dem Sessel hinüber.

Mein Gott, dachte Karin und fragte sich, wie viele Male am Tag die alte Frau einen Sturz riskierte.

»Wenn ich nicht in Bewegung bleibe, gehe ich ein«, sagte Majken.

Robert lächelte.

»Nehmt doch Platz«, sagte sie. »Stimmt es, dass Holger der Tote ist, denn man im Turisthotel gefunden hat? Wir spielen jeden Dienstag zusammen Bridge. Da sind natürlich noch mehr Leute dabei.«

»Über den Ermittlungsstand dürfen wir leider nicht viel sagen«, erklärte Robert.

»Ich würde dich zunächst gerne fragen, was du gesehen hast«, meldete sich Karin zu Wort. »Du hast uns ja angerufen …«

»Ich bin vielleicht alt und gebrechlich, aber senil bin ich nicht«, erwiderte Majken in überraschend scharfem Ton. Es blitzte in den wässrigen blauen Augen, bevor sie sich besann und lächelnd ihre Zähne bleckte, die viel zu weiß und ebenmäßig waren, um echt zu sein.

»So habe ich es wirklich nicht gemeint«, sagte Karin.

Robert räusperte sich und setzte sein strahlendstes Lächeln auf. Karin wusste nicht mehr, wie oft dieses Lächeln ihn und manchmal auch sie beide schon gerettet hatte.

»Könntest du uns erzählen, was du gesehen hast? Und wann das war?«, fragte Robert.

»Natürlich. Es war Samstagabend, ich saß hier. Die Uhrzeit …« Sie streckte den Arm nach einem Collegeblock aus und setzte eine Lesebrille auf. »Ich habe mir hier ein paar Notizen gemacht. Um halb acht habe ich Holger vom Hafen herunterkommen sehen. Er hat mir zugewinkt, das macht er immer, wenn er vorbeigeht.«

»War er allein?«, fragte Karin.

Majken nickte.

»Wie ist er gegangen? Langsam oder schnell?«

»Ziemlich schnell, als ob er ein Ziel gehabt hätte«, sagte Majken. »Und dann da rein.« Sie streckte einen zittrigen Finger aus.

Karin sah aus dem Fenster neben der Glastür. Man hatte die Straße vor dem Gebäude und das Foyer im Blick und konnte sogar in einige Zimmer des Turisthotels hineinschauen. Sie zählte die Fenster, um herauszufinden, hinter welchem Holger ums Leben gebracht worden war. Falls sie sich nicht irrte, konnte Majken direkt hineinschauen. Hatte sie etwa alles gesehen?

»Was für einen Eindruck hat Holger gemacht? Ich meine, wirkte er verängstigt? Gestresst? Oder sonst etwas?«, wollte Karin wissen.

»Holger sah aus wie immer, schwer beschäftigt.«

»Hast du noch jemanden auf der Straße gesehen?«, fragte Karin.

»Diesen Schuljungen, der so ungezogen war. Richtig unangenehm. Den hätte man aus der Klasse werfen müssen. Er hat meine Blumentöpfe kaputtgeschlagen.«

»Ach, und wie heißt der?«

»Wer?«, fragte Majken und kniff die Augen zusammen, als könnte sie sich dann besser konzentrieren.

»Der Schuljunge«, sagte Karin.

»Ich weiß gar nicht, wovon du redest.«

»Wann ist denn das mit den Blumentöpfen passiert? Am Wochenende?«

»Am 14. Juli 1989, dem zweihundertsten Jahrestag der Französischen Revolution.«

»Das ist ja ziemlich lange her«, erwiderte Karin. »Und den hast du also an jenem Abend auf der Straße gesehen?«

»Natürlich«, antwortete Majken im Brustton der Überzeugung.

»Weißt du seinen Namen noch?«, fragte Karin.

»Nein, an den erinnere ich mich nicht. Ich bin ja nicht so eine, die den ganzen Tag die Straße überwacht, falls ihr das denkt. Als im Fernsehen die Nachrichten liefen, habe ich Abendbrot gegessen und eine

Tasse Kaffee getrunken. Und dann habe ich mit meinem Sohn gesprochen.«

»Hast du hier am Fenster gesessen?«

»Nein, nein, von hier aus sieht man den Fernseher ja gar nicht. Ich habe doch gesagt, dass ich Nachrichten geguckt habe«, sagte Majken entschieden. »Das mache ich um diese Zeit immer.«

»Vielleicht hast du ja in diese Richtung geblickt, während du mit deinem Sohn telefoniert hast«, versuchte es Karin.

Verwirrt betrachtete Majken ihre Notizen und zupfte an ihrem rosafarbenen Tuch. »Telefon, sagst du? Das habe ich mir gar nicht aufgeschrieben. Es ist immer so nett, wenn mein Sohn dienstags anruft ... oder tut er das mittwochs?«

Karin und Robert warfen sich einen Blick zu. Karin beschloss, das Thema zu wechseln.

»Fällt dir jemand ein, der Holger Schaden zufügen würde? Hatte er Feinde?«

»Jedenfalls keine, die ihn gleich erschlagen hätten. Das war bestimmt jemand von außerhalb.«

Karin begriff, dass sie hier nicht weiterkamen, legte ihre Karte auf den kleinen Tisch und schrieb sicherheitshalber auch Roberts Nummer dazu.

»Herzlichen Dank«, sagte Karin. »Falls dir noch etwas einfällt, kannst du uns gerne anrufen.«

»Bleib ruhig sitzen«, fügte Robert hinzu. »Wir finden allein hinaus.«

»Nein, ich muss ordentlich abschließen, man weiß ja nie. Ihr seid doch von der Polizei, was ist bloß los mit dieser Gesellschaft. Könnt ihr mir das sagen?« Sie schüttelte den Kopf.

Wenige Minuten später standen Karin und Robert im Fahrstuhl.

»Jetzt wissen wir wenigstens, wann Holger dort hingegangen ist. Am Samstagabend um halb acht. Vielleicht. Immerhin etwas.«

Zurück in Holgers Haus arbeiteten Karin und Robert noch ein paar Stunden am Küchentisch weiter. Esmeralda lag auf dem gewebten Flickenteppich in der Sonne. Sie fragt sich bestimmt, was wir hier machen, dachte Karin. Oder hatte sie es begriffen? Zumindest sah es so aus, als ob es der Katze gutging.

Robert hatte sowohl den Hausbesitzer, dessen Anbaupläne Holger zu stoppen versucht hatte, als auch den Zuständigen bei der Behörde in Kungälv angerufen, der berichtet hatte, dass der Balkon aller Voraussicht nach doch gebaut werden würde.

»Ist Folke jetzt nicht schon ziemlich lange in diesem Schuppen?« Karin sah auf die Uhr. Sie hatte gerade das letzte Protokoll eines Bürgertreffens durchgelesen. »Was macht er da eigentlich?«

»Keine Ahnung. Man traut sich ja kaum nachzusehen«, sagte Robert.

»Dieses Durchackern von Papierbergen ist einfach sein Ding.«

»Schon, aber es kann doch nicht Stunden dauern, diese Bude zu inspizieren.«

»Stimmt. Lass uns mal nach dem Rechten schauen.« Karin klappte den Ordner zu. »Wir können uns ja einen Moment in den Garten setzen und überlegen, was wir haben.«

»Unbedingt.« Robert klemmte sich einen Ordner und den Collegeblock unter den Arm und stand auf. Esmeralda rollte sich auf den Rücken und musterte die beiden, bevor sie sich ebenfalls entschloss, nach draußen zu gehen. Während Karin die Tür aufhielt, streckte die Katze gründlich ihre Vorderbeine, doch anstatt das Haus zu verlassen, setzte sie sich auf den Fußboden und putzte sich.

»Mach dir keine Sorgen wegen der Katze, sie hat doch eine Katzenklappe«, sagte Robert.

Karin machte die Tür hinter sich zu und folgte Robert auf die Straße und dann auf das Nachbargrundstück.

»Stell dir mal vor, wie überrascht man wäre, wenn er da drinnen sitzen und heimlich rauchen würde.«

»Das ist nahezu auszuschließen.« Karin öffnete die Tür.

Folke saß mit dem Rücken zur Tür auf einem Hocker. Vor ihm standen zwei Tische, die sich bei näherem Hinsehen als Malerböcke erwiesen, auf die jemand behelfsmäßig Türblätter gelegt hatte. Die Oberfläche der beiden Kassettentüren war mit Papier bedeckt. Offenbar handelte es sich um alte Zeichnungen.

»Hallo, Folke«, sagte Karin. »Die Zeugin war eine ältere Dame. Sie hat Holger am Samstagabend gegen halb acht ins Turisthotel gehen sehen, aber da sie ein bisschen durcheinander ist, muss man ihre Angaben mit Vorsicht genießen. Hast du etwas Interessantes gefunden?«

Folke nickte wortlos, und Karin machte sich nicht die Mühe, ihn nach den ausgebreiteten Unterlagen zu fragen. Sie würde schon eine Erklärung bekommen, zumindest hoffte sie das.

»Ich dachte, wir sollten mal zusammentragen, was wir bis jetzt gefunden haben«, fuhr Karin fort.

»Was heißt schon gefunden«, brummte Folke. »Wenn ihr glaubt, dass man die Dinge einfach findet …«

»Dann fang ich eben an«, sagte Robert schnell. »Da Holger im Turisthotel aufgefunden wurde, habe ich mir den betreffenden Ordner genauer angesehen.« Er betonte »aufgefunden« und machte eine kleine Pause, bevor er fortfuhr. »Ich weiß nicht, ob wir in die Tatsache, dass er dort aufgefunden wurde, etwas hineininterpretieren sollten, aber er hatte eine klare Meinung zur Nutzung des Hotels. Dann wollen wir mal sehen …« Robert blickte auf einen zerknitterten DIN-A4-Bogen, auf den er einige kaum lesbare Notizen gekrakelt hatte. »Hm … jedenfalls wurde das Turisthotel 2004 an eine Immobilienfirma verkauft. Eigentlich hat das Gebäude überhaupt nichts mit der Kommune zu tun, weil es immer in privatem Besitz war«, fügte er hinzu. »Aber Holger hatte von Anfang an etwas gegen den Verkauf und hat so viel Sand wie möglich ins Getriebe gestreut. Seiner Meinung nach war es ein Haus von nationaler Bedeutung …«

»Da gebe ich ihm recht«, brummte Folke.

Robert warf ihm einen kurzen Blick zu, bevor er fortfuhr.

»Und er vertrat die Ansicht, dass die Kommune Kungälv es kaufen sollte. Die Entwürfe des neuen Besitzers für die Renovierung und die Erneuerung der Fassade fand er vollkommen daneben. Holger hat sogar eine Liste der Mängel angefertigt, die der Vorbesitzer zu beheben versäumt hat. Sie ist drei Seiten lang.« Robert schob eine paar Papiere zur Seite und drehte den Ordner so, dass Karin und Folke die handschriftliche Mängelliste lesen konnten. Die altmodisch verschnörkelten Buchstaben waren sauber geschrieben.

»Aha.« Karin strich sich eine Strähne aus dem Gesicht und hinter das Ohr. »Holger wollte also, dass die Kommune das Gebäude kauft und sich darum kümmert, aber dazu kam es nicht. Und dann?«

»Dann wurde es verkauft, und der neue Besitzer legte einen Fassadenentwurf vor. Hier ist eine Broschüre mit einem Bild der neuen Fassade. Sie ist zwar von der alten inspiriert, sieht aber, ehrlich gesagt, total scheiße aus. Und das fand Holger auch. Er hat vier Leserbriefe und unzählige Briefe an die neuen Besitzer zu dem Thema verfasst.«

»Wie heißt die Immobilienfirma?«, fragte Folke, der den Kraftausdruck erstaunlicherweise unkommentiert ließ.

»Ernst Rosén AG in Göteborg.«

Robert zog ein Heft mit Spiralbindung aus dem Stapel. »Marstrand 73:3, Korvette 3«, stand auf dem Umschlag, auf dem auch ein Foto des Turisthotels zu sehen war. »Hier steht einiges über das Hotel«, sagte Robert. »2006 bringt die Bezirksregierung die Frage nach dem Denkmalschutz auf, aber die Besitzer lassen sich nicht darauf ein, sondern antworten mit einem kategorischen Nein. Die Bezirksregierung erlässt daraufhin folgende Bestimmungen zum Schutz des Gebäudes.« Er hielt den anderen den Text hin.

1. Die Gebäude dürfen nicht abgerissen werden.
2. Die Gebäude dürfen nicht umgebaut oder erweitert oder äußerlich auf andere Weise verändert werden.
3. Die Gebäude müssen so gepflegt und instand gehalten werden, dass sie nicht verfallen. Die Ausführung der nötigen Arbeiten darf den kulturhistorischen Wert nicht mindern. Reparaturen müssen mit Material und Methoden durchgeführt werden, die dem besonderen Charakter des Gebäudes entsprechen.

Karin blickte auf.

»Ich kann verstehen, dass die neuen Besitzer nicht scharf auf Denkmalschutz waren. Das wird ja unendlich teuer. Ganz abgesehen davon, dass man ziemlich eingeschränkt ist, wenn man weder umbauen noch etwas verändern darf.«

»Ja, das klingt zweifellos kostspielig.«

»Was wollen die neuen Besitzer denn mit dem Gebäude?«, fragte Karin

»Im Bebauungsplan ist eine Hotelnutzung vorgeschrieben, aber die Immobilienfirma behauptet, ein Hotel wäre hier nicht das ganze Jahr über rentabel. Es gibt sogar einen Bericht von Ernst & Young, die aus verschiedenen Gründen von einer Nutzung als Hotel abraten. Einige Jahre später eröffnet auf Koö Marstrands Havshotel und beweist das Gegenteil. Ich weiß nicht, ob die Immobilienfirma dachte, dass der Zug damit abgefahren war, aber wenn ich das richtig sehe, wollten sie von Anfang an lieber Wohnungen aus dem Turisthotel machen. Allerdings muss dafür eine Änderung im Bebauungsplan vorgenommen werden und so was passiert ja nicht im Handumdrehen.«

Folke stieß einen Pfiff aus, woraufhin Karin und Robert ihn verblüfft anschauten.

»Garantiert lukrativ in der Lage.« Folke nickte.

»Das glaube ich auch«, sagte Karin. »Holger hat also sein Bestes gegeben, um den Verkauf zu verhindern, und als das nicht klappte, hat er versucht die Pläne der Käufer zu durchkreuzen. Wenn er für Verzögerungen gesorgt hat, muss er diese Leute eine ganze Stange Geld gekostet haben.« Er notierte sich, dass er den aktuellen Stand des Projekts in Erfahrung bringen wollte.

Wieder starrte Robert auf sein Gekrakel. Folke beugte sich nach vorn und sah ihm über die Schulter. »Kannst du diese Sauklaue überhaupt lesen? Hattest du denn nicht Schrift und Form in der Schule?«, fragte er.

»Nee, das wird nämlich ungefähr seit den Vierzigern nicht mehr unterrichtet, aber das müsstest du ja eigentlich wissen.«

»Noch was, Robert?«, fragte Karin streng.

»Yes. Bei der Fassade mussten sie auch einen Rückschlag hinnehmen. Der Architektenentwurf wurde nicht genehmigt. Wenn ich das Ganze richtig verstanden habe, darf das Gebäude äußerlich nicht verändert werden. Es wäre aber vielleicht gut, da noch mal bei der Kommune nachzufragen. Die Angelegenheit hat sich jedenfalls in die Länge gezogen. Und wie. Ernst Rosén AG hat noch keine Arbeiten am Gebäude durchführen können.«

»Das hört sich nach einer teuren Geschichte an«, stellte Folke fest. »Ein Gebäude jahrelang nur herumstehen zu lassen.«

»Es bringt jedenfalls eine Reihe von Problemen mit sich. Immer wieder gab es Vandalismus. Holger hat übrigens von sich aus angeboten, regelmäßig nach dem Rechten zu sehen.«

»Er hat die Pläne der Käufer also kritisiert, sich aber trotzdem um das Haus gekümmert?« Karin runzelte die Stirn. »Wir müssen die Immobilienfirma auch fragen, wie ihr Verhältnis zu Holger war.«

Karin warf einen Blick auf ihre eigenen Notizen. Turisthotel, Besitzer: Ernst Roséns Immobilienfirma; Status bei der Kommune Kungälv: Abrissrecht, Baurecht, Planänderung; Holgers Zutritt zum Haus – wer hat außer ihm Zugang?

»Und du, Folke, was hast du entdeckt?«, fragte Karin.

»Das hier sind alte Zeichnungen von Kindern, deren Mütter als Bademeisterinnen in Marstrands Warmbadehaus arbeiteten.« Folke klang, als hätte er eine nobelpreiswürdige Entdeckung bekanntgegeben.

»Donnerwetter«, sagte Robert. Die Ironie in seiner Stimme ging spurlos an Folke vorüber.

»Die sind natürlich sehr hübsch, und ich wage sogar zu behaupten, dass einige von ihnen ...«, begann er, wurde aber von Karin unterbrochen.

»Von wann sind die, Folke?«

»Anfang des zwanzigsten Jahrhunderts. Ein wenig schwer zu sagen, weil auf den meisten weder ein Name noch die Jahreszahl angegeben wurde.« Er hielt ein Blatt hoch. »Aber auf diesem Bild steht 1909, und es wurde von Astrid gemalt.«

Karin atmete tief durch.

»Und in welcher Hinsicht könnte es uns helfen, denjenigen zu finden, der Holger Eriksson umgebracht hat?«

»Ich weiß nicht, ob es das überhaupt kann, aber ich musste schließlich alles durchgehen, was ich im Schuppen gefunden habe. Und Holger lag das Warmbadehaus ja sehr am Herzen, nicht wahr? Hier liegen auch eine alte Wachstuchschürze und ein Schlüsselbund, sogar ein paar alte Krankenakten hat er noch. Aber das Faszinierendste ist wahrscheinlich das hier.«

Er legte die Kinderzeichnung beiseite und nahm stattdessen zwei andere Bilder zur Hand. Sie wirkten linkisch und waren schwer zu deuten, sehr dunkel mit einigen helleren Kreisen. Der Name des Künstlers ließ sich jedoch problemlos entziffern: Bertil.

»Man kann ja überhaupt nicht erkennen, was das sein soll«, sagte Robert. »Und dabei habe ich drei Kinder und weiß, wovon ich rede.«

»Ich gebe zu, es ist nicht ganz einfach, das Bild zu interpretieren, aber in meiner Kindheit haben wir Grabsteine und so Sachen abgepaust. Wir hatten einen großartigen Lehrer, Herrn Sjögren. Er hat mit uns einen Schulausflug nach Vitlycke gemacht, wo wir die Felsritzungen abpausen durften. Sie sahen in etwa so aus.« Er hielt Robert zwei Bilder vor die Nase.

»Komm zur Sache, Folke. Wir ermitteln hier in einem Mordfall.«

»Alles soll immer so schnell gehen, aber manchmal muss man ein bisschen nachdenken«, antwortete Folke.

Robert sah Karin an und verdrehte die Augen.

»Es ist schon spät und ich muss langsam nach Hause.« Mit dem Ordner unter dem Arm verließ er den Schuppen.

»Wir müssen morgen weitermachen.« Karin ging hinter Robert her.

»Er hat komplett den Verstand verloren.« Robert saß auf den Stufen vor Holgers Haus und strich sich ratlos mit beiden Händen durchs Haar. »Ich kann einfach nicht mit ihm zusammenarbeiten. Mit ihm klarzukommen, raubt mir mehr Kraft als die eigentliche Arbeit. Grabsteine und Felsritzungen abpausen ... Wenn er richtig schlau wäre, könnte man ihm verzeihen, dass er nicht alle Tassen im Schrank hat, aber im Moment ist er einfach nur ein wahnsinnig anstrengender alter Sack.«

Ein wenig planlos und vollkommen in seine Gedanken vertieft, kam Folke angetrottet, als wäre er auf einem Sonntagsspaziergang. Er wirkte geradezu erstaunt, dass er im Garten ausgerechnet auf sie traf.

Karin übergab Robert die Hausschlüssel.

»Kannst du abschließen? Folke und ich gehen schon mal vor zur Fähre. Wir zwei müssen uns mal unterhalten, Folke.« Sie nickte ihm zu.

»Klar«, antwortete Folke. »Ich hole nur schnell meine Aktentasche.« Er folgte Robert ins Haus.

Natürlich war Folke nicht leicht zu ertragen, aber hin und wieder hatte er lichte Momente. Sie beobachtete ihn, während er mit seiner Aktentasche unterm Arm aus dem Haus kam. Manchmal sah er wie ein verwirrter alter Mann aus. Sie musste sich eingestehen, dass sie ein wenig Mitleid mit ihm hatte.

Schweigend gingen sie zum Fähranleger hinunter, jeder war mit seinen eigenen Grübeleien beschäftigt. Karin überlegte vor allem, wie sie jetzt weitermachen sollte. Wo würde Folke am wenigsten Schaden anrichten? Am besten blieb er in der Stadt. Wenn sie sich nicht von Folke trennte, würde sie Robert verlieren. Sie musste sich entscheiden.

Familie Lundgren verließ das Turisthotel und ging durch die Varvsgata zum wartenden Boot hinunter. »Ozean« stand auf dem geschnitzten Namensschild. Karolina hakte sich bei ihrem Vater unter, legte den Kopf in den Nacken und blickte an dem Mast hinauf. Sie betrachtete den Wimpel an der Spitze und die beeindruckenden weißen Segel. Von der Bewegung wurde ihr schwindlig, und sie musste sich festhalten, um nicht nach hinten zu kippen. Er warf einen Blick in Ingeborgs Richtung, die Arm in Arm mit Magdalena vor ihnen herging und nichts bemerkt hatte.

»Sollen wir beide lieber hierbleiben?«, fragte er leise und sah seine älteste Tochter besorgt an.

»Ich habe mich nur zu weit nach hinten gelehnt und deshalb das Gleichgewicht verloren«, sagte Karolina. »Es geht schon.«

»Bist du wirklich sicher? Wenn nicht, musst du es jetzt gleich sagen, dann fahren sie ohne uns.«

Wenn man ihr erlaubt hätte, alleine im Hotel zurückzubleiben, hätte Karolina es vorgezogen, sich noch eine Weile auszuruhen. Aber das war vollkommen ausgeschlossen, und Vater oder Ingeborg hätten mit ihr im Hotel bleiben und auf den Segeltörn verzichten müssen. Ingeborg hätte sich niemals eine Gelegenheit entgehen lassen, sich in Gesellschaft der richtigen Menschen zu zeigen, und Vater sehnte sich danach, aufs Meer hinauszufahren. Außerdem würde Ingeborg sich ärgern, wenn sie ihnen noch mehr als ohnehin schon zur Last fiel. »Immer macht sie Scherereien«, murmelte sie, wenn sie glaubte, dass Karolina es nicht hörte.

Ein braungebrannter älterer Mann mit Schirmmütze, weißem Hemd und Weste stand etwas abseits und hielt das Boot mit dem Fuß vom Kai weg und gleichzeitig die Leinen in der Hand. Er nickte ihnen freundlich zu. Douglas Lagercreutz kam auf sie zu und begrüßte sie der Reihe nach. Auf Karolina ließ er seinen Blick etwas länger verweilen, dann lächelte er.

»Wie schön, Sie wieder wohlauf zu sehen, Fräulein Lundgren.« Douglas nahm sie an der Hand und half ihr an Bord. Karolina war dankbar für seine Unterstützung. Ihr war immer noch ein wenig schwindlig, und dass das Boot schwankte, machte die Sache nicht besser. Anstatt ihre Hand loszulassen, als sie auf dem Boot waren, brachte er sie bis zu einer der Bänke im hinteren Teil des Schiffs. Dort lagen bereits ein paar Kissen und zwei Decken.

»Wir haben versucht, es Ihnen so angenehm wie möglich zu machen, falls Sie sich ausruhen möchten. Setzen Sie sich doch zu meiner Mutter.«

Karolina merkte, dass ihr Vater über Douglas' Fürsorglichkeit sichtlich erfreut war, und ihr wurde selbst ganz warm ums Herz. Waren die Kissen und Decken nur ihretwegen mitgenommen worden, oder hatten sie so etwas immer an Bord? Die Kissen waren dick, und die bestickte Bettwäsche schien besser in ein Schlafzimmer als auf ein Segelboot zu passen.

»Danke, sehr freundlich von Ihnen.« Nachdem sie der Gräfin die Hand gegeben hatte, sank sie auf eines der Kissen.

Geschickt lenkten Vater und Douglas das Boot mit Skipper Kalle Hansa vom Kai aufs offene Wasser hinaus. Nicht, dass Kalle Hansa ihre Hilfe nötig gehabt hätte. Karolina warf einen verstohlenen Blick auf die kräftige Hand des Mannes an der zierlichen Pinne. In der anderen Hand hielt er die Großschot, sein Körper harmonierte mit Boot und Wind. Abwechselnd zog er die Schot dichter oder ließ sie etwas los und veränderte so den Zugriff des Winds auf das Segel. Sein Gesicht war vom Wetter gegerbt, und während er ins gleißende Sonnenlicht blinzelte, manövrierte er mühelos das Holzboot. Anderen Kurgastskippern nickte er freundlich zu, er hob kurz die Hand zum Gruß und wich den Ruderbooten aus, in denen weißgekleidete Damen mit Sonnenschirmen die kurze Strecke zwischen Marstrandsö und Koö hin und her geschippert wurden. Douglas spazierte über das Deck und setzte sich zu ihr. Vater setzte sich auf die gegenüberliegende Bank zu Ingeborg und Magdalena. Karolina bemerkte ihre heimlichen Blicke.

»Man kommt dem Wasser so viel näher als auf einem Dampfschiff«, sagte Karolina zu Douglas.

»Ist Ihnen das unheimlich?«, fragte er.

»Nein, es ist nur ungewohnt.«

»Sind Sie schon mal gesegelt?«

»Nur ein paar Mal auf dem Vänernsee.«

»Diese Yacht heißt Ozean, es ist das größte Kurgastsegelschiff auf Marstrand. Es hat ein hohes Überwasserschiff, das ist der Teil des Rumpfes, der aus dem Wasser herausragt. Manche Boote sind niedriger. Mir persönlich gefallen sie eigentlich besser, denn da kann man die Hand ins Wasser halten.«

Karolina betrachte das Deck und die tiefen Kerben in der Reling. Sie strich mit den Fingerkuppen über das unebene Holz.

»Was ist hier passiert?« Sie drehte sich zum Skipper um.

»Fischfang«, brummte Kalle Hansa in breitestem Dialekt und schob seine Schirmmütze nach oben.

»Verzeihung?«, fragte Karolina nach.

»Ich benutze das Boot zum Fischen.« Der Mann zog an der Schot.

»Er segelt nur im Sommer mit den Kurgästen. Ansonsten ist er Fischer. Daher die Rillen in der Reling«, erklärte Douglas belustigt.

»So reden die Leute hier draußen auf den Inseln. Und außerdem hissen sie ihre kleinsten Segel, wenn sie Gäste an Bord haben. Wissen Sie, warum?«

»Nein.«

»Zum einen aus Sorge um die feinen Herrschaften, aber vor allem, weil sie pro Stunde bezahlt werden. Ein Boot mit kleinen Segeln fährt langsamer. Außerdem haben die Fischer geflammte Segel, so werden die roten genannt, weiße gibt es nur für die Badegäste.«

»So langsam sind wir doch gar nicht«, sagte Karolina lächelnd, als der Wind das Segel blähte und das Boot schneller wurde.

Kalle Hansa fragte, ob mal jemand anderes übernehmen wolle.

»Herr Lundgren, Sie sind doch ein guter Segler, habe ich gehört, gehen Sie ruhig ans Ruder«, sagte Douglas.

Lächelnd stand Vater auf. Karolina sah ihm an, wie sehr es ihn freute, dass jemand, der nicht der Familie angehörte, von seinen Segelkenntnissen wusste.

»Ja, früher mal. Aber nicht so wie Kalle Hansa«, sagte er zu dem Skipper. Falls dieser sich darüber freute, ließ er sich das nicht anmerken, sondern reichte Vater nur wortlos die Schot und machte ihm Platz.

Sie segelten durch die nördliche Hafeneinfahrt und weiter durch den Marstrandsfjord in Richtung Norden. Im Fjord waren mehrere Segelboote mit Badegästen unterwegs, und Vater passte die ganze Zeit auf, dass sie mit niemandem kollidierten. Als das Boot im stärkeren Wind krängte, schrie Ingeborg auf. Magdalena dagegen lachte. Seelenruhig forderte Vater Ingeborg auf, sich woanders hinzusetzen, vielleicht auf die Luvseite, wenn die leichte Krängung sie so ängstigte. Douglas reichte ihr die Hand und half ihr auf die andere Seite.

»Wenn du da sitzen möchtest, musst du dich mit den Füßen abstützen.« Vater zeigte ihr, wie sie es machen musste. Mit zusammengebissenen Zähnen versuchte Ingeborg seine Anweisungen zu befolgen.

»Kannst du nicht stattdessen das Segel etwas aufmachen?«, schlug sie vor. »Dann können wir hier sitzen und die Fahrt genießen, anstatt uns krampfhaft festzuhalten.« Blick und Ton waren scharf.

Seufzend ließ Vater die Schot ein Stück durch seine Finger gleiten, bevor er sie wieder festhielt.

»Na gut, wo wollen wir denn hin?«, fragte er Douglas.

»Da wir etwas zu essen dabeihaben, überstehen wir den ganzen Tag, aber wenn sich Fräulein Lundgren nicht so wohlfühlt, sollten wir uns vielleicht nicht zu weit vom Hafen entfernen. Man weiß auch nie, wie das Wetter hier draußen ist, es schlägt rasch um.«

Kalle Hansa blickte zum Himmel auf und studierte die Wolkenformationen.

»Bis zum Abend bleibt es schön.«

»Sind Sie sicher?«, fragte Vater, wurde sich des Fehlers aber schnell bewusst. Der Skipper zog zunächst die Augenbrauen hoch, doch dann zuckte es fast unmerklich in seinem Mundwinkel. Man konnte die Prise Snus unter seiner Lippe erahnen.

»Ich segle seit meinem achten Lebensjahr auf diesem Fjord.« Anstatt sich zu ärgern, zeigte er auf die Wolken und erklärte, worauf man achten musste. Mit dem Marstrandsfjord war nicht zu spaßen, er hatte tückische Seiten. Wenn man die Zeichen richtig deuten konnte, war man für die Begegnung mit den Wettermächten besser gerüstet. Oder konnte notfalls im Hafen bleiben.

Mit der Pinne in der Hand, dem Wind in den Haaren und einem entspannten Lächeln auf den Lippen sah Vater nur noch das Meer und das Boot. Er hatte seine Jacke ausgezogen und stand in Hemd und Weste da. Karolina konnte sich nicht erinnern, wann sie ihn zuletzt so zufrieden gesehen hatte.

»So, Fräulein Lundgren, und womit beschäftigen Sie sich gern?«, fragte Douglas.

Karolina überlegte, wie eine passende Antwort auf diese Frage lauten würde, bis ihr einfiel, dass ein potentieller Ehemann sie wahrscheinlich am besten so kennenlernte, wie sie wirklich war.

»Reiten«, antwortete sie und dachte an die Pferde bei Großmutter und Großvater auf Schloss Noor. »Ich bin allerdings eine Zeitlang krank gewesen und brauchte Ruhe, deshalb habe ich eine Menge gelesen.«

»Was lesen Sie denn? Normalerweise kann ich mir ein gutes Bild von Menschen machen, wenn ich weiß, was sie lesen. Nennen Sie mir Ihre fünf Lieblingsschriftsteller.«

»Raten Sie doch mal.« Karolina lächelte. »Allerdings glaube ich nicht, dass es Ihnen gelingt.«

»Dann ist es wohl besser, wenn Sie es mir verraten.«

»Daniel Defoe, Jules Verne, Selma Lagerlöf und Edgar Allan Poe«, sagte Karolina lächelnd.

»Wirklich?«, gab Douglas verwundert zurück.

»Was wollten Sie sagen?«

»Das waren erst vier.« Er lachte.

»Mal überlegen. Hedvig Charlotta Nordenflycht«, fügte Karolina hinzu und dachte bei sich, dass Großmutter über einige Namen entsetzt gewesen wäre.

»Natürlich. Sehr interessant. Ein weites Spektrum, von der Frauenbefreiung bis zu Entdeckungsreisen. Ich bin beeindruckt.«

»Welche Namen hätten Sie genannt, wenn sie geraten hätten?«, fragte Karolina.

»Die Frage ist nicht leicht zu beantworten, da ich bereits weiß, was Sie lesen.«

»Sie hatten bestimmt etwas im Kopf.«

»Ich hätte wohl auf ein wenig mehr Poesie und etwas weniger Abenteuer getippt.«

»Tut mir leid, dass ich Sie enttäuschen muss.« Karolina hustete in ihr Taschentuch.

»Enttäuscht bin ich keineswegs, im Gegenteil. Ich habe eine Schwäche für abenteuerlustige Frauen. Wir müssen dafür sorgen, dass Sie wieder auf die Beine und so schnell wie möglich aufs Pferd kommen. Der Doktor hat Ihnen ja wirklich eine Rosskur verordnet – verstehen Sie, eine Rosskur?« Lachend fuhr er fort: »Wenn er Ihnen so kurz nach Ihrer Ankunft in Marstrand schon einen Segeltörn erlaubt. Die Ärzte sind sonst immer so vorsichtig und warnen vor dem hiesigen Reizklima, das einen ja geradezu in einen Rausch versetzt. Sind Sie auch davon berauscht?«

Karolina wusste nicht, was sie darauf antworten sollte, und fragte sich, wer diesen Segeltörn eigentlich vorgeschlagen hatte.

»Ich finde den lauen Wind herrlich«, erwiderte sie nüchtern.

»Er weht alle Sorgen fort.« Douglas gestikulierte theatralisch.

»Haben Sie denn welche?« Karolina war sich nicht sicher, ob die Frage zu persönlich war.

»Die hat doch jeder mitunter.«

Karolina musterte ihn, in der Hoffnung, er würde noch mehr dazu sagen, doch er blieb stumm. Kalle Hansa hatte wieder das Ruder der Ozean übernommen und steuerte nun eine kleine geschützte Bucht der Insel Klädesholm an.

11

Mittwoch, 29. Mai 2013

Nachdem Lycke ihren Sohn Walter zur Schule auf Marstrandsö gebracht hatte, fuhr sie mit der Fähre zurück nach Koö. Das Meer war ruhig, und zwei Schwäne flogen so tief darüber hinweg, dass sie sich in der Wasseroberfläche spiegelten. Die Wellenbewegung, wenn die großen Flügel auf ihr Spiegelbild stießen, hatte fast etwas Hypnotisches an sich. Diese frühen Fahrten mit der Fähre und die morgendliche Luft im Frühsommer hatten einen ganz besonderen Zauber, dachte Lycke und spürte, wie sich ihre Schultern senkten. »So schön, dass es beinahe weh tut.« Hatte das nicht Ronja Räubertochter gesagt? Außer den Kindern auf dem Weg zur Schule waren nur wenige Menschen am Kai, nur ein paar Glückspilze, die Bergs Konditorei ansteuerten. Boote glitten durch den Hafen. Ein deutsches Segelboot und zwei dänische hatten sich zu den gewöhnlichen Holzbooten der Fischer gesellt, die jetzt auf Makrelenfang gingen. Die echten Frühaufsteher waren schon fertig, brachten ihren Fang bereits nach Hause. Die Luft, die Gerüche und die Geräusche der Boote, der Möwen und, ja, einfach alles. Betörend. Berauschend.

»Entschuldige, Lycke?«

Sie drehte sich um und erblickte Peter Hagman.

»Ach, hallo.«

»Du wagst dich also auch mal auf die richtige Seite?« Er grinste.

»Ich habe Walter zur Schule gebracht. Ich bin zwar nicht der Typ, der beim ersten Weckerklingeln aus dem Bett springt, aber ich liebe die Fähre am Morgen. Wäre es nicht schön, wenn man nicht zur Arbeit müsste und stattdessen gemütlich in Bergs Konditorei Kaffee trinken könnte?«

Peter lachte.

»Ich dachte, heute kämst du zu uns?«

»Ach ja, genau ...«, murmelte Lycke. Sie versuchte, sich etwas Beschwichtigendes einfallen zu lassen. »Ich glaube wirklich, dass es ganz nett wird«, murmelte sie und wünschte, sie hätte sich die Bemerkung verkniffen.

»Du, mir käme eine Tasse Kaffee bei Bergs jetzt auch gelegen. Wollen wir nicht mal eine Sitzung hier draußen auf dem Kai abhalten?«

»Gerne.« Lycke genoss die warme Sonne im Gesicht. »Es gibt bestimmt Dinge, die nicht unbedingt in den Büroräumen in Kungälv besprochen werden müssen.«

»Musst du heute noch zu anderen Kunden außer uns?«, fragte er, als die Fähre anlegte und sie auf Koö an Land gingen.

»Nein, ich werde wohl den ganzen Tag bei euch zu tun haben. Warum fragst du?«

»Willst du mit mir fahren? Wir brauchen ja nicht mit zwei Autos zum selben Ort zu fahren«, sagte Peter.

»Da hast du recht, aber dann müssen wir meinen Wagen nehmen, ich habe nämlich direkt am Fähranleger geparkt. Da ich Walter immer zur Schule bringe, nehmen wir bis hierher das Auto, damit ich schneller bei der Arbeit bin.« Lycke zeigte mit dem Schlüssel auf ihren dunkelblauen Volvo und öffnete die Schlösser.

»Diese ewige Hetzerei«, sagte Peter.

»O Gott, ja.« Lycke winkte Walters Klassenlehrerin zu, die im Laufschritt zur Fähre eilte. »Ich muss meinen Sohn um vier hier abholen. Ist es für dich okay, dann wieder hier zu sein?«

»Klar.« Peter legte seinen Aktenkoffer hinten neben Walters Kinderstuhl, öffnete die Beifahrertür, stieg ein und schnallte sich an. Er zog seine Jacke glatt und schob seinen Sitz nach hinten, damit er mehr Platz hatte.

Als Lycke den Zündschlüssel umdrehte, ertönte in voller Lautstärke »Africa« von Toto aus den Lautsprechern. »Entschuldigung«, sagte sie und stellte die Musik leiser.

»Ich liebe diesen Song.« Peter drehte die Lautstärke wieder auf.

Lycke fuhr vom Parkplatz, winkte einigen Eltern von Kindern aus Walters Klasse zu und gab Gas, um dem Bus zuvorzukommen, der sich in diesem Moment ebenfalls in Bewegung setzte. Peter sah sie lächelnd an. Martin hätte eine Krise bekommen, wenn er dabei gewesen wäre, dachte Lycke und fuhr ein wenig langsamer.

Die Sprengungen, die Marstrand eine breitere Straße bescheren sollten, waren in vollem Gang, und als sie sich an allen Baggern und Lastern vorbeigeschlängelt hatten, erklangen die letzten Töne von »Africa«.

Lycke drosselte die Lautstärke, bevor das nächste Lied begann.

»Warst du 2002 auf dem Konzert auf der Festung Carlsten?«, fragte Peter.

»Da hätte ich mal hingehen sollen, aber da Martin, mein Mann, nicht so auf Toto steht und wir an dem Tag Besuch hatten, habe ich darauf verzichtet.«

»Bist du etwa mit Martin Lindblom verheiratet?«, fragte Peter.

»Ja.« Lycke blickte auf das glitzernde Wasser im Mittsund, als sie über die kleine Brücke fuhren, die Koö und Instö verband. »Wart ihr in derselben Klasse?«, fragte sie.

»Nein, wir haben Hallenhockey zusammen gespielt. Ich bin zwei Jahre jünger als er. Sieht man das nicht?« Er lachte. »Martin hat also nichts für Toto übrig? Ich weiß noch, dass er Country gehört hat. Damit stand er ziemlich alleine da.«

»Daran hat sich nichts geändert.« Lycke dachte an den Berg Schallplatten, den sie im Keller versteckt hatte.

Peter lachte. »Wie lange bist du denn schon Beraterin?«

»Seit ich vor ewigen Zeiten mit der Uni fertig war. Ich habe immer noch meine erste Stelle.«

»Du hast also gleich nach dem Abschluss als Beraterin angefangen?« Peter klang beeindruckt.

»Ja, aber anfangs eher schlecht als recht.« Lycke erinnerte sich noch an ihre ersten Besuche bei den Kunden, die hohe Erwartungen an sie stellten, während sie unheimlich nervös war. Aus irgendeinem Grund hatte sie immer das Gefühl, dass die männlichen Kollegen nicht so erbarmungslos in die Zange genommen wurden. Lycke wollte eigentlich nicht glauben, dass es an ihrem Geschlecht lag, aber manchmal vermutete sie es doch. Und es ärgerte sie. Sie begleitete die Seniorberater, die alten Hasen, um sich von den Besten etwas abzuschauen, und gab sich Mühe, die Kunden zufriedenzustellen. Wenn sie das Gefühl hatte, für irgendetwas zu lange gebraucht zu haben, nur weil sie neu war, strich sie Arbeitsstunden und betrachtete sie als Lehrgeld. Man konnte schließlich nicht sechs Stunden für eine Sache berechnen, die in vier zu schaffen war. Manchmal musste sie sich ihrem Chef gegenüber rechtfertigen, weil sie nicht alle Stunden abgerechnet hatte, manchmal wurde ihr aber auch Verständnis entgegengebracht. Der Kunde war zufrieden, und Lycke baute ihren Erfahrungsschatz aus. Man konnte sich nicht mit allen Elementen des Systems perfekt auskennen, es gab immer Dinge, die man nicht wusste. Es war jedoch möglich, sich einen breiten Überblick zu verschaffen und auf einigen Gebieten Experte zu werden. Da sie sich ein großes Netzwerk aus Seniorberatern aufgebaut hatte, konnte sie jederzeit zum Hörer greifen, um unerwartete Probleme unter Anleitung zu lösen.

»Und du – wie lange bist du schon bei der Kommune Kungälv?«

»Tja, da muss ich überlegen – fünf Jahre.«

»Was hast du vorher gemacht?«, fragte Lycke.

»Mensch – die hast du?« Peter zog eine Doppel-CD mit Hits aus den Achtzigern aus dem Seitenfach.

»Darf ich?« Er deutete auf die Stereoanlage.

»Klar«, sagte Lycke und verschwieg, dass sie die CD nur im Auto hören durfte, weil Martin sie seit langem satthatte.

Sie warf einen verstohlenen Blick auf Peters Hand, er trug keinen Ring. Vielleicht hatte er nur vergessen, ihn aufzusetzen. Sie selbst hatte ihre Ringe in der Jackentasche. Zumindest hoffte sie, dass sie nicht vergessen hatte, sie einzustecken. Sonst lagen sie noch im Badezimmer. Einmal waren sie sogar in der Waschmaschine mitgewaschen worden, aber davon wusste Martin zum Glück nichts. Sie steckte die Hand in die Tasche. Doch, die Ringe waren da. Sie schob sie auf die Finger.

»Oh, Eurythmics«, rief Peter glücklich. »Das ist mal gute Musik!«

Als Peters Handy klingelte, stellte Lycke die Musik leiser.

»Hallo, Christer.« Dann verstummte er. Runzelte die Stirn.

»Ich werde das überprüfen. Nein, gar kein Problem, aber jetzt gerade kann ich es nicht machen ... Weil ich auf dem Weg zur Arbeit bin ... In zwanzig Minuten ... Ja, natürlich rufe ich zurück ... Das verstehe ich, aber momentan sind mir die Hände gebunden. Wie gesagt, ich bin auf dem Weg zur Arbeit und nicht allein im Auto ... Wir kriegen das hin. Ich melde mich gleich.«

»Probleme?«, fragte Lycke, als Peter aufgelegt hatte.

»Ach, das war nur Christer, ein guter Freund von mir. Ich helfe ihm, eine eigene Firma zu gründen. Er hat einen kleinen Kontrollzwang. Wenn man E-Mails nicht innerhalb von fünf Minuten beantwortet, ruft er an.«

Er schien gar nicht der Bürohengst zu sein, den sie erwartet hatte. Sie versuchte sich zu erinnern, ob Martin je von ihm gesprochen hatte, aber sie glaubte es nicht. Wenn Sie nach einer Prognose gefragt worden wäre, hätte sie vermutet, dass er sich während der gesamten Fahrt mit ihr über die Arbeit unterhalten würde, um sich auf diese Weise ein bisschen kostenlose Beratungszeit zu verschaffen. Vielleicht war Peter derjenige, der ein wenig Glanz in die grauen Flure und die düsteren Konferenzräume der Kommune Kungälv brachte.

»Bester Song der Achtziger?«, fragte Peter.

»Schrecklich, von solchen Fragen bekomme ich eine Entscheidungsphobie. Mein Gott, die Achtziger – da gab es doch massenhaft gute Musik. Was meinst du?«

»Ich sehe das genauso. Ich hasse es, mich entscheiden zu müssen, und möchte die Frage daher nicht beantworten.«

»Man merkt dir an, dass du mit Politikern zusammenarbeitest«, sagte Lycke.

»Manchmal bekomme ich Angebote aus anderen Branchen, mal sehen, was daraus wird«, sagte Peter. »Es ist ja nicht mehr so wie früher, als man ein Leben lang bei dem Beruf geblieben ist, den man sich einmal ausgesucht hatte.«

»Denk nicht einmal daran, irgendeinen Schritt zu tun, bevor wir das System eingeführt haben. Vielleicht findest du das neue System so gut, dass die Arbeit dir wieder richtig Spaß macht?« Sie lächelte, obwohl der Gedanke beunruhigend war. Die Kommune würde große

Probleme bekommen, wenn ausgerechnet die Person aufhörte, die sich mit dem neuen Programm am besten auskannte.

»Wo auf Marstrandsö wohnst du eigentlich?«, fragte Lycke, um das Thema zu wechseln.

»In der Fiskaregata.«

»Das ist eine meiner Lieblingsstraßen«, sagte Lycke. »Mit dem Schotterweg und den dicht gedrängten Häuschen erinnert sie mich immer an das alte Marstrand.«

»Ja, es ist schön dort.«

»Wohnst du dort schon lange?«

»Ich bin in der Straße aufgewachsen, habe dann aber eine Weile in Kungälv gelebt. Ich habe das Haus meiner Eltern übernommen. Papa hatte vor ein paar Jahren einen Schlaganfall, und für Mama war es auf der Insel zu schwierig, sich um ihn zu kümmern. Als er sich erholt hatte, wurde sie krank. Im Moment pendle ich zwischen zu Hause und dem Krankenhaus.«

»Das tut mir leid. Was ist mit dem Altenheim hier draußen?«, fragte Lycke. »Im Sörgård gibt es doch auch Wohnungen.«

»Da war nichts frei, deshalb sind sie vor zwei Jahren in ein Seniorenheim in Göteborg gegangen. Damals bin ich in das Haus gezogen.«

Allein? Wollte sie fragen, verkniff es sich aber. Auf der anderen Seite wirkte es vielleicht noch seltsamer, wenn sie die Frage vermied.

»Wohnst du dort alleine?«, fragte Lycke. Die Antwort ließ so lange auf sich warten, dass Lycke es bereute, die Frage gestellt zu haben.

»Ja, mittlerweile«, sagte Peter. »Wir haben uns getrennt.«

Lycke wendete die Augen für einen Moment von der Straße ab und sah ihn an.

»Entschuldige, ich wollte dich nicht …«, begann sie, doch Peter fiel ihr ins Wort.

»Das konntest du ja nicht wissen. Außerdem ist es schon über ein halbes Jahr her.« Er zuckte mit den Schultern.

Vor dem Fenster prunkte die Natur mit üppigem Grün, und der Flieder blühte. Peter trommelte auf seine beigefarbenen Chinos, während Nena »99 Luftballons« sang.

An Land schleppte Douglas den Picknickkorb zu der Stelle, die seine Mutter ausgesucht hatte. Als er gerade begonnen hatte, die Sitzkissen auszubreiten, kam die Gräfin anspaziert und zeigte auf einen anderen Platz. »Dort drüben ist es bestimmt noch besser. Oder was meinen Sie, Frau Lundgren?«

Ingeborg folgte ihr und betrachtete das Fleckchen Gras, die sanft gerundeten Klippen und den Strand in der Bucht darunter. »Sie haben recht, hier ist es hübscher. Außerdem sitzen wir hier im Windschatten.«

Douglas trug den Picknickkorb zu dem neuen Ort, packte ihn aber nicht gleich aus.

»Worauf wartest du?«, fragte seine Mutter.

»Auf einen weiteren Umzug«, sagte Douglas.

»Nein, hier ist es gut.« Die Gräfin nickte ihrem Sohn zu, der daraufhin den Korb mit dem Essen aufklappte.

»Wein, Champagner oder Limonade?«, fragte er und räumte im Korb herum. »Dünnbier gibt es auch.«

»Natürlich Champagner«, sagte seine Mutter, als wäre es das Selbstverständlichste auf der Welt.

Douglas nahm ein flaches Etui aus dem Korb und zog zu Karolinas Erstaunen einen kleinen Säbel heraus. Anschließend entfernte er die Metallfolie, ohne den Draht abzunehmen, der den Korken festhielt. Er packte die Flasche mit der linken Hand und studierte sorgfältig das Etikett, bevor er eine Serviette herumwickelte, zum Säbel griff und weltmännisch die Flasche köpfte. Der Hals ging schon beim ersten Versuch ab und landete samt Korken mit einem Plumps im Wasser.

Ingeborg und Magdalena applaudierten entzückt und ließen sich Champagner einschenken. Dann war Karolina an der Reihe.

»Bitte sehr, meine Schöne«, sagte Douglas, während er ihr das Glas reichte. Karolina wurde rot.

Die Gräfin brachte einen Toast aus, und Vater nutzte die Gelegenheit, um sich für die Gastfreundlichkeit zu bedanken.

»Darf ich fragen, wo Sie das gelernt haben?«, fragte Vater an Douglas gewandt.

»In Paris.« Er lächelte.

»Mein Mann, Gott hab ihn selig, war als Gesandter in der Botschaft in Paris tätig«, sagte die Gräfin.

»Das klingt exotisch. Haben Sie lange im Ausland gelebt?«, fragte Ingeborg.

»Vier Jahre. Als mein Mann, Douglas' Vater, krank wurde, mussten wir zurückkommen. Wie stehen Sie eigentlich zu dem Ball morgen?«

Ingeborg wand sich unbehaglich auf ihrem Sitzkissen. Vater räusperte sich. »Ich glaube nicht, dass wir eine Einladung erhalten haben«, sagte er.

»Unsinn! Ihre Einladung muss verlorengegangen sein«, rief die Gräfin aus.

»Das ist möglich.« Ingeborg lächelte gequält.

»Aber meine Lieben, es ist doch der Willkommensball. Ich kann mir kaum vorstellen, dass Sie nicht eingeladen sind. Vor allem Fräulein Lundgren wird dort gern gesehen sein, da bin ich mir ganz sicher. Die Enkeltochter von Amalia Matilda Gustafva von Hakunge und überhaupt. Etwas anderes wäre doch gar nicht denkbar!«

Karolina merkte, dass Ingeborg Augenkontakt mit Vater suchte. Entweder wollte die Gräfin sich damit brüsten, dass sie alle Namen von Karolinas Großmutter mütterlicherseits auswendig kannte, oder ihr war bewusst, wie heikel das Thema war, und konnte es nicht lassen, Salz in Ingeborgs Wunde zu streuen.

»Untersuchen Sie die Sache, wenn wir zurückkommen«, sagte die Gräfin und schien selbst zu merken, wie unaufrichtig die Worte klangen. Anstatt zu schweigen und die Sache auf sich beruhen zu lassen, versuchte sie die Wogen zu glätten. »Falls es nicht so sein sollte, gibt es ja noch mehr Bälle. Seine Majestät veranstaltet vor der Abreise immer einen Abschiedsball. Nicht, dass er selbst tanzen würde, das hat er meines Wissens noch nie getan.« Sie plapperte weiter, bis Douglas ihr eine Hand auf die Schulter legte.

Als sie ihn erschrocken ansah, nahm er seine Hand wieder weg.

»Ich würde vor dem Essen einen Spaziergang vorschlagen. Für alle, die möchten.« Alle hielten das für eine außerordentlich gute Idee und standen auf.

»Kommst du mit, Karolina?«, fragte Vater, aber Douglas stand bereits neben ihr.

»Falls Sie lieber hierbleiben, leiste ich Ihnen Gesellschaft«, sagte er.

»Sehr freundlich«, sagte Vater, wartete aber Karolinas Antwort ab.

»Einen kleinen Spaziergang schaffe ich allemal«, erklärte sie. Hätte sie die Möglichkeit gehabt, alleine zurückzubleiben, wäre ihr das lieber gewesen, aber angesichts der Alternative, die Zeit mit Douglas zu verbringen, fiel ihr der Entschluss nicht schwer. Er war höflich und gewandt, sah nett aus, kam aus einer guten und wohlhabenden Familie, aber all das nützte nichts. In seiner Nähe überkam sie ein seltsames Gefühl, ein vages Unbehagen. Lag es vielleicht am Altersunterschied? Zwölf Jahre waren eine ganze Menge, auch wenn sie von mehreren Verlobungen wusste, bei denen die Braut zwanzig oder sogar dreißig Jahre jünger gewesen war als der Zukünftige. Aus dem Blickwinkel betrachtet, waren zwölf Jahre vollkommen akzeptabel. Karolina lächelte.

»Gestatten Sie?« Douglas reichte ihr seine Hand. Behutsam half er ihr auf und ließ sie auch nicht los, als sie nebeneinanderstanden. Die Gräfin warf ihnen einen verstohlenen Blick zu und ging dann hinter Vater und Ingeborg her.

»Danke.« Vorsichtig zog Karolina ihre Hand zurück. Sie ging ein paar Schritte in dieselbe Richtung wie die anderen, während Douglas noch seinen Säbel verstaute. Hoffentlich verloren sie nicht den Anschluss. Nur Magdalena schienen ähnliche Gedanken durch den Kopf zu gehen wie ihrer Schwester, denn sie drehte sich um und vergewisserte sich, dass Karolina nicht mit Douglas alleine zurückblieb.

»Donnerwetter, wie der sich ins Zeug legt«, sagte Magdalena leise. »Diskret ist er nicht gerade.«

»Ich fühle mich ganz unwohl.«

»Wahrscheinlich hat er endlich die Richtige für sich gefunden. Gib zu, dass er gut aussieht«, sagte Magdalena.

»Er hat doch gerade erst die Verlobung mit einem adeligen Fräulein aus Stockholm aufgelöst. Hast du nicht zugehört, als Mutter das erzählt hat?«

»Anscheinend hat er die Trauerphase überwunden. Und seine Mutter hat bereits deine Herkunft überprüft.« Karolina ahmte die Gräfin nach: »Die Enkeltochter von Amalia Matilda Gustafva Cronhjelm von Hakunge ...«

»Sei leise, er kommt«, zischte Karolina.

»So, meine Damen.« Er setzte ein strahlendes Lächeln auf.

»Das Sabrieren«, sagte Magdalena, »ist das nicht gefährlich?«

»Es kann passieren, dass die Flasche springt. Das habe ich einmal gesehen. Die Muskulatur der Hand zieht sich zusammen, offenbar eine Art Reflex. Deshalb sollte man einen Handschuh anziehen oder die Flasche mit einem Tuch umwickeln. Sonst kann man sich schneiden.«

»Geraten denn bei dieser Methode keine Glassplitter in die Flasche?«, fragte Magdalena.

»Nein, der Druck in der Flasche ist so hoch, dass Scherben mit der Flüssigkeit davonschießen.«

Karolina blieb einige Schritte hinter ihnen. Sie betrachtete eine kleine Hütte am Strand. Eine alte Frau mit Schürze trat heraus. Sie verstreute eine Handvoll Körner, woraufhin sofort einige Hühner angelaufen kamen und sie vom steinigen Boden pickten. Das Haus war einfach, aber schmuck. An den Fenstern hingen Vorhänge, und das Feuerholz war nach allen Regeln der Kunst aufgestapelt.

Karolina fragte sich, wer die Frau war. Wer würde sie selbst in diesem Alter sein? Die Frau schien erst jetzt die Stimmen der Besucher zu hören, denn sie hielt sich die Hand über die Augen, weil die Sonne sie blendete. Sie nickte und fütterte weiter ihre Hühner, nachdem sie kein bekanntes Gesicht entdeckt zu haben schien.

Douglas' Mutter hatte das Tempo verlangsamt, damit sie sie einholten. »Was haben wir für ein Glück mit dem Wetter, Mädchen«, sagte sie. Dann hakte sie sich bei Magdalena unter und zog sie mit sich. Magdalena wollte sich umdrehen, aber die Gräfin redete unablässig und verlangte ihre volle Aufmerksamkeit. Karolina blieb allein mit Douglas zurück. Vater und Ingeborg waren ein Stück weiter vorn, aber da der Weg gewunden war, konnte man immer nur bis zur nächsten Biegung blicken.

»Wir können zurückgehen, falls Sie das wollen.« Douglas bot ihr seinen Arm an.

»Danke, aber es geht mir gut. Ich kann nur nicht so schnell.« Karolina rang sich ein Lächeln ab. Wenn Douglas und sie zurückgingen, während die anderen weiter in die andere Richtung spazierten, würde sich der Abstand zwischen ihnen noch vergrößern, und das war das Letzte, was sie wollte. Die alte Frau in der Hütte und Douglas' Hartnäckigkeit erinnerten sie an das Märchen von Rotkäppchen und dem Wolf. Und seine Mutter legte es offensichtlich darauf an, dass sie alleine waren. Nicht, dass Karolina sich ihrer Attraktivität auf dem Heiratsmarkt nicht bewusst gewesen wäre. Vermögende Männer, die gern ein »feines« Mädchen heiraten wollten, gab es zuhauf. Doch nachdem sie sich auf Marstrand umgesehen hatte, war ihr ebenfalls klar, dass die Konkurrenz erdrückend war. Warum also um alles in der Welt gab sich Douglas solche Mühe, ausgerechnet sie an die Angel zu bekommen, wenn doch so viele Töchter aus Schwedens vornehmsten Adelsfamilien vor Ort waren? Auch sie waren blaublütig und würden zudem eine ansehnliche Mitgift in die Ehe bringen. Auch Karolina würde zwar etwas erben, wenn ihre Großeltern mütterlicherseits aus dem Leben schieden, aber bis dahin würde es noch eine Zeitlang dauern, und außerdem würde sie das Erbe mit ihrer frisch verheirateten Cousine Eva teilen müssen. Schloss Noor jedoch, wo Mutter geboren und aufgewachsen war, würde vollständig in ihren Besitz übergehen. Vorausgesetzt, sie war mit einem in den Augen ihrer Großeltern geeigneten Mann verheiratet. Natürlich.

12

Jonny wollte gerade zu 7-Eleven gehen, um zwei Kaffee zu kaufen, als er drinnen Roy mit einem Pappbecher in der Hand dasitzen und in einer Zeitung blättern sah. Ihn Papa zu nennen, wäre übertrieben gewesen. Was machte er in dieser Gegend? Ihre gestrige Begegnung nach fünfzehn Jahren reichte vollkommen, dachte er, machte auf dem Absatz kehrt und ging die Linnégata wieder hinauf.

In seiner Erinnerung sieht er wieder die Polizisten, die ihnen mitteilen, dass sich sein kleiner Bruder Henke auf der E4 totgefahren hat. Sie haben einen Pastor mitgebracht, aber dessen Worte helfen nicht. Roy ist wie üblich auf Geschäftsreise, und Mutter ist schon besoffen, obwohl es erst zehn nach zwei ist. Und als Roy endlich nach Hause kommt, steht er einfach im Flur und zieht nicht mal den beigefarbenen Mantel aus. Unfähig, einen von ihnen in den Arm zu nehmen, sagt er nur, dass er ausziehen wird. Nach Varberg. Er hat eine andere kennengelernt. Es ist die Krankengymnastin, die sich um sein Bein gekümmert hat, und es geht schon eine ganze Weile. Ein Jahr. Am Tag nach Henkes Beerdigung packt er das Auto voll und fährt genauso ab wie immer. Die Mutter sagt, das wäre nicht so schlimm, er würde schon merken, dass das Gras auf der anderen Seite auch nicht grüner ist. Jonny sieht, dass sie wartet. Lange. Aber er kommt nie wieder nach Hause. Jetzt sagt sie, dass sie doch gut ohne ihn zurechtkommen, »oder etwa nicht, Jonny?«. Jonny traut sich nicht, ihr zu widersprechen und ihr klarzumachen, dass sie sich täuscht. Sie kommen überhaupt nicht zurecht. Das Shampoo ist leer, im Kühlschrank gibt es nichts zu essen, und er läuft mitten im Februar in einer Jogginghose durch den Schneematsch. Sie säuft sich zu Tode, obwohl einer ihrer Jungs noch am Leben ist. Ein Junge, der seinen Papa und seine Mama braucht. Das wird er niemals verstehen und ihnen verzeihen. Doch was tut man, wenn man plötzlich einen Anruf von einem Vater bekommt, der sich seit fünfzehn Jahren nicht hat blicken lassen und auf einmal Kontakt will? Fünf telefonische Annäherungsversuche waren nötig, bis Jonny zu einem Treffen bereit war. Und gestern waren sie gemeinsam in eine Kneipe gegangen, um zu reden.

Geld, hatte Roy nach zwei Bieren gesagt. Ob Jonny ihm ein bisschen Geld leihen würde? Die Frau in Varberg hatte ihn nach einem Seitensprung vor die Tür gesetzt. Seit sie sich geweigert hatte, ihn bei sich aufzunehmen, als er ein orientierungsloser Sechzehnjähriger war, der anschließend auf die schiefe Bahn geriet, nannte er sie nicht beim Namen. Grund dafür war gewesen, dass sie Angst hatte, mit ihm alleine zu sein. Roy war schließlich so oft weg.

»Es geht nicht«, hatte Roy gesagt und seinen einzigen noch lebenden Sohn im Stich gelassen. Und gestern hatte er vor ihm gesessen. Mit dünnem Haar und einem beschlagenen Bierglas in der Pranke hatten sie an einem klebrigen Tisch vor einer Kneipe in der Linnégata gesessen.

»Ein Seitensprung?«, fragte Jonny und spendierte noch ein Bier. Das war die einfachste Methode, Leute zum Reden zu bringen. Dann war die ganze Geschichte aufgerollt worden. Wie er mit dem Spielen anfing, eine Hypothek auf das Haus seiner neuen Frau aufnahm, um das verlorene Geld zurückzugewinnen, und dann den Job verlor. Jetzt war er bis über beide Ohren verschuldet und obdachlos. Der Seitensprung schien noch das geringste Problem zu sein, dachte Jonny und fragte sich, was in seinem Kopf vorging, wenn er nach fünfzehn Jahren ausgerechnet ihn um Hilfe bat. Unter dem Vorwand, er müsste zur Toilette, war Jonny an den Tresen gegangen, um das Bier zu bezahlen, und hatte Roy alleine in dem schäbigen Lokal zurückgelassen.

Zurück im Büro, merkte Jonny, dass er nicht nur Wasser, sondern auch Kaffee in den Wasserbehälter der Kaffeemaschine geschüttet hatte. Seine Kiefermuskulatur war so angespannt, dass sie schmerzte, und ein Klopfen auf seiner Schulter ließ ihn zusammenzucken.

»Wolltest du nicht eigentlich Kaffee holen gehen, statt hier mit der Maschine rumzuhantieren?«, fragte Christer lachend, bevor er Jonnys Gesichtsausdruck gesehen hatte.

»Was ist los?«

Jonny seufzte.

»Es war so, wie ich vermutet hatte«, sagte er.

»Ach, Mist, wie ist es denn gelaufen? Jetzt lass das doch, ich kümmre mich um den Kaffee.«

Jonny setzte sich auf einen der Klappstühle in der kleinen Teeküche, während Christer die Kaffeemaschine ausleerte und versuchte, sie zu säubern. Als Christer ihm den Rücken zugewandt hatte, fiel Jonny das Reden leichter. Er hatte noch nie jemandem von seiner Familie erzählt. Niemandem. Jemals. Christer drehte sich hin und wieder um und machte verständnisvoll Hm oder sagte, das sei »echt Scheiße«. Er hörte aufmerksam zu und unterbrach ihn nur, um sein klingelndes Handy aus der Hosentasche zu ziehen.

»Das ist nur Peter, den rufe ich nachher zurück«, entschuldigte er sich und stellte den Ton ab.

Jonny hatte Christer viel zu verdanken. Nicht jeder hätte es gewagt, einem jungen Kerl, der normalerweise Abrissarbeiten machte, die Möglichkeit zu geben, Dinge aufzubauen und Küchen und Badezimmer zu kacheln. Als Christer ihn irgendwann fragte, ob er sich auch vorstellen könne, im Büro anzufangen, hielt er es zunächst für einen Scherz. Einer seiner Lehrer hatte mal gesagt, er könne gut mit Zahlen umgehen, aber damals lebte Henke noch. Das war in einem anderen Leben, bevor alles aus dem Ruder lief. Irgendwie hatte er alles wieder in Ordnung gebracht. Bis jetzt. Nun holte ihn die Vergangenheit wieder ein. Diesmal würde er sich ihr stellen.

»Alle haben eine zweite Chance verdient.« Endlich stellte Christer einen Becher Kaffee vor ihn hin.

»Du hast gut reden, denn du hattest immer nur mit Kindern zu tun gehabt, deren Väter sie aus allem rausgeboxt haben. In besseren Familien ist es kein Problem, wenn man mit dem Gesetz in Konflikt gerät, da gibt es immer eine Lösung. Bei mir und meinen Freunden war das anders.«

»Ja, gerecht ist es wahrscheinlich nicht, aber so ist die Welt eben. Tough luck. Aber mein Vater ist tot, du hast deinen noch. Diese Verbindung zwischen Eltern und Kindern ist magisch, es verwandelt uns wieder in Tiere, die ihren Instinkten gehorchen. Es gibt nichts Stärkeres als Blutsbande.«

»Er hat seine Chance gehabt«, sagte Jonny. »Und er wollte Geld von mir. Das Schlimmste daran ist, dass ich enttäuscht bin. Offenbar habe ich wirklich geglaubt ...« Er schüttelte den Kopf und trank einen Schluck Kaffee. Die heiße Flüssigkeit verbrannte ihm die Lippen und verscheuchte die Tränen, die schon hinter den Lidern lauerten. »Und jetzt sitzt er unten im 7-Eleven. Scheiße.«

»Wo wohnt er?«, fragte Christer.

»Keine Ahnung.« Er seufzte.

Man kann Erinnerungen und Erlebnisse verdrängen, aber früher oder später kommen sie aus ihren Löchern gekrochen und machen sich bemerkbar. Jahrelang warten sie ab und wachsen in der Stille. Allmählich höhlen sie den Boden aus, auf dem man steht, und irgendwann bricht man ein.

Donnerstag, 19. Juli 1906

Als Ingeborg die Einladung zum Willkommensball sah, traute sie ihren Augen nicht. Entzückt befühlte sie das dicke Papier und las die Aufschrift gleich mehrmals. Anschließend bemühte sie sich, den Anschein zu erwecken, es sei das Selbstverständlichste auf der Welt, dass sie eingeladen waren, und sie hätte nichts anderes erwartet. Dann wurde sie hektisch. Sie ging ihr gesamtes Gepäck durch und kramte in Koffern und Etuis. Hantierte mit Hüten, Kleidern, Schmuck und Schuhen, ohne dass ein System erkennbar geworden wäre, um zu überlegen, wer was wozu anziehen konnte. Magdalena und Karolina verwandelten sich in Kleiderständer, während Vater stirnrunzelnd danebenstand. Kleider wurden über die Korsetts gestreift und wieder ausgezogen, und Ingeborg schüttelte immer wieder unzufrieden den Kopf. Ihre Stimme klang mehr und mehr gereizt. Zum Schluss legte ihr Vater eine Hand auf den Arm.

»Ingeborg«, sagte er.

»Bitte nicht jetzt«, erwiderte sie angespannt. »Wir haben nicht viel Zeit.«

»Wir müssen die Kleider nähen lassen«, sagte er. »Wenn wir gleich losgehen, könnt ihr euch Modelle aussuchen, die euch gefallen.«

»Dafür reicht die Zeit nicht«, zischte Ingeborg, holte aber trotzdem Handschuhe und Hut.

Als sie Lauréns Stoffgeschäft betraten, stellten sie fest, dass sie nicht die Einzigen auf der Jagd nach Stoffen waren.

Mit Magdalena im Schlepptau drängelte Ingeborg sich vor.

Karolina hielt sich ein wenig im Hintergrund. Sie konnte die Augen nicht von einem schimmernden Modell in Weiß und Blau abwenden, doch als sie entdeckte, was der Stoff pro Meter kostete, hielt sie nach einem anderen Ausschau. Einige wenige Schritte in die eine und genauso viele in die andere Richtung, während ihr Blick angestrengt über die Regale voller Stoffe und den Ständer mit den Modemagazinen und Schnittmustern wanderte. Vater, dem nicht entgangen war, dass seine Ehefrau nur Magdalena unter ihre Fittiche genommen hatte, schob seine ältere Tochter auf eine Verkäuferin zu, die gerade frei geworden war.

»Meine beiden Töchter und meine Ehefrau benötigen je ein Kleid«, sagte er lächelnd. Dann zeigte er auf das gestreifte Kleid im Schaufenster. »Das würde dir gut stehen, glaube ich«, sagte er zu Karolina, woraufhin die Verkäuferin fragte, ob sie sich ein Kleid daraus nähen lassen oder nur den Stoff kaufen wolle.

»Könnten wir nicht vielleicht mal das Modell dort anprobieren?«, fragte Vater.

»Natürlich«, antwortete die Verkäuferin.

Vater muss gemerkt haben, dass ich es mir angeschaut habe, dachte Karolina. Ihre wurde warm ums Herz.

»Passt es?«, fragte er kurz darauf und legte den Ordner mit Stoffmustern und Schnitten beiseite, den man ihm in die Hand gedrückt und in dem er nur aus Höflichkeit geblättert hatte.

»Es ist etwas zu groß«, sagte Karolina hinter dem Paravent.

»Wir können es ändern«, sagte die Verkäuferin, die schon das Nadelkissen in der Hand hielt.

»Zeig mal«, sagte Vater.

Karolina trat aus der Umkleide.

»Es muss enger gemacht werden, aber wir arbeiten mit einer ausgezeichneten Schneiderin, die für uns Änderungen in Heimarbeit macht. Dann würde es so aussehen.« Sie stellte sich hinter Karolina und raffte das Kleid.

»Ja, das ist gut«, sagte Vater. »Warten Sie, ich hole meine Frau.«

Eine halbe Minute später kam er mit Magdalena und Ingeborg zurück.

»Siehst du aber schön aus!« Magdalena klatschte vor Begeisterung in die Hände. »So hübsch!«

»Was meinst du, Ingeborg?«, fragte er.

»Ja, es ist hübsch. Ein bisschen zu groß vielleicht.«

»Wir machen es enger«, sagte die Verkäuferin noch einmal. »So.« Sie zog erneut den Stoff zusammen, um Karolinas schmale Taille zu betonen.

»Gefällt es dir denn, Karolina?«, fragte Vater.

»Ja, es ist wundervoll, aber ...«

»Kein Aber. Um die Abers kümmere ich mich heute.« Vater lächelte, und sie sah ein Blitzen in seinen Augen.

»Schaffen Sie es denn noch, das Kleid für meine Tochter zu ändern?«

»Wann brauchen Sie es denn?«, fragte die Verkäuferin, obwohl sie die Antwort ahnte.

»Heute Abend.«

»Heute Abend«, wiederholte sie. »Wir werden es natürlich versuchen.«

»Nein, nein«, sagte Vater. »Wir brauchen es unbedingt heute Abend. Am liebsten wäre es mir, wenn Sie die Änderungen umgehend vornehmen könnten, solange wir im Laden sind. Wir werden eine Weile hierbleiben, weil wir noch zwei weitere Kleider benötigen. Und dazu einen passenden Schirm und einen Hut.« Er deutete auf Karolina. »Und Schuhe? Hast du eigentlich die richtigen Schuhe?«

»Was kostet das Kleid?«, fragte Ingeborg leise, aber laut genug, damit Karolina es hörte.

»Spielt das eine Rolle?«, fragte der Vater leicht gereizt.

Karolina wusste, dass es eine Rolle spielte. Denn die teuersten Kleider bekam Magdalena. Immer. Ingeborg glaubte, sie würde solche Dinge nicht bemerken, aber das tat sie. Und jetzt wollte Ingeborg wissen, an welchem Preisniveau sie sich orientieren konnte. Sie ging zu Karolina und befühlte den gestreiften Stoff.

»In diesem Magazin ist es abgebildet.« Die Verkäuferin zeigte Ingeborg eine Ausgabe des französischen Modejournals *Le coquet*. Die Preisangaben verschlugen ihr den Atem.

»Hast du dich auch wirklich nach einem anderen Kleid umgesehen, das du dir nähen lassen könntest?«, fragte sie. Sie versuchte freundlich zu wirken, aber ihr Mund ähnelte einem geraden Strich.

»Schau dir ruhig alles an«, sagte Vater zu ihr. »Aber ich plädiere für dieses hier.«

Die Verkäuferin schien weder ein noch aus zu wissen. »Wie sollen wir es denn nun machen, mein Herr? Wenn wir sofort mit der Änderung beginnen sollen, müssen Sie sich schon entscheiden.«

»Selbstverständlich. Wir nehmen es. Ich wäre Ihnen sehr dankbar, wenn Sie die Sache unverzüglich in die Hand nehmen könnten. Und Karolina – du gehst mal gucken, ob du noch etwas brauchst.«

»Sie haben doch nach einem Sonnenschirm und einem Hut gefragt«, sagte die Verkäuferin. »Zu dieser Kreation haben wir Spezialanfertigungen.«

»Behalt das Kleid gleich an, dann probieren wir das Ganze zusammen aus«, schlug Vater vor.

»Ich bin gleich wieder da«, sagte die Verkäuferin.

»Du siehst umwerfend aus.« Magdalena strahlte Karolina an.

»Danke, ich finde mich auch richtig schön.« Karolina strich über den Stoff. »Hast du ein Kleid gefunden?«, fragte sie.

»Ich habe mir zwei verschiedene Modelle angesehen. Eins mit Schweizer Stickerei und ein gestreiftes, aber sie würden es nicht mehr schaffen, sie mir zu nähen. Und wenn du dieses hier bekommst …«

»Das ist noch nicht entschieden«, sagte Ingeborg in etwas zu scharfem Ton. »Wenn du das Gestreifte haben möchtest, findet Karolina bestimmt ein anderes oder nimmt eins von denen, die wir schon haben.«

In dem Blick, den Vater seiner Frau zuwarf, lag mehr Traurigkeit als Ärger.

»Ich kann eins von unseren nehmen«, murmelte Karolina.

»Nein, du siehst unheimlich schön in diesem aus. Nimm es. Es ist etwas ganz Besonderes«, sagte Magdalena.

»Aber wenn du lieber ein gestreiftes hättest …«, begann Karolina.

Nun kehrte die Verkäuferin mit drei Kartons zurück. Eine große Hutschachtel und zwei flache viereckige Pakete.

»Hier haben wir den Hut.« Sie nahm den Deckel ab. Zwei Schichten Seidenpapier und die Visitenkarte des französischen Hutmachers wurden zur Seite gelegt, bevor der Hut herausgenommen und auf Karolinas Kopf platziert wurde.

»Oh!« Magdalena stieß einen Seufzer aus.

»Ja, das finde ich auch«, sagte Vater.

»Es gibt auch passende Handschuhe und einen Sonnenschirm dazu.« Die Angestellte öffnete die beiden anderen Schachteln.

Vorsichtig streifte Karolina die Handschuhe über und nahm den Schirm in die Hand. Vater legte lächelnd den Kopf schief. Dann nickte er und breitete die Arme aus.

»Parfait!«, rief er in seinem besten Französisch. »Bist du zufrieden?«, fragte er Karolina.

»Zufrieden?« Sie sah ihn an. »Ich bin überwältigt. Aber …«

»Nein, nein«, fiel er ihr mit schelmischem Blick ins Wort. Genauso hatte er sie immer angesehen, als sie sich um Geld noch keine Sorgen zu machen brauchten. »Kein Aber. Und was machen wir mit meinen zwei anderen Damen? Dürfte ich mal ein Bild von dem Kleid mit der Schweizer Stickerei sehen, Magdalena?«

»Das würde sowieso nicht mehr fertig werden, und außerdem ist es zu prunkvoll für eine junge Frau.« Ingeborg warf einen schiefen Blick in Karolinas Richtung. Vater nickte, dann hatte er eine Idee. »Können wir irgendetwas mit dem rosa Kleid machen, das du zum Geburtstag bekommen hast?«

»Wir könnten es mit Stoffrosen verschönern?«, schlug Magdalena vor.

»Was hältst du davon, Ingeborg?«, fragte er.

»Das wäre möglich«, antwortete sie kurz angebunden.

»Dann gehen Magdalena und ich es jetzt holen«, sagte er und wandte sich anschließend an die Verkäuferin. »Wären Sie so nett, mir den Schirm, den Hut und die Handschuhe einzupacken?«

»Natürlich, vielen Dank, Direktor Lundgren.« Die Verkäuferin nickte eifrig.

»Und sorgen Sie dafür, dass mit den Änderungen begonnen wird. Danke.« Er zwinkerte seiner älteren Tochter zu, drehte sich um und begleitete Magdalena ins Hotel. Genau wie früher, dachte Karolina, während zwei Schneiderinnen mit Maßbändern und Stecknadeln herbeieilten.

Sie lächelte versonnen, als die Schneiderinnen ihr schließlich ganz vorsichtig aus dem Kleid heraushalfen, damit sie sich nicht stach, und es mitnahmen. Gleichzeitig entging ihr nicht, wie Ingeborg sie ansah. Aber nein, jetzt wollte sie sich einfach freuen, denn das Kleid schien genau das richtige zu sein. Es schmeichelte ihrer Figur, und sie kam sich wunderschön darin vor, vor allem mit dem Hut, den Handschuhen und dem Sonnenschirm dazu. Sie wünschte, Großmutter und Großvater hätten sie darin sehen können.

Gespannt und erwartungsvoll saß Karolina vor dem großen Spiegel. Vor ihr auf dem Frisiertisch lagen Bürsten und Puderdosen. Im Schoß hatte sie eine Schale voller Haarnadeln, die sie nach und nach an Magdalena weiterreichte, die hinter ihr stand und ihr die langen Haare hochsteckte. Sie sah sich nach der Einladung um, die vorhin noch am Spiegel gelehnt hatte, aber wahrscheinlich hatte Ingeborg sie mit Beschlag belegt. Vielleicht hatte sie Angst, nicht auf den Willkommensball Seiner Majestät gelassen zu werden. Karolina war unbesorgt. Großmutter hatte sie zu so vielen Empfängen gezwungen, dass sie als

Erbin von Schloss Noor ein bekanntes Gesicht war. Allerdings bereitete ihr genau das Kopfzerbrechen. Das Erbe würde ihr zufallen, wenn ihre Großeltern mütterlicherseits aus dem Leben schieden, aber sie wollte jemanden kennenlernen, der sie wirklich mochte und nicht nur das Schloss und den Grundbesitz vor Augen hatte.

Eine Stunde später kam die Schneiderin mit Karolinas Kleid ins Turisthotel. Die Schachtel, in der sie es transportierte, war mit Seidenband umwickelt. Magdalenas Kleid war gedämpft und mit rosa Stoffrosen verziert worden. Die Schwestern waren begeistert von den kunstvollen Blumen. Nachdem die Schneiderin sich vergewissert hatte, dass die Kleider saßen, wie sie sollten, verabschiedete sie sich von der Familie.

»So, meine Schönen«, sagte Vater feierlich. »Dann gehen wir.«

Ida schloss das Fenster. Vom Warmbadehaus sah man alle, die nun auf das hell erleuchtete Societetshus zuströmten. Schöne Damen in langen Kleidern schritten über den Platz und ließen sich von eleganten Herren die Treppe hinaufgeleiten. Wie in einem Märchen, in dem für sie kein Platz war. Sie hörte das Stimmengewirr von draußen, während sie im Zimmer neben dem Behandlungsraum von Doktor Bauman Handtücher faltete. Gott sei Dank war er nach Hause gegangen. Er wollte es sich bestimmt nicht entgehen lassen, sich auf dem Willkommensball zu zeigen.

Sie holte einen Feudel, um den Boden zu wischen, und füllte einen Eimer mit Wasser. In der Abstellkammer roch es nach Kiefernnadeln und Seife. Abgesehen von den knackenden Dielen, war es still im Haus. Oft erfüllte dieser Ort sie mit Ruhe, und sie arbeitete lieber hier als im Winter in der eisigen Heringssalzerei. Der einzige Nachteil waren die Patienten, die ihre Hände nicht bei sich behalten konnten. Genau wie Doktor Bauman. Seine Finger zogen ihren Rock hoch oder kniffen ihr in den Busen, wenn sie am wenigsten damit rechnete. Er rieb sich an ihr und legte seine Hand im Vorbeigehen auf unaussprechliche Stellen, als hätte er ein Recht dazu. Wenn Bauman in der Nähe war, machte sie einen Bogen um den Wäscheschrank. Überhaupt versuchte sie, immer jemanden mitzunehmen, wenn sie mit dem Doktor persönlich zu tun hatte. Abends allein war es im erleichtert ächzenden Warmbadehaus jedoch recht angenehm.

»Ida?«

Sie zuckte zusammen.

»Doktor Bauman, ich dachte, Sie wären schon nach Hause gegangen.«

»Es war nicht meine Absicht, dir einen Schreck einzujagen.« Er lächelte. Ida schluckte. Sie ahnte, was jetzt kommen würde, und wich einen Schritt zurück, spielte die Ahnungslose und wickelte den Scheuerlappen um den Schrubber. »Sind Sie die Letzte?«

Am liebsten hätte sie gelogen und behauptet, es wären noch andere Bademeisterinnen im Haus. Ester und Sigrid würden gerade die Wannen in den Zimmern am Ende des Flurs saubermachen und ihr hier helfen, wenn sie damit fertig waren, aber Bauman würde bald merken, dass das nicht stimmte.

»Ich hatte noch Patienten und habe die anderen nach Hause geschickt. Wenn ich den Boden gewischt habe, gehe ich auch. Wahrscheinlich kommt Einar und holt mich ab.« Letzteres entsprach nicht der Wahrheit, und das ahnte Doktor Bauman vermutlich. Einar arbeitete als Ruderer und war um diese Zeit meist schon sternhagelvoll. Hoffentlich war von seinem heutigen Verdienst noch etwas übrig. Einar hatte die Angewohnheit, das Wechselgeld im Mund aufzubewahren und es den Leuten mit ein paar Krümeln Snus hinzuspucken, wenn sie die Überfahrt über den Sund bezahlten. Meistens durfte er das Wechselgeld dann behalten.

»Gehen Sie nicht auf den Willkommensball?«, fragte Ida.

»Ich kann dich doch hier nicht so alleine lassen.« Bauman machte ein paar Schritte auf sie zu. »Jetzt komm schon, Ida.« Er umschlang sie von hinten und ließ seine Hände zu den Brüsten hinaufwandern. Er knetete und drückte sie so fest, dass sie vor Schmerz alles fallen ließ. Der Stiel des Schrubbers schlug knallend auf dem Boden auf, als er ihre Hand packte, mit Gewalt in seinen Hosenbund zwängte und an seinen Schritt presste. Er zerrte an ihren Röcken und keuchte in ihr Ohr. Dann kam die Zunge und schleckte an ihr. Wie ein Hund. Ein ekliger Hund, der seine Triebe nicht unter Kontrolle hatte. Als krachend eine Tür ins Schloss fiel, hielt er inne. Kurz darauf ertönte die vertraute Stimme.

»John? Bist du hier, John?«

»Sag, ich sei in meinem Raum«, ächzte Bauman heiser und stieß Ida weg. Eilig verschwand er im Nebenzimmer, während Ida den Feudel ins Wischwasser tauchte, auswrang und um die Bürste legte. Resolut schrubbte sie über den Boden und tat, als hätte sie niemanden kommen hören.

»Guten Abend, Frau Bauman.« Ida tat erstaunt und schämte sich zugleich, obwohl sie nichts Böses getan hatte.

»Haben Sie meinen Mann gesehen?«, fragte Anna Teresia.

»Er ist in seinem Behandlungsraum.« Ida umklammerte den Schaft ihres Besens so fest, dass ihre Knöchel weiß hervortraten.

»Arbeiten Sie immer so lange?«

»Ich hatte noch späte Patienten und habe die anderen Bademeisterinnen nach Hause geschickt. Wir wechseln uns mit dem Abschließen ab.« Obwohl sie eigentlich keine Veranlassung hatte, sich zu rechtfertigen, tat sie genau das. Sie fühlte sich schuldig und fühlte die roten Flecken der Scham auf ihren Wangen brennen.

Frau Bauman klopfte bei ihrem Mann an, bevor sie die Tür öffnete.

»Da bist du ja, John. Wir dürfen nicht zu spät auf dem Willkommensball erscheinen.«

Ida hörte Bauman irgendeine Antwort murmeln. Kurz darauf kam er aus seinem Zimmer. Er hatte sein Haar in Ordnung gebracht und sah überhaupt wie ein eleganter Herr aus. Wenn man es nicht besser wusste.

Anna Teresia betrachtete ihren Mann, bevor sie sich wieder Ida zuwandte. Ida spürte ihren Blick auf sich ruhen, während sie weiter den Boden wischte.

»Guten Abend, Ida.«

»Guten Abend, Frau Doktor.«

Sie weiß Bescheid, dachte Ida. Sie weiß, dass sich Bauman an den Bademeisterinnen vergreift und seinen Hunger hier stillt. Vielleicht ist sie geradezu dankbar, dass er ihrem Schlafzimmer nicht so häufig Besuch abstattet. Ida fand es abscheulich, wenn die jüngeren Bademeisterinnen weinend aus Baumans Raum kamen und sich zwischen den Beinen waschen gingen. Wie schafften sie es, nach Hause zu gehen und ihrem Ehemann zu Willen zu sein, nachdem sie gezwungen worden waren, ihren Arbeitgeber zu befriedigen? Ida, die am längsten hier arbeitete, hatte zwar versucht, die jungen Frauen zu schützen, aber das war nicht leicht. Vor allem nicht bei den Anfängerinnen, die Angst hatten, den ersehnten Arbeitsplatz im Warmbadehaus wieder zu verlieren. Zumindest anfangs.

Bauman schloss seine Tür ab und ging zu Ida hinüber. Er strich sich über den Schnurrbart.

»Wir machen ein andermal weiter, wo wir aufgehört haben«, sagte er so leise, dass es Anna Teresia entging. Dann erhob er die Stimme. »Vielen Dank für heute, Ida.« Er drehte sich um und hakte sich bei seiner Ehefrau unter. »Vergiss nicht abzuschließen.«

Ida hatte einen Kloß im Hals. In der vergangenen Woche hatte sie geträumt, Bauman wäre ohne Hose zu ihr in die Heringssalzerei gekommen, obwohl es draußen schneite. Wie schon so oft, hatte sie energisch sein Organ gepackt, nur hielt sie diesmal auch das sorgfältig geschliffene Messer in der Hand und schnitt dieses unselige Stück Fleisch einfach ab, warf es zu den Fischabfällen und machte mit dem nächsten Hering weiter. Bauman hatte verdutzt ausgesehen, als er mit der blutenden Wunde zwischen den Beinen dastand.

Sie trocknete ihre Tränen und räusperte sich. Es war schon spät, und morgen früh um sechs musste sie wieder vor Ort sein, egal, wie lange sie am Vorabend gearbeitet hatte.

Es hört niemals auf, dachte sie, und holte frisches Wischwasser.

13

Karin stand früh auf, so früh, dass es noch richtig kalt war, als sie mit der Fähre nach Marstrandsö hinüberfuhr. Als sie den Schlüssel ins Schloss steckte, kam ihr Esmeralda entgegen. Sie hatte ein nasses Fell und schmiegte sich fest an Karins Beine.

Drinnen war es warm und gemütlich. Der Geruch erinnerte sie an Großmutters Sommerhäuschen auf Torslanda. Sie dachte an die behaglich duftenden Pfannküchlein in den Sommerferien zurück, wenn sie barfuß auf den taufeuchten Wiesen spielten.

Karin füllte die Näpfe, hockte sich neben die Katze und strich ihr über das weiche Fell. Nach einer Weile schnurrte sie, und schließlich stand sie auf und begann zu fressen. Karin vergewisserte sich, dass die Katzenklappe funktionierte und sammelte die Ordner ein, mit denen Folke sich im Polizeigebäude in Göteborg von nun an beschäftigen würde. Dass sie so schlecht geschlafen hatte, lag an ihm. Selbst in Abwesenheit war er ein Meister darin, anderen die Kraft zu rauben.

Wie vermutet, saß Folke bereits am Schreibtisch, während Robert immer noch nicht aufgetaucht war. Folke war offenbar vollkommen in ein Dokument versunken und schenkte ihr keine Beachtung, als sie sich an ihm vorbei in ihr eigenes Büro schlich. Sie platzierte den Ordnerstapel auf ihrem Tisch und schaltete den Computer ein.

Ihr Chef, Kriminalkommissar Carsten Heed, schaute zur Tür herein. »Na?« Er grinste.

»Oder auch: Guten Morgen, wie wir anderen zu sagen pflegen«, antwortete Karin lächelnd.

»Jaaa«, sagte er und machte eine Pause, »ist es denn ein guter Morgen?«

Meistens war es nicht schwer zu erraten, wann Carsten in Dänemark zu Besuch gewesen war. Dann rauchte er heimlich in seinem Zimmer und drückte sich unverständlich aus. Carsten wirkte manchmal grantig und abweisend, aber Karin hatte er immer fair behandelt. Er hatte ihr Verantwortung übertragen, vielleicht auch, weil sie die Einzige war, die Robert und Folke zur Zusammenarbeit bewegen konnte. Jedenfalls bis jetzt.

»Also, was ist los?«, fragte er.

Karin beschrieb gerade die Reibereien zwischen den Kollegen am Vortag, als Folke anklopfte.

»Hallo, Folke.« Karin bat ihn herein. Sie überlegte, ob sie sich lieber in den Konferenzraum setzen sollten, aber manchmal war es besser so. Allerdings hatte sie nicht mit Carstens Anwesenheit gerechnet.

»Ist das ein geheimes Treffen?«, fragte Folke besorgt, aber eine Minute später stolperte auch Robert ins Zimmer. »Ah, auch Robert hat sich hergeschleppt. Guten Mittag«, sagte er.

Robert brüllte so laut, dass Karin und Carsten fast vom Stuhl fielen.

»Kannst du einmal die Schnauze halten? Und wenn du schon reden musst, sag wenigstens was Vernünftiges, verdammt noch mal. Man macht nicht ständig seine Kollegen runter, gibt nicht permanent Kommentare zu ihrer Ausdrucksweise oder ihren Essgewohnheiten ab, und vor allem behandelt man andere mit Respekt. Warum kapierst du das nicht?«

Spucke flog durch die Luft, und Karin war so gestresst, dass sie beinahe gelacht hätte. Entspann dich, dachte sie. Dann knallte Robert die Tür so fest hinter sich zu, dass Karins gerahmtes Diplom von der Polizeihochschule von der Wand fiel und die Glasscheibe zerbrach.

»Was ist denn in den gefahren?«, fragte Folke trocken, ohne auch nur mit einem Wimpernschlag anzudeuten, dass ihn Roberts Worte berührt hatten. Karin hatte noch den Widerhall seiner lauten Stimme im Ohr.

Carsten sah sie mit hochgezogenen Augenbrauen an, sagte aber nichts. Nach diesem Gespräch würde er mit Sicherheit in sein Zimmer gehen, dass Fenster aufmachen und eine Zigarette rauchen. Sie wünschte, sie hätte das Gleiche tun können.

»Entschuldigt mich.« Sie verließ den Raum. Auf dem Flur wusste sie plötzlich nicht mehr, was sie tun sollte, und die neugierigen Blicke der Kollegen machten die Sache nicht besser. Vermutlich hatte die ganze Etage Roberts Wutanfall gehört. Ihm hinterherzugehen, hatte keinen Sinn, er musste sich erst mal beruhigen. Und Folke? Wie sollte sie einen Kollegen, der auf den Ruhestand zuging, dazu bewegen, sein Verhalten zu überdenken? Sie drehte eine Runde, holte ein paar Mal tief Luft und ging zurück zu ihrem Zimmer.

Zu ihrer großen Erleichterung war Carsten noch da und redete mit Folke. Vielleicht war es am besten, wenn die beiden sich ungestört unterhielten. Ich könnte einen Kurs in Mitarbeiterführung dringend gebrauchen, dachte sie und steuerte die Toiletten an. Sie schloss die Tür ab, sackte auf den Klodeckel und stieß einen erschöpften Seufzer aus, der so schwer war, dass sie ihn auf den gekachelten Fußboden klatschen hörte. Sie atmete tief durch, stand auf und betrachtete sich selbst im Spiegel.

»Du schaffst das«, flüsterte sie, streckte sich und stemmte die Arme in die Seiten, um überzeugender zu wirken. »Manchmal ist das hier das reinste Irrenhaus, aber dann muss man stark sein und Ruhe bewahren. Wie beim Segeln. Wenn Sturm aufkommt, muss man die Segel einholen, die Sturmfock setzen und dem Wetter trotzen.« Oder einen Nothafen suchen, dachte sie und ließ die Arme hinunterhängen. Sie beugte sich zum Spiegel vor. Das Licht war nicht schmeichelhaft. Die Falten um ihre Augen hatten sich vermehrt und die Hose kniff.

Sie wusch sich die Hände, richtete ihren Pferdeschwanz und kehrte in ihr Büro zurück, wo Carsten und Folke ihr Gespräch soeben beendet hatten.

Karin ging die Ordner durch, sortierte die Unterlagen und stand auf, um einen Teil des Materials an Folke zu übergeben. Da vielleicht eine Liste mit ihren Erwartungen an ihn angebracht war, setzte sie sich wieder hin und schrieb ein paar Fragen auf. Auf dem kurzen Weg zu Folke hinüber klammerte sie sich an die Ordner. Erleichtert stellte sie fest, dass er telefonierte, und legte ihm den Stapel auf den Schreibtisch. Er blickte auf und nickte. Offenbar stellte er Fragen, die er von einer Liste auf der linken Seite seines Schreibtischs ablas, während er die Antworten, die er erhielt, auf einen Block auf der rechten schrieb. Ein Textmarker, ein Radiergummi und ein Füller lagen in Reichweite. Der Druckbleistift kratzte übers Papier, und während Karin dastand, brach die Spitze ab.

»Einen Augenblick«, sagte Folke in den Hörer und schob klickend ein neues Stück Mine hinaus. Dann erklärte er seinem Gesprächspartner, er könne jetzt weitersprechen.

Er würde sich um all den zeitintensiven Kleinkram, um all die Leserbriefe und Stellungnahmen kümmern und jedem Brief und jeder Beschwerde nachgehen, die Holger verfasst hatte, dachte Karin. Irgendwie hatte sie das Gefühl, dass Folke und Holger sich ein bisschen ähnlich waren und Folke sich gut in Holger hineinversetzen konnte. Allerdings konnte man das bei Folke nie ganz genau wissen.

Einige Stunden später klopfte Carsten an ihre Tür. Er roch nach Rauch, obwohl Karin wusste, dass er »aufgehört« hatte. Wahrscheinlich dachte er, es würde nicht auffallen.

»Seid ihr schon einen Schritt weiter?«, fragte sie und hoffte, dass sie nicht zu fordernd klang.

»Ja. Folke sagt, es müsse unbedingt eine interessante Spur verfolgt werden, die bislang, ich zitiere, ›vollständig ignoriert‹ wurde.«

»Ah ja.« Schlagartig hatte Karin keine Kraft mehr. Sie war früh aufgestanden und hatte gehofft, pünktlich nach Hause fahren zu können, aber es gab zu viele Dinge zu tun.

»Weißt du, worum es geht?«, fragte Carsten.

»Ich kann es mir vorstellen.« Karin dachte an die Zeichnungen in Ruths Schuppen.

»Wenn er der Meinung ist, etwas entdeckt zu haben, was näher untersucht werden müsste, dann lass ihn das tun. Im Moment halte ich das für eine gute Idee.«

»Klar«, sagte Karin. »Ich kann mir nur kaum vorstellen, dass eine Kiste mit Kinderzeichnungen etwas mit dem Tod eines alten Mannes zu tun hat. Vor allem, wenn man ständig zu hören bekommt, dass wir Personalmangel haben, und tausend andere Sachen liegenbleiben.«

»Irgendjemand muss ja einen Grund gehabt haben, ihn umzubringen.«

»Ja. Er ist vielen auf die Nerven gegangen und hatte was gegen die Leute, die ihre Häuser nur im Sommer nutzen. Er hat zu allem seinen Senf dazugegeben, aber ein wirkliches Mordmotiv habe ich eigentlich nicht gefunden.«

»Ja.« Carsten deutete mit einer Kopfbewegung auf das Handy, das auf ihrem Schreibtisch vibrierte. »Geh ruhig ran«, sagte er und verließ den Raum.

»Ich war oben bei Margareta in der Rechtsmedizin«, sprudelte es aus Robert heraus, bevor sie zu Wort kam. Dahin war er also gefahren.

»Irgendwelche Auffälligkeiten?«, fragte Karin und überlegte, ob sie den morgendlichen Vorfall ansprechen sollte.

»Nein. Holger Eriksson ist durch einen kräftigen Schlag auf den Hinterkopf zu Tode gekommen. Wir kriegen den Bericht per Mail, aber du brauchst ihn nicht zu lesen, denn ich habe schon alles mit Margareta besprochen. Es sind noch nicht alle Laborergebnisse fertig, zum Beispiel ist der Dreck unter seinen Fingernägeln noch nicht untersucht worden. Möglicherweise haben wir Glück, und sie finden zwischen all der Erde noch etwas DNA.«

»Vielleicht hat er im Garten gearbeitet«, sagte Karin. »Wir können doch zum Vergleich Erde aus Holgers Garten holen.«

»Jerker ist schon unterwegs«, antwortete Robert.

»Gut.«

»Ich habe um halb drei einen Termin mit der Immobilienfirma, der das Turisthotel gehört.«

»Heute?«, fragte sie.

»Yes. Willst du mit?«

Karin warf einen Blick auf die Ziffern auf ihrem Bildschirm. Viertel nach eins. »Unbedingt, wo denn?«, erkundigte sich Karin und begann gleichzeitig, eine Mail zu schreiben.

»Stampgata«, sagte Robert.

»Hm«, sagte Karin gedankenverloren und schrieb weiter. »Wie bitte?«

»Stampgata«, wiederholte Robert. »Hörst du mir überhaupt zu?«

»Ich muss noch schnell was abschicken. Die Stampgata ist ja nicht weit weg, aber vorher brauche ich was zu essen.«

»Wenn du dich gleich auf den Weg machst, können wir uns noch ein bisschen unterhalten. Wollen wir uns bei dem Chinesen in der Folkungagata treffen? Ich bin in zehn Minuten dort.«

»Okay«, sagte Karin und drückte auf »Senden«, bevor sie den Computer herunterfuhr. Sie legte ihren Schal und die Windjacke, die leicht nach Diesel roch, ganz unten in ihre wasserdichte Schultertasche. Momentan wäre sie zu warm. Dann steckte sie Notizblock und Stift ein, vergewisserte sich, dass der Computer wirklich aus war, und ging.

Willkommensball Teil 1

Langsam ging Karolina die Treppe zum Societetshus hinauf. Erfreut stellte sie fest, dass sie persönlich begrüßt und gemeinsam mit ihrem Vater eingelassen wurde, während Ingeborg und Magdalena ihre Einladung vorzeigen mussten. Kaum hatten sie das Societetshus betreten, schlugen ihnen die Wärme von den Kerzen und die lauten Stimmen wie eine Wand entgegen. Wenn es jetzt schon so heiß war, wie würde es dann werden, wenn später getanzt wurde?

Drinnen war es noch schöner, als sie erwartet hatte. Luxuriöser und eleganter. Mit großen Augen sah sie sich um, betrachtete die Schnitzereien und die schweren Kristalllüster, die von der hübsch bemalten Decke hingen. Oben auf der Galerie, die einmal um das obere Stockwerk herumlief, standen Menschen und kommentierten jedes Paar, das den Saal betrat. Sie übten Kritik und tauschten Klatsch aus. Köpfe wurden vertraulich zusammengesteckt und Fächer eingesetzt, um die verschiedensten Signale auszusenden. Alle Gespräche wurden von der Musik des Streichorchesters auf der Bühne untermalt.

Dank Großmutters Regeln im Gepäck fühlte sie sich in diesem Milieu zwar heimisch, aber dies war keiner der Bälle, die man nur besuchte, um gesehen zu werden. Und für alle anderen Veranstaltungen auf Marstrand galt dasselbe, jedenfalls für sie. Sie waren Handelsplätze mit strikten Vorschriften. Sie war hier, um einen Ehemann zu finden. Oder besser gesagt, Ingeborg war hier, um einen Ehemann für Karolina zu finden. Sie hatte mit eigenen Ohren gehört, wie Ingeborg es einer Freundin gegenüber so ausgedrückt hatte. Vater wollte die finanzielle Belastung durch seine ältere Tochter loswerden. Der Gedanke, dass sie ihren Vater finanziell unterstützen konnte, sobald sie geheiratet hatte, war ihr auch schon gekommen. Sie war überzeugt, dass Ingeborg ähnliche Überlegungen durch den Kopf gingen. Außerdem brauchte sich Ingeborg dann nicht mehr um die kränkliche Stieftochter zu kümmern, und nicht zuletzt müssten sie und Magdalena dann nicht mehr mit Karolina um Vaters Aufmerksamkeit konkurrieren. Doch über nichts davon konnte sie mit Vater sprechen.

»Stimmt irgendwas nicht?«, fragte Vater.

»Nein, es ist alles gut«, antwortete Karolina und zwang sich zu einem Lächeln.

»Wo sind denn Ingeborg und Magdalena abgeblieben?« Vater sah sich suchend um.

»Hier sind wir.« Magdalena tauchte neben ihm auf.

»Sollen wir uns irgendwo hinsetzen, bevor es losgeht?«, fragte Edvard und hielt Ausschau nach freien Stühlen. Das Orchester stimmte das Königslied an. Der Beifall unterbrach seine Suche. An der Spitze einer Prozession zogen Seine Majestät und Bürgermeister Nils von Zweigbergk in den Saal ein. Der König nickte gnädig nach rechts und links, während alle Frauen und Männer sich so tief wie möglich vor dem König verbeugten und verneigten. Schließlich war er vor dem Podium angekommen und setzte sich auf den vergoldeten Stuhl, der darauf stand. Der Bürgermeister geleitete die Gräfin de la Gardie, die hinter dem König hergeschritten war, zu ihrem Platz und setzte sich schließlich selbst. Die große Fläche zu Füßen des Königs war nun leer. Alle saßen oder standen an den Wänden.

Das Gemurmel verstummte.

»Oh, was passiert denn jetzt?«, flüsterte Magdalena Karolina zu.

»Warte es ab«, antwortete die ältere Schwester, während die Musiker wieder zu spielen begannen. Zu den ersten Klängen der Mazurka von Mozart schwebte eine Schar von Fischermädchen auf die Tanzfläche. Sie waren in Netze gehüllt und hielten Kescher mit glänzenden Fischen in den Händen. Hering, nahm Karolina an. Marstrand lebte vom Heringsfang.

Die Mädchen bewegten sich elegant durch den Raum und tanzten nun, angestrahlt von Scheinwerfern, bis vor den König. Als sie vor ihm standen, verstummte die Musik, und eine der jungen Damen trat vor. Mit leiser Stimme las sie ein Lobgedicht auf den König und Marstrand vor. Seine Majestät lächelte entzückt. Karolina zog die Augenbrauen hoch. Für Poesie hatte sie zwar wirklich etwas übrig, aber hier ging es so offensichtlich darum, dem König zu schmeicheln, dass es lächerlich wirkte.

Das Publikum wollte gerade applaudieren, als die Musik wieder einsetzte. Nun begaben sich die Mädchen in die Richtung, aus der sie gekommen waren, zogen sich aber nicht zurück, sondern geleiteten nun einen prächtigen muschelförmigen Wagen durch den Raum, in dem ein junges Mädchen saß, das die Schutzgöttin von Marstrand darstellte. Karolina kannte Greta Aaron, die Tochter eines reichen Großhändlers aus Göteborg, vom Sehen. Greta trug ein glänzendes meergrünes Kleid und hatte eine Krone in Form der Festung Carlsten auf dem Kopf. Der Wagen schob sich durch das Zuschauermeer und erreichte schließlich das Podium, auf dem Seine Majestät reglos saß, ohne die Augen auch nur eine Sekunde von Fräulein Aaron abzuwenden. Als der Wagen stehengeblieben war, stieg die Göttin, die ihre Aufgabe mit größtem Ernst erfüllte, hinab. Sie überreichte dem König ein mit Blumen gefülltes Wikingerschiff aus Zinn. Es war nur halb so groß wie der Mops der Gräfin, sah aber schwer aus und machte es der Göttin nicht gerade leicht, sich elegant zu bewegen, insbesondere mit der Festung Carlsten auf dem Kopf. Nun brach Karolina beinahe in Gelächter aus. Sie biss sich auf die Unterlippe und vermied es, in Magdalenas Richtung zu blicken. Stattdessen konzentrierte sie sich auf Göttin Greta, die immer noch die ungeteilte Aufmerksamkeit Seiner Majestät genoss, während sie wieder in ihren Wagen stieg und in einer Woge aus tänzelnden Fischerinnen aus dem Raum schwebte.

Der daraufhin einsetzende Applaus wollte gar nicht enden, und Seine Majestät erhob sich sogar und rief mehrmals laut: »Bravo!« Karolina selbst verstand nicht so recht, was an der Darbietung so großartig gewesen war, aber solange der König Beifall spendete, taten es ihm alle anderen nach. Das Ensemble erschien noch zweimal, bevor der Applaus abebbte und der Willkommensball endlich beginnen konnte.

14

Das Büro der Immobilienfirma Ernst Rosén AG, der das Turisthotel gehörte, lag nur einen Katzensprung vom Polizeigebäude in der Skånegata entfernt. Auf beiden Seiten des Eingangs befand sich eine steinerne Säule und drinnen im geräumigen Foyer eine Informationstafel vor der breiten Treppe.

»Zweiter Stock«, stellte Karin fest. Robert blätterte noch immer in Holgers Dokumentation über das Turisthotel und stolperte fast über die erste Steinstufe.

»Klapp das mal zu«, sagte Karin. »Wir müssen jetzt zuhören und können den Rest später lesen. Notfalls müssen wir eben noch mal wiederkommen.«

Dag Grenlund war ein kahlköpfiger Mann um die fünfzig. Er trug einen hellgrauen Anzug und ein gestreiftes Hemd, dessen Knöpfe einen ungleichen Kampf mit dem Bauch ausfochten. Während Karin die blauen und weißen Streifen betrachtete, die weiter oben noch gerade verliefen und sich in der Mitte seines Körpers wölbten, wanderten ihre Gedanken zum Physikunterricht in der Mittelstufe zurück. Sie hatte immer die konkaven und die konvexen Linsen verwechselt. Dag strich sich über die verbrannte Glatze.

»Die Sonne ist tückisch um diese Jahreszeit«, sagte er. »Ein paar Stunden ohne Hut und man ist krebsrot.« Er führte sie in einen Besprechungsraum, in dem rote Sessel um einen runden Tisch herumstanden.

»Spielt ihr Golf?« Er machte die Tür zu.

Robert schüttelte den Kopf.

»Ich segle, und da sich das mit der Golfsaison überschneidet, habe ich es noch nie ausprobiert.« Karin zog Stift und Notizblock aus der Tasche, um zu signalisieren, dass sie nicht gekommen waren, um über Freizeitaktivitäten zu sprechen.

»Ja, das mit Holger Eriksson ist ein Elend. Seit seinem Tod durften wir das Gebäude nicht betreten. Was ist denn eigentlich genau passiert?«

Robert räusperte sich und leierte routiniert herunter, dazu könnten sie aus ermittlungstechnischen Gründen nicht viel sagen, teilte Dag aber so viele Fakten mit, dass er das Gefühl hatte, informiert zu werden. Darin war er gut, dachte Karin. Gleichzeitig konnte sie sich kaum vorstellen, dass Dag Grenlund nicht auf dem Laufenden war. In das Gesicht waren zwei muntere Augen eingebettet, denen nichts zu entgehen schien.

»Was hattet ihr denn für ein Verhältnis zu Holger?«, fragte sie.

»Tja, was soll man sagen.« Dag öffnete die Arme.

»Durch ihn müssen sich eure Pläne doch enorm verzögert haben«, sagte Karin. »Ihr habt das Haus 2004 gekauft und wolltet es eigentlich abreißen und was Neues bauen.«

Dag strich sich über den kahlen Schädel und rückte seine Brille gerade. »Also, das Gebäude ist schön, die Holzarbeiten sind erstklassig, gar keine Frage.« Er zeigte auf die Wand hinter sich, an der ein großes Schwarzweißfoto aus den Glanzzeiten des Turisthotels hing. Schnurrbärtige Herren in leichten Sommeranzügen und feine Damen mit Hüten saßen auf der Veranda. Am Kai stand eine Frau mit Kinderwagen. Dem Modell und der Kleidung nach zu urteilen, stammte das Bild aus den Zwanzigerjahren, vermutete Karin. »Aber es wäre eine finanzielle Katastrophe gewesen, wenn man versucht hätte, das alte Gebäude zu erhalten. Viele glauben, es würde erst verfallen, seit es sich in unserem Besitz befindet, und wir wären schuld daran, aber in Wahrheit war es bereits 2004, als wir es kauften, in einem erbärmlichen Zustand.«

Karin fragte sich, wie oft sie Menschen jegliche Verantwortung von sich weisen hörte. Immer das Gleiche, egal, ob es sich um Politiker in den Nachrichten oder Leute handelte, mit denen sie beruflich zu tun hatte.

»Die Bezirksregierung hielt das Gebäude für so bedeutend, dass sie es unter Denkmalschutz stellen wollte«, sagte Robert.

»Ja, mein Gott, aber das wäre doch gar nicht gegangen. Nicht angesichts all der Vorschriften, die damit zusammenhängen. Das Gebäude nur unter Anwendung traditioneller Methoden und Materialien renovieren! Da haben wir sofort einen Riegel vorgeschoben und uns geweigert. Ging nicht anders.«

»Wie war euer Verhältnis zu Holger?«, fragte Karin erneut, denn dieser Frage war Dag ausgewichen.

»Holger wäre es am liebsten gewesen, wenn die Kommune das Gebäude gekauft hätte, aber das stand nie zur Debatte. Als er das begriffen hatte, versteifte er sich darauf, dass wir behutsam renovieren und den Bestand erhalten. Wir haben versucht, ihm klarzumachen, um welche Summen es da ging, und dass es vollkommen unrealistisch war. Es hat reingeregnet!« Er zeigte auf das Foto, bevor er fortfuhr. »Wir hatten Architekten, die einen Entwurf für die Fassade gemacht haben.« Dag zog eine Zeichnung aus einer Mappe auf dem Stuhl neben ihm. »Inspiriert vom alten Gebäude, aber moderner. Mehr Glas und Luft.«

Eher ein Raumschiff, dachte Karin und betrachtete den Entwurf, auf dem der alte Holzturm durch einen transparenten Turm aus Glas mit sichtbaren Stahlträgern ersetzt worden war.

»Den Einwohnern von Marstrand hat der Entwurf aber nicht gefallen. Sie haben ihn von vorne bis hinten abgelehnt und wollten gar nicht hören, was wir zu sagen hatten.«

»Und Holger führte die Bewegung an?«, fragte Karin.

Dag dachte nach. »Er war auf jeden Fall dabei.«

»War er die treibende Kraft?«, bohrte Karin nach.

»Das kann man so sagen. Ich weiß nicht, wie viele Diskussionen wir mit ihm geführt haben. Nicht ich persönlich, sondern alle vom Architekten bis zu unseren Sachverständigen.«

»Er muss das Projekt ziemlich verzögert haben«, sagte Robert.

»Nun dauern solche Sachen ja ohnehin lange. Baurecht und kommunale Vorschriften. Aber es stimmt natürlich, dass er nicht gerade eine Hilfe war. Er hat gegen jeden unserer Vorschläge Rechtsmittel eingelegt, aber gleichzeitig lag ihm das Gebäude so am Herzen, dass er angeboten hat, nach dem Rechten zu sehen.«

»Hatte er einen Schlüssel?«

»An der Tür war ein Vorhängeschloss angebracht. Den Zahlencode kannte er. Er war öfter dort. Wir hatten Probleme mit einem Dachs, der sich dort häuslich eingerichtet hatte. Holger stellte eine Falle auf und versprach, das Tier wegzubringen, sobald er es eingefangen hatte.«

»Sie wollten Wohnungen daraus machen, oder?«

»Ja. Auch das hat natürlich gedauert. Wir mussten eine Änderung im Bebauungsplan von Marstrand beantragen. Von der Hotelnutzung zum Wohnraum. Und da im Prinzip die ganze Insel unter Bestandsschutz steht, geht auch das nicht im Handumdrehen.«

»Wart ihr denn erfolgreich?«

»Das ist noch nicht raus, aber wir haben positive Signale bekommen.«

»Aber generell könnte man sagen, dass Holger euch Scherereien gemacht hat.«

»Man muss versuchen, ihn zu verstehen. Ich fand eigentlich, dass wir bei unserem letzten Gespräch einen gemeinsamen Nenner gefunden haben.«

»Und wann fand dieses Gespräch statt?«, fragte Karin.

»Tja, wann könnte das gewesen sein? Vor zwei Wochen vielleicht. Ich hatte ein Meeting mit der Kommune Kungälv, um die Planungsänderungen zu besprechen, und bin anschließend nach Marstrand gefahren, um mir das Gebäude anzusehen. Da habe ich Holger getroffen.«

»Worüber habt ihr gesprochen?«

»Über die Planungsänderung. Wir wollen doch Wohnungen aus dem Hotel machen. Es war auch mal ein Hotel im Gespräch gewesen, aber nach gründlicher Prüfung sind wir zu dem Schluss gekommen, dass es für das Turisthotel keinen Markt gibt, jedenfalls nicht als Hotel. Für die Prüfung haben wir die Consultingfirma Ernst & Young ins Boot geholt. Mit den Leuten im Rücken wurde uns klar, dass Wohnungen das Beste sind, was wir aus dem Turisthotel machen können.«

»Was hielt Holger davon?«, fragte Robert.

»Er meinte, nur wenige könnten es sich leisten, in diesen Wohnungen zu wohnen, und es sei eine Schande, ein so altes Hotel zu zerstören. Und dann kam sein üblicher Sermon über Marstrand und dass die Familien mit Kindern vernünftigen Wohnraum brauchen. Aber dafür muss doch die Kommune sorgen und nicht wir. Manchmal hat er Äpfel mit Birnen verglichen.«

»Er war der Meinung, die Wohnungen dort würden zu teuer?«

»Klar. Aber in gewisser Weise hat er selbst zu der Preissteigerung beigetragen, indem er uns die Arbeit erschwerte. Wir haben Geld investiert. Zuerst haben wir das Gebäude gekauft, und dann konnten wir nicht wie beabsichtigt loslegen. Inzwischen sind fast zehn Jahre vergangen. Es kostet Geld, ein Gebäude zu erhalten, auch wenn es leersteht. Es muss gesichert werden. Nachdem der Sturm das Dach beschädigt hatte, mussten wir einen Teil der Dachplatten herunternehmen. Sie wissen vielleicht, wie das Haus aussieht? Es ist mittlerweile vollständig von einem blauen Netz umhüllt. Außerdem hatten wir Probleme mit Vandalismus. Eingeschlagene Fensterscheiben und solche Sachen. Wisst ihr, wer zu Rechenschaft gezogen wird, falls jemand ins Haus eindringt und sich verletzt? Wir!«

Karin war schon der Gedanke gekommen, dass vielleicht jemand zufällig im Hotel gewesen war, als Holger dort auftauchte. Möglicherweise hatte diese Person sich ertappt gefühlt, und alles war schiefgegangen. Eine Kurzschlussreaktion. Denkbar wäre es, aber warum hatte der Eindringling die Ordner hinter dem Katzenfutter versteckt? Es sah auch so aus, als hätte er den Zahlencode des Vorhängeschlosses gewusst. Oder er war gemeinsam mit Holger oder gleich nach ihm hereingekommen. Nach allem, was sie über Holger wusste, war es jedoch wahrscheinlicher, dass er sorgfältig die Tür hinter sich zugemacht hatte. Vielleicht hatte er sogar abgeschlossen.

»Der gesamte Schriftverkehr«, sagte Karin. »Eure Korrespondenz mit Holger und der Kommune. Können wir die haben?«

»Natürlich.« Dag zog sein Telefon aus der Tasche und bat irgendjemanden, alles zu sammeln, was mit dem Turisthotel zu tun hatte. »Ihr könnt euch die Unterlagen an der Rezeption abholen, wenn ihr geht«, sagte er. »Aber eine Weile wird es noch dauern.« Er warf einen

Blick auf seine Uhr. »Falls das alles ist, hätte ich in drei Minuten den nächsten Termin.«

»Fällt dir jemand ein, der einen Grund hätte, Holger umzubringen?«, fragte Karin.

»Das ist nicht meine Art zu denken, und ich bewege mich auch nicht in solchen Kreisen. Ich finde, man muss mit den Leuten reden.« Während er das sagte, wanderte sein Blick von Karin zu der Fotografie an der Wand.

»Du weißt aber, dass es solche Kreise gibt«, sagte Karin.

»Klar, aber das tut doch jeder, der mal die Zeitung aufschlägt oder Nachrichten guckt.«

»Und Holger – hatte er Kontakt zu solchen Kreisen?«

Lachend schob Dag seinen Stuhl nach hinten.

»Das kann ich mir kaum vorstellen. Holger hat Marstrand möglichst nicht verlassen. Und wenn, dann hat er sich nicht weiter als bis nach Kungälv wegbewegt. Es tut mir leid, aber jetzt muss ich wirklich los. Hier. Auf der Rückseite steht die Nummer des Typen, der jetzt für uns im Turisthotel nach dem Rechten sieht.« Er überreichte beiden seine Visitenkarte und schüttelte ihnen die Hand, bevor er den Flur entlangeilte.

»Ah ja«, sagte Karin. »Ein bisschen wie Speed-Dating.«

»Komm, wir fragen mal nach der Mappe«, schlug Robert vor und ging an die Rezeption. Die Frau hinterm Tresen lachte über irgendetwas, das Robert gesagt hatte, und bot ihnen an, die Wartezeit mit einem Kaffee zu überbrücken. Sie selbst rief bei der Kommune Kungälv an und bat um alle Unterlagen, die mit dem Warmbadehaus zu tun hatten. Im Idealfall konnte sie sie schon heute auf dem Weg nach Marstrand mitnehmen.

»Was hast du denn für ein Gefühl bei der Sache?«, fragte Karin, als sie die Skånegata hinuntergingen. Die Sonne schien, und sie hätte sich am liebsten ins Auto gesetzt und wäre so schnell wie möglich nach Hause gefahren.

»Mein Bauchgefühl sagt mir, dass er nichts mit Holgers Tod zu tun hat, aber an dem Projekt sind außer ihm ja noch mehr Leute beteiligt. Immerhin hat er sich Zeit genommen, mit Holger zu reden. Das hätte er ja auch einen Untergebenen machen lassen könnten. Genau wie bei uns.«

»Glaubst du, er hat sich aus reiner Güte mit Holger unterhalten oder weil er einen Augenblick erübrigen konnte? Ein Typ, der von einem Termin zum nächsten hetzt?«, fragte Karin.

»Nein, nein.« Robert wurde immer langsamer, bis er vor dem Schaufenster der Apotheke, das voller Sonnencremes und Badekleidung mit UV-Schutz für Kinder war, ganz stehenblieb.

»Er hat sich Zeit für Holger genommen, um ihm das Gefühl zu geben, dass ihm zugehört wird. Wahrscheinlich hoffte er, Holger würde sich damit zufriedengeben. Bei uns hat er sich wahrscheinlich dasselbe gedacht. Wir sollen uns wichtig vorkommen, weil das höchste Tier für uns etwas von seiner kostbaren Zeit abknapst«, sagte Karin.

»Hm, klar«, murmelte Robert.

»Dann müssen wir nur noch den Verkauf des Warmbadehauses durchgehen.« Während Karin das sagte, donnerte eine Straßenbahn vorbei.

»Das kannst du gerne machen. Ich beschäftige mich noch ein bisschen mit dem Turisthotel.« Robert gelang es mühelos, die blaue Bahn zu übertönen. Diese Stimme setzte er auch ein, wenn er versuchte, mit der ganzen Familie im Auto zu telefonieren.

»Okay.« Karin gähnte. »Entschuldige, ich bin früh aufgestanden. Ich versuche noch die Dokumente von der Kommune abzuholen. Falls es klappt, bleibe ich morgen in Marstrand und gehe alles durch.«

»Tu das«, sagte Robert. »Vielleicht kannst du ja einen Termin mit den Käufern des Warmbadehauses vereinbaren.«

Karin nickte. Sie würde schon auf dem Weg nach draußen dort anrufen.

»Folke habe ich übrigens eine To-do-Liste gegeben. Lauter Kleinkram, aber zeitaufwendig.«

»Alles klar. Musst du noch mal hoch, um deine Sachen zu holen, bevor du fährst?«, fragte Robert, als sie das Rechtszentrum betraten.

»Vor allem muss ich noch einen Kaffee trinken, bevor ich mich ins Auto setze.« Karin nickte dem Wachmann zu, bevor sie vor der Glastür ihre Karte einlas und den vierstelligen Code eintippte. Beim zweiten Mal klappte es.

Robert wartete im Fahrstuhl und drückte auf den Knopf, sobald sie eingetreten war. »Oder du legst dich eine halbe Stunde in den Ruheraum. Du siehst müde aus«, sagte er, bevor sich die Türen zum Stockwerk der Bezirkskripo öffneten.

Karin parkte vor dem Verwaltungsgebäude in Kungälv und ging direkt zur Aktenstelle, um das Material abzuholen, das mit dem Verkauf des Warmbadehauses zu tun hatte. Eine Dame in grauer Strickjacke, Rock und dicken Strümpfen kam ihr entgegen, als hätte sie das Gebäude im März betreten, seitdem nicht verlassen und noch gar nicht gemerkt, dass draußen alles grünte und blühte. Sie überreichte Karin zwei Mappen und warf einen Blick auf die Wanduhr.

»Prima. Danke für deine Hilfe«, sagte Karin.

»Bitte sehr. Normalerweise können wir Unterlagen nicht so schnell zur Verfügung stellen, aber diese Angelegenheit ist anscheinend besonders wichtig.«

»Die Angelegenheit ist deshalb nicht ganz alltäglich«, Karin bemühte sich, mit ruhiger Stimme zu sprechen, »weil wir das Material für polizeiliche Ermittlungen benötigen.« Ich hätte Folke herschicken sollen, dachte sie. Der hätte die Aufgabe mit Bravour gemeistert.

»Ich verstehe gar nicht, warum so ein Buhei um den Verkauf eines Hauses gemacht wird. Was das den Steuerzahler kostet, ganz zu schweigen von der ganzen Arbeit, die uns die Dokumentation gemacht hat. Die Bevölkerung von Marstrand hat Widerspruch gegen den Verkauf eingelegt. Das tun die übrigens ständig.«

»Wirklich?«, fragte Karin. »Wer behauptet das?«

»Einer unserer kompetentesten Stadträte, Lennart Holm. Er muss es wissen, denn er war damals für die Grundstücke der Kommune zuständig. Er weiß unsere Arbeit in der Aktenstelle zu schätzen, nimmt sich Zeit für Gespräche und hat uns sogar schon zum Essen eingeladen.«

Während Karin nur mit halbem Ohr zuhörte, fiel ihr auf, dass der Briefkasten mit der Aufschrift »Verbesserungsvorschläge« merkwürdigerweise hinter dem Tresen hing. Vermutlich musste man seine Vorschläge bei der charmanten Dame abgeben, die sie mit Sicherheit las, bevor sie die meisten in den Papierkorb und nicht in den Briefkasten warf. Die Frau redete immer noch, und Karin unterdrückte ein Gähnen. Sie war unwahrscheinlich müde und fragte sich, ob sie krank wurde.

»Sind das alle Unterlagen, die es zum Warmbadehaus gibt?«, fragte Karin.

Die Frau hinter dem Tresen rückte einen Postkorb im selben Blau wie dem Kummerkasten gerade. »Ja«, erwiderte sie kurz. Ihre Lippen waren dünn und blutleer.

»Wie kann ich dich erreichen, falls ich Fragen zu dem Material habe?« Karin legte ihre Visitenkarte auf den Tresen.

»Da musst du die Vermittlung anrufen. 0303–23 80 00.« Sie zog die oberste Schublade eines Bürocontainers heraus und ließ das Kärtchen hineinfallen, ohne es eines Blickes zu würdigen. Anschließend knallte sie die Schublade so energisch zu, dass man darin Scheren und Stifte durcheinanderfliegen hörte.

»Ich brauche eine Durchwahl, falls noch Fragen aufkommen. Wir führen ja, wie gesagt, polizeiliche Ermittlungen durch.«

»Es gibt keine Durchwahl«, sagte die Frau und steckte eine Hand so angestrengt in die Tasche ihrer Strickjacke, dass man ihre weißen Knöchel durch die Maschen schimmern sah.

Karin seufzte. Es hatte keinen Sinn, hier noch mehr Energie zu verschwenden.

Als Karin das Verwaltungsgebäude verließ, hatte ein Parkwächter gerade seinen Block gezückt und schrieb etwas darauf. Nach kurzer Diskussion, während der der Mann das Ausfüllen des Formulars nicht unterbrach, zeigte sie ihm ihren Dienstausweis und erklärte ihm die Situation. Ihr Anliegen – das ein dienstliches war – hatte sich in die Länge gezogen.

Schließlich konnte sie sich ohne Strafzettel hinters Lenkrad setzen und den Stapel Dokumente auf den Beifahrersitz wuchten. Er war so schwer, dass das Gurtlämpchen aufleuchtete. Sie schnallte sich und die Papiere an, schob die Evert-Taube-CD in die Stereoanlage und fuhr vom Parkplatz. Kurz darauf hatte sie die Straße 168 nach Marstrand erreicht.

»Ahoi! Hallo! Leg ab! Hinaus! Und hiss die Segel, wenn der Wind aufkommt ...«

Die Klänge zauberten ihr ein Lächeln aufs Gesicht, und ihre Schultern entspannten sich. Nachdem sie ein paar Minuten gefahren war, stellte sie die Musik leiser und blieb an einer Bushaltestelle stehen, um eine der Nummern zu wählen, die sie bekommen hatte. Angela Fransson, eine der Käuferinnen von Marstrands Warmbadehaus, fragte äußerst verwundert, was die Polizei von ihr wolle. Karin hörte sie in ihrem Terminkalender blättern.

»Montagmorgen um acht«, sagte sie schließlich.

»Es wäre besser, wenn wir uns früher unterhalten könnten«, sagte Karin und hörte Angela wieder blättern.

»Es tut mir leid, aber ich kann nicht. Außerdem verreise ich übers Wochenende«, sagte Angela.

»Dann sehen wir uns Montag um acht.« Karin verabschiedete sich und legte auf.

Bis Montag hatten sie hoffentlich etwas mehr Durchblick, dachte sie, schaltete hoch und sang Everts nächstes Lied mit.

Willkommensball Teil 2

Entgegen ihrer Erwartung trug sich nicht Douglas als erster Kavalier in Karolinas Tanzkarte ein, sondern Doktor Karl Wallin. Vater begrüßte den Arzt.

»Ich muss mich doch vergewissern, dass es Ihnen gutgeht. Sie sind schließlich meine Patientin«, sagte er. Karolina lächelte.

»Ich möchte die Gelegenheit nutzen, um mich für Ihr rasches und beherztes Eingreifen neulich zu bedanken.« Vater schüttelte dem jungen Mann die Hand.

»Ihre Ehefrau hat sich bereits bedankt. Es ist mir immer eine Freude, wenn ich helfen kann«, antwortete Karl Wallin.

»Wie geht es Ihnen? Fühlen Sie sich wohl?«, fragte er Karolina.

»Oh ja.«

Seine Hände waren trocken und warm. Die eine umfasste ihre Taille, die andere hielt immer noch ihre Finger fest. Seine Füße hingegen schienen ein Eigenleben zu führen.

»Wie das Fräulein sicherlich bemerkt, liegen meine Stärken nicht auf dem Gebiet des Tanzes, aber wenn ich mit Ihnen tanze, bin ich für meine Umgebung zum Glück unsichtbar, denn alle Blicke richten sich auf Sie, Fräulein Lundgren. Dass Sie schön sind, entgeht niemandem, doch Sie besitzen noch eine andere Seite, die wahrscheinlich nur ich erkenne.« Er trat ihr auf den Fuß. »Verzeihung. Vielleicht sollte ich mich lieber auf den Tanz konzentrieren?«

Sie sah ihn verwundert an. In seiner Rolle als Arzt wirkte er ruhig und souverän, aber auf der Tanzfläche befand er sich auf unsicherem Terrain und stolperte über Füße und Worte. Doch was für Worte er gewählt hatte! Sie spürte ein Kribbeln. Ein angenehmes Summen, das aus dem Herzen oder dem Bauch zu kommen schien und sich von dort aus im ganzen Körper ausbreitete. Was sollte sie antworten? Lügen lag ihr nicht, aber sie konnte ihm ja schlecht sagen, dass er ein miserabler Tänzer war.

»Das war ein komplizierter Rhythmus«, sagte sie diplomatisch, strahlte übers ganze Gesicht und hoffte, dass sie keine feuchten Hände bekam. Ihr Herz klopfte wie wild und in einem Takt, der sie verwirrte, weil er überhaupt nicht zur Musik passte. Oder lag es an Doktor Wallin? Was für schöne Worte er zu ihr und über sie gesagt hatte! Er duftete so sauber und gut, und sie schmiegte sich so eng an ihn, wie die neugierigen und kritischen Blicke im Saal es erlaubten. Der junge Arzt wirkte jetzt entspannter, und nun gelangen ihm sogar ein paar Tanzschritte ganz im Takt und ohne ihr auf die Zehen zu trampeln.

»Wenn ich es nicht besser wüsste, hätte ich den Eindruck, dass Sie an mir riechen«, flüsterte er, und Karolina spürte, wie sie vor Scham errötete.

»Entschuldigen Sie, aber ihr Geruch erinnert mich an den Wald zu Hause«, sagte sie. »Kiefernnadeln und Moos. Frisch. Sie duften gut«, fügte sie hinzu und dachte, dass Großmutter ihr Benehmen vermutlich höchst unpassend gefunden hätte und wahrscheinlich zu dem Schluss gekommen wäre, dass die Ausgaben für ihre Erziehung zum Fenster hinausgeworfen gewesen waren.

Karl Wallin jedoch zog sie an sich und kam ihr mit dem Gesicht ganz nah. »Sie erinnern mich auch an den Wald, Fräulein Lundgren. Sie riechen immer nach Maiglöckchen.«

Karolina freute sich, dass er das bemerkt hatte. Sie liebte den Duft.

»Sobald die weißen Blüten zum Vorschein kommen, gehe ich mit den Hunden hinaus und pflücke Sträußchen, die ich im ganzen Haus verteile. Ingeborg sagt, dass sie Kopfschmerzen davon bekommt, wenn es zu viele sind, aber ich bin regelrecht süchtig nach dem Geruch. Ist das aus ärztlicher Sicht bedenklich?«

»Ja, natürlich, Sie sind maiglöckchenabhängig.« Er lachte. »Convallaria majalis.«

Nun lachte auch Karolina. »Convallaria … und wie weiter?«

»Convallaria majalis.« Karl bemühte sich vergeblich um einen ernsten Gesichtsausdruck.

Sie tanzten am Podium und an den Plätzen der Ehrengäste vorüber. Das Diadem von Gräfin de la Gardie glitzerte auf ihrem weißen Haar. Klein und zerbrechlich saß sie neben dem König und sah ihn bewundernd an.

Im Augenwinkel bemerkte Karolina, dass Ingeborg sie beobachtete. Sie hatte ein Talent, Karolina ein schlechtes Gewissen oder Scham einzuflößen, sobald sie sich über etwas freute. Aber sie wusste auch, wie leicht der gute Ruf eines Fräuleins beschädigt werden konnte. So betrachtet, war Ingeborg nur besorgt um sie. Junge Herren kamen immer mit einer weißen Weste davon, man lachte über ihre Einfälle, während über die Verfehlung eines Fräuleins noch jahrelang geredet wurde. Und vielleicht würde sie aus diesem Grund unverheiratet bleiben.

Als die Musik verklang und die anderen Paare in verschiedene Richtungen verschwanden, blieben sie auf der Tanzfläche stehen.

»Vielen Dank, Fräulein Lundgren, es hat mir großes Vergnügen bereitet«, sagte Karl, bevor er ihre Hand losließ. »Ich hoffe, Ihnen tun nicht die Füße weh.«

»Ich habe zu danken, Doktor Wallin. Und was die Füße anbelangt, kann ich ja den Arzt, bei dem ich morgen einen Termin habe, bitten, sie sich anzusehen«, sagte Karolina frech und ließ sich von ihm zu Vater und Ingeborg zurückbringen. Sie hatten Gesellschaft bekommen und waren von ziemlich vielen Menschen umringt. Eine ganze Reihe von jungen Herren musterte Doktor Wallin kritisch.

»Besteht die Möglichkeit, noch einmal zusammen zu tanzen?«, fragte Karl.

»Ich weiß nicht, wie mein Tanzprogramm aussieht ...«, begann Karolina.

Magdalena kam Arm in Arm mit einem Kavalier anspaziert, und bald waren auch Vater und Ingeborg in Hörweite.

Ingeborg drängte sich sofort zwischen Karl und Karolina. Sie hatte rote Wangen und sprach mit der lauten Stimme, die sie immer benutzte, wenn alle sie hören sollten. Meist sprach sie dann über Dinge, die Magdalena oder auch sie selbst getan hatten, aber diesmal ging es nicht um die beiden.

»Karolina, deine Tanzkarte ist fast voll. Nur noch ein Tanz ist frei.«

»Dann möchte ich um den bitten«, sagte Doktor Wallin und schrieb seinen Namen auf den Vordruck, bevor Douglas ihm zuvorkommen konnte.

»Liebes Fräulein Lundgren, wie geht es Ihnen?«, fragte dieser.

»Danke, wirklich gut.«

»Wie ich sehe, amüsieren Sie sich.« Während er das sagte, warf er Doktor Wallin einen wütenden Blick zu, lächelte aber in der nächsten Sekunde wieder Karolina an. »Das freut mich. Möchten Sie etwas trinken? Ich glaube, es ist noch etwas Zeit, bis die Musik wieder anfängt.« Dann wandte er sich an Doktor Wallin.

»Die Schritte kannte ich gar nicht. Befleißigen Sie sich da einer privaten Variante? Ich meine, es ist ja für die Dame nicht ganz leicht, zu folgen, wenn man improvisiert.« Douglas lächelte, aber die Beleidigung lag klar auf der Hand.

»Dürfte ich Sie um etwas zu trinken bitten?«, sagte sie und blickte Douglas hinterher, der ihr ein Glas Champagner holen ging.

»Beachten Sie ihn gar nicht.« Sie sah Karl an.

»Leider hat er recht.«

Die Musik, der festliche Rahmen und die Aufmerksamkeit, die sie bekam, gaben ihr das Gefühl, schön zu sein, und versetzten sie in eine heitere Stimmung. Das sanfte Licht im Raum, die raschelnden Kleider, die über die Tanzfläche schwangen, und die Herren mit den geraden Rücken und den blankgeputzten Schuhen. Douglas war ein geübter Tänzer, Karolina entspannte sich und ließ sich führen. Der Champagner tat sicher das Seine dazu. Sie tanzte mit einem Lächeln auf den Lippen. Das Kleid war wie für sie gemacht, und die anerkennenden Blicke der Leute waren ihr nicht entgangen. Eine ausgebuchte Tanzkarte war wirklich etwas Besonderes. Die Angst, mit einem dreißig Jahre älteren Mann zum Altar zu schreiten, hatte ein wenig nachgelassen. Das würde sie wahrscheinlich nicht tun müssen. Schwebend schaute sie in Douglas' braune Augen.

»Wie gut Sie tanzen«, sagte sie.

»Sie auch, mein Fräulein, und Sie sind leicht zu führen.«

Sie wusste nicht einmal, wer als Nächstes auf ihrem Programm stand, und genoss das Gefühl, begehrt zu sein.

»Das Orchester ist großartig. Ich habe gehört, dass Seine Majestät die Musiker gebeten hat, ihr gesamtes Repertoire im Herbst auf dem Stockholmer Schloss aufzuführen. Vielleicht möchten Sie mich begleiten? Ich bekomme immer eine Einladung zu dem Ball. Sagen Sie es mir, wollen Sie? Nein, Sie müssen nicht sofort antworten, bis zum Herbstball ist noch ein wenig Zeit. Noch haben wir Sommer. Aber darf ich Sie und Ihre Familie vielleicht an einem Abend zum Souper auf unserer Veranda verführen? Dann würde ich das Orchester damit beauftragen, für unsere Unterhaltung zu sorgen. Mir ist aufgefallen, dass Ihnen Musik gefällt. Wenn wir darum bitten, dürfen Sie sich sicher Stücke wünschen.«

Während der folgenden Tänze begann Karolina zu überlegen, wie sie sich ihren zukünftigen Ehemann vorstellte. Der Gedanke war ungewohnt, denn bis jetzt hatte sie vor allem gehofft, dass ihr ein Mann erspart blieb, der viel älter war oder Kinder aus einer früheren Ehe hatte. Ein Witwer. Doch wenn sie die freie Wahl gehabt hätte – wonach sehnte sie sich? Nach einem freundlichen Mann, nicht viel älter als sie selbst, der es gern sah, wenn sie Tageszeitungen las, und ihr auch außerhalb des Hauses ihre Freiheit ließ. In Finnland hatten die Frauen das Wahlrecht bekommen, erstaunlicherweise. Was unterschied die finnischen Frauen von den schwedischen? Waren sie etwa klüger? Natürlich hoffte sie auch, dass sie Vaters Firma unterstützen konnte. Ein wohlhabender Mann, der etwas von Geschäften verstand, wäre für alle ein Segen gewesen. Von diesem Gedanken ausgehend, nahm sie die Kavaliere etwas genauer unter die Lupe. Gemischte Ehen zwischen Adeligen und Bürgerlichen waren mittlerweile akzeptiert. Das sahen natürlich nicht alle so. Einige ältere Damen aus dem Hochadel fanden es immer noch unpassend, das edle blaue Blut zu verdünnen. Nun, das war bei ihr bereits passiert, aber dafür hatte Großmutter ihr Bestes gegeben, um Karolina an den richtigen Orten in die richtigen Kreise einzuführen und sie gebührend zu präsentieren. Das Blut von Großmutter Amalia Matilda Gustafva Cronhjelm von Hakunge hätte blauer nicht sein können, und ihre volle Tanzkarte hatte Karolina als Erbin von Schloss Noor teilweise ihr zu verdanken.

Drei Tänze und eine Pause später stellte sie zu ihrer Freude fest, dass Doktor Wallin wieder an der Reihe war. Lächelnd und mit festem Blick kam er durch den Raum auf sie zu. Er fokussierte sie, als wäre sie die Einzige im ganzen Societetshus, obwohl es auf der Tanzfläche von Adelsfräulein und Großhändlerstöchtern wimmelte, die auch sehr adrett aussahen. Vielleicht sah er tatsächlich mehr als ihr Äußeres. Jedenfalls hatten seine Worte sehr schön geklungen und etwas in ihr berührt.

Er nahm ihre Hand und führte sie auf die Tanzfläche, doch als die Musik einsetzte, schwankte Gräfin Lagercreutz plötzlich. Vater fing sie rasch auf und schob ihr einen Stuhl hin. Ein Glas Wasser wurde gebracht, aber die Gräfin fragte nach Doktor Wallin. Wäre er so freundlich, mal nach ihr zu sehen?

»Bedaure, Fräulein Lundgren, aber das muss sein. Bitte entschuldigen Sie mich«, sagte er.

Douglas, der so freundlich gewesen war, den Doktor von der Tanzfläche zu holen, bot an, mit Karolina zu tanzen, während sich Doktor Wallin um seine Mutter kümmerte. Karolina schaute über Douglas' Schulter, ob es der Gräfin wirklich so schlecht ging. Sie hatte wieder Farbe im Gesicht und schien wohlauf zu sein. Nun, jeder konnte mal in Ohnmacht fallen, und da ist es ja gut zu wissen, dass ein Arzt in der Nähe ist, dachte sie und lächelte Douglas an.

Nach dem Tanz schaute Vater sie besorgt an. »Kannst du denn noch?«, fragte er. »Ich merke, dass du nach Luft schnappst und dich zwischen den Tänzen hinsetzt. Du brauchst gar nicht zu tanzen. Sollen wir beide schon mal nach Hause gehen?«

»Lieber Vater. Vielen Dank für deine Fürsorge, aber es ist nur der Schuh, der ein wenig drückt. Deswegen ruhe ich mich zwischendurch aus. Lass uns noch bleiben, ich tanze so gern.«

»Der Schuh?« Er zog die eine Augenbraue hoch. »Das ist ja ein Ding. Den bringen wir morgen zum Schuster.«

Auf dem Rückweg war Ingeborg in ausgezeichneter Stimmung gewesen. »So viele Kavaliere.« Sie strich Karolina über die Wange. Dann wandte sie sich an Magdalena. »Und du, mein Mädchen? Deine Zeit kommt schon noch.«

Karolina hatte sich bemüht, mit den anderen Schritt zu halten, obwohl ihr Körper dagegen rebellierte. Sie hinkte sogar ein wenig auf dem einen Bein.

»Wie kommst du mit den Schuhen zurecht?«, fragte Vater.

»Besser«, antwortete Karolina. »Wirklich.«

Vater hatte das Tempo verlangsamt, den Arm um Ingeborg gelegt, ihr einen Kuss auf die Wange gegeben und auf das ruhige Wasser im Hafen geblickt. Auf Koö, auf der anderen Seite des Sundes, lagen die Kühe schlafend auf einer Weide. Der Sommernachtshimmel war in zarten Farben gemalt, und von den Gärten am Kai wehte ein angenehmer Duft herüber. Als hätten die Pflanzen nachts einen stärkeren Geruch. Vielleicht war es auch so? Die weißen Blüten des Sommerjasmins vor der Villa Aruga erinnerten Karolina an Wallins Convallaria majalis. Sie lachte auf.

»Was haltet ihr von dem Programm für morgen?«, fragte Ingeborg, die in einem Veranstaltungsblatt nach geeigneten Gelegenheiten suchte, sich zu präsentieren. »Morgen um elf und übermorgen abends um sieben Uhr gibt es eine Lyriklesung im Societetshus, außerdem Tennis, Krocket, um ein Uhr eine Modenschau mit französischen Hüten …«

»Lass uns das morgen besprechen, meine Liebe«, antwortete Vater. »Zudem hat Karolina einen Termin bei Doktor Wallin.«

»Ja, ja«, gab Ingeborg zurück.

Der Nachtportier wünschte ihnen eine gute Nacht, als sie das Foyer betraten und die Treppen hinaufgingen.

Während die anderen bereits eingeschlafen waren, lag Karolina noch wach. Sie lauschte Magdalenas gleichmäßigen Atemzügen und Vaters Schnarchen. In der hellen Sommernacht sah sie ihr Kleid auf einem Bügel hängen. Was hatte Doktor Wallin gesagt? Sie versuchte sich die schönen Worte und das Gefühl, etwas miteinander zu teilen, ins Gedächtnis zu rufen. Tanzen war tatsächlich nicht seine Stärke, da hatte er recht. Ganz im Gegensatz zu Douglas, der so weltmännisch mit ihr durch den Saal geschwebt war. Sie hatte sich in seinen Armen so leicht gefühlt. Und eins mit der Musik.

Die anderen Kavaliere waren nett, aber im Vergleich zu Doktor Wallin und Graf Douglas Lagercreutz etwas nichtssagend. Sie flüsterte ihre Namen und ließ sie sich probeweise auf der Zunge zergehen. »Karolina Amalia Matilda Gustafva Wallin, geborene Lundgren. Karolina Amalia Matilda Gustafva Lagercreutz. Gräfin.«

15

Jonny öffnete die Tür zum Büro. Christer unterhielt sich lachend mit jemandem. Als er Jonny erblickte, verstummte er. »Du hast Besuch«, sagte er dann.

»Hör mir bitte einfach zu.« Roy stand mit seiner Kappe in den Händen da und machte ein flehentliches Gesicht.

»Du hast zwei Minuten.« Jonny verschränkte die Arme.

»Ich habe zwei Tickets nach Barcelona gebucht. Erinnerst du dich noch, dass ich dir das versprochen habe?«

Ob er sich erinnerte? Er war sechzehn, als ihm das Versprechen gegeben wurde, und er hatte es bis heute nicht vergessen.

»Klar, aber das war vor einer halben Ewigkeit. Bevor du deine Sachen gepackt und Platz für Mamas Alkifreunde gemacht hast.«

»Es tut mir leid, und ich weiß, dass zu viel Zeit vergangen ist, aber ich möchte, dass wir zumindest versuchen, miteinander zu reden.«

»Dann rede doch.« Jonny sah auf die Uhr.

»Von Donnerstag bis Sonntag, und ich komme für alles auf, Jonny. Hotel, Flug, Essen, und dann sehen wir uns ein Heimspiel gegen Real an.«

»Du hast doch gar kein Geld«, sagte Jonny.

»Sieht aus, als würde sich die Lage bessern. Vier Tage. Da haben wir genug Zeit, uns zu unterhalten, und wenn du hinterher immer noch nichts von mir wissen willst, lass ich dich in Ruhe. Was sagst du?«

»Dass deine zwei Minuten um sind.« Jonny drehte sich um und öffnete die Tür zum Flur.

»Soll ich buchen oder nicht? Rufst du mich an?«, fragte Roy und setzte seine Kappe auf. Wortlos zog Jonny die Tür hinter ihm zu. Dann klopfte er bei Christer an.

»Wie um alles in der Welt hat er hergefunden?«

»Ich glaube, er ...«, begann Christer zögerlich.

»Ist er einfach aufgetaucht? Warum hast du ihn reingelassen?«

»Na, weil ich dachte ... Aber das war vielleicht ein Fehler ...« Christer fuhr sich durchs Haar. »Ich habe neulich dein Handy in der Hand gehabt und ihn angerufen.«

»Was?«

»Als wir beide uns kennenlernten, hatte ich gerade meinen Vater verloren. Du hast deinen noch. Jeder hat eine zweite Chance verdient.«

»Nein, vielleicht nicht unbedingt jeder«, sagte Jonny.

»Kann sein, aber einen Versuch ist es wert.«

»Und wo hat er das Geld her?«

»Barcelona, Jonny. Fahr mit und lern ihn ein bisschen kennen. Ich halte hier solange die Stellung.«

»Ach, ich weiß nicht. Seit er wieder aufgetaucht ist, kommen mir eine Menge komische Gedanken. Ich hab so viele Fragen. Scheiße!« Er stand auf, ging in sein Büro, machte die Tür zu und dachte nach.

Ob er sich noch erinnerte? Irgendwann musste er das rausfinden. So etwas konnte man doch gar nicht vergessen. Das T-Shirt an der Wand, das signierte. Mutter, die in ihrer eigenen Kotze erstickte, und Papas neue Frau, die ihn nicht aufnehmen wollte.

Freitag, 20. Juli 1906

Vater und Karolina machten sich gleich nach dem Frühstück auf den Weg. Weil es regnete, spannte Vater vor dem Hoteleingang einen großen Schirm auf. Es gefiel ihr, Vater für sich zu haben. Arm in Arm spazierten sie unter dem Regenschirm. Zuerst die Varvsgata zum Wasser, dann links ab und in gemächlichem Tempo am Kai entlang. Ingeborg und Magdalena plauderten fast pausenlos, während Vater und Karolina es auch genießen konnten, schweigend nebeneinanderher zu gehen.

Trotz des Regens war der Handel am Kai in vollem Gang. Fischer, Schlachter und Bauern boten ihre Waren feil. Ihre schwieligen Hände und die derbe Kleidung standen in scharfem Kontrast zu den zarten Kleidern und den zierlichen Schuhen des gestrigen Abends.

Körbe voller Eier, Kartoffeln und Mohrrüben. Milch in Kannen. Honigkrüge und Butter in Töpfen. Und frisches Fleisch. Schlachter Kristensson stand persönlich unter seinem überdachten Wagen, der ihn vor der Sonne oder, wie heute, dem Regen schützte, am Tresen. Mit seiner blutigen Schürze und dem großen Messer in der Hand machte er einen barbarischen Eindruck. Karolina sah zwei Kinder, die ihn verängstigt ansahen, während ihre Mutter am Nachbarstand Gemüse kaufte. Vielleicht war sie eine dieser Mütter, die sagte: »Passt auf, sonst kommt der Schlachter und holt euch«, wenn sie nicht gehorchten. Doch dann drehte sich die Frau um, und Karolina drückte Vaters Arm.

»Vater – sieh mal, wie viel Ähnlichkeit sie mit Mutter hat.«

»Ja, wahrhaftig«, sagte Vater. »Wahrhaftig.«

Schweigend spazierten sie weiter, bogen links ab und gingen die Rådhusgata hinauf. Als es bergauf ging, kam Karolina außer Atem. Sie wurde langsamer und musste bei der Apotheke und dem Telegrafenamt an der Ecke Kyrkogata ganz stehenbleiben, obwohl sie erst den halben Anstieg geschafft hatten. Vater sah sie besorgt an und tätschelte ihre Hand, sagte aber nichts. Dann holte sie Luft.

»Dich auch zu verlieren, würde ich nicht verwinden«, sagte er mit belegter Stimme und richtete seinen Blick auf einen Punkt in der Ferne. Er räusperte sich einige Male. Ein Mann auf dem Weg ins Telegrafenamt zog den Hut, als er an ihnen vorbeikam.

»Mich wirst du nicht verlieren, Vater«, sagte sie und drückte seinen Arm, bevor sie das letzte Stück Rådhusgata hinaufgingen. Aber es hing ja alles von ihrem zukünftigen Ehemann ab, dachte sie. Von der Freiheit, die er ihr gewähren würde. Und nicht zuletzt davon, ob er sich vorstellen konnte, auf Schloss Noor zu leben.

Sie gingen zwischen Silberpappel und Stadthotel hindurch und bogen in die Långgata ein. Die Sonne versuchte trotz des Sprühregens, durch die grauen Wolken zu dringen. Am Himmel bildete sich ein phantastischer Regenbogen, der in den schönsten Farben schimmerte. Genau wie die Kleider und all die prächtigen Juwelen auf dem Ball.

Vor dem Societetshus sammelte ein Wachtmeister die ausgebrannten Fackeln ein.

»Hattest du gestern einen schönen Abend?«, fragte Vater.

»Ja, er war sehr schön. Ich habe viele Komplimente für mein Kleid bekommen.«

»Das wundert mich nicht. Du sahst umwerfend aus.« Er lächelte.

»Danke, Vater.« Eigentlich hatte sie mit ihm über ihre Angst vor der lebenswichtigen Entscheidung sprechen wollen, die sie bald fällen musste. Und ihm sagen, dass sie am allerliebsten seine kleine Tochter bleiben wollte, bis sie sich vollkommen sicher war. Gleichzeitig hatte der gestrige Abend sie beruhigt. All die Kavaliere, die mit ihr tanzen wollten, eine volle Tanzkarte. Großmutter würde sich freuen, wenn sie die Namen der Herren erfuhr.

Sie betrachtete die langen Balkone und die prachtvollen Schnitzereien, die das Haus verzierten. Durch die hohen Fenster ließen sich die schwarzen Silhouetten der Kronleuchter erahnen, die schon auf den nächsten Ball zu warten schienen. Dort drinnen war Douglas gestern Abend mit ihr durch den Saal geschwebt. Kerzengerade und mit geübter Hand an ihrer Taille. Eine Hand, die sie kribbelig und ein wenig nervös machte. Und Doktor Wallin mit seinen blauen Augen. Sicher hatte er die Wärme ihres Körpers genauso durch den Stoff ihres Kleides gespürt wie sie seine. Sie hatte sich auf einen weiteren Tanz mit ihm gefreut und fragte sich, ob die Gräfin Doktor Wallins Aufmerksamkeit absichtlich auf sich gelenkt hatte, damit Douglas anstelle des Arztes mit ihr tanzen konnte.

Sie brauchte immer eine Weile, um sich an neue Situationen zu gewöhnen und neue Bekanntschaften zu schließen. Manche Menschen gaben bei der ersten Begegnung die persönlichsten Details preis oder konnten sich endlos über ein belangloses Thema unterhalten, aber weder das eine noch das andere lag ihr. Großmutter hatte mit ihr die Kunst der Konversation trainiert, aber Karolina selbst waren diese Gespräche immer gekünstelt vorgekommen. Da sprach man doch lieber über Bücher, die man gelesen hatte, um vorsichtig auszuloten, ob man den gleichen Geschmack hatte. Nun wurde von ihr erwartet, dass sie im Laufe von wenigen Sommerwochen einen Menschen gut genug kennenlernte, um entscheiden zu können, ob er sich als Ehemann eignete. Was, wenn sie die falsche Wahl traf?

Douglas hatte sich sehr um sie bemüht, dachte Karolina. Er war zu spät gekommen, aber dann war er den ganzen Abend in ihrer Nähe geblieben und hatte die anderen Kavaliere beäugt, die sich in ihre Tanzkarte eintrugen und sie durch den Saal wirbelten. Wäre er früher eingetroffen, hätte er ihr Tanzprogramm wahrscheinlich allein bestritten. Niemandem war entgangen, auf wen er es abgesehen hatte. Wenn man dreimal hintereinander mit derselben Dame tanzte, galt man nahezu als verlobt, und daher war Karolina für seine verspätete Ankunft dankbar gewesen. Magdalena hingegen hatte zwei Walzer auf ihrem Platz verbracht, und als Karolina an ihr und Ingeborg vorbeirauschte, spürte sie die scharfen Blicke der Stiefmutter im Rücken.

Dieselbe Arzthelferin, die schon bei ihrem letzten Besuch im Warmbadehaus da gewesen waren, brachte sie auch jetzt zu Doktor Wallins Zimmer. Er stand auf, als sie eintraten.

»Herr Lundgren, Fräulein Lundgren.« Sein Mund und seine Augen lächelten gleichermaßen. »Danke für den schönen Abend.«

»Danke gleichfalls«, murmelte Karolina.

Karl räusperte sich und trank einen Schluck Wasser aus einem Glas auf seinem Schreibtisch. »Verzeihung. Wir hatten Anämie und Bleichsucht diagnostiziert, das haben Ihnen Ihre Frau oder Fräulein Lundgren vielleicht berichtet? Das könnten wir behandeln.«

»Niemand ist so froh wie ich, wenn es Karolina wieder gutgeht. Ihre Empfehlungen bezüglich der Ernährung und der körperlichen Betätigung haben wir bereits befolgt.« Zärtlich betrachtete Vater seine älteste Tochter. Doktor Wallin wandte sich an sie.

»Wie fühlen Sie sich?«, fragte er.

»Besser, glaube ich.«

»Eins müssen Sie wissen, Doktor Wallin. Meine Tochter möchte niemandem zur Last fallen, und daher dauert es ziemlich lange, bis sie zugibt, dass ihr es eigentlich nicht gutgeht. Sie waren doch auch auf dem Willkommensball gestern. Ist Ihnen aufgefallen, dass Karolina sich zwischen den Tänzen hingesetzt hat, um sich auszuruhen? Sie hat es so diskret gemacht, dass es niemandem aufgefallen ist. Außer mir.«

»Vater …«

»Es ist aber wahr. Und es ist gut, wenn der Doktor davon weiß. Auf dem Weg hierher mussten wir stehenbleiben, als es bergauf ging.«

Karl runzelte die Stirn und sah Karolina streng an.

»Fräulein Lundgren, sie müssen uns aufrichtig sagen, wie es Ihnen geht, denn sonst fällt es mir schwer, auf die bestmögliche Weise meine Arbeit zu machen. Falls sich Ihre Lungenflügel gut anhören, wollte ich Ihnen heute ein Algenbad verordnen. Der Tang enthält Mineralien und andere Stoffe, die Ihnen guttun werden. Er ist das Gold des Meeres.«

»Ich dachte, so würde mittlerweile der Hummer bezeichnet«, gab Vater zurück.

»Da haben Sie vermutlich recht. Der Tang kann dann aber als der Schatz oder auch Wald der Meere betrachtet werden. In den Ohren der Menschen, die wie Sie aus Värmland stammen, klingt das vielleicht noch passender.«

Karl dachte daran, wie das heiße Wasser ihn umschlossen hatte, und hoffte, dass Karolina das Gleiche empfinden und dass Salzwasser und Tang ihrem Leib Kraft geben würden. Er hoffte, sie würde an Körper und Seele gestärkt werden, damit sich der zähe Schleim endlich löste und aus ihrer Lunge verschwand.

So wie viele andere, die in der Meereskuranstalt angemeldet waren, wanderte Karolina an der Seite ihres Vaters in den langen Fluren des Warmbadehauses auf und ab. Die meisten blieben vor dem großen Fenster an der Schmalseite stehen und blickten auf die nördliche Hafeneinfahrt hinaus. Regen fiel in Strömen, doch einige Unerschrockene waren trotzdem unterwegs zum Kaltbadehaus, um ein kräftigendes Bad im Meer zu nehmen.

»Mit den kalten Bädern musst du noch ein bisschen warten«, sagte Vater.

»Magdalena und Ingeborg wollten im Meer baden«, sagte Karolina.

»Da muss es aber vorher aufhören zu regnen, so wie ich die beiden kenne.« Vater schaute in den bleigrauen Himmel.

Zwei rüstige ältere Herren kamen durch die Eingangstür marschiert. Acht gutgekleidete Damen tippelten hinter ihnen her, und es sah fast so aus, als liefen die beiden Herren vor den Frauen davon. Die Bademeisterin, die mit einem Stapel Handtücher beladen ankam, knickste tief und eilte weiter, bevor Doktor Bauman selbst aus seinem Zimmer trat und sich verbeugte.

»Was für eine Ehre, Eure Majestät wieder hier zu sehen. Mina wartet wie immer in der Vier. Bitte sehr, Eure Majestät.« Er machte eine untertänige Geste. Der König nickte und drehte sich anschließend zu den Damen um.

»Möchtet ihr auch baden?«, fragte er. »Alle zusammen?«

Unter den Anwesenden wurde gekichert, und eine besonders frühreife junge Dame antwortete: »Ja, Eure Majestät.«

Die Damen, die ihre Anwendungen schon hinter sich hatten und nun im Bademantel durch den Korridor spazierten, waren völlig aus dem Häuschen, als sie den König erblickten. Sie knicksten und genierten sich, während Karolina und Vater das Spektakel aus einiger Entfernung beobachteten. Vater zog eine Augenbraue hoch.

»Der arme Mensch, was der aushalten muss.«

Der König und sein Adjutant waren nun von Damen umringt. Zum Teil von denen, die mit ihnen gekommen waren, aber es waren auch einige darunter, die den König im Korridor erblickt hatten. Der Adjutant machte den Weg frei, der König nickte kurz, folgte Doktor Bauman den Flur hinunter und verschwand hinter der Tür mit der Nummer vier darauf.

Die Bademeisterin im Raum Nummer sieben hieß Ester und war bei weitem nicht so groß und stämmig wie alle anderen, die Karolina im Flur begegnet waren. Sie hatte sich davor gegraust, von ihnen abgeschrubbt zu werden. Ester war klein, aber ihre Arme waren sehnig, und ihr Körper wirkte stark, als sie einen Eimer Tang aus dem Flur holte. Karolina schätzte, dass sie und Ester gleich alt waren. Ihre Augen wirkten klein und in den Wangen hatte sie Grübchen. In ihren Bewegungen lag eine Leichtigkeit, fast als würde sie über die breiten Dielen des Badehauses tanzen.

»Wie schön«, seufzte Karolina und ließ sich unter die Wasseroberfläche sinken. Das stimmte nicht ganz. Das Wasser war eigentlich zu heiß, um angenehm zu sein, aber trotzdem hatte sie das Gefühl, es würde ihr guttun. Es fühlte sich weich auf ihrer Haut an. Sie schloss die Augen und lehnte sich an die Kopfstütze. Die Bademeisterin erregte ihre Aufmerksamkeit, als sie den kochend heißen Tang in die Wanne schüttete.

Karolina versuchte, die Bläschen zu zerdrücken, aber der Tang war zu glitschig. Schließlich gelang es ihr doch, sich ein Bläschen zwischen ihre Finger zu klemmen. Mit einem »Puff« zerplatzte es.

Von dem heißen Wasser traten ihr Schweißperlen auf die Stirn. Genau wie gestern auf dem Ball, aber die hatte sie diskret weggewischt.

»Geht es Ihnen gut, Fräulein?« Ester musterte sie.

»Ja, natürlich. Danke, dass Sie fragen«, sagte Karolina.

Von der Hitze ganz benommen, lag Karolina da und dachte über den Willkommensball am Vortag nach, erinnerte sich an Douglas' starke Hände, Doktor Wallins schöne Worte und den König, der eben vor den Damen geflohen war. Die Gedanken schienen in ihrem Bewusstsein so träge hin und her zu fließen wie der Tang im Wasser.

Ester verschwand einen Augenblick, kehrte aber kurz darauf zurück. Karolina nahm an, dass Doktor Wallin sie gebeten hatte, die Patientin im Auge zu behalten.

»Es geht mir gut«, sagte Karolina ungefragt.

»Waren Sie schon mal in Marstrand?«, fragte die Bademeisterin.

»Nein, noch nie«, antwortete Karolina und begann plötzlich so stark zu husten, dass es von den Wänden widerhallte. Sie setzte sich in der Wanne auf und hielt sich mit beiden Händen am Rand fest.

Ester beobachtete sie beunruhigt und schenkte ihr dann ein Glas Wasser aus einer Karaffe ein.

Karolina trank. Es rasselte in ihrer Brust, und sie musste sich mehrmals räuspern, bis ihre Kehle frei war.

»Bleichsucht und Blutarmut.« Sie lächelte die Bademeisterin an. »Marstrand soll besonders gut für die Atemwege sein, weil die Straßen dank des Seewinds staubfrei sind.«

»Meeresluft ist gesund«, nickte die Bademeisterin. »Geht es Ihnen besser?«

»Ja, danke. Auf dem Flur haben wir übrigens den König gesehen.«

»Er badet jeden Tag im Meer«, antwortete Ester, »aber bei dem Wetter hat er heute lieber ein heißes Bad genommen. Und er hat immer dieselbe Bademeisterin. Mina.«

»Eine Horde von Frauen war ihm auf den Fersen.« Karolina sah zu, wie Ester geschickt eine Handvoll Tang packte und ihr mit dem Büschel energisch Schultern und Rücken abrieb. Mitten in der Bewegung hielt sie inne. Karolina überlegte, ob sie vielleicht zu viel gesagt hatte.

»Es ist immer das Gleiche. Erzählen Sie es nicht weiter, aber manchmal, wenn der König gegangen ist, bleiben diese Damen und bezahlen Geld, um sich ins benutzte Badewasser zu legen. Das ist wie mit dem Barbier in der Långgata. Er verkauft das abgeschnittene Haar des Königs, aber da nicht genug zusammenkommt, streckt er es mit den Haaren von anderen Herren aus der Stadt.«

Karolina schlug sich die Hand vor den Mund, und dann fingen beide laut an zu lachen.

Als Karolina sich eine Weile später abgetrocknet und wieder angezogen hatte, fühlte sie sich aufgeräumt und hatte rosige Wangen. Ihre Haut war weich, als hätte das Salz die alte Oberfläche abgewaschen und eine neuere, frischere Hautschicht entblößt.

»Ich hoffe, wir sehen uns bald wieder.« Karolina bedankte sich.

»Das hoffe ich auch. Passen Sie gut auf sich auf, Fräulein.«

16

Donnerstag, 30. Mai 2013

Lycke war schon morgens um sieben bei der Arbeit gewesen, um ganz sicherzugehen, dass sie den Probelauf an diesem Tag durchführen konnten.

Um elf hatten sie den ersten Durchgang gemacht und anschließend Mittag gegessen. Vier Stunden später erhielten sie das Ergebnis. Lycke setzte ihre Lesebrille auf und runzelte die Stirn.

Im alten System hatte es eine Million und dreihundertachtundzwanzig Posten gegeben, die in das neue System übertragen werden mussten. Lycke loggte sich ins Fallbearbeitungssystem ein und las die unterste Zahl. Eine Million und dreihundertelf Posten waren ins neue System überführt worden. Aus irgendeinem Grund fehlten also siebzehn Posten. Mist! Sie warf einen Blick auf die Uhr. Eine Alternative wäre gewesen, den ganzen Testlauf zu wiederholen, aber das Resultat hätte vermutlich genauso ausgesehen, und außerdem hätte es wieder einige Stunden gedauert. Und wenn jetzt irgendetwas Probleme bereitete, konnte man davon ausgehen, dass es das weiterhin tat, wenn man der Sache nicht auf den Grund ging. Man musste nur die verschwundenen Posten und den gemeinsamen Nenner finden. Hoffentlich gab es den, dachte sie.

Peter stand in der Tür.

»Wie ist es gelaufen?«, fragte er.

»Im neuen System fehlen siebzehn Posten«, antwortete Lycke und zeigte auf den Bildschirm.

»Gehören sie derselben Nummernserie an?«, fragte Peter, zog einen Stuhl heran und setzte sich neben sie.

»Keine Ahnung, so weit bin ich noch nicht. Wir müssen alle Vorgangsnummern aus dem alten und alle Nummern aus dem neuen System in eine Excel-Tabelle eingeben und vergleichen. Dann sehen wir, welche Nummern im neuen System fehlen.«

»Das kann ich machen, wenn du jetzt andere Dinge zu tun hast.«

»Das ist wahnsinnig nett von dir, aber bei solchen Sachen habe ich einen kleinen Kontrollzwang. Ich bin schließlich verantwortlich dafür, dass ihr ein voll funktionsfähiges System bekommt.« Sie lächelte und hoffte, dass er es nicht in den falschen Hals bekam.

Lycke kopierte beide Nummernserien in eine Excel-Tabelle und gab dem Programm den Befehl, sie zu vergleichen. Das Ergebnis ließ nicht lange auf sich warten. Eine übersichtliche Auflistung von siebzehn Nummern. Alles dokumentieren, dachte sie und speicherte die Liste ab.

»Schau mal.« Sie zeigte auf den Bildschirm. »Alles wild durcheinander, angefangen von der Vorgangsnummer 6505, das scheint die niedrigste zu sein. Oder, warte mal! Hier ist eine noch niedrigere, 4897. Aber siebzehn Posten haken wir schnell ab. Wir gehen rein und sehen uns einen nach dem anderen genau an. Wenn wir Glück haben, ist es ganz einfach.« Sie klickte den ersten Vorgang an und hoffte bei sich, dass sie recht hatte.

»Dein Kollege, dieser Lange, ich glaube, Allan heißt er, hat vorhin nach dir gefragt. Anscheinend war es was Wichtiges. Hast du mit ihm gesprochen? Vielleicht hat es mit dieser Sache hier zu tun«, sagte Peter.

»Was? Nein, dann hätte er bestimmt angerufen. Jetzt gucken wir erst mal hier«, sagte sie. »Dieser Vorgang hat was mit einem Bauantrag für ein Parkhaus im Zentrum von Kungälv zu tun.« Lycke scrollte weiter nach unten. »Der Vorgang wurde 1985 angelegt, das ist ja schon eine Weile her. Eine geotechnische Untersuchung, die von einer Beraterfirma durchgeführt wurde.« Alles wirkte vollkommen okay, und sie konnte auf den ersten Blick nicht erkennen, was das Problem verursacht hatte. »Dann schauen wir uns eben den nächsten Fall an.«

»Hm. Eine Wasseranalyse im Nordre-Fluss. Das ist ja in gewisser Weise das gleiche Thema.« Lycke stellte fest, dass das Gutachten der kommunalen Abteilung »Haus und Grund« zugeordnet war. Genau wie das vorige. »Du«, sagte Lycke, »guck mal hier.« Sie zeigte auf den Namen der Beraterfirma in der Kopfzeile jedes Dokuments. »Könnte es vielleicht einfach daran liegen, dass die Untersuchungen von derselben Beraterfirma ausgeführt wurden?« Das wäre ja wie Weihnachten und Ostern an einem Tag, dachte sie.

Sie studierte die Excel-Tabelle und klickte den jüngsten Vorgang im alten System an. Noch ein Bericht. Befriedigt stellte sie fest, dass sie recht gehabt hatte. Bei allen Vorgängen handelte es sich um Gutachten, die von der Kommune in Auftrag gegeben worden waren. Immer bei derselben Firma.

»Es ist immer dieselbe Beraterfirma«, sagte sie zu Peter.

Peter wurde blass.

»Geht es dir gut?«, fragte sie. »Du bist ganz weiß um die Nase.«

»Ich fühle mich etwas seltsam.« Er hielt sich den Handrücken an die Stirn.

»Du spürst doch keinen Druck auf der Brust oder so was?«, fragte sie besorgt. »Ein Gefühl, das in den linken Arm ausstrahlt ... Denn sonst rufe ich einen Notarzt.«

»Nein, nein, nichts Derartiges.«

»Willst du lieber nach Hause fahren?« Lycke dachte, dass ein Krankheitsfall das Letzte war, was sie so kurz vor einer Systemeinführung gebrauchen konnte. Außerdem hatte es sie diesen Winter bereits ordentlich erwischt. Die ganze Familie hatte zweimal flachgelegen.

Doch Peter blieb kreidebleich auf seinem Stuhl sitzen, und nun brach ihm auch noch der Schweiß aus. Lycke war nicht wohl in ihrer Haut.

»Soll ich jemanden bitten, dich nach Hause zu bringen?«

»Nein, nein, das wird schon wieder. Wenn ich einen Moment hier sitzen kann, geht es bestimmt vorbei. Kann ich vielleicht ein Glas Wasser haben?«

»Vielleicht war das Sushi vom Mittag schlecht.« Lycke stand auf, um ein Glas Wasser zu holen. Ihr selbst ging es zum Glück gut.

»Keine Ahnung«, sagte Peter.

Ein paar Minuten später kam Lycke mit dem Glas zurück. Sie hatte einen von Peters Kollegen dabei, der bereit war, ihn nach Hause zu fahren.

Peter winkte ab. »Danke, alles gut, ich muss mich nur ein bisschen ausruhen, dann geht es wieder.«

»Bist du sicher?«, fragte Lycke, reichte ihm das Wasserglas und setzte sich wieder hin. Natürlich war es erfreulich, wenn Menschen sich für ihre Arbeit verantwortlich fühlten, aber es gab nichts Schlimmeres als Leute, die krank zur Arbeit gingen und andere ansteckten. So etwas machte sie wahnsinnig. Peters Kollege zuckte mit den Schultern und ging wieder. In dem Moment klingelte Lyckes Handy. »Hort« stand auf dem Display. »O nein«, stöhnte sie.

»Hallo, hier ist Lycke«, meldete sie sich, hörte zu, stellte ein paar Fragen und sagte schließlich: »Ich komme.«

Peter setzte sich aufrechter hin. »Was ist passiert?«, fragte er.

»Mein Sohn Walter ist hingefallen und hat sich am Kinn verletzt. Die Wunde muss genäht werden.«

»Fahr los, ich bring hier alles in Ordnung.«

»Du kannst mitkommen, falls du nach Hause willst.«

»Nein, nein, anscheinend habe ich es überstanden. Wie merkwürdig.«

Das war wirklich merkwürdig, dachte Lycke, aber nun musste sie sich auf Walter konzentrieren.

»Okay, wir hören voneinander.« Hastig machte sie alles aus, packte ihren Computer ein und eilte zum Fahrstuhl. In Gedanken war sie bereits bei ihrem Sohn. Der arme Kleine, hoffentlich war alles gut.

Lycke stellte das Auto auf dem Parkplatz von Coop Nära ab und sprintete die kurze Strecke zu Marstrands Ambulanz. Walter war bereits genäht worden und hatte ein Pflaster am Kinn. Er lag auf dem roten Sofa im Wartezimmer. Neben ihm saß Krankenschwester Marianne Selander, die gute Seele der Ambulanz. Sie kannte Walter von klein auf.

An Lycke gewandt, berichtete Marianne, Walter sei sehr tapfer gewesen und habe gesagt, sie bräuchten nicht auf Mama zu warten. Er hatte sich etwas aus der spannenden Blechdose voller Aufkleber und Plastikeidechsen aussuchen dürfen, mit denen Kindern getröstet wurden, die eine Spritze bekommen oder sich verletzt hatten. Nun hielt er auf seiner Brust einen orangefarbenen Gummisalamander und einen Sticker fest, der einen Hund mit beweglichen Kulleraugen darstellte. »Guck mal, Mama. Toll, oder?«

»Ach, mein Süßer«, murmelte sie. Ihr kamen die Tränen, als sie Walter in den Arm nahm und sich anschließend das Pflaster an seinem Kinn ansah.

»Vielen Dank, Marianne.« Auch die Krankenschwester wurde umarmt.

»Keine Sorge, Mama, es geht mir gut«, sagte Walter.

Lycke räusperte sich, um ihre Stimme wieder unter Kontrolle zu bekommen.

»Könnte er eine Gehirnerschütterung haben?«, fragte sie die Schwester.

»Er hat keine Beule am Kopf, aber es deutet nichts darauf hin, dass er mit einer anderen Stelle als dem Kinn aufgeschlagen ist. Es wäre trotzdem gut, wenn du ihn im Auge behieltest. Morgen sollte er zu Hause bleiben und sich ausruhen.«

»Selbstverständlich, wir machen es uns gemütlich.«

Lycke saß neben Walter und strich ihm über die Stirn, bis er eingeschlafen war. Da sich das Schlafzimmer im ersten Stock befand, hatte sie ihn auf das Sofa im Erdgeschoss gelegt. So hatte sie ihn im Blick. Es war halb neun. Zurückgelehnt versuchte sie auszurechnen, wie spät es jetzt bei Martin in den USA sein mochte. Sie überlegte noch, ob sie sich dazu aufraffen sollte, in die Küche zu gehen und Tee zu kochen, als ein Klopfen an der Tür sie aus ihren Gedanken riss. Sie legte ein dickes Sofakissen neben Walter, damit er nicht auf den Boden rollte, und drehte sich um.

Draußen stand Peter.

»Entschuldige, falls ich störe.« Er warf einen Blick auf ihre Jogginghose.

»Gar nicht«, antwortete Lycke, obwohl das nicht der Wahrheit entsprach. War es denn so verdammt schwierig, vorher anzurufen? Und was wollte er überhaupt hier? Trotzdem bat sie ihn herein.

»Möchtest du eine Tasse Tee? Ich wollte mir gerade einen machen.«

»Nein, nein, danke, schon gut.« Peter zog die Tür hinter sich zu.

»Wie geht es dir?«, fragte sie und hoffte, dass er nicht auch noch einen Virus einschleppte.

»Was? Ach so. Ja, klar. Mir geht es gut. Was war denn mit deinem Kleinen?«

»Er ist am Kinn genäht worden, deshalb muss ich morgen mit ihm zu Hause bleiben.«

»Das verstehe ich. Ich wollte dir nur sagen, dass ich heute alles in Ordnung gebracht habe und du dir keine Gedanken mehr zu machen brauchst. Kümmere dich morgen in aller Ruhe um deinen Sohn.«

»Hast du alles ins neue System überführt?«, fragte Lycke.

»Sicher, ich habe das bereinigt.«

»Wie denn? Was war denn das Problem?«

»Ich habe die Dateien gespeichert«, sagte er zufrieden.

Lycke dachte, dass sich das Problem so auf keinen Fall lösen ließ. Sie seufzte innerlich und hoffte, dass er nicht noch mehr Chaos angerichtet hatte. Gleichzeitig rief sie sich ins Gedächtnis, dass dies nur die erste Probekonvertierung war und sie vor der Systemeinführung bestimmt genügend Zeit haben würde, alles zu überprüfen. Sie hasste es, mit Leuten zusammenzuarbeiten, die Dinge lieber schnell zum Abschluss brachten, als sie richtig gut zu machen, weil das oft in die völlig falsche Richtung führte. Unnötigerweise.

»Hat das Format Schwierigkeiten gemacht?«, fragte sie und merkte selbst, wie sie die Stirn runzelte.

»Mach dir keine Sorgen, das Problem ist gelöst. Das wollte ich dir nur sagen.« Er ging langsam zur Tür. »Jetzt muss ich aber nach Hause. Tschüs.«

»Tschüs.« Lycke sah ihm nach, während er die Treppe hinunter und zu seinem Auto ging, das er ungünstig schräg vor ihrem Zaun geparkt hatte.

Wenn etwas Lycke beunruhigte, dann die Bemerkung, sie solle sich keine Sorgen machen. Spätestens jetzt machte sie sich tatsächlich welche. Die Dateien neu gespeichert?, dachte sie skeptisch und schaute seinen roten Rücklichtern hinterher.

Eine Weile blieb sie an der Tür stehen und atmete die kühle Abendluft ein. Dann zog sie die Tür zu, schloss ab, machte das Licht auf der Veranda aus und nahm die Laptoptasche aus dem Flur mit an den niedrigen Wohnzimmertisch. Sie fuhr den Computer hoch und schaltete den Wasserkocher ein, um sich einen Tee zu kochen.

Eigentlich hatte sie mehr Lust auf ein Glas Wein, aber falls es Walter in der Nacht nicht gutging, musste sie fahren können. Sie machte sich noch ein Knäckebrot mit *Kalles Kaviar* und nahm alles mit ins Wohnzimmer.

Peters Satz, sie solle sich keine Sorgen machen, ging ihr nicht aus dem Kopf, während sie die gleiche Prozedur wie am Vormittag noch einmal durchführte. Sie öffnete die Liste mit den Seriennummern, die offenbar nicht mit ins neue System gewollt hatten. Siebzehn Nummern waren überschaubar, und dass sie alle derselben Beraterfirma zuzuordnen waren, machte die Sache noch vielversprechender. Es wäre schlimmer gewesen, wenn sie mit siebzehn Nummern ohne erkennbaren Zusammenhang dagesessen hätte. So hatte sie wenigstens einen Anhaltspunkt, von dem aus sie das Ganze aufdröseln konnte. Lycke öffnete einen Bericht nach dem anderen. Peter hatte sie zwar neu gespeichert, aber sie fragte sich, ob das alles war, was er getan hatte. War es wirklich so einfach? Beim letzten Posten wurde sie nachdenklich. Es schien sich nicht um das Originaldokument zu handeln, aber sie war schon ganz müde und brauchte dringend Schlaf. Am nächsten Morgen würde sie hoffentlich klarer sehen. Sie freute sich darauf, dann genau herauszufinden, was schiefgegangen war.

Um viertel vor elf steckte sie sich ihr Headset in die Ohren und rief Martin auf dem Handy an. Als seine Mailbox ansprang, legte sie auf und schrieb ihm stattdessen eine SMS. Sie erklärte, was passiert war, ohne Martin zu beunruhigen, und schickte noch einen Kuss und ein Foto ihres schlafenden Sohns mit.

Eingewickelt in die Bettdecke trug sie Walter vorsichtig die Treppe hinauf und war darauf bedacht, nicht auf einen Zipfel der Decke zu treten, die auf dem Boden schleifte. Sie legte Walter auf Martins Seite im Doppelbett, ließ das Rollo herunter und schaltete den Wecker aus, der sie sonst zu unchristlicher Zeit wecken würde. Sie teilte allen, mit denen sie beruflich zu tun hatte, per E-Mail mit, dass sie am nächsten Tag auf dem Handy zu erreichen war, und sprach auf den Anrufbeantworter von Walters Schule, dass er morgen zu Hause bleiben würde.

Anschließend ging sie einmal durchs Haus und vergewisserte sich, dass alle Geräte ausgeschaltet und die Türen abgeschlossen waren. Die Festung Carlsten auf der anderen Seite des Sundes schimmerte im Mondschein. Es sah zauberhaft aus. Ich wohne in einer Märchenwelt, dachte sie, während sie unter die Decke kroch und das Licht ausknipste. Die Berichte und Peters Lösung hielten sie noch eine Weile wach. Morgen, dachte sie, morgen gehe ich der Sache auf den Grund.

Es hatte aufgehört zu regnen, war aber immer noch grau, als Vater und Karolina das Warmbadehaus verließen. Nach und nach löste sich die Wolkendecke auf. Schon bald spiegelte sich die Sonne in all den Regentropfen und Pfützen. Die nassen Schieferplatten glitzerten so hell, dass man die Augen zusammenkneifen musste, und während sie die Långgata hinaufgingen, begleitete sie das Geräusch von plätscherndem Wasser. Von den Bäumen im Societetspark tropfte es.

»Straßen aus Silber, hat Linné über Marstrand geschrieben. Ich nehme an, er hatte diese Schieferplatten im Sinn«, sagte Vater und deutete mit dem zusammengeklappten Schirm darauf. Karolina blinzelte in das helle Licht und schaute sehnsüchtig die schöne Holzfassade des Societetshus an.

»Wenn man bedenkt, wie reichhaltig das Veranstaltungsprogramm ist, das Anna Öster uns gestern überreicht hat, dürfte es nicht lange dauern, bis du wieder im Societetshus tanzen darfst.«

Vor dem Turisthotel trafen sie Ingeborg und Magdalena, die das Kaltbadehaus ansteuerten. Falls Vater auch gern baden gegangen wäre, sagte er nichts davon. Stattdessen schlug er vor, dass sie zu zweit im hoteleigenen Speisesaal zu Mittag aßen. Karolina sah ihn verwundert an.

»Können wir nicht vielleicht woanders essen?«, fragte sie.

»Mit Geldsorgen wirst du dich noch früh genug beschäftigen, aber nicht jetzt. Außerdem macht ein Mittagessen mehr oder weniger den Kohl auch nicht fett.«

Karolina ging hinauf aufs Zimmer und nahm sich ein paar Minuten Zeit für ihre Frisur, aus der zwei Haarnadeln gerutscht waren. Seit ihrer Konfirmation durfte sie die Haare endlich hochstecken, und sie genoss es, sich etwas erwachsener zu fühlen. Manchmal hörten sich Vater und sogar Ingeborg ihre Meinung an und ließen ihr etwas mehr Freiheit. Doch es wurden auch immer mehr Forderungen an sie gestellt. Ingeborg hatte keinen großen Hehl daraus gemacht, dass sie nach Marstrand gefahren waren, um Karolina auf dem Heiratsmarkt zu präsentieren. Und auch wenn Vater sie gebeten hatte, Ingeborg »Mutter« zu nennen, war sie dazu nicht in der Lage. Es wäre ein Verrat an ihrer richtigen Mutter gewesen. Karolina hatte das Gefühl, dass Ingeborg sie so schnell wie möglich loswerden wollte, damit Magdalena aus dem Schatten ihrer adeligen Schwester heraustreten und die volle Aufmerksamkeit bekommen konnte. Ingeborg war vermutlich der Ansicht, dass sie ihre Pflicht gegenüber dem mutterlosen Mädchen erfüllt hatte.

Karolina betrachtete ihr Spiegelbild. Die Angst und der Ernst in ihrem Blick beunruhigten sie, und sie fragte sich, ob außer ihr noch andere sie bemerkt hatten. Mich selbst kann ich nicht hinters Licht führen, sagte sie sich. Wie lange würde es dauern, bis sie in ihrem eigenen Haus saß und sich selbst in einem anderen Spiegel ansah. Vielleicht in dem großen vergoldeten auf der alten Kommode in ihrem Zimmer auf Schloss Noor. Und vielleicht kam dann ein Mann, ihr Mann, herein, stellte sich hinter sie und legte ihr seine Hände auf die Schultern. Sie wusste, was sie erwartete. Cousine Eva hatte davon erzählt, bis Karolina sich zurückziehen musste, weil sie sich angeblich nicht ganz wohlfühlte. Was an und für sich die Wahrheit war. Als ihr klarwurde, was von ihr verlangt wurde, übergab sie sich. Seitdem taten ihr alle jungen Frauen leid, die mit Männern verheiratet waren, die alt genug waren, um ihre Väter zu sein.

Ihre Gedanken wanderten zu Douglas, der sie elegant über die Tanzfläche geführt hatte, und zu Doktor Wallin, der ständig über die eigenen Füße stolperte. Es wird alles gut, sagte sie sich. Falls ich diesen Sommer keinen passenden Ehemann finde, wird es weitere Gelegenheiten dazu geben, Papa wird mich schon verstehen. Die Frage war, ob Ingeborg das auch tun würde. Durfte sie einen Antrag ablehnen? Ihr fiel es schwer, ihre Zweifel zu verbergen. Freude musste von innen kommen. Nachdem sie eine Weile herumgefummelt hatte, gelang es ihr, eine Brosche am Kragen ihrer Bluse zu befestigen, dann setzte sie ihren Hut auf, kniff sich in die Wangen und verließ das Zimmer.

Der morgendliche Regen hatte sich verzogen, und von den dunklen Wolken war nichts mehr zu sehen. Der wolkenlose Himmel war intensiv blau. Während Karolina in die gleißende Sonne hinaustrat, versuchte sie die ernsten Gedanken abzuschütteln. Fast alle Tische auf der Veranda waren besetzt, und es dauerte eine Weile, bis sie Vater entdeckte. Er stand auf und winkte mit seinem Hut.

Alles war neu oder zumindest frisch gestrichen. Stühle, Sitzpolster, Decken, Tische – nicht einmal die Markisen vor den Fenstern wirkten ausgeblichen. Vermutlich war es ihre erste Saison. Karolina vergewisserte sich, dass der Stuhl abgetrocknet worden war, bevor sie sich hinsetzte. Sie war froh, dass sie einen Platz im Schatten hatten.

»Was hältst du von Dorsch?«, fragte Vater und reichte ihr die Speisekarte. Karolina studierte sie.

»Der Doktor hat dir nahrhaftes Essen verordnet«, erklärte Vater.

»Kann ich ein Glas Limonade haben?«

»Natürlich.« Er lächelte.

Die Kellnerin nahm ihre Bestellung auf und ging die Getränke holen.

»Douglas Lagercreutz hat einen guten Posten«, sagte Vater. »Und er ist Graf. Du kennst ja die Ansichten deiner Großeltern.« Seine Stimme war ernst geworden.

»Er ist zwölf Jahre älter als ich. Und weißt du, was der Name Douglas bedeutet? Dunkles Wasser. Klingt das nicht unheilverkündend?«

Lachend nickte Vater der Kellnerin zu, die ein großes Glas Limonade und ein beschlagenes Bierglas auf den Tisch stellte.

»Hast du etwa das Namenslexikon mit nach Marstrand genommen? Was bedeutete meiner noch mal?«

»Weißt du das nicht mehr? Edvard ist aus den Worten Reichtum und Beschützer zusammengesetzt«, sagte Karolina.

»Wenigstens das Eine trifft momentan zu.« Vater trank einen Schluck Bier.

Eine Frau in seinem Alter erschien am Tisch. Sie trug einen ausladenden Hut, der einen schweren Eindruck machte, einen bestickten Rock und eine Rüschenbluse mit einer Brosche, die an Karolinas eigene erinnerte.

»Direktor Lundgren, das ist aber lange her. Wie schön!«

»Ich bitte Sie, Freiherrin, sagen Sie Edvard zu mir. Und Sie haben recht, es ist tatsächlich lange her. Wollen Sie sich nicht zu uns setzen?«

»Danke, aber ich habe einen Termin. Unendlich gern ein andermal.«

»Das ist meine älteste Tochter Karolina. Einundzwanzig Jahre alt.«

Karolina stand auf und machte einen Knicks.

»Sie können höchstens ein halbes Jahr alt gewesen sein, als ich Sie zuletzt gesehen habe. Gott, wie sehr Sie Ihrer Mutter ähneln. Dieselben klaren Züge. Sie war eine wundervolle Frau. Wundervoll. So gebildet und immer freundlich zu allen. Zu allen! Es tut mir wirklich leid, Edvard.« Sie nahm seine Hände in ihre. »Ein unfassbarer Verlust. Wir haben ein schönes Bild von Ihnen dreien bei Ihrem letzten Besuch bei uns zu Hause.«

Vater runzelte die Stirn und schien sich an etwas zu erinnern, das vor langer Zeit geschehen war. Vielleicht hatte es mit Mutter zu tun, dachte Karolina. Sie wünschte, sie hätte ein deutlicheres Bild von ihr vor Augen gehabt, denn leider war sie nicht in der Lage, zwischen eigenen Erlebnissen und Dingen, die andere ihr erzählt hatten, zu unterscheiden.

Vater räusperte sich. »Ja, das war eine schwere Zeit. Sehr schwer. Aber ich kann mich glücklich schätzen, denn ich bin wieder verheiratet und habe noch eine Tochter, Magdalena. Die beiden sind im Kaltbadehaus, sonst hätten Sie sie auch kennengelernt.«

»Von dort komme ich gerade, da lassen sie wirklich Krethi und Plethi rein. Irgendeine ganz einfache Frau hatte meine Kabine belegt, können Sie sich so was vorstellen?« Sie schüttelte so heftig den Kopf, dass der Federbusch wehte, und fuhr fort: »Die Bademeisterin hat ihre Sachen natürlich entfernt, aber sie müssten dort wirklich für mehr Ordnung sorgen. Ich habe doch immer dieselbe Kabine! Immer! Wir haben doch schon so viele Sommer hier verbracht.«

Vater machte keine Anstalten, etwas darauf zu erwidern, aber das war auch nicht nötig, da die Freiherrin ihren Monolog fortsetzte, sich alle Fragen selbst beantwortete und Dinge, die sie für wichtig erachtete, mit Vorliebe wiederholte.

»Achtundzwanzig! Achtundzwanzig Jahre. Mittlerweile müssten sie doch Bescheid wissen.«

»Aber am Ende haben Sie Ihre Kabine bekommen?«, fragte Vater.

»Ich bekomme immer, was ich will. Fast immer.«

Bei den letzten Worten sah sie Vater merkwürdig an. Anschließend ließ sie ihren Blick eine Weile auf Karolina ruhen.

»Ich hoffe, es kommen weitere Gelegenheiten, sich zu sehen. Sie werden doch noch eine Zeitlang bleiben?«

»Bis Ende der Saison.«

»Hervorragend. Und Sie wohnen hier im Hotel?« Sie deutete auf das gelbe Gebäude.

»Ja.«

»Dann hoffe ich, dass wir uns bald wieder begegnen. Diesmal darf es nicht so lange dauern.« Sie lachte auf. In Karolinas Ohren klang es gekünstelt.

»Wer war das?«, fragte sie, nachdem die Frau ihre Röcke gerafft und von dannen gerauscht war.

»Freiherrin Fischer.«

»Kannte sie Mutter?«

»Ja, sie waren gut befreundet. Nachdem sie von uns gegangen war, haben wir versucht, Kontakt zu halten, aber das war schwierig. Ich habe viel gearbeitet, und außerdem hatte ich dich. Wobei das nur die halbe Wahrheit ist. Immer wenn wir uns sahen, hat sie Erinnerungen herausgekramt und Anekdoten erzählt, die sie mit deiner Mutter erlebt hatte.

Am Ende konnte ich sie nicht mehr hören. Es war, als wollte sie die Wunde nicht heilen lassen.«

Dankbar und auch ein wenig verwundert über seine Offenherzigkeit, legte Karolina ihre Hand auf seine.

»Du bist also nicht enttäuscht, wenn wir keine Einladung von ihr bekommen?«, fragte sie.

Belustigt zog er eine Augenbraue hoch. »Nein, das kann ich wirklich nicht behaupten.«

Am Nebentisch saß ein älteres Paar, das Karolina an ihre Großeltern erinnerte. Nach beendeter Mahlzeit hatten sie ihre Stühle nebeneinandergestellt und blickten beide aufs Wasser und den Hafen. Zusammen und doch jeder für sich hielten sie einen kaum spürbaren Abstand. Man konnte ein ganzes Leben so verbringen.

Was würden Großmutter und Großvater sagen, wenn sie aus Marstrand abreiste, ohne sich verlobt zu haben? Großmutters Geschenk zu Karolinas letztem Namenstag sagte mehr als tausend Worte: Es war ein Exemplar des »Kochbuchs für zu Hause«, das von der Hauswirtschaftsschule in Uppsala herausgegeben wurde. Ihr Magen zog sich zusammen, wenn sie an die Verantwortung dachte, die wie ein Joch auf ihren Schultern lastete. Einen geeigneten Ehemann finden, dabei eine gute Partie machen und anschließend einen Haushalt mit vielen Angestellten führen. Dazu noch das Ehebett und die Erwartung an sie, der Sippe Erben zu verschaffen.

Ein Stück entfernt saß Greta Aaron, das Mädchen, das am Vorabend das Heringsballett angeführt hatte. Als sie sie erkannte, lächelte sie Karolina an, und Karolina lächelte zurück. Auf Gretas Schoß lag ein zotteliger kleiner Hund, und neben ihr saßen ihre Eltern und ein junger Mann, den Karolina noch nie gesehen hatte. Gretas Vater sagte etwas, das Greta und den jungen Mann zum Lachen brachte. Vielleicht war er Gretas Verlobter. Sie schienen sich gut zu verstehen. Der junge Mann wirkte viel zurückhaltender als Douglas. Kein anderer Kavalier hatte auf dem Ball so viel Interesse gezeigt wie er. Möglicherweise hatte er die anderen abgeschreckt. Vielleicht mit Absicht.

Nach dem Essen studierten sie das Veranstaltungsprogramm, das

Anna Öster ihnen gegeben hatte. Karolina und Vater wussten beide, dass Ingeborg die beiden Mädchen bei so vielen Gelegenheiten wie möglich präsentieren wollte. Wer Lust und Nerven hatte, konnte den ganzen Tag etwas erleben und bis spät in die Nacht beschäftigt sein. Tennis, Krocket und Segeln tagsüber, abends Empfänge. Karolinas Problem war, dass ihr Körper da nicht mitmachte.

»Im Paradispark spielt jeden Abend die Kapelle unter der Leitung von Neumann. Der ist lustig.« Vater hielt ihr das Foto des schnurrbärtigen Dirigenten hin. »Er bewegt sich beim Dirigieren, als ob er tanzen würde, sehr unterhaltsam.«

»Können wir da heute Abend hingehen?«, fragte Karolina und warf einen Blick auf das Programm.

»Ich glaube, für heute Abend hat Ingeborg eine Dichterlesung im Visier.« Edvard tippte auf einen Programmpunkt weiter unten. »Wir sparen uns das für morgen oder einen anderen Abend auf. Oder wir verraten Mutter, dass Seine Majestät Neumanns Konzerte zu besuchen pflegt.«

»Edvard!« Scharf wie ein Messer durchdrang die Stimme das gedämpfte Gemurmel. Vater sprang auf.

»Was ist passiert?«, fragte er.

Ingeborg hatte rote Flecken im Gesicht und war außer Atem. Magdalena blickte beschämt zu Boden, weil die Leute an den Nachbartischen sich neugierig umgedreht hatten.

»Magdalena?«, fragte Vater.

»Sie haben unsere Sachen weggeräumt«, sagte Magdalena.

»Weggeräumt?« Vater machte ein ahnungsloses Gesicht. »Setzt euch doch erst mal und erzählt in Ruhe, was vorgefallen ist.« Er schob seiner Frau einen Stuhl hin.

Ingeborg ließ sich darauf fallen. Sie hatte ihre Mimik kaum unter Kontrolle, und einen Moment lang war sich Karolina nicht sicher, ob sie wütend war oder gleich in Tränen ausbrechen würde. Während sie sprach, umklammerten ihre Finger die Armlehnen.

»Die Bademeisterin, Ida irgendwas, hat unsere Kleidung und den anderen Kram aus der Kabine geräumt, die uns zugeteilt worden war.

Offenbar hatte eine Freiherrin darauf beharrt, dass es ihre Kabine sei, und für diese Dame haben sie sich fast ein Bein ausgerissen. Nach meiner Meinung hat niemand gefragt. Sie hingegen machte ein Gesicht, als wäre sie diejenige, die beleidigt worden war. Eine grässliche Person!«

»Die Bademeisterin hat versucht mit ihr zu reden«, sagte Magdalena.

»Verteidigst du die Schreckschraube etwa?«, fragte Ingeborg.

»Nein, wirklich nicht, aber Ida, die Bademeisterin, hat getan, was sie konnte. Es tat ihr sehr leid.«

»Das habe ich nicht mitbekommen.«

»Du dachtest, sie hätte die Freiherrin um Verzeihung gebeten.«

»Ja, das habe ich gehört.«

»Sie hat sich sowohl bei ihr als auch bei uns für das Missverständnis entschuldigt.«

Ingeborg rümpfte die Nase.

»Na also«, sagte Vater. »Ihr seid bestimmt hungrig. Ich schlage vor, ihr esst etwas, und dann spielen wir eine Runde Krocket. Oder machen einen Spaziergang.«

»Seine Majestät spielt oben bei der Festung Tennis«, sagte Ingeborg.

»Wollt ihr lieber dorthin?«

»Ja, ich will!«, rief Magdalena begeistert.

»Karolina?«, fragte Vater.

»Natürlich.«

»Dann gehen wir nach dem Essen zur Festung Carlsten hinauf«, sagte Vater und tätschelte Ingeborg die Hand.

17

Karin klappte den Tisch aus und begann mit der Durchsicht der Papiere. Draußen trommelte der Regen beruhigend aufs Dach. Zum Glück konnte sie an Bord arbeiten. Niemand klopfte an und störte sie. Sie warf einen Blick auf ihr Handy, stellte fest, dass zu wenige Balken den Grad des Kontakts mit der Außenwelt anzeigten, und legte es näher an die Eingangsluke, wo der Empfang besser war.

Ich fang ganz vorne an, dachte sie, und machte sich auf einem Block Notizen, während sie die Dokumente durchging.

Ursprünglich war der Verkauf des Warmbadehauses gar nicht beabsichtigt gewesen. Stattdessen sollte eine Firma, die ein paar Ortsansässige gegründet hatten, das Gebäude von der Kommune mieten und weiterhin Bad und Jugendherberge betreiben. Der Schwerpunkt lag auf Segelfreizeiten und einer engen Zusammenarbeit mit Marstrands Segelverein. Dank seiner Lage in unmittelbarer Nähe des Sandstrands eignete sich das Gebäude außerordentlich gut für eine solche Nutzung. Doch kurz bevor die Verträge unter Dach und Fach waren, mischte sich ein neu hinzugekommener Politiker ein, Lennart Holm. Dieser schlug vor, man solle das Gebäude lieber verkaufen und zu diesem Zweck mehrere Angebote einholen. So wurde es auch gemacht. Lennart Holm war der Mann, über den sich die Frau in der Aktenstelle lobend geäußert hatte. Karin suchte die Liste der Mitbietenden heraus. Nur zwei Namen. Oben stand die Firma aus Marstrand, der zunächst ein Mietvertrag zugesagt worden war, der später zurückgezogen wurde. Das andere Unternehmen hieß MedicSpa und gehörte Angela Fransson und Ove Karlsson, die das Gebäude schließlich kauften. Karin notierte sich alles und markierte die wichtigsten Fakten.

Die Kommune Kungälv hatte zwei Bedingungen an den Verkauf geknüpft: Die Kommune selbst blieb Mieter, um der Allgemeinheit weiterhin den Zugang zum Schwimmbecken zu ermöglichen. Und sie blieb auch Teilhaber, allerdings mit nur zehn Prozent.

Karin kratzte sich am Kopf und holte ihren Computer, um auszurechnen, um wie viel Geld es ging. Der Rechner brauchte eine Weile, bis er hochfuhr und sie sie sich einloggen konnte. Laut den Akten, die sie vor sich hatte, war das Warmbadehaus für sechs Millionen Kronen verkauft worden. Was waren umliegende Gebäude wert? Nach erneuter Wartezeit stellte sich heraus, dass drei Gebäude in unmittelbarer Nähe im Laufe der vergangenen fünf Jahre für erheblich höhere Summen den Besitzer gewechselt hatten. Dreizehn Millionen, elfeinhalb und einmal fast zehn Millionen. Sie schüttelte den Kopf. Was für Preise! Zudem handelte es sich um private Immobilien, das Warmbadehaus sollte ja von einer Firma betrieben werden. Warum war es so viel billiger gewesen?

Sie schrieb die Beträge auf ihren Block, notierte sich auch die Adressen und Eigentümer und setzte ein großes Fragezeichen daneben, bevor sie weiterlas.

Es war zunächst ein Termin angesetzt worden, bis zu dem alle Angebote eingegangen sein mussten. Doch es gab noch drei darauffolgende Daten. Offenbar hatte die Interessenten noch dreimal die Möglichkeit bekommen, ihre Angebote zu vervollständigen.

Ich habe keine Ahnung, wie so etwas funktioniert. Wird das immer so gemacht? Seufzend überlegte Karin, wen sie anrufen und danach fragen konnte. Da ihr der Magen knurrte, schob sie den Papierstapel zur Seite, ließ den Block jedoch liegen. Plötzlich fiel ihr Blick auf die Bieter. Warum fuhr sie nicht mit dem Boot auf die andere Seite und aß im Restaurant Drott im Warmbadehaus zu Mittag? Björn Axelsson, der Betreiber des Lokals, stand an der Spitze der ortsansässigen Firma.

Eine halbe Stunde später hatte Karin den Sund überquert und ihr Boot an der Stelle der Norrbro vertäut, wo der Kai einen Knick machte und den Blick auf Societetshus und Warmbadehaus freigab. Da nördlicher Wind durch die Hafeneinfahrt blies, sicherte sie das Boot mit einer zusätzlichen Querleine und kontrollierte die Fender, bis sie mit der Sicherung zufrieden war und an Land ging.

Hoffentlich bekommt man hier auch unter der Woche mittags etwas zu essen, dachte sie, ging die Steinstufen hinauf, öffnete die grüne Tür des Warmbadehauses und trat ein.

Karin ließ sich an dem großen runden Tisch mit Aussicht auf die nördliche Hafeneinfahrt nieder. Sie entschied sich für den Lachs. Zwischen den kleineren Tischen stand ein großzügiges Salatbüffet mit drei Sorten Hering. An den Wänden hingen alte Plakate und Zeitungsausschnitte, die die Glanzzeiten des Warmbadehauses zeigten. Besonders ins Auge fiel das Bild einer Bademeisterin mit straff zurückgekämmten Haaren, Schürze und Wurzelbürste in der erhobenen Hand. Karin nahm sich einen Teller und bediente sich, während weitere Gäste das Restaurant betraten und das Personal begrüßten. Karin lauschte. Ein sympathischer Mann, der die Ärmel seines karierten Hemds hochgekrempelt hatte, nahm alle Gäste, die nach ihr auftauchten, lachend in Empfang und verschwand wieder in der Küche.

Sie genoss das Essen und das Schauspiel, das die Wellen in der Hafeneinfahrt boten. Sie saß geschützt hinter den Sprossenfenstern, und weder wurde ihr noch wurde ihr Essen kalt.

Sie lehnte sich zurück und betrachtete die weißen Schaumkronen. Der mittlerweile noch stärkere Wind, der jetzt direkt von Norden kam, pfiff um das alte Holzhaus. Hoffentlich lag die Andante gut, aber in Anbetracht der zusätzlichen Leinen und Fender war sie sich ziemlich sicher.

»Björn Axelsson, ist der hier?«, fragte Karin, als die Kellnerin ihr den Kaffee und ein Stück Schokolade brachte, das sie nicht bestellt hatte.

»Sicher. Ich sage ihm Bescheid.«

»Und könnte ich vielleicht etwas Milch zum Kaffee haben?«

»Klar.« Lächelnd verschwand sie.

»Warst du diejenige, die nach mir gefragt hat?«, fragte der Mann in dem karierten Hemd, der ein Milchkännchen auf die weiße Tischdecke stellte und ihr anschließend die Hand gab. »Björn Axelsson.«

»Ja, die bin ich. Ich heiße Karin Adler und bin Kriminalkommissarin. Ich untersuche die Todesumstände von Holger Eriksson.«

Er nickte, als hätte er mit ihrem Besuch gerechnet. »Das ist doch Wahnsinn, was da passiert ist. Ich war verreist und habe erst jetzt davon erfahren.« Die Dame am Nachbartisch sah sie neugierig an.

»Können wir uns vielleicht irgendwo hinsetzen?«, fragte Björn mit besorgtem Blick auf die anderen Gäste.

»Unbedingt.« Karin nahm ihren Kaffeebecher in die Hand. »Ich habe mein Essen aber noch nicht bezahlt.«

»Das erledigen wir später.«

Björn rief durch eine Luke, dass sie in der Küche eine Weile ohne ihn zurechtkommen müssten, und winkte Karin hinter sich her.

Die breiten Bodendielen knarrten, als sie zum Eingang und dann die Wendeltreppe hinaufgingen. Die Treppe führte in einen Raum in der Mitte des Hauses. Sicherlich zehn, zwölf Meter lang und ebenso breit. Hell und still. Wäre die Öffnung im Boden nicht gewesen, wo die Treppe endete, hätte man auf dem Linoleum hier oben Hallenhockey spielen können. Der Raum war offen bis zum Dachfirst und hatte in der Ecke eine große Küche. Hier konnten sich die Bewohner beider Flure treffen.

»Dieser Teil gehört zur Jugendherberge, aber im Moment sind alle unterwegs.« Er räusperte sich und setzte sich auf ein Sofa. »Ich hätte vielleicht anrufen sollen, aber ich wusste nicht, was ich sagen soll.«

»Erzähl.« Karin ließ sich in einen Sessel sinken. Sie legte einen Notizblock auf den weißen Tisch und wühlte in ihrer Tasche nach einem Stift.

»Holger«, seufzte er. »Ihm haben wir es zu verdanken, dass wir das Haus noch benutzen können. Was hat er geackert.«

»Fenster gestrichen und so?«

»Nicht nur das. Er hat sich um alles gekümmert. Auf Holger konnte man sich verlassen. Er war allerdings weder diplomatisch noch besonders geschickt und hat ohne Umschweife gesagt, was ihm in den Sinn kam. Egal, wen er vor sich hatte. Unheimlich direkt, wenn ich das so sagen darf.«

»Und darüber haben sich einige Leute geärgert.«

»Klar, so kann man das ja auch nicht machen. Man muss sich doch auch mal in die Lage der anderen versetzen.«

»Stimmt.« Karin dachte an Folke.

»Aber dass es mal so endet, hätte ich nie gedacht. Ist er wirklich erschlagen worden?«

»Es deutet einiges darauf hin, dass er keines natürlichen Todes gestorben ist.« Karin vermutete, dass Robert es viel besser ausgedrückt hätte. »Wann hast du ihn zuletzt gesehen?«

Björn überlegte.

»Darüber habe ich auch schon nachgedacht.« Sein Blick suchte die Häuser auf der Landspitze Malepert auf der anderen Seite des Sundes, dann wandte er sich wieder Karin zu. »Wir saßen hier und haben zusammen Kaffee getrunken. Die Käufer des Warmbadehauses und einige andere Leute gingen gerade ins Soci, also ins Societetshus, als wären sie alle dort verabredet gewesen.«

»Glaubst du, dass Holgers Tod etwas mit dem Verkauf des Warmbadehauses zu tun haben könnte?«

»Es würde mich jedenfalls nicht wundern.«

»Ich bin ja nicht von hier und deshalb auch nicht so eingeweiht. Kannst du mir vielleicht was über den Verkauf des Warmbadehauses erzählen?«

»Meine Güte, wo soll ich da anfangen?« Er faltete die Hände hinter dem Kopf, lehnte sich zurück und schaute an die Decke, als wäre ihm plötzlich die Luft ausgegangen. Dann streckte er sich, setzte sich auf die Sofakante und gestikulierte wild. »Also ganz von vorne, das dauert eine Weile.« Langsam und zu Beginn noch etwas unsicher begann er zu erzählen.

»Wir waren eine Gruppe von Leuten aus Marstrand, die gerne das Bad und die Jugendherberge betreiben wollte, das Restaurant mache ich ja sowieso. Die Kommune hielt das für eine gute Idee, und wir waren schon so weit gekommen, dass wir nur noch an ein paar Punkten im Mietvertrag feilen mussten.«

»Mit anderen Worten, die Sache war so gut wie abgeschlossen.«

»Ja, wir waren uns einig.«

»Was ist dann passiert?«

»Es taucht ein neuer Politiker auf. Lennart Holm, den aber alle Gevalia nennen, weil er vorher Kaffee verkauft hat.«

Karin notierte sich den Namen.

»Er stoppt die Verhandlungen und untersucht die Sache selbst, frag mich nicht, wer ihn dazu veranlasst hat. Und ungefähr zu dem Zeitpunkt, als er mit seiner Analyse fertig ist, taucht plötzlich ein neuer Interessent auf, die neu gegründete Firma namens MedicSpa. Auf einmal, ohne weitere Prüfung, erscheinen Angela Fransson und Ove Karlsson als die geeignetsten Käufer, und Lennart Holm beschließt, an sie zu verkaufen.«

»Wie seid ihr mit der Entscheidung umgegangen?«

»Wir haben ein höheres Angebot abgegeben. Ich habe darüber mit der Anwaltskanzlei in Göteborg gesprochen, die sich um die Angelegenheit kümmert. Es stellt sich ja die Frage, warum es keinen externen Sachverständigen, kein Gutachten eines Immobilienmaklers und keine normalen Verkaufsverhandlungen gibt.«

»Und? Woran liegt das deiner Ansicht nach?«

»Da ist natürlich was faul.« Björn hob drohend den Zeigefinger, als hätte Karin etwas Verbotenes getan. »Den Verkauf des Warmbadehauses wickelt ein Anwalt aus Göteborg ab.«

»Kennst du ihn?«

»Klar. Als ich in der Kanzlei war, um unser Angebot abzugeben und darzulegen, wie wir uns den Betrieb vorstellen, saß außer dem Anwalt, der den Verkauf betreut, noch jemand im Raum.«

»Und der ist auch Anwalt?«, fragte Karin.

»Ja, er ist angeblich als Experte auf dem Gebiet dabei, erklärt man mir. Aber weißt du, wer das war?«

»Nein«, antwortete Karin.

»Er vertritt MedicSpa. Da sitzt der Anwalt von Angela Fransson und Karlsson und hört sich unseren ganzen Businessplan und unser Angebot an.«

»Wusstest du das in dem Moment?«, fragte Karin.

»Nein, natürlich nicht. Es ging dann erst aus einer Anwesenheitsliste hervor, die ich später bekomme. Da habe ich es kapiert, aber da war es bereits zu spät. Außerdem hatte ich unser gesamtes Konzept verraten.«

»Nur damit ich es richtig verstehe. Der Anwalt der Konkurrenz sitzt dabei und spioniert euer Konzept aus? Das ist seltsam«, sagte Karin.

»Seltsam?« Björn war rot im Gesicht. »Zum Kotzen ist das!« Er schlug mit der Faust auf den Tisch. »Aber es kommt noch schlimmer. Am Tag, bevor die Politiker in der Kommune Kungälv beschließen, wer kaufen darf, springen Angela Fransson und Ove Karlsson ab. Sie wollen das Warmbadehaus nicht mehr kaufen. Lennart Holm und ein anderer Politiker wissen davon, aber sie erzählen es niemandem, sondern lassen den Gemeinderat trotzdem den Beschluss über den Verkauf fassen. Das Ganze wird irgendwie durchgeboxt, und anschließend geht Lennart zu den Käufern und regelt alles, lässt sich von ihnen die Bedingungen diktieren. Die haben das Haus echt verschenkt.«

»Wie ist denn das möglich?« Karin hatte eine tiefe Falte auf der Stirn.

»Die kennen sich noch vom Wehrdienst, habe ich gehört. Ove Karlsson kommt aus Vårgårda und, Überraschung, Lennart Holm auch. Merkwürdiger Zufall, oder?« Björns Ton war ironisch geworden, und seine Hände gestikulierten wild. »Sie haben irgendwie den Zugang der Allgemeinheit zum Schwimmbecken aus dem Vertrag gekickt und das Warmbadehaus für einen Spottpreis gekauft. Guck dir doch mal an, was man hier draußen für ein Wohnhaus kriegt, und dieses Gebäude wird auch noch gewerblich genutzt. Also, mich macht es wahnsinnig, dass die Dinge so laufen, und der Einzige, der etwas dagegen unternommen hat, war Holger. Er konnte anstrengend sein, aber er war immer integer und hatte ein einzigartiges Gerechtigkeitsgefühl. Wenn du mich fragst, wäre es durchaus denkbar, dass er deshalb erschlagen wurde.«

Karin notierte sich etwas und sah dann auf. Sie kam nicht dazu, eine Frage zu stellen, bevor Björn fortfuhr.

»Aber sie sind natürlich damit durchgekommen. Sie haben billig gekauft, und es hat niemand Anklage erhoben.« Er zuckte die Achseln, aber sein Blick hatte sich verfinstert.

Karin dachte nach. Vom Verdacht über die Ermittlung bis zur Anklage und einer eventuellen Verurteilung war es ein langer Weg, und sie war erst ganz am Anfang.

»Was wird MedicSpa deiner Ansicht nach aus dem Warmbadehaus machen?«, fragte sie.

»Sie lassen den Betrieb noch eine Weile weiterlaufen, und dann sagen sie, es hätte nicht funktioniert. Sie tischen uns eine tränenreiche Geschichte von mangelnden Einnahmen auf und machen uns weiß, sie müssten jetzt bedauerlicherweise doch Wohnungen aus dem Haus machen, um einen Bankrott zu vermeiden.«

»Glaubst du das?«

»Leider ja. Und die Wohnungen verkaufen sie dann und machen ordentlich Gewinn. Ziemlich peinlich für die Kommune Kungälv. Kein Becken für den Schwimmunterricht, ein altes Haus von 1858 weniger und stattdessen zwei oder drei Luxusapartments in der ersten Reihe. Mal ganz abgesehen davon, dass sich unter dem Gebäude Marstrands Wasserreservoir befindet. Und dann weisen die Politiker die Schuld von sich.«

»Marstrands Wasserreservoir ist hier?«

»Unter der Turnhalle, das ist der Anbau an der Rückseite. Wir haben versucht, das den Politikern klarzumachen. Am liebsten wäre es mir, wenn das ein Außenstehender untersucht. Ein Großteil des Materials unterliegt der Geheimhaltungspflicht, und einige Vorgänge sind nicht einmal aktenkundig.«

»Wieso?«

»Das ist eine gute Frage«, sagte Björn. »Niemand freut sich mehr als ich, wenn die Polizei da mal nachbohrt.«

»Hast du von Plänen gehört, hier ein Hotel zu bauen?«, fragte Karin.

»Vor ein paar Jahren schon, aber jetzt nicht. Steht das wieder zur Debatte?«

»Ich weiß nicht«, antwortete Karin ausweichend. »Die Kommune Kungälv hat mir alle Akten gegeben, die den Verkauf betreffen. Meinst du, ich habe nur die bekommen, die öffentlich zugänglich sind?«

Björn lachte freudlos.

»Komm mit, dann kopiere ich dir meine.« Er stand auf und ging auf die Wendeltreppe zu.

»Mein Mittagessen, das würde ich gerne vorher bezahlen«, sagte Karin.

»Du.« Björn drehte sich so hastig um, dass sie fast mit ihm zusammenstieß. »Wenn du die Arschlöcher, die Holger erschlagen haben, hinter Gitter bringst, bekommst du dein Mittagessen gratis, solange ich hier der Chef bin. Allerdings bin ich das vielleicht nicht mehr lange.«

Mittwoch, 25. Juli 1906

Karl Wallin sah sie, als sie in Begleitung ihrer Schwester das Societetshus betrat. Ihr grünes Kleid fiel ihm sofort ins Auge und erinnerte ihn an eine Sommerwiese. Karl ertappte sich bei einem Lächeln. Er stand auf und wollte den Schwestern entgegengehen, als plötzlich Douglas hinter ihnen auftauchte. Als wäre es das Selbstverständlichste auf der Welt, hakte er sich bei Karolina unter und rauschte mit ihr in den großen Saal. Karl blieb wie angewurzelt stehen, aber es war zu spät. Sie hatten ihn bereits bemerkt.

»Doktor Wallin, wie nett, Sie hier zu sehen.« Karolina lächelte. Sie sah schon gesünder aus. Ihre Haut hatte einen frischen Teint, sie musste in der Sonne gewesen sein, dachte er und verspürte ein Stechen in der Brust, als er sich fragte, ob Douglas ihr wohl auf ihren Spaziergängen Gesellschaft leistete. Oder auf einem Segeltörn.

»Ach, Sie kennen sich?« Bevor sie etwas darauf erwidern konnte, fügte er hinzu: »Es scheint Ihnen besser zu gehen«

»Danke, ich fühle mich wohler.«

»Doktor Wallin«, sagte Douglas kurz. Seine Stimme klang rau.

»Eine sommerliche Erkältung?«, fragte Karl und nahm die geschwollenen Mandeln des Mannes zur Kenntnis.

»Durchaus möglich. Vielleicht war ich etwas zu wagemutig in Bezug auf die Bäder im Meer.« Er räusperte sich, um seine Stimme unter Kontrolle zu bekommen. »Aber heute Abend haben Sie doch frei, oder? Ich hoffe, wir kommen ohne ärztlichen Beistand zurecht. Nicht wahr, meine Damen?«

Er sah, dass Karolina nicht wusste, was sie auf Douglas' Bemerkung erwidern sollte. Ihr Blick schien an seinem hängenzubleiben.

»Wo sitzen Sie, Doktor Wallin?«, fragte sie, ohne Douglas' gereizter Miene Beachtung zu schenken.

»Da drüben.«

Karl zeigte nach links. Douglas reagierte rasch, wies in die entgegengesetzte Richtung und erklärte, er habe leider nur vier Plätze reserviert – der vierte war für seine Mutter gedacht.

»Dann wünsche ich Ihnen einen angenehmen Abend«, sagte Karl, der sich mit Mühe eine Grimasse abrang, die hoffentlich als Lächeln durchging, und zog sich zurück.

Die stramm geschnürten Damen im Raum steckten flüsternd die Köpfe zusammen und warfen hinter ihren Fächern bedeutungsvolle Blicke in ihre Richtung. Karl war guter Dinge gewesen, doch nun war all seine Freude wie weggeblasen. Er nickte nach rechts und nach links, einige Damen und Herren kannte er aus dem Warmbadehaus. Schwerfällig ließ er sich auf seinen Stuhl sinken und beobachtete, wie Douglas Karolina und Magdalena an den Tisch führte, der für die Familie der Gräfin reserviert war. Dann erschien die Gräfin, und die beiden Damen in der Reihe vor Karl stießen sich an.

»Da ist sie.«

»Gräfin Lagercreutz?«

»Ja, sicher. Die arme Frau. Und da drüben siehst du den Sohn, von dem ich dir erzählt habe. Sie hatten sogar schon einen Termin für die Hochzeit angesetzt, als das Ganze herauskam.«

»Wie schrecklich und welch eine Schande für die Familie. Wer von ihnen hat die Verlobung aufgelöst?«

»Die Braut natürlich.« Die Frau klopfte mit dem Fächer in ihre Hand.

Karl konnte es sich nicht verkneifen zu lauschen. Offenbar sprachen sie über Douglas. Vorsichtig beugte er sich nach vorn. Er lockerte seinen rechten Schnürsenkel, um sich langsam und sorgfältig die Schuhe noch einmal zuzubinden. Die Stimmen der Frauen waren leiser geworden und gingen im allgemeinen Gemurmel fast unter.

»Wann hat sie denn herausgefunden, dass er sich angesteckt hatte?«

Karl stutzte. Angesteckt? War Douglas krank?

Es war nun unmöglich, die beiden Damen zu verstehen, aber das machte nichts. Er hatte genug gehört. Douglas mochte zwar tatsächlich erkältet sein, aber die Damen schienen von etwas ganz anderem gesprochen zu haben. Karl griff in seine Tasche. Den Schlüssel zum Warmbadehaus hatte er dabei, und um diese Zeit war dort normalerweise kein Mensch. Er stand auf und drängelte sich an der ganzen Reihe vorbei, während auf der Bühne das Licht anging und das Gemurmel verstummte.

Als er den Schlüssel in die Eingangstür des Warmbadehauses steckte und in das dunkle Gebäude eintrat, kam er sich wie ein Dieb in der Nacht vor. Er drehte sich um und schloss von innen ab. Es roch ein wenig nach Kiefernnadeln und war vollkommen still. Als hielte das vierzigjährige Gebäude aus Holz gespannt den Atem an und wartete ab, was der unerwartete Besucher vorhatte.

»Hallo?«, rief er vorsichtshalber und lauschte. Vorsichtig tappte er den langen Flur entlang zu Doktor Baumans Büro. Er sah die Lichter vom Societetshus und dachte an Karolina, die mit Douglas dort war. War er wirklich krank oder war das nur bösartiges Geschwätz?

Leute, die sicher auf dem Weg zum Societetshus waren, spazierten über den Badhusplan. Es war nicht auszuschließen, dass ihn jemand hereinkommen gesehen hatte. Falls plötzlich jemand auftauchte, zum Beispiel Wachtmeister Alexander Stenberg, würde er Schwierigkeiten haben, zu erklären, was er hier um diese Tageszeit zu suchen hatte. Karl blickte sich um, bevor er zunächst anklopfte und dann an der Klinke zu

Doktor Baumans Zimmer ruckelte. Lautlos glitt die Tür mit den gutgeölten Scharnieren auf. Karl stellte erleichtert fest, dass der Stuhl hinter dem Schreibtisch leer war, und ging zum Aktenschrank hinüber, in dem alle Karteikarten aufbewahrt wurden. Er war geübt darin, Krankenakten aus Registern herauszusuchen, und würde daher nicht lange brauchen. Er fasste an den Knauf, aber der Schrank ließ sich nicht öffnen. Er war abgeschlossen.

Nun brach ihm der Schweiß aus. Er stand da wie ein Idiot, während es draußen immer dunkler wurde und er immer weniger sah. Ein Schlüssel, irgendwo musste ein Schlüssel sein, denn den nahm Doktor Bauman bestimmt nicht mit, wenn er abends ging. Er glaubte auch nicht, dass Bauman die Schlüssel abends beim Wachtmeister abgab, denn er war ein praktisch denkender Mensch, der alles griffbereit haben wollte. Eher hätte er ihn vielleicht versteckt. Aber wo? Karls Augen wanderten durch den Raum. Er hob die Schreibtischunterlage an, fand darunter jedoch nichts außer einem maschinengeschriebenen Zettel. Vorsichtig hängte er Doktor Baumans gerahmtes Arztdiplom ab, um nachzusehen, ob sich der Schlüssel dahinter verbarg, aber ohne Erfolg. Er nahm einen Pokal von einem Bücherregal und war sich fast sicher, dass er den Schlüssel darin finden würde, aber der Pokal war leer. Es war aussichtslos. Seufzend ging er in die Hocke, um unter den Stuhl des älteren Kollegen zu gucken, und krabbelte dann unter den Schreibtisch, um von dort aus das Bücherregal abzutasten. Doch kein Schlüssel weit und breit.

Er stand auf und sah gedankenverloren das Telefon auf dem Schreibtisch des Arztes an. Mutter, dachte er. Sie hätte bestimmt eine Idee, aber von hier aus konnte er sie nicht anrufen, das war zu riskant. Allerdings wäre es noch gefährlicher, sie vom Telegrafenamt am Paradispark anzurufen. Pest oder Cholera. Er nahm den Hörer ab und bat die Telefonistin um ein Ferngespräch nach Stockholm. In der Vermittlung würden sie ihn mit Sicherheit belauschen, aber dagegen war nichts zu machen. Er musste herausfinden, was es mit Douglas' Krankheit auf sich hatte, nicht nur aus eigenem Interesse, sondern auch Karolina zuliebe.

Gärda, die Haushälterin der Familie, ging an den Apparat und erklärte ihm, seine Eltern seien gerade auf dem Weg zu einem Abendessen. Die Kutsche wartete bereits vor der Tür, sie konnte sie vom Fenster aus sehen, aber eingestiegen waren die beiden noch nicht. Wenn sie sich beeilte, konnte sie seine Eltern möglicherweise noch aufhalten. Sollte sie das Fenster aufmachen und sie auf sich aufmerksam machen?

Gärda hatte schon vor Karls Geburt zur Familie gehört. Wenn er irgendjemandem vertraute, dann ihr. Vielleicht hatte es einen tieferen Sinn, dass nicht seine Eltern, sondern sie das Gespräch angenommen hatte.

»Lass sie fahren«, sagte er und sah Gärda mit dem Hörer in der einen und dem Fenstergriff in der anderen vor sich, jederzeit bereit, sich hinauszubeugen und nach den Herrschaften zu rufen. Sicher nickte sie jetzt. Anfangs war sie dem Apparat gegenüber skeptisch gewesen. »Da soll man reinsprechen?«, hatte sie gefragt und misstrauisch den Kasten an der Wand beäugt. »Dann hört man mich ja nicht mal bis in die Küche! Wie sollen mich die Menschen am anderen Ende denn verstehen?« Gärda hatte den Kopf geschüttelt. Bis zu dem Tag, an dem ihre Schwester aus Schonen anrief und Gärda plötzlich des Lobes voll über diese technische Errungenschaft war.

»Alles in Ordnung bei Gärda?«, fragte Karl.

»Danke der Nachfrage, das will ich meinen. Und bei Ihnen, Karl? Was macht die Arbeit?« Anstatt die Antwort abzuwarten, holte sie Luft, um ihm die Frage zu stellen, die sie viel mehr interessierte: »Stimmt was nicht?«

Sie kennt mich besser als Mutter, dachte Karl. Was an sich kein Wunder war, da hauptsächlich sie es war, die sich um ihn gekümmert hatte.

»Alles prima, die Arbeit läuft gut. Ich habe eine Frage zu einer Person, die ich hier kennengelernt habe.«

»Eine junge Dame?«, fragte Gärda hoffnungsvoll.

Karl lächelte in sich hinein und spürte, dass er ihr von den Gefühlen erzählen wollte, die ihn in Fräulein Lundgrens Nähe überkamen, doch dann fiel ihm wieder ein, dass die Telefonistin drüben in der Rådhusgata mit Sicherheit die Ohren spitzte und sich wertvolle Neuigkeiten zum Weitertratschen erhoffte.

»Vielleicht«, sagte er. »Ich werde mal Post schicken.«

»Mit einem Foto von ihr?«, fragte Gärda.

»Eine Ansichtskarte von Marstrand«, erwiderte Karl. Wenn er nicht so nervös gewesen wäre, weil er sich in Doktor Baumans Behandlungszimmer aufhielt, hätte er laut gelacht. Es beruhigte ihn allerdings ein wenig, dass er die Straße vorm Haus bis zum Eingang im Blick hatte.

»Weiß Gärda etwas über Gräfin Lagercreutz' Sohn Douglas? Er ist dreiunddreißig Jahre alt und war bis zum Frühjahr mit einem adeligen Fräulein verlobt, das wie er aus Stockholm stammt, den Namen weiß ich leider nicht, aber die Verlobung wurde aufgelöst.«

»Natürlich tu ich das.« Gärda klang fast beleidigt. Er ahnte, dass sie, wie jedes Mal, wenn man sie etwas fragte, was für sie auf der Hand lag, die grauen Augenbrauen hochgezogen hatte.

»Wäre Gärda vielleicht so nett, mir zu erzählen, warum die Verlobung aufgelöst wurde?«

»Mit einem schlechten Stift macht man womöglich Flecke auf das Briefpapier«, sagte Gärda zögerlich.

Typisch für sie, dachte Karl. Für Außenstehende war es ein vollkommen unverständlicher Satz, aber er begriff trotzdem, was sie meinte. »Es nützt nichts, Gärda«, erwiderte Karl. »Und für einen Brief reicht die Zeit nicht.«

»Natürlich. Erinnerst du dich noch an Stallmeister Boström?«, fragte Gärda.

»Den Stallmeister?«, gab Karl zurück. »Klar. Der ist doch krank geworden.«

»Genau. Er ist *auch* krank geworden«, sagte Gärda knapp.

Syphilis, dachte Karl. Ihm wurde eiskalt. Stallmeister Boström war an Syphilis erkrankt. Douglas auch? Das wollte sie doch damit sagen, oder?

Karl fiel ein Vorfall auf dem Fest der Gräfin ein. Die Gräfin hatte sich furchtbar aufgeregt und rote Flecken am Hals bekommen, weil Douglas sein Champagnerglas verschlampt hatte. Die Hausangestellten mussten alle Gläser einsammeln, die möglicherweise von Douglas benutzt worden waren – ein gutes Dutzend Gläser war ohne Erklärung ausgeleert, gespült, abgetrocknet und wieder gefüllt worden. Vielleicht war eine Begründung nicht nötig. Vielleicht wussten die Dienstmädchen Bescheid. Auch wenn die Gräfin behauptete, es wäre der falsche Champagner ausgeschenkt worden.

»Und woher weißt du das?«, fragte Karl und nahm an, dass Gärda verärgert sein würde.

»Die Haushälterin der Familie des Mädchens ist eine Freundin von mir. Ich sage also garantiert die Wahrheit. Es ist doch nicht zu fassen, dass sie …«

»Ist sie auch infiziert worden?«, fragte Karl, ohne sich darum zu scheren, dass er Gärda ins Wort fiel.

»Das wissen sie noch nicht. Es sieht nicht danach aus, aber ganz sicher ist man sich nicht.« Ihre Stimme wurde leiser. »Ist Douglas Lagercreutz etwa in Marstrand?«, fragte sie in scharfem Ton.

»Ja«, antwortete Karl.

»Eine Sache noch. Ich glaube, die Familie hat versucht, es so auszusehen zu lassen, als hätte sich Douglas bei dem Mädchen angesteckt, aber das hat meine Freundin nur nebenbei mitbekommen. Hauptsache, du weißt, mit was für Leuten du es zu tun hast.«

»Sie sind skrupellos«, sagte er.

»Skrupellos«, wiederholte Gärda.

Sein Puls stieg, und es schnürte ihm die Kehle zu. Allein der Gedanke, dass jemand eine so schlimme Krankheit wie Syphilis bewusst verheimlichte, bereitete ihm körperliches Unbehagen. Er verabschiedete sich und legte auf, aber Gärdas Stimme hallte in seinem Kopf nach. »Hauptsache, du weißt, mit was für Leuten du es zu tun hast.« Sie war einer der klügsten Menschen, die er kannte.

Er wollte gerade gehen, als er den Haken hinter der Tür entdeckte. Doktor Baumans Kittel hing auf einem Kleiderbügel. Dass er darauf nicht früher gekommen war. Karl steckte die Hand in die Kitteltasche und ertastete eine Kette. An deren Ende hing ein Schlüssel. Schnell schloss er damit den Karteikartenschrank auf und blätterte bis zum L.

Bald würde er wissen, ob Doktor Bauman die Erkrankung von Douglas bekannt war. Unter L gab es drei Krankenakten. Einmal Lindman, zweimal Lind und zweimal Lagercreutz. Eine von Douglas und eine von seiner Mutter. Seine Hände zitterten, als er Douglas' Karteikarte herauszog und nach kurzem Blättern feststellte, dass Gärda recht hatte. Es stand dort eindeutig, dass Douglas Syphilis hatte, aber es wurde auf kryptische Weise angedeutet. *Douglas hat sich mehrere Jahre in Frankreich aufgehalten und leidet an Osteomyelitis und Schanker.*

Zur Sicherheit, falls jemand anderes die Krankenakte las. Knochenfäule war das eine, aber mit Schanker bezeichnete man entzündete Wunden an den Geschlechtsorganen. Die Kombination war eindeutig. Syphilis.

O mein Gott, dachte Karl. Und Doktor Bauman hatte die ganze Zeit davon gewusst.

18

Freitag, 31. Mai 2013

Als Lycke um halb neun die Treppe hinunterhuschte, kurz unter die Dusche ging und in eine bequeme Jeans und ein T-Shirt schlüpfte, schlief Walter noch. Dann legte sie sich wieder zu ihrem Sohn ins Bett und ging auf dem Handy ihre Mails durch. Nichts Dringendes, sondern nur ein paar Genesungswünsche von Walters Mitschülern, stellte sie erleichtert fest.

»Mama?«

»Hallo, wie geht es dir?« Sie strich ihm übers Haar.

»Mein Kopf tut weh. Muss ich heute zur Schule?«

»Nein, heute nicht. Wir bleiben gemütlich zu Hause, und du ruhst dich aus. Und dann ist Wochenende.«

Walter wirkte extrem erfreut.

»Wann kommt Papa wieder?«

»In einer Woche, glaube ich. Wenn wir Glück haben, schon ein bisschen früher.«

»Darf ich fernsehen?«, fragte er.

»Wir frühstücken erst mal, und ich überlege es mir.«

»Bitte, Mama.« Er sah sie flehentlich an. »Au, es tut weh, wenn ich rede.« Er betastete das Pflaster an seinem Kinn.

»Ich glaube, das solltest du lieber nicht anfassen.« Lycke betrachtete die Stelle aus der Nähe. Hinter dem transparenten Wundverband erahnte sie schwarze Fäden und geronnenes Blut. »Das wirst du noch eine Weile merken.«

Walter streckte sich. »Muss ich mich umziehen?«, fragte er.

»Nein, du kannst den Schlafanzug noch ein bisschen anbehalten, wenn du möchtest.«

»Yes!« Er stieg aus dem Bett. Lycke erinnerte sich daran, wie ungeheuer luxuriös sich manche Dinge in der Kindheit angefühlt hatten.

Zum Beispiel, wenn man sich mit Kopfkissen und Bettdecke aufs Sofa kuscheln durfte.

Eine halbe Stunde später waren sie mit dem Frühstück fertig. Walter fiel das Kauen schwer und hatte daher ein Schälchen Joghurt und ein paar Stückchen Banane gegessen. Jetzt lag er glücklich auf dem Sofa und sah einen Film auf einem der kostenpflichtigen Sender, die Martin trotz Lyckes lautstarkem Protest abonniert hatte. Widerwillig musste sie zugeben, dass der Kanal durchaus Vorteile hatte: keine Werbeunterbrechung und Filme für Kinder.

Sie räumte den Küchentisch frei und loggte sich in die Kommune Kungälv ein, um da weiterzumachen, wo sie gestern aufgehört hatte. Sie hätte zwar auch Peter anrufen können, aber sie vertraute nicht darauf, dass er alles richtig machen würde. Am besten ging sie das Ganze erst einmal selbst durch.

Die Kollegen fanden Lycke manchmal etwas übereifrig, aber sie hasste diese Unsicherheit, ob auch alles genau stimmte, und auf der ganz sicheren Seite war man nur, wenn man alles doppelt und dreifach überprüfte. Erst wenn sie sich selbst davon überzeugt hatte, dass alles in Ordnung war, konnte sie eine Sache abschließen.

Alle anderen Berichte hatten Signaturen von den Leuten, die sie verfasst hatten. Man konnte also genau erkennen, welche Berater der jeweiligen Firmen daran gearbeitet hatten. Dieser Bericht hier sah zwar genauso aus wie die anderen, war aber offenbar von Peter Hagman angelegt worden. Mein Gott, dachte Lycke, auf was für Ideen der kam. Mit einem tiefen Seufzer dachte sie an seinen Satz, er habe das Problem gelöst, indem er die Dateien noch einmal gespeichert habe.

Es musste doch Backups geben. Sie klickte sich weiter durch das System der Kommune, um sich anzusehen, wie die Berichte ausgesehen hatten, bevor er daran herumgefuhrwerkt hatte. Obwohl die Backups alle ordentlich und sortiert vorhanden waren, brauchte sie eine Weile, um genau das zu finden, das vor Peters neuer Datensicherung angefertigt worden war. Sie fand die Nummer des Vorgangs auf ihrer Liste und speicherte den Bericht in seiner hoffentlich ursprünglichen Form.

Wie hatte ihm entgehen können, dass er das falsche Dokument gespeichert hatte? Verwundert starrte Lycke den Bildschirm an. Außerdem fiel ihr sofort auf, dass die Dateien unterschiedlich groß waren. Das Original war viel umfangreicher als der Bericht, den Peter gespeichert hatte. Irgendwie waren ihm eine Menge Daten abhandengekommen. Die Frage war, ob er das bemerkt hatte. Schlussendlich ist es mein Problem, dachte Lycke, denn das System zeigt jetzt ein fehlerhaftes Dokument an.

Sie druckte den Originalbericht und Peters Version aus, um zu überprüfen, worin sie sich unterschieden. Es ging um Marstrand. Eine geotechnische Untersuchung des Bodens hinter dem Warmbadehaus. Die Risse im Fels waren aufgrund von Frostschäden größer geworden, und nun wollte man sichergehen, dass durch die Bewegungen im Untergrund nicht das Wasserreservoir in Mitleidenschaft gezogen wurde, das sich unter dem Anbau des Warmbadehauses, der Turnhalle, befand. Ein Becken mit zweihundert Kubikmeter Wasser unter der Turnhalle, davon hatte sie noch nie gehört, dachte sie und las weiter. Das Wasserwerk, das sich hinter dem Warmbadehaus befand, erhielt das Wasser aus Kärna und mischte es mit dem Wasser aus den Seen auf Koö. Es wurde mit Hilfe von UV-Licht und ohne Chlor im Wasserwerk auf Marstrandsö gereinigt und in diesem Bassin gesammelt. Vielleicht schmeckte es deshalb so gut, sie kannte kein besseres Trinkwasser. Sie legte den Originalbericht auf die rechte Seite und die geänderte Version auf die linke. Anschließend blätterte sie beide Seite für Seite durch, um zu sehen, worin sie sich, abgesehen von der Größe, unterschieden. Lauter Balken und Diagramme über die Veränderungen des Meeresspiegels und die Auswirkungen auf die Felsen, bis sie beim Punkt 4.2 angelangt war, der in Peters Dokument fehlte.

Sie seufzte über die Schlamperei, war aber trotzdem zufrieden, dass sie den Fehler gefunden hatte, und machte sich ein paar Notizen, bevor sie zum Telefon griff und Peters Nummer wählte. Da ständig besetzt war, drückte sie auf Wiederwahl. Sie hatte gerade Kaffee gekocht und einen halben Becher getrunken, als es ein Freizeichen gab.

Kein vorwurfsvoller Ton, sagte sie sich und versuchte sich so diplomatisch wie möglich auszudrücken.

»Hallo, Lycke«, meldete sich Peter, als wäre sie eine gute Freundin.

»Na, wie läuft es bei euch?«, fragte sie.

»Alles super. Und bei dir, wie geht es deinem Kleinen heute?«

»Besser, danke. Du, ich habe mich mal ein bisschen in diese Berichte, die sich nicht ins neue System überführen lassen wollten, vertieft.«

»Ich habe doch gesagt, dass ich das Problem gelöst habe«, sagte Peter. »Kümmere dich jetzt um deinen Sohn, wir sehen uns am Montag.«

»Mir ist da aber etwas aufgefallen, das Schwierigkeiten machen könnte. Von dem Bericht mit der Vorgangsnummer 6894 ist jetzt die falsche Version im Bericht. Das ist die vorletzte Nummer auf unserer Liste gestern.«

Am anderen Ende war es still.

»Hallo, Peter?«

»Ich bin noch dran. Was meinst du mit falsche Version?«

»Der Bericht ist nicht mehr vollständig, aber das ist nicht so schlimm, ich habe das Original im Backup gefunden.«

»Du warst in unseren Backups?«, fragte er in scharfem Ton.

»Ja, wie hätte ich denn sonst ...«, begann Lycke, wurde aber unterbrochen.

»Ich habe doch gesagt, dass ich das Problem aus der Welt geschafft habe«, zischte er in den Hörer. »Vertraust du mir etwa nicht?«

Lycke hatte erwartet, dass er dankbar oder zumindest erleichtert wäre, aber mit dieser Reaktion hatte sie überhaupt nicht gerechnet. Dass er so wütend wurde, weil sie sich mit einem Problem befasste, dass er selbst verursacht hatte, konnte sie nicht verstehen. Sie holte ein paar Mal tief Luft, bevor sie antwortete. »Du hattest es aber nicht gelöst«, sagte Lycke langsam. Sie fühlte sich unbehaglich. »Und mir raucht der Kopf, weil ich nämlich für die Systemeinführung verantwortlich bin. Wir wollen doch beide, dass es funktioniert, oder?«

»Klar. Was für Daten fehlen denn? Hast du das überprüft?«

»Ich habe nur schnell einen Blick darauf geworfen, es geht um eine geotechnische Untersuchung, aber damit kannst du dich ja auseinandersetzen, wenn du möchtest. Hauptsache, die Originaldatei ist wieder in der Datenbank.«

Eine Weile herrschte am anderen Ende Stille, dann antwortete Peter in gedämpftem und etwas weniger streitlustigem Ton weiter. »Ja.«

»Soll ich dir das Dokument mailen, oder holst du es dir selbst aus dem Backup?«

»Ich kümmere mich darum.« Dann legte er auf.

Kein Dank und nicht einmal ein Tschüs, dachte Lycke und merkte, wie sie sauer wurde. War es, weil sie in sein Revier eingedrungen war oder weil sie nicht darauf vertraut hatte, dass er alleine mit dem Problem fertigwerden würde? Aber wie würde sie es finden, wenn jemand ihre Arbeit kontrolliert hätte? Sie wäre vielleicht auch irritiert gewesen. Aber sie hatte das doch nur gemacht, damit auch alles funktionierte, wenn sich das System in den Händen der Anwender bewähren musste.

»Mama!«, rief Walter. »Guckst du einen Film mit mir?«

Lycke schaltete den Computer aus und stand vom Küchentisch auf.

»Ja, gerne. Kommt denn was Gutes?«

»Total viel!« Begeistert zeigte Walter mit der Fernbedienung auf den Bildschirm.

Sie legte sich zu Walter aufs Sofa und versuchte, nicht mehr an Peter und seine Worte zu denken, aber ein bisschen enttäuscht war sie doch. Und wütend. Noch wütender wurde sie, als zwei Filme später ihr Chef anrief, Karl-Erik Strand.

Er klang ernst und räusperte sich einige Male, bevor er mit dem herausrückte, was er zu sagen hatte. »Peter Hagman von der Kommune Kungälv hat sich gemeldet«, begann er zögerlich.

»Aha«, erwiderte Lycke. »Was wollte er denn?«

»Er möchte mit einem anderen Berater zusammenarbeiten.«

»Was?«, schrie Lycke beinahe in den Hörer. »Die schmeißen mich aus dem Projekt? Wir sind doch fast fertig.«

»Ja, ich weiß«, antwortete Karl-Erik. »Ist etwas vorgefallen? Bis jetzt waren sie sehr zufrieden. Weißt du, worum es geht?«

»Um einen Fehler, den Peter Hagman gemacht hat. Ich habe ihn darauf hingewiesen, um das Ganze in Ordnung zu bringen. Ein Bericht hätte in der Originalversion überführt werden müssen, wollte aber nicht mit ins neue System. Anscheinend hat Hagman das nicht verkraftet.«

»Du weißt doch, wie das manchmal ist, Lycke. Du bist eine meiner besten Beraterinnen, also nimm das bitte nicht persönlich.«

»Nein, aber am Ende sieht es trotzdem so aus, als ob wir einen Fehler gemacht hätten.«

»Wenn du ihm gesagt hast, dass er den Fehler bereinigen soll, wird er das schon getan haben. Wie geht es denn eigentlich Walter?«

»Gut, er ruht sich aus.«

»Melde dich bei mir, wenn du wieder zur Arbeit kommst, dann überlege ich mir was.«

»Klar.« Lycke stiegen Tränen in die Augen. Wie albern, aber sie hatte wirklich nichts falsch gemacht. Eher im Gegenteil. Sie hatte sich wirklich bemüht, alles richtig zu machen. Damit der richtige Bericht im neuen System landete.

Sie stand vom Sofa auf und wischte sich die Tränen aus dem Gesicht, damit Walter sie nicht sah. Dann dachte sie an das Gespräch und Peters seltsames Verhalten am Vortag zurück. Es war merkwürdig. Als sie bemerkten, dass nicht alle Vorgänge ins neue System überführt worden waren, hatte er gesagt, er würde das Problem selbst lösen. Lycke rief sich ins Gedächtnis, welche Worte gefallen waren. Und während sie die Berichte durchgingen, war er blass geworden und fühlte sich miserabel, doch als Lycke angerufen wurde, weil sie ihren Sohn abholen musste, ging es ihm urplötzlich besser. Als hätte er sie loswerden wollen.

»Was ist los, Mama?«, fragte Walter. »Bist du traurig?«

»Ach, das hat mit der Arbeit zu tun.«

»War jemand gemein zu dir?«

»Wir haben zusammen an einer Sache gearbeitet, und jetzt darf ich nicht mehr mitmachen«, sagte Lycke.

»Warum?«

»Weil ich einen Fehler gefunden habe, den ein Mann gemacht hat.«

»Aber du hast ihm doch geholfen.«

»Kann man so sagen.«

»Dann hätte er danke sagen müssen.«

»Stimmt genau, das finde ich auch«, sagte Lycke.

Walter vertiefte sich wieder in das Fernsehprogramm, und Lycke gab ihm einen Kuss auf die Stirn.

»Bleib du hier in Ruhe zu sitzen, ich sehe mal nach, was wir zu essen haben.« Lycke ging in die Küche, öffnete schwungvoll den Kühlschrank und fing gerade noch eine Tube Mayonnaise auf, die ihr entgegenfiel, als an die Haustür geklopft wurde.

»Wie geht es Walter?«, fragte Johan, der ein Comicheft für sein Patenkind in der Hand hielt.

Lycke unterdrückte ein Seufzen. Sie mochte es nicht, wenn jemand unangemeldet auftauchte. Johan war zwar Martins Bruder, aber so verdammt schwer konnte es doch nicht sein, kurz zum Telefon zu greifen.

»Martin hat gesagt, ich dürfte mir die Schleifmaschine ausleihen«, sagte Johan, dem Lyckes gereizter Gesichtsausdruck nicht entgangen war. »Ich habe vorhin mit ihm telefoniert.«

»Klar, komm rein. Du musst das Ding allerdings selbst suchen. Ich nehme an, dass es sich irgendwo in dem Chaos im Keller versteckt.«

»Stör ich? Ist irgendwas passiert?«, fragte Johan und sah sich um.

Lycke merkte, wie ihr die Tränen übers Gesicht liefen. »Gott, wie peinlich.«

»Was ist denn los?« Johan nahm sie in den Arm.

Walter kam in den Flur und sah seine traurige Mutter an. »Bei Mamas Arbeit waren sie gemein zu ihr. Obwohl sie alles richtig gemacht hat«, erklärte er.

»Ich werde mit deiner Mama reden und sehen, was wir da tun können. Mach dir keine Sorgen. Wie geht es deinem Kinn?« Johan hockte sich neben Walter und nahm das Pflaster in Augenschein.

»Ganz gut, aber es tut weh, wenn ich rede. Und beim Kauen.«

»Das geht bald vorüber. Ich habe dir ein Comicheft mitgebracht.«

»Oh, wow! Danke!« Walter riss den eingeschweißten Comic auf. »Guck mal, da ist auch eine Klebehand dabei«, sagte er und packte das Spielzeug aus. »Die bleiben an Fenstern, Türen und überall hängen. Guck mal, Johan.« Er warf die Hand an die Verandaverglasung. Klatschend landete sie darauf und klebte fest, bis Johan sie am Gummiband zurückholte. Glücklich probierte er sie an mehreren Stellen aus.

»Was ist denn auf Arbeit passiert?«, fragte Johan.

»Nichts, worüber es sich zu weinen lohnt. Es kommen nur so viele Sachen auf einmal zusammen. Ich mache mir Sorgen um Walter, Martin ist nicht da und ich bin zum ersten Mal seit langem wieder von einem Kunden aus dem Projekt geworfen worden. Mein Chef hat vorhin angerufen und gesagt, dass sie nicht mehr mich, sondern einen anderen Berater dabeihaben wollen.«

»Weißt du, warum?«, fragte Johan.

»Ich bin erst seit Dienstag dort, und es hat alles wunderbar geklappt, aber beim ersten Probelauf habe ich einen Fehler entdeckt. Eine Bagatelle, aber Peter, der Verantwortliche bei der Kommune, ist gleich an die Decke gegangen. Er ist total wütend geworden, als ich ihm erzählt habe, dass ich mich noch mal ins System eingeloggt und mir die alten Backups angesehen habe.«

»Ah ja.« Johan versuchte mitzukommen.

»Das ist mein Job! Mein Gott, das macht man ständig, wenn es nötig ist, und ich musste doch überprüfen, ob es von dem Bericht wirklich zwei Versionen gab. Ich glaube übrigens, du weißt, wer das ist, Peter Hagman, er wohnt in der Fiskaregata.«

Johan nickte. »Zunächst einmal hat Peter Hagman Minderwertigkeitskomplexe. Er war damals der Typ, der nie mitmachen durfte, vor allem wegen seiner Eltern. Er war ein Außenseiter und wurde auch ein bisschen gemobbt. Es hat also weder mit dir noch mit Systemfehlern zu tun. Es ist seine Art, andere kleinzumachen, um sich wichtig vorzukommen.«

»Du kennst ihn von früher?«

»Er war eine Klasse unter Martin. Peter hat immer zu ihm aufgeblickt und war sogar mal ein wenig eifersüchtig auf ihn.«

»Warum das?«, fragte Lycke.

»Das habe ich mich auch immer gefragt.« Johan lachte, aber dann wurde er wieder ernst. »Peters Vater hat viel im Ausland gearbeitet, er war ein ziemlich hohes Tier bei General Electric, glaube ich. Seine Mutter hat hier draußen bei der Post gearbeitet, war sich aber zu fein, um die Leute auf der Straße zu grüßen. Peter sollte in die Fußstapfen von Papa Direktor treten. Wenn wir anderen Kinder draußen gespielt haben oder in den Sommerferien segeln und baden gegangen sind, durfte Peter nie mit. Seine Mutter hatte ihn in Hemden gesteckt, die nicht schmutzig werden durften, und zwang ihn, mit den Kindern von passablen Feriengästen oder dem Nachwuchs von Papas Geschäftspartnern zu spielen.«

»Das klingt ja total bescheuert. Martin und du kamt also als Spielkameraden nicht in Frage?«

»Offenbar nicht. Ich glaube, er hat später zwei verschiedene Hochschulstudien angefangen, aber keins abgeschlossen. Er war jedoch ein guter Tennisspieler. Unter den Top Ten in Schweden, glaube ich, aber nicht einmal das war seinen Eltern gut genug. Ich weiß nicht, ob sie noch leben. Wenigstens haben sie auf ihre alten Tage angefangen, die Leute zu grüßen.«

Lycke schüttelte den Kopf. »Hat er keine Geschwister?«

»Nein, und das ist natürlich schade. Es hätte der Familie gutgetan, wenn er sich irgendwo hätte anlehnen können. Darf ich jetzt mal im Keller nach der Schleifmaschine suchen?«

»Klar. Ich sehe währenddessen mal nach, was wir zu essen im Haus haben.«

Johan setzte sich auf die Bank im Flur und zog seine Schuhe aus. »Wenn du Lust hast, kannst du Karin anrufen, sie wollte Pizza holen. Frag sie doch, ob sie vorbeikommt und dir eine mitbringt.«

»Das hört sich gut an.« Lycke nahm Johans Handy.

Als sich Karolina und Magdalena auf den Heimweg machten und in Begleitung von Douglas den Kai entlangschlenderten, war es schon spät. Er ging langsam. Das Meer lag spiegelglatt im Hafen, und die Luft war warm. So warm, dass die Strickjacken, die Ingeborg ihnen aufgedrängt hatte, überflüssig waren.

»Wie geht es Ihnen?« Karolina warf Douglas einen besorgten Blick zu. »Sie sind ein wenig blass.« Douglas war beinahe weiß im Gesicht, ihm stand kalter Schweiß auf der Stirn und sein Haar klebte ihm so verschwitzt am Kopf, dass er aussah wie ein kranker alter Mann, der dringend ins Bett musste.

»Ich glaube, ich habe mir eine Erkältung zugezogen«, sagte er heiser und hustete. Dann räusperte er sich, um seine Stimme in den Griff zu bekommen.

»Wir sind gleich beim Hotel, gehen Sie ruhig nach Hause. Das letzte Stück schaffen wir allein«, sagte Karolina und wich stirnrunzelnd ein paar Schritte vor ihm zurück.

Zuerst schien er protestieren zu wollen, aber dann tupfte er sich mit einem Taschentuch das Gesicht ab. Seine Augen schimmerten wässrig, die Stirn wurde sofort wieder feucht. »Das kann ich nicht zulassen.« Er zwang sich zu einem Lächeln.

»Wir bestehen darauf«, sagte Karolina entschieden.

»Na gut, wenn die Damen mich entschuldigen wollen. Dann ziehe ich mich jetzt zurück und gehe ins Bett.«

»Vielen Dank für den Abend«, sagte Karolina.

»Ja, herzlichen Dank.« Magdalena strahlte.

»Ich habe zu danken. Hoffentlich hat Ihnen der Abend so viel Vergnügen bereitet wie mir.«

Er küsste Karolina die Hand. Seine Hand und seine Lippen glühten vor Hitze, und seine Nase lief. Am liebsten hätte Karolina ihre Hand weggezogen, aber das gehörte sich natürlich nicht. Dann ging er denselben Weg zurück, den sie eben gekommen waren. Sie hörten ihn noch eine Weile husten.

Die Schwestern warfen sich einen verstohlenen Blick zu und schwiegen sicherheitshalber, bis Douglas außer Reichweite war.

»Mein Gott, er sieht wirklich erbärmlich aus«, sagte Karolina.

»Mein liebes Fräulein Lundgren, wie gefällt Ihnen denn der Abend bislang?«, brummte Magdalena.

Karolina lächelte. »Danke, er war sehr angenehm.«

»So angenehm, dass Sie mir die Ehre erweisen würden, meine Frau zu werden?«, fragte Magdalena mit derselben dunklen Stimme, doch als sie den Gesichtsausdruck ihrer Schwester sah, fügte sie sofort hinzu: »Verzeihen Sie mir.«

Karolina schüttelte den Kopf. Wieso hatte Douglas eigentlich die Verlobung mit dem Adelsfräulein aufgelöst? Sie konnte zwar nicht einfach danach fragen, aber sie zerbrach sich oft den Kopf darüber.

»Mutter sagt, er sei wohlhabend.«

»Das ist er ganz bestimmt, aber er röchelt so laut wie Großvater, wenn er denkt, dass ihn niemand hört.«

»Für seine Erkältung kann er doch nichts«, sagte Magdalena.

»Stimmt.« Karolina dachte an ihr altes Kinderzimmer in Karlstad. Das Puppenhaus, das sie von ihrer Mutter geerbt hatte, stand neben der Brautkiste, doch der Abstand zwischen beidem erschien ihr jetzt viel größer als die kurze Entfernung zwischen den Gegenständen in ihrem Zimmer. In nicht allzu ferner Zukunft würden sowohl das Puppenhaus als auch die Brautkiste wieder Einzug auf Schloss Noor halten, und dann wäre sie eine junge Ehefrau, das hatte Großmutter erst vor einem Monat mit ihr besprochen. Sie hatte ihr wohl eine Freude machen wollen, aber in Wahrheit hatte sie vor allem Angst. Sie versuchte, sich auszumalen, wie es war, einen Haushalt zu führen und die ganze Verantwortung für das Kochen, Putzen, die Vorratswirtschaft und die Einladungen zu tragen. Und nicht zuletzt für den Garten, wenn sie sich tatsächlich auf Noor niederließen. Wer Douglas heiratete, würde sich selbst vermutlich nicht überanstrengen müssen, sondern musste vor allem die Hausangestellten anleiten und beaufsichtigen. Da Karolina zu Hause immer mitgeholfen hatte, wusste sie durchaus, was zu tun war. Diesen Teil ihrer Pflichten konnte sie sich also vorstellen, aber nicht den mit Douglas.

Die Aufregung, die sie empfand, hatte nichts mit ihm als Person, sondern damit zu tun, dass sie so spät in der Nacht noch ohne Ingeborg und Vater draußen unterwegs war. Magdalena war zwar als Anstandsdame dabei, aber sie fühlte sich trotzdem allmählich erwachsen, und dieses Gefühl genoss sie. Schon seit ihrer Konfirmation waren die Regeln gelockert worden, und Magdalena und sie wurden nicht mehr wie

Kinder behandelt. Doch es waren auch Pflichten hinzugekommen. Karolina seufzte tief.

Ingeborg hatte gesagt, es gehe darum, sich kennen und schätzen zu lernen. Karolina überlegte, ob sie aus Erfahrung sprach. Wie war es eigentlich zwischen ihr und Vater gewesen? Hatten sie aus Liebe geheiratet? Oder war Vater diese Verbindung eher aus praktischen Gründen eingegangen? Karolina war sich nicht sicher. Aber irgendetwas musste man doch wohl empfinden. Plötzlich erschien ihr Douglas zu alt und zu erwachsen für sie, doch vielleicht empfand sie so nur, weil sie ihn in einem eher unvorteilhaften Zustand erlebt hatte. Wer sieht nicht erbärmlich aus, wenn er erkältet ist? Gerade sie sollte doch Verständnis dafür haben.

»Schau mal!« Magdalena zeigte aufs Wasser. »Da ist der König.«

Karolina wendete den Blick in dieselbe Richtung wie sie und sah den alten Mann in einer Barkasse auf dem Weg zur Drott, der königlichen Yacht, sitzen. Er sah unglücklich aus, fand Karolina und drehte sich zu ihrer Schwester um.

»Ist es nicht seltsam, dass Königin Sofia ihn nie nach Marstrand begleitet?«

»Vielleicht kommt sie ja nach«, sagte Magdalena.

Doch Karolina wusste, dass dies nicht der Fall war. Sie schüttelte den Kopf. »Vater hat gesagt, er kommt immer allein. Königin Sofia fährt nach Skinnarböl, das ist ein Herrenhof in Norwegen.«

»Warum das?«, fragte Magdalena, bekam aber keine Antwort.

Das passierte, wenn man zwei Menschen, die sich nicht zueinander hingezogen fühlten, zum Zusammenleben zwang, dachte Karolina. Es war nichts Ungewöhnliches, wenn die Herren sich mit anderen Damen als ihren Ehefrauen amüsierten. Tanzte man oft genug zusammen, reagierte der Körper wahrscheinlich automatisch. Manchmal wurden sogar außereheliche Kinder geboren. Sie wusste, dass es beim König so war. Die Königin hatte sich eine Zeitlang im Ausland aufgehalten, als die Affären des Königs zu belastend wurden. So will ich wirklich nicht leben, dachte sie.

Die weiße Yacht des Königs lag vor der südlichen Hafeneinfahrt vor Anker. Die Schiffsleuchten spiegelten sich im Wasser. Die Barkasse glitt ganz nah heran, und der König stieg an Bord. Kurz nachdem er sich in einen Sessel auf dem Achterdeck gesetzt hatte, ertönten Lautenklänge. Karolina erkannte die Melodie.

»Du spielst viel besser«, sagte Magdalena.

Sie blieben eine Weile am Kai stehen und lauschten. Es war erstaunlich, wie klar und deutlich das Wasser die Töne zu transportieren schien.

»Sollen wir hinüberrudern und ihnen einen kleinen Besuch abstatten?«, fragte Magdalena und zeigte auf ein kleines Ruderboot, das nur achtlos festgemacht war.

»Bist du von allen guten Geistern verlassen?«, fragte Karolina.

»Wir könnten deine Laute holen, und du spielst ihnen was vor. Zeig ihnen doch mal, wie es eigentlich klingen muss. Du singst doch normalerweise auch dazu.«

»Das würden Ingeborg und Vater nie erlauben.«

»Nicht, wenn wir sie fragen, aber sie schlafen ja bereits. Und niemand muss wissen, dass wir diejenigen sind, die Musik machen.«

»Wie stellst du dir das vor?«, fragte Karolina.

Ihre Schwester brauchte nicht lange zu überlegen, bevor sie übers ganze Gesicht strahlte. »Wir nehmen unsere Sonnenschirme mit!«

»Ich kann aber unmöglich Laute spielen und gleichzeitig meinen Schirm festhalten. Und du kannst nicht mit einer Hand rudern.«

Magdalena wirkte niedergeschlagen, jedoch nur für einen kurzen Moment.

»Wir wickeln uns unsere Halstücher um die Gesichter. Dann erkennt man uns nicht. Außerdem ist es dunkel. Bitte, lass uns das machen.«

Karolina musste zugeben, dass es verlockend klang. Solange niemand erfuhr, dass sie es waren.

»Na gut.«

Es gelang ihnen, ins Turisthotel hinein- und wieder hinauszugelangen, ohne dass irgendjemand außer dem Nachtportier sie bemerkte. Mit leicht verwunderter Miene blickte er den jungen Damen hinterher, als sie die Treppen hochgingen und nur wenige Minuten später mit Tüchern vor den Gesichtern und einer Laute zurückkehrten.

Der Tampen war um einen rostigen Eisenring am Kai geschlagen. Es war nicht leicht, den Knoten zu lösen, aber schließlich schafften sie es. Karolina ging nach Magdalena an Bord, blieb aber stehen.

»Kannst du erkennen, ob es hier schmutzig ist?« Sie zeigte auf die Ruderbank.

»Dafür ist es zu dunkel«, antwortete Magdalena. »Aber ich glaube, es gehört den Ruderern, da müsste es doch sauber sein.«

Karolina hielt immer noch mit einer Hand den Eisenring fest. »Aber …«, begann sie.

»Jetzt lass los, und setz dich hin!«, sagte Magdalena, die bereits auf der Ruderbank in der Mitte Platz genommen hatte.

Magdalena packte die Ruder, während Karolina ihre Röcke raffte und sich hinter Magdalena setzte. Die Ruderblätter durchpflügten die glatte Wasseroberfläche, und das Boot setzte sich in Bewegung. Sie nahm die Laute in die Hand und strich über die Saiten. Töne wehten übers Wasser, und das Gespräch auf dem Achterdeck verstummte. Als sie anfing zu singen, standen die Herren auf und hielten Ausschau, bis sie das kleine Ruderboot herangleiten sahen. Als Karolina *Au clair de la lune* anstimmte, richtete einer der Herren ein Fernglas auf sie.

»Guten Abend, ihr Nymphen der Nacht«, wurde von der Drott gerufen. »Wollt ihr uns nicht Gesellschaft leisten?« Es waren nicht weniger als sieben Männer an Deck, und Karolina und Magdalena waren der Yacht nun näher als dem Kai. Das Boot schien sich auch noch weiterzubewegen, nachdem Magdalena aufgehört hatte zu rudern.

Karolina sah Magdalena an und schüttelte entschieden den Kopf. »Du gibst keinen Pieps von dir«, flüsterte sie. »Jetzt rudern wir zurück.«

Plötzlich badete das Meer in so gleißendem Licht, dass Karolina die Augen zukneifen musste. Ein Scheinwerfer war von der Yacht auf sie gerichtet worden. Sie legte die Laute beiseite und versuchte, sich mit dem Halstuch vor der Helligkeit zu schützen. »Fahr los!«, zischte sie ihrer Schwester zu.

Magdalena fuhrwerkte nervös mit den Rudern herum. Eins fiel ins Wasser, und bevor sie danach gegriffen und es wieder in die Dolle gesteckt hatte, war ihr Boot noch näher an das königliche Schiff getrieben worden. Die Drott erschien ihnen jetzt noch größer und imposanter, und die Gesichter der Besatzung konnten sie noch deutlicher erkennen. Karolina begann unter dem Hut und dem Tuch zu schwitzen, doch das war nichts im Vergleich zu Magdalena, die nun mit ganzer Kraft auf den Kai von Marstrandsö zuruderte. Bei jedem Schlag knarrte es kräftig in den Dollen, und die Ruder schaufelten sich mit lautem Platsch durchs Wasser. Das Keuchen ihrer Schwester steigerte Karolinas hilflosen Ärger nur noch, weil sie nicht mithelfen konnte. Hinter sich hörten sie, wie ein Motor angelassen wurde. Sie hatten es gerade geschafft, das Ruderboot am Steg zu vertäuen, als das Beiboot der Drott mit hoher Geschwindigkeit auf sie zukam. Da es leicht gewesen war, in das kleine Boot zu steigen, hatte keine der beiden Schwestern erwartet, dass es schwierig werden könnte, wieder auf den Kai zu gelangen. Karolina spürte Panik in sich aufsteigen, während ihre Hände die rauen Steine nach einer Stelle absuchten, auf der sie den Fuß hätte absetzen und hochklettern können.

»Ich kann mich nirgendwo festhalten«, wisperte Karolina. Es wäre möglich, dass sie sich an dem Eisenring hochziehen und Magdalena ihr dabei helfen würde.

»Stell dich auf meine Hand, anschließend kannst du mir dann hochhelfen«, keuchte Magdalena, während das Motorengeräusch in ihrem Rücken immer lauter wurde.

Nachdem Karolina ihre Schwester auf den Kai gehievt hatte, wurde ihr schwarz vor Augen und sie musste sich kurz am Steg abstützen.

Das Turisthotel war nur einen Katzensprung entfernt, und Magdalena war mit der Laute ihrer Schwester in der Hand bereits ein Stück die Varvsgata hinaufgerannt. »Beeil dich«, zischte sie.

»Dir ist doch wohl klar, dass wir da nicht hingehen können.« Karolina bekam nur schwer Luft. »Sonst merken sie, dass wir dort wohnen, und kriegen auch raus, wer wir sind. Ingeborg und Vater wird der Schlag treffen.«

Während Karolina im Laufschritt in Richtung Strandverk den Kai entlangeilte, hustete sie vor Anstrengung. Schnell hatte sie Magdalena eingeholt. Die Barkasse hatte mittlerweile den Kai erreicht. Zwei Männer stiegen an Land und sahen sich um.

»Komm«, sagte sie und zog Karolina in einen Garten. Da ihre Schritte auf dem Kies viel zu laut waren, traten sie auf den taufeuchten Rasen. Es dauerte nicht lange, bis die Nässe durch ihre feinen Schuhe drang. Karolina fragte sich, was Ingeborg wohl dazu sagen würde. Von ihren Kleidern ganz zu schweigen. Würde sie etwas merken, oder schafften sie es, ihre Kleider vorher in Ordnung zu bringen? Magdalena zeigte auf einen Geräteschuppen.

»Dort können wir uns verstecken.« Vorsichtig und so leise wie möglich schob sie den Riegel zur Seite, öffnete die Tür und zog Karolina mit sich ins Dunkel. Der Husten in ihrer Brust war nicht mehr zu unterdrücken.

»Hör auf zu husten«, flüsterte Magdalena.

»Das geht nicht.« Sie presste sich das Halstuch vor den Mund und kämpfte gegen den Husten an, bis ihre Augen tränten und ihr der Kopf zu platzen schien. Schließlich ließ der Hustenreiz nach, und ihre Augen gewöhnten sich an die Dunkelheit. Eine ganze Weile blieben sie zwischen den Hacken, Spaten, Rudern und Segeln stehen.

»Glaubst du, dass sie zur Drott zurückgefahren sind?«, flüsterte Magdalena schließlich und schlich an das kleine Fenster des Schuppens.

»Kann man etwas sehen?«, fragte Karolina.

»Nein, da ist ein Baum im Weg.«

»Wir müssen nachschauen, ob ihr Boot noch da ist.« Karolinas Stimme klang heiser, aber aus Angst, einen neuen Hustenanfall zu provozieren, wagte sie nicht, sich zu räuspern.

»Du bleibst hier, ich gehe raus und schaue nach.« Zögerlich öffnete Magdalena die Tür einen Spaltbreit. Karolina fasste nach ihrem Handgelenk.

»Ich pass schon auf. Lass mich jetzt los.« Magdalena schlüpfte hinaus und verschwand. Kurze Zeit später kehrte sie zurück. »Die Luft ist rein.«

Karolina hatte nasse Füße, als sie die schwere Eingangstür des Turisthotels öffneten. Zum Glück war die Tür gut geölt und glitt in ihren Scharnieren lautlos zur Seite.

Während sie über den roten Teppich huschten, war der Nachtportier nirgendwo zu sehen, aber im rechten Korridor bewegte sich jemand, und Karolina wurde plötzlich ängstlich. Niemand wusste, dass sie noch auf waren, und um diese Zeit konnte hier weiß Gott wer unterwegs sein.

Hastig begann sie die Treppe hinaufzugehen, doch schon nach wenig Stufen rebellierte ihr Körper. Ihre Beine wurden schwer, und die Luft wurde ihr knapp. Mit einer Hand am Geländer blieb sie stehen und dachte, dass dieses Abenteuer in einem Desaster enden würde.

»Was ist los?«, fragte Magdalena.

»Ich bekomme keine Luft«, sagte Karolina, spürte aber, dass sie keine Zeit verlieren durften. Was, wenn ihre Eltern aufwachten und nach ihnen sahen? Der Gedanke an Ingeborg versetzte ihr einen Energieschub. »Aber los, jetzt komm.«

Sie schlichen durch den dunklen Flur und beteten, dass jetzt, da sie so weit gekommen waren, niemand eine Tür öffnete und sie ertappte. Ein Stück entfernt hörten sie Gläserklirren und ein Lachen. Drangen diese Geräusche wirklich vom Restaurant bis hier herauf? Unter ihren Füßen knarrte der Fußboden, und durch die großen Fenster schien das Mondlicht herein. Die Schatten der Schwester huschten über die Tapete.

Mit angehaltenem Atem griff Karolina nach der Klinke und schickte ein Stoßgebet zum Himmel, dass sich die Tür genauso lautlos öffnen würde wie die zum Foyer. Sie drehte sich zu Magdalena um und sah in das ernste Gesicht ihrer Schwester. Nun kam es darauf an.

Ingeborg und Vater schliefen, als die beiden Schwestern auf Zehenspitzen in ihr Zimmer tappten, die Laute unters Bett legten und sich still auszogen. Gott sei Dank, dachte Karolina bestimmt zum zehnten Mal, als sie endlich unter die kühlen Laken kroch. Noch immer wummerte in ihren Schläfen der Puls. Sie wandte sich Magdalena zu.

»Du bist verrückt«, flüsterte sie.

»Du auch.« Magdalena lächelte.

»Glaubst du, sie merken etwas?«

»Hoffentlich nicht. Schlaf jetzt. Gute Nacht.«

»Schlaf gut.« Karolina schloss die Augen. Bilder des Abends kamen ihr in den Sinn. Douglas mit seiner laufenden Nase und dem fleckigen Taschentuch, die fiebrig heißen Lippen, die ihre Hand küssten. Der Ärmste, sie hoffte, dass er bald wieder gesund wurde.

Sie stand noch mal aus dem Bett auf, ging zur Waschschüssel und füllte Wasser ein. Dann seifte sie sich gründlich die Hände ein. Im Spiegel sah sie, dass sie Spinnweben im Haar hatte. Aus Angst, die Eltern zu wecken, hatten sie sich nicht die Zähne geputzt. Ihr Herz klopfte immer noch so wild, dass es bis zu Vater und Ingeborg zu hören sein musste. Die Schuhe würden bis morgen nicht trocken werden, aber das war wirklich ihr geringstes Problem. Es hatte keinen Sinn, im Dunkeln die Kleider in Augenschein zu nehmen – auch wenn es möglich gewesen wäre, hätte sie in diesem Moment gar nichts gegen eventuelle Flecken oder Risse unternehmen können. Karolina ging auf Zehenspitzen zurück zum Bett. Magdalena war bereits eingeschlafen, stellte sie fest, während sie unter die Bettdecke kroch.

Sie fühlte sich merkwürdig belebt und nahm es sich gleichzeitig übel, dass sie sich auf etwas so Wahnsinniges eingelassen hatte. Allerdings war sonst immer sie diejenige, die sich mustergültig verhielt. Sie dachte daran, wie Magdalena gerudert hatte, was das Zeug hielt, und wie Magdalena ihr fast aus der schweißnassen Hand gerutscht war, als sie sie auf den Kai ziehen wollte. Lange lag sie wach und dachte an die nächtlichen Strapazen zurück, bevor sie endlich einschlief.

19

»Peter Hagman Handy« stand auf dem Display. Lycke zögerte einen Moment, bevor sie dranging.

»Falls es um die Systemeinführung bei der Kommune Kungälv geht, muss ich dich an einen meiner Kollegen verweisen, denn ich arbeite dort nicht mehr«, sagte sie eisig.

»Der Bericht«, sagte er, »der nicht ins neue System übertragen wurde. Ich muss dich bitten, den Bericht und seinen Inhalt niemandem gegenüber zu erwähnen.« Seine Stimme klang flehentlich.

»Klar. Das hast du schon gesagt, aber du brauchst dir keine Sorgen zu machen, denn ich bin nicht mehr eure Beraterin. Und soweit ich weiß, wolltest du genau das erreichen«, erwiderte Lycke unerbittlich.

»Es tut mir wirklich leid, dass es so gekommen ist«, begann Peter. Sie merkte ihm an, dass er es ernst meinte. Er bedauerte es anscheinend aufrichtig. Sie waren in der kurzen Zeit, in der sie zusammengearbeitet hatten, ein gutes Team gewesen. »Aber diese Sache ist wichtig, Lycke. Du darfst zu niemandem …«

Lycke fiel ihm ins Wort. »Ich habe meinen Kunden gegenüber Schweigepflicht. Auch wenn der Auftrag beendet ist. Noch was?«

Am anderen Ende wurde es still, und Lycke hätte beinahe aufgelegt.

»Ja«, sagte er. »Da ist noch etwas. Ich weiß nicht, wie ich es sagen soll.«

»Meine Güte, spuck es einfach aus«, sagte sie schließlich.

»Es könnte sein, dass sich jemand bei dir meldet und dich bittet, den Bericht nicht zu erwähnen.«

»Nicht nötig. Ich habe es schon beim ersten Mal verstanden. Ich wiederhole: Schweigepflicht.«

»Aber es ist wirklich wichtig, Lycke, und ich fürchte, dass die Sache ein wenig heikel …«

»Das kannst du alles mit meinen Kollegen besprechen, ich habe mit der Systemeinführung nichts mehr am Hut. Wenn du also sonst nichts auf dem Herzen hast …«

»Pass gut auf dich auf.«

»Was? Klar. Tschüs.«

Lycke legte auf und blieb mit dem Telefon in der Hand sitzen. Allmählich fragte sie sich, ob mit Peter Hagman ernsthaft was nicht in Ordnung war.

Karin trat ein und johlte: »Pizzadienst.«

Walter war als Erster im Flur. »Oh, die Pizza, die liebe ich!«

»Hallo, mein Süßer, darf ich dein Kinn mal sehen?« Karin nahm Walter in den Arm. Dann betrachtete sie das Pflaster. »Tut es weh?«

»Nur ein bisschen, beim Reden und so. Ich bin heute mit Mama zu Hause geblieben«, sagte Walter.

»Das kann ich verstehen. Schaffst du es, die Pizzen in die Küche zu tragen?« Während sie ihm die Papiertüte mit den Pizzakartons darin überreichte, tauchte Lycke auf.

»Danke, wie lieb.« Sie gab Karin ein Küsschen. »Was schulde ich dir?«, fragte sie, während sie Karins Jacke auf einen Bügel hängte.

»Nichts.« Karin setzte sich auf die Bank im Flur und merkte plötzlich, wie müde sie war. Sie war schon die ganze Woche so kaputt gewesen. Jedes Sofa sah einladend aus, und sie hätte lieber den Kopf auf eines der Kissen gebettet und die Augen geschlossen, als Unmengen von Papier durchzuackern. Björn hatte recht gehabt. Sie hatte längst nicht alle Akten bekommen, die den Verkauf betrafen, und der Versuch, jede Wendung der Geschichte nachzuvollziehen, war viel zeitaufwendiger, als sie gedacht hatte. Tonaufnahmen von Gemeinderatssitzungen und geheime Sitzungsprotokolle zeigten, dass die Bieter aus Marstrand mit Björn an der Spitze eigentlich den besten Preis gezahlt und alle Bedingungen erfüllt hätten, die von der Kommune an den Verkauf geknüpft worden waren. Dazu gab es eine ganze Reihe von E-Mails und Dokumenten, die nicht aktenkundig, sondern in der Hoffnung, dass niemand sie vermisste, versteckt worden waren. Mit anderen Worten, das Ganze war ein einziges Chaos.

»Wo ist Martin?«, fragte Karin.

»In den USA«, antwortete Lycke.

»Ach ja, das hattest du erzählt. Noch lange?«

»Ungefähr eine Woche. Irgendeine Messe ... Ich weiß nicht mehr genau.« Sie wedelte mit der Hand.

»Das klingt ja unheimlich interessant. Toll, dass er so eine interessierte Frau hat.« Sie lachten.

»Johan hat gesagt, du hattest einen harten Tag?«

»Ach, Walter und ich haben es uns hier gemütlich gemacht, und in der Hinsicht war alles super. Aber bei der Arbeit ist eine verrückte Sache passiert. Willst du es hören?«, fragte Lycke.

»Wir haben im Turisthotel einen toten alten Mann gefunden.« Karin lächelte traurig. »Klar will ich es wissen.«

»O mein Gott, entschuldige. Ich habe wirklich keinen Grund zum Jammern.«

»Na klar, du kannst ruhig auch ein bisschen jammern«, sagte Karin. »Manchmal finde ich es ganz befreiend, anderen zuhören. Aber wollen wir uns nicht setzen, bevor die Pizza kalt wird?«

»Gerne.«

Lycke öffnete die Kellertür und rief nach Johan. »Die Pizza ist da.«

Walter saß bereits am Tisch. »Ich habe alles schon hingestellt.«

»Toll«, sagte Karin. »Soll ich dir die Pizza schneiden? Ganz klein, damit du nicht so viel kauen musst?«

»Mama nimmt immer eine Schere«, antwortete er.

»Das ist clever, so machen wir es.«

Walter rutschte vom Stuhl, lief um die Kücheninsel herum, zog eine Schublade heraus und kam mit einer großen Schere wieder zurück. Karin schnitt die Pizza in Stücke.

Lycke holte eine Flasche Wein aus dem Vorratsschrank. »Was meint ihr?« Sie hielt die Flasche hoch.

»Gerne«, antwortete Karin, während Johan Gläser aus dem Küchenschrank nahm.

»Also, was war denn los bei deiner Arbeit?«, fragte Karin und legte Walter noch ein Stück Pizza auf den Teller.

Lycke holte Luft und berichtete kurz, wie sie bemerkt hatte, dass beim Probelauf die falsche Datei übertragen worden war.

»Das verstehe ich nicht«, sagte Karin. »Was stimmte denn nicht?«

»Es war nicht das Originaldokument, sagte Lycke, aber im System müssen die ursprünglichen Berichte gespeichert werden. Man kann natürlich Veränderungen vornehmen oder Dinge hinzufügen, aber jeder Vorgang muss nachvollziehbar sein. Und Peter war einfach ins System gegangen und hat eigenmächtig etwas geändert.«

»Warum?«, fragte Karin. »Um die Datei ins neue System zu überführen?«

»Genau. Aber wenn man da so herumwurstelt, wird es am Ende nie richtig gut. Das ist wie bei einem Gürtel. Den kann man zwar straffer ziehen, aber irgendwo quillt trotzdem etwas heraus.«

»Genau das richtige Thema, wenn wir gerade Pizza essen. Hier, nimm doch noch ein Stück.« Karin lachte.

Johan kaute bedächtig, ließ den Wein in seinem Glas kreisen und trank einen Schluck. »Peter arbeitet also in der IT-Abteilung der Kommune Kungälv. Wozu hat er denn da Zugang?«

»Zu allem, glaube ich«, antwortete Lycke und entfernte den Plastikdeckel vom Pizzasalat. Er landete mit der schmierigen Seite auf dem Tisch.

»Außerdem ist er mit den Käufern des Warmbadehauses befreundet«, sagte er.

»Ehrlich?«, fragte Lycke. »Wie kommst du darauf?«

»Ich habe sie vor ein paar Wochen in Göteborg zusammen Mittag essen gesehen.«

»Im Klartext heißt das was?« Karin wischte sich den Mundwinkel ab.

»Das Warmbadehaus ist ja verkauft worden, und es wurde endlos darüber diskutiert«, sagte Lycke.

»Bis dahin komme ich mit«, sagte Karin.

»Es wurde unter anderem in Frage gestellt, ob es in der Angebotsphase mit rechten Dingen zugegangen ist«, erläuterte Lycke und biss in ihre Pizza Ciao Ciao.

»Und wenn Peter Hagman alle Bieter persönlich kennt und mit einer Gruppe befreundet ist, könnte man argwöhnen, dass er diese mit Informationen versorgt hat«, sagte Johan.

»Kannte er denn alle Gebote?« Karin dachte an das Gespräch, das sie mittags mit Björn Axelsson geführt hatte.

»Keine Ahnung«, sagte Johan.

»Björn Axelsson, dem das Restaurant im Warmbadehaus gehört, wollte das Gebäude ja gerne kaufen. Soweit ich weiß, hat seine Gruppe am meisten geboten, aber verkauft wurde trotzdem an einen anderen Bieter. Er hat Rechtsmittel eingelegt. Aber er hat mir erzählt, dass die Aussichten schlecht sind, weil ein Teil des Materials geheim ist.«

»Die Leute hier draußen können es nicht mehr hören. Auch wenn die meisten überzeugt davon sind, dass der Verkauf des Warmbadehauses nicht mit rechten Dingen vor sich gegangen ist.«

Lycke stellte ihr Weinglas ab. »Wieso macht man es nicht so, wie man ein Haus verkauft, und beauftragt einen Makler? Die Kommune meint doch nicht zum ersten Mal, das Rad neu erfinden zu müssen. Wenn du mich fragst, ist das alles ein Trauerspiel. Und warum ist die ganze Angelegenheit geheim? Ich habe in der Zeitung gelesen, dass allein zwei Millionen nur für Anwaltskosten draufgegangen sind. Das ist doch Wahnsinn. Zwei Millionen!«

»Könnte es sein, dass du dich besonders aufregst, weil du Ärger mit diesem IT-Heini von der Kommune hattest?«, fragte Johan.

»Nein, ich bin da ganz unparteiisch.« Lycke lächelte gequält. »Jetzt mal im Ernst, ich finde es wirklich traurig, dass die Kommune das Haus verkauft hat.«

Karin sah Johan an, dass er sich über irgendetwas den Kopf zerbrach.

»Wie siehst du das denn?«, fragte Karin und dachte an die geheimen Dokumente, die sie von Björn Axelsson bekommen hatte.

»Ich weiß nicht. Eine Immobilie in Toplage von Marstrand ... Ja, doch, vielleicht ist da unterm Tisch Geld geflossen, aber ich hoffe wirklich, dass ich mich täusche.«

»Darf ich aufstehen?« Walter hatte sein Milchglas ausgetrunken und saß mit einem weißen Milchbart da.

»Na klar«, antwortete Lycke. »Sag danke zu Karin, denn sie hat die Pizza geholt. Und wisch dir bitte den Mund ab.«

»Danke für das Essen, Karin.« Walter tupfte sich den Mund mit Küchenpapier ab.

»Gern geschehen. Da ist noch ein Lutscher für dich in der Tüte.«

Entzückt ging Walter danach suchen.

»Zum Glück ist Wochenende, da kann er sich ausruhen. Die Wunde war ganz schön tief«, sagte Johan.

»Ja, aber es geht ihm schon viel besser als gestern. Die Pizza hat er ja ohne größere Probleme gegessen. Hilfe, war die lecker.«

Sie schenkte Karin und Johan Wein nach. »Möchte außer mir noch jemand einen Kaffee nach dem Essen?«

»Gerne«, antwortete Johan. Karin nickte.

Lycke stellte fest, dass das Kaffeepulver fast alle war und der Laden in einer Viertelstunde zumachte. Es war eher die Regel als die Ausnahme, dass sie freitagabends kurz vor Schluss dort auftauchte, weil sie plötzlich Lust auf Süßigkeiten bekam oder irgendetwas vergessen hatte. Während sie in ihre Daunenweste schlüpfte, bat sie Karin und Johan, auf sie zu warten. Dann sauste sie mit dem Fahrrad die Idrottsgata hinunter.

Im Laden war nicht viel los, und Mattias machte eine spöttische Bemerkung, weil sie so spät kam. »Ich habe fünfzig Kronen darauf gewettet, dass du noch kommst, hätte ich doch lieber fünfhundert gewettet.«

»Was tut man nicht alles, um diese wunderbaren Angestellten hier an einem Freitagabend aufzuheitern.« Lächelnd nahm sich Lycke einen Einkaufskorb.

Am Obststand legte sie ein paar Bananen hinein. Dann wanderten ein Liter Milch und der Joghurt für das Frühstück am Montag in den Korb. Da Karin sie zu der Pizza eingeladen hatte, wollte sich Lycke wenigstens mit einem Nachtisch bedanken. Eis vielleicht, aber das hatte sie bestimmt noch zu Hause im Gefrierfach. Sie konnte ja Schlagsahne zu den Bananen machen und mit Baiser und Schokoladensauce ein Dessert daraus zaubern. Gute Idee, dachte sie und steuerte das Regal mit den Streuseln, Mandelsplittern und Backzutaten an. Dort musste irgendwo auch die Schokoladensauce sein.

»Wie geht es denn dem kleinen Kerl?«, fragte ein hinkender Mann in dunkelblauer Jacke. Sicher ein Bekannter ihrer Schwiegereltern, dachte Lycke. Er war in deren Alter, und woher sonst sollte er von Walters Verletzung wissen?

»Du meinst Walter?«, fragte Lycke.

»Ja, dein Sohn. Ist alles gutgegangen? Ich habe gehört, er musste genäht werden.«

»Ja, danke, alles in Ordnung.« Sie lächelte höflich und packte die Schokoladensauce in den Korb.

»Es passiert so leicht ein Unglück. Man sieht die Kinder ja immer das steile Stück am Fähranleger hinunterrennen, und manchmal habe ich schon gedacht, das geht bestimmt nicht gut aus.«

»Gott sei Dank ist diesmal nichts Schlimmes passiert«, sagte Lycke.

»Diesmal nicht, nein. Ich meine, Kinder sind ja nicht so wachsam wie wir Erwachsenen.«

»Da hast du vielleicht recht, aber es ist auch schön, wenn sie so lange wie möglich unbeschwert sind.« Lycke hatte allmählich genug von dem Kerl.

»Musstet ihr nach Kungälv fahren oder konnte er in der Erste-Hilfe-Stelle vor Ort verarztet werden?«, fragte er.

»Das wurde alles hier draußen gemacht. Wenn man Glück hat, verletzt man sich montags oder donnerstags, da hat die Ambulanz geöffnet«, erwiderte Lycke so freundlich wie möglich.

Er nickte und warf einen Blick in ihren Korb. »Sahne und Schokoladensauce, das sieht aber lecker aus. Gibt es Nachtisch?«

»Ja«, antwortete Lycke. »Mit Baiser. Und die Gäste warten schon, ich muss also schnell nach Hause radeln.«

»Dürfte ich dich um einen Tipp bitten? Ich brauche Kekse für meine Enkelkinder, aber die kauft sonst immer meine Frau. Welche kannst du empfehlen?«

Lycke drückte ihm eine Tüte Waffelgebäck mit Vanillefüllung in die Hand. »Die kommen meistens gut an. Schönen Abend noch.«

»Danke gleichfalls. Und radle nicht zu schnell.«

»Ja, ja«, gab Lycke zurück und ging zur Kasse.

Mit einer Tüte an beiden Seiten des Lenkers fuhr sie zurück. Es war erstaunlich, dass man losging, um Kaffee und einen Nachtisch zu kaufen, und mit zwei vollen Einkaufstüten nach Hause kam.

Während sie in den dritten Gang schaltete und kräftig in die Pedale trat, blickte sie auf die Muskevik hinaus und sah auf der anderen Seite des Sundes Marstrandsö liegen. Die Festung Carlsten zeichnete sich dunkel und scharf vor dem Himmel ab. Das Licht war zu dieser Jahreszeit magisch. Karin verglich es immer mit den Gemälden von Krøyer, die aus sich selbst heraus zu leuchten schienen. Der Himmel changierte blau, grün und gelb, helle Farben auf einer wolkenlosen Leinwand. Und dazu Carlsten in tiefschwarzer Tusche. Die Jahreszeit verströmte so viel Hoffnung, der ganze Sommer lag noch vor ihnen, und man freute sich auf Sonne, das Baden im Meer und die Sommerferien.

Erst kurz bevor sie zu Hause angekommen war und ihr Blick auf die abgeblätterte Farbe am Zaun eines Nachbarn fiel, fragte sie sich, woher der Mann wusste, dass sie mit dem Fahrrad gekommen war. Vielleicht war sie auf dem Hinweg an ihm vorbeigesaust, ohne es zu merken, oder Moment mal, sie hatte doch gesagt, sie müsse jetzt nach Hause radeln. So wird es gewesen sein, dachte sie und verfluchte ihre schlechte Kondition, während sie die Idrottsgata wieder hinaufstrampelte und links in den Fyrmästargång einbog.

Donnerstag, 26. Juli 1906

»Die Mädchen schlafen aber lange.« Vater runzelte besorgt die Stirn. Er öffnete die Tür einen Spaltbreit und sah nach, ob seine Töchter auch wirklich noch in ihren Betten lagen. Das taten sie. Erleichtert setzte er sich wieder mit seinem Kaffee auf den Balkon und widmete sich Göteborgs Handels- und Seefahrtszeitung.

»Hoffentlich haben sie sich gestern gut amüsiert, nachdem wir gegangen sind.«

Edvard ließ die Zeitung sinken und sah seine Ehefrau an, die im Wochenblatt *Idun* blätterte.

»Möchtest du Karolina heute zum Arzt begleiten, oder soll ich mitgehen?«, fragte er.

»Du bist ja letztes Mal mitgegangen, diesmal kann ich es machen.«

Karl setzte sich an seinen Schreibtisch und zermarterte sich den Kopf. Er dachte an den ärztlichen Eid, den er geschworen hatte, und an seine Schweigepflicht. Aber er konnte doch nicht tatenlos mitansehen, wie Fräulein Lundgren in eine Beziehung mit Douglas gelockt wurde, wenn dieser Syphilis hatte? Den ganzen Tag hatte er gegrübelt und fast gehofft, er würde der Familie begegnen, doch das war nicht passiert. Um elf hatte Karolina einen Termin bei ihm, und dann musste er irgendetwas zu ihren Eltern sagen. Die Angelegenheit war, um es milde auszudrücken, delikat, aber je eher sie davon erfuhren, desto besser.

Karl sah auf die Uhr und stellte fest, dass er noch zwanzig Minuten Zeit hatte, bevor sie auftauchen würden. Er sammelte die Papiere auf seinem Schreibtisch ein, steckte einige von ihnen in die Karteikarte des vorigen Patienten und versuchte den Rest nach Dringlichkeit zu sortieren. Sein Kopf funktionierte jedoch nicht richtig, und die Gedanken wollten sich überhaupt nicht auf die Dokumente in seinen Händen konzentrieren, sondern wanderten immer wieder zu seinem nächsten Termin. Schließlich gab er es auf.

Hoffentlich war ihr Vater dabei. Aus irgendeinem Grund erschien es ihm weniger schwierig, die Sache mit ihm zu besprechen als mit der Stiefmutter. Zehn Minuten später sah er Fräulein Lundgren durchs Fenster. Er fluchte leise, als er Ingeborg an ihrer Seite über den Badhusplan spazieren sah. Sie trafen auf einige Bekannte und blieben eine Weile stehen, um zu plaudern, bevor sie den Eingang des Warmbadehauses ansteuerten.

Wie sollte er es sagen? Die Worte klangen falsch, egal wie er sie in seinem Kopf drehte und wendete. Schließlich beschloss er, mit der Mutter unter vier Augen zu sprechen.

»Frau Lundgren, angenehm, Fräulein Lundgren, wie geht es Ihnen heute?«

Er hörte sie antworten, konnte sich aber im Nachhinein kaum an ihre Worte erinnern. Er stellte noch ein paar Fragen, um sich ein Bild von ihrem Gesundheitszustand zu machen. Der Husten hatte erfreulicherweise ein wenig nachgelassen. Ihre Wangen waren etwas rosiger als beim letzten Mal, aber das konnte auch an dem Spaziergang liegen. Außerdem war es heute ein wenig frischer. Die Mutter mischte sich in das Gespräch ein und behauptete, ihrer Stieftochter ginge es viel besser, aber Karolina senkte den Blick. Er zog den Schluss, dass sie anderer Ansicht war, aber lieber im Stillen litt, als der Stiefmutter zu widersprechen.

»Ich würde gern ihr Herz und ihre Lungen abhören«, sagte er und zeigte auf den Paravent.

Karolina stand auf, zog sich hinter dem Schirm das Kleid über den Kopf und setzte sich in Leibchen und Unterrock wieder hin. Er vermied einen Blick auf ihre Brüste. Meine Güte, ich bin doch Arzt, rief er sich ins Gedächtnis. Stattdessen konzentrierte er sich auf ihre Arme, aber seine Gedanken machten wieder, was sie wollten, und plötzlich stellte er sich vor, wie es wohl wäre, wenn Karolina sie ihm um den Hals legte. Er schob das Stethoskop unter ihr Leibchen und setzte es auf ihre Brust.

»Tief Luft holen, bitte.«

Karolina tat, was er sagte.

»Noch einmal.«

Ihre Haut war weich und zart.

»Können Sie mal husten?«

Er legte eine Hand auf ihre Schulter. Nicht dass das notwendig gewesen wäre. Aber er konnte dem nicht widerstehen. Der Husten klang etwas gedämpfter, aber immer noch nicht wirklich gut. Was bedeutete, dass er sie mit gutem Gewissen weiter zur Beobachtung einbestellen konnte. Das ließ sich gut begründen, denn der Husten war unüberhörbar und fiel auch der Familie auf. Anders wäre es bei schlechten Blutwerten.

Er legte zwei Finger an ihre Halsschlagader und bewegte das Stethoskop ein Stück zur Seite. Ihr Puls war hoch. Zu hoch. Er schaute sie an und sah sie erröten. Ein Arztbesuch konnte zwar den Herzschlag von nervösen Patienten ein wenig beschleunigen, aber in diesem Fall hoffte er, dass er selbst den Anstieg des Pulses verursacht hatte. Mit seinen Berührungen. Oh, er wollte sie in seine Arme schließen, ihre Wange an seiner fühlen und den Duft von Maiglöckchen einsaugen, der sie immer zu umgeben schien. Er sehnte sich danach, mit ihr im Schatten eines Baumes zu sitzen und diese feuchten Lippen zu küssen, die so einladend aussahen. Wollte sie schmecken, sie im Gras an sich ziehen und mit den Händen ihren Körper erforschen …

»Stimmt etwas nicht?« Karolina sah ihn besorgt an.

Karls Wangen glühten auf. Er räusperte sich. »Ihr Husten gefällt mir nicht, obwohl er schon besser geworden ist. Ich möchte, dass Sie übermorgen wiederkommen. Dann bekommen Sie ein Schlammbad.«

Karolina lächelte. »Ein Schlammbad?«

»Schlamm enthält viele heilsame Stoffe. Mineralien, die in ihre Haut eindringen. Ich glaube, das wird Ihnen guttun. Man könnte sagen, dass wir Ihnen von außen Dinge zufügen, die den Heilungsprozess im Innern unterstützen.«

Er dachte an Doktor Haglööf, der immer darauf geachtet hatte, dass die Patienten den Sinn und Zweck der Behandlungen verstanden. Seiner Ansicht nach begünstigte es die Heilung, wenn die Patienten mitdachten.

»Sie können Ihr Kleid wieder anziehen.«

Karolina rutschte von der Pritsche und ging auf den Paravent zu. Plötzlich drehte sie sich um.

»Kann ich dieselbe Bademeisterin wie beim letzten Mal haben?«, fragte sie.

»Bestimmt«, antwortete Karl.

Plötzlich schlug Ingeborg die Zeitschrift zu, die sie sich mitgebracht hatte, und stand auf. Ihre Kiefermuskulatur war verkrampft, und sie wirkte verärgert.

»Habe ich das richtig verstanden? Sie sind der Meinung, es gehe ihr besser als beim letzten Mal?«

»Das ist richtig«, erwiderte Karl.

»Sie wollen aber, dass sie weiterhin kommt.«

»Ja.«

»Weshalb?«

»Karolina ist noch nicht vollständig gesund, wenn auch auf dem Weg der Besserung.«

»Karolina war immer schon kränklich. Vielleicht wird sie nie, was Sie als vollständig gesund bezeichnen.«

»Versuchen muss man es trotzdem. Ich sehe eine Möglichkeit …«

Karolina trat angezogen hinter dem Schirm hervor. Das Gespräch war ihr offensichtlich unangenehm.

»Warte im Flur auf mich. Ich möchte noch mit Doktor Wallin reden«, herrschte Ingeborg sie an.

»Ja, Ingeborg. Danke, Doktor Wallin.« Karolina betonte das Wort Doktor.

»Passen Sie gut auf sich auf, Fräulein Lundgren.«

Als die Tür sich hinter ihr geschlossen hatte, war Karls Chance gekommen. Es war zwar der schlechteste Zeitpunkt, um mit Ingeborg über Douglas' Krankheit zu sprechen, aber es blieb ihm nichts anderes übrig. Ich muss es ihr sagen, dachte er und holte tief Luft.

Auf dem Heimweg gab Ingeborg keinen Ton von sich. Ihr Gesichtsausdruck war schwer zu deuten, und Karolina spürte, dass es am besten war, sie in Ruhe zu lassen. In der Hand hielt sie eine zusammengeknüllte Preisliste des Badehauses. Ausgerechnet Schlammbäder waren offenbar die teuersten Anwendungen, die man dort bekommen konnte, und es war niemandem entgangen, dass sie die Kompetenz des jungen Arztes in Frage stellte. Anfangs hatte Karolina sie laut mit Doktor Wallin sprechen gehört, so laut, dass man es nicht nur durch die Tür, sondern sicher auch im Nachbarraum mitbekam. Dann war Ingeborg plötzlich verstummt. Einige Minuten später stampfte sie aus dem Büro von Doktor Wallin heraus. Es war pures Glück, dass Karolina sie bemerkte, denn Ingeborg schien keinen Gedanken daran zu verschwenden, ob ihre Stieftochter bei ihr war oder nicht.

Karolina hustete und musste langsamer gehen. »Ingeborg«, sagte sie und blieb vor dem Restaurant Alpenhütte stehen. Doch Ingeborg hörte und sah offenbar nichts, Denn sie stiefelte einfach weiter.

Karolina folgte ihr in bedächtigem Tempo und sah sie bei Niklas Olssons Gemischtwarenladen um die Ecke verschwinden.

Aus der Bäckerei in der Långgata duftete es nach frisch gebackenem Brot, und eine Dame mit weißer Schürze kam mit einem abgedeckten Korb in der Hand heraus. Eine Haushälterin, dachte Karolina und blickte der Frau hinterher, während sie am Stadthotel vorbeieilte und in die Kvarngata einbog. Vor nicht allzu langer Zeit hatten sie alles gehabt, was man brauchte, um dazuzugehören. Alles und sogar noch ein bisschen mehr. Hausangestellte. Die wunderbare Haushälterin und das unzuverlässige Kindermädchen hatten Ingeborg und ihre Bekannten ständig mit Gesprächsstoff versorgt. Nun war nur noch die Haushälterin übrig, und Karolina und Magdalena mussten zu Hause mithelfen. Nicht, dass sie etwas dagegen gehabt hätte. Sie war es nur anders gewöhnt gewesen.

Am schwersten fiel die Umstellung Ingeborg selbst. Sie hatte immer Geld gehabt und kaum gewusst, was die Dinge so kosteten. Sie stammte aus einem vermögenden Elternhaus, hatte Vater geheiratet und lebte anfangs mit ihm weiter in wohlhabenden Verhältnissen. Sie hatte sich nie Sorgen um Geld machen müssen. Bis plötzlich keins mehr da war.

Edvard Lundgren saß mit Magdalena auf der Terrasse des Turisthotels, als sich seine Frau näherte. Zu seinem Erstaunen kam sie allein. Falls Karolina noch hatte bleiben müssen, um sich einer Behandlung zu unterziehen, war es durchaus denkbar, dass es Ingeborg zu lange gedauert hatte und sie vorzeitig zum Hotel zurückgegangen war. Vielleicht in der Hoffnung, abgelöst zu werden. Magdalena versuchte die Mutter auf sich aufmerksam zu machen, hatte aber keinen Erfolg.

Eine Kellnerin kam an ihren Tisch und sah Edvard fragend an. »Soll ich Ihrer Frau ausrichten, dass Sie hier sitzen?«

»Ja, bitte.«

Dann entdeckte er Karolina. Sie bewegte sich langsam vorwärts und hustete dabei. Er merkte, dass er die Zähne zusammenbiss. Dann stand er auf und ging seiner Tochter entgegen.

Magdalena und Karolina wurden auf ihr Zimmer geschickt. Im Salon nebenan hörten sie ihre Eltern streiten. Einzelne Satzfetzen drangen hinüber zu den Schwestern.

»... Schlammbäder ... mehrere Untersuchungen in der Woche ... ist das wirklich nötig?«

Karolina begriff, dass es um sie ging. Vater antwortete. Seine Stimme war noch lauter geworden. »Sie kann doch nichts dafür, dass sie krank ist.«

»Diese ewige Verhätschelung. Vielleicht muss man sich endlich damit abfinden, dass sie nicht gesünder wird.«

»Wie meinst du das?«

»Dass es ihr so gut wie möglich geht.«

»Doktor Wallin hat doch gesagt ...«

»Diesen Doktor Wallin finde ich nicht sehr überzeugend. Natürlich verschreibt der Unmengen von Behandlungen, er verdient ja daran.«

»Ich habe Vertrauen zu ihm. Hast du vergessen, wie rasch er an dem Abend bei der Gräfin gehandelt hat? Karolina ...«

»Karolina hier und Karolina da. Es fehlt an allen Ecken und Enden, aber für Karolinas Arztbesuche, die Behandlungen und die Medikamente ist immer genug Geld da.«

»Geld, natürlich. Imme geht es um Geld. Ich sehe sehr wohl, wie unterschiedlich du unsere Töchter behandelst. Wenn es zum Beispiel um Kleider geht, muss Karolina immer das billigste nehmen, während Magdalenas gern etwas teurer sein dürfen. Außerdem lässt du Karolina alleine vom Warmbadehaus nach Hause gehen. Was hast du dir dabei gedacht?«

»Ich hatte das Warten satt«, erwiderte Ingeborg trocken. »Einen kleinen Spaziergang schafft sie auch alleine und noch dazu am helllichten Tag.«

»Sie ist nicht gesund, sie kann nicht schneller und sie gibt ihr Bestes.«

»Ich bin es leid …«, begann Ingeborg, aber Edvard schnitt ihr sofort das Wort ab.

»Jetzt bist du still. Ich will nichts mehr davon hören.«

»Aber …«

»Sei still, habe ich gesagt!«, brüllte er.

Dann herrschte absolute Ruhe. Die Schwestern im Nebenzimmer sahen sich an. Streit war zwischen ihren Eltern zwar schon vorgekommen, aber noch nie so heftig, und nie zuvor hatte Ingeborg so verletzende Dinge über Karolina gesagt. Jetzt saß Karolina auf ihrem Bett und starrte mit feuchten Augen vor sich hin.

Magdalena ging zu ihr, lehnte den Kopf an ihren und hielt ihre Hand. »Sie hat es nicht so gemeint.«

Karolina antwortete nicht. Schweigend und still saßen sie über eine Stunde so da und wären beinahe eingeschlafen.

»Ich glaube, es hat geklopft«, sagte Magdalena. Dumpfes Gemurmel und die schrille Stimme der Mutter ertönten: »Was um alles in der Welt?«

Einen Augenblick später wurden die Flügeltüren aufgerissen, und die Eltern starrten sie an. Von ihrer Meinungsverschiedenheit war nichts mehr zu spüren. Vater hielt ein weißes Halstuch hoch. »Wem gehört das?«, fragte er. Seine Stimme klang härter als sonst, und sein Gesicht wirkte versteinert. Ingeborg hatte ein Stück Papier in der einen Hand und umfasste mit der anderen die Messingklinke, als müsste sie sich abstützen.

Magdalena nahm ihrem Vater das Halstuch ab und musterte es. »Das gehört mir. Ich dachte schon, ich hätte es verloren.«

»Wann denn?«, fragte Vater.

»Auf dem Heimweg vom Societetshus«, sagte Magdalena.

Ingeborg runzelte die Stirn. »Du hattest es aber gar nicht dabei, das weiß ich ganz genau. Oder was sagst du, Karolina? Keine von euch hat ein Halstuch getragen, es war doch so warm.«

Nach allem, was Ingeborg vorhin von sich gegeben hatte, verspürte Karolina nicht die geringste Lust, mit ihr zu reden. Was glaubte sie eigentlich? Dass sie nichts gehört hatte? Oder dass die scharfen Worte ihr nichts ausmachten?

»Karolina?«, fragte Vater nun etwas milder, aber immer noch ernst.

»Ich bin mir nicht sicher, wann Magdalena ihr Halstuch verloren hat.« Das war zwar nur die halbe Wahrheit, aber keine wirklich Lüge. Sie wusste wirklich nicht, wann ihre Schwester das Halstuch verloren hatte. Sie warf ihrer Schwester einen Blick zu.

»Ehrlich?« Vater ließ sich in einen Sessel sinken. Ingeborg stellte sich neben ihn.

»Wo habt ihr es denn gefunden?«, fragte Magdalena angespannt.

»Nicht wir haben es gefunden«, sagte Vater. »Der königliche Adjutant Ankarcrona hat es hier abgegeben.« Er nahm Ingeborg ein gefaltetes Blatt Papier aus der Hand. Der goldene Namenszug auf dem Briefkopf war allgemein bekannt. Vater setzte seine Lesebrille auf und las laut vor.

Die Nymphen der Nacht mit hellem Gesang
Eine Laune der Wellen und Lautenklang
Versprachen süßen Trost meiner Seel
Machten aus jedem Stein ein Juwel
Wer sang diese Töne und ließ mich zurück
Die Nymphen der Nacht nur ein flüchtiges Glück
Im Nebel verspotteten mich die Damen
Doch ein vergessenes Tuch verriet Eure Namen

Der Erste Hofmarschall Seiner Majestät des Königs hat hiermit auf höchsten Befehl die Ehre, Fräulein Lundgren von Noor und Fräulein Lundgren am Dienstag, den 31. Juli um 9 Uhr morgens zu einem Tagesausflug an Bord der königlichen Yacht Drott einzuladen. Die Barkasse holt die Damen am Kaufmannshafen ab. Rückkehr nach Marstrand um 18 Uhr. Seine Majestät der König bittet freundlichst um Mitnahme der

Laute. Sollten die Eingeladenen verhindert sein, wird um Rücksendung der Karte gebeten.

Karolina und Magdalena sahen sich an. Es zuckte in Magdalenas Mundwinkeln, und sie bemerkte den warnenden Blick ihrer Schwester nicht.

Karolina streckte sich, versuchte jedoch keinen allzu erfreuten Eindruck zu machen. »Ist das eine Einladung vom König?«, fragte sie.

Magdalena dagegen konnte nicht stillsitzen, sondern klatschte entzückt in die Hände. »Hurra!«, schrie sie und strahlte Karolina an. Dann sah sie Vaters Miene und war sofort still.

Vater hatte eine steile Falte auf der Stirn, während Ingeborg, die die Einladung nun wieder an sich genommen hatte, mit den Fingern über das dicke Papier und das Monogramm strich.

»Dürfen wir wirklich auf der Drott mitfahren?«, fragte Magdalena.

»Das hat niemand gesagt. Ich möchte erst einmal wissen, wie es zu dieser Einladung gekommen ist und woher Seine Majestät weiß, dass Karolina Laute spielt?«

Die Schwestern schwiegen, doch nun riss Vaters Geduldsfaden und er hieb so fest auf ein Walnusstischchen, das all ihre Muscheln, die sie am Strand gesammelt und darauf abgelegt hatten, zu Boden fielen und zerbrachen.

»Jetzt!«, brüllte er in der gleichen Lautstärke wie zuvor Ingeborg gegenüber. »Raus mit der Sprache, sonst dürft ihr garantiert nicht mit!«

Nun sprudelte die ganze Geschichte aus Magdalena heraus. Ohne mit der Wimper zu zucken, nahm sie die Schuld auf sich und verriet, dass alles ihre Idee gewesen war. Vielleicht, damit Karolina nicht noch mehr Vorwürfe zu hören bekam. Ingeborg sah aus, als würde sie in Ohnmacht fallen, und musste von Vater auf einen Stuhl gesetzt werden. Anschließend verschränkte er die Arme vor der Brust. Er hörte zu, schüttelte hin und wieder den Kopf, sagte aber kein Wort.

»Wenn ich mein Halstuch nicht verloren hätte, wären sie niemals auf uns gekommen.« Unpassenderweise war sie ein bisschen stolz darauf. Karolina erinnerte sich daran, wie sie in Tücher und andere Kleidungsstücke ihre Namen eingestickt hatten, damit die Wäscherinnen wussten, wem sie gehörten.

»Junge Mädchen eures Standes laufen nachts nicht herum«, sagte Ingeborg in scharfem Ton. »Was sollen die Leute denken?«

»Es hat uns doch niemand erkannt«, sagte Magdalena.

»Schluss jetzt mit dem Geschwätz! Oder denkst du etwa, dass man ruhig Unfug treiben und verbotene Dinge tun kann, solange man nicht ertappt wird?«, fragte Vater.

»Nein, Vater«, murmelte Magdalena.

Dass Magdalena ihre Grenzen auslotete, war nichts Neues, doch Vater war trotzdem enttäuscht. Vor allem von Karolina, das wusste sie.

»Du hättest es besser wissen müssen, du bist die Ältere«, sagte er streng.

»Ja, Vater. Verzeih mir.« Karolina spürte, wie ihr die Tränen kamen.

»Bitte, Vater, dürfen wir mit?«, fragte Magdalena.

»Wir werden sehen«, sagte er und verließ den Raum.

20

Montag, 3. Juni 2013

Robert ließ eine Reihe von Vorschulkindern und Lehrerinnen durch, bevor er auf den Parkplatz der Viktoriaschule in der Linnégata fuhr.

»Das Haus hat ein Verwandter von mir entworfen«, sagte Karin und zeigte auf das Backsteingebäude, das früher eine Schule gewesen war und in dem sich nun ein Kino befand. »Bror Viktor Adler.«

»Sieh mal an«, sagte Robert. »Wenn du das Parkticket ziehst, park ich schon mal den Wagen.«

»Zwei Stunden müssten reichen, oder?«, rief Karin vom Parkautomaten. Robert hielt den Daumen hoch. Sie hatte ihn auf den neuesten Stand gebracht, das konnte sie gut: die Essenz herausfiltern und das Wichtigste erzählen. In diesem Fall ging es um den Verkauf von Marstrands Warmbadehaus. Eine der beiden neuen Eigentümerinnen hieß Angela Fransson und hatte einen Schönheitssalon an der Ecke zwischen Linnégata und Övre Majorsgata.

»Weiß, Weiß, Weiß.« Robert sah sich im Wartezimmer des Linné Beauty Centers um, wo sie zehn Minuten vor der vereinbarten Zeit eingetroffen waren. »Überall Weiß. Es riecht sogar noch wie frisch gestrichen.«

Karin rümpfte die Nase. Die Luft war stickig, und sie hätte gerne das Fenster aufgemacht.

»Meinst du, es gab Mengenrabatt bei der Farbe?«, überlegte Robert.

Aus ebenfalls weißen und gut versteckten Lautsprechern drang leise meditative Musik. An den Wänden hingen große Schwarzweißfotos.

»Ist das nicht Marstrand?« Robert betrachtete eines der Bilder.

Karin drehte sich um und überquerte mit wenigen Schritten die beige Auslegeware, die sie für ein Wartezimmer ungeeignet fand. Noch war sie neu und blitzsauber, aber im Winter schleppten die Leute mit ihren Stiefeln Schneematsch und Dreck ein – wie würde der Teppich dann aussehen? Ich bin einfach zu praktisch veranlagt, dachte sie. Sie richtete den Blick auf das Foto. »Das Warmbadehaus mit dem Kaltbadehaus davor«, sagte sie.

Plötzlich waren aus dem Raum nebenan aufgeregte Stimmen zu hören, man konnte aber nicht verstehen, was gesagt wurde. Karin und Robert verstummten.

»Eine unzufriedene Kundin vielleicht?«, flüsterte Robert, legte sich einen Finger auf die Stirn und zog die Haut zurück. Vermutlich, um ein Lifting zu simulieren. Karin nahm es zumindest an. Sie schüttelte den Kopf.

Die Tür ging auf und ein Mann um die dreißig kam heraus. Er sah aus, als wäre er einer Reklame für exklusive Herrenbekleidung entsprungen. Zähne so weiß und gerade, dass mit Sicherheit nachgeholfen worden war, Urlaubsbräune, obwohl der Sommer gerade erst angefangen hatte, und ein gutgeschnittener grauer Anzug, der wie angegossen über einem rosa Hemd saß. Offenbar verwundert darüber, im Wartezimmer jemanden sitzen zu sehen, blickte der Mann sie an. Er nickte Karin zu, die auf einem Sessel Platz genommen hatte, doch als er Robert bemerkte, veränderte sich sein Gesichtsausdruck.

»Das gibt's ja nicht«, sagte Robert. »Hast du eine Schönheitsbehandlung bekommen?«

»Was? Nee, nee.«

»Was machst du hier?«

»Wir haben unser Büro nebenan.« Er deutete auf die Tür.

»Wo arbeitest du denn jetzt?«, fragte Robert.

»Immobilienbranche.« Er streckte sich und ließ die Ärmel ein Stück hochrutschen, damit Robert die teure Uhr sah. Karin blieb sitzen. Möglicherweise war es Absicht, dass Robert sie nicht vorstellte, dachte sie und schlug die *Svensk Damtidning* auf.

»Sieht aus, als hättest du mit den Abrissarbeiten aufgehört.« Robert nickte mit dem Kopf und warf einen bedeutungsvollen Blick auf den Anzug.

»Ach, das, ja, mein Gott, das ist lange her.«

»Immobilienbranche, interessant. Was machst du denn da?«

Das Handy des Mannes klingelte. »Entschuldige, da muss ich drangehen. Tschüs.«

»Und Tschüs.« Robert blickte ihm hinterher, bis die Tür zufiel.

»Wer war das?«, fragte Karin.

»Ja, wie hieß er noch mal?«, begann Robert. Er schüttelte den Kopf. »Ich hab's gleich, einer dieser typischen Namen, die auf -y enden. Ronny, Benny, Conny ... Jedenfalls, als das Rechtszentrum gebaut wurde ...«

Karin erinnerte sich an das Chaos, als das Polizeigebäude in ein Rechtszentrum umgewandelt wurde, in dem neben der Polizeibehörde auch Staatsanwaltschaft, Untersuchungsgefängnis und das Amtsgericht Göteborg untergebracht wurden. Der Gebäudekomplex stand in der Ullevigata, Ecke Skånegata. Gott sei Dank war er mittlerweile fertig.

»Doch, wir hatten mal einen Einsatz draußen in Hisingen, in einer Autowerkstatt am Backaplan, und da habe ich den Typen kennengelernt. Jonny Bengtsson! So heißt er. Irgendjemand hat behauptet, er hätte im Ausland für Geld geboxt. Das Finanzamt war hinter ihm her, aber ich glaube, sie konnten ihm nichts nachweisen. Er wurde schließlich verknackt, weil er Autos geklaut und mit manipuliertem Zählerstand weiterverkauft hat. Ein Kleinkrimineller, du weißt schon.«

»Das Rechtszentrum«, erinnerte ihn Karin.

»Ach ja, Mist. Während der Abrissarbeiten im Zuge des Umbaus sehe ich plötzlich diesen Typen dastehen und Schutt wegräumen.«

»Wurde er denn einer Sicherheitsüberprüfung unterzogen?«, fragte Karin.

»Nein, die wurde bei ihm natürlich nicht durchgeführt. Am Ende haben sie jeden genommen. Da bauen die ein neues Rechtszentrum. Supersicher und Hightech, alles total geheim. Und wer macht die Arbeit? Die Ganoven waren schon drin, bevor das Gebäude überhaupt fertig war. Ich kann ja verstehen, dass die Zeit gedrängt hat, aber einige der Baufirmen haben einfach jeden genommen, den sie kriegen konnten.«

»Und jetzt arbeitet er in der Immobilienbranche«, sagte Karin.

»Ja, darüber würde ich auch gerne mehr erfahren«, erwiderte Robert, als eine Frau im weißen Kittel erschien.

»Seid ihr von der Polizei?« Sie lächelte zaghaft. Unter dem Kittel blitzte eine schlichte cremefarbene Bluse hervor, und an ihrer Kette hing ein schlichtes Holzkreuz.

»Ja, wir sind leider etwas früher dran.« Karin gab ihr die Hand. »Karin Adler.«

»Robert Sjölin.«

»Angela Fransson.« Ihre Hand war sorgfältig manikürt, und ihre gesamte Erscheinung strahlte einen Glanz aus, der von innen zu kommen schien. Angesichts Angelas glänzender Haut und den hellrosa Nägeln wurde Karin bewusst, wie trocken und wenig glamourös ihre eigenen Hände waren. Sobald sie hier fertig waren, würde sie sich in der nächsten Apotheke eine Handcreme kaufen, Robert wusste bestimmt, wo eine war.

»Folgt mir bitte.« Angela öffnete die Tür. Trotz des engen Rocks und der hohen Absätze bewegte sie sich elegant. Karin trug solche Schuhe höchstens ein paar Stunden auf einem Fest, fühlte sich aber nie wirklich wohl darin und war erleichtert, wenn sie sie endlich ausziehen durfte. Einen ganzen Arbeitstag lang darin herumzulaufen, konnte sie sich nicht vorstellen.

»Ich habe Jonny Bengtsson im Wartezimmer getroffen. Woher kennst du ihn?«, fragte Robert beiläufig, noch bevor sie ihrem Behandlungsraum angekommen waren.

»Ach, Jonny, die Firma, bei der er arbeitet, hat ihr Büro nebenan. Sie kommen manchmal und leihen sich Kaffeepulver oder laden mich zum Kaffee ein.« Sie errötete. Karin dachte an den aufgebrachten Wortwechsel, den sie vorhin mitbekommen hatten. Um Kaffee war es dabei sicher nicht gegangen.

»Und woher kennst du ihn?« Angela hielt ihnen die Tür auf. Auf der rechten Seite ein Schreibtisch und links ein paar Stühle an einem roten Glastisch. Die Wand hinter dem Schreibtisch war bedeckt mit gerahmten Diplomen und einem Foto von Angela auf einer Bühne, wo sie einen Preis in Empfang zu nehmen schien. Sie schloss die Tür und zeigte auf die Stühle. Ihr Blick war erwartungsvoll auf Robert gerichtet.

»Er war in den Umbau des Rechtszentrums involviert.« Robert hängte seine Jacke über die Lehne.

Manchmal staunte Karin über seine Fähigkeit, schnell und klug zu formulieren.

»Ah.« Angela setzte sich Robert gegenüber.

Karin schlug ihren Block auf. »Du und Ove Karlsson seid also die frischgebackenen Besitzer von Marstrands Warmbadehaus«, sagte sie.

»Das ist richtig«, antwortete Angela.

»Wie ich am Telefon schon angekündigt habe, möchten wir dir ein paar Fragen stellen. Wir ermitteln im Todesfall Holger Eriksson, und es gibt da einige Unklarheiten. Hattest du mit Holger zu tun?«

»Ja. Als er mich das erste Mal angerufen hat, wollte er wissen, was wir mit dem Warmbadehaus vorhaben. Das muss über ein Jahr her sein.«

»Wieso hat er angerufen?«, fragte Karin.

»Es gab ja noch andere Bieter, und einige davon kamen aus Marstrand. Holger wäre es lieber gewesen, wenn sie das Haus gekauft hätten und nicht wir, zwei Ortsfremde. Er stellte eigene Untersuchungen darüber an, welcher Käufer am besten gepasst hätte. Eigentlich hat er mir gar nicht richtig zugehört, glaube ich. Er hat nur gewartet, bis ich fertig war, und dann gesagt, wir wären als Käufer total ungeeignet. Kein besonders angenehmes Gespräch.«

»Was hast du ihm denn von euren Plänen für das Warmbadehaus erzählt?«, fragte Robert.

Angela sah ihn an, als hätte sie die Frage nicht verstanden.

»Wie sehen eure Pläne aus?«

»Wir wollen eine Gesundheitseinrichtung schaffen. So etwas in der Art gibt es in Schweden noch nicht, und daher möchte ich nicht viel mehr verraten, als dass wir das Warmbadehaus weiterentwickeln wollen. Es gibt da draußen unheimlich viel Potential.«

»Kannst du nicht ein wenig mehr ins Detail gehen? In meinen Ohren klingt das wie jedes andere Spa auch.«

»Wir sind etwas medizinischer ausgerichtet.«

»Wird es das gleiche Angebot geben wie hier? Was genau macht ihr hier eigentlich?«, fragte Robert.

»Wir bieten das gesamte Spektrum von medizinischer Gesichtsreinigung bis zu chirurgischen Eingriffen an. Fett absaugen und Brustvergrößerungen zum Beispiel.« Sie stand auf, ging zu einem Ständer an der Wand und zog zwei Broschüren heraus. Eine reichte sie Robert, die andere Karin. »Da steht alles drin, was wir anbieten.«

»Danke.« Karin betrachtete die lächelnde Frau auf dem Umschlag. »Wie kommt es, dass ihr das Warmbadehaus für so wenig Geld bekommen habt?«, fragte sie ohne Umschweife.

»Ich weiß nicht, ob ich sechs Millionen wenig finde.«

»Die Häuser in der Umgebung werden eher für sechzehn Millionen verkauft. Ihr habt die beste Aussicht, und bis zum Wasser sind es höchstens zehn Meter.«

»Wir haben uns nichts vorzuwerfen. Das Haus ist in einem erbärmlichen Zustand und muss von Grund auf saniert werden. Das wird uns schätzungsweise zwanzig Millionen kosten. Außerdem werden wir, im Gegensatz zu den anderen Interessenten, fast zwanzig ganzjährige Arbeitsplätze schaffen. Die Kommune hat sich bewusst für uns entschieden. Sie bleibt Teilhaber, und die Allgemeinheit hat weiterhin Zugang zum Schwimmbecken.«

Karin erinnerte sich an den entsprechenden Passus in der Dokumentation. »Das stimmt nicht ganz«, sagte sie dann. »Den öffentlichen Zutritt zum Schwimmbad habt ihr aus dem Vertrag streichen lassen, und die Kommune hat unterzeichnet, dass sie ihre Anteile an euch verkaufen wird. Wieso wurde nicht auch über den Preis neu verhandelt, als die Bedingungen geändert wurden?«

»Den Preis zu erhöhen, lag ja wohl kaum in unserem Interesse, falls du darauf hinauswillst«, sagte Angela gereizt.

»Jetzt gehört euch ein Haus, zu dem die Allgemeinheit keinen Zutritt mehr hat, und das euch, soweit ich das beurteilen konnte, zehn Millionen unter Wert verkauft wurde.« In Karins Augen war das völliger Wahnsinn. Eine Kommune, die ständig von Einsparungen bei

Schulen, Kinderbetreuung und Altersheimen redet, verscherbelt eine ihrer wertvollsten Immobilien.

Angela verschränkte die Arme vor der Brust. Dabei verrutschte ihr Namensschild.

»Ich habe diese Diskussion so satt. Die Kommune Kungälv hält uns für die besten Käufer. Ende, aus. Falls ihr Fragen zum Verkauf selbst habt, muss ich euch an unseren Anwalt verweisen.«

»Wann hast du Holger zuletzt gesehen?«, meldete sich Robert zu Wort, der das Gefühl hatte, dass es Zeit für einen Themenwechsel wurde.

»Also eigentlich bin ich ihm nur ein einziges Mal begegnet. Im Warmbadehaus. Die anderen meinten, es wäre am besten, wenn ich mit ihm spreche.«

»Warum das?«, fragte Robert.

»Weil ich eine Frau bin. Sie dachten wahrscheinlich, ich könnte ihn umgarnen. Ein totaler Irrtum.«

»Wen meinst du mit ›sie‹?«

Wieder wurde Angela rot. »Ove und unsere Ratgeber. Ove und ich haben das Warmbadehaus ja zusammen gekauft.«

»Und woher kennt ihr euch?«, wollte Robert wissen.

»Ove kam zu mir, weil er seine alten Aknenarben chemisch peelen lassen wollte. Es waren mehrere Behandlungen nötig. Wir kamen ins Gespräch, und mittlerweile arbeiten wir zusammen. Das Warmbadehaus ist unser erstes großes Projekt.«

»Noch mal zurück zu deinem Gespräch mit Holger ...«, sagte Karin.

»Dazu habe ich eigentlich nicht mehr viel zu sagen. Holger war damals wirklich unfreundlich. Danach bin ich ihm aus dem Weg gegangen und habe Ove alleine zu den Terminen geschickt, bei denen meine Anwesenheit nicht erforderlich war. Da hat er angefangen, mich anzurufen. Anfangs habe ich versucht höflich zu sein. Wir haben ja – ich weiß nicht mehr genau – sieben- oder achtmal telefoniert, aber irgendwann bin ich nicht mehr drangegangen. Unsere Auseinandersetzungen führten zu nichts, und ich muss mich auch um den Laden hier kümmern, verdammt. Er schrieb ein paar Briefe, an uns als Käufer und an die Kommune. Ganz zu schweigen von den Leserbriefen.«

»Wie hast du von Holgers Tod erfahren?« Karin musterte Angelas Lippen. Sie waren etwas voller, als es natürlich gewesen wäre, und ihre Stirn war vollkommen glatt.

»Ove und ich waren in Marstrand. Wir waren auf dem Heimweg und standen am Fähranleger, als der Krankenwagen und das Feuerwehrauto wieder zum Festland gefahren sind.«

»Nach Koö, meinst du«, sagte Karin.

»Ja, wohin die Fähre eben geht. Allerdings wussten wir da noch nicht, dass Holger tot war. Wir haben erst später erfahren, dass er tot im Turisthotel aufgefunden wurde.« Sie dachte einen Augenblick nach. »Was hat er da eigentlich gemacht?« Nun hatte Angela eine Falte auf der Stirn, einen einzigen Knick in der ansonsten perfekten Haut. Hässlich, stellte Karin befriedigt fest.

»Ove und du wart also in Marstrand, als Holger starb?«, fragte Robert.

»Das weiß ich nicht, aber wir waren dort, als er gefunden wurde. Wann ist er denn gestorben?«

»Am späten Samstagabend oder ganz früh am Sonntagmorgen, also in der Nacht vom 25. auf den 26. Mai«, sagte Karin.

»Wir waren von Freitag bis Montag draußen, um die geplanten Aktivitäten im Warmbadehaus zu besprechen.«

»Wer war außer dir noch dabei?«

»Ove, unsere Berater und ein paar Leute von der Kommune.«

»Dann brauche ich deren Namen und Aufgabenbereich«, sagte Karin.

»Christer Schultz und Jonny Bengtsson ...«

»Der Jonny Bengtsson, den wir eben getroffen haben?«, fragte Robert.

»Ja, genau.«

»Ihr leiht euch also doch nicht nur gegenseitig Kaffee.«

»Nein, sie renovieren auch Gebäude und so eins haben wir gerade gekauft.«

»Warum hast du das nicht gleich gesagt?«, fragte er.

»Weil man ein bisschen nervös wird, wenn die Polizei kommt und Unmengen von Fragen stellt«, antwortete Angela.

»Okay, wer war noch dabei?«

»Lennart Holm und Peter Hagman von der Kommune Kungälv.« Karin notierte die Namen. Die Stimmung im Raum war angespannt, und Angela saß mit verschränkten Armen hinter ihrem Schreibtisch und wartete auf die nächste Frage. Während Karin auf ihren Block schaute, ließ Angela sie nicht aus den Augen.

»Sechs Personen inklusive dir. Stimmt das?«

»Das stimmt.«

»Wir bräuchten auch ihre Telefonnummern.« Robert bemühte sich um einen freundlichen Tonfall, und seine Mundwinkel zeigten nach oben. Nicht, dass er gelächelt hätte, aber er sah nett aus. Ernst, aber nett. Charmante Formulierungen fielen ihm leichter als ihr. Sie selbst kam direkt zur Sache und war manchmal ungeschickt. Angela zog ihr Handy aus einer schwarzen Handtasche mit goldener Schnalle, schrieb, nachdem sie eine Weile darauf herumgedrückt hatte, fünf Telefonnummern auf einen Zettel und reichte ihn Robert.

»Prima, danke.«

Karin dachte, dass Angela sicher bei Ove anrufen würde, sobald sie aus der Tür wären. Somit würde er vorbereitet sein, wenn sie sich bei ihm meldeten.

»Vielen Dank. Sag Bescheid, falls dir noch was einfällt.« Robert schob ihr seine Visitenkarte über den Tisch.

Angela ließ das Kärtchen liegen, stand auf und gab ihnen die Hand.

»Wie viele Leute arbeiten hier?«, fragte Karin und las die Namen auf den Türschildern, während sie durch den Flur gingen. Sie kamen an den Behandlungsräumen 1, 2 und 3 vorbei.

»Außer mir noch vier weitere. Oder fünf, wir haben auch jemanden für die Anmeldung.«

»Und wo sind die alle?« Karin steckte den Collegeblock und den Stift in ihre Umhängetasche.

»Auf einer Konferenz unten im Messegebäude. Da will ich jetzt auch hin.«

»Danke, dass du dir Zeit genommen hast«, sagte Karin.

Kaum waren sie auf der Straße, wählte sie Oves Nummer. Besetzt.

»Ah ja«, sagte sie. »Das ist ja eine Überraschung.«

Um zwanzig nach neun ging Robert bei Condeco in der Linnégata frühstücken. »Anscheinend hat sie selbst das Gefühl, dass der Preis und der ganze Verhandlungsprozess nicht ganz in Ordnung waren. Ein bisschen zu schön, um wahr zu sein.« Robert sprühte seine Hände mit Desinfektionsspray ein, ließ sie an der Luft trocknen und biss in sein Sandwich.

»Das ist doch verrückt«, sagte Karin. »Die Kommune hat das Gebäude doch verschenkt. Und was meinst du, bei deinem Abrisskumpel und Angela – läuft da was? Ich hatte so das Gefühl.«

Robert zuckte mit den Schultern.

»Okay«, sagte Karin. »Dann wollen wir noch mal versuchen, Ove anzurufen.« Während sie die Nummer anklickte, biss Robert noch einmal von seinem Brot ab. Sie kannte niemanden, der so viel und so schnell essen konnte, was praktisch war, weil jederzeit ein Notruf eingehen konnte, und dann musste man alles stehen und liegen lassen.

»Immer noch besetzt. Ich bin wirklich gespannt, was er zu sagen hat. Wir müssen auch noch Folke nach seiner Entdeckung fragen.«

»Entdeckung? Wenn du glaubst, dass man einfach so Dinge entdeckt ...«

»Hör auf.« Nachdem Karin einen Schluck von ihrem Caffè Latte getrunken hatte, stellte sie das Glas angewidert ab.

»Schmeckt nicht besonders. War deiner okay?«

»Total.«

»Komisch, probier mal meinen. Vielleicht ist die Milch schlecht?« Karin schob ihm ihren Kaffee hinüber.

Robert sah sie an, als hätte sie ihn aufgefordert, sich auszuziehen und einmal nackt um den Block zu rennen. »Nie im Leben!«, sagte er.

»Mein Gott.« Karin nippte erneut. Nein, dieser Latte schmeckte wirklich scheußlich.

Sie ging mit dem Glas an den Tresen und bat um ein neues, entschied sich aber im letzten Moment, lieber einen Tee zu bestellen. Sie fühlte sich irgendwie merkwürdig. »Wo ist die Toilette?«, fragte sie.

»Da drüben. Hinter der Glastür rechts«, sagte die Frau hinterm Tresen und schob Karin einen Becher Tee hinüber, aber Karin war schon weg. Sie schaffte es gerade noch abzuschließen, bevor sie sich übergeben musste.

Montag, 30. Juli 1906

Fräulein Lundgren war Esters letzte Patientin gewesen. Sie hatte ein Schlammbad bekommen und währenddessen erzählt, wie aufgeregt sie war. Sie und ihre Schwester waren zu einem Tagesausflug an Bord der königlichen Yacht eingeladen! Als Ester sich schließlich ein Herz fasste und fragte, ob sie die königliche Familie persönlich kenne, zögerte Karolina einen Augenblick, doch während sie eingewickelt in flauschige Handtücher dalag, erzählte sie schließlich, wie es zu der Einladung gekommen war.

»Wie mutig von Ihnen«, sagte Ester bewundernd.

»Ich weiß nicht. Als Vater es erfahren hat, wurden wir ordentlich ausgeschimpft«, erwiderte Karolina. Sie dachte an Vater, der nicht hatte begreifen können, wieso Douglas zwei junge Frauen in einer Sommernacht alleine nach Hause gehen ließ. Ingeborg hatte zu Douglas' Verteidigung gesagt, man könne ihm keinen Vorwurf machen, wenn er sich nicht gut gefühlt habe. Die Frage war, ob einer von beiden die Angelegenheit zur Sprache bringen würde, wenn sie Douglas trafen.

»Oh, bitte erzählen Sie mir beim nächsten Mal, wie es war! Auf dem Schiff, meine ich.« Ester sah sie flehentlich an.

»Versprochen. Bei meinem nächsten Besuch werde ich ausführlich berichten.«

Sie verabschiedeten sich, und Karolina hatte sich gerade wieder angezogen und war zu ihrem Vater in den Flur gegangen, als ein kleiner

Junge ins Badehaus gerannt kam. Er stolperte auf dem Sisalteppich hinter der Tür, rappelte sich aber wieder auf.

»Was machst du hier?«, zischte Geschäftsführer Victor Hugo Fröblom, als er ihn erblickte. »Du hast hier nichts zu suchen. Raus!«

Doch der Junge schien ihn nicht zu hören. Er raste zu dem Raum, den Karolina soeben verlassen hatte, und klopfte fest an die Tür. Als Ester aufmachte, brach er in Tränen aus. Er schluchzte laut und bekam kein Wort heraus.

»Was ist denn passiert, August?«, fragte Ester. »Ist was mit Ida?«

Er schüttelte den Kopf. »Mutter hat gesagt, ich soll schnell zu dir laufen, damit du den Doktor holst.«

»Den Doktor? Jetzt atme mal tief durch.« Esters Stimme klang angespannt und sorgenvoll.

Der Junge sammelte sich ein wenig. »Es ist wegen Bertil. Er ist in einen Spalt gefallen und steckt fest.«

»Wo?«, fragte Ester den Jungen, der immer noch nach Worten rang.

»Draußen auf Tåudden.« Er wischte mit dem Ärmel den Rotz unter der Nase weg. »Zuerst hat er geschrien, aber jetzt antwortet er nicht mehr, und wir kriegen ihn nicht raus.«

Ester rannte an Karolina und ihrem Vater vorüber. Sie pochte an Doktor Baumans Tür und scherte sich nicht darum, dass er mit lauter Stimme erklärte, er sei beschäftigt.

Ester riss die Tür auf.

»Was soll das, Mädchen?« Hastig stand Doktor Bauman von seinem Schreibtisch auf.

»Entschuldigen Sie, Doktor, aber es geht um Bertil, Idas Jungen. Er ist in eine Felsspalte gefallen, und sie kriegen ihn nicht raus. Sie müssen sofort kommen, Doktor Bauman!«

»Ich muss gar nichts. Ich bin heute zum Essen eingeladen und werde mich ohnehin schon verspäten.« Er ging um den Schreibtisch herum und zu dem Garderobenständer, an dem sein Mantel hing, schlüpfte hinein und zupfte ein Haar vom Ärmel.

»Bitte, Doktor Bauman, das klingt nicht gut, vielleicht stirbt er. Ich mache, was Sie wollen.« Ester trat ein und näherte sich dem Arzt. Hinter ihr fiel die Tür zu.

Bauman umfasste ihr Handgelenk und zog sie an sich.

»Zuerst tun Sie etwas für mich, und dann tue ich etwas für Sie. Wir zwei werden uns schon einig.«

»Nein, nicht jetzt, Sie müssen sofort kommen, es eilt.«

»So dringend kann es doch nicht sein«, sagte er und packte ihren Arm fester.

Ester machte sich nicht die Mühe, etwas darauf zu erwidern. Ihr ging durch den Kopf, was die anderen Bademeisterinnen erzählt hatten und dass sie ihr geraten hatten, sich vor dem Seewolf in Acht zu nehmen. Sie riss sich los und stieß auf dem Flur fast mit Doktor Wallin zusammen.

»Was ist los?«, fragte er.

»Bertil, der Sohn von Ida, ist auf Tåudden in eine tiefe Spalte gefallen und braucht Hilfe!«

»Ich komme.«

Doktor Wallin raste in seinen Behandlungsraum und kam mit seiner Arzttasche wieder heraus. Kurz darauf eilte er mit Ester und Idas mittlerem Sohn August am Ausgang an Vater und Karolina vorbei, doch auf den Steinstufen stolperte der Junge erneut und schlug sich das Knie auf. Weinend lag er auf den Boden. Ester drehte sich um. Karolina sah die Verzweiflung in ihren Augen. Irgendjemand musste Doktor Wallin den Weg zeigen, aber um den kleinen Jungen und sein blutendes Knie musste sich auch jemand kümmern.

»August«, sagte Ester, »schaffst du es alleine nach Hause? Vielleicht, wenn du ganz langsam gehst?« August weinte, und Ester wusste nicht, was sie tun sollte.

»Papa«, sagte Karolina in flehentlichem Ton.

»Laufen Sie los«, rief Vater. »Wir bringen ihn nach Hause.«

Karolina hockte sich neben August. »Wie geht es dir?« Ihr fielen seine viel zu großen Schuhe auf. Wahrscheinlich hatten sie den Sturz verursacht.

»Mein Knie blutet und tut weh.« Tränenüberströmt sah der Junge an seinem Bein hinunter. »Wird Bertil sterben?«, fragte er dann.

»Das glaube ich nicht«, sagte Karolina, in der Hoffnung, dass es die richtige Antwort war. »Aber mit deinem Bein müssen wir etwas machen. Warte mal.« Karolina holte ihr Taschentuch hervor. Sie legte es der Länge nach zusammen und band es dem Jungen ums Knie.

»Au«, sagte er.

»Versuch mal aufzustehen.« Sie reichte ihm die Hand.

Der Junge richtete sich auf, konnte aber kaum auftreten. Er verzog das Gesicht und hatte offensichtlich Schmerzen.

»Komm.« Vater nahm ihn auf den Arm. »Ich trage dich nach Hause.«

Das einfache Holzhaus an der Ecke zwischen Kyrkogata und Kungsgata klebte direkt an der Felswand und hatte oben ein kleines Fenster, das verriet, dass das Haus trotz seiner Einfachheit zumindest einen Dachboden besaß. Der Kontrast zwischen dem Häuschen und dem protzigen Grand Hotel gegenüber hätte nicht größer sein können. Zwei Damen mit Sonnenschirmen machten große Augen, als Vater August auf die Steinstufen stellte und mit ihm hineinging.

Karolina nickte ihnen zu. Sie hörte sie reden. Die eine sagte etwas vom Sägewerkskönig, während die andere erwiderte, das könne er nicht gewesen sein. Karolina lächelte in sich hinein und begleitete Vater und August ins Haus.

In dem kleinen Flur, wo ein Flickenteppich auf dem Boden lag, roch es nach Seife. In der Ecke stand ein Eimer, und an einem Haken hing eine dicke Jacke.

August schien sich nicht wohl in seiner Haut zu fühlen. Er starrte Edvards blanke Schuhe und Karolinas Kleid an.

»Danke, mein Herr«, sagte er.

»Ist jemand zu Hause?«, fragte Vater.

»Bist du das, August?«, fragte eine Frau in Karolinas Alter, die aus dem Nebenzimmer kam. Sie hatte Nadel und Faden in der Hand. Verwundert sah sie Vater und Karolina an. Sie begrüßte sie mit einem Knicks und fragte, was ihr Anliegen sei. Dann verdüsterte sich ihr Blick. »Ist etwas passiert?«

Da brach alles aus August heraus. »Bertil ist auf Tåudden in einen Spalt gefallen. Mama hat versucht ihn rauszuziehen, aber es ging nicht, und dann hat er plötzlich aufgehört zu schreien und war ganz still …«, schluchzte August. »Da hat Mama gesagt, ich soll den Doktor holen, aber dann bin ich hingefallen.«

»Oje.« Sie nahm ihren kleinen Bruder in den Arm und strich ihm übers Haar. August weinte noch ein bisschen wegen seines blutenden Knies. Die große Schwester setzte ihn auf die Küchenbank und drehte sich mit fragendem Gesichtsausdruck zu Vater und Karolina um.

»Ist Doktor Bauman jetzt dort und hilft ihnen?«, fragte sie mit verwundertem Unterton.

»Nicht Doktor Bauman, sondern Doktor Wallin hat sich auf den Weg gemacht, gemeinsam mit …« Vater sah Karolina an.

»Mit Ester, der Bademeisterin«, fügte Karolina hinzu. »Sie zeigt ihm den Weg, weil August hingefallen ist und nicht mehr laufen konnte.«

»Und Bertil?«, fragte die große Schwester mit einer Sorgenfalte auf der Stirn.

Vater schüttelte den Kopf. »Wir wissen noch nichts, aber wir sollten zuversichtlich sein.« Er nickte bedächtig.

»Aber es war sehr mutig von August, alleine Hilfe zu holen.« Vater hoffte, dass der Junge nicht gerügt würde, weil er fremde Leute mit ins Haus gebracht hatte.

»Sie müssen wirklich gute Menschen sein. Ich weiß gar nicht, wie ich Ihnen dafür danken soll, dass Sie August nach Hause begleitet haben.«

»Die Hauptsache ist, dass es ihm gutgeht. Wir wollen hoffen, dass der Doktor Bertil helfen kann.«

»Danke, mein Herr, und danke, liebes Fräulein.« August verbeugte sich. Er war aufgestanden, versuchte aber das schmerzende Bein nicht zu belasten. Stattdessen hielt er sich an der Bank fest.

»Es war tüchtig von dir, dass du Hilfe geholt hast«, sagte Vater. »Jetzt kümmere dich um dein Bein.«

Die große Schwester lächelte. »Das ist nicht zum ersten Mal passiert. Gott sei Dank hat er eine gute Heilhaut.«

21

Endlich erreichte Karin den zweiten Teilhaber des Warmbadehauses, Ove Karlsson, und konnte ihn zum Verkauf und zum Tod von Holger befragen.

Nach einem zehnminütigen Gespräch hatte Karin festgestellt, dass er nichts Erhellendes zu ihren Ermittlungen beizutragen hatte. Und dass er die Nase voll davon hatte, über das Zustandekommen des Kaufvertrags zu diskutieren, war ebenfalls offensichtlich. Sie beendete das Gespräch und nahm einen Schluck von dem Trinkjoghurt, den sie an der Tankstelle gekauft hatte. Karin hatte Robert nicht erzählt, dass sie sich übergeben musste, und im Moment ging es ihr auch wieder etwas besser.

Plötzlich wurde die Tür zu ihrem Zimmer aufgerissen, und Robert stand davor. »Sie lügen!« Triumphierend hielt er einen Papierstapel hoch.

»Wer lügt und warum?«, fragte Karin verwundert und beugte sich über ihren Schreibtisch.

»Der Besitzer des Turisthotels hat mich angerufen, Dag Grenlund.«

Sie nickte, um ihm zu signalisieren, dass sie verstanden hatte.

»Dieser Bericht, den sie bei Ernst & Young in Auftrag gegeben haben, damit die untersuchen, ob es sich lohnt, das Turisthotel als Hotel zu nutzen. Erinnerst du dich, dass er ihn erwähnt hat?«

»Ja, ja«, sagte Karin, damit er weitersprach.

»Wir haben ja die ganze Zeit geglaubt, sie hätten von einem Hotelbetrieb Abstand genommen, weil auf Koö das Havshotel gebaut wurde.«

»Und das war nicht so?«

»Nein. Das Problem war nicht das Havshotel, sondern ziemlich weit gediehene Pläne für ein ganz anderes Hotel.«

»In Marstrand?«, fragte Karin und stellte den Joghurt auf den Tisch.

»Yes. Das sollte hinterm Warmbadehaus in den Fels gesprengt werden.«

»Nee, oder?«

»Der Vorschlag ging unter anderem deshalb nicht durch, weil das Warmbadehaus der Kommune gehörte. Tada!« Robert breitete die Arme aus, als würde er eine Zirkusnummer präsentieren und das Scheinwerferlicht nun auf Karin richten. Sie lachte aus vollem Hals über seinen Enthusiasmus, obwohl sich ihr Körper schwer und der Kopf matschig anfühlten. Sie schloss die Augen und überlegte einen Moment. »Aber mittlerweile ist das Warmbadehaus in privatem Besitz.« Sie massierte ihre Schläfen, um einen klareren Kopf zu bekommen.

»Ja, und jetzt hat der Golfer Hinweise bekommen, dass die Pläne wieder aktuell sein könnten.«

»Was für Hinweise?«, fragte Karin.

»Gerüchte, aber er meinte, es wäre vielleicht etwas dran, und da wir in einem Mordfall ermitteln, hielt er es für das Sicherste, uns zu informieren. Oder er will jemandem eins auswischen.«

»Aber wie sollen wir ...«

»Ich habe meinen Bruder angerufen, der in der Baubranche arbeitet, und ihn gefragt, wie so was vor sich geht. Es stellte sich heraus, dass es ein Bauregister gibt, mehrere sogar, und da kann man jedenfalls nachschauen, was so gebaut wird.« Er ging um Karins Schreibtisch herum und zeigte auf den Computer.

»Geh mal auf www.schwedenbaut.se.«

»Mach du das lieber.« Karin stand auf. Sie hasste es, wenn ihr Leute über die Schulter sahen. Robert ließ sich auf das blaue Polster sinken, stellte die Sitzfläche höher ein und tanzte mit den Fingern einen Walzer auf der Tastatur.

»Hier«, sagte er.

»Wir wissen, wer was wann wo und wie baut«, las Karin laut vor.

»Ich kann mich mit dem Passwort meines Bruders einloggen.« Er kramte einen Zettel aus seiner Hosentasche, gab Marstrand ein und drückte auf Suchen. Nach wenigen Sekunden kam das Ergebnis. Robert zeigte auf den Bildschirm. »Da haben wir's. Und hier sieht man, dass auf der Nordinsel von Marstrand ein Hotel mit einhundertvierzig Betten geplant ist. Baubeginn nächstes Jahr, der Bauherr ist die Carpe Mare AG.«

»Fang das Meer, hübscher Name. Auf Marstrandsö darf aber gar nichts Neues gebaut werden, ich glaube, die ganze Insel steht unter Bestandsschutz. Was steht denn im Register? Haben sie eine Baugenehmigung bekommen?«

»Keine Ahnung, aber da könnte man ja bei der Kommune Kungälv nachfragen.«

»Carpe Mare AG«, wiederholte Karin. »Hast du mal nachgesehen, wer sich dahinter verbirgt?«

»Nein, ich habe ja gerade erst von dem geplanten Hotel erfahren.«

»Schau doch mal im Firmenregister nach.« Sie nahm einen Schluck von dem Trinkjoghurt.

»Hast du jetzt schon Hunger?«, fragte er, während er tippte. Karin beugte sich über seine Schulter.

»Jetzt mach schon. Na also!«, sagte sie.

»Das gibt's ja nicht«, murmelte er, als er die Liste mit den Namen und Personennummern des Vorstands von Carpe Mare gesehen hatte. »Angela Fransson, Donnerwetter. Zweiundfünfzig, kaum zu glauben.«

»Und da ist dein Kumpel.« Karin zeigte auf den Bildschirm. »Jonny Bengtsson.«

»Der sich mal ein bisschen Kaffee ausleiht.« Robert strich über seinen Zweitagebart.

»Ove Karlsson muss an vorübergehendem Gedächtnisverlust leiden, denn er steht auch hier«, sagte Karin.

»Und die Ratgeber und die Kerle von der Kommune«, sagte Robert. »Christer Schultz, Lennart Holm und Peter Hagman.«

Karin ging noch näher an den Bildschirm heran, schlug ihren Notizblock auf und verglich der Reihe nach die Namen. »Wir überprüfen das Ganze.« Sie nahm Robert die Maus aus der Hand, klickte das Drucksymbol an und holte kurz darauf ein Blatt aus dem Drucker.

Dann zog sie sich einen Besucherstuhl an den Tisch und setzte sich neben Robert, der sich bereits ins Polizeiregister eingeloggt hatte.

»Na, dann schauen wir mal, was wir so über die Herrschaften finden.« Wieder tanzten seine Finger über die Tastatur, als er die Personennummern eingab.

Robert las vor: »Jonny Bengtsson – wegen lauter Kleinkram verurteilt, aber das ist lange her. Hier ist meine Erinnerungsnotiz aus der Zeit, als er mir im Rechtszentrum über den Weg gelaufen ist.« Er nickte mit dem Kopf. »Das Schlimmste, was er sich hat zuschulden kommen lassen, war eine Körperverletzung, als er von jemandem Geld eingetrieben hat. Die Anzeige wurde zurückgezogen. Kann man sich ja leicht vorstellen, wie es dazu gekommen ist.«

»Wann war das?«, fragte Karin.

»1994, aber seitdem scheint er sich am Riemen zu reißen. Er fährt einen Volvo XC 60, richtig erwachsen. Ich hätte eher auf einen Sportwagen getippt. Hier, Peter Hagman – nicht vorbestraft, polizeilich gemeldet in Marstrand. Und Ove Karlsson – nach zwei Konkursen Verbot der Geschäftstätigkeit.«

»Verbot der Geschäftstätigkeit?«, fragte Karin. »Dann kann er doch keine neue Firma gründen?«

»Sollte man meinen«, antwortete Robert. »Oder er ist nicht überprüft worden. Oder es könnte auch sein, dass Angela ebenfalls als Käuferin seines Anteils eingetragen ist. Wollen wir uns den Rest auch ansehen?«

»Ja, klar«, sagte Karin.

»Angela Fransson – nicht vorbestraft. Christer Schultz – Drogenbesitz. Lennart Holm – drei Monate Führerscheinentzug vor zwei Jahren wegen Geschwindigkeitsübertretung, fünf unbezahlte Strafzettel.«

»Glaubst du, Holger wusste von dem Plan, da ein Hotel hinzusetzen?«, fragte Robert.

»Tja, das ist die Frage. Wenn er darüber informiert gewesen wäre, hätte er bestimmt Leserbriefe geschrieben und versucht das zu verhindern. Oder wäre er als Erstes auf die Akteure zugegangen?«

»Wie weit ist die Sache denn gediehen? Womit wir wieder bei der Frage wären, ob sie schon eine Baugenehmigung haben, und das müsste dann gegebenenfalls die Kommune Kungälv wissen.«

Karin dachte an die Dame mit der Strickjacke in der Aktenstelle. Dass Karin eine Sonderbehandlung bekommen würde, war ausgeschlossen. Möglicherweise aber Robert mit seinem schmierigen Lächeln. Oder Folke.

Dienstag, 31. Juli 1906

Es war neun Uhr morgens, und in der Nacht hatten Karolina und Magdalena kaum geschlafen. Draußen war es jetzt schon heiß, und als sie aus dem großen Schatten des Turisthotels heraustraten, empfanden sie die Hitze geradezu als drückend. Es wehte ein schwacher Wind aus westlicher Richtung, aber davon merkte man im Schutz des Bergrückens auf Marstrandsö nicht viel.

Vater und Ingeborg begleiteten die Töchter an den Kai, wo große Aufregung herrschte. Massen von Menschen, vor allem Damen, hatten sich versammelt, um die Glücklichen zu sehen, denen eine Fahrt auf dem Schiff Seiner Majestät vergönnt war. Trotz der Hitze waren die meisten in voller Montur gekommen, und Karolina konnte sich vorstellen, wie sie unter den mehrlagigen Kleidern, den Unterröcken, den Korsetts und, sozusagen als Sahnehäubchen, ihren Hüten schwitzten. Ihr selbst war bei den Temperaturen das geblümte Baumwollkleid, das sie über dem Korsett trug, schon fast zu viel. Im Augenwinkel sah sie Douglas den Kai entlangspazieren und hoffte, sie würde an Bord gelangen, bevor er sie erreichte. Doch Ingeborg hatte ihn bereits entdeckt. Er war kaum in Hörweite, als sie ihm bereits erzählte, dass beide Töchter Seine Majestät auf einen Tagesausflug mit der königlichen Yacht begleiten würden. Sie versuchte es so darzustellen, als wäre es das Selbstverständlichste auf der Welt, aber die Begeisterung war ihr deutlich anzumerken und ihre Stimme einen Tick zu laut.

Freiherrin Fischer, die im Kaltbadehaus die Kleidung von Magdalena und Ingeborg aus ihrer Kabine hatte entfernen lassen, befand sich in Begleitung ihrer Tochter ebenfalls am Kai. Sie waren nicht zu dem Segeltörn eingeladen, und während Ingeborg auf und ab scharwenzelte, damit so viele Leute wie möglich sie sahen und mitbekamen, dass ihre Tochter zu den Auserwählten gehörte, stellte sie befriedigt fest, dass die Freiherrin grün vor Neid war.

Dass in der Einladung Karolina Lundgren mit dem Zusatz von Noor gestanden hatte, war Ingeborg natürlich nicht entgangen. Somit hatte der Monarch oder jemand im königlichen Gefolge Kenntnis von ihrer adeligen Herkunft. Doch während dies Ingeborg gegen den Strich ging, war es Karolina vollkommen gleichgültig, denn für ihre Verwandtschaft und das blaue Blut konnte sie ja nichts. Man hatte es oder nicht. Als Tochter eines Industriellen hatte Ingeborg es nicht, und das war Karolinas einziger Vorteil, den sie Ingeborg gegenüber als Stieftochter hatte.

»Ich muss mich für neulich entschuldigen.« Douglas tupfte sich unter der Nase mit einem Taschentuch ab, das offensichtlich bereits benutzt worden war. Er hätte sich doch zumindest abwenden können! Ihre Gedanken wanderten zu Großmutters Wäscheschränken auf Schloss Noor. Darin stapelten sich gestärkte Servietten, Damast-Tischdecken, Bettbezüge, Badelaken und feine Taschentücher. Großmutter sagte immer, die Wäscheschränke einer Familie verrieten fast alles, was man über die Vermögensverhältnisse und ihren Ordnungssinn wissen müsse. Karolina hätte beinahe losgeprustet, als sie sich vorstellte, was Großmutter zu Douglas' schmutzigem Taschentuch gesagt hätte.

Vater reagierte an ihrer Stelle auf seine Entschuldigung. »Ihr Verhalten hat uns ein wenig erstaunt, Herr Lagercreutz. Ich habe meine Töchter in Ihre Obhut gegeben.«

Douglas stierte ihn mit einem Gesichtsausdruck an, der zunächst verwundert, dann aber regelrecht verärgert war. Er biss die Zähne zusammen, schien die erste Antwort, die ihm in den Sinn kam, hinunterzuschlucken und sich nun eine etwas freundlichere zu überlegen.

»Sind Sie bei dem Segeltörn auch dabei, Herr Lagercreutz?«, fragte Ingeborg in dem Bemühen, das Gespräch in eine andere Richtung zu lenken.

»Natürlich. Ich möchte keine Gelegenheit versäumen, mit Fräulein Lundgren zu sprechen.«

Er lächelte Karolina höflich an und putzte sich erneut die Nase.

Karolina ließ ihren Blick errötend über den Kai schweifen, um ihm nicht in die Augen sehen zu müssen. Im Frühstücksraum hatte jemand Doktor Wallin erwähnt, aber sie hatte nur Satzfetzen mitbekommen. Vielleicht konnte er während des Segelausflugs Baumans Platz einnehmen, da die Gräfin de la Gardie unpässlich war und darauf bestanden hatte, dass Doktor Bauman ihr einen Hausbesuch abstattete und die Behandlung zukommen ließ, die sie brauchte. Doch Karolina konnte den jungen Arzt nirgendwo entdecken.

»Bitte sehr, kommen Sie an Bord«, sagte der Matrose in der marineblauen Uniform mit dem goldenen Emblem und stand stramm.

Douglas ging als Erster an Bord und half anschließend Karolina und Magdalena von der hohen Kaimauer herunter. Karolina musste unweigerlich daran denken, dass sie nur wenige Abende zuvor an genau dieser Stelle gestanden hatten, nachdem sie im Schutz der Dunkelheit in ihren besten Kleidern hier hochgeklettert waren, und dass sie diesem Abenteuer letztendlich die Einladung zum heutigen Ausflug zu verdanken hatten.

Douglas bot Karolina an, ihre Laute an sich zu nehmen, und platzierte sie, nachdem sie seine Frage bejaht hatte, an einem Ort, wo sie vor Wasserspritzern und Fußtritten geschützt war.

Bis zum letzten Moment hoffte sie, Karl Wallin würde herbeieilen und mit einer Entschuldigung an Bord kommen.

Als die Barkasse ablegte, sah Ingeborg sich unter den Anwesenden um. Karolina und Magdalena winkten ihr zum Abschied, bevor sie sich umdrehten und den Blick auf das große weiße Schiff richteten, das bereits auf sie wartete. Aus beiden Schornsteinen drang weißer Rauch, und an Bord herrschte fieberhafte Aktivität.

Magdalena lehnte sich bei Karolina an, formte ihre Hände zu einem Trichter, obwohl sie wusste, dass es unschicklich war, und sagte in ihr Ohr: »Wie spannend.« Magdalena musste laut sprechen, um den Motor der Barkasse zu übertönen.

Karolina nickte.

»Das bisschen Schelte hat sich gelohnt«, stellte Magdalena fest.

Karolina lächelte. Hinter den beiden Fräulein saß Douglas. Sein Blick wanderte von den Menschenmassen am Anleger über das Wasser im Hafen zu Karolinas zarter Gestalt. Dort verweilte er und ruhte auf ihrem Nacken. Dann betrachtete er die schmale Taille und die blassen Hände in ihrem Schoß. Die Schwestern saßen nun kerzengerade da und ließen das Schiff nicht aus den Augen.

Als Seine Majestät alle mit einem hochtrabenden Gedicht, das der Wind davontrug, an Bord begrüßte, ertönten Fanfaren. Alle Offiziere der Drott hatten sich aufgestellt. Karolina merkte, dass Magdalena viel zu aufgeregt war, um zuzuhören, und hoffte, dass ihre kleine Schwester sich benehmen würde.

Während die Drott aus dem Hafen auslief, standen Karolina und Magdalena an der Reling und betrachteten die Menschen am Kai. Alle Augen waren auf das weiße Schiff gerichtet, das majestätisch auf die nördliche Hafeneinfahrt zuglitt. Es wehte eine angenehme Brise, und Karolina umfasste mit einer Hand die Reling und hielt mit der anderen ihren Hut fest.

»Es ist wie im Traum«, sagte sie zu Magdalena.

»Hast du Angst, dass dir dein Hut davonfliegt?« Magdalena lachte.

»Angesichts der vielen Nadeln, mit denen du ihn festgesteckt hast, ist das vermutlich unwahrscheinlich«, antwortete Karolina und ließ den Hut los.

Das Deck vibrierte, und das dumpfe Motorengeräusch übertönte alle Schritte, so dass sie ihn erst bemerkten, als er vor ihnen stand. Karolina fing sich als Erste und verbeugte sich. »Eure Majestät«, sagte sie, während sie sich aus der tiefen Verneigung aufrichtete.

»Fräulein Lundgren von Noor«, sagte er und schlug kurz die Hacken zusammen. »Ebenso elegant wie Ihre Mutter«, stellte er fest und wirkte ein wenig traurig.

Karolina sah ihn mit großen Augen an. »Eure Majestät kannten meine Mutter?«

»Ich hatte das Vergnügen, in Stockholm zu weilen, als sie bei Hof eingeführt wurde. Fräulein Eleonora von Noor war eine der liebenswürdigsten Damen, die mir je begegnet sind. Sie hat wahrhaft frischen Wind unter die Hofdamen gebracht.«

Vater hatte ihr zwar erzählt, dass ihre Mutter am Hof gewesen war, es aber aus dem Mund des Königs zu hören, war etwas ganz anderes. Karolina traf so selten Menschen, die nicht zur Familie gehörten, aber mit ihr über die Mutter sprachen und ihre Fragen beantworten konnten. Vor allem in Anwesenheit von Ingeborg wurde das Thema vermieden.

Es fiel Karolina schwer, zwischen ihren eigenen Erinnerungen und den Erzählungen anderer zu unterscheiden. Sie war noch so klein gewesen, als ihre Mutter fortging, hatte sich aber trotzdem immer den Glauben bewahrt, ihre Mutter sei eine Klasse für sich gewesen. Und nun stand der König persönlich vor ihr und bestätigte ihr dies.

»Wären Eure Majestät so freundlich zu erzählen?«, bat Karolina. Sie wusste, dass ihre Schwester ihre Gefühle nicht nachvollziehen konnte, aber wie sollte sie auch, sie hatte ihre Mutter noch.

Der König wandte sich an die beiden Schwestern: »Meine Damen, Ihre Anwesenheit ehrt mich, und Ihr nächtlicher Auftritt hat mich ungemein amüsiert. Der Wind hat den Lautenklang so bezaubernd übers Wasser getragen. Ihre Mutter liebte dieses Lied besonders, Fräulein Lundgren von Noor, wussten Sie das?«

Karolina schüttelte den Kopf und spürte, wie ihr die Tränen kamen. »Nein«, sagte sie leise. »Ich war noch sehr jung, als sie starb.«

»Ich glaube, Gott wollte sie uns nur für kurze Zeit ausleihen, um sie anschließend wieder zu sich zu rufen.« Er deutete auf den wolkenlosen Himmel. »Ich war richtig gerührt, als Sie umhüllt von den weißen Tüchern im Boot angefahren kamen. Wie zwei Engel. Das hätte auch zu Ihrer Mutter gepasst.« Er nickte bedächtig. »Ich hoffe, Sie hatten keine allzu großen Scherereien deswegen.« Erst jetzt bemerkte er die Tränen in Karolinas Augen. »Es war wirklich nicht meine Absicht, Sie zu betrüben, meine Liebe«, sagte er und tätschelte ihren Arm.

»Erzählen Sie bitte weiter.« Karolina versuchte zu lächeln. »Es ist schön, mal jemand anderen als meinen Vater über Mutter sprechen zu hören.«

»Ich war heimlich verliebt in sie.«

»Wirklich, Eure Majestät?« Karolina sah ihn mit schimmernden Augen an.

»Ich war bei weitem nicht der Einzige. Sie war so schön und hatte einen einzigartigen Sinn für Humor. Der Hof kann ein wenig steif sein, wissen Sie.« Er lächelte in sich hinein, und sein Blick schien sich in der Ferne zu verlieren. »Besitzen Sie ihr Album vom Hof noch?«

»Das haben Großmutter und Großvater auf Noor.« Karolina dachte an das königliche Monogramm aus Gold auf dem dicken, in Leder eingebundenen Album, auf das Großmutter so gut aufpasste. Sie hatte schon lange nicht mehr darin geblättert.

»Und Sie spielen Laute, genau wie sie. Ich würde mir Ihre Laute gern einmal genauer ansehen.«

»Es ist die Laute meiner Mutter. Ich habe sie geerbt.«

»Sieh mal an. Sie wissen bestimmt nicht, wer sie ihr geschenkt hat.«

»Nein, das ist mir nicht bekannt. Großvater weiß es vielleicht.«

Der König schüttelte lachend den Kopf. »Sie hat sie von mir bekommen.«

»Von Eurer Majestät?«, fragte Karolina verwundert.

»Eure Mutter hatte eine Schwäche für das Instrument, besaß aber kein eigenes. Deswegen habe ich ihr eins geschenkt, 1801 hergestellt vom Instrumentenbauer Kraft.« Er bemerkte Karolinas fragende Miene. »Kraft hat die schwedische Laute entwickelt.«

»Die Laute, die ich besitze, hat also Eure Majestät meiner Mutter geschenkt?« Karolina lächelte.

»Ich hoffe, Sie und Ihre Schwester werden uns etwas vorführen.«

Magdalena, die sonst nicht auf den Mund gefallen war, nickte nur stumm und wurde rot. Karolina musste antworten.

»Gern, Eure Majestät.« Ihr wurde warm ums Herz. Kaum zu glauben, dass er ihre Mutter gekannt und ihr noch dazu die Laute geschenkt hatte.

Während sie die nördliche Hafeneinfahrt hinter sich ließen und sich vor ihnen der Marstrandsfjord ausbreitete, spazierten sie in gemächlichem Tempo übers Deck. Die Luft war hier draußen kühler und frischer als im Hafen. Schließlich standen sie vor dem Rudergänger, der auf eine kaum sichtbare Geste des Königs sofort zur Seite trat.

Karolina umfasste das große Steuerrad mit ihren behandschuhten Händen und sah im Augenwinkel, wie Magdalena sie anstarrte. Und nicht nur sie. Drei der Societetsdamen glotzten mit kaum verhohlenem Neid in ihre Richtung. Karolina hielt das Steuer fest in der Hand, während der König breitbeinig und mit den Händen auf dem Rücken neben ihr stand und einen sehr zufriedenen Eindruck machte.

»Ich weiß gar nicht, wie man das macht. Nicht dass wir auf Grund laufen«, sagte sie leise.

»Machen Sie nur kleine Bewegungen, und seien Sie die ganze Zeit auf der Hut. Das empfiehlt sich übrigens auch sonst.« Er zwinkerte ihr zu.

Douglas war während ihres Gesprächs rastlos auf und ab gewandert. Schließlich war ein Matrose auf ihn aufmerksam geworden und hatte ihn gefragt, ob alles in Ordnung sei. Verärgert, weil man ihn aus seinen Gedanken riss, hatte Douglas nur kurz genickt.

Plötzlich stand sie vor ihm. Ihr Kleid flatterte im Wind, und ihre Füße in den neuen weißen Lederschuhen suchten im zunehmenden Seegang vorsichtig nach Halt. Ihre Hand lag auf der Reling.

»Ich habe mich schon gefragt, wo Sie abgeblieben sind, Herr Lagercreutz. Geht es Ihnen gut?«

Douglas lächelte. »Sehr gut, danke, und sagen Sie bitte Douglas zu mir.«

»Ich habe mich mit Seiner Majestät unterhalten, er kannte meine Mutter. Und ich durfte das Schiff steuern, Douglas«, sagte Karolina. »Ganz alleine. Draußen im Fjord war natürlich auch niemand im Weg. Oder doch, ein kleines Boot, aber es ist alles gutgegangen.«

»Oh, wirklich?«, fragte Douglas. »Wie spannend«, fügte er hinzu, aber Karolina sah, dass er eigentlich etwas auf dem Herzen hatte. Er schien selbst zu merken, dass es den Eindruck machte, er hätte es eilig. »Ich muss etwas mit Ihnen besprechen.«

»Natürlich«, sagte sie.

»Da seid ihr ja.« Magdalena kam mit schnellen Schritten auf sie zu. Sie zeigte auf das Wasser, das sie umgab, und lehnte ihren Kopf an die Schulter ihrer Schwester. »Fast würde ich sagen, kneif mich bitte, Karolina. So unwirklich erscheint mir alles.«

Karolina sah Douglas mit einem entschuldigenden Blick an, sagte aber nichts.

Magdalena hingegen redete umso mehr. »Dieses Schiff ist größer als das Dampfschiff, mit dem wir nach Marstrand gekommen sind. Im Grunde größer als jedes Schiff, mit dem ich je gefahren bin. Wenn ich das zu Hause erzähle! Die platzen alle vor Neid.«

»Fragt sich nur, ob sie dir glauben werden«, neckte Karolina sie.

»Ihr werdet es beweisen können, Magdalena«, versicherte ihr Douglas. »Ich habe gehört, dass wir alle zusammen fotografiert werden sollen.«

»Oh!« Magdalena klatschte entzückt in die Hände. Dann mäßigte sie sich. »Können Sie denn an Bord überhaupt Fotografien herstellen?«, fragte sie.

»Ich glaube, sie entwickeln sie an Land, und dann bekommt jeder sein Foto in ein paar Tagen ins Hotel geliefert. Das vermute ich zumindest. Aber wenn Sie möchten, kann ich mich erkundigen.«

»Wie nett von Ihnen, würden Sie das tun?«, fragte Magdalena.

Douglas bereute sein Angebot und unterdrückte ein Seufzen. Dann machte er sich auf den Weg. »Natürlich.«

22

Lycke stand am Fähranleger und wartete auf die 16-Uhr-Fähre, die bereits unterwegs über den Sund war. Ihre Haare flatterten im Wind. Sie schob ihre Sonnenbrille hinauf und lächelte über die Horde von Kindern mit den farbenfrohen Rucksäcken, Turnbeuteln und Kappen. Krachend legte die Fähre an, und die Kinder rannten um die Wette.

Eltern nahmen ihre Sprösslinge und Freunde in Empfang, die mitgekommen waren. Allmählich verebbte der Strom, der andere Schlagbaum ging hoch, und diejenigen, die nach Marstrandsö wollten, konnten an Bord gehen.

Es trotteten noch ein paar Nachzügler hinterher, die unter Deck gesessen hatten, aber Walter war nirgendwo zu sehen. Sie fragte Linus, Walters Klassenkameraden, ob er ihn gesehen habe. Doch, in der Schule und beim Mittagessen und am Nachmittag hätten sie im Hort zusammen gespielt. »Und auf der Fähre?«, fragte sie.

»Keine Ahnung. Ich glaube nicht«, antwortete er. »Oder doch. Eigentlich wollte er auch diese Fähre nehmen.« Er sah sich um.

»Seid ihr zusammen zur Fähre gegangen?«, fragte Lycke.

»Ja. Wir sind zusammen vom Schulhof weggegangen, aber wo er dann hin ist, weiß ich nicht. Vielleicht ist er noch geblieben? Oder er hat sich bei Hellmans Süßigkeiten gekauft.« Bei den letzten Worten war er leiser geworden und hatte den Blick gesenkt, weil er wusste, dass sie sich nach der Schule keine Süßigkeiten kaufen sollten.

»Okay, danke, Linus.« Lycke nahm an, dass Walter mit der nächsten Fähre kommen würde. Gnade ihm Gott, wenn er dann eine Tüte Bonbons in der Hand hält, dachte sie. Sie konnte ihm nun entweder entgegenfahren oder die Wartezeit nutzen, um einkaufen zu gehen. Diese zerstreuten kleinen Kerle, murmelte sie und zog das Handy aus der Tasche, um im Hort anzurufen. Doch da war durchgehend besetzt. Als die Fähre schließlich wieder ablegte, blieb Lycke auf Koö zurück und steuerte Coop an.

Sie hatte die Lebensmittel gerade im Kofferraum verstaut, als sich fünfzehn Minuten später die nächste Fähre näherte.

Noch ein Schwarm Kinder wuselte von der Fähre herunter, aber Walter war nicht unter ihnen. Lycke wartete, bis alle an Land waren. Dann schnappte sie sich einen anderen Klassenkameraden von Walter.

»Hast du Walter auf dem Weg zur Fähre gesehen?«, fragte sie.

»Nee.« Der Junge blickte auf Lyckes Hand, die ihn am Arm gepackt hatte. Sie ließ ihn los.

»Und oben an der Schule?«, fragte Lycke und dachte seufzend an das Eis, das im Kofferraum zerfloss.

»Weiß nicht. Vielleicht.« Er zuckte mit den Schultern.

Lycke griff erneut zum Handy und erreichte nun endlich den Hort. Die Erzieherin Gunnel teilte ihr mit, dass Walter pünktlich zur 16-Uhr-Fähre gegangen war.

»Mit der ist er aber nicht gekommen.« Lyckes Unruhe nahm zu. »Und mit der Fähre um viertel nach ist er auch nicht gekommen«, fügte sie hinzu.

»Einen Augenblick, ich frage mal die anderen.« Mit einem scheppernden Knall legte Gunnel den Hörer beiseite.

Währenddessen rannte Lycke auf die Fähre und öffnete die Tür zu dem kleinen Fahrgastraum, um festzustellen, dass er sich bereits mit neuen Passagieren gefüllt hatte, die nach Marstrandsö hinüberwollten. Ratlos blieb sie am Ticketautomaten auf der Fähre stehen.

Gunnel kam wieder an den Apparat. »Doch, er ist zur 16-Uhr-Fähre gegangen, aber wir gehen jetzt mal eine Runde um die Schule, um zu gucken, ob er hier noch irgendwo steckt. Manchmal sind sie so ins Spielen vertieft, dass sie alles um sich herum vergessen.«

»Okay, und ich fahre jetzt rüber und schaue nach, ob er sich bei Hellmans Süßigkeiten kauft«, sagte Lycke.

»Aber nicht, dass ihr euch verpasst«, sagte Gunnel. »Wenn du auf der Insel rumläufst und ihn suchst, während er mit der Fähre hinüberfährt, ist das Chaos komplett.«

Sie hat recht, dachte Lycke. »Was soll ich denn machen?«, fragte sie und merkte selbst, dass Sorge in ihrer Stimme mitschwang. Hinter den Lidern lauerten bereits Tränen, und ihr Hals war trocken.

»Nimm die Fähre, aber bleib in der Nähe des Anlegers oder geh höchstens bis zu Hellmans. Hauptsache, ihr lauft nicht aneinander vorbei.«

»Okay«, flüsterte Lycke und schluckte. Sie hatte Herzklopfen. Sie wurde nervös, obwohl sie sich sagte, dass sie sich keine Sorgen zu machen brauchte.

»Einer von unseren Kollegen kommt von der Schule runter zu dir. Du wirst sehen, es ist alles in Ordnung.«

»Okay«, wiederholte Lycke fast lautlos. Dann räusperte sie sich und holte einige Male tief Luft. Anschließend sprach sie mit einigen Eltern auf der Fähre und bat sie, Ausschau nach Walter zu halten. »Sagt ihm, dass er direkt nach Hause gehen soll, wenn ihr ihn seht«, sagte sie so unbeschwert wie möglich, aber als ihr die Mutter eines Mitschülers von Walter die Hand auf die Schulter legte, brach sie fast in Tränen aus.

Lycke ging an Land, wagte aber nicht, die Fähre aus den Augen zu lassen. Am Ende beschloss sie zu warten, bis die Fähre wieder abgelegt hatte. So konnte sie ganz sicher sein, dass sie Walter nicht verpasste.

Sieben Kinder kamen die Hospitalsgata heruntergerannt, um die nächste Fähre zu erwischen, aber keins davon war ihr Sohn. Während die Fähre abfuhr, ging sie rückwärts auf Hellmans Laden zu, um den Fähranleger im Blick zu behalten. Als sie eintrat und Sigge, der hinterm Ladentisch stand, fragte, ob sie Walter gesehen habe, war ihr zum Heulen zumute.

»Nein, heute nicht«, sagte er. »Hat er sich verlaufen?«, fragte er freundlich.

»Ich weiß es nicht«, antwortete Lycke leise und schluckte ein paar Mal, bevor sie weitersprechen konnte. »Er hätte mit der Fähre um vier kommen müssen.«

Sigge warf einen Blick auf die Uhr über den Zigarren. »Und jetzt ist es halb fünf. Du weißt doch, wie Kinder manchmal sind«, sagte er. »Hast du schon mit der Schule gesprochen?«

»Ja, sie wollten eine Runde drehen und nach ihm suchen.«

»Ich halte die Augen offen.« Er nahm Stift und Papier zur Hand. »Gib mir mal deine Telefonnummer, dann rufe ich dich an, falls er hier auftaucht.«

Lycke ratterte hastig die Nummer herunter, bedankte sich bei Sigge und verließ den Laden. Während sie die paar Schritte zum Kai hinunterging, überlegte sie, wann man die Polizei alarmierte. Wie lange musste ein Kind verschwunden sein, damit man ernst genommen wurde? Eine halbe Stunde war bestimmt zu wenig, aber Walter wusste auch, wie wichtig es war, dass er die Fähre erwischte. Dass er sie verpasste, war absolut untypisch für ihn. Vor ihrem inneren Auge sah sie Walters Rucksack und seine Mütze auf dem Wasser treiben ... Ich muss mich zusammenreißen, dachte sie. Das hier ist eine Insel, verdammt noch mal, und zumindest mit der Fähre hat er sie nicht verlassen. Wie viele Autos waren mitgefahren?, fragte sie sich. Niemand kontrollierte sie. Und wann sollte sie Martin anrufen und ihm erzählen, dass Walter nicht mehr da war? Ihre Gedanken rasten unkontrolliert durcheinander, obwohl sie sich hätte konzentrieren müssen. Wo bist du, mein geliebtes Kind? Lieber Gott, was soll ich machen? Karin, ich rufe Karin an. Sie ist Polizistin und weiß, was das Beste ist. Mit zitternden Händen zog sie ihr Handy aus der Tasche. Sie atmete tief durch, räusperte sich und schluckte.

Karin antwortete nach dem zweiten Klingeln und hatte kaum ihren Namen gesagt, als Lycke losheulte.

»Eins nach dem anderen, Lycke, was ist passiert?«

Schniefend stammelte Lycke, Walter hätte nicht die vereinbarte Fähre genommen und dass das noch nie passiert sei.

Karin hatte noch mehr Fragen, zum Beispiel, wann er zum letzten Mal gesehen wurde. Lycke antwortete, so gut es ging.

»Du bleibst am Anleger, Lycke. Ich benachrichtige meine Kollegen in Kungälv und komme gleich zu dir.«

Sie hatte gerade aufgelegt, als sie die vertraute Stimme hörte. Oh, dieses Gefühl, als sie sich umdrehte und Walter mit Gunnel anspazieren sah, würde sie niemals vergessen. Lycke rannte auf ihn zu und ging vor ihm in die Hocke. Sie drückte ihn ganz fest und dachte, dass sie in diesem Leben um nichts mehr bitten würde. Nie. Was hätte sie gemacht, wenn er nicht wiedergekommen wäre? Doch nun war er hier. Gott sei Dank war er hier.

»Mama.« Er strich ihr übers Haar. Sie sah ihm an, wie unangenehm es ihm war, dass sie weinte, und versuchte sich zu beherrschen.

»Wo bist du gewesen, mein Kleiner?«, fragte sie. »Du solltest doch mit der Fähre um vier kommen?« All die angestaute Sorge ließ ihre Stimme schrill klingen.

»Ich habe ihn auf dem Spielplatz gefunden«, sagte Gunnel.

»Alleine?«, fragte Lycke.

»Ja.«

»Was hast du denn da bloß gemacht, mein Gott?«, seufzte Lycke. Dann fiel ihr ein, dass sie eine Rettungsaktion für ihren Sohn in Gang gesetzt hatte, und rief Karin noch einmal an.

»Gott sei Dank«, sagte Karin, die bereits im Auto saß. »Ich bin schon unterwegs nach Marstrand. Kümmre du dich um Walter, ich gebe den Kollegen Entwarnung. Bis später.«

Erzieherin Gunnel hatte sorgenvoll die Stirn gerunzelt. »Wir haben ihn zur richtigen Fähre geschickt«, sagte sie, nur um klarzustellen, dass das Personal des schulischen Horts keinen Fehler gemacht hatte, aber Lycke sah, dass sie wirklich beunruhigt war. Ihr selbst fiel das Sprechen schwer, weil sich der Kloß aus Angst und angestauten Tränen in ihrem Hals noch nicht gelöst hatte.

Wortlos sahen sie sich eine Weile an, dann senkte Gunnel den Blick und wandte sich an Walter. »Du darfst nirgendwo anders hingehen als zur Fähre, das weißt du. Wir haben doch oft darüber geredet.«

»Glaub mir, das Thema kommt zu Hause noch mal zur Sprache.« Lycke wollte nur noch nach Hause und zur Ruhe kommen.

»Gott sei Dank ist alles gutgegangen.« Gunnel strich Walter über die Wange.

»Vielen Dank, Gunnel. Wir sehen uns morgen.«

»Ja, das tun wir. Tschüs, Walter!« Gunnel drehte sich um und ging die Hospitalsgata wieder hinauf zur Schule.

Lycke nahm Walter an die Hand und ging mit ihm zur Fähre.

»Nicht so fest, Mama.« Er versuchte, ihr seine Hand zu entwinden.

»Es ist wahnsinnig viel Zeit vergangen, seit du beim Hort losgegangen bist. Warst du die ganze Zeit auf dem Spielplatz?«, fragte Lycke mit rauer Stimme. Ihr Herzschlag hatte sich noch immer nicht normalisiert, und die Tränen, die ihr übers Gesicht liefen, waren die reinste Erleichterung.

»Ja«, sagte Walter. Verwundert betrachtete er seine Mama, die vergeblich versuchte, mit dem Weinen aufzuhören. »Bist du traurig, Mama?«

Sie schüttelte den Kopf und schnäuzte sich die Nase. »Ich habe mir nur solche Sorgen gemacht und mich gefragt, warum du nicht mit der Fähre gekommen bist. Du weißt doch, dass du von der Schule direkt zur Fähre und nirgendwo anders hingehen sollst. Was hast du denn eigentlich gemacht?«

»Mit einem kleinen Hund gespielt. Einem Welpen. Er war abgehauen, und ich musste helfen, ihn wieder einzufangen. Das war nicht so einfach, weil er ziemlich schnell war.«

Sie setzten sich auf die Bank hinter der Touristeninformation. Lycke nahm Walter auf den Schoß, schlang ihre zitternden Arme um ihn und atmete den Duft seines Haars ein. All die Gedanken, die ihr durch den Kopf gerast waren. Ihre Phantasie war vollständig mit ihr durchgegangen und hatte die schlimmsten Horrorszenarien entwickelt. Mein geliebter Junge, was würde ich ohne dich tun?

»Wem gehörte denn der Welpe?«, fragte Lycke.

»Einem Onkel, der nicht so schnell laufen konnte.«

Lycke erstarrte. »Was für ein Onkel?«, fragte sie.

»Wenn ich nicht gewesen wäre, hätte er den Hund niemals wieder eingefangen. Er hatte auch Kekse dabei, meine Lieblingssorte.«

»Kanntest du ihn?«, fragte sie.

»Nee, aber du vielleicht? Oder Papa?«

»Wie sah er denn aus?« Lyckes Magen krampfte sich zusammen.

»Die Fähre, Mama.« Walter wand sich aus ihrer Umarmung. Sie nahm ihn an der Hand, begrüßte die Bekannten, die von der Fähre kamen, und ging an Bord.

»Also, wie sah denn der Onkel aus?«, fragte sie noch einmal.

»Er hatte einen Hahn auf der Jacke, genau wie Opa. Und er geht so.« Walter zog ein Bein hinter sich her. »Er hat gehumpelt«, erklärte er. »Deswegen ist der kleine Hund ihm entwischt. Der war so süß! Können wir auch einen Hund haben, Mama?«

»Nein, mein Süßer, ich möchte keinen Hund haben. Das ist eine zu große Verantwortung.«

Langsam drang ein Gedanke bis in ihr Bewusstsein vor. Wie wenn ein Tropfen auf die Wasseroberfläche eines Eimers trifft und die Ringe schließlich den Rand erreichen. Nur unendlich viel langsamer.

Lycke schloss hinter ihrer Sonnenbrille die Augen und kniete sich neben ihren Sohn, der sich ihr mit genervtem Blick entzog, als Freunde von ihm auftauchten.

Was sollte sie jetzt machen? Walter war zum Glück kein Haar gekrümmt worden, aber irgendwo schien ein Mann zu lauern, der mit einem Welpen Kinder anlockte. Sie atmete tief durch und versuchte klar zu denken.

»Es war übrigens jemand von deiner Arbeit, glaube ich. Denn er hat was über deine Arbeit gesagt.«

»Meine Arbeit?«, fragte Lycke. »Weißt du noch, was er gesagt hat?«

Walter fummelte am Schultergurt seines Rucksacks herum und überlegte.

»Das ist wichtig, Walter. Versuch dich zu erinnern, was er gesagt hat.«

»Ich weiß es nicht mehr.«

»Aber er hat über meine Arbeit gesprochen?«

»Ich glaube schon. Ja, hat er.«

»Und was?«

»Irgendwas über deine Arbeit, hab ich doch gesagt. Mann, du nervst.«

Die Fähre legte auf Koö an. Während Lycke an Land ging, hielt sie Walters Hand fest. Ihre Schritte waren zögerlich, bis sie schließlich vollständig innehielt und mitten auf der Rampe stehenblieb, obwohl sie dort Autos und Lastenmofas behinderte.

»Komm jetzt, Mama.« Walter zerrte an ihr, aber Lycke stand da wie zu einer Salzsäule erstarrt.

Der Mann im Laden, dachte sie. Der sie gefragt hatte, welche Kekse sie ihm für seine Enkelkinder empfehlen würde. Auf seiner Jacke hatte sie einen Hahn gesehen, und er hatte gehinkt.

Es war ein seltsames, fast unwirkliches Gefühl, mit einem Glas Crémant in der Hand in der großen natürlichen Laube zu stehen und den Fähnrichen der Drott dabei zuzusehen, wie sie die mitgebrachten Tische und Stühle aufstellten und anschließend aufdeckten. Sie waren unzählige Male zwischen Drott und Insel hin und her gefahren, um es den Gästen, die mit Sektgläsern oder Sonnenschirmen in der Hand zwischen den alten Eichen herumspazierten, so bequem wie möglich zu machen.

Alles wirkte wie in einer eleganten Halle, nur im Freien. Durch das Blätterdach ahnte man den Himmel. Die Sonne schien durch das Laub, das sich im Wind bewegte, und warf unruhige Schatten auf die weißen Tischtücher. Die Besatzung hatte im Grünen gedeckt. Während des Festmahls saß der König mit einem entspannten Lächeln im Gesicht Karolina gegenüber. Neben ihr hatte Douglas gesessen und ihr nachgeschenkt. Bereits da hätte ihr Böses schwanen müssen, aber die Stimmung war so gelöst gewesen, und zuvor hatte sie fast eine Stunde Laute gespielt. Seine Majestät hatte ihr wie gebannt gelauscht und laute Bravorufe von sich gegeben. Der Applaus der kleinen Schar geladener Gäste hatte gar nicht enden wollen, und sie hatte sich wirklich wertgeschätzt gefühlt. Zum Glück wurde kurz darauf das Dessert serviert, und sie konnte sich setzen. Plötzlich erschien es ihr wie das Selbstverständlichste auf der Welt, den Schaumwein zu trinken, Seine Majestät anzustrahlen und die Nougattorte zu genießen, die alles übertraf, was sie bisher geschmeckt hatte.

Nach dem Essen hatten Douglas und sie im Schatten der alten Eichen einen Spaziergang gemacht. Sie achtete darauf, dass sie die ganze Zeit in Sichtweite der anderen blieben.

»Sind wir eigentlich auf dem Festland oder auf einer Insel?«, fragte Karolina und lachte laut auf, als ihr bewusst wurde, dass sie keine Ahnung hatte, wo sie sich befanden. Einer der jungen Offiziere der Drott kam vorbei und schien sich über die Frage zu amüsieren, doch bevor er sie beantworten konnte, hatte Douglas sich geräuspert. Daraufhin entschuldigte sich der Offizier und eilte davon.

Doch Douglas hatte nicht geantwortet, sondern sich nur erneut geräuspert. Und da hatte sie plötzlich gewusst und gespürt: Jetzt würde er ansprechen, wozu er auf der Drott nicht gekommen war. Niemand war in der Nähe, und sie konnte der Situation nicht entkommen, denn sie hatte keinen Vorwand, sich zu entfernen.

»Als kleiner Junge bin ich einmal auf Schloss Noor gewesen«, begann er.

Das muss ziemlich lange her sein, dachte Karolina.

»Es ist ein ganz besonderer Ort. Ich verstehe gut, dass Sie sich dort wohlfühlen, das würde ich auch tun.«

»Ja, es ist schön dort«, hörte sie sich selbst sagen, während sie sich suchend nach Magdalena umsah. Sie entdeckte sie ein Stück entfernt, wo sie mit dem Rücken zu ihr saß und in ein lebhaftes Gespräch vertieft war.

»Was die Situation Ihres Vaters anbelangt, bin ich im Bilde und sehe verschiedene Möglichkeiten, dem Unternehmen wieder auf die Beine zu verhelfen, so dass es wieder so floriert wie früher. Ich verfüge sowohl über Kapital als auch über Kontakte.«

»Er hat Pech gehabt«, verteidigte Karolina ihren Vater.

»In hohem Maße. Zuerst die Auflösung der Union, die es schwieriger, um nicht zu sagen unmöglich macht, mit den Norwegern zu kooperieren, und zu allem Übel auch noch die Streiks. Das Sägewerk macht schwere Zeiten durch.« Er nickte bedächtig.

»Stimmt es, dass man dazu übergeht, Schiffe aus Stahl zu bauen und nicht mehr aus Holz?«, fragte Karolina.

Er lächelte und schien sich fast zu genieren. »Sie interessieren sich also für Geschäfte? Das haben Sie doch gar nicht nötig. Sie sollten sich überhaupt keine Sorgen zu machen brauchen, und ich möchte mit

Ihnen nicht besprechen, ob Boote aus Holz oder Stahl gebaut werden. Zumindest im Moment nicht.« Als er die Hand in seiner Innentasche versenkte, wusste Karolina nicht, wo sie hinschauen sollte. »Sie können gern mit meinem Vater über seine Geschäfte sprechen.« Karolina blickte zu Magdalena, aber die wandte ihr immer noch den Rücken zu.

»Fräulein Lundgren, ich würde gern wissen, ob Sie mir die Ehre erweisen würden, meine Frau zu werden?«, fragte er, kniete sich hin, öffnete ein Kästchen, das mit blauem Stoff gefüttert war, und zog einen goldenen Ring heraus.

Vor Schreck wäre ihr fast das Glas aus der Hand gefallen. Sie wusste nicht, was sie tun sollte. Antworten konnte sie nicht, weil sie viel zu beschäftigt damit war, in ihrem fest geschnürten Kleid nach Luft zu ringen. Über ihr schien sich das Blätterdach zu drehen, und sie musste sich bei Douglas abstützen.

»Wie geht es Ihnen?«, fragte er und setzte sie auf einen Stuhl. Sein Gesichtsausdruck verriet, dass er sich fragte, ob er die Situation vollkommen missverstanden hatte. »Wir haben keinen Arzt dabei. Doktor Bauman musste sich um Gräfin de la Gardie kümmern, und Wallin liegt im Krankenhaus.«

»Im Krankenhaus?« Karolinas Stimme überschlug sich.

»Haben Sie meine Frage verstanden?« Douglas klang nicht mehr ganz so freundlich, doch obwohl ihr der scharfe Unterton nicht entging, musste sie nach Karl fragen.

»Was ist Doktor Wallin passiert?«

Douglas stand auf. »Er hat sich verletzt und musste gestern ins Sahlgrenska Krankenhaus in Göteborg überführt werden. Ich habe es mit eigenen Augen gesehen, überall war Blut. Er steht anscheinend schlecht um ihn, sie wissen nicht, ob er überlebt.« Douglas' Blick ruhte auf Karolina, während er sprach. Er beobachtete ihre Reaktion und nahm die aufgerissenen Augen zur Kenntnis, ohne seine Worte zu mildern.

»Was ist passiert?« Das Herz klopfte ihr bis zum Hals. Es war ein Wunder, dass man es durch den Stoff ihres Kleides nicht sah.

»Ein Vogeljunges oder Kätzchen, was weiß ich, hatte sich zwischen den Klippen eingeklemmt, und Wallin wollte helfen.«

»Der Junge«, sagte Karolina. »Das muss der Junge gewesen sein, der Sohn der Bademeisterin. Vater und ich waren dort, im Badehaus, als der Bruder des Jungen angerannt kam. Wie geht es ihm?«

»Das ist mir nicht bekannt, und ich hätte auch lieber eine Antwort auf meine Frage. Haben Sie sie verstanden, Fräulein Lundgren?« Er trat nervös vom einen Bein aufs andere, bevor er sich wieder setzte. »Ich habe Sie gefragt, ob Sie meine Frau werden wollen.«

Obwohl sie den Inhalt verschüttet hatte, hielt ihre Hand krampfhaft das Sektglas fest. Oder hatte sie den Crémant getrunken? Sie wusste es nicht mehr. Zeit, ich muss Zeit gewinnen. Er will die Antwort doch nicht hier und jetzt?

»Darf ich um ein wenig Bedenkzeit bitten?«

Douglas' Miene nach zu urteilen, hatte er mit dieser Antwort am wenigsten gerechnet. »Soll ich zuerst mit Ihrem Vater sprechen? Das tue ich gern. Falls es nötig ist, lege ich ihm auch meine Ideen bezüglich des neuen Kapitals für seine Firma dar.« Er wartete einen Moment, bevor er fortfuhr, als wollte er sichergehen, dass die Tragweite seiner Worte wirklich angekommen war. »Und falls Sie lieber in Värmland als auf Noor leben möchten, können wir natürlich darüber reden, auch wenn Schloss Noor meiner Ansicht nach besser zu uns passt. Und die Nähe zu Stockholm ist von Vorteil.«

»Entschuldigen Sie bitte, ich war so überrumpelt … überwältigt, meine ich. Und dann diese Hitze. Dürfte ich Sie um ein erfrischendes Getränk bitten?«

»Selbstverständlich.« Douglas erhob sich. Karolina blickte ihm hinterher. Groß und schlank, höflich und gewandt. Tadellos gekleidet. Sicherlich ein ausgezeichneter Geschäftsmann, der außerdem ihren Vater unterstützen wollte. Alles würde gut werden. Ingeborg wäre froh und Vater erleichtert, wenn sie bei ihrer Rückkehr erzählte, dass sie sich mit Douglas verlobt hatte. Vielleicht würde Douglas sie sogar begleiten, um es ihnen mitzuteilen, aber das war vielleicht nicht nötig. Oder doch? Immerhin wäre er dann ihr zukünftiger Ehemann. Sie und er würden dann in Zukunft alles teilen, einen Haushalt und das Bett.

Wie würde es sich anfühlen, morgens in den Frühstücksraum auf Noor zu kommen und Douglas mit einer Zeitung auf Großvaters Platz sitzen zu sehen? Ihn zum Abschied zu küssen, bevor er zu seinen Verabredungen nach Stockholm fuhr. Würde sie ihn vermissen, wenn er abreiste, würde sie allein in dem weißen Schloss aus Holz sitzen oder von ihrer Kinderschar umgeben sein, während ihr krächzender und schniefender Vater für ein paar Tage auf Geschäftsreise war? Jetzt hustete Douglas und tupfte sich anschließend mit seinem Taschentuch Stirn und Nase ab. Anschließend füllte er ein Glas und hielt es hoch. Etwa mit derselben Hand, die das Taschentuch benutzt hatte? Lächelnd kam er auf sie zu. Karolina versuchte sich ebenfalls zu einem Lächeln zu zwingen.

Doch warum ging ihr Karl Wallin nicht aus dem Kopf, warum tauchten in ihrem Innern immer wieder Bilder von ihm auf? Unfug, hätte Großmutter gesagt. Ein Mädchen musste seinen Verstand benutzen und durfte sich nicht von seinen Gefühlen leiten lassen. In diesem Fall wäre es am klügsten gewesen, Douglas' Antrag anzunehmen.

»Es tut mir leid«, sagte Douglas, als er zurückkam und ihr das Glas reichte.

Karolina trank es leer. »Was meinen Sie?«

»Ich habe soeben erfahren, dass Karl Wallin nicht mehr unter uns weilt.«

Die Welt um sie herum schien zu verstummen, und das Glas fiel ihr aus der Hand. Es landete auf einem Stein, der sich unter dem Gras verbarg, und zersprang in tausend Stücke.

Sie wusste nicht, wie lange sie schon dort saß, aber der Wind war stärker geworden, und alle Tische und Stühle, abgesehen von ihrem, waren bereits wieder auf dem Schiff verladen worden, als sie sich so weit gefasst hatte, um zu bemerken, dass Douglas noch da war. Neben ihm stand Magdalena.

»Komm jetzt, Karolina.« Magdalena half ihr auf.

Karolina drehte sich zu Douglas um. »Sie erhalten jetzt meine Antwort.«

Sobald sie ihm ihre Antwort gegeben hatte, spürte sie, dass es ein Fehler war, aber da war es bereits zu spät. Dass ein so kleines Wort so viel Unheil anrichten konnte. An Bord waren sie beglückwünscht worden, aber als sie sich von Seiner Majestät verabschiedet hatte, ging sie mit schweren Beinen zu der abfahrbereiten Barkasse. Douglas half ihr an Bord. Seine Hände fühlten sich durch den Stoff ihrer Handschuhe hart und gefühllos an, und sie hätte es hervorragend alleine geschafft.

Am Kai erwartete sie eine Menschenmenge, die gern ein paar Worte von den Auserwählten über den Ausflug hören wollten. Karolina sah sich suchend nach Ingeborg und Vater um und fand sie in ein lebhaftes Gespräch mit Gräfin Lagercreutz vertieft. Wie passend.

Als das Beiboot angelegt hatte, ging Douglas an Land und geradewegs zu Vater. Er sah sie an und nickte lächelnd. Karolina nickte zurück, obwohl sie Mühe hatte, ihren Kopf zu bewegen. Dann griff Vater nach Douglas' Hand und drückte sie. Ingeborgs Gesichtsausdruck war unergründlich, obwohl Karolina geglaubt hatte, dass sie sich über die Verbindung am meisten freuen würde. Nun eilte sie herbei und nahm Karolina ausnahmsweise vor Magdalena in den Arm. Und die Gräfin küsste sie auf beide Wangen und war entzückt darüber, Hochzeitspläne schmieden zu dürfen und sie als Schwiegertochter zu bekommen.

»Und Schloss Noor?«, fragte die Gräfin etwas übereifrig. »Ihr wollt euch doch bestimmt auf Noor niederlassen.« Als sie Karolinas fragende Miene sah, fuhr sie fort, ohne die Antwort abzuwarten. »Darüber habt ihr natürlich noch nicht gesprochen.« Sie plapperte drauflos, und Karolina konnte kaum folgen. Es war zwar nicht verwunderlich, dass den beiden bekannt war, dass sie die Erbin von Schloss Noor war, aber Karolina konnte sich trotzdem nicht des Eindrucks erwehren, eine Handelsware zu sein, deren Wert nicht unerheblich durch Schloss Noor gesteigert wurde. Besaß die Familie Lagercreutz denn nicht selbst auch ein Schloss in Schonen?, überlegte Karolina. Müsste Douglas denn dann nicht darauf bestehen, dort zu leben? Auch wenn sie lieber auf Noor wohnte. Viel lieber.

»Champagner!« Die Gräfin klatschte in die Hände. Da Ingeborg ihr beipflichtete, dass das eine ausgezeichnete Idee sei, machte man sich gemeinsam auf den Weg zum Turisthotel. Die Gräfin ging auf der einen Seite von Karolina und Ingeborg auf der anderen. Die Frauen unterhielten sich über Karolinas Kopf hinweg miteinander und grüßten hin und wieder Leute, die ihnen entgegenkamen. Karolina war müde von der Schiffsreise und hatte ein mulmiges Gefühl im Bauch. Als sie den Hut abnahm, waren ihre Haare plattgedrückt. Magdalena war ihr mit der Frisur behilflich. Am liebsten wäre Karolina zu Hause ins Bett gegangen und in den Schlaf entflohen, aber daran war nicht zu denken. Mit Vater hatte sie nur wenige Worte gewechselt, als sie ihm erzählte, was Karl Wallin zugestoßen war. Doch als sie den Namen des Arztes aussprach, kamen ihr die Tränen.

»Ich habe gehört, dass es schlecht um ihn steht«, sagte Vater.

»Douglas hat mir erzählt ...«, begann Karolina, brachte den Satz aber nicht zu Ende.

»Du hast doch wohl nicht übereilt gehandelt, meine Liebe?« Kaum hatte Vater ihre Hand genommen, kam Douglas und zog sie mit sich, ohne ihren feuchten Augen Beachtung zu schenken.

Der beste Tisch im Spiegelsaal wurde gedeckt, und das Orchester spielte den Hochzeitsmarsch von Mendelssohn. Douglas hakte sich bei Karolina unter und führte sie galant an einen Tisch. Im Spiegel sah sie sich selbst an seiner Seite. Ungewohnt und seltsam, aber ein schönes Paar waren sie trotzdem, und sie machten beide eine gute Partie. Ihre Tränen waren getrocknet, aber in ihrem Magen kribbelte es überwiegend vor Sorge und nicht vor Freude, als sich alle Gesichter ihnen zuwandten. Einige Herren, die bereits dem Punsch zugesprochen hatten, applaudierten laut. Jetzt war es offiziell. Wie schnell es gegangen war. Zu schnell?

Während sie angestrengt lächelte und sich höflich mit Douglas' Mutter unterhielt, versuchte sie sich einzureden, es wäre die richtige Entscheidung gewesen. Alles würde gut werden. Doch der Ring, den sie von Douglas erhalten hatte, erschien ihr zu groß, als könnte er ihr jeden Augenblick vom Finger rutschen und über den Fußboden kullern. Fort von ihr.

An diesem Abend konnte Karolina nicht einschlafen. Immer wieder verdunkelte sich die helle Sommernacht und veränderte den Raum. Die Sonnenstrahlen spielten nicht mehr mit dem spiegelnden Kristalllüster.

Draußen war die Nacht warm und still, und noch erahnte man die dunkelblaue Farbe des Himmels hinter den schön gerahmten Fenstern. Auf der Straße hatten Leute geredet und gelacht, und sie war sogar aufgestanden, um sich die Glücklichen anzuschauen. Vorsichtig war sie im Nachthemd über die Dielen getappt und hatte auf die Varvsgata hinuntergeblickt. Ein eng umschlungenes Paar spazierte unten vorbei. Die Frau lehnte den Kopf an die Schulter des Mannes, und sie lachten über etwas, was sie gesagt hatte. Ihr Lachen klang so ungezwungen und schwebte federleicht zu ihr herauf. Sie wickelte sich ihr Tuch um die Schultern und merkte, dass sich die Bewegung ihrer Hand mit dem Verlobungsring anders anfühlte. Als wäre er ein belastendes Gewicht. Sie setzte sich hin, blickte aufs Wasser und drehte nachdenklich den Ring. Vielleicht würde sie sich daran gewöhnen. Die Gedanken in ihrem Kopf zogen immer schnellere Kreise, obwohl sie sich bemühte, sie zum Stillstand zu bringen. Karolina versuchte immer wieder sie in andere Bahnen zu lenken, indem sie sich vorstellte, wie Großmutter lächelnd auf der großen Schlosstreppe stand und Douglas begrüßte. Doch Großmutter lächelte nur selten. Nicht einmal die Tatsache, dass Douglas ein wohlhabender Graf war, der Karolina und ihre Familie wieder stärker mit dem Adel verbinden würde, war ein Garant für Großmutters Lächeln.

Sie dachte an Karl Wallin. Er war ein richtig guter Arzt gewesen, hatte warme und geschickte Hände gehabt. Tränen liefen ihr übers Gesicht, ohne dass sie es merkte. Zu einem geringen Teil waren sie der Erleichterung über die Verlobung geschuldet, die schließlich Ziel der ganzen Reise gewesen war. Vaters Firma war gerettet. Doch die meisten Tränen vergoss sie über den jungen Arzt, den sie so gern wiedergesehen hätte. Sie stand auf, wischte ihre Tränen ab und legte den Ring auf den Nachttisch. Draußen hatte es zu regnen begonnen, und im Morgengrauen fiel sie in einen unruhigen Schlaf.

23

Als Karin vor Lyckes Haus im Fyrmästargång parkte und mit zwei Schritten die Treppe hinaufrannte, hatte es angefangen zu regnen.

Lycke öffnete die Tür, bevor sie angeklopft hatte. Ihre Augen waren rotgerändert und geschwollen, der Blick flackerte unruhig hin und her. Karin nahm sie lange in den Arm und stellte fest, dass sie zitterte.

»Wie gut, dass Walter wieder aufgetaucht und jetzt hier ist«, sagte Karin. »Wir müssen eben herausfinden, was passiert ist. Und ich übernachte heute hier, wenn du nichts dagegen hast.«

»Danke«, sagte Lycke. »Johan kann auch gerne kommen.«

»Er ist schon unterwegs«, sagte Karin.

Schluchzend zog Lycke ein Taschentuch aus der Jeanstasche. Sie trocknete ihre Tränen und putzte sich die Nase. »Es sind zu viele Zufälle.« Lycke schloss die Haustür ab. Sie rüttelte an der Klinke, um sich zu vergewissern, dass die Tür wirklich verriegelt war.

»Überlass das mir und erzähl noch mal, was genau passiert ist«, sagte Karin.

»Ich weiß nicht, wo ich anfangen soll«, erwiderte Lycke.

»Erzähl mir alles von dem Moment an, in dem Walter nicht wie vereinbart mit der Fähre ankam.«

»Eigentlich hat es aber schon früher angefangen. Mein Gott, ich weiß nicht, was ich glauben soll.«

Lycke erzählte von dem Mann im Laden, der nach Walter gefragt und sie gebeten hatte, ihm Kekse für seine Enkelkinder zu empfehlen. »Es muss dieselbe Person gewesen sein«, sagte sie.

Karin nickte. »Wo ist Walter jetzt?«

»Er liegt auf dem Sofa und guckt fern.«

Karin hängte ihre Jacke an einen der Garderobenhaken auf Kinderhöhe. Dann ging sie ins Wohnzimmer.

»Hallo, Walter.«

Walter war so gebannt von den Vorgängen auf dem Bildschirm, dass er um sich herum nichts zu hören oder sehen schien.

»Erde an Walter«, versuchte Karin es erneut.

Lycke ging einfach durchs Wohnzimmer und schaltete den Fernseher aus. Das rief endlich eine Reaktion ihres Sohnes hervor.

»Mann, Mama!«, rief er verärgert und bohrte seinen Kopf rückwärts ins Sofa.

»Karin ist da. Ich möchte, dass du mit ihr redest. Danach kannst du weiter fernsehen.«

Karin setzte sich zu Walter aufs Sofa und bat ihn, von seinem Tag zu erzählen. Da er mit den Lesehausaufgaben anfing und ihr ausführlich berichtete, mit welchen Freunden er in der Schule gespielt hatte, bevor er die Ereignisse des Nachmittags erwähnte, hatte sie den Eindruck, dass ihm der Vorfall längst nicht so dramatisch erschienen war wie Lycke und allen anderen Beteiligten. Was gut war. Er ist zu klein, um sich Sorgen über die Welt da draußen zu machen, dachte Karin und hörte aufmerksam zu.

Ein Onkel mit einem Foto von einem wahnsinnig niedlichen Welpen – so klein, dass er in eine Tasche passte – hatte in der letzten Hofpause, kurz bevor er sich auf den Weg zur Fähre machen wollte, hinter dem Zaun gestanden. Der Mann erzählte Walter, der Hund wäre auf dem Spielplatz ausgebüxt, und nun hätte er Schwierigkeiten, ihn wieder einzufangen, weil er nicht gut laufen könne. Dass der Mann humpelte, sah Walter selbst. Und der Mann sagte zu ihm, seine Mutter hätte erlaubt, dass er ihm helfe, und ihm sogar Walters Lieblingskekse mitgegeben. Außerdem wäre sie einverstanden, wenn er eine spätere Fähre nähme. Er hatte ihm sogar einen Keks vor die Nase gehalten. Trotzdem war Walter clever genug gewesen, den Mann zu fragen, ob er überhaupt wüsste, wie seine Mutter hieß. Er hatte gelernt, Fremden gegenüber misstrauisch zu sein. Als er antwortete, ihr Name sei Lycke, hatte Walter das Gefühl, alles wäre in Ordnung.

Karin hörte aufmerksam zu und stellte weitere Fragen, um sich ein genaueres Bild zu machen. Er konnte die Kleidung des Mannes gut beschreiben, aber darüber hinaus fiel ihm die Personenbeschreibung schwer. Der Hund dagegen war weiß und braun gefleckt und hieß Selma. Er hatte einen weißen Schwanz, lange Ohren mit lockigem Fell und trug ein rotes Hundehalsband.

»Deine Erzieherin im Hort …«

»Gunnel«, sagte Walter.

»Genau, deine Erzieherin Gunnel. Hat sie mit dem Onkel gesprochen?«, fragte sie.

»Nein, das glaube ich nicht.«

»Hat sie ihn gesehen?«

»Das weiß ich nicht. Vielleicht.«

Ich muss sie anrufen, dachte Karin. »Hat sie denn den Hund gesehen?«

»Nein, der lag ja dann schon in der Tasche«, erläuterte Walter. »Er war so klein, und kleine Hunde schlafen viel. Er war sicher müde, nachdem er ausgerissen war.« Walter nickte auf die gleiche Weise wie Folke es manchmal tat.

»Worüber habt ihr geredet?«, wollte Karin wissen.

»Alles Mögliche.«

»Zum Beispiel?«

Walter dachte nach. »Hunde und dass sie richtige Freunde sein können. Aber eigentlich habe ich ja ganz viele Freunde in der Schule.«

»Wie schön«, sagte Karin. »Habt ihr noch über etwas anderes gesprochen?«

»Über Geheimnisse«, sagte Walter mit leiser Stimme.

»Was für Geheimnisse?«, fragte Karin.

Walter zuckte die Achseln. »Darf ich jetzt fernsehen?«

»Gleich«, erwiderte Karin.

»Das ist wichtig, Walter«, sagte Lycke, die es bis jetzt geschafft hatte, still zu sein. Karin hob die Hand, um ihr zu signalisieren, dass sie behutsam vorgehen mussten.

»Bist du gut darin, Geheimnisse für dich zu behalten?«, fragte Karin.

»Ja.«

»Das ist gut. Manchmal muss man das können. Ich auch.«

»Mama auch.«

»Muss sie das denn?«, fragte Karin.

»Ja, sie hat Geheimnisse bei ihrer Arbeit.«

»Wie kommst du darauf?«

»Das hat der Mann mit dem Hund gesagt.«

»Was denn für Geheimnisse?«

»Weiß nicht. Kann ich jetzt endlich fernsehen?«

»Ja, tu das.« Karin stand auf und drückte auf die Fernbedienung. Dann drehte sie sich zu Lycke um. Walter war zum Glück ins Kinderprogramm versunken und merkte nicht, wie bedrückt seine Mutter aussah, als sie in die Küche eilte und in einer der Schubladen nach Taschentüchern kramte.

»Mein Gott«, flüsterte sie. »Was ist denn bloß los?«

Karin hielt ihr einen Stuhl hin, und Lycke setzte sich. Kurze Zeit später stand sie wieder auf.

»Ich muss nachsehen, ob ich die Haustür abgeschlossen habe.«

»Hast du, ich bin mir ganz sicher«, sagte Karin.

Aber Lycke war schon losgegangen.

»War doch abgeschlossen«, sagte sie, als sie wieder in die Küche kam. »Aber warte mal, der Keller, ich hab die Kellertür nicht kontrolliert.« Lycke hatte gerade die Tür zur Kellertreppe geöffnet, als Karin sie einholte.

»Das gucke ich mir an«, sagte Karin, schaltete das Licht ein und verschwand. Sie zwängte sich an einer Kiste, in der sich laut Aufschrift Adventskerzenhalter befanden, und einem Kinderwagen vorbei und gelangte schließlich in die Ecke, in der sich die Waschmaschine und die Tür nach draußen befanden. Die Kellertür war sogar zweifach verriegelt, stellte Karin fest und ging wieder nach oben zu Lycke, die an der Terrassentür ruckelte.

»Jetzt setzen wir uns hin.« Karin führte Lycke wieder an den Küchentisch. »Es ist alles abgeschlossen, und ich bleibe heute Nacht hier, aber jetzt muss ich mir ein genaues Bild machen. Hast du irgendeine Ahnung, wer der Mann mit dem Hund sei könnte? Oder was er beabsichtigt? Und was sind das für Geheimnisse, die Walter erwähnt hat?«

Karin sah, dass Lycke versuchte sich zu konzentrieren, aber ihr Blick wurde vom Fenster und der Dämmerung draußen angezogen. Regentropfen klopften an die Scheibe.

»Können wir uns woanders hinsetzen?«, fragte Lycke. »Vielleicht steht da draußen jemand und beobachtet uns.«

»Wir gehen stattdessen auf die Bank.« Karin räumte Walters Rucksack und seinen Turnbeutel beiseite, damit sie mit dem Rücken zur Wand auf der eingebauten Küchenbank sitzen konnten.

»Es passiert so leicht ein Unglück, hat er gesagt«, wiederholte Lycke. »Und er wusste, dass Walter sich das Kinn aufgeschlagen hatte und dass ich mit dem Rad einkaufen gefahren bin, als wir zusammen Pizza gegessen haben. Irgendjemand beobachtet uns. Das ist total krank.« Ihre Hände zitterten.

Karin fasste nach ihrer einen Hand und drückte sie.

»Und Walters Erzieherin habe ich auch schon gefragt, wie der Kerl aussah, aber es ist nichts dabei herausgekommen, weil sie sich nur auf Walter konzentriert hat.«

Ich rede trotzdem mit ihr, dachte Karin. »Jetzt gehen wir das Ganze noch einmal in Ruhe durch«, begann sie dann, aber Lycke fiel ihr ins Wort.

»Ich glaube, ich weiß, worum es geht, auch wenn ich es nicht verstehe.« Sie nickte. »Diese Datei, mit der mich Peter so genervt hat. Was anderes kann es nicht sein. Mein Gott, er hat erst Freitag deswegen angerufen. Ich muss ihn fragen, ob er was von der Sache weiß, und wenn er das tut ...« Lycke biss die Zähne zusammen.

»Damit wartest du bitte noch«, sagte Karin.

Ein Klopfen an der Haustür ließ Lycke zusammenzucken.

»Ich mache auf.« Karin stand auf und ging in den Flur. »Es ist Johan«, rief sie Lycke zu, bevor sie ihm einen Kuss gab.

»Teufel, wie das regnet«, sagte er. »Was ist eigentlich passiert?« Er hängte seine tropfnasse Jacke auf. Mit wachsendem Erstaunen lauschte er Karins Ausführungen. Dann ging er hinein und nahm Lycke fest in den Arm.

»Hast du mit Martin gesprochen?«, fragte er.

»Noch nicht. Ich habe ihn nicht erreicht.«

»Okay, ich will die lange Version hören. Inklusive der Dinge, die dir vielleicht unwichtig erscheinen«, sagte Karin zu Lycke und schlug eine neue Seite in ihrem Collegeblock auf.

Karin versuchte mitzukommen. Bald war die erste Seite ihre Blocks mit Namen und Pfeilen vollgekritzelt. Nachdem sie umgeblättert hatte, hielt sie inne. Johan befüllte den Wasserkocher, schaltete ihn ein und suchte nach Tee und Bechern, während das Wasser heiß wurde.

»Diese Datei, die er geändert hat«, sagte Karin. »Was war das? Hast du es dir angesehen?«

»Ja, aber nur kurz. Eine geotechnische Untersuchung des Bodens hinter dem Warmbadehaus. Sie wurde angestellt, weil sich unter der Turnhalle ein Wasserreservoir befindet.«

Karin nickte, Björn hatte ihr davon erzählt.

»Die Turnhalle befindet sich in dem Anbau hinter dem Warmbadehaus.«

»Wie hängt das Wasserreservoir denn mit dem felsigen Untergrund zusammen?«, fragte Karin. »Ist es hineingesprengt worden?«

»Weiß nicht, ich habe es so verstanden, als wäre es ein natürliches Becken. Und die Felsspalten können offenbar Probleme verursachen. So dass Wasser raus- oder Dreck reinläuft. Warte mal, ich hole den Bericht.«

Lycke verschwand im Arbeitszimmer und kam mit ihrer schwarzen Laptoptasche zurück. »Hier habe ich die ausgedruckten Berichte.« Sie klappte eine blaue Kunststoffmappe auf. Dann blätterte sie zu der Seite, die in der Originaldatei vorhanden war, aber in Peters Version fehlte. »Punkt 4.2, Fund von Altertümern.«

»Die gibt es hier zuhauf. Wo denn genau?«, fragte Johan und stellte zwei Becher dampfenden Tee und ein Kännchen Milch vor sie hin.

»Hinter dem Warmbadehaus, glaube ich. Wir können ja nachsehen, ich habe alles ausgedruckt.«

»Nein, das kann nicht sein.« Johan runzelte die Stirn. »Es gibt auf allen Inseln ringsum steinzeitliche Funde, aber keinen einzigen auf Marstrand selbst. Da bin ich mir ganz sicher. Postglaziale Landhebung – ihr wisst schon.« Er veranschaulichte den Vorgang mit den Händen. »In der Steinzeit ist Marstrand nicht mehr als eine Klippe, die aus dem Wasser ragt. Ihr müsst euch den Meeresspiegel viel höher vorstellen. Zwanzig Meter vielleicht.«

»Lies selbst«, sagte Lycke. »Hier steht es. ›Drei in den Fels geschlagene Vertiefungen, sogenannte Schalengruben, ein bis anderthalb Zentimeter tief und mit einem Durchmesser von vier bis sieben Zentimetern‹. Da stand noch mehr über Altertumsfunde, und man vermutet dort auch eine Felsritzung.«

»Eine Felsritzung?« Karin stellte das Milchkännchen ab. »Darf ich mal sehen?« Sie las, was auf dem Papier stand, und sah Lycke dann prüfend an. »Die Felsspalten sind also dringeblieben, aber nicht die Ritzung. Meinst du, Peter könnte das mit Absicht gemacht haben?«, fragte sie.

»Ich weiß nicht«, sagte Lycke. »Aber er hat sich so merkwürdig verhalten, als wir Probleme beim Probelauf hatten und diese Berichte auftauchten. Irgendwas ist damit. Er wirkte gestresst.«

»Hatte er denn Grund dazu?«, fragte Karin. »Ich meine, rein beruflich.«

»Überhaupt nicht. Bei einem Probelauf treten ständig Fehler auf, es ist ja der Sinn eines Tests, bevor es ernst wird. Aber Peter hat wirklich seltsam reagiert.« Lycke trank einen Schluck Tee und versuchte sich zu erinnern. »Zuerst hat er angeboten, das Ganze alleine in Ordnung zu bringen, weil ich ja angeblich so viele andere Sachen zu tun hätte, aber da ich für die Systemeinführung verantwortlich war, wollte ich wissen, warum die Berichte nicht ins neue System übertragen worden waren. Da wurde er kreidebleich und kam ins Schwitzen. Eine Zeitlang dachte ich, er bekäme einen Herzinfarkt. Dann rief der Hort an und ich musste weg.«

»Und dann wurde dir der Auftrag entzogen.« Karin nickte langsam. »Ist noch etwas passiert?«

Lycke überlegte. Sie ließ ihren Blick durch den Raum schweifen, bevor sie ihn wieder auf Karin richtete.

»Peter stand hier sogar vor der Tür. Am Donnerstagabend. Nur um mir mitzuteilen, dass er das Problem mit den Berichten gelöst hatte. Dann bin ich ins System gegangen und hab mir alles angeguckt.«

»Klingt typisch. Er hat immer dazu geneigt, sich selbst zu überschätzen«, sagte Johan.

»Und am Freitag haben wir dann zusammen Pizza gegessen, und ich bin zum Laden geradelt, und da habe ich diesen Mann getroffen.« Lycke schluckte ein paar Mal und räusperte sich, bevor sie mit bebender Stimme fortfuhr: »Und heute ist dieses Arschloch auf dem Spielplatz aufgetaucht und hat Walter angesprochen.«

Lyckes Halsschlagader pochte sichtbar, und Karin hielt ihr die Hand. »Ich bleibe an der Sache dran, versprochen«, sagte sie. »Aber wir dürfen keine voreiligen Schlüsse ziehen und müssen erst den roten Faden finden. Und Beweise.« Bevor jemand zu Schaden kommt, dachte sie bei sich.

Lycke nickte, zog ihre Hand weg und schnäuzte sich. »Entschuldigt bitte«, murmelte sie und tupfte sich die Tränen ab, die ihr nun wieder übers Gesicht liefen.

»Wo genau soll diese Felsritzung sein?«, fragte Karin.

Johan blätterte in dem Bericht.

»Anscheinend oben hinter dem Warmbadehaus im Felsen.«

»Nee, oder?«

»Hier ist eine Skizze. Aber ich habe noch nie davon gehört.«

Karin betrachtete die Skizze und die Abbildung der kleinen Vertiefungen, die in den Fels gehauen worden war, und las den Text daneben vor: »… auch unter der Bezeichnung Elfenmühlen bekannte Schalengruben bei den Hagahügeln im nördlichen Teil von Marstrandsö.«

»Hinter dem Warmbadehaus«, wiederholte Karin und spürte, wie ihr der nur allzu bekannte Schauer den Rücken hinunterlief. Es gab Pläne, dort ein Hotel zu bauen. Was bedeutete eine Felsritzung für den Bau eines Hotels?

Walter hatte einen gestreiften Schlafanzug an und hielt einen grauen Teddy mit großen Augen im Arm, als er die Treppe herunterkam, um Karin und Johan gute Nacht zu sagen.

»Mama erlaubt mir keinen Hund.« Walter duftete nach Seife und Zahnpasta, als er Karin ein Küsschen gab.

»Aber vielleicht kannst du dir ja mal einen Hund aus der Nachbarschaft ausleihen«, schlug Karin vor.

»Vielleicht«, antwortete Walter, doch seine Stimme verriet, dass er das nicht glaubte.

»Wie heißt denn eigentlich dein Teddybär?« Karin zeigte auf das Kuscheltier.

»Frasse«, sagte Walter. »Aber das ist kein Bär, sondern ein Lemur.« Er verstummte und fummelte an Frasses Schwanz herum.

»Du siehst aus, als würdest du über irgendwas nachdenken«, sagte Karin.

»Wahrscheinlich musste der Onkel ihn wieder einfangen, weil es so ein kluger Hund war.«

»Wie kommst du darauf?«

»Weil er eine Goldmedaille hatte«, sagte Walter.

»Ui. Eine Goldmedaille? Hat er sie dir gezeigt?«, erkundigte sich Karin.

»Ja. Sie hing an einer Halskette. Aber ich glaube, die hat er verloren.«

»Die Halskette?«

»Nein, die Medaille, denn zuerst hatte der Hund sie um, aber als ich ihn gefangen habe, hatte er sie nicht mehr.«

»Könnte sie noch auf dem Spielplatz liegen?«

»Oder vielleicht im Gebüsch, der Hund ist unter die Büsche gekrochen und hat da herumgeschnüffelt und gepinkelt. Und da habe ich ihn mir geschnappt.«

»Und die Medaille war aus Gold?« Karin schöpfte Hoffnung. Gib mir irgendwas, dachte sie. Einem Mann, der mit Hilfe eines Welpen Kinder anlockte, wollte sie dringend auf den Zahn fühlen. Ganz zu schweigen von dem, was Robert gern mit ihm machen würde.

»Vielleicht kein echtes, aber es sah so aus«, sagte Walter. »Wir können sie ja morgen suchen gehen und ihm zurückgeben«, schlug er vor.

»Weißt du denn, wo der Hund wohnt?«, fragte Karin. »Falls wir morgen die Kette finden, meine ich.«

»Nein.« Walter wirkte niedergeschlagen. Er strich Frasse über das graue Fell. »Geht es dann nicht?«

»Ich weiß nicht. Hast du den Mann denn vorher schon mal gesehen?«

Walter schüttelte den Kopf.

»Und wie groß war die Goldmedaille?«, fragte Karin.

»Nicht besonders groß. So vielleicht«, deutete er mit Daumen und Zeigefinger an. »Nein, eher kleiner«, korrigierte er sich selbst. »Wie mein halber kleiner Finger. Sie liegt bestimmt noch im Gebüsch, da ist der Hund die ganze Zeit rumgewuselt.«

Karins Herz klopfte noch stärker. »Weißt du noch, welche Büsche es waren? Sind sie in der Nähe eines bestimmten Spielgeräts, zum Beispiel der Schaukeln?«, fragte Karin.

»Ich weiß nicht«, antwortete Walter. »Sie könnte natürlich auch ins Gras gefallen sein oder in den Sand.«

»Okay«, sagte Karin.

»Darf ich mitsuchen?«, fragte Walter. »Wir können Mama ja fragen. Aber ich glaube, das machst besser du«, fügte er mit leiserer Stimme hinzu, als er Lycke aus dem Obergeschoss kommen hörte.

»Wenn du im Bett bist, überlege ich mir, wie wir es machen.«

»Papa hat im Keller eine Taschenlampe«, sagte Walter.

»Danke, Walter. Du bist ein kluger Junge.« Karin winkte ihm hinterher, während er die Treppe hinaufging.

Der Regen prasselte ans Fenster. Bald darauf lag Walter sicher in seinem Bett. Karin entschied sich dagegen, die Kollegen zu benachrichtigen, damit sie im Schlamm unter den Büschen am Spielplatz herumkrochen. Das würde sie selbst tun. Oben hörte sie Lyckes knarrende Schritte.

Johan blätterte in einem Buch über die Geschichte von Marstrand.

»In diesen Büchern steht nichts über Felsritzungen auf Marstrandsö. Die gibt es nur auf Koö«, stellte er fest und deutete auf drei weitere

Bücher auf dem Wohnzimmertisch. »Eigentlich müssten sie doch erwähnt werden, oder? Was denkst du eigentlich über diesen Mann mit dem Hund? Ist das ein Einschüchterungsversuch? Hat jemand versucht, Lycke zu drohen, indem er ihr zeigt, wie leicht sich Walter auf Abwege locken lässt?«

Karin deutete auf das Obergeschoss. »Es sieht nicht gut aus«, antwortete sie leise, um einerseits Walter nicht vom Einschlafen abzuhalten und andererseits Lycke nicht zu beunruhigen. Und sie wollte sich mit Robert beratschlagen, bevor sie den nächsten Schritt unternahm. »Übrigens muss einer von uns runter zum Boot gehen und unsere Zahnbürsten und den anderen Kram holen.«

»Das habe ich auf dem Weg hierher erledigt, aber sieh ruhig nach, ich habe bestimmt was vergessen. Die Tasche steht im Flur.«

»Oh, das ist ja toll.« Karin fummelte an ihrem Handy herum. Robert war sicher damit beschäftigt, seine Kinder ins Bett zu bringen. Sie musste noch eine Weile warten, bevor sie ihn anrief. Schließlich schickte sie ihm eine SMS und bat ihn, sich so bald wie möglich zu melden.

Karin überflog ihre Notizen. Bei dem Stichpunkt, dass die Angaben aus irgendeinem Grund aus dem Bericht der Kommune Kungälv entfernt worden waren, hielt sie inne. Eine Felsritzung. Dass sie sich dort befand, wo die Carpe Mare AG ein Hotel bauen wollte, war bestimmt kein Zufall.

»Falls jemand Walter etwas tut ...«, fuhr Johan leise fort.

»Es sieht vielleicht nicht so aus, aber ich bin gerade dabei ...« Sie deutete mit einer Kopfbewegung auf den Küchentisch und die Papiere, die sie darauf ausgebreitet hatte.

»Kann ich was tun?«

Sie schüttelte den Kopf. Dann entschied sie sich um. »Doch«, antwortete Karin. »Ruf deine Mutter an und frag sie, ob Lycke und Walter morgen zu ihr kommen können. Erzähl ihr, was passiert ist, aber sei bitte behutsam.«

»Wie soll das gehen? Mama wird sich wahnsinnige Sorgen machen.«

»Ja, ja, du weißt schon, was ich meine. Du bekommst das schon hin.« Karin wünschte, sie würde weniger hart klingen.

»In Ordnung.«

»Eine Sache noch. Wir müssen auf dem Spielplatz etwas suchen.«

Sahlgrenska Krankenhaus, Änggården, Göteborg, Donnerstag, 2. August 1906

Als Karl erwachte, blickte er verwundert an die weiße Zimmerdecke. Er sah sie zum ersten Mal. Auch die Bettdecke erkannte er nicht wieder. Sein Schädel wummerte, und als er sich an die Stirn fasste, stellte er fest, dass ein Verband um seinen Kopf gewickelt worden war. Jetzt merkte die Krankenschwester, die neben seinem Bett saß, dass er aufgewacht war. Sie lächelte ihn an, nahm bestimmt seine Hand von dem Verband und legte sie stattdessen auf die Bettdecke. »Nicht anfassen. Ich hol den Doktor.« Sie stand auf.

Doktor?, dachte Karl und blickte zur Tür. Das bin doch ich. Er versuchte, sich ins Gedächtnis zu rufen, was passiert war, aber seine Erinnerungen waren verschwommen. Sie nahmen nur mühsam Gestalt an, und er musste die Augen zusammenkneifen, weil das grelle Sonnenlicht ihn blendete. Dann tauchte ein Gesicht auf, und seine Erinnerungsfetzen fügten sich zusammen, um im nächsten Moment auseinanderzufallen wie die sich ständig wandelnden Muster in einem Kaleidoskop. Kurze blonde Haare. Der Junge, der vor Tåudden in die Felsspalte gefallen war. Bewusstlos, ein Arm gebrochen, und schlimme Schürfwunden am Kopf. Doch er hatte ihn gerettet. Über eine Stunde hatte er gebraucht, bis er den Jungen endlich nach oben hieven und in fürsorgliche Arme übergeben konnte. Erst da konnte er sich ein wenig entspannen. Vielleicht hatte er deshalb den Halt verloren. Oder hatte in der Aufregung jemand das Seil losgelassen, das an seiner Taille befestigt war? Er war mit den Füßen abgerutscht und ihm war schwarz vor Augen geworden. Bis jetzt. Der Junge war durchgekommen, davon war er überzeugt. Bertil, so hieß er. Himmel, wie sein Schädel brummte. Er konnte die Augen nicht länger offenhalten und war, noch bevor der Doktor erschien, wieder eingeschlafen.

Er erwachte erneut, als ihm jemand fest auf die Hand klopfte. Ein grauhaariger älterer Mann musterte ihn. Schräg hinter ihm stand eine Krankenschwester.

»Guten Tag«, sagte er. »Ich bin Doktor Ekman, Sie befinden sich im Sahlgrenska Krankenhaus in Göteborg. Können Sie mir sagen, wie Sie heißen?«

»Karl Wallin.«

»Ausgezeichnet. Wissen Sie noch, wie Sie hierhergekommen sind?«

»Nicht genau. Ich erinnere mich bis zu dem Moment, in dem ich gefallen bin.«

»Verständlich. Man hat mir erzählt, dass Sie draußen auf der Tåuddenklippe in einen Felsspalt gefallen sind. Nachdem Sie einem kleinen Jungen herausgeholfen hatten.«

»Wie geht es Bertil denn?«

»Er hat Schürfwunden, eine leichte Gehirnerschütterung und einen gebrochenen Arm. Er konnte nach zwei Tagen nach Hause entlassen werden, mit anderen Worten, gestern.«

Eine Hitzewelle durchfuhr Karl. »Zwei Tage?«, fragte er. »Bin ich schon so lange hier?«

»Sie liegen seit drei Tagen hier, und ich bin froh, dass Sie aufgewacht sind. Sagen Sie mir, Doktor Wallin, wie geht es Ihnen?«

»Ich habe Kopfschmerzen.«

Doktor Ekman nickte, betrachtete Karl mit ernstem Blick und hielt ihm einen Stift hin. »Bitte konzentrieren Sie sich auf die Spitze.« Langsam bewegte er den Stift vor Karls Augen hin und her.

»Wir haben Sie mit elf Stichen genäht. Sechs von der Schläfe nach hinten und fünf oben am Scheitel.«

Nun konnte Karl seine Kopfschmerzen an den genannten Stellen lokalisieren. Er begriff, dass er Glück gehabt hatte. Aus irgendeinem Grund musste er an die bildliche Darstellung der verschiedenen Teile des Gehirns denken, die sich auf der mittleren Doppelseite seines medizinischen Lehrbuchs befand. Der Kopf war so verletzlich. Mehr als einmal hatte ihn die Funktionsweise des menschlichen Körpers in Erstaunen versetzt.

Den Blick, mit dem der Doktor ihn ansah, kannte er ebenfalls. Sie hatten nicht erwartet, dass er überleben würde. So etwas sprach man nicht aus, zumindest er nicht. Und Doktor Ekman auch nicht. Der Patient brauchte all die Zuversicht und Kraft des Doktors, um nach vorne zu schauen, und durfte nicht in Grübeleien über das verfallen, was hätte passieren können. Andererseits gab es Ärzte, die der Überzeugung waren, es würde dem Patienten zusätzlichen Kampfesmut und Stärke verleihen, wenn er wusste, wie nah er dem Reich der Toten gekommen war.

»Die Leute, die Sie da rausgezogen haben, hielten Sie für tot. Mit all dem Blut haben Sie tatsächlich keinen schönen Anblick geboten. Sie müssen jedoch einen Schutzengel gehabt haben, denn Sie sind mit einer kräftigen Gehirnerschütterung davongekommen. In Anbetracht Ihres Berufs ahnen Sie vielleicht, was ich Ihnen verordnen werde?«

»Ruhe und Erholung?« Karl blickte sehnsüchtig zum Fenster und dem Vorhang, der im lauen Wind flatterte. Ein Schmetterling hatte sich dahinter verfangen und suchte verzweifelt nach dem Weg hinaus. Das Rauschen der Birken erinnerte ihn an den Sommer. Und er lag hier, im Krankenzimmer. Sein Kopf wummerte so heftig, dass er kaum einen vernünftigen Gedanken fassen konnte.

»Sie werden sehen, in einer Woche sind Sie wieder auf den Beinen.« Der Arzt notierte sich etwas, reichte der Krankenschwester die Akte und verließ den Raum.

Drei Tage später hatte sich der Schwindel gelegt, und Karl war in der Lage, nach dem Frühstück ein bisschen auf dem Flur herumzulaufen. Kopfschmerzen hatte er immer noch, aber sie waren kein Vergleich mit den vorherigen. Während er langsam hin und her spazierte, dachte er an den sonderbaren Traum, den er geträumt hatte. Von Karolina. Sie hatte im taufeuchten Gras des Societetsparks gelegen und wurde mit Hilfe der Tore eines Krocketspiels, die ihre Stiefmutter mit einem

Holzhammer in die Erde schlug, an Händen und Füßen gefesselt. Was für ein merkwürdiger Traum. Gleichzeitig fand er die Vorstellung von Karolina, die mit offenem Haar im Gras lag, erregend.

Er kehrte in sein Zimmer zurück und lehnte sich an die Kissen in seinem Bett. Unfug, dachte er.

Wieder erschien die Krankenschwester, die Greta hieß, wenn ihn nicht alles täuschte. Sie plinkerte mit ihren langen Wimpern und kam, so oft sich die Gelegenheit bot, in sein Zimmer. Er konnte sich kaum vorstellen, dass die anderen Patienten auch so aufmerksam umsorgt wurden.

»Die Marstrand-Nachrichten, ich dachte, die interessieren Sie vielleicht.« Sie reichte ihm eine Zeitung.

»Danke«, sagte Karl.

»Möchten Sie einen Kaffee?«, fragte sie sanft.

»Ja, gern.« Karl warf einen Blick auf die Überschriften.

»Was ist eigentlich mit ...«

»Schwester Greta!« Die Stimme kam aus dem Flur, wo nun klappernde Absätze zu hören waren. Irgendjemand brauchte offenbar Verstärkung. Greta eilte zur Tür und winkte kurz, bevor sie verschwand.

Karl blätterte in der Zeitung, überflog die Liste der frisch eingetroffenen Sommergäste und ihrer Unterkünfte. Die Namen kannte er. Turisthotel, Westbergs Pensionat, Sommarhotel. Ein Foto des Königs, der unter den Augen einer ganzen Horde von Bewunderinnen an der Festung Carlsten Tennis spielt. Eine Reportage über die Musikkapelle von Dirigent Neumann mit einem Bild aus dem Paradispark. Im Hintergrund sah er Gräfin Lagercreutz mit ihrem feindseligen Hund auf dem Schoß dasitzen und dem morgendlichen Konzert lauschen, das vor ihrem Haus in der Rådhusgata stattfand und wie immer mit »Die helle Sonn leucht jetzt herfür« begann, während das Abendkonzert im Societetspark bei Sonnenuntergang mit der Nationalhymne und dem Hissen der schwedischen Flagge endete. Er freute sich auf seine Rückkehr. Erst heute hatte Doktor Bauman ihm die Nachricht geschickt, er sei herzlich willkommen, sobald er sich besser fühle. Er brauche sich aber nicht zu beeilen, hatte er betont. Das Wichtigste sei, dass er sich erhole.

Die Liste der Bekanntmachungen war lang. Die vorletzte Zeile musste Karl ein zweites Mal lesen. Fräulein Karolina Lundgren von Noor und Graf Douglas Lagercreutz. Seine Kopfschmerzen kamen schlagartig wieder, und er glaubte, sich übergeben zu müssen, wie er es angeblich in den ersten Tagen getan hatte. Hatte er sich möglicherweise verlesen? Mühsam konzentrierte er sich und las noch einmal, was da stand. Er atmete einige Male tief ein, schloss die Augen und sah Karolinas Lächeln vor sich. Erinnerte sich an ihre weiche Haut und an ihren erhöhten Puls bei seiner Berührung. Und Douglas? Mein Gott. Er schlug die Decke zur Seite und ging raschen Schrittes in den Flur.

»Wann geht das nächste Schiff nach Marstrand?«, schrie er Greta fast ins Gesicht, als sie ihm als Erste begegnete. Verwundert sah sie ihn an und antwortete ruhig, das wisse sie nicht, man könne es aber bestimmt herausfinden. Anschließend begleitete sie ihn zurück in sein Zimmer, zwang ihn, sich zu setzen, und erklärte ihm, dass es nicht gut für ihn sei, sich so aufzuregen. Als ob er das nicht selbst wüsste. Kaum war sie gegangen, stand er auf. Er ging im Zimmer auf und ab und wartete auf Greta. Seine Gedanken waren wirr, ohne dass er etwas dagegen hätte tun können.

Dass Ingeborg weder mit Karolina noch mit ihrem Ehemann über Douglas' Krankheit gesprochen hatte, lag auf der Hand. Die Frage war nur, warum nicht. Wusste Karolinas Vater möglicherweise von der Infektion? Nein, das war undenkbar. Einen Syphiliskranken zu heiraten, war ein Todesurteil. Eine qualvolle und beschämende Krankheit. Hätte er es nicht von Gärda erfahren und in Doktor Baumans Aufzeichnungen gelesen, hätte er eventuell geglaubt, Douglas habe nur leichte Symptome und wisse gar nicht von seiner Erkrankung. Oft war drei, vier Wochen nach der Ansteckung eine Wunde an den Geschlechtsorganen zu erkennen, doch diese war mitunter so klein, dass man sie übersah. Außerdem verheilte sie normalerweise nach ein oder zwei Monaten von allein. Wer nicht wusste, was die Ursache war, nahm womöglich an, das Gefährlichste wäre überstanden. In der nächsten Phase traten Fieber, geschwollene Lymphknoten und manchmal ein rötlichbrauner Hautausschlag auf. Das Sekundärstadium konnte bis zu zwei Jahren dauern, erst dann machten sich auch andere Symptome bemerkbar. Ein Organ nach dem anderen wurde angegriffen, ebenso wie das Skelett und das Gehirn.

Die Frage war, in welchem Stadium des Prozesses Douglas sich befand. Die nächste Frage war noch schlimmer, aber er wagte trotzdem, sie sich zu stellen – hatte Douglas Karolina bereits geküsst? Und wenn ja, hatte sie sich bei ihm angesteckt? Das durfte nicht sein, das konnte er nicht zulassen.

Plötzlich hörte er Gärdas Stimme, zwar in seinem Innern, aber doch so deutlich, als wäre sie im selben Raum. Er sah vor sich, wie sie am Handarbeitstisch in ihrer Kammer saß und ihm laut aus dem Wochenblatt *Idun* vorlas. »Hör dir das mal an, Karl.« Sie sah ihn scharf an.

»Verschwend nicht deine Kraft mit leerem Streiten
Bewahre sie, bis es um alles geht.
Dein Geist soll reifen, bis die großen Zeiten
Dir abverlangen, was dir zu Gebote steht.«

Dasselbe Gedicht hatte sie ihm vorgelesen, nachdem Doktor Haglööf sich erschossen hatte. Allerdings schien es jetzt eine andere Bedeutung zu haben. Er hatte Lust, sie anzurufen, um sich mit einem vernünftigen Menschen zu beratschlagen.

Nach einer guten halben Stunde stand Schwester Greta wieder in der Tür. Sie druckste herum und fühlte sich offenbar nicht wohl in ihrer Haut.

»Doktor Ekman hat gesagt, Sie müssen sich noch eine Weile ausruhen.«

Karl sah sie an. Natürlich hatte sie mit dem Arzt gesprochen, aber in diesem Fall konnte er dessen Rat einfach nicht beherzigen. Er musste weg.

»Ich werde mich auch ausruhen, aber vorher habe ich etwas zu erledigen, etwas Wichtiges! Wann geht das Schiff?«

»Der Doktor möchte Sie sprechen …«, wiederholte Greta.

»Ja, ja, aber wann geht das Schiff nach Marstrand, Schwester Greta? Wissen Sie die Abfahrtszeit?«

Sie warf einen Blick in den Flur, um sich zu vergewissern, dass niemand zuhörte. »Um zwölf Uhr vom Stenpir.«

»Das schaffe ich. Vielen Dank, Schwester Greta!«

»Was soll ich denn dem Doktor sagen?«, hörte er sie hinter ihm herrufen, als er die Tür der Station aufriss und verschwand.

24

Um fünf vor halb zehn vibrierte das Handy auf der blau-weiß gestreiften Decke auf dem Küchentisch. »Robert Handy« stand auf dem Display. Draußen regnete es immer noch, und Johan hatte sich zwanzig Minuten zuvor in Martins Segelkleidung und mit einem Südwester auf dem Kopf und einer Taschenlampe in der Hand auf den Weg gemacht.

»Hallo, Robert«, sagte Karin. »Was würdest du sagen, wenn ich dir erzähle, dass im Fall Holger Eriksson eine Felsritzung aufgetaucht ist?«

»Dass du in der Klapse in das Zimmer neben Folke kommst, wenn du Pech hast.« Robert lachte über seinen eigenen Witz. Dann machte er eine Pause. »Ist das wahr?«, fragte er.

Karin setzte sich auf die Küchenbank, lehnte den Kopf an die Holzvertäfelung und merkte, wie schwer ihre Lider waren. Sie war früh aufgestanden und spürte jetzt, wie lang der Tag gewesen war.

Sie erzählte von dem Bericht, der teilweise aus dem System entfernt worden war, von dem, was Lycke und Walter zugestoßen war, und dass Johan sich auf den Weg zum Spielplatz gemacht hatte. Und dass möglicherweise alles miteinander zusammenhing.

»Igitt, was geht denn da vor sich?«, fragte Robert. Sobald Kinder involviert waren, kippte etwas in seiner Stimme. Plötzlich schwangen darin eine Schärfe und ein Ernst mit, die bei ihm nur selten zum Vorschein kamen.

»Ich weiß nicht, aber wir sollen uns noch mal hinsetzen und das Ganze durchgehen.«

»Alles klar, aber nicht jetzt, oder?«

»Nein, ich glaube, wir sind zu müde. Ich jedenfalls bin es. Sollen wir uns um neun in der Stadt treffen? Dann kann ich Lycke und Walter vorher zu der Mutter von Martin und Johan bringen. Kannst du Folke informieren?«

»Klar. Ich rufe ihn gleich an. Übernachtest du bei Lycke?«, fragte er.

»Ja.«

»Gut. Und kommt Johan auch, wenn er genug im Matsch gewühlt hat?«

»Ja. Ich mache mir leider keine großen Hoffnungen, dass er etwas findet, aber man weiß ja nie. Und nachdem Walter zum Glück schnell wieder aufgetaucht ist, gab es keinen Grund, eine große Suchaktion einzuleiten.«

»Wenn wir den Vorfall gleich mit Holger Eriksson in Verbindung bringen könnten, wäre es was anderes. Wie alt ist Walter eigentlich?«

»Er geht in die Vorschulklasse. Oder in die Erste?«

»Man kann sich also mit ihm unterhalten?«

»Auf jeden Fall.«

Im Obergeschoss hörte Karin plötzlich Lyckes aufgeregte Stimme.

»Wir sehen uns morgen«, sagte sie deshalb zu Robert, steckte das Telefon in die Hosentasche und lief schnell die Treppe hinauf. Walters Zimmertür war geschlossen, aber in Lyckes und Martins Schlafzimmer stand Lycke mit Stöpseln in den Ohren und sprach laut und schrill ins Headset.

»Weißt du was, da scheiß ich drauf! Jemand hat sich an meinen Sohn herangemacht, verdammt noch mal! Kapierst du das? Meinen Sohn!« Ihre Stimme überschlug sich, und sie warf das Telefon auf das Bett.

Karin ging zu ihr und legte die Arme um sie. Lycke stand stocksteif da.

»Meine Liebe«, sagte sie nur und strich Lycke übers Haar. »Mit wem hast du geredet?«

»Peter Hagman. Das Arschloch soll wissen, was er angerichtet hat, denn ich bin mir sicher, dass es seine Schuld ist.«

»Und was hat er gesagt?«, fragte Karin.

»Er wirkte schockiert, aber wer wäre das nicht, wenn sich jemand an ein Kind ranmacht?« Der Satz hatte in normaler Lautstärke begonnen, endete aber mit einem Schrei. Der Schrei ging in ein Schluchzen über, das ihren ganzen Körper erzittern ließ. Karin versuchte sie festzuhalten und zu beruhigen. Gleichzeitig dachte sie an Johan, der sich auf dem Spielplatz auf Marstrandsö befand. Sie hatte Lycke nichts davon gesagt. Im Moment hatte sie mit dem, was sie wusste, genug zu tun.

»Willst du nicht vielleicht ins Bett gehen und dich ausruhen, Lycke? Was meinst du?«

Lycke nickte stumm. Sie holte ihr weißes Nachthemd unter dem Kopfkissen hervor und ging ins Badezimmer. Karin hörte Wasser rauschen, während sie die Tagesdecke zusammenfaltete und auf einen Stuhl legte.

Als Lycke zurückkam, deckte Karin sie fest zu und setzte sich zu ihr auf die Bettkante.

»Ich habe Martin noch nicht erreicht«, sagte Lycke und blickte auf die rechte Hälfte des Bettes, wo sonst Martin lag. »Und ich kann ihm doch nicht per SMS mitteilen, was passiert ist. Das geht einfach nicht.«

»Versuch es später noch mal«, sagte Karin. »Dann besprecht ihr alles in Ruhe.«

»Ich glaube, ich möchte Walter hierhaben.« Lycke schlug die Decke zur Seite. »Er kann auf Martins Seite schlafen.«

»Bleib liegen, ich hole ihn«, sagte Karin.

»Danke.«

Karin hob den tief schlafenden Walter und sein Kissen aus dem Bett. Er murmelte im Schlaf und legte Karin einen warmen Arm um den Hals. Sie spürte das Pflaster über der Naht und atmete den Duft des kleinen Körpers ein, während sie ihn ins Schlafzimmer trug und neben Lycke legte. Am einen Knie war Schorf, stellte sie fest, bevor Lycke ihn zudeckte.

»Er ist ein toller Junge.« Karin dachte über das nach, was er ihr erzählt hatte.

»Ja, das ist er wirklich. Ich weiß nicht, was ich tun würde, wenn …«, begann Lycke. Sie räusperte sich und sah Karin mit roten verquollenen Augen an. »Das mit den Kindern«, sagte sie dann.

»Ja?« Karin genierte sich fast ein bisschen.

»Warte nicht zu lange. Ich meine, man weiß ja nicht, wie gut es klappt, manchmal dauert es ein bisschen. Und Johan ist gut. Ich weiß das, denn ich kenne ihn schon lange.«

Karin strich ihr lächelnd über die Wange. »Ich weiß. Danke für die lieben Worte. Schlaf jetzt schön.«

Wie gemütlich es in dem Bett aussah, dachte Karin und zog gähnend die Tür hinter sich zu.

Karin stand eine Weile im Obergeschoss am Fenster und bewunderte die Aussicht auf den Hafen und Marstrandsö. Auf die Holzhäuser, die sich am Kai aneinanderreihten und bis zur Festung hinauf dicht an dicht standen. Das Grün zwischen den pastellfarbenen Häusern. Nicht, dass man in der Dämmerung die Farben hätte erkennen können, aber man sah die Lichter in den Fenstern und die Straßenbeleuchtung unten am Hafen. Normalerweise befand sie sich abends mit einer Tasse Tee und einer Wolldecke mitten im Hafen an Bord ihres eigenen Segelschiffs. Ein Stück entfernt fühlte sich alles ganz anders an.

Es regnete nicht mehr so stark, und der Wind war abgeflaut. Sie öffnete die Balkontür, zog die Socken aus und ging hinaus auf die geriffelte Holzterrasse. Es roch frisch. Nach Flieder und Erde. Die Fähre kam über den Sund, vielleicht war Johan an Bord. Die Andante lag gut vertäut am Anlegesteg, und sie versicherte sich selbst, dass sie nicht noch einmal hingehen müsse, um alles zu kontrollieren. Außerdem war Johan ja dort gewesen und hatte ihre Sachen geholt, er hätte ihr gesagt, wenn etwas nicht in Ordnung gewesen wäre, dachte sie und öffnete die Tür zum Gästezimmer. Bettwäsche fand sie im großen braunen Wäscheschrank, aber als sie den Überwurf von dem einen der beiden Betten zog, stellte sie fest, dass es bereits gemacht war. Sie brauchte nur unter die Decke zu kriechen. Sie war so müde, dass sich ihr ganzer Körper bleischwer anfühlte, aber sie gestattete sich erst jetzt, es zu merken. Ihr Beruf verlangte ihr zwar auch sonst einiges ab, aber wenn Freunde und Menschen, die ihr nahestanden, betroffen waren, war er besonders anstrengend. Es war nicht leicht, die richtigen Entscheidungen zu treffen, wenn Gefühle und Loyalität die eigene Sicht färbten und die Überlegungen in eine bestimmte Richtung lenkten.

Sie war schon in ihren Flanellschlafanzug geschlüpft und hatte sich die Zahnbürste zwischen die Finger geklemmt, als sie den Wasserhahn im Bad aufdrehte und sich das Gesicht wusch. Das warme Wasser tat ihr gut. Manche Boote waren mit Boilern ausgestattet, aber sie hatte auf ihrem keinen eingebaut und es auch nicht vor. Nicht nur, weil diese Geräte viel Strom verbrauchten, sie hätte auch gar nicht gewusst, wo sie einen Boiler hätte unterbringen sollen. Sie betrachtete sich selbst im Badezimmerspiegel. Ihr Mund war voller Zahnpastaschaum, und die Haare mussten dringend gewaschen werden.

Werde ich langsam sonderbar? Wie diese Typen, die ohne Strom und fließend Wasser im Wald leben? Und in vierzig Jahren kommt ein Reporter, um mich zu interviewen, und fragt mich, ob es denn nichts gegeben hätte, wofür ich diese Behausung freiwillig verlassen und ob es mal einen besonders wichtigen Menschen in meinem Leben gegeben hätte. Und dann würde ich antworten, doch, es gab da mal einen Mann. Johan hieß der. Und dann wird mir die Frage gestellt, warum nichts daraus geworden ist.

Karin spülte ihre Zahnbürste ab, drückte Zahnpasta auf die von Johan und hörte ihn beinahe im gleichen Moment an der Haustür. Leise zog er die Tür hinter sich zu und schloss ab. Sie hörte den Zylinder, der dringend geölt werden musste, knarren und hoffte, dass Lycke von dem Geräusch nicht wach wurde.

Johan schüttelte den Kopf, bevor sie überhaupt gefragt hatte. »Keine Chance.«

»Okay, trotzdem vielen Dank, dass du es versucht hast.«

»Aber eine Dame aus dem Haus nebenan, ich habe ihren Namen vergessen, hat aus dem Fenster geguckt. Sie wollte wissen, was ich da trieb, und erzählte, dass heute Abend schon jemand dort gesucht hätte. Man wird ja stutzig, wenn da im strömenden Regen jemand unter die Büsche krabbelt, hat sie gesagt.« Johan sah Karin bedeutungsvoll an.

»Kannte sie die Person?«, wollte Karin wissen.

»Nein, ich habe sie gefragt. Aber sie glaubte, ihn im Laufe des Tages schon einmal gesehen zu haben.«

»Mit Walter?«

»Sie hat ihn nur mit einem kleinen Hund herumhumpeln sehen.«

»Hat sie mit ihm geredet?«

»Sie hat auf ihrem Balkon gestanden und ihn gefragt, ob er etwas verloren habe, weil es so aussah, als würde er etwas suchen. Aber entweder tat er das nicht, oder er wollte nicht mit ihr reden. Und dann ist er gegangen.«

Karin nickte.

»Klingt nach diesem Kerl. Wir müssen uns umhören, vielleicht hat ihn noch jemand gesehen.«

»Das Problem ist, dass um diese Jahreszeit allmählich Tagestouristen kommen. Du weißt schon, die kommen mit dem Bus und haben einen Rucksack mit Kaffee in der Thermoskanne dabei. Sie gehen spazieren, machen eine kleine Rast und fahren wieder nach Hause. Die Leute hier draußen achten nicht auf sie.«

Regenwasser tropfte von Johans Segelkleidung, und auf dem Schieferboden hatte sich bereits eine kleine Pfütze gebildet.

»Die Sachen müssen wir über der Badewanne aufhängen«, stellte Karin fest und nahm einen Haken von der Garderobe. Johan hielt ihr ein Bein hin.

»Zieh mir erst mal die Stiefel aus.«

»Wie geht es dir?« Ingeborg strich ihr die Haare aus dem Gesicht. Das hatte sie zuletzt gemacht, als Karolina hohes Fieber hatte und sich mehr tot als lebendig fühlte. So ähnlich wie jetzt.

»Ich konnte nicht einschlafen. Ich glaube, ich habe heute Nacht fast gar nicht geschlafen.«

»Das kann ich verstehen«, sagte sie mit einem Lächeln, das zwar bis zu den Augen reichte, aber auch schnell wieder verflog. »Soll ich dir das Frühstück holen, damit du nicht hinuntergehen musst?«

»Gern«, sagte Karolina.

»Kannst du mir auch das Frühstück ans Bett bringen? Bitte, Mama!« Magdalena hatte sich auf den Ellbogen gestützt.

»Wenn Edvard mir hilft, werden wir das schon schaffen.«

Karolina zog die Decke bis an die Nasenspitze und schloss die Augen. Die Tür ging wieder zu.

»Wie fühlst du dich eigentlich?«, fragte Magdalena nach einer Weile.

»Ich bin nur müde«, antwortete Karolina, merkte aber selbst, dass ihre Stimme bebte.

»Du liegst jetzt schon seit zwei Tagen im Bett und machst nachts kein Auge zu. Fragst du dich nicht, woran das liegt?«

»Ich habe doch gesagt, dass ich müde bin. Es geht mir nicht gut«, sagte Karolina schnippischer als beabsichtigt.

»Willst du Douglas wirklich heiraten?«

»Irgendwann muss man ja mal heiraten.« Karolina betrachtete den Ring auf dem Nachttisch.

»Ja, aber bist du dir denn sicher, dass Douglas der Richtige ist? Seit du seinen Antrag angenommen hast, lachst du nicht mehr und kannst nicht mehr schlafen. Und den Ring hast du noch nicht mal angefasst.«

»Der ist zu weit. Mit der Zeit wird er schon passen. Vielleicht ist Douglas nicht meine große Liebe, aber so übel ist er nun auch wieder nicht.« Sie versuchte zu ignorieren, wie falsch das klang.

»Du verstehst mich nicht. Eigentlich müsstest du doch glücklich sein«, sagte Magdalena.

»Du bist diejenige, die nichts versteht«, zischte Karolina und fing an zu weinen. »Entschuldige«, wisperte sie.

»Ich habe doch gemerkt, wie aufgeregt du vor den Terminen bei Doktor Wallin warst.«

»Ich vermisse ihn«, schluchzte Karolina.

Magdalena schlug ihre Decke zur Seite, kroch zu Karolina ins Bett und hielt sie umschlungen, bis sie aufgehört hatte zu weinen.

»Wollen wir nachher einen Spaziergang machen?«, fragte Magdalena.

Karolina nickte wortlos.

Nachdem sie ein wenig gefrühstückt hatte, war sie wieder eingeschlafen. Magdalena saß in einem Sessel und las. Als die Eltern auftauchten, legte sie einen Finger auf die Lippen und deutete mit dem Kopf auf die Schwester.

»Ist sie krank?«, fragte Edvard, als er Karolina am helllichten Tag im Bett liegen und tief und fest schlafen sah.

»Nur müde. Es liegt eine ereignisreiche Woche hinter ihr«, sagte Ingeborg. »Und Doktor Bauman hat erst gestern gesagt, dass die Gewichtsabnahme darauf zurückzuführen sei und nichts mit ihrem Gesundheitszustand zu tun habe.«

Edvard nickte. »Hoffentlich hat er recht.«

»Sie trauert um Doktor Wallin«, sagte Magdalena.

»Ja, sein Tod ist ungeheuer tragisch.«

»Sie liegt nachts wach.« Magdalena ließ ihr Buch in den Schoß sinken. »Ich glaube, sie hat Angst.«

»Wovor denn?«, fragte Edvard.

Magdalena wollte antworten, doch Ingeborg kam ihr zuvor. »Das geht vorbei. Mir war damals auch mulmig zumute, zwischen Verlobung und Hochzeit geht es fast allen so. Das Leben verändert sich, und etwas Neues beginnt.«

»Das ist wahr.« Edvard lächelte erleichtert.

»Wir wollen nachher spazieren gehen«, sagte Magdalena.

»Da könnten wir euch doch begleiten.«

Als Ingeborg und Edvard den Kai entlanggingen, war es fast drei Uhr nachmittags. Karolina und Magdalena hatten Douglas in die Mitte genommen und liefen hinter ihnen her. Der tiefblaue Himmel war mit einzelnen Wattewölkchen verziert, und der Hafen war voller Segelboote mit Kurgästen an Bord, die zum Teil schon auf dem Heimweg waren oder jetzt erst hinausfuhren.

Das Dampfschiff St. Erik gab ein lautes Tuten von sich. Sie blieben stehen und verfolgten das Anlegemanöver. Menschen strömten herbei, und Frachtgut wurde Laufburschen in die Hände gedrückt und auf Karren verladen.

Mitten im Gewimmel zwischen breitkrempigen Hüten und Herren in Sommeranzügen meinte Karolina ein bekanntes Gesicht zu erkennen. Sie wusste jedoch, dass es unmöglich war und ihr nur ihre Sinne, ihre Sehnsüchte und der Schlafmangel einen Streich spielten.

»Ich dachte, ich hätte Karl Wallin gesehen.«

»Langsam mache ich mir wirklich Sorgen«, sagte Magdalena, doch einen Moment später fiel ihr die Kinnlade hinunter, denn nun kam Karl Wallin wirklich die Gangway herunter und auf sie zu. Der Blick, mit dem er Karolina ansah, war unmissverständlich. Er betrachtete sie so liebevoll und war offensichtlich so erfreut über das Wiedersehen, als wollte er sie mit den Augen umarmen.

»Ich dachte, Sie wären tot«, sagte Karolina mit tränenerstickter Stimme.

»Ich lag mit einer Gehirnerschütterung im Sahlgrenska. Wer hat denn behauptet, ich wäre tot?«

»Ich muss falsch unterrichtet worden sein«, meldete Douglas sich zu Wort.

»Das wundert mich nicht.« Karl biss die Zähne zusammen.

»Doktor Wallin, was für eine Freude!« Vater schüttelte ihm die Hand. »Ihnen ist es zu verdanken, dass der kleine Junge überlebt hat. Dabei wären Sie beinahe selbst ums Leben gekommen, ja, wir dachten wirklich, dies wäre der Fall. Wobei ich bereits gestern Morgen das Gerücht gehört hatte, sie seien gar nicht verschieden, aber es wird so viel geredet, dass man ohnehin nicht mehr weiß, was man glauben soll. Und nun stehen Sie vor uns.«

Karl nickte. »Wie geht es Ihnen, Herr Lagercreutz?« Er gab ihm keine Möglichkeit, die Frage zu beantworten, sondern betrachtete stattdessen das Taschentuch in Douglas' Hand. »Ihre sommerliche Erkältung scheint ungeheuer hartnäckig zu sein.«

»Und Sie sind also für die Kurgäste und die örtliche Bevölkerung der Retter in der Not.« Er lächelte höflich, aber sein Ton war herablassend. Karolina war verärgert. Plötzlich wurde ihr alles klar. Wieso hatte sie das nicht früher bemerkt? Douglas war zwar weltgewandt und kultiviert, hatte aber etwas an sich, das ihr Angst machte. Als wäre er unter der feinen Kleidung und der sorgfältig rasierten Haut ein anderer Mensch.

»Das klingt ja fast ein wenig so, als hätten Sie etwas dagegen«, sagte Karl. »Sind Sie der Meinung, dass man als Arzt Unterschiede zwischen den Menschen machen sollte?«

»Lieber Doktor Wallin. Man macht ständig Unterschiede zwischen Menschen. Ich sage nur, dass ein Arzt, der sich um Krethi und Plethi kümmert, vielleicht nicht so leicht das Vertrauen der feineren Gesellschaft gewinnt.«

»Wie meinen Sie das?«, fragte Karl und lächelte genauso wohlerzogen, wie Douglas es eben getan hatte, aber der scharfe Ton war nicht zu überhören.

»Ein Arzt muss nicht nur für seine Patienten sorgen, er muss auch auf seinen Ruf achten«, sagte Douglas trocken.

»Ich habe den Beruf des Arztes ergriffen, um Menschen zu helfen. Sonst wäre ich Geschäftsmann geworden.«

»Ihrer Ansicht nach ist das Ansehen eines Mannes also nichts wert?«, fragte Douglas.

»Ganz und gar nicht. Im Gegenteil. Ich glaube an Ehrlichkeit und daran, dass man mit Menschen so umgehen sollte, wie man von ihnen behandelt werden möchte.«

Da Douglas dem nichts entgegenzusetzen hatte, herrschte eine Zeitlang Stille. Peinliche Stille, aber Karl schien das nichts auszumachen. Er stand einfach da und blickte vom einen zum anderen, aber vor allem musterte er Karolina. Douglas legte die Stirn in Falten, als er es bemerkte.

»Sie haben sich also gut genug gefühlt, um zurückzukommen«, konstatierte Ingeborg. Vermutlich, um das Schweigen zu brechen, nahm Karolina an, denn Ingeborg fingerte nervös an ihrem Sonnenschirm herum.

»Ja, ich habe nur noch leichte Kopfschmerzen. Nichts Ansteckendes. Denn wenn ich eine ansteckende Krankheit hätte, wäre ich es meinen Mitmenschen natürlich schuldig, sie keiner Gefahr auszusetzen. So wie jeder andere auch.« Doktor Wallins Stimme klang plötzlich hart.

Vater sah ihn verwundert an, als fragte er sich, worauf der junge Arzt hinauswollte.

Douglas stand mit offenem Mund da und schien im ersten Moment nicht zu wissen, wie er reagieren sollte. Es war nicht zu übersehen, dass er Karl Wallin dahin wünschte, wo der Pfeffer wächst.

»Wenn Sie uns jetzt bitte entschuldigen würden, Wallin, ich würde den Spaziergang mit meiner Zukünftigen gern fortsetzen.« Es lag etwas Triumphierendes in seinem Blick, als er Karolinas Arm fester packte. »Fräulein Magdalena, Herr und Frau Lundgren.« Er deutete eine Verbeugung an und stolzierte mit Karolina dicht an seiner Seite von dannen.

25

Dienstag, 4. Juni 2013

Folke saß bereits in dem Besprechungsraum, den Robert gebucht hatte. Karin dachte an Lycke und Walter, die den Tag im Haus am Kai von Oma Anita, Lyckes Schwiegermutter, verbringen würden. In Zukunft vielleicht auch meiner, dachte sie, stieß mit dem Fuß die Tür auf und legte Ordner und Block auf den Tisch.

»Guten Morgen, Folke«, sagte sie.

»Guten Morgen, guten Morgen.« Folke nickte und strich seine Anzughose glatt, ein gelbkarierter Traum aus Tweed, der schon fast wieder modern war.

»Wie ist es bei dir gelaufen?«, fragte sie.

»Gut.«

Eine erschöpfende Antwort, wie immer, dachte Karin. »Aha, wie schön. Hast du etwas entdeckt, das wir weiterverfolgen sollten?«

»Gehen wir das Ganze denn nicht gleich gemeinsam durch?«

»Doch, natürlich, ich wollte nur wissen, wie es bei dir gelaufen ist«, sagte Karin.

»Wer möchte denn alles Kaffee?«, fragte Robert, der kurz den Kopf zur Tür hereinsteckte.

»Gerne«, rief Karin.

»Äh …« Folke, der stets auf Artikulation und korrekte Aussprache bedacht war, schien noch nicht ganz wach zu sein.

»Ja oder nein?«, fragte Robert und sah seinen Kollegen verwundert an.

»Ja, bitte.« Folke schien eine Art inneren Kampf auszufechten. Karin dachte an den Kaffeebecher, den sie auf Folkes Schreibtisch gesehen hatte. Vielleicht hatte er bereits Kaffee getrunken und unternahm nun den Versuch, freundlich zu Robert zu sein. Folke mit einer doppelten Dosis Koffein? Karin runzelte die Stirn. Das konnte ja heiter werden.

Nach einigen Minuten kehrte Robert mit drei Bechern zurück. Er hatte Kaffee auf seinem Block verschüttet und die Papiere, die er sich unter den Arm geklemmt hatte, waren zerknittert.

Karin sah, wie Folke Roberts Versuch beobachtete, die Blätter glattzustreichen, und richtete innerlich ein Stoßgebet zum Himmel, dass der ältere Kollege sich einen Kommentar verkneifen würde.

»Wir fangen an, Carsten wird schon kommen.«

Karin stand auf, fand beim zweiten Versuch einen funktionstüchtigen Whiteboardstift und schrieb »Walter« auf die große Tafel im Raum und direkt daneben »Lycke Lindblom«. Es wurde an die Tür geklopft, und Carsten trat ein.

»So, was haben wir?«

Karin berichtete, was Walter am vergangenen Tag zugestoßen war, und erzählte von dem Mann, der Lycke wenige Tage zuvor im Laden angesprochen und gestern dann Kontakt zu Walter aufgenommen hatte. »Mann mit Hund« wurde eingekreist. Folke hörte konzentriert zu.

»Wenn ich das richtig verstehe, können wir den Hundebesitzer, falls er das überhaupt ist, nicht belangen. Was clever ist«, sagte Folke. »Beunruhigend clever«, fügte er hinzu. »Er hat sich bewusst kein strafbares Vergehen zuschulden kommen lassen.«

»Man will Lycke eine Botschaft vermitteln«, sagte Robert mit verkniffenem Gesicht.

»Wie meinst du das?«, fragte Folke.

»Lycke Lindblom war als Beraterin für die Einführung eines neuen IT-Systems bei der Kommune Kungälv zuständig. Während eines Probelaufs hat sie in einem Bericht Informationen über eine Felsritzung entdeckt. Ein Peter Hagman hat versucht, deren Existenz zu verschleiern.«

Peter bekam einen eigenen Kreis auf der Tafel. Daneben schrieb Karin: »IT-Verantwortlicher bei der Kommune Kungälv, hat vollen Einblick in die Datenbanken der Kommune.«

»Eine Felsritzung?«, fragte Folke.

»Eine Felsritzung«, wiederholte Karin.

Folke nahm die Brille ab und putzte sie. Karin drehte sich wieder zur Tafel um.

»Und wie sieht die aus?«, fragte Folke.

»Ich habe sie nicht gesehen«, sagte Karin. »Aber in der Beschreibung wurde sie als ›Ansammlung von Schalengruben‹ bezeichnet. Ich glaube, es waren drei Stück.«

»Schalengruben und Elfenmühlen.« Folke nickte bedächtig. Er steckte das Brillenputztuch ins Etui und wollte gerade seine Aktentasche schließen, als ihm einfiel, dass das nicht nötig war, weil er sowieso bald seine Unterlagen hineinstecken würde.

»Hattest du etwas Bestimmtes im Sinn?«, fragte Karin.

»Diese Zeichnungen, die ich in Ruths Schuppen entdeckt habe, könnten durchaus Elfenmühlen darstellen.« Er legte eine Kunstpause ein und sah sie bedeutungsvoll an, bevor er fortfuhr: »Ist die Felsritzung der örtlichen Bevölkerung bekannt?«, fragte er.

»Nein, niemand scheint von ihr zu wissen, und wer weiß, ob Holger Eriksson das überhaupt tat.«

Karin dachte an Johan, der noch nie von der Felsritzung gehört hatte.

»Wissen wir, wo sie ist?«, fragte Folke.

»Das steht hier.« Karin hielt den Bericht hoch und tippte etwas zu fest auf das Papier. »In den Klippen hinter dem Warmbadehaus.«

»Hinter dem Warmbadehaus.« Folke machte ein nachdenkliches Gesicht.

»Ich rufe mal das Bohuslän Museum an. Möglicherweise ist die Ritzung schwer zu erkennen«, sagte Folke. »Heutzutage werden Laserscanner eingesetzt, weil man viele Felsritzungen mit bloßem Auge nicht sieht. In Stonehenge wurden erst vor kurzem zweiundsiebzig bisher unbekannte Felsritzungen entdeckt. Stellt euch das mal vor, zweiundsiebzig!«

Solche Dinge schüttelt er nur so aus dem Ärmel, dachte Karin erstaunt. Ihr Gehirn schien unglaublich langsam zu arbeiten, und ein unangenehmer Geruch überlagerte alles andere. Sie warf einen verstohlenen Blick zum grünen Mülleimer in der Ecke. Snus, dachte sie und merkte, wie sich ihr der Magen umdrehte. Ekelhaft. Warum konnten die Leute ihre Snusbeutelchen nicht einfach im Klo runterspülen, um ihren Mitmenschen diesen abstoßenden Geruch zu ersparen. Sie atmete einige Male tief durch, umklammerte den Stift noch fester und schrieb: »Marstrands Warmbadehaus; neue Besitzer: Angela Fransson und Ove Karlsson.«

»Angela Fransson und Ove Karlsson treten auch in einem anderen Zusammenhang in Erscheinung, nämlich in der neu gegründeten Carpe Mare AG. Robert und ich haben gestern mit ihnen gesprochen, aber da hat keiner von beiden diese Sache erwähnt.«

»Warum habt ihr sie nicht danach gefragt?«, hakte Folke nach.

»Weil wir noch nichts davon wussten«, antwortete Robert etwas zu prompt.

»Carpe Mare?« Carsten schüttelte fragend den Kopf. »Was machen die?«

»Jetzt wird's interessant, denn die wollen ein Hotel in die Felsen hinter dem Warmbadehaus bauen«, sagte Karin. »Die Pläne gibt es schon länger, aber im Gegensatz zu früher sind die beiden Personen im Vorstand zufällig die Käufer des Warmbadehauses.«

»Aber das geht doch nicht«, sagte Folke. »Nicht, wenn da eine Felsritzung ist.«

»Ganz genau«, antwortete Karin. »Und wenn man so ein Projekt plant, müsste man doch davon erzählen, oder?«

Eine Weile war es still. Robert verteilte eine Liste der anderen Vorstandsmitglieder der Carpe Mare AG und anschließend eine nähere Beschreibung jedes Einzelnen, die von den familiären Verhältnissen und den Schulden bis zum Jahreseinkommen und der polizeilichen Meldeadresse alle Informationen enthielt, die möglicherweise relevant waren. Carstens Handy klingelte. Er warf einen Blick auf das Display und drückte den Anrufer weg.

»Peter Hagman, wer ist das?« Er zeigte auf das Whiteboard.

»Alles, was wir über die Truppe wissen, findet ihr in den Personenbeschreibungen, die ich verteilt habe«, sagte Robert und fuhr fort: »Aber im Fall von Peter Hagman kann man wirklich von einer Interessenkollision sprechen. Er hat Zugang zu allen Informationen im gesamten IT-System der Kommune Kungälv, das natürlich auch alle Dokumente umfasst, die mit dem Verkauf des Warmbadehauses zusammenhängen. Gleichzeitig sitzt er im Vorstand von Carpe Mare, die mit dem Warmbadehaus einiges vorhat, wenn man dem Plan im Bauregister Glauben schenken darf.«

»Jonny Bengtsson?« Folke tippte mit dem Zeigefinger auf die Personennummer, um sich zu vergewissern, dass es die richtige Person war. Seine Stimme klang traurig. »Ich hatte gehofft, dass er sich fängt.«

»Was weißt du über ihn?«, fragte Robert.

»Er ist der Einzige mit krimineller Vorgeschichte«, sagte Carsten, während er die Liste studierte.

»In Bergsjön aufgewachsen. Sonja, seine Mutter, hat ziemlich viel getrunken, und sein Vater arbeitete als Vertreter und war selten zu Hause. Als er sich schließlich ganz aus dem Staub gemacht hat, nahmen die Alkoholprobleme der Mutter überhand. Man hätte sich um die Kinder kümmern müssen«, sagte Folke.

»Hatte Jonny Geschwister?«, fragte Robert.

»Ja, er hatte einen ein Jahr jüngeren Bruder namens Henrik. Die Nachbarn haben dafür gesorgt, dass die Kinder etwas zu essen bekamen, und sie hatten auch einen Schlüssel. Es gab jedoch oft Streit zwischen der Mutter und ihren Saufkumpanen, und die Wohnung war ein Loch. Jonnys Bruder hat sein Leben vor fünfzehn, zwanzig Jahren auf der E4 beschlossen. Er war mit einem Freund auf die Gegenfahrbahn geraten, beide unter starkem Drogeneinfluss. Da keiner von beiden angeschnallt war, kam es, wie es kommen musste. Danach verlor Sonja endgültig die Kontrolle, und Jonny musste, so gut es ging, alleine zurechtkommen.« Folke starrte die Tischplatte an und schien sich unwohl zu fühlen.

»Woher weißt du das alles?«, fragte Robert.

»In meiner Anfangszeit als Polizist bin ich in Bergsjön Streife gefahren«, sagte Folke. »Jonny war ein pfiffiges Kerlchen, wurde aber als Unruhestifter abgestempelt.« Folke schüttelte den Kopf.

»Er ist vorbestraft, wurde aber nie wegen schwerer Vergehen verurteilt«, betonte Carsten. Er fummelte an seinem Stift herum und Karin vermutete, dass er gerne eine Zigarette rauchen würde.

»Einige Autodiebstähle und kleinere Betrügereien, aber das ist schon ein paar Jahre her. Ich habe mich ein wenig unter den älteren Kollegen umgehört. Jonny hat als Geldeintreiber, beim Wachschutz und in der Restaurant- und Hotelbranche gearbeitet. Später war er auch auf Baustellen tätig, sogar auf der des Rechtszentrums, zumindest bis wir bemerkt haben, dass er keine Sicherheitsprüfung durchlaufen hatte«, sagte Robert. »Ist mir ein Rätsel, wie man so was übersehen kann«, fügte er hinzu.

»Was macht er heute?«, fragte Folke.

»Er arbeitet in der Immobilienbranche, aber das ist ja ein weiter Begriff, und als er uns zuletzt über den Weg gelaufen ist, hatten wir eine Verabredung mit Angela Fransson. Die Firma, in der Jonny arbeitet, liegt direkt neben ihrem Schönheitssalon.«

»Dann hat er ja vielleicht doch wieder Boden unter den Füßen.« Folke wirkte ein wenig erleichtert.

»Und hier haben wir Christer Schultz«, sagte Carsten. »Dessen Vater die Schultz Invest betreibt. Carl-Henrik Schultz, der Vater, führt normalerweise die Liste der bestverdienenden Einwohner von Westschweden an.«

»Er lebt nicht mehr«, sagte Folke. »Er starb während einer Sitzung. An einem Herzinfarkt, wie sich später herausstellte, aber es wurden trotzdem polizeiliche Ermittlungen eingeleitet, um ganz sicherzugehen, dass kein Foul Play im Spiel gewesen war.«

»Foul Play?«, fragte Robert. Karin sah, dass Robert es zum Totlachen fand, wie Folke einen englischen Begriff einstreute.

»Lacht ruhig, aber ich glaube kaum, dass sich einer von euch überhaupt mit Carl-Henrik Schultz beschäftigt hat. Da wärt ihr auf einiges gestoßen.«

»Nun geht es hier aber nicht um Carl-Henrik, sondern um Christer«, sagte Carsten.

»Der Apfel fällt nicht weit vom Stamm«, erwiderte Folke.

Karin machte weiter Notizen auf dem Whiteboard und fasste zusammen. »Ein Mord.« Sie klopfte mit dem Stift auf Holgers Namen, der in der einen Ecke stand. »Ein kleiner Junge, der verschwindet, aber wieder auftaucht, jemand, der Zugang zu allen Daten der Kommune hat und Informationen weitergibt, ein geplantes Hotel und ein Fund von Altertümern. Wir können keine der Personen in einen direkten Zusammenhang mit dem Tod von Holger Eriksson bringen, und trotzdem deutet alles in diese Richtung.«

»Wir könnten einen von ihnen befragen, aber dann besteht die Gefahr, dass sie sich untereinander absprechen«, sagte Robert. »Und unter den gegebenen Umständen können wir sie auch nicht alle einzeln herbestellen. Dafür haben wir nicht genügend Beweise.«

»Hat man mit dem Bau des Hotels schon angefangen?«, fragte Carsten.

Robert schüttelte den Kopf.

»Noch nicht. Wir wissen nur von der Planung. Baubeginn 2014.«

»Wusste auch Holger von den Plänen?«, fragte Carsten.

»Das wissen wir nicht, aber es ist eine gute Frage«, sagte Karin.

»Das geplante Hotel und die Felsritzung.« Folke nickte langsam.

»Ich habe mir gedacht, dass Folke oder Robert bei der Kommune Kungälv nachfragen sollten, wie weit sie sind. Gibt es zum Beispiel schon eine Baugenehmigung?«, schlug Karin vor.

»Ich übernehme die Baugenehmigung und das Museum«, sagte Folke.

Karin nickte. »Gut.«

»Sehr schön«, sagte Carsten mit seinem dänischen Akzent. »Wir müssen die anderen Firmenmitglieder befragen und sehen, was dabei herauskommt.«

»Vielleicht wäre es eine gute Idee, mit Peter Hagman anzufangen.« Karin ging durch den Kopf, wie Johan ihn beschrieben hatte. »Das könnte ich machen.«

»Damit bringen wir sie zumindest ein bisschen auf Trab«, sagte Robert.

»Was ist mit all den anderen Hinweisen, die ihr zu Beginn erwähnt habt?«, fragte Carsten.

»Ich habe die Ordner durchgeackert«, erwiderte Folke. »Man kann über diesen Mann sagen, was man will, aber tatkräftig war er. Und ordentlich.« Folke hielt eine Liste hoch. »Dies ist eine Aufstellung aller Fragestellungen, zu denen Holger sich geäußert hat – angefangen von dem Anbau, gegen den er Rechtsmittel eingelegt hat, bis zu Angelegenheiten, bei denen er wirklich eine treibende Kraft war. Ich habe mit den jeweiligen Beteiligten gesprochen, aber meiner Ansicht nach haben sich daraus keine Anhaltspunkte ergeben. Mit anderen Worten, hier kommen wir nicht weiter.«

Karin merkte, dass Robert sie prüfend betrachtete.

»Du hast Nasenbluten«, sagte er.

»Ui«, rief Karin aus. »Entschuldigt mich zwei Sekunden.« Sie rannte zur Toilette und kam mit etwas zusammengerolltem Zellstoff in der Nase zurück.

»Dann wollen wir mal sehen.« Karin warf einen Blick auf ihre Liste. Ihre Stimme klang anders mit dem Pfropfen in der Nase. Sie hielt den Finger darunter, um ganz sicherzugehen, dass kein Blut heraustropfte.

»Und wie kam es, dass er im Turisthotel ermordet wurde? Habt ihr eine Verbindung zu dem Gebäude gefunden?«, fragte Carsten.

»Unser Gespräch mit dem Eigentümer hat nichts ergeben.«

»Ich habe gesehen, dass es auch eine Zeugin gab«, sagte Carsten.

»Majken Sandell, eine ältere Dame, die in der Villa Maritime wohnt. Sie hat Holger gegen halb acht, acht Uhr abends ins Turisthotel gehen sehen, aber ihre Angabe ist mit Vorsicht zu genießen. Sie wirkte ein wenig durcheinander.«

»Sehr schön.« Carsten schlug sein Notizbuch zu. »Dann macht einfach weiter.«

Karin beendete die Besprechung und packte ihre Sachen ein. Folke blieb nachdenklich sitzen. Er studierte die Verbindungslinien, die kreuz und quer übers Whiteboard verliefen, und blätterte in seinen Aufzeichnungen. Dann wandte er sich Karin zu. »Hast du den Schlüssel zu Holgers Haus? Ich würde gerne noch mal hinfahren und ein paar Dinge überprüfen.«

»Das könnten wir gemeinsam machen«, sagte Karin.

»Klar, aber ich wollte unterwegs in Kungälv Halt machen und mit denen über den aktuellen Stand des Bauprojekts sprechen. Fragen, ob es wirklich eine Baugenehmigung gibt. So was kann schließlich dauern.«

Sie dachte an den Drachen in der Aktenstelle. »O.k.«, sagte sie dann. »Das ist eine gute Idee. Wir treffen uns lieber draußen. Pass auf, dass sie dir alles aushändigen. Auch die geheimen Unterlagen.«

Pflichtschuldig hatte sich Karolina am Nachmittag das Tennismatch Seiner Majestät unterhalb der Festung Carlsten angesehen. Die anderen Damen schielten neidisch in ihre Richtung, weil sie einen der besten Plätze bekommen hatte. Dabei interessierte sie sich überhaupt nicht für das Spiel. Sie verfolgte zwar, wie der Ball hin und her flog, aber in Gedanken war sie bei Karl Wallin, der von den Toten zurückgekehrt war. Magdalena knuffte sie fest in die Seite.

»Aufstehen und klatschen«, zischte sie. »Seine Majestät hat gewonnen.«

Karolina rappelte sich auf. Lächelnd applaudierte sie und winkte dem König, der freundlich nickte.

»Jetzt gehen wir.« Magdalena zog sie mit sich.

»Ist schon Schluss?«, fragte Karolina und beobachtete, wie ihre Stühle sofort von zwei vornehm dreinschauenden Damen mit Beschlag belegt wurden.

»Fast.« Magdalena schien in der Menge nach jemandem Ausschau zu halten. Hoffentlich nicht nach Douglas, dachte Karolina. Er hatte sie mit sich geschleift, als wäre sie sein Besitz, hatte sie ihrer Familie entrissen und am Kai ihren ratlosen Vater zurückgelassen, der nicht wusste, was er hätte tun sollen, ohne Aufsehen zu erregen.

Würde es von nun an immer so sein? Dass Vater sich in Bezug auf sie und die Geschäfte dem Willen von Douglas beugte? Sie betrachtete den Ring, der so locker saß. Er rutschte hin und her und scheuerte. Er passte überhaupt nicht und war ihr schon einmal vom Finger gerutscht, als wollte er sich heimlich aus dem Staub machen. Magdalena hatte ihn schließlich unter der Kommode wiedergefunden.

Plötzlich stand er vor ihr. Im weißen Leinenanzug. Lächelte sie an, aber seine Augen wirkten traurig. Diese Augen, die in sie hineinzuschauen und sie festzuhalten schienen.

»Doktor Wallin.« Magdalena wirkte nicht sonderlich erstaunt, sondern eher so, als hätten sie sich hier verabredet.

Karolina blickte fragend zwischen den beiden hin und her.

»Kommen Sie mit«, sagte Karl zu Karolina und deutete mit dem Kopf den Fästningsbacke hinunter. »Wir müssen reden.«

Während er ihren Arm nahm, schien er nach den richtigen Worten zu suchen. Magdalena ging ein Stück hinter ihnen.

»Entschuldigen Sie meine Direktheit, aber haben Sie Douglas geküsst?«

Unfähig, ein Wort herauszubringen, schüttelte sie den Kopf.

Er nickte und ging weiter, dann drückte er ihren Arm und sah sie an. Ihr wurde heiß und in ihrem Bauch kribbelte es. Sie war verliebt.

»Ich habe an Sie gedacht und von Ihnen geträumt.«

»Ich bin froh, dass Sie wieder da sind.«

»Ich muss Ihnen etwas Wichtiges erzählen.«

Als er schließlich ging, schaute Karolina ihm hinterher. Sie war wie betäubt. Als hätte sie aus zu großer Nähe einen Kanonenschuss mitbekommen und anschließend eine ganze Weile nicht hören können. Leere breitete sich in ihr aus.

Magdalena und Karolina setzten sich auf eine Bank vor der Kirche, wo sie sich mit Ingeborg und Vater treffen wollten. Kleine Kinder spielten im Gras.

»Syphilis?«, fragte Magdalena schockiert.

Karolina war vor allem erleichtert. Seit der Verlobung hatte sie das Gefühl gehabt, die Welt wäre schwarzweiß, doch auf einmal waren die Farben zurückgekehrt. Nun konnte niemand mehr von ihr verlangen, dass sie Douglas heiratete. Um Himmels willen, er hatte Syphilis! Sie erinnerte sich, wie fiebrig er an dem Abend gewirkt hatte, als er sie nach Hause bringen sollte. Und wie er gehustet und gerasselt und sich erst gestern in das schmutzige Taschentuch geschnäuzt hatte. Sie musste ihm eine Absage erteilen, und das würde ihr, ehrlich gesagt, nicht schwerfallen. Wirklich schwierig zu begreifen war nur, was Karl ihr erzählt hatte. Ingeborg hatte von Douglas' Erkrankung gewusst.

»Wie ist es euch ergangen? Wer hat das Tennismatch gewonnen?«, fragte Vater, nachdem er seine beiden Töchter umarmt hatte. Geliebter Vater, dachte Karolina, und schluckte den Kloß in ihrem Hals hinunter.

Ingeborg lächelte, doch ihr nervöses Lächeln verflüchtigte sich rasch und wich stattdessen einem besorgten Gesichtsausdruck. Ihre Hände fuhren unruhig über den Griff ihres Sonnenschirms und über die Brosche, an allem schienen sie herumfummeln zu wollen.

»Fühlst du dich besser, Karolina?«, fragte sie. Ihre Stimme klang angestrengt und gekünstelt in Karolinas Ohren.

Karolina und Magdalena sahen sich an. Magdalena war kurz davor, in Tränen auszubrechen.

Sie hatten gemeinsam beschlossen, noch zu warten, bis sie sich im Turisthotel befanden und sich dort in aller Ruhe hinsetzen und vernünftig miteinander sprechen konnten. Über das Tennismatch konnten sie reden, aber Douglas wollten sie mit keiner Silbe erwähnen, bevor sie nicht zu Abend gegessen hatten. Doch nun sah Karolina ihrer Schwester an, dass es anders kommen würde. Magdalenas Augen waren groß und traurig, und die Worte blieben ihr im Hals stecken, als sie den Mund öffnete.

»Mama«, sagte Magdalena mit der Stimme eines enttäuschten kleinen Mädchens. »Warum hast du uns nicht erzählt, dass Douglas Syphilis hat?«

Ingeborg erstarrte, und Vaters Miene gefror. Langsam drehte er sich zu Ingeborg um und sah ihr in die Augen. Sein Blick durchbohrte sie.

Die Stimmung ringsum war ausgelassen, und überall waren Menschen in Bewegung. Einige eilten zum Abendessen ins Hotel, andere hatten bereits gegessen.

»Hinein. Sofort.« Papas Stimme war leise und schneidend wie die große Säge, mit der die Stämme gespalten wurden.

Ingeborg antwortete nicht, sondern blieb einfach stehen, bis Vater sie kurzerhand am Arm packte und hinter sich herzog. Es kümmerte ihn nicht, dass sich die Leute, die ihnen vor dem Hotel begegneten, verwundert nach ihnen umdrehten.

Alles kommt anders, als man es erwartet, dachte Karolina, als sie einige Stunden später im Bett lag. Im Zimmer nebenan hörte sie ihren aufgebrachten Vater und das Weinen von Ingeborg. Obwohl die Tür zu war, hatte sie den Streit größtenteils mitverfolgt. Zumindest Vaters Worte. Ingeborgs Antworten waren ihr mittlerweile fast gleichgültig. Wenn man ganz ehrlich war, gab es nicht mehr viel zu sagen.

»Seit wann weißt du davon?«

»Bitte, Edvard.«

»Antworte auf meine Frage. Seit wann?«

»Ich habe es erfahren, als ich neulich mit Karolina im Warmbadehaus war.«

»Du hast von Doktor Wallin erfahren, dass Douglas Syphilis hat? Das ist doch, in Gottes Namen, über eine Woche her!«

»Ich konnte es aber nicht glauben. Natürlich wollte ich dir davon erzählen, ich wusste nur nicht wie ...«

»Du wolltest Karolina so dringend loswerden, dass du bereit warst, sie einem Mann zur Frau zu geben, der an Syphilis erkrankt ist. Ist dir klar, dass du sie damit in den Tod geschickt hättest?«

Es klang, als wollte Ingeborg etwas erwidern, aber Vater ließ ihr keine Gelegenheit, sondern brüllte sie an, sie solle still sein. Karolina fragte sich, ob er bis in den Flur des Hotels zu hören war.

Draußen hatte es angefangen zu regnen. Dicke Tropfen knallten gegen die Fensterscheiben und liefen wie Tränen daran herunter. Unter normalen Umständen hätte das Geräusch etwas Beruhigendes an sich gehabt, aber das Unbehagen im ganzen Körper wollte nicht nachlassen. Karolina war zwar klar gewesen, dass Ingeborg sie niemals genauso lieben würde wie Magdalena. Aber das, was heute ans Licht gekommen war, wusste sie nicht einzuordnen. Ein Abgrund tat sich auf, den keine Brücke der Welt überbrücken konnte. Und Papa, armer Papa.

»Schläfst du?«, wisperte Magdalena.

»Nein«, antwortete Karolina und drehte sich zu ihrer Schwester um, damit sie sie im Dunkel erkennen konnte. Ihr knurrte der Magen, aber es wäre undenkbar gewesen, jetzt die Zimmertür der Eltern zu öffnen und zu fragen, ob sie noch etwas zu essen haben könnten.

»Du vermisst deine Mutter sehr«, sagte Magdalena. »Was der König von ihr erzählt hat, war schön.«

»Ja. Ist es nicht erstaunlich, dass er ihr die Laute geschenkt hat?«

»Kannst du dich überhaupt noch an sie erinnern?«

»Ich bin mir nicht sicher. Wahrscheinlich nicht. Ich war ja so klein. Ich weiß noch, dass Großmutter weinte, sobald sie mich sah. Vielleicht hat Vater sie deshalb immer seltener besucht.«

»Oder weil er meine Mutter kennengelernt hat.«

»Ja, kann sein.«

Eine Weile war es still. Nur der stärker werdende Regen auf dem Kupferdach des Turisthotels war zu hören.

»Mir tut das alles so leid und dass Mama …« Magdalena kämpfte mit den Tränen. »Und ich bin froh, dass du meine Schwester bist.«

»Geht mir auch so«, sagte Karolina.

»Ich glaube, Doktor Wallin ist in dich verliebt.«

»Glaubst du wirklich?« Karolina spürte, wie sich der Krampf in ihrem Bauch löste. Im Nachbarzimmer war es jetzt still, nur der Regen prasselte weiterhin ans Fenster und auf das Dach.

»Ich habe beobachtet, wie er dich ansieht. Mit einem ganz besonderen Lächeln.«

»Ehrlich?«, fragte Karolina und dachte an seine sanfte Art, sie zu berühren. Überhaupt waren seine Untersuchungen intensiver, als sie gewohnt war.

»Du musst Douglas eine Absage erteilen«, sagte Magdalena.

»Das werde ich morgen mit Papa besprechen«, sagte Karolina. »Er muss ihm den Ring zurückgeben.«

Als sie den Verlobungsring abgelegt hatte, fühlte sich ihre Hand wieder leichter an, ihr Kopf wurde klarer und das Herz schien gleichmäßiger zu schlagen.

»Schlaf gut«, sagte Magdalena.

»Du auch.«

26

Als Karin am Dienstagnachmittag versuchte, Peter Hagman zu erreichen, war dieser aus irgendeinem Grund nicht bei der Arbeit. Er klang müde, sagte aber, Karin könne ihn natürlich gerne in der Fiskaregata besuchen, die sei nur zwei Straßen vom Turisthotel entfernt. Am Lotusgränd blieb Karin stehen. Hier hat sich bestimmt seit hundert Jahren nichts verändert, dachte sie. Oben auf der kleinen Anhöhe sah sie den Zaun, der Ruths Haus umgab. Und das von Holger. Ihr war etwas aufgefallen. Die früheren Besitzer waren immer noch präsent. Man sagte: »Wir wohnen in der Malepertsgata im Haus von Anna und Fredrik«, oder: »im Haus von Christofferssons in der Smugglaregata«. Das war schön. Man erwähnte die Leute, die früher hier gewohnt hatten, und hielt sie auf diese Weise am Leben.

Peters Haus war hellgelb und mit Schnitzereien verziert. Zur Straße hin hatte es einen Kellereingang, und ein Mann Mitte dreißig sprühte die Scharniere gerade mit Schmieröl ein.

»Peter Hagman?«, fragte Karin.

»Das bin ich.« Er richtete sich auf.

»Hallo, Karin Adler, Kriminalpolizei.« Sie gab ihm die Hand. »Danke, dass du dir Zeit nimmst.«

»Komm rein.« Peter zeigte auf einen Plattenweg zwischen seinem und dem Nachbarhaus.

»Wie hübsch du wohnst.« Karin fragte sich, warum sie nicht vorne hinein, sondern durch den Garten gingen. Hinten führte eine Treppe auf die Terrasse.

Sie betrachtete ihn von der Seite. Er hatte Ringe unter den Augen und sah blass aus. Er wirkte müder als am Telefon. Seine Haare waren nass, als ob er gerade erst geduscht hätte, obwohl es schon nach elf war.

Peter fuhr sich durchs Haar. Er bemerkte ihren fragenden Blick.

»Meiner Mutter geht es nicht gut. Sie ist in einem Pflegeheim am

Schlosspark im Zentrum von Göteborg, und ich saß bis nachts um zwei an ihrem Bett.« Er öffnete die Terrassentür.

»Das klingt nicht gut«, sagte Karin, während sie eintrat. Man stand gleich in der Küche.

»Ja, der Eingang ist etwas seltsam«, sagte er. »Vorne ist noch eine Haustür mit Flur, aber die benutze ich nie. Und da ich dort jetzt mein Leergut und das Altpapier aufbewahre, kommt man kaum noch durch. Es hat alles mit einer Tüte voller alter Zeitungen angefangen, die ich eigentlich zum Container auf Koö bringen wollte und vergessen habe, und seitdem steht sie da und dann ...«

Er redete zu viel. Wie ein Wasserfall. Über das Haus, die alte Straße und die Müllabfuhr, die im Sommer donnerstags und sonst montags kam.

»Da ich alleine lebe, wird bei mir nur jede zweite Woche abgeholt.«

»Ich verstehe. Schönes Haus.« Karin fiel auf, dass sie das schon einmal gesagt hatte. »Können wir uns irgendwo setzen?«

»Natürlich, hier drüben.«

Er zeigte auf die Küchenmöbel aus vergilbter Kiefer. Vier farbenfrohe Sets aus indischer Baumwolle lagen auf dem Tisch, an jedem Platz eins. Als hätte jemand für ein Abendessen zu viert gedeckt.

»Entschuldige bitte, habe ich etwas missverstanden oder wohnt hier noch jemand?«, fragte Karin.

»Nein, nur ich. Ich habe das Haus von meinen Eltern geerbt. Da meine Mutter nicht gut mit Veränderungen umgehen kann – sie leidet an Demenz –, habe ich alles so stehenlassen. Es ist dann einfacher, wenn sie zu Besuch kommt.« Es klang wie eine Entschuldigung. Einerseits gemütlich, andererseits schrecklich, dachte Karin. Als hätte er selbst noch gar nicht angefangen zu leben. Ihr Blick fiel auf die große Vitrine hinter Peter. Sie war aus dunklem Holz und hatte Scheiben aus rotem Glas mit einer porösen Struktur. Wie verklebter roter Sand sah das aus. Hässlich.

»Kommt sie oft her?«, fragte Karin.

»Früher ja, aber jetzt nicht mehr. Und Papa kann nicht mehr Auto fahren.«

Die rustikalen Eichenfronten in der Küche stammten aus den Achtzigern. Es juckte Karin fast in den Fingern, weil sie so gerne zu Sandpapier und Pinsel gegriffen hätte. Über dem Herd hing ein Bord mit alten Porzellangefäßen. Auf den großen stand »Zucker«, »Haferflocken«, »Trockenfrüchte« und »Grieß«, die kleineren waren offenbar für Nelken und andere Gewürze gedacht. Die Schrift war grün mit Goldrand. Karin hatte fast genau die gleichen Gefäße von ihrer Großmutter geschenkt bekommen.

»Möchtest du einen Kaffee oder etwas anderes?«, fragte Peter.

»Wenn du auch einen trinkst«, antwortete Karin. »Sonst würde mir auch ein Glas Wasser reichen.«

»Ich habe gerade gefrühstückt«, sagte er. »Mein Rhythmus ist etwas durcheinander. Ist Wasser okay?«

»Klar.«

Peter ließ das Wasser eine Weile laufen, bevor er eine Karaffe füllte und mit zwei Gläsern vor Karin auf den Tisch stellte.

»Ich weiß nicht genau, wo ich anfangen soll.« Karin hoffte, dass die Bemerkung entwaffnend wirkte. Sie räusperte sich und trank einen Schluck Wasser. »Ich nehme an, du hast davon gehört, dass Holger Eriksson tot im Turisthotel aufgefunden wurde.«

»Ja.«

»Kanntest du ihn?«, fragte Karin.

»Nicht direkt. Wir haben uns natürlich gegrüßt, aber mehr auch nicht.«

»Er hat sich hier draußen für viele Dinge engagiert«, begann Karin und beobachtete, wie Peter sein Glas fester umklammerte. »Wusstest du, dass er erschlagen worden ist?« Sie musterte ihn.

»Ja«, sagte Peter nach kurzem Zögern. »Das habe ich mitbekommen. Ich habe mit einem Feuerwehrmann gesprochen, der mir erzählte, dass sie im Turist einen Toten entdeckt hatten. Später habe ich von Holgers Tod erfahren. Da nahm ich an, dass er der Tote im Turist war.«

Seine Knöchel waren jetzt fast weiß. Karin ging durch den Kopf, dass er sich schneiden würde, wenn das Glas kaputtging.

»Weißt du, ob er Feinde hatte? Wollte ihm jemand schaden?«

»Nein, davon weiß ich nichts.«

»Dir ist aber bekannt, dass er vielen Leuten auf die Nerven gegangen ist?«

»Das kann ich mir gut vorstellen. Er war so ein Typ.« Peter trank einen Schluck und stellte das Glas mit einem etwas zu lauten Knall auf den Tisch. Während des darauffolgenden Schweigens sahen sie sich an. »Er hat sich in alles eingemischt, und damit meine ich wirklich in alles.«

»Wann hast du Holger zuletzt gesehen?«, fragte Karin. Peter zuckte vor Schreck zusammen und stieß das Wasserglas um, dessen Inhalt sich über den Tisch ergoss.

»Tja, wann könnte das gewesen sein? Es war wahrscheinlich in der Woche, als er starb.« Er stand auf, holte einen Lappen und wischte das Wasser auf, was vollkommen unnötig war, weil die Sets bereits einen Großteil aufgesaugt hatten.

»Und weißt du noch, wo du ihn zuletzt getroffen hast?« Karin verfolgte seine unruhigen Bewegungen.

»Nein.« Peter schüttelte den Kopf.

»Du weißt also nicht mehr, wann und wo ihr euch zuletzt begegnet seid? An welchem Tag könnte es denn vielleicht gewesen sein?«

»Keine Ahnung. Seit es meiner Mutter so schlecht geht, bringe ich die Tage durcheinander.«

»Okay.« Karin nahm sich vor, später noch einmal auf diese Fragen zurückzukommen.

»Soweit mir bekannt ist, arbeitest du bei der Kommune Kungälv.«

»Das ist richtig.«

»Was machst du da?«, fragte Karin, obwohl sie es bereits wusste.

»IT-Sachen«, antworte Peter.

»Fühlst du dich dort wohl?«

Peter zuckte mit den Schultern. »Es ist ganz okay.« Sein Blick war wachsam.

»Wie sehr bist du in den Verkauf des Warmbadehauses involviert?«, fragte sie.

»Gar nicht«, sagte Peter.

»Aber du bist gut befreundet mit den Käufern.«

»Nein.«

»Ihr sitzt doch zusammen im Vorstand.« Karin hielt es für klüger, sich auf diesen Punkt zu konzentrieren, als zu erwähnen, dass er beim Mittagessen mit ihnen gesehen worden war.

Auf Peters Oberlippe und Stirn traten kleine Schweißperlen hervor. Hätte er keinen Pullover über seinem Hemd getragen, wären unter seinen Achseln sicher auch Schweißflecken zu sehen gewesen, dachte sie. Peter stand auf, riss ein Stück Küchenpapier von der Rolle, tupfte sich das Gesicht ab und öffnete die Terrassentür

»Es ist warm hier.« Er räusperte sich. »Welchen Vorstand meinst du?«

»Den einer neu gegründeten Aktiengesellschaft namens Carpe Mare.«

Langsam ging er zurück an den Tisch und zog seinen Stuhl darunter hervor. »Darüber kann ich nicht viel sagen, weil wir noch nicht angefangen haben.«

»Ihr seid schon ziemlich weit mit euren Plänen für den Bau eines Hotels. Und das Warmbadehaus, das Angela Fransson und Ove Karlsson gekauft haben, ist ein wichtiger Teil der Aktivitäten von Carpe Mare. Ich find deine Rolle in dem Ganzen ziemlich interessant. Es wäre doch denkbar, dass es einer Person, die Einblick in alle Daten der Kommune und somit auch in den Verkauf des Warmbadehauses hat, vielleicht schwerfällt, keine Informationen weiterzugeben, wenn sie mit den Käufern gut befreundet ist.«

Peter wandte ihr seine blauen Augen zu und sah sie prüfend an.

»Worauf willst du hinaus?«, fragte er. Seine Stimme klang jetzt tiefer.

»Ich möchte, dass du mir erzählst, was du weißt, denn es sieht so aus, als wäre eure geschäftliche Vereinbarung aus dem Ruder gelaufen.« Sie bemühte sich, Peter ruhig und unverwandt anzusehen, und sprach langsam. »Wir ermitteln in einem Mord und einem Vorfall, bei dem ein kleiner Junge verschwunden, aber Gott sei Dank wieder aufgetaucht ist.«

Peter starrte jetzt auf die Tischplatte. Es sah aus, als würde er ein Astloch fixieren.

»Du hast doch mit Lycke zusammengearbeitet. Ihr Sohn ist auf dem Heimweg vom Hort verschwunden.«

Peter nickte. Seine Kiefer mahlten, und sein gesamter Körper erinnerte an eine straff gespannte Feder. Sein Blick war immer noch auf den Tisch gerichtet, wanderte jedoch langsam zwischen den Astlöchern hin und her. Als wäre die Platte ein Spielfeld, und er müsste sich überlegen, welche Route die beste war. Oder zumindest die am wenigsten schlechte. Seine Hände zitterten jetzt ein wenig. Dann schnappte er nach Luft und nickte. Er hatte sich entschieden. Karin atmete so leise wie möglich. Sprich weiter, dachte sie. Erzähl schon.

Ein Klingelton, der Tote zum Leben erweckt hätte, erschallte in der Küche. Das kann nicht wahr sein, dachte Karin und drehte sich zu dem alten Telefon an der Wand um. Daran war ein Lautsprecher angeschlossen, der Karins Ansicht nach eigentlich für draußen gedacht war. Ihre Großmutter hatte genauso einen an ihrem Sommerhaus. Er hing direkt unterm Dach und war weithin zu hören. Peter stand auf und nahm den Hörer ab.

»Aha. Und wie geht es ihr jetzt?«, fragte er. »Okay, dann komm ich sofort.« Er legte auf und sah Karin an.

»Ich muss jetzt los. Sofort.«

»Soll ich dich fahren?«, fragte sie, weil sie dachte, sie könnten unterwegs miteinander reden.

»Danke, es geht schon.« Er warf einen Blick auf die Küchenuhr. »Entschuldige bitte, du weißt schon, die Fähre …« Er rannte los, suchte Handy und Schlüssel zusammen, warf einen Blick auf seine Kulturtasche, ließ sie jedoch liegen, schnappte sich seine Jacke und ging zur Tür.

»Kannst du morgen zu mir in die Dienststelle kommen, falls du sowieso in Göteborg bist? Der große Neubau ist das Rechtszentrum. Um neun?«, fragte Karin.

»Ja, das müsste klappen. Hast du eine Visitenkarte?«

Karin wühlte ein Kärtchen aus ihrer Jackentasche. »Hier. Ruf an, wenn du da bist, dann komme ich runter ins Foyer.«

»Danke«, sagte Peter und steckte die Karte ein.

Karin ging hinaus, und Peter schloss die Terrassentür. Sie hätte sich am liebsten in den Hintern getreten, weil sie nicht zehn Minuten eher gekommen war.

»Tut mir leid«, murmelte er und eilte davon. Er wollte etwas sagen, das war klar. Nun stellte sie sich die Frage, wie sie die Zeit bis morgen früh um neun am besten nutzte.

Karin blieb einen Augenblick in der Återvändsgata stehen, bevor sie am alten Friedhof Knektkyrkogård vorbei und den Hügel hinaufging, bis sie sich schließlich in der Vinkelgata befand. Ruths Haus, das an der Ecke stand, sah man aus dieser Richtung als Erstes, dann das von Holger. Sie sah das Gaswerk auf Ärholme im Südwesten und den Albrektsunds Kanal im Südosten, von wo der Wind zu kommen schien. Er fegte ihr durchs Haar und lockte sie. Die frische östliche Brise hätte die Andante mit Vergnügen über die Ostsee getragen. Sie hätte den Spinnaker setzen können. Und Richtung Shetlandinseln und Schottland fahren und Abenteuer suchen. Heute war so ein Tag, an dem sie viel dafür gegeben hätte, die Straße unter ihren Füßen gegen das schwankende Deck der Andante tauschen und nach Westen segeln zu dürfen.

Sie hatte gerade Holgers Hausschlüssel aus der Tasche gezogen, als Jerker anrief.

»Die Bodenprobe«, begann er das Gespräch.

»Hallo, Jerker«, sagte Karin. »Ach ja, die Sache mit der Erde. Hast du da was rausbekommen?«

»Doch, einiges sogar, ph-Wert und Körnung natürlich, ganz zu schweigen von den diagnostischen Horizonten …«

»Hör auf«, stöhnte Karin und hörte ihn am anderen Ende der Leitung lachen. »Obwohl mir das mit den Horizonten gefallen hat.«

»Erde ist eine Wissenschaft für sich. Die Kurzversion lautet, dass die Erde unter Holgers Fingernägeln nicht aus seinem Garten stammt, sondern vollkommen anders zusammengesetzt ist. Dahingegen stimmt sie mit der Erde aus seinem Rucksack überein – in dem sich auch ein Spaten befand.«

»Er hat irgendwo gegraben.« Karin konnte sich nichts anderes vorstellen, als das Holger zwischen den Felsen hinter dem Warmbadehaus gegraben hatte. Sie würde dort hingehen und sich diese Felsritzung ansehen müssen.

»Robert hat mich auf den neuesten Stand gebracht«, sagte Jerker.

»Wenn ich jetzt an den Klippen hinterm Warmbadehaus vorbeiginge, wo diese Felsritzung ist, und ein bisschen Erde einstecken würde, könntest du dir die dann ansehen?«

»Klar, aber das dauert eine Weile, und für ein brauchbares Ergebnis musst du einen sauberen Spaten und eine saubere Tüte benutzen.«

»Das ist mir klar, aber jetzt haben wir immerhin einen Hinweis. Unterscheidet sich die Erde in seinem Garten denn stark von der unter seinen Fingernägeln?«

»Extrem.«

»Okay. Ein sauberer Gefrierbeutel und ein Spaten. So schwer kann das ja nicht sein.«

Am anderen Ende hörte sie ein Seufzen.

»Ich komme.«

Jerker brauchte eine gute Stunde nach Marstrand. In der Zwischenzeit hatte Karin mit Walters Erzieherin aus dem Hort und der Dame gesprochen, die neben dem Spielplatz wohnte. Aber keine von beiden konnte Karin etwas sagen, was sie nicht schon wusste. Das hatte sie zwar geahnt, sich aber trotzdem Hoffnungen gemacht.

Die steilen Klippen hinter dem Warmbadehaus waren mit Heidekraut und niedrigen Pflanzen bewachsen, Bäume breiteten sich erst auf beiden Seiten der Hagahügel aus. Ein Rinnsal hatte die Erde durchfeuchtet und machte den Untergrund rutschig. Es war nicht einfach, hier zu klettern. Obwohl sie Robert angerufen und von ihm die exakte Position der Felsritzung erfahren hatte, entdeckten sie die Elfenmühlen erst, als Jerker eingetroffen war. Mit vereinter Kraft und zwei Spaten. Drei kaum sichtbare Gruben, die fünfundsiebzig Meter hinter dem

Warmbadehaus in den Fels geschlagen worden waren. Während Karin sich nachdenklich umsah, füllte Jerker Erde in Beutel.

»Lässt sich die Laboruntersuchung nicht beschleunigen?«, brummte Karin.

Eine Übereinstimmung würde nur beweisen, dass Holger hier gegraben hatte. Vorausgesetzt, die Erde sah nicht auf ganz Marstrandsö genauso aus. Sie erläuterte Jerker die Problematik.

»Erde ist der Fingerabdruck von Mutter Natur, Karin. Genau diese Zusammensetzung hier wird man nirgendwo anders finden. Sieh dich doch mal um. Vielleicht sind abgeblätterte Farbpartikel von dem gelben Haus da unten drin.« Er zeigte mit dem Ellbogen darauf.

»Das Warmbadehaus«, sagte Karin.

»Und dann der Sandstrand da unten«, er deutete auf den schmalen Streifen vor dem Warmbadehaus, »und die Bäume und Pflanzen. Spuren von all dem werden drin sein. Ein bisschen Sand, etwas Farbe, vermodertes Laub, und daher so einzigartig wie ein Fingerabdruck.«

»Wie geht es denn mit den anderen Proben voran?«, fragte sie. »Müssten die nicht schon fertig sein?«

»Ja, eigentlich jeden Moment. Hoffentlich noch diese Woche.«

»Ich glaube, dass Holger hier gegraben hat«, sagte Karin.

»Glauben ist das eine, aber es beweisen zu können ist was ganz anderes.« Jerker grinste.

Freitag, 3. August 1906

Gräfin Lagercreutz strahlte, als Edvard den Raum betrat. Sie schien glänzender Laune zu sein und plapperte einfach drauflos, ohne den verbissenen Gesichtsausdrucks ihres Gastes zu bemerken. Er sah aus wie eine alte Eiche in den tiefen värmländischen Wäldern.

»Sie müssen mit mir vorliebnehmen, denn Douglas ist leider bettlägerig. Es war wirklich eine ereignisreiche Woche. Karolina wird sich Gräfin nennen dürfen, das wird ihren Großeltern gefallen. Ihren Töchtern hat die kleine Ausfahrt mit der königlichen Yacht offenbar viel

Freude gemacht. Was für eine Aufregung im Zuge der Verlobung, wir haben ja seitdem kaum ein Wort gewechselt. Seine Majestät nimmt ja nicht jeden mit. Kaffee, Sie möchten bestimmt eine Tasse Kaffee ...« Ohne die Antwort abzuwarten, griff sie nach einem silbernen Glöckchen und klingelte.

»Gräfin Lagercreutz, ich bin im Namen meiner Tochter gekommen und verzichte gern auf den Kaffee.«

Ein Mädchen mit weißer Schürze erschien, machte einen Knicks und wurde von der Gräfin wieder hinausgescheucht. »Fort mir dir.«

»Ich bin hier, um ...«, begann er und musste sich räuspern. »Es wird keine Hochzeit zwischen Ihrem Sohn und meiner Tochter geben, und ich erwarte, dass er sie in Ruhe lässt. Ich möchte nicht einmal, dass er mit ihr spricht. Und sie auch nicht.«

»Das ist bedauerlich. Außerordentlich bedauerlich. Ich habe mich darauf gefreut, dass Douglas einen Schwiegervater wie Sie bekommt. Sie hätten sich gegenseitig helfen können. Ein kluger Geschäftsmann wie Sie hätte Zugang zu unseren Kontakten und unserem Kapital bekommen und wir hätten Nutzen aus Ihrer Erfahrung ziehen können. Aus welchem Grund fassen Sie diesen Entschluss, wenn ich fragen darf?« Mit einem kleinen Peitschenhieb schlug sich die Gräfin ihren Fächer in die Handfläche.

»Sie haben verschwiegen, dass Douglas krank ist.«

»Ach, du meine Güte, das ist doch nur eine sommerliche Erkältung«, erwiderte die Gräfin. »Dafür müssten doch gerade Sie Verständnis haben, kränklich wie Karolina ist. Und was die Etikette anbelangt, so bin ich mir ganz sicher ...«, begann sie.

Edvard fiel ihr ins Wort, ihre beleidigte Miene beachtete er nicht. »Sie sprechen von Etikette?«, fragte er mit lauter Stimme und fixierte sie. »Wir haben erfahren, dass Douglas an Syphilis erkrankt ist. Ich gehe davon aus, dass Sie von der Infektion wissen.«

Aus dem Gesicht von Gräfin Lagercreutz schien jegliche Farbe zu weichen und sie sackte regelrecht in sich zusammen. Plötzlich wirkte sie alt.

»Ich möchte mit ihm sprechen. Sagen Sie ihm, dass er kommen soll.«

»Er liegt mit Fieber im Bett.«

»Dann richten Sie ihm aus, dass die Verlobung aufgelöst ist.« Er legte den Ring auf den Tisch. »Eigentlich müsste man Sie anzeigen.«

»Bitte gehen Sie jetzt.« Sie brachte die Worte nur mühsam hervor und verzichtete auf die Etikette, aufzustehen und ihren Gast zur Tür zu bringen. Sie hob nicht einmal die Hand.

27

Mittwoch, 5. Juni 2013

Am nächsten Morgen wartete Karin bis zwanzig nach neun, bevor sie Peter Hagman anrief. Er ging weder ans Handy noch zu Hause ans Telefon. Vielleicht war er noch bei seiner Mutter. Oder er schlief. Allerdings konnte sie sich das bei dem Klingelton des Küchentelefons kaum vorstellen.

Vielleicht war seine Mutter über Nacht gestorben, und er hielt sich deshalb noch im Pflegeheim auf. Angesichts des gestrigen Anrufs war das nicht unwahrscheinlich. Karin googelte die Pflegeheime am Schlosspark und rief bei zweien an, bevor sie das richtige erwischte. Die Schwester im Vegahem war nicht gerade erpicht darauf, Angaben über die Bewohner weiterzugeben. Schließlich bat Karin um einen Anruf ihres Vorgesetzten, der ruhig die Nummer der polizeilichen Leitstelle wählen und sich verbinden lassen sollte, um ganz sicherzugehen, dass sie diejenige war, für sie sie sich ausgab. Was an und für sich eine vollkommen korrekte Vorgehensweise war, musste Karin zugeben. Gegen Mittag erfuhr sie, dass Frau Hagman bereits am vergangenen Abend verstorben war.

»Ist die Familie noch da?«, fragte Karin.

»Ja, Sigvard ist noch da, er wohnt ja hier«, sagte die Heimleiterin.

»Sigvard.«

»Sigvard Hagman, ihr Mann.«

»Und ihr Sohn, Peter Hagman? Ist der noch da?«

»Nein, der hat sich bereits gestern Abend verabschiedet.«

»Wann denn?«

»Frau Hagman verstarb gegen sieben Uhr abends. Peter ist kurz nach elf nach Hause gefahren. Er sagte, er wolle heute wiederkommen, aber das hat er nicht getan.«

Im Hintergrund hörte Karin eine andere Stimme. Nun meldete sich die Heimleiterin wieder: »Entschuldige bitte, aber ich werde hier gebraucht. Falls du noch Fragen hast, melde dich bitte ein andermal.«

Karin bedankte sich und legte auf. Anschließend stand sie auf und ging hinüber in Roberts Zimmer. »Wir müssen nach Marstrand.«

Sie erwischten gerade noch die Fähre um 12:52 Uhr, weil Robert Vollgas gefahren war und der Fährmann sie gesehen und freundlicherweise gewartet hatte. Karin winkte ihm dankbar zu.

Kaum hatte die Fähre auf der anderen Seite angelegt, bogen Karin und Robert nach links ab und gingen mit raschen Schritten an der Villa Maritime, dem Turisthotel und der hellgelben Seniorenresidenz Sörgård vorbei und dann die Sillgata bis zur Fiskaregata hinauf. Unterwegs hatten sie sich beide hastig einen Big Mac reingestopft, der ihnen nun wie ein Stein im Magen lag. Als es bergauf ging, wurde Karin langsamer.

Robert folgte ihr über den schmalen Plattenweg zwischen den Grundstücken. Karin ging hintenherum zur Veranda und klopfte an den Kücheneingang.

Als niemand öffnete, klopfte sie erneut, diesmal fester. Draußen schien die Sonne und blendete, so dass sie durch die Scheiben kaum ins Innere des Hauses schauen konnten. Schließlich legte sie rechts und links die Hände aufs Glas und ging mit dem Gesicht ganz nah heran. Peters Handy lag auf einer Bank. Daneben eine Fahrkarte für die Fähre und der Autoschlüssel. Sie zeigte darauf. Robert, der mit dem Gesicht ebenfalls nah an die Scheibe gegangen war, nickte. Peter musste ganz in der Nähe sein.

»Ich gehe eine Runde ums Haus.« Karin stellte sich auf eine wacklige Holzbank, um hineinzugucken. Sie verlor fast das Gleichgewicht und musste sich an den Holzschnitzereien festhalten. Hinter dem Fenster befand sich ein Schlafzimmer mit zwei Betten und einer Kommode, dahinter ein Flur und auf der anderen Seite ein Fenster zur anderen Seite. Da entdeckte sie auf einmal Peter. Eine schwarze Silhouette vor den Spitzengardinen.

»Verfluchte Scheiße!«, schrie sie. »Wir müssen rein. Er hat sich aufgehängt.« Sie sprang von der Bank. Robert war schon auf der Terrasse. Er rüttelte an der Tür und stellte fest, dass sie nicht abgeschlossen war.

Peter Hagman hing an einem Seil, das an einem Haken an der Decke befestigt war. Der Kronleuchter, für den der Haken gedacht war und der bei Karins letztem Besuch noch dort gehangen hatte, stand auf dem Tisch daneben. Schräg unter ihm ein blauer Hocker, der umgekippt war. Robert, der immer ein Paar Einweghandschuhe in der Tasche hatte, war bereits hineingeschlüpft und hatte sich davon überzeugt, dass Peter tot war. Sie verließen den Raum, ohne Peter vom Seil zu lösen. Es fühlte sich nicht richtig an, aber es war das Beste, was sie tun konnten, um keine eventuellen Spuren zu zerstören.

Er trug dieselbe Kleidung, in der Karin ihn am Vortag angetroffen hatte, nur den dunkelblauen Pullover hatte er ausgezogen. Der lag auf einem Polsterhocker zwischen Fernseher und rotem Sessel.

»Haben wir das verursacht?«, fragte Karin, während sie auf den Rechtsmediziner und den Kriminaltechniker warteten.

»Das war schon in vollem Gang«, sagte Robert. »Wir sind nur irgendwo mittendrin dazugestoßen.«

Die Rechtsmedizinerin Margareta Rylander-Lilja traf gleichzeitig mit Jerker und einem weiteren Techniker ein, den Karin noch nie gesehen hatte. Sie begrüßte die beiden, bevor sie sich Knieschützer über die Jeans streifte. Anschließend stieg sie in den Overall und zog Schuhschützer über ihre bequemen Treter.

»Er wollte mir gerade etwas erzählen«, sagte Karin zu Robert. »Wir saßen gestern dort drinnen am Küchentisch, und er wollte gerade etwas sagen, als das verdammte Telefon klingelte.«

»Wir müssen fragen, ob die Nachbarn was gesehen haben«, sagte Robert.

Sie hatten Glück. Sowohl der Fährmann als auch ein Nachbar hatten Peter mit der Fähre um 0:22 Uhr nach Hause kommen sehen. Der Nachbar, ein verkaterter Mann um die fünfzig, saß mit Sonnenbrille und Kappe unter einem Sonnenschirm. Er und seine Frau hatten Besuch gehabt, und als Peter kam, war die Party noch in vollem Gange. Sie hatten Peter gefragt, ob er reinkommen wolle, es gab noch Essen, das sie ihm aufgewärmt hätten, und an Wein herrschte auch kein Mangel, aber Peter sagte, er sei nicht in der richtigen Stimmung.

»Wenn man gerade seine Mutter verloren hat, ist das ja auch verständlich«, sagte Karin. »Hat er euch das nicht erzählt?«

»Ich weiß nicht mehr, wir waren alle ziemlich angeheitert. Nein, ich glaube, er hat es nicht erwähnt. Aber Peter und seine Eltern stehen sich nicht sehr nah.«

»Aber er hat doch seiner Mutter zuliebe das Haus behalten. Jedenfalls hat er das gesagt.«

»Ach, was anderes hätte er gar nicht gewagt«, sagte der Nachbar. »Nett waren die nicht zu ihm. In ihren Augen war er wohl immer noch der kleine Nichtsnutz. Vor einigen Wochen war der Vater hier, der Mutter ging es wohl zu schlecht, nehme ich an. Der Alte stand vorne auf der Straße und zeigte laut schimpfend mit seinem Stock auf die Fenster, die Peter auswechseln sollte. Mein Gott, das war doch schon eine Bruchbude, bevor Peter sie übernommen hat.« Er schüttelte den Kopf. »Der Alte hatte immer was zu meckern, unangenehmer Typ. Einer, der in der Blütezeit seines Lebens mal wichtig gewesen ist und nicht loslassen kann.«

Robert nickte.

»Ein paar Tage nach dem Besuch seines Vaters fuhren wir zusammen mit der Fähre, und da sagte ich ihm, dass ich noch ein Fenster im Schuppen liegen hätte, das ich ihm für einen Fünfhunderter verkaufen würde. Ich dachte, das würde ihm weiterhelfen, aber dann hat Peter mir erzählt, dass er eine größere Veränderung im Sinn hatte. Da, wo jetzt das Fenster ist, sollte eventuell eine Dachgaube hin. Er wollte demnächst den Job wechseln. Er sei abgeworben worden, sagte er, darauf war er unheimlich stolz. Fragt ihr, weil er unter Beschuss steht?«

»Wie kommst du darauf?«, erkundigte sich Robert.

Der Mann zuckte mit den Schultern. »Ist doch klar, dass man sich die Frage stellt, wenn die Polizei kommt.«

»Lebte er allein?«, fragte Robert.

»Ja. Er hatte natürlich hin und wieder eine Freundin, aber in der letzten Zeit nicht, soweit ich weiß. Die Dame, die das Warmbadehaus gekauft hat, war einige Male zu Besuch. Unheimlich attraktive Frau.«

»Angela Fransson.«

»Ja, ich glaube, so heißt sie.«

Er winkte jemandem im Haus zu. »Mein Frau«, erklärte er. »Sie hat Kopfschmerzen. Wir haben gestern richtig nett gefeiert. Das machen wir einmal im Jahr, und hinterher schwören wir uns jedes Mal, es nie wieder zu tun.« Er lächelte versonnen, bis ihm plötzlich ein Gedanke zu kommen schien. Er sah Robert an. »Du hast gesagt *lebte*. Warum? Ist was passiert?«

Als Karin und Robert zurück zu Peters Haus kamen, hatten Margareta und Jerker den Toten heruntergeschnitten und in einem hellgrauen Leichensack verpackt. Sie saßen beide in der Hocke und diskutierten. Karin blieb zunächst in der Tür stehen und musste sich zwingen, in den Raum hineinzugehen. Als sie an einem Spiegel vorbeikam, stellte sie fest, dass sie in der weißen Schutzkleidung wie ein Astronaut aussah.

Margareta kniete sich neben Peter. Auf dem Kopf hatte sie ein Gerät, das wie eine Stirnlampe aussah, aber in Wirklichkeit ein Vergrößerungsglas mit eingebauter Beleuchtung war, das man sich vor das Auge klappen konnte.

»Er hat sich also erhängt«, sagte Karin zu Robert und warf einen Blick auf den abgenommenen Kronleuchter.

Es erschien ihr unwirklich, dass sie erst gestern mit ihm zusammengesessen und geredet hatte. Da hatten sich diese blutleeren Lippen noch bewegt. Hätte er doch ausgesprochen, was er sagen wollte!

»Ich nehme ihn mit und rufe dich an, wenn ich fertig bin.« Margareta machte den Sack zu.

»Und wann ...«, begann Karin und sah das Lächeln, das Margaretas Mundwinkel umspielte.

»Sobald es geht. Spätestens morgen um die Mittagszeit. Ich gebe jedenfalls mein Bestes.« Margareta stand auf.

»Das hier wird euch gefallen«, johlte Jerker im Windfang und stieß eine Plastiktüte voller PET-Flaschen um, die klappernd über den Boden rollten. Karin drehte sich um und sah ihn mit einem Paar orangefarbenen Stiefeln dastehen. Er zeigte ihr die grauen Sohlen. »Genauso ein Stiefelmodell in genau dieser Größe ist da, wo wir Holger gefunden haben, durchs Turisthotel gestapft. Das waren die Spuren, die ich gesichert habe.« Er steckte die Stiefel in eine Tüte.

Karin nickte. »Sobald wir den Einzelverbindungsnachweis von Holgers Handy haben, möchte ich einen Abgleich der Nummern, die Peter angerufen hat. Sowohl vom Festnetz als auch vom Handy.«

Montag, 6. August 1906

Karl machte einen Punkt und schloss die Krankenakte bei den anderen Karteikarten ein. Obwohl er wieder gesund war, fühlte er sich schlapper als sonst. An und für sich konnte das auch an anderen Umständen als dem Unfall liegen.

Karolina war an diesem Nachmittag seine letzte Patientin gewesen. Sie war in Begleitung ihres Vaters gekommen, der Karl die Hand gedrückt und ihm für seine Rechtschaffenheit gedankt hatte. Edvard wirkte gedämpft, ließ sich mit trübem und traurigem Blick auf einen Stuhl sinken und schlug ein Wirtschaftsmagazin auf. Das Wissen um Douglas' Krankheit und Ingeborgs Schweigen hatte die Familienbande vermutlich auf eine harte Probe gestellt, anders konnte Karl es sich gar nicht vorstellen. Und warum um alles in der Welt, hätte Gärda gesagt, warum um alles in der Welt hatte denn Frau Lundgren dem Rest der Familie nicht sofort von der Erkrankung erzählt. Er begriff es einfach nicht. Aber es freute ihn, dass Karolina nun nicht mehr anderweitig gebunden war.

Er sehnte sich danach, sie nicht mehr nur als Arzt berühren zu dürfen, und musste sich beherrschen, um ihr nicht über die Wange zu streichen, doch als er neben ihr stand, merkte er, dass auch ihr Puls in die Höhe schoss, sobald seine Hand sie streifte. Er lächelte.

»Wie geht es Ihnen?«, fragte er.

»Ich kann besser atmen. Das liegt am Regen, glaube ich.«

»Nur am Regen?«, fragte er.

»Nein«, antwortete Karolina zögerlich. »Nicht nur am Regen.«

»Drehen Sie sich bitte auf die Seite.« Nachdem sie das getan hatte, setzte er das Stethoskop auf ihren Rücken und legte ihr eine Hand in den Nacken, obwohl es überhaupt nicht nötig gewesen wäre. Eine Strähne ihres Haars hatte sich aus der Hochsteckfrisur gelöst und ringelte sich ihre Schulter hinunter. Er widerstand der Versuchung, sie wieder zu befestigen.

»Holen Sie bitte tief Luft.«

Karolina füllte ihre Lungen.

»Gut. Jetzt husten, bitte.«

Karolina hustete.

Es klang besser, sogar viel besser als bei ihrem ersten Treffen, aber noch nicht richtig gut. Ihre Gesichtsfarbe wirkte frischer, und die Augen wirkten klarer. Auch wenn das ein guter Anfang war, würde Karolina wahrscheinlich für den Rest ihres Lebens ärztliche Untersuchungen und Kontrollen brauchen. Am besten hatte sie immer einen Arzt in ihrer Nähe.

Viele kamen nach Marstrand, damit ihre Söhne und Töchter eine gute Partie machten, und es hatte den ganzen Sommer über Verlobungen gehagelt. Obwohl er selbst in erster Linie wegen der Arbeit hier war, wanderten seine Gedanken nun immer öfter in die Zukunft. Er hatte zum ersten Mal das Gefühl, sie mit jemandem teilen zu wollen. Mit einem ganz besonderen Menschen. Und Karolina war etwas Besonderes.

»Soll ich noch mal husten?«, fragte Karolina.

»Nein, schon gut. Sie können Ihre Bluse wieder anziehen. Wir sind fertig.«

Sie stand auf und verschwand hinter dem Paravent. Er sah, wie sie die Arme über den Kopf streckte und in die Bluse schlüpfte, und nahm an, dass sie sie anschließend in den Rock steckte und an den schmalen Handgelenken zuknöpfte.

Edvard faltete die Zeitung zusammen und stand auf.

»Sie müssen mich kurz entschuldigen. Karolina, ich bin gleich wieder da.«

Er verließ den Raum und machte die Tür hinter sich zu. Karl hörte seinen eigenen Herzschlag. Endlich hatte er eine Gelegenheit.

»Möchten Sie heute Abend einen Spaziergang mit mir machen?«, stammelte er, als er das Behandlungszimmer wieder betreten hatte. Um zu überspielen, dass ihm die Worte durcheinandergerieten, plapperte er einfach weiter: »Durch den Sankt Eriks Park? Oder am Kai entlang, wenn Ihnen das lieber ist? Ich werde Ihren Vater natürlich um Erlaubnis bitten, wollte aber vorher Sie fragen. Ob Sie Lust haben, meine ich. Entschuldigen Sie meine Direktheit.«

Sie kam hinter dem Schirm hervor. Vollständig angezogen. Nur die Brosche fehlte, die sie normalerweise am Hals trug. Die hielt sie in der Hand und fummelte an der Anstecknadel herum.

»Doktor Wallin ...«, begann sie, und für einen Augenblick befürchtete er, sie würde ihm erklären, wie unschicklich es für einen Arzt war, mitten in einer Untersuchung ein anderes als rein medizinisches Interesse an einer Patientin zu zeigen. Womit sie natürlich vollkommen recht gehabt hätte. Was war er doch für ein Idiot. Er spürte, wie er errötete.

Doch dann sah er das Lächeln in ihren zuckenden Mundwinkeln.

»Ich mache gern einen Spaziergang mit Ihnen, aber Papa wollte im Grand Hotel zu Abend essen.«

»Davon möchte ich Ihre Familie nicht abhalten.«

Sie schüttelte kurz den Kopf. »Nur Papa und ich. Ich weiß nicht, was passieren und wie alles werden wird.« Sie senkte den Blick.

»Es tut mir leid ...«

»Sie haben sich nichts vorzuwerfen. Au!« Ein Tropfen Blut drang aus ihrem Ringfinger, wo sie sich mit der Brosche gepiekt hatte.

Karl riss ein Stück Mullbinde ab, nahm ihre Hand und betrachtete die Stelle, bevor er die Baumwolle auf die nahezu unsichtbare Wunde drückte. Er drückte Karolinas Hand fester und enger an sich, als nötig gewesen wäre. Sie schien ihn magnetisch anzuziehen. Am liebsten hätte er sie in seine Arme geschlossen.

»So«, sagte er schließlich und lockerte den Druck. »Einen Moment, ich werde die Wunde verbinden, damit kein Schmutz hineinkommt.«

Karolina musterte ihn amüsiert, während er einen Gazeverband um den Finger legte. »Wissen Sie, dass mir das fast jedes Mal passiert, wenn ich diese Brosche anlege? Könnten Sie mir vielleicht dabei behilflich sein?« Sie reichte ihm das Schmuckstück. »Sonst verletze ich mich nur wieder.«

Ganz nah standen sie voreinander, während Karl die Brosche behutsam und ohne Eile an ihrer Bluse befestigte. Es war nicht leicht, den Verschluss an der Rückseite einzuhaken, da hatte sie recht.

»Ich weiß, was Sie meinen.« Er beugte sich nach vorn, um die kleine Öse besser zu erkennen. Ihre Lippen waren jetzt so nah, dass er ihren Atem spürte. Das plötzliche Zittern seiner Hände machte es ihm nicht leichter, die Brosche zu schließen. Am Ende konnte er der Versuchung nicht mehr widerstehen, sondern drehte den Kopf ein Stück zu Seite und küsste sie. Sein ganzer Körper reagierte. Vorsichtig legte er die Arme um ihre Taille. Anstatt sich zu entziehen, blieb sie ganz still stehen. Legte ihre warmen Hände auf seine Brust und schloss die Augen. Dann machte sie die Augen wieder auf und lächelte ihn an.

28

Obwohl es nach acht war, als Margareta zum Medicinarberg zurückkehrte, bat sie die Kollegen, sich Peter Hagman sofort vorzunehmen. Nach all den Jahren kannte sie ihr Bauchgefühl und vertraute darauf. Sie schien Orte und Situationen mit dem ganzen Körper zu erfassen und in sich aufzunehmen. Oft spürte sie dann eine Vorahnung. Ihre Sinne kooperierten und vermittelten Dinge ans Unterbewusstsein. Manchmal konnte sie nicht genau benennen, was sie spürte, aber zu gegebener Zeit stellte es sich normalerweise heraus. Jerker stand in Schutzkleidung und Clogs neben ihr und schwieg.

Langsam und methodisch diktierte sie, während sie sich einen ersten Eindruck von der Leiche verschaffte. Verletzungen, blaue Flecke und eventuelle Fingerabdrücke – alles wurde dokumentiert. Anschließend stellte sie sich ans Kopfende, knipste die extrem helle Lampe über dem Tisch an, stellte sie richtig ein und löste behutsam das Seil von Peters Hals. Jerker legte es in einen Klarsichtbeutel, den er sorgfältig beschriftete, während Margareta weiterarbeitete. Sie holte sich das Licht noch näher heran und betrachtete das Genick.

»Hm«, machte sie. »Sieh mal.«

Wo das Seil gesessen hatte, war Peters Hals stark gerötet. Jerker, der sich über die Leiche gebeugt hatte, runzelte die Stirn.

»Wenn beim Erhängen das Genick brechen soll, ist ein Ruck erforderlich, ein Fall aus gewisser Höhe. Dann bricht der dritte, der vierte oder auch der fünfte Halswirbel. Aber das ist hier nicht der Fall.«

»Dafür hat die Deckenhöhe wahrscheinlich nicht ausgereicht«, sagte Jerker.

»Und wenn man nicht tief genug fällt, gibt es keinen Ruck und man erstickt stattdessen. Und das dauert. Auf jeden Fall werden dabei Urin und Stuhl ausgeschieden.«

»Das ist aber nicht passiert«, sagte Jerker. »Irgendwas stimmt hier nicht.«

Margareta nahm eine Pinzette zur Hand, zog damit Peters Augenlid hoch und betrachtete die Innenseite.

»Keine Blutung.« Sie sah Jerker an.

»Da stimmt was nicht, oder?«, wiederholte Jerker.

»Das ist kein Erhängter aus dem Lehrbuch, aber manchmal gibt es dafür eine Erklärung.« Margareta drückte den Scheinwerfer wieder nach oben.

»Du glaubst doch gar nicht daran, dass er durch Erhängen zu Tode gekommen ist«, stellte Jerker fest. »Jetzt komm schon, Margareta, sag mir, was du denkst.«

»Okay, ich glaube, dass er nicht durch Erhängen zu Tode gekommen ist, aber was ich denke, spielt eigentlich gar keine Rolle. Es zählt nur, was wir beweisen können, was die Laborergebnisse, die Blutproben und der Mageninhalt hergeben. Natürlich habe ich oft eine Vorahnung, aber sofern es nicht absolut notwendig ist, posaune ich selten Theorien heraus. Also reich mir lieber die rostfreie Schale da drüben und mach dich ein bisschen nützlich.«

»Alles klar«, sagte Jerker.

Zwei Stunden später waren Peter Hagmans Brust- und Bauchraum mit einem Y-Schnitt geöffnet worden, und Margareta hatte sich davon überzeugt, dass ihre Vorahnung richtig gewesen war. Vor dem Fenster, dessen untere Hälfte aus Milchglas bestand, damit man nicht hineinsehen konnte, war der Sommerabend noch hell. Der Himmel war blau und die Birken wiegten sich im Wind. Um fünf vor zehn rief sie Karin an.

»Hallo, Margareta.« Karin stellte ihren Teebecher neben dem kleinen Spülbecken ab.

»Manchmal bin ich von Anfang an nachdenklich«, sagte Margareta.

»Ich weiß, was du meinst«, antwortete Karin und ging näher zur Einstiegsluke, wo der Empfang besser war.

»Und ich will ja nicht, dass ihr euch in die falsche Richtung bewegt.«

»Also?«

»Es hat sich herausgestellt, dass Peter Hagman sich keineswegs erhängt hat. Als er aufgehängt wurde, war er bereits tot.«

Karin nickte langsam.

»Mit anderen Worten, er ist nachts mit der Fähre nach Hause gekommen, und dann ist etwas passiert.«

»Ja, das ist dein Job. Der Tod muss irgendwann zwischen ein und drei Uhr nachts eingetreten sein. Wir haben Proben unter seinen Fingernägeln entnommen und können darin möglicherweise DNA nachweisen, aber wir dürfen uns davon nicht zu viel versprechen, denn Abwehrverletzungen habe ich nicht gefunden. Die Laborergebnisse bekommt ihr später. Mehr habe ich im Moment nicht.«

»Ich wünschte, man könnte die Analyse irgendwie beschleunigen«, sagte Karin.

»Das geht mir genauso. Ich habe ans Labor weitergegeben, dass der Fall höchste Priorität hat.«

»Danke, Margareta.«

Sie überlegte einen Moment. Dann wählte sie Carstens Nummer.

Dienstag, 7. August 1906

Karl schloss seine Wohnungstür ab, steckte den Schlüssel ein und trat auf die Kyrkogata hinaus. Die Sonne schien, und die blau-gelben Flaggen vor dem Grand Hotel flatterten im Wind. Der Apotheker winkte ihm durch das Schaufenster zu. Karl zog den Hut und nickte. Er überlegte eine Weile, ob er an den Kai und durch die Kyrkogata zur Villagata oder einfach am Grand Hotel vorbei und dann die Långgata hinuntergehen sollte. Im Grand Hotel hatte er mit Herrn und Fräulein Lundgren gespeist, allerdings war es jetzt passender, sie Karolina zu nennen. Beim Gedanken an sie musste er lächeln. Er beschloss, an dem Hotel, in dem sie gegessen hatte, vorüberzugehen. Der Tisch mit den drei Stühlen stand noch davor. Dort hatten sie gesessen und gewartet, bis Hotelbesitzer Otte Scheel sie persönlich zu einem frei gewordenen Tisch im Restaurant brachte. Karl mochte an Edvard Lundgren, dass er sich nicht vordrängte und seine Position nicht ausnutzte. Doktor Bauman hingegen hätte nach kürzester Zeit lautstark eingefordert, was ihm seiner Ansicht nach zustand. Eine hohe Meinung von sich selbst zu haben, war etwas ganz anderes als ein gutes Ansehen. Doktor Bauman zum Beispiel konnte beim besten Willen nicht verstehen, warum Seine Majestät auch während seines Aufenthaltes in Marstrand auf seinem Leibarzt Doktor Helleday bestand. Aus Baumans Perspektive war dessen Anwesenheit vollkommen unnötig, da er selbst ja vor Ort war. Karl dagegen konnte den König gut verstehen. Er schüttelte den Gedanken an den Kurarzt ab und rief sich stattdessen den Vorabend mit Karolina ins Gedächtnis.

Otte hatte sich zu ihnen gesellt, und während sich die beiden Herren über Hölzer und Geschäftliches unterhielten, bot sich Karl die Gelegenheit zu einem Gespräch mit Karolina. Stundenlang saßen sie zusammen und redeten. Gegessen und getrunken hatten sie auch, aber Karl wusste kaum noch, was. Mehrmals hatte er nach dem Salz- und dem Pfefferstreuer gegriffen, nur um dabei kurz ihre Hand zu streifen. Es faszinierte ihn, wie sie ihre Lippen bewegte, wenn sie Worte formulierte, und er stellte fest, dass ihr Lachen aus ihr herauskullerte wie Perlen und ihn dazu verlockte einzustimmen. Und es gefiel ihm, dass sie ihm direkt in die Augen sah und dann errötend den Blick senkte. Als teilten sie ein Geheimnis. Sie hatte mehr Bücher gelesen als er, was kein Wunder war, da sein Medizinstudium viel Zeit in Anspruch genommen hatte, aber vor allem beeindruckte ihn, was sie gelesen hatte. Abenteuerromane und Schilderungen von Entdeckungsreisen. Sie war so viel mehr als nur eine zarte Gestalt, sie interessierte sich für Politik und hatte Ansichten, die sicherlich viele bei einer jungen Frau für unpassend gehalten hätten. Gärda würde sie mögen, dachte er. Seine Mutter vielleicht auch. Karolina war eine Frau, die mit beiden Beinen fest auf dem Boden stand.

An der Silberpappel bog er in die Långgata ein. Er ging gern hier zwischen den Häusern hindurch, wo man den Duft aus der Bäckerei roch und schon das Wasser in der nördlichen Hafeneinfahrt erahnte. Die Kellner des Restaurants Alphütte hatten alle Hände voll damit zu tun, die vielen Veranden vorzubereiten. Parkwachtmeister Gustavsson, der unter anderem die Aufgabe hatte, Unbefugten den Zutritt zum Societetspark zu verwehren, war bereits vor Ort. Er dirigierte die Laufburschen, die verschiedene Waren anlieferten. Säcke wurden die Treppen hinauf und in das Hotel auf der Anhöhe geschleppt. Zwei Körbe Eier, eine Kiste frischer Fisch. Mehl, Kartoffeln. Milchkannen. Die Stufen wurden gefegt, und die Fenster standen offen. Als Gustavsson Karl erblickte, lüftete er seine Schirmmütze, ohne auch nur ansatzweise zu lächeln.

Einige schon früh muntere Kinder spielten im Schatten unter den Bäumen des Societetsparks, während ihre Kindermädchen ihnen von einer Bank aus zusahen. Wind rauschte in den Baumkronen, und das Laub raschelte, ein Geräusch, das man sonst selten hörte, dachte Karl und blickte in das grüne Blätterdach hinauf. Karolina und ihr Wald. Das Waldfräulein. Doch, die Meeresluft hatte ihr gutgetan.

Geschäftsführer Fröblom blickte auf, als Karl das Warmbadehaus betrat.

»Guten Morgen.« Karl nickte ihm zu.

»Guten Morgen«, antwortete Fröblom.

Irgendetwas an seinem Tonfall machte Karl stutzig. »Stimmt etwas nicht?«, fragte er.

»Was mich betrifft, nein«, erwiderte Fröblom kryptisch und warf einen Blick über seine Schulter.

Karl war kaum in seinem Behandlungszimmer angekommen und hatte den weißen Kittel übergeworfen, als Doktor Bauman erschien.

»Guten Morgen«, sagte Karl.

»Den können Sie gleich wieder ausziehen«, sagte Bauman und deutete mit einer Kopfbewegung auf den Kittel.

»Entschuldigung?«, gab Karl zurück

»Was zum Teufel ist in Sie gefahren?«

Karl wich erstaunt zurück. »Das müssen Sie mir erklären, Bauman.«

»Doktor Bauman«, sagte der ältere Arzt wütend. »Haben Sie schon mal was von ärztlicher Schweigepflicht gehört?«

»Natürlich habe ich das«, sagte Karl.

»Wie kommt es dann, dass mich eine äußerst aufgebrachte Gräfin Lagercreutz aufsucht, weil der ein wenig prekäre Gesundheitszustand ihres Sohnes durchgesickert ist? Da können doch nur Sie dahinterstecken.«

»So ist es nicht gewesen«, sagte Karl entschieden.

»Wirklich? Wie ist es denn dann passiert?«

»Ich habe es von unserer Haushälterin erfahren.«

»Bedienstete.« Bauman rümpfte die Nase. »Und der vertrauen Sie? Ihrer Haushälterin?«

»Voll und ganz.« Karl dachte an Gärda, die so viel klüger war und viel mehr Rückgrat hatte als dieser Mann vor ihm. Sie hätte gut und gerne Krankenschwester werden können, wenn sie die Möglichkeit gehabt hätte. Vielleicht sogar Ärztin.

»Und wenn die Information von der Haushälterin stammt, ist die Schweigepflicht also Ihrer Ansicht nach außer Kraft gesetzt? Würden Sie das so ausdrücken? Denn Sie haben wohl ja nicht zufällig einen Blick in seine Krankenakte geworfen, um auf der sicheren Seite zu sein.«

Karl log nur ungern, aber in diesem Fall sah er keine andere Möglichkeit. Er dachte an das Zeugnis, das Bauman ihm am Ende der Saison ausstellen würde. Es musste gut sein, vor allem, wenn er sich eine Stelle in Stockholm suchen wollte. Insbesondere, da man die Anrechnung seiner Assistenzzeit bei Doktor Haglööf nach dessen Tod ohnehin in Frage stellte. Jetzt war er sich nicht mehr sicher, ob er überhaupt ein Zeugnis von Bauman bekommen würde. Karl formulierte den Satz mit Bedacht, vielleicht mit etwas zu viel Bedacht, bevor er den Mund aufmachte.

»Vor dem Hintergrund von Douglas' Zustand hat mich ihre Aussage nachdenklich gestimmt. Er war nicht nur erkältet, sondern hatte auch einen kleinen, aber signifikanten Ausschlag an den Händen.«

Doktor Bauman musterte ihn schweigend. Karl hielt seinem Blick stand. Sein Herz klopfte heftig unter dem Hemd. Er hatte sich etwas zu viel Zeit für die Antwort genommen, dachte er.

»Sie werden verstehen, dass ich Sie nicht behalten kann«, sagte Bauman schließlich.

»Ich habe nichts falsch gemacht«, sagte Karl, doch gleichzeitig wurde ihm bewusst, dass dies von der Betrachtungsweise abhing.

»Sie zerstören nicht nur meinen Ruf, sondern auch die Glaubwürdigkeit dieses Hauses«, sagte Doktor Bauman.

Nun konnte Karl nicht mehr an sich halten. »Sie sprechen von Glaubwürdigkeit? Müssten Sie als Arzt Douglas nicht dringend raten, in Anbetracht seiner Infektion auf sexuellen Verkehr und die Ehe zu verzichten?«

»Ich hätte gedacht, dass Sie einen Schritt weiterdenken. Die Verbreitung lässt sich auch durch die Ehe begrenzen. Wäre es nicht viel schlimmer, wenn er mehrere Frauen infiziert?«

Karolina sollte geopfert werden, das drückten seine Worte aus. Karl war sprachlos. Es war erschreckend, dass ein Mann mit so ungesunden Ansichten Arzt war.

»Was soll ich Ihrer Meinung nach in Ihr Arbeitszeugnis schreiben?«, fuhr Bauman fort.

Vielleicht hätte Karl ein paar schmeichelhafte Worte sagen sollen, denn er wusste, dass Bauman eine Schwäche dafür hatte und sie vielleicht sogar erwartete. Doch zu einem Menschen, der in Kauf nahm, dass gefährliche Krankheiten sich ausbreiteten, der sich bei den Bademeisterinnen einiges herausnahm und lieber Champagner mit der feinen Gesellschaft trank, als mit der Arzttasche zu einem Notfall zu eilen, fiel ihm nichts Freundliches ein.

»Hat es Ihnen die Sprache verschlagen, Karl?«, fragte Bauman.

»Wie Sie meine Arbeit beurteilen, müssen Sie selbst entscheiden.« Karl stand auf. »Danke für die Zeit hier.«

29

Donnerstag, 6. Juni 2013

Das Flugzeug nach Barcelona mit Jonny und Roy an Bord hob am Donnerstagmorgen um fünf Uhr ab. Eine halbe Stunde später wurde der restliche Vorstand der Carpe Mare AG von vier zivilen Beamten der Bezirkskripo abgeholt.

Die kriegen bestimmt einen Schreck, dachte Karin, während sie dastand und auf Carsten wartete, der im Besprechungsraum als Letzter Platz nahm.

In aller Herrgottsfrühe rausgeklingelt zu werden, nur schnell in seine Klamotten schlüpfen zu dürfen und mitkommen zu müssen. Sie fragte sich, wie Angela Fransson aussehen würde. Hoffentlich kam sie mit verstrubbelten Haaren und hatte Ringe unter den bei ihrer letzten Begegnung so perfekt geschminkten Augen.

Karin hatte am Morgen nur einen halben Toast geschafft. Den Rest hatte sie in einen Beutel gepackt und mitgenommen. Vielleicht werde ich krank, dachte sie. Sie hatte noch am Vorabend herumtelefoniert und die Kollegen informiert. Nach den Neuigkeiten von Margareta war ihr klar gewesen, dass sie etwas tun mussten. Sie konnten nicht einfach abwarten.

»Diese Bande braucht einen ordentlichen Schlag ins Kontor«, sagte sie und sah zustimmendes Nicken. »Wir müssen davon ausgehen, dass Holger von der Felsritzung wusste und außerdem von den Plänen für das Hotel erfahren hat. Er war kein diplomatischer Mensch und hatte auch keinerlei Scheu vor Konflikten. Vielleicht hat er irgendjemandem ins Gesicht gesagt, dass er von dem geplanten Bauprojekt und dem Altertumsfund wusste – und was ist dann passiert? Ebenfalls seit gestern ist uns bekannt, dass sich Peter Hagman im Turisthotel aufhielt, als Holger ermordet wurde. Jerker hat ein Paar Stiefel, das wir bei Peter gefunden haben, mit Fußabdrücken im Turist abgeglichen.

Leider können wir ihn nicht mehr befragen. Ich hatte den Eindruck, dass er unter großem Druck stand. Er wirkte geradezu labil auf mich, aber das kann natürlich auch an der schweren Krankheit seiner Mutter liegen, die diese Woche verstorben ist. Peter war im Vorstand der Carpe Mare AG und hatte Einblick in das gesamte Datensystem der Kommune. Was wusste er? Er wusste von dem geplanten Hotel und der Felsritzung. Wem oder was stand er also im Weg? Und – wie gesagt – uns ist bekannt, dass sich Peter zum gleichen Zeitpunkt wie Holger im Turisthotel aufgehalten hat. Wir müssen rausfinden, was da los ist.«

Folke hatte die Beine übereinandergeschlagen und einen Notizblock auf dem Schoß. Robert starrte in seine Kaffeetasse und schien noch gar nicht richtig wach zu sein. Dann lehnte er sich zurück, streckte die Hände über den Kopf und unterdrückte ein Gähnen.

»Jeder übernimmt einen«, ordnete Carsten an. »Wie teilen wir uns auf?«

Karin überlegte, ob es eine gute oder eine schlechte Idee war, Jonny Folke zu überlassen, der ihn ja von früher kannte. Doch, das konnte gut werden. Folke sollte sich also Jonny vernehmen, Robert würde Christer übernehmen, Carsten konnte sich mit Ove hinsetzen, und sie selbst würde mit Angela Fransson sprechen. Mit dem Kommunalpolitiker Lennart Holm würde sich ein Kollege von ihr unterhalten, der aber noch nicht aufgetaucht war.

Eine halbe Stunde später erfuhr sie, dass bei Jonny niemand zu Haus gewesen war, aber alle anderen waren mittlerweile eingetroffen. Daher beschloss Karin, dass Folke sich stattdessen Lennart Holm vorknöpfen sollte. Sie sagte dem zusätzlich angeforderten Kollegen ab und ging zu Angela hinauf, die in Jeans und hellblauem Sweatshirt gekommen war. Die ungeschminkten Augen verliehen dem Gesicht ein recht alltägliches Aussehen. Rings um die dicke Schicht des tiefroten Lippenstifts verblasste alles andere.

»Na dann«, sagte Karin, nachdem sie die Personalien aufgenommen und sich vergewissert hatte, dass die Aufnahme lief. »Es tut mir leid, dass wir euch so plötzlich hierherbitten mussten, aber Peter Hagman ist tot aufgefunden worden.«

Angela starrte sie an. »Was sagst du da? Das kann nicht wahr sein.«

»Leider doch. Es erscheint dir vielleicht nicht sehr feinfühlig, aber ich muss dich fragen, wo du in der Nacht von Dienstag auf Mittwoch gewesen bist.«

»Wo ich war?«, fragte sie mit feuchten Augen und vergrub das Gesicht in den Händen. Tränen liefen ihr übers Gesicht. »Mein Gott, was ist denn passiert? Ich habe doch mit ihm gesprochen, als er Dienstagabend zu seiner Mutter wollte. Es ging ihr unheimlich schlecht, und man rechnete damit, dass sie die Nacht nicht überstehen würde.«

»Was hat er da gesagt?«

Angela tupfte sich mit dem Taschentuch, das Karin ihr gereicht hatte, die Wangen ab und richtete den Blick an die Decke, während sie nachdachte. Die Tränen flossen weiter. »Er war bedrückt, aber das war kein Wunder, denn seine Mutter lag im Sterben. Und ich habe gesagt, er sollte lieber nicht alleine sein. Ich rief ...« Sie verstummte und sah Karin an.

»Wen hast du angerufen?«, fragte Karin.

»Nein, das stimmt nicht ...«, überlegte Angela. »Er hat mich angerufen.«

»Wir werden ohnehin alle Einzelverbindungsnachweise überprüfen, das ist dir doch klar. Wir ermitteln in einem Mordfall.«

Angela nickte stumm, aber ihr Blick wirkte unruhig. Sie hat Angst, dachte Karin.

»Also, wen hast du angerufen?«

Angela kniff die Lippen zusammen. »Das ist ja alles verrückt, total unwirklich«, sagte sie schließlich.

»Wen?«

»Christer und Jonny.«

»Okay«, erwiderte Karin.

»Und ich habe Peter geraten, ein Beruhigungsmittel zu nehmen. Manchmal hilft es, über eine Sache zu schlafen.«

»Ich glaube, entweder wusste Peter, wer Holger erschlagen hat, oder er war es selbst. Aber du kennst ihn besser als ich. Glaubst du, dass Peter Holger ermordet hat?«, fragte Karin.

»Peter? Nein, niemals. Das kann ich mir einfach nicht vorstellen.« Angela schüttelte heftig den Kopf und nahm sich noch ein Taschentuch aus dem Päckchen auf dem Tisch.

»Hast du eine Ahnung, wer es getan haben könnte?«

Angela zögerte. »Nein.« Sie tupfte sich die Nase ab und verschränkte die Arme.

»Wie kommt ihr eigentlich untereinander klar im Vorstand von Carpe Mare. Hat sich Peter mit irgendjemandem nicht verstanden?«

»Jonny und Peter passten wohl nicht so gut zusammen. Und Ove und Peter eigentlich auch nicht. Alle haben um Christers Aufmerksamkeit konkurriert. Er ist eine starke Führungspersönlichkeit mit klaren Visionen und dem absoluten Willen, den Traum seines Vaters zu verwirklichen. Vor allem seit dessen Tod. Peter brauchte viel Zuspruch und wollte es allen recht machen, aber wenn ich oder einer der anderen ihn lobten, hat ihm das längst nicht so viel bedeutet wie ein Lob von Christer. Dessen Worte hatten am meisten Gewicht. Dann strahlte Peter. Aber sie kannten sich ja auch schon so lange, wahrscheinlich lag es daran.«

Karin schwieg und hoffte, dass Angela noch mehr sagen würde.

»Ich hatte das Gefühl, dass Peter immer hinter Christer stand, obwohl der die Tendenz hat, auf Leuten herumzutrampeln. Mein Gott, der arme Peter.«

Angela wirkte geschockt. Gut, dachte Karin.

»Was ist denn passiert?«, fragte Angela. »Ist er auf dem Heimweg von der Fahrbahn abgekommen? Ich habe ihm gesagt, dass er lieber in Göteborg bleiben soll, anstatt sich ins Auto zu setzen, aber er wollte unbedingt nach Hause. Er war müde und aufgewühlt, das habe ich gemerkt.«

»Wir haben ihn erhängt aufgefunden«, sagte Karin.

Für Angela schien die Welt stillzustehen. Sie hielt sich mit beiden Händen an der Tischkante fest. »Was? Er hat sich aufgehängt? Warum denn das?« Ihre Augen liefen über vor Tränen. »Ist es meine Schuld, dass er tot ist?« Sie schüttelte den Kopf.

»Es tut mir leid, aber ich kann aus ermittlungstechnischen Gründen nicht auf die Details eingehen. Erzähl mir bitte von deiner Rolle in der Carpe Mare AG.«

Angela trocknete sich das Gesicht ab und putzte sich die Nase. »Ich sitze im Vorstand«, sagte sie leise.

»Und welches Ziel hat die Firma?«

»Wir wollen ein Hotel bauen.«

»Ja, davon haben wir gehört. Wie geht es denn mit dem Projekt voran?«

»Da musst du Ove fragen.«

»Ich frage aber dich.«

»Um die Geschäfte kümmert sich Ove«, hauchte sie.

»Atme mal tief durch.«

Angela nickte und Karin fuhr fort. »Ove die Geschäfte zu überlassen, ist in Anbetracht seiner finanziellen Situation vielleicht keine so gute Idee. Weißt du, dass er der Justizbehörde wegen seiner Schulden einschlägig bekannt ist? Christer hat ihm seine Raststätten abgekauft, zumindest die Gebäude. Ich habe keine Ahnung, wer die Restaurants betreibt, aber du vielleicht?«

Nein, sie wusste es auch nicht, dachte Karin und wunderte sich, dass die Kommune Kungälv die Käufer nicht genauer unter die Lupe genommen hatte. Seine Villa an der Riviera hatte Ove gerettet, indem er sie beizeiten seiner Tochter überschrieben hatte. Er hatte sicher noch mehr auf die Seite geschafft, aber damit würden sie sich später befassen müssen. Die Steuerbehörde würde ihnen bestimmt behilflich sein. Und Christer. Angesichts seiner Investitionen in verschiedene Firmen war ihm nicht zuzutrauen, dass er sein Geld aus purer Nächstenliebe verlieh. Er wirkte eher berechnend und schien seine guten Taten an Fallstricke zu binden, auch bei seinen Freunden.

»Es stimmt, dass Christer auch einer der Käufer ist«, sagte Angela. Ihre Stimme klang wieder kräftiger und sogar etwas verärgert. Sie verstummte und starrte vor sich hin.

»Und jetzt wollt ihr ein Hotel bauen. Wie kommt das?«

»Schon Christers Vater hatte den Plan, oben in die Klippen ein Hotel zu bauen, und das ist keine schlechte Idee. Er wollte das Societetshus kaufen, um dort Feierlichkeiten auszurichten, und im Warmbadehaus ein Spa aufmachen. Und dann sollten die beiden Gebäude mit einem erstklassigen Hotel verbunden werden.«

»Und wie lief das Projekt?«, fragte Karin.

»Er hat es geschafft, das Societetshus zu kaufen, aber das Warmbadehaus stand damals noch nicht zum Verkauf. Und seine Hotelbaupläne wurden nicht genehmigt, daran ist er wahrscheinlich zerbrochen, vermutete Christer. Sein Vater ist im Herbst verstorben und hat Christer das Societetshus vererbt, also die ganze Firma, der das Societetshus gehört. Deshalb wollte er nicht als Käufer eingetragen werden. Damit die Diskussion über das alte Projekt seines Vaters nicht wieder hochkocht.«

Das Societetshus gehört also Christer, dachte Karin. Wir hätten von selbst auf die Idee kommen müssen, zu überprüfen, wem die Gebäude in der Umgebung gehören.

»Und welche Rolle spielst du dabei?« Karin sah, dass Angela in Gedanken immer noch bei Peter war. Sie kämpfte nach wie vor mit den Tränen, und ihre Stimme überschlug sich immer wieder. Sie musste sich mehrfach räuspern, um überhaupt weitersprechen zu können.

»Ich bin für das Warmbadehaus verantwortlich. Das ganze Gebäude soll im alten Stil renoviert werden und als medizinisches Spa dienen. Neben chemischem Peeling und einfachen Behandlungen wollen wir noch einige Schritte weiter gehen. Das bedeutet große Investitionen, unter anderem in ein MRT-Gerät für fünfzehn Millionen. Wir werden zwanzig feste Arbeitsplätze schaffen und das ganze Jahr über geöffnet haben, sobald das Gebäude umgebaut ist.«

Wenn man Björn Axelsson vom Restaurant Drott Glauben schenken durfte, hatte wahrscheinlich das letztgenannte Argument die Kommune überzeugt. Angela fuhr fort: »Und wenn erst das Hotel fertig ist, kann man dort während der Spa-Behandlungen wohnen. Falls unsere Finanzen es zulassen, werden wir auch das Kaltbadehaus wieder aufbauen, das 1969 einem Sturm zum Opfer gefallen ist. Aber das wird noch dauern.«

Während sie sich warmredete, bekamen auch ihre Wangen Farbe. Angela gab eine glaubwürdige und gute Repräsentantin her. Karin konnte verstehen, dass die Beamten bei der Kommune ihr zu Füßen gelegen hatten.

»Wie kommt es, dass Lennart Holm an dem Projekt beteiligt ist?«

»Da er sich mit Politik auskennt, pflegt er den Kontakt zur Kommune.«

Nach einer erfolgreichen Karriere als Kaffeeverkäufer. Wer's glaubt, wird selig. »Und wer finanziert das Ganze?«, fragte Karin.

»Christer. Und Jonny zum Teil. Und ich glaube, Ove hat sich auch beteiligt.«

»Und du?«

»Ich habe zwar einen Vorstandsposten, bin aber angestellt. Christer hat vorgeschlagen, dass ich mein Institut hier in Göteborg verkaufe und das Geld ins Projekt stecke, aber nach allem, was du mir erzählt hast, bin ich mir nicht mehr so sicher, ob ich das wirklich tun sollte.«

Diesen Gesichtsausdruck kannte Karin. Da fühlte sich jemand betrogen. »Womit haben sie denn das Geld verdient?«, fragte sie.

»Jeder auf seine Weise, glaube ich. Und dann haben sie zusammengelegt. Jonny wollte Geld investieren, und Christer ist in einer Familie aufgewachsen, die gut mit Geld umgehen konnte Sie kaufen heruntergekommene Häuser auf attraktiven Grundstücken und renovieren sie. Einige verkaufen sie, und andere behalten sie.« Sie verstummte. »Glaube ich jedenfalls.«

»Und welche Rolle spielte Peter?«, fragte Karin.

»Er soll der Chef des Hotels werden. Sollte«, fügte sie hinzu und schnäuzte sich.

In einem Zimmer auf der anderen Seite des Ganges sprach Carsten mit Ove.

»In meine Raststätten kommen viele dänische Lastwagenfahrer«, sagte Ove lächelnd. Als wäre das Ganze ein Höflichkeitsbesuch oder eine Art Stippvisite zu Studienzwecken bei der Polizei.

»Wir haben Peter Hagman ermordet aufgefunden.« Carstens Stimme klang nüchtern.

»Nein«, sagte Ove. »Das kann nicht sein. Nicht Peter.«

»Doch«, erwiderte Carsten trocken. »Er ist am Mittwoch aufgefunden worden. Wo hast du dich also in der Nacht von Dienstag auf Mittwoch aufgehalten?«

»Ich weiß nicht«, antwortete Ove mit piepsiger Stimme. Seine Füße bewegten sich unruhig unter dem Tisch.

»Denk mal nach. Wo warst du am Dienstag?«

»Am Montag war ich in Stockholm ... und dann bin ich mit dem Flieger am ... Mittwoch wieder nach Hause, genau, ich war noch in Stockholm!« Selig lächelte er Carsten an. Wie ein Kind, das doch noch ein Gummibärchen in der scheinbar leeren Tüte entdeckt hat.

Lennart Holm brüllte und tobte und fragte immer wieder, ob ihnen eigentlich klar sei, dass sie den Ratsvorsitzenden der Kommune Kungälv und außerdem den Distriktsgovernor von Rotary vor sich hätten. Die beiden Polizeibeamten, die ihn in Empfang genommen hatten, verwiesen ihn an die Kollegen, die gleich die Befragung übernehmen würden. Das brachte Lennart noch mehr in Rage. Er war rot im Gesicht und blickte sich wütend um, als er zu einem Stuhl im Vernehmungszimmer geführt wurde. Dort saß bereits Folke.

»Ich verlange, dass man mir sofort sagt, warum ich hier bin!«, schrie er und weigerte sich, Platz zu nehmen.

»Natürlich«, antwortete Folke, faltete die Hände und beugte sich über den kleinen Tisch.

»Ich zeige euch alle an! Das sind ja die reinsten Gestapomethoden hier!«

Lennarts Hemd war falsch geknöpft, und als er sich schließlich setzte, wehte Folke eine Schweißwolke entgegen.

»Du bist hier, weil ich ein paar Fragen zu Peter Hagman habe. Ihr arbeitet doch zusammen.«

»Ja, wir haben öfter miteinander zu tun.«

»Könntest du das etwas genauer beschreiben?«, bat Folke.

»Peter arbeitet in der IT-Abteilung der Kommune, und ich war für die Einführung des neuen IT-Systems zuständig.«

»Euer anderes gemeinsames Projekt interessiert uns mehr.«

»Ich weiß nicht, was du meinst«, sagte Lennart.

»Die Firma Carpe Mare. Ihr sitzt doch beide im Vorstand.«

»Ach so«, sagte Lennart langsam, als wollte er Zeit gewinnen. »Ah ja.«

»Du bist doch ein Politiker, der sich dermaßen für den Naturschutz engagiert, dass du den gesamten Wohnungsbau gestoppt hast, obwohl die Einwohner von Marstrand geradezu auf Knien um Wohnraum für Familien mit Kindern betteln.«

»Die Natur ist wichtig.« Sein Blick tastete die Wand hinter Folke ab.

»Schon, aber deinen kompletten Kurswechsel vom Umweltschutz zu einem Hotel, das in die Felsen von Marstrandsö gesprengt werden soll, verstehe ich nicht.«

Lennart erwiderte nichts darauf, sondern sah Folke nur böse an.

»Wie kommt es, dass du dich so für den Verkauf des Warmbadehauses engagiert hast? Es stand doch im Prinzip fest, dass eine Gruppe von Leuten aus Marstrand den Betrieb übernehmen sollte. Wenn ich das richtig sehe, ging es nur noch um einzelne Formulierungen im Vertrag, als du das Ganze noch einmal komplett in Frage gestellt hast. Warum?«

»Mein Gott! Wir können das Haus doch nicht einer Truppe von Amateuren überlassen.« Er breitete die Arme aus.

»Und da hast du dich in die Verkaufsverhandlungen eingemischt.«

»Einer musste es ja tun.«

»Aber du verfolgst doch eigene Interessen, im Prinzip hast du das Warmbadehaus an dich selbst verkauft.«

»Das stimmt nun wirklich nicht. Das Warmbadehaus wurde von MedicSpa gekauft, also Angela Fransson und Ove Karlsson. Ich lege ungeheuren Wert auf Professionalität.«

»Darf ich fragen, ob du derjenige warst, der Christer vorgeschlagen hat, Ove mit ins Boot zu holen?«

»Christer?«

»Weißt du was? Wenn du hier den Ahnungslosen spielst, zögerst du das Ganze nur hinaus, aber letztendlich werden wir zum selben Ergebnis kommen. Ich weiß, dass Ove und Angela ihr Angebot zurückziehen wollten, aber diese Information hast du dem Kommunalrat vorenthalten. Das ist vermutlich der erste Punkt, für den du dich vor Gericht wirst verantworten müssen. Der Verkauf des Hauses wurde beschlossen, obwohl die Käufer nicht mehr daran interessiert waren, und du wusstest das. Und die Käufer hatten plötzlich eine erstklassige Verhandlungsposition. Man könnte sagen, dass du ihnen einen ordentlichen Rabatt verschafft hast, denn wie hätte es denn ausgesehen, wenn die von dir ausersehenen Käufer einen Rückzieher gemacht hätten?«

»Schwachsinn!«

»So was sagt nur jemand, der sich nicht besser ausdrücken kann. Ich habe die Politiker satt, die sich an Allgemeingut bereichern. Und trotz fadenscheinigster Entschuldigungen nie bestraft werden. Was veranlasst dich eigentlich zu der Annahme, du würdest über dem Gesetz stehen?«

»Du bist doch nicht ganz bei Trost!«, schrie Lennart, dessen Gesicht ein ungesundes Rot angenommen hatte. Folke machte eine beschwichtigende Geste, als der Wachmann an der Tür eingreifen wollte.

»Das ist durchaus denkbar«, sagte Folke. »Holger Eriksson wird ermordet im Turisthotel aufgefunden, und Peter Hagman wollte kurz vor seinem Tod etwas preisgeben.« Er machte eine Pause und versuchte zu erkennen, ob Lennart von Peters Tod gewusst hatte.

»Peter?«, fragte er mit gerunzelter Stirn.

»Du weißt, dass Peter tot ist?«

»Nein, woher soll ich das wissen? Was ist denn passiert?«, fragte Lennart.

»Das wollen wir herausfinden. Wer ihn getötet hat.«

»Getötet? Er wurde ermordet?«

»Und es deutet fast alles darauf hin, dass es einer von Carpe Mare war.«

Lennart schwieg eine Weile. »Ich verlange einen Anwalt«, sagte er schließlich.

»Weißt du, warum jemand Peter töten wollte?«

»Nein.«

»Ich empfehle dir, deine Antwort noch einmal zu überdenken. Fällt dir irgendein Grund ein, warum es jemand auf ihn abgesehen haben könnte? Egal was.«

»Ich habe nein gesagt, und jetzt will ich einen Anwalt.«

»Wieso unterliegen einige Dokumente, die den Verkauf des Warmbadehauses betreffen, der Geheimhaltungspflicht? Einige Akten sind gar nicht in der Aktenstelle archiviert. Und warum um alles in der Welt verkauft die Kommune ein altehrwürdiges Gebäude für einen Spottpreis, wenn ihr euch doch ständig beklagt, die Infrastruktur auf der Insel am Ende der Welt würde ein Vermögen kosten.«

»Jetzt sorg endlich dafür, dass ich einen Anwalt bekomme, verdammt noch mal!«

»Da es noch recht früh am Morgen ist, könnte ich mir vorstellen, dass es den ganzen Tag in Anspruch nehmen könnte, einen zu finden. Sofern du keinen kennst, den du anrufen kannst. Aber das tust du ja vielleicht. Was ist denn zum Beispiel mit dem, der den Verkauf des Warmbadehauses abgewickelt hat?«

Dass Peter tot aufgefunden worden war, schien Christer nicht so sehr zu erstaunen, wie Robert erwartet hatte.

»Angela hat mich angerufen und mir erzählt, dass es Peter nicht gutging«, sagte er.

»Und was hast du daraufhin gemacht?«, fragte Robert.

»Ich habe ihn angerufen und mit ihm geredet.«

»Du bist nicht hingefahren?«

»Das hätte ich wohl tun sollen.« Er seufzte. »Das hätte ich wohl tun sollen«, wiederholte er.

Christer erzählte von ihrer Kindheit, bis Robert das Gespräch in eine andere Richtung lenkte und ihn stattdessen fragte, ob er wisse, wo Jonny sei.

»Jonny ist verreist«, antwortete Christer.

»Weißt du, wann er wiederkommt?«

»Du meinst wohl, ob er wiederkommt«, sagte Christer lächelnd. »Das war nur ein Witz. Er ist mit seinem Vater in Barcelona. Kommt am Sonntag zurück. Ich nehme an, dass ihr sie gleich am Flughafen in Empfang nehmt?«

Robert ging nicht darauf ein. »Woher kennst du Jonny?«, fragte er stattdessen.

»Ich habe ihn für Abrissarbeiten angeheuert. Es stellte sich heraus, dass er auch noch eine Menge anderer Dinge kann. So Sachen, die sonst liegenbleiben. Jonny sieht einfach, was getan werden muss, und kann auch dafür sorgen, dass der Kram erledigt wird. Er hat als Mädchen für alles in einem meiner Mietshäuser angefangen. Eine Art Handlanger für die Handwerker. Er ist geschickt und schnappt viel auf und konnte nach kürzester Zeit selbst Bäder und Küchen renovieren, und da ich sah, dass er das Potential hatte, noch einen Schritt weiterzugehen, habe ich ihn gefragt, ob er nicht im Büro anfangen wollte.«

»Einfach so?«

»Jeder verdient eine Chance.«

Christers Körpersprache passte nicht zu dem, was er sagte. Er wirkte eher wie ein Politiker im Wahlkampf, der mit seinen typischen Slogans um sich wirft, während er von Stylisten mit neuen Brillen und noblen Krawatten ausgestattet wird.

»Klingt nach einer märchenhaften Gutenachtgeschichte, aber ich vermute, dass mehr dahintersteckt.«

»Sein Netzwerk ist nicht von dieser Welt«, sagte Christer. »Und er hat eine respekteinflößende Ausstrahlung, die man sich nur erwirbt, indem man sich hocharbeitet.«

»Ich habe mir mal die Firmenstruktur von Carpe Mare angesehen. Jonnys und dein Anteil sind ja gleich groß.«

»Ja, er hat einiges investiert.«

»Woher kam das Geld?«

»Jonny hatte von einem Onkel ein Sommerhäuschen geerbt. Die Hütte war eine Bruchbude, aber das Grundstück war viel wert, und Jonny hat ein ziemlich gutes Geschäft gemacht, als er es verkaufte.« Christer holte tief Luft und fuhr fort: »Ich weiß, dass er in seiner Jugend Fehler gemacht hat, aber jetzt reißt er sich seit langem zusammen. Zumindest bis kürzlich sein Vater nach Jahren wieder auftauchte. Ich bin mir nicht ganz sicher, was das ausgelöst hat.« Er ließ den Satz im Raum stehen.

Nein. Das war genau der Punkt. Ein Vater, der sich plötzlich meldet, um den Kontakt wiederaufzunehmen, müsste ja etwas Positives sein, aber in diesem Fall wurde Robert nachdenklich. Dieses Erbe musste überprüft werden. Er drückte auf die Pausentaste und ging aus dem Zimmer. Dann holte er Karin aus dem Raum nebenan und machte die Tür hinter ihr zu, nachdem er die verheulte Angela gesehen hatte.

»Wie läuft es bei dir?«, fragte Karin.

»Jonny ist mit seinem Vater in Barcelona. Wir müssen sie am Flughafen abholen, wenn sie am Sonntag zurückkommen.«

»Barcelona. Und Sonntag – bis Montagmorgen können wir alle hier festhalten, damit Christer Jonny nicht anrufen kann.«

»Klingt gut. Was sagt denn Angela?«

»Sie scheint aufrichtig bestürzt über Peters Tod zu sein. Als sie am Vorabend mit ihm gesprochen hat, riet sie ihm, ein Schlafmittel zu nehmen. Sie hat auch erwähnt, dass Peter sich nicht mit allen von Carpe Mare gut verstanden hat, vor allem nicht mit Ove und Jonny. Aber er genoss es, von Christer gelobt zu werden. Und sie hatte keine Ahnung von Oves Konkursen. Sofern sie die Wahrheit sagt.«

»Okay. Dann hat sie jetzt Stoff zum Nachdenken.«

»Milde ausgedrückt. Und Christer? Was hast du bei ihm für ein Gefühl?«

»Ich weiß nicht. Er macht einen gefassten Eindruck. Oder er hat ein Pokerface. Seine Sprüche à la ›Jeder verdient eine Chance‹ erscheinen mir aufgesetzt. Er ist ein Geschäftsmann, der genau spürt, wann er nett sein muss.«

»Und wo war er Mittwochabend?«

»Zu Hause, sagt er. Alleine natürlich. Und die Sendung, die im Fernsehen kam, hat er wirklich gesehen. Aber die könnte er sich natürlich auch nachträglich in der Mediathek angeschaut haben.«

»Mach noch ein bisschen weiter.«

»Alles klar.«

Karin wollte gerade wieder zu Angela ins Zimmer gehen, als ihr Telefon klingelte.

»Die Laborergebnisse sind da«, sagte Jerker. »Die DNA des Haars, das neben Holgers Leiche gefunden wurde, stimmt mit Peters überein. Und die Stiefel haben wir ja bereits. Passt alles.«

»Er war also auf jeden Fall im Turisthotel«, murmelte Karin. »Aber irgendwas stört mich an der ganzen Sache, Jerker. Wenn ich in diesen Stiefeln jemanden erschlagen hätte, würde ich als Erstes versuchen, sie loszuwerden. Und natürlich meine Klamotten – und alles, was mit mir in Verbindung gebracht werden kann. Vor allem würde ich nichts davon zu Hause aufbewahren.« Sie versuchte, sich ins Gedächtnis zu rufen, ob die Stiefel schon dagestanden hatten, als sie mit Peter gesprochen hatte. Sie sah noch die Tüten mit den Pfandflaschen und dem Altpapier vor sich, die er ja sogar kommentiert hatte, aber an ein Paar Stiefel konnte sie sich nicht erinnern. Doch die könnten ja auch woanders gestanden haben.

»Aber du bist auch Polizistin, Karin, und musst bedenken, dass wir auch keine Kleidung gefunden haben. Vielleicht hatte der Typ keine richtige Kontrolle über die Sache«, sagte Jerker. »Die Leute denken oft nicht nach und handeln unüberlegt. Oder was hat er auf dich für einen Eindruck gemacht?«

»Kann schon sein«, antwortete sie und dachte an Peters gestresstes Verhalten.

»Wenn du genug gegen sie in der Hand hast, nehmen wir von allen eine Speichelprobe. Dann können wir ihre DNA mit der abgleichen, die wir hier haben.«

»Jonny Bengtsson ist leider nicht da, er ist verreist.«

»Wie passend. Ist er abgehauen?«, fragte Jerker.

»Das wird sich noch herausstellen. Okay, ich mache hier weiter. Danke für deine Hilfe.« Sie wollte gerade auflegen, als Jerker in den Hörer johlte.

»Warte mal, Margareta kommt gerade, einen Augenblick ...«

Karin hörte die beiden im Hintergrund ein paar Worte wechseln. Margaretas langsame und konzentrierte Art zu reden und ihr Rättviker Dialekt, der hin und wieder durchschien, hatten etwas Vertrauenerweckendes an sich.

»Ja, hallo, Karin.« Margareta hustete. »Entschuldige.«

»Hallo, Margareta.«

»Das Blut, das ich Peter Hagman gestern abgenommen habe«, begann sie.

»Ja?« Karin hielt den Atem an.

»Es enthält genügend Beruhigungsmittel, um jemanden in Bewusstlosigkeit zu versetzen.«

»Auch genug, um ihn zu töten?«

»Darauf wollte ich gerade zu sprechen kommen. Ja, es führt zu Atemdepression, und wenn die Atmung zu flach wird, werden Körper und Herz nicht mehr ausreichend mit Sauerstoff versorgt, und dann hört das Herz auf zu schlagen. Es war also nicht mehr nötig, ihn zu hängen. Wenn er einfach gestorben wäre, hätte sein Tod weniger Rätsel aufgegeben.«

Als sie hereinkamen, saß Karl mit einer Tasse Kaffee im Foyer des Turisthotels. Mit einem Lächeln im Gesicht stand er auf, aber seine Mundwinkel schienen etwas ganz anderes erzählen zu wollen.

»Vielen Dank für gestern Abend, Doktor Wallin.« Vater gab ihm die Hand.

»Danke gleichfalls, es war sehr schön«, sagte Karl.

Er küsste Karolinas ausgestreckte Hand und hielt sie etwas länger fest, als schicklich gewesen wäre. Sie errötete.

Dann fiel Vater der Koffer auf. »Ist etwas passiert?«

»Ja. Die ganze Geschichte mit Douglas ...« Er zuckte mit den Schultern und seufzte.

»Man hat Ihnen gekündigt.« Vater machte ein bekümmertes Gesicht.

»Doktor Bauman ist der Ansicht, ich habe gegen die ärztliche Schweigepflicht verstoßen«, sagte Karl.

»Es ist meine Schuld«, sagte Karolina.

»Überhaupt nicht«, antwortete Karl und legte ihr behutsam eine Hand auf den Arm. »Überhaupt nicht.« Als Vaters Blick auf seine Hand fiel, zog er sie beschämt zurück.

»Sie reisen also ab?«, fragte Karolina und sah anschließend Vater an.

»Hier kann ich nicht bleiben«, sagte Karl. »Doktor Bauman hat kein Vertrauen mehr zu mir. Um ehrlich zu sein, beruht das auf Gegenseitigkeit.«

»Wohin wollen Sie denn?«, fragte Vater.

»Nach Lysekil. Ich will versuchen, mit Professor Curman zu sprechen, Schwedens hervorragendstem Kurarzt. Sie haben vielleicht von ihm gehört?«

»Natürlich habe ich das«, antwortete Vater. »Kennen Sie sich?«

»Nein, leider nicht, aber da ich schon einmal an der Westküste bin, wollte ich die Gelegenheit nutzen, bei ihm vorzusprechen. Hoffentlich empfängt er mich.«

Karl sah, dass Karolina mit den Tränen kämpfte. Er wollte sie berühren, sie ganz fest an sich drücken und trösten.

»Geht ihr Schiff schon heute?«, fragte Karolina.

Er schluckte einen Kloß im Hals hinunter, nickte und lächelte tapfer. »In zwei Stunden.«

»Dann leisten wir Ihnen bis dahin Gesellschaft«, sagte Vater. »Und wir können selbstverständlich dafür sorgen, dass sie von Carl empfangen werden. Er ist mit Eleonora, meiner Frau, Gott hab sie selig, verwandt. Mittlerweile müsste er über siebzig sein, aber das sieht man ihm nicht an. Eigentlich wollten wir diesen Sommer nach Lysekil, aber meine Frau, meine jetzige Frau«, verdeutlichte er mit einem sorgenvollen Unterton, »bestand auf Marstrand. Dass Curman mit Eleonora verwandt ist, hat sie sicher in diesem Entschluss bestärkt.« Letzteres murmelte er kaum hörbar vor sich hin. Karl sah ihn an.

»Wie auch immer.« Vaters Stimme klang wieder fester. »Ich würde Ihnen mit Freuden ein Empfehlungsschreiben mitgeben, Doktor Wallin. Einen besseren Arzt müsste Curman lange suchen, dafür lege ich meine Hand ins Feuer. Geben Sie mir einen Moment Zeit, dann schreibe ich Ihnen ein paar Zeilen.« Er stand auf.

Als Direktor Lundgren gegangen war, schwiegen Karolina und Karl. Karl sah, dass Karolina mit den Tränen kämpfte. Neugierige Hotelgäste und Besucher auf dem Weg zum Restaurant betrachteten sie von der Seite.

»Darf ich Sie wiedersehen?«, fragte er.

»Möchten Sie das denn?« Karolina tupfte sich die Augen mit einem Taschentuch ab.

»Sehr gern. Ich hatte ja nie die Möglichkeit, mit Ihnen zu sprechen, da mir Douglas im Weg stand.«

Sie schüttelte den Kopf. »Nach allem, was gewesen ist, weiß ich kaum noch, was ich glauben soll.«

Karl merkte selbst, dass seine Wangen glühten, aber da sein Schiff in knapp zwei Stunden abfuhr, hatte er keine Zeit zu verlieren. Er musste sich offenbaren.

»Liebe Karolina.« Er räusperte sich. »Mein Herz schlägt für Sie. Und ich hoffe, Sie fühlen das Gleiche wie ich.«

»Ja«, wisperte Karolina und lächelte verlegen.

Das leise Rauschen in ihm steigerte sich zu einem Dröhnen. Sie fühlt wie ich, dachte er und wäre am liebsten aufgesprungen und hätte laut gejubelt vor Glück! Das Herz pumpte das Blut durch seine Adern, als ginge es um Leben und Tod, und er suchte vergeblich nach den richtigen Worten. Das Rauschen in seinen Ohren übertönte alles andere, auch seine Gedanken.

»Es kann dauern, bis wir uns wiedersehen. Bis ich es geschafft habe, eine Stelle zu finden.«

»Ich warte. Sie brauchen nicht zu befürchten, dass ich davonlaufe.« Sie lachte.

Karl nahm ihre Hand und drückte sie. »Ich schreibe Ihnen.«

30

Sonntag, 9. Juni 2013

Als das Flugzeug aus Barcelona am Sonntag eine Stunde später als geplant landete, befanden sich Karin und Robert am Flughafen Landvetter. Sie drückte die Daumen, dass sich Jonny wirklich an Bord befinden würde. Er stand zwar auf der Liste der eingecheckten Passagiere, aber gespannt war sie trotzdem. Obwohl sie das ganze Wochenende gearbeitet hatten, waren sie zu keinem Abschluss gekommen und hatten außer den Stiefeln in Peters Haus nichts in der Hand. Und morgen würde die Frist ablaufen, und die vier Vorstandsmitglieder von Carpe Mare, die seit Donnerstagmorgen in Untersuchungshaft gesessen hatten, mussten wieder auf freien Fuß gesetzt werden. Falls Karin und Robert nicht von Jonny mit Informationen versorgt wurden, die daran etwas änderten. Doch als er lachend und auf seinen Reisekameraden einredend auf sie zukam, erregte nicht Jonny Karins Aufmerksamkeit, sondern der Mann neben ihm. Er hinkte. Robert stieß sie in die Seite.

»Ich hab's gesehen«, sagte Karin und knipste ein Bild mit ihrem Handy, das sie schnell an Lycke schickte, und während Jonny und seine Reisebegleitung ihr Gepäck vom Band holten, bekam sie die Antwort.

»Lycke hat ihn erkannt«, sagte Karin zu Robert. »Wir nehmen sie beide mit. Jeder von uns nimmt einen von ihnen in seinem Auto mit.«

Zurück im Rechtszentrum überlegte Karin eine Weile, bevor sie Robert die Vernehmung von Roy überließ und Folke zu Jonny ins Zimmer schickte.

»Hallo, Jonny, ich hatte eigentlich gehofft, dich nie wieder in einem Streifenwagen zu sehen«, sagte Folke nach kurzen Begrüßungsfloskeln.

»Ich gebe mein Bestes. Es war nicht leicht, das weiß niemand besser als du, aber ich gebe mir wirklich Mühe.«

»Das Problem ist, dass wir in Marstrand zwei Todesfälle haben und es Verbindungen zwischen ihnen und einer Firma gibt, an der du Anteile besitzt. Carpe Mare.«

»Wer ist tot?«

»Holger Eriksson. Kennst du ihn?«

»Klar. Das war der Alte, der an allem rumgemeckert hat. Ich habe gehört, dass er tot ist.«

»Kanntest du ihn persönlich?«

Jonny schwieg eine Weile.

»Jonny?«, hakte Folke nach. »Ich will dir wirklich helfen, aber du musst mir sagen, was du weißt. Bist du Holger mal persönlich begegnet?«

»Und wer ist noch tot?«, fragte Jonny, anstatt die Frage zu beantworten.

»Peter Hagman«, sagte Folke.

»Was? Peter? Wie kommt das denn?« Er rutschte auf seinem Stuhl hin und her und hatte plötzlich eine Falte auf der Stirn.

»Er wurde in seinem Haus tot aufgefunden.«

»Wann?«

»Am Mittwoch.«

»Was ist passiert?«

»Das wollte ich eigentlich dich fragen.«

»Nein, nein, nein. Ich habe viele Dummheiten gemacht, aber so etwas mache ich nicht. Niemals.«

»Das Problem ist, wie gesagt, dass alles auf den Vorstand von Carpe Mare hindeutet. Ihr mit eurem Plan, ein Hotel zu bauen, seid die Einzigen, die von seinem Tod profitieren. Wusste Holger Eriksson von den Plänen?«

»Habt ihr schon mit den anderen aus dem Vorstand gesprochen?«, fragte Jonny.

»Ja, mit allen.«

»Holger hatte sich einen Prospekt von uns geschnappt, und wir sind zu ihm gegangen, um ihn uns wiederzuholen.«

»Wer war noch dabei?«

»Christer.«

»Wo war das?«

»Bei Holger zu Hause.«

»Hat er ihn euch gegeben?«

»Nein. Wir haben versucht, mit ihm zu reden, aber er hat uns zum Teufel geschickt.«

»Wann ist das passiert?«

»Am Samstag. Carpe Mares Startphase hatte begonnen. Wir waren von Montag, den 25. bis zum 27. in Marstrand.«

»Am selben Wochenende, als Holger ermordet wurde. Er wurde am Montag erschlagen im Turisthotel aufgefunden. Hast du dazu etwas zu sagen? Wir wissen, dass du dich zu diesem Zeitpunkt auch auf Marstrand aufgehalten hast.«

»An dem Wochenende war ja noch eine Menge anderer Leute da, und Peter war derjenige, der mit Holger reden wollte. Peter ist ja da draußen aufgewachsen. Er hat ihn angerufen, um ihn ins Turist zu locken. Das ist alles, was ich weiß.«

»Warum wollten sie sich im Turisthotel treffen?«, fragte Folke.

»Damit Holger sah, wie verfallen der Kasten war. Wir wollten das Warmbadehaus nicht dem gleichen Schicksal überlassen.«

»Und dann wurde Holger erschlagen aufgefunden. Hat dich das nicht stutzig gemacht? Ich meine, wer war denn deiner Ansicht nach der Täter?«

»Ich habe wirklich keine Ahnung. Wieso behauptest du, dass alles auf den Vorstand von Carpe Mare hindeutet? Holger war eine schreckliche Nervensäge, da muss es massenhaft Leute gegeben haben, die ihn loswerden wollten.«

Folke dachte an die Stiefel, die bei Peter entdeckt worden waren, und die Fußabdrücke, die mit denen im Turisthotel übereinstimmten. »Wie bist du an den Vorstandsposten bei Carpe Mare gekommen?«, fragte er.

»Durch ehrliche und harte Arbeit.«

»Und das Geld? Deine Investition in die Firma. Ich habe mir mal deine Einnahmen angesehen und muss zugeben, dass ich mich gewundert habe.«

Jonny sah ihn eine Weile an, bevor er antwortete. »Ich habe ein Grundstück verkauft, das ich geerbt hatte.«

»Nein, Jonny, das hast du nicht. Christer hat uns das Gleiche erzählt, und daher haben wir das überprüft.«

»Okay, okay. Ich bin nicht auf ehrenwerte Weise an die Kohle gekommen, aber die Sache ist längst verjährt. Und seitdem habe ich das Geld nur verwaltet, habe hart gearbeitet und mich am Riemen gerissen. Ich dachte, das wäre meine Chance, der ganzen Scheiße zu entkommen.«

»Wie bist du an das Geld gekommen?«

Jonny räusperte sich. »Zweifelhaftes Glücksspiel und dabei verdammtes Glück. Aber erschlagen habe ich noch nie jemanden.«

»Du musst über Nacht bleiben, damit wir deine Aussagen überprüfen können. Ich hoffe, wir können dich aus den Ermittlungen ausschließen, aber das müssen wir noch abwarten.«

»Und mein Vater?«, fragte Jonny.

Roy Bengtssons Fäuste waren beunruhigend fest geballt, als Robert mit der Vernehmung begann. Lycke hatte bei der Gegenüberstellung mit zitterndem Finger auf den Mann gezeigt, den sie im Laden getroffen hatte, und nun saß Roy in einem rot-blauen Fußballtrikot vor ihm.

»So, Roy Bengtsson. Hast du einen Hund?«, fragte er ohne Umschweife.

»Nein.«

»Wo warst du am Montag, dem 3. Juni?«

»Oh, schwer zu sagen so aus dem Stand. Warum willst du das wissen?«

»Weil da eine alte Drecksau einen kleinen Jungen mit Hilfe eines Welpen angelockt hat. Und bevor du irgendwas sagst, sollst du wissen, dass du bereits erkannt und identifiziert worden bist. Also rede keinen Scheiß, sondern sag einfach, wie es ist.«

»Ich kann es erklären«, sagte Roy.

»Tu das«, sagte Robert. »Du gibst es also zu?«

»Ja.«

»Erzähl«, sagte Robert, ohne sich anmerken zu lassen, wie erleichtert er war. Endlich kamen die Dinge in Bewegung. Zumindest hoffte er das.

Folke saß zusammengesunken am Schreibtisch und starrte auf seinen Notizblock. Jedem anderen Kollegen hätte Karin auf die Schulter geklopft, und dann hätte sie gefragt, ob er eine Pause brauche, aber bei Folke tat sie das nicht.

»Hallo, Folke, wie ist es mit Jonny gelaufen?«, fragte sie.

Er blickte auf. »Es ist doch zum Heulen. Vater und Sohn in je einer Zelle in Untersuchungshaft.«

»Stimmt«, sagte Karin. »Aber zwei Menschen sind tot, und das ist schließlich noch schlimmer, als eine Zeitlang eingesperrt zu werden.«

»Ich dachte wirklich, er hätte sein Leben im Griff«, begann Folke und ließ den Satz mit einer müden Handbewegung enden. »Ach ja.« Er klappte seinen Notizblock zu. »Was sagt denn Roy, der Vater?«

»Wir haben unterbrochen, weil er mal zum Klo musste.« Robert lehnte am Türrahmen.

»Und?«, fragte Karin.

»Er hat zugegeben, Walter vom Schulhof weggelockt zu haben.«

»Nachdem er bereits identifiziert worden war, hätte es ja auch nicht viel Sinn gehabt, das zu leugnen«, brummte Folke.

»Er hat nicht einmal versucht, sich zu rechtfertigen, sondern gleich gestanden, dass er den Jungen angesprochen hat. Den Hund hatte er sich von einem Bekannten geliehen. Man merkte ihm an, dass ihn die Sache belastet, und er war wohl froh, sein Gewissen erleichtern zu können.«

»Warum hat er es denn überhaupt gemacht?«, fragte Karin.

»Die Frage beantwortet er nicht. Er sagt, er habe es für jemand anderes getan, will aber nicht sagen, für wen.«

»Ist er vorbestraft?«, fragte Karin.

»Nein«, sagte Folke. »Er hat Schulden, sonst nichts. Nicht einmal einen Eintrag wegen Geschwindigkeitsüberschreitung.«

Karin dachte nach. »Er hat gerade erst den Kontakt zu seinem Sohn wieder aufgenommen. Er schweigt nur, weil er Angst hat. Allerdings nicht vor uns, denn er hat ja sogar das schwerste Vergehen, das ihm vorgeworfen wird, gestanden.«

»Wahrscheinlich will er Jonny schützen«, sagte Robert. »Das ist das stärkste Motiv, das mir einfällt.«

»Stimmt.« Folke nickte.

»Aber wirklich schützen kann er ihn nur, indem er uns alles erzählt, was er weiß. Dass wir ihn eingesperrt haben, ist keine Garantie für Jonnys Sicherheit, das ist ihm hoffentlich klar«, sagte Karin.

»Wenn ihr einen Versuch unternehmen wollt, bitte sehr«, sagte Robert.

»Los, komm.« Folke klemmte sich seinen Notizblock unter den Arm. »Wir erklären es ihm.«

Roy Bengtsson hatte den Kopf in die Hände gelegt. Hinter seiner Stirn ratterte es. Karin und Folke sahen sich gespannt an.

»Wenn du uns schon nicht sagen willst, wer dich aufgefordert hat, Walter anzusprechen, erklär uns wenigstens, warum du es getan hast«, sagte Karin.

Roy blickte auf. »Um seine Mutter zu warnen. Damit sie aufhört, ihre Nase in Dinge zu stecken, die sie nichts angingen.«

»Was waren das denn für Dinge?«, fragte Karin.

»Es ging um Papiere, die nicht an die Öffentlichkeit gelangen durften, aber dem Jungen wäre nichts passiert.«

»Der Tatbestand lautet versuchte Kindesentführung. Das ist ein schweres Vergehen, Roy.«

Roy senkte den Blick. Seine Kiefer mahlten, und es war offensichtlich, dass er einen inneren Kampf mit sich selbst ausfocht.

»Wer hat dich dazu aufgefordert?«, fragte Folke erneut.

Roy schüttelte den Kopf.

»Dir ist klar, dass du hierbleiben musst?«, fragte Karin.

»Ja«, sagte Roy.

»Möchtest du uns noch etwas sagen?«

»Nein.«

»Dann machen wir jetzt Schluss.« Karin schaltete das Aufnahmegerät ab und überließ Roy den Vollzugsbeamten.

»Er wird alles erzählen«, sagte Robert. »Eine schlaflose Nacht in der Zelle wirkt oft Wunder.«

»Ja. Danke für deine Unterstützung. Ich gehe jetzt nach Hause.« Karin stand auf. Im Auto lehnte sie den Kopf an die Stütze und schloss eine Weile die Augen, bevor sie Johan anrief.

»Ich bin zu Hause«, sagte er, ohne sie zu fragen, wo sie war. Karin wurde unsicher.

»Ich wollte dich fragen, ob ich heute bei dir übernachten kann. Wir könnten vielleicht essen gehen.«

Am anderen Ende war es eine Weile still. »Klar.«

»Dann sehen wir uns gleich«, sagte Karin. »Ich komme gerade von der Arbeit.«

Er schien sich überhaupt nicht zu freuen, sondern hatte müde geklungen. Ich muss lernen, ihm meine Wertschätzung zu zeigen, dachte sie, schaltete in den Rückwärtsgang und fädelte sich in den Verkehr ein. Bei dem schönen Wetter waren kaum Autos unterwegs, und sie brauchte nur fünf Minuten bis zur Prinsgata. An einem Sonntag einen Parkplatz zu finden, war allerdings etwas schwieriger. Schließlich fand sie einen ein paar Straßen weiter.

Während sie unten an der Eingangstür den Schlüssel ins Schloss steckte, malte sie sich aus, wie es wäre, ständig hier zu wohnen. Vielleicht war es doch nicht so schlecht? Sie hätte es nicht weit zur Arbeit. Läden und Bäckereien an jeder Ecke. Nette Restaurants und der Schlosspark ganz in der Nähe.

Doch dann wehte zwischen den Häusern ein laues Lüftchen. Eine leichte Brise. Der perfekte Wind für den Spinnaker. Sie konnte sich zwar einreden, dass sie sich hier wohlfühlen würde, aber im Grunde wusste sie, dass es keine gute Idee war, sie in eine Wohnung einzusperren. Die Stadt und sie hatten sich auseinandergelebt. Schwerfällig ging sie die Treppe hinauf. Wir müssen eine Lösung finden, die für mich und für Johan funktioniert. Die wird es doch wohl geben?

Donnerstag, 9. August 1906

Seit Karls Abreise waren zwei Tage vergangen, und es war ein seltsames Gefühl, in dem Wissen, dass er nicht mehr dort war, ins Warmbadehaus zu gehen. Ihre Füße bewegten sich nicht mehr so leichtfüßig auf die Eingangstür zum Foyer zu, und auch ihre Stimmung war nicht mehr so beschwingt wie vor den Begegnungen mit dem jungen Arzt. Als sie stattdessen Arm in Arm mit ihrem Vater am Kai entlangspazierte, waren beide in Gedanken versunken.

Sie hatten mit Magdalena und Ingeborg gefrühstückt, doch obwohl Worte gewechselt worden waren, hatte eigentlich niemand etwas gesagt. In gewisser Hinsicht wäre es besser gewesen, wenn sie sich gestritten hätten, weil ein Streit immer Ziele verfolgte, auch wenn sie sich gegenseitig ausschlossen. Im Moment befanden sie sich in einem Nichts. Karolina wusste nicht, was sie tun sollte. Vater war auf ihrer Seite, das war ganz klar, und Karolina war sich nicht sicher, ob sie wollte, dass er Ingeborg verzieh. Oder ob er es können würde. Vater drückte ihre Hand.

»Manchmal kommt es anders, als man es sich vorgestellt hat«, sagte er, als sie an den weißen Bänken mit den unauffälligen Messingschildern vorübergingen, auf denen zu lesen war, dass sie nur für die zahlenden Gäste der Meereskuranstalt gedacht waren. »Ich kann nicht in Worte fassen, wie enttäuscht ich von Ingeborg bin.«

»Papa«, begann Karolina.

»Nein, ich muss das sagen dürfen. Als deine Mutter starb, wusste ich nicht, wie ich weitermachen sollte. Ich stand da mit einer Zweijährigen an ihrem Sarg und dachte, ich hätte keine Kraft mehr. Mein Leben war zu Ende. Da hast du deine kleine Hand in meine geschoben und gesagt …« Die Worte blieben ihm im Hals stecken. Er war gezwungen, innezuhalten und sich zu räuspern. »Du sagtest: ›Komm jetzt, Papa‹.«

Karolina strich ihm über die Wange und dachte, dass all das, was passiert war, sie einander noch nähergebracht hatte.

»Dann ist Ingeborg aufgetaucht und hat sich um mich gekümmert.

Sie hat meinen Alltag in die Hand genommen, und ich war ihr so dankbar. Eine Frau weiß schließlich, wie man mit einem Kind umgeht, dachte ich. Ich dachte, es wäre das Beste für dich. Für uns.«

Sie blieben stehen und blickten auf das Wasser in der nördlichen Hafeneinfahrt hinaus, wo sich zwei Segelboote mit Kurgästen an Bord ein Wettrennen lieferten. Edvards Züge wurden milder beim Anblick der Boote, die auf der silbrig glitzernden Wasseroberfläche hin und her kreuzten. Immer wieder fuhren sie so dicht aneinander vorbei, als würden sie jeden Augenblick zusammenstoßen. Eine der Yachten war die Ozean, mit der sie den Tagesausflug mit Douglas und seiner Mutter unternommen hatten.

»Karl Wallin hingegen wird man wohl als die positive Überraschung dieses Sommers bezeichnen dürfen.« Vater sah sie an.

Karolina lächelte und wurde rot.

»Ja.« Sie verstummte. »Glaubst du, er würde Großmutter und Großvater gefallen?«

»Großmutter und Großvater haben beide eine hohe Meinung von Carl Curman«, sagte Vater. »Wir müssen darauf hoffen, dass sich der alte Kurarzt und Doktor Wallin verstehen. Wenn er eine Stelle im Badehaus in Lysekil bekommt oder vielleicht sogar im Malmtorgsbad oder im Sturebad, wird man ihn auf Noor akzeptieren, wage ich zu behaupten.«

Karolina konnte es sich nicht verkneifen, sich zu überlegen, dass die Entfernung zwischen den beiden Stockholmer Kuranstalten von Carl Curman und Schloss Noor nicht allzu groß war, wenn man die Bahn aus Knivsta nahm. Der Bahnhof war nicht weit von Noor entfernt, und mit der Kutsche brauchte man höchstens zehn Minuten dorthin. Mit all dem würde sie sich zwar erst später beschäftigen müssen, aber ihre Gedanken gingen einfach mit ihr durch. Sie hatte Schmetterlinge im Bauch, wenn sie an Karl Wallin dachte, und verlor sich ständig in Tagträumen.

Alexander Stenberg, der Hausmeister des Warmbadehauses, hatte alle Hände voll damit zu tun, den Tang von seinem Boot zu löschen. Sein Hemd hatte Schweißflecke unter den Achseln und auf dem Rücken. Weste und Jacke hingen über einer Bank. Auf dem Anlegesteig stand eine Reihe von Körben, die nach und nach weggetragen wurden, nachdem sie gefüllt worden waren. Ida, die ältere Bademeisterin, bei der Ester logierte, kam heraus, griff mitten in die frischen Algen hinein, nickte zufrieden und verschwand wieder im Badehaus.

Vater drehte den Arm, bis er das Zifferblatt seiner Uhr erkennen konnte.

»Wenn du möchtest, gehen wir noch eine Runde zum Sankt Eriks Park«, schlug er vor. »Anstatt nur drinnen zu sitzen und zu warten.«

»Gern«, antwortete Karolina.

Hinter dem Warmbadehaus ging es steil bergauf. Rechts sah man das Kaltbadehaus mit seinen schwimmenden Bassins. Links waren die Klippen. Dort saßen drei Jungs und hackten in einer der Felsplatten herum. Als Karolina und ihr Vater anspaziert kamen, wirkten sie erschrocken. Rasch hörten sie auf zu hacken, rappelten sich hoch, setzten ihre Mützen auf und verbeugten sich.

»Wir sind nicht über den Badhusplan gegangen«, sagten sie im Chor. »Wir wissen, dass wir hintenrum müssen.«

»Schon gut«, sagte Edvard und trat näher. »Was macht ihr hier?«

»Wir machen ein Zeichen in den Fels«, antwortete der älteste Junge und kniete sich wieder ins Moos. »Das dürfen wir«, fügte er hinzu. »Unsere Mutter arbeitet im Warmbadehaus. Sie können sie fragen, wenn sie uns nicht glauben. Sie heißt Ida.«

»Ich glaube euch.« Karolina sah, wie sich die Gesichter der Jungs ein wenig entspannten. »Aber das muss doch lange dauern.«

Nun schienen die Jungs von unbändigem Stolz erfüllt zu sein. »Im letzten und in diesem Sommer waren wir jeden Tag hier. Wir wechseln uns ab mit dem Hacken, weil einem nach einer Weile die Hände weh tun. Schauen Sie mal. Hier war es ganz glatt, bevor wir angefangen haben.« Er zeigte auf ein Grübchen im Fels.

»Wie schön«, sagte Karolina. »Ein richtiges Kunstwerk. Habt ihr das gemacht?«, fragte sie.

Das Nicken und das Grinsen der Jungs waren unbezahlbar. Auch ihr

Vater war kurz davor, laut loszulachen, konnte sich aber gerade noch beherrschen.

»Wir wollen noch zwei machen, damit jeder eine hat.«

»Das hier ist meine«, sagte der Junge in der kurzen Hose, der offenbar am jüngsten war. »Sie ist aber noch nicht fertig.« Er senkte den Blick.

»Und da drüben ist die von Bertil«, meldete sich der Älteste wieder zu Wort. Karolina nahm an, dass Bertil der schweigsame Junge war, der sie musterte. Er trug den linken Arm in einer Schlinge und seine Augen und ein bestimmter Zug um seinen Mund kamen ihr bekannt vor.

»Wir machen die, damit die Vögel daraus trinken können«, sagte der Älteste.

»Und darin baden«, sagte der Jüngste, wurde aber zurechtgewiesen.

»Du Dummerchen, so groß werden sie nicht, das habe ich dir doch gesagt.«

»Und kleine Vögel?«, fragte der Junge.

»Ganz kleine vielleicht«, sagte Karolina.

»Nee, das glaube ich nicht«, sagte der Ältere trocken. »Aber die Gruben können nicht kaputtgehen und werden hier noch lange sein. Unheimlich lange.«

»Es ist fünf vor, Karolina, wir müssen jetzt reingehen, sonst kommen wir zu spät«, sagte Vater.

Sie verabschiedeten sich von den Jungs, die ihrer Arbeit nach all der Aufmunterung mit noch größerem Ernst nachgingen.

Doktor Bauman sagte nicht viel. Er horchte Karolinas Brust ab, studierte mit gerümpfter Nase Wallins Aufzeichnungen und stellte schließlich fest, dass der Sommer sich langsam verabschiedete, und verordnete ein Algenbad. Es wird wahrscheinlich mein Letztes sein, dachte Karolina und hoffte auf dieselbe Bademeisterin wie bei ihren letzten Besuchen. Ester.

Karolina war gleichzeitig heiterer und gedrückter Stimmung. Sie war froh über Karl Wallin und die Gefühle, die in ihrer Brust jubelten, und traurig, weil er abgereist war und alles irgendwann ein Ende hatte. Der

Sommer. Ingeborg und Vater. Douglas hatte sich überhaupt nicht mehr blicken lassen, er war vielleicht heimlich abgereist.

Als Karolina das Badezimmer betrat, steckte Ester gerade den Ellbogen ins Wasser, um die Temperatur zu kontrollieren.

»Guten Tag, Fräulein Lundgren.« Ester sah Karolina an.

»Guten Tag, Ester.«

»Sie haben Farbe bekommen, wie hübsch.« Ester hantierte mit den Handtüchern.

»Es geht mir besser. Der Husten ist auskuriert.«

»Das freut mich.«

»Zeit für das letzte Bad der Saison«, sagte Karolina.

»Ich werde Sie vermissen. Sie waren so freundlich, Fräulein Lundgren.« Bei den letzten Worten zitterte ihre Stimme.

»Ich werde Sie auch vermissen. Bleiben Sie den Winter über in Marstrand?«

»Ida bemüht sich, mir Arbeit auf Malepert zu verschaffen. In Qvirists Heringssalzerei. Bei Lyckans Salzerei hat sie auch nachgefragt, aber die von Qvirist klingt am vielversprechendsten.«

Sie zeigte aus dem Fenster. Wegen der Vorhänge, die den Einblick von außen verhindern sollten, konnte man nur den blauen Himmel sehen, aber Karolina wusste auch so, welches Haus Ester meinte. Ein längliches Gebäude auf der gegenüberliegenden Seite des Sunds.

»Froh wirken Sie aber nicht«, sagte Karolina.

»Als ich hierherkam, hatte ich in meinem Leben noch keinen Fisch ausgenommen. Ida hat versucht, es mir beizubringen, aber bei ihr sieht man kaum die Klinge, bevor sie fertig ist und zum nächsten Fisch greift. Es ist gar nicht einfach, und ich höre Ida doch jammern, wenn ich es wieder falsch mache. Und diese Messer sind so schrecklich scharf, dass ich mich schon mehrmals geschnitten habe. Allein der Gedanke an die scharfe Klinge macht mich nervös.« Sie stellte den Bleicheimer, in dem Karolina den Tang vermutete, neben die Badewanne.

»Sie werden es bestimmt lernen«, sagte Karolina.

»Hoffen wir es.« Ester räusperte sich, aber Karolina sah die Tränen in ihren Augen.

»Ist alles in Ordnung?«, fragte Karolina und hängte ihre Kleidung auf.

»Doch, ja. Bitte sehr, Fräulein«, sagte die Bademeisterin und hielt, während Karolina in die Wanne stieg, ein Handtuch vor ihren nackten Körper. Dann kippte sie den frisch gekochten Tang über sie aus. Karolina schloss die Augen und ließ sich von dem heißen Wasser umhüllen. Der Algengeruch bereitete ihr leichte Übelkeit, aber Karl hatte gesagt, dank der Pflanzen enthalte das Wasser jede Menge Mineralien und Nährstoffe, die ihr Körper dringend brauche. Karl, dachte sie und lächelte in sich hinein. Doktor Wallin. So lag sie eine Weile da und dachte an Karl. Er war erst seit ein paar Tagen weg, aber sie vermisste ihn bereits. Vor seiner Abreise hatte sie immer gehofft, ihm auf einem ihrer vielen Spaziergänge oder in einem Restaurant über den Weg zu laufen, aber nun bestand diese Möglichkeit leider gar nicht mehr. Papa schien ihn zu mögen, er hatte ihm ja sogar ein Empfehlungsschreiben für Onkel Curman mitgegeben. Sie fragte sich, wie es gelaufen war. Karl hatte versprochen, sich zu melden und ihr zu berichten. Hoffentlich würde er zu seinem Wort stehen, und hoffentlich hatte er wirklich Lust, sie wiederzusehen.

Karolina schlug die Augen auf. Sie wollte Ester so gern von Karl erzählen, jetzt, da er nicht mehr als Arzt im Warmbadehaus arbeitete, musste das doch gehen. Sie hatten sich ja auch beim letzten Mal über vertrauliche Dinge ausgetauscht und sich gemeinsam um Bertil, den verletzten Sohn von Ida, gekümmert.

»Ester«, rief sie.

Die Bademeisterin öffnete die Tür. »Ja, Fräulein Lundgren.«

»Bitte, sagen Sie doch Karolina zu mir. Und wollen Sie sich nicht ein bisschen zu mir setzen?«, fragte Karolina. »Ich fahre bald nach Hause und muss Ihnen noch erzählen, was passiert ist.«

Ester blieb in der Tür stehen und wirkte unschlüssig. Irgendetwas hielt sie davon ab, einfach auf Karolina zuzugehen.

»Nehmen Sie sich den Hocker da drüben«, sagte Karolina eifrig.

Als die Bademeisterin nach dem Hocker griff, war für einen Moment ein Stück Haut an ihrem Oberarm zu sehen.

»Sie haben da Ruß oder etwas in der Art am Arm.« Karolina zeigte auf den bläulich schwarzen Fleck.

Erschrocken bedeckte Ester die Stelle mit der Hand.

»Ist das ein blauer Fleck? Meine Güte, was ist denn passiert?«, fragte Karolina und setzte sich in der Badewanne auf.

»Nichts«, erwiderte Ester etwas zu schnell, aber ihre Stimme klang kraftlos und besorgt.

»Ihr Arm«, sagte Karolina. »Haben Sie sich verletzt?«

Nun konnte Ester sich nicht mehr beherrschen. Ihr schmaler Körper wurde von einem langgezogenen Schluchzen erschüttert. »Sie dürfen niemandem etwas sagen.«

»Ich will Ihnen helfen. Wir können mit meinem Vater sprechen.«

Ester schüttelte weinend den Kopf.

»Nein«, wisperte sie. »Sagen Sie bitte nichts. Ich möchte nicht, dass jemand davon erfährt.«

»Wer war das?« Karolina kochte innerlich vor Wut, während ihr gleichzeitig Tränen der Empörung in die Augen stiegen. Es musste etwas geschehen. Sie stieg aus der Wanne, schlang sich ein Handtuch um und nahm Esters Hand.

»Ich war noch nie mit jemandem zusammen.« Sie blickte zu Boden.

Karolina drehte sich der Magen um. Es war kein Wort zu verstehen, weil Ester so heftig schluchzte. Schließlich gelang es Karolina, sie zumindest so weit zu beruhigen, dass sie sprechen konnte.

»Hauptsache, es hat keine Folgen«, flüsterte sie und begann wieder zu weinen.

Noch nie in ihrem Leben hatte sich Karolina so ohnmächtig gefühlt. Ihre Gedanken rasten im Kreis. Der örtliche Polizeiinspektor, dort mussten sie hin.

»Wir können mit Doktor Bauman sprechen. Wenn Sie möchten, komme ich mit. Er kennt doch jeden, den Inspektor – alle. Er kann Ihnen bestimmt helfen.«

Esters Gesichtsfarbe wechselte von blass zu weiß. »Nicht zu Doktor Bauman, hören Sie? Und nicht zur Polizei, denn sonst erfahren es alle. Bauman darf es auf gar keinen Fall erfahren, denn sonst verliere ich meine Stelle. Niemand. Sie müssen mir versprechen, mit niemandem darüber zu reden.«

»Das kann ich nicht.« Karolina überlegte, was sie tun sollte. Ich muss mit Ida reden, dachte sie, der Bademeisterin, bei der Ester wohnt. Sie klopfte Ester, die in sich zusammengesunken auf dem Hocker saß und sich die Augen aus dem Kopf heulte, auf die Schulter.

»Bleiben Sie hier. Ich hole Ida«, sagte sie.

Ester nickte.

Karolina zog sich an und ging hinaus auf den Flur. Dort saß ihr Vater, den Rücken ihr zugewandt und über eine Tageszeitung gebeugt. Auf Zehenspitzen tappte Karolina in die andere Richtung. Zum Badezimmer Nr. 10. Ida öffnete die Tür und hatte zum Glück keinen Patienten.

»Was haben Sie auf dem Herzen, Fräulein Lundgren?«, fragte sie verwundert.

»Ich muss mit ihnen reden«, antwortete Karolina mit tränenerstickter Stimme.

»Kommen Sie doch rein, Mädchen.« Ida machte die Tür hinter ihr zu.

Karolina musste sich mehrmals räuspern, bis der Kloß im Hals verschwunden war und sie die Tränen zurückhalten konnte.

Am Ende sprudelte die ganze Geschichte aus ihr heraus. Sie merkte, dass Ida die Zähne zusammenbiss. Unterhalb der verkrampften Kiefermuskulatur pulsierte die Halsschlagader besorgniserregend kräftig gegen die weiße Spitzenkante ihrer Bluse.

»Sie will nicht verraten, wer es war«, sagte Karolina. »Was sollen wir tun?«

Ida stand eine Weile schweigend da und dachte nach. »Haben Sie mit noch jemandem gesprochen?«, fragte sie.

Karolina schüttelte den Kopf. »Mit niemandem, nicht einmal mit Vater.«

»Gut. Wo ist Ester jetzt?«, fragte Ida.

»In der sieben.«

Ida sah ihr tief in die Augen. »Ich verspreche, mich um Ester zu kümmern, was immer auch passiert. Schaffen Sie es, dieses Geheimnis für sich zu behalten?«

»Ich tue mein Bestes.« Karolina nahm sich vor, all das Furchtbare, das Schmutzige, das sie gesehen und gehört hatte, zu sammeln, zu einem festen kleinen Ball zusammenzupressen, diesen in eine Schachtel zu legen und den Deckel zuzumachen. Natürlich konnte sie Esters Geheimnis bewahren, aber vergessen würde sie es nie. Niemals.

31

Montag, 10. Juni 2013

Lycke öffnete das Schultor und ging die Varvsgata hinunter. Sie hatte mit Walter und seiner Klassenlehrerin ein Entwicklungsgespräch gehabt. Er schien sich in der Schule wohlzufühlen, und seine Lehrerin hatte bestätigt, dass er sich im Unterricht gut konzentrieren konnte. Gott sei Dank. Walter wollte einen Freund besuchen, und Martin sollte aus den USA zurückkehren. Nach allem, was passiert war, hatte er beschlossen, früher nach Hause zu kommen. Von ihren Pflichten heute war nur noch ein Gespräch mit Karl-Erik via Skype übrig, aber das würde sich nicht übermäßig in die Länge ziehen. Außerdem moderierte ein Kollege das Meeting, und Lycke sollte nur dabei sein, um sich zu bestimmten Fragen zu äußern.

Zwischen Turisthotel und Maritime sah sie plötzlich jemanden neben einem umgekippten Rollator auf der Straße liegen. Daneben stand ein Mann und versuchte der Person auf die Beine zu helfen. Lycke kannte den Mann, der im Sommer in der Falkgata wohnte.

Die Frau auf der Erde war Majken Sandell, eine schicke alte Dame, der Lyckes Schwiegermutter Anita hin und wieder zur Hand ging. Ihr Plisseerock war in Unordnung, und sie schien sich weh getan zu haben, wollte aber trotzdem keinen Beistand.

»Weg!« Sie schlug nach den Händen des Mannes.

»Kann ich helfen?«, fragte Lycke.

»Ich glaube, ich habe die Lage im Griff.« Der Mann gab ihr die Hand. »Christer Schultz übrigens. Ich habe ein Haus oben in der Falkgata und war gerade auf dem Heimweg, als Majken hingefallen ist.«

»Lycke Lindblom«, sagte Lycke und drehte sich anschließend zu der alten Dame um.

»Hallo, Majken, was ist denn los?«, fragte sie.

»Sie ist hingefallen, und ich wollte ihr helfen«, sagte Christer. Er senkte die Stimme. »Sie ist etwas durcheinander. Und sauer. Sie wohnt gleich hier. Sobald ich sie in die Wohnung gebracht habe, kann sie sich ausruhen.«

»Anita?« Majken streckte die Hand nach ihr aus. Das Perlenarmband rutschte den mageren Arm hinunter.

»Nein, ich bin Lycke, die Schwiegertochter von Anita.« Lycke kniete sich neben Majken. Sie hatte ein Loch in der Strumpfhose und eine Schürfwunde am Arm, aber ansonsten schien alles okay zu sein.

»Wie geht es dir, Majken? Tut dir irgendwas weh?«

Majken griff nach Lyckes Hand und drückte sie fest.

»Ganz ruhig, wir bekommen dich gleich hoch. Hier kann man leicht stürzen.«

»Ich bin nicht gestürzt«, sagte Majken.

Christer schüttelte den Kopf. »Du siehst so aus, als hättest du es eilig«, sagte er zu Lycke. »Ich bringe sie nach Hause.«

»Ich kann gerne mithelfen«, sagte Lycke. »Willst du dich vielleicht erst mal aufsetzen, Majken? Schaffst du das?«

»Christer ...« Majken sah sich unruhig um.

»Er ist hier.« Lycke drückte ihre knochige Hand. »Ich halte dich fest, und du stehst auf.« Behutsam umfasste sie den schmalen Körper und zog Majken vorsichtig hoch. Christer wollte sie unterstützen, aber Lycke merkte, dass er gar nicht wusste, wo er mit seinen Händen hinsollte. Die alte Frau war leicht wie ein Vogeljunges. Aufgrund ihrer Zerbrechlichkeit wirkten ältere Menschen auf Lycke noch verletzlicher als kleine Kinder.

»Au, au, au, au«, wimmerte Majken.

»Wir müssen sie nach Hause bringen, damit sie sich ausruhen kann«, sagte Christer über den Kopf der alten Dame hinweg.

»Oder sollten wir sie in die Ambulanz bringen, damit sie sich jemand ansieht?«, fragte Lycke.

»Ich glaube, es ist besser, sie kommt nach Hause. Falls es ihr nicht gutgeht, kann ich sie zu einem Arzt in Kungälv fahren.«

»Okay«, sagte Lycke.

»Nicht nach Hause«, sagte Majken in verzweifeltem Ton. »Nicht nach Hause.«

»Wir helfen dir, Majken«, sagte Lycke.

»Wenn du ihren Rollator nimmst, trage ich sie«, sagte Christer, ohne Maijkens Flehen zu beachten.

»Nein«, protestierte Majken, als Christer sie packte. »Au, au, au. Nicht so fest!«

Lycke schob den Rollator vor sich her, öffnete die Tür zur Villa Maritime und drückte auf den Fahrstuhlknopf.

»Ein schrecklicher Lümmel bist du«, sagte Majken plötzlich zu Christer und hätte ihn fast geschlagen, wenn er nicht rechtzeitig ihr Handgelenk festgehalten hätte. »Ich weiß, was du getan hast.« Sie zeigte vorwurfsvoll mit ihrem knochigen Finger auf ihn. »Erst hast du Anderssons Katze umgebracht und jetzt das hier.«

»Anderssons Katze?«, fragte Lycke verwundert und sah Christer an, doch der schüttelte fragend den Kopf.

»Du bist gleich zu Hause.« Lycke schob den Rollator in den Fahrstuhl. Christer platzierte Majken auf dem Klappsitz.

»Wir kommen jetzt alleine zurecht. Danke für deine Hilfe«, sagte Christer.

»Tschüs, Majken«, sagte Lycke, als sich die Fahrstuhltüren schlossen.

Hoffentlich hatte Christer Geduld mit der alten Dame, die ihm nicht die geringste Wertschätzung entgegenbrachte.

Lycke hatte gerade Kurs auf die Fähre genommen und freute sich schon auf zu Hause, als ihr jemand hinterherrief.

»Hallo! Entschuldigung!« Eine braunhaarige Frau mit Rucksack und Wanderstiefeln kam auf sie zu. Sie hatte Lycke nach fünf Schritten erreicht und drückte ihr eine Dauerfahrkarte für die Fähre in die Hand.

»Ich glaube, die hast du verloren.«

Lycke steckte die Hand in die Tasche. Ihre Fahrkarte war noch da, wo sie hingehörte.

»Nein, das ist nicht meine.«

»Sie lag aber auf der Straße, und sonst habe ich niemanden gesehen.« Die Frau deutete Richtung Varvsgata.

Lycke drehte die Karte um und entzifferte die zittrige Handschrift. »Majken Sandell.«

»Ich weiß, wem sie gehört, und kann sie zurückbringen.« Lycke bedankte sich bei der Frau und blickte zur Fähre, die gleich ablegen würde.

Sie machte kehrt und bog um die Ecke. Die Rezeption der Villa Maritime war nicht besetzt. Sie eilte die Treppe hinauf und lief in den Flur im zweiten Stock. Einmal hatte sie ihre Schwiegermutter zu Majken begleitet. Die Tür, eine der letzten im Gang, war angelehnt. Christer hatte bestimmt eine Weile gebraucht, um Majken nach Hause zu bringen. Vielleicht hatte sie sich quergestellt. Es hörte sich ganz danach an, stellte Lycke fest, als sie vor der Tür stand.

»Ich hab dich gesehen. Du warst mit Holger da drinnen. Du warst das, du garstiger Lümmel.«

»Niemand glaubt einer senilen alten Schachtel.«

»Und dein Vater hat dich immer wieder rausgeboxt und freigekauft, aber du brauchst nicht zu glauben, dass du einfach jemanden erschlagen kannst und ungestraft davonkommst.«

»Wenn du nicht vor Sehnsucht brennst, Holger Gesellschaft zu leisten, hältst du jetzt besser die Schnauze.«

Lycke erschauerte und blieb mit der Fahrkarte in der Hand stehen. Hatte sie richtig gehört? Dann wurde sie von Majken entdeckt, die sie verwundert und besorgt ansah und ihr hektisch zuwinkte, als wollte sie sie verscheuchen. Christer drehte sich um.

»Lauf!«, schrie Majken. »Lauf!«

Christer starrte sie an. Sie sah ihm an, dass ihm durch den Kopf ging, was er gesagt hatte. Er überlegte offensichtlich, was sie davon mitbekommen hatte. Zu viel, stellte er nach kurzer Zeit fest und ließ Majken und den Handgriff des Rollators los. Lycke lief den Flur entlang. Sie hörte Christer mit schweren Schritten hinter ihr herrennen, wagte aber nicht, sich umzudrehen. Stattdessen riss sie eine Tür auf und stolperte mit einer Hand am Geländer die Feuertreppe, so schnell es ging, hinunter. Als Christer ebenfalls die Treppe erreichte, erbebte sie unter seinem Gewicht. Sie rannte durch das offene Tor auf die Varvsgata hinaus und zur Fähre hinunter, doch Christer hatte geahnt, wo sie hinwollte, und lief deshalb an der Innenseite des Zauns entlang, überwand den Zaun mit einem Satz und kam ihr entgegen. Der Weg zur Fähre war versperrt. Lyckes Herz klopfte wie wild und sie schmeckte Blut. Sie drehte sich um und rannte keuchend die Straße hinauf, aber dort oben lag die Schule. Was konnte jemand wie Christer dort alles anrichten? Sie steckte in der Falle. Christer kam nun entschlossen auf sie zu. Lycke sah sich nach einem letzten Ausweg oder einer Person, die ihr helfen könnte, um. Die Tür zum Turisthotel stand offen, und auf der Straße davor stand ein Wagen mit der Aufschrift »Gebäudeservice«. Durchs Fenster war ein Mann in oranger Arbeitskleidung zu sehen. Lycke stürzte hinein.

»Hallo? Ich brauche Hilfe!«, schrie sie und raste mit langen Schritten die Treppe hinauf. Der Mann war im zweiten Stock gewesen, aber als sie den Flur entlangrannte, konnte sie niemanden entdecken.

»Ist hier jemand?« Sie riss eine Tür und dann noch eine auf, bevor sie kehrtmachte und zurück zur Treppe lief. Im Augenwinkel sah sie den Mann vom Gebäudeservice, der bereits wieder unten im Foyer war. Er trug große gelbe Kopfhörer mit Antenne. Laut singend bewegte er sich tänzerisch auf die Eingangstür zu, zog sie hinter sich ins Schloss und verriegelte sie sorgfältig von außen.

Während des gesamten Rückwegs zum Hotel schwieg Karolina.

»Was ist denn los, geht es dir nicht gut?«, fragte Vater.

»Doch«, log Karolina und versuchte, die Bilder zu vergessen, die Esters Bericht ihr vor Augen gerufen hatte und die sich mit Evas plastischen Beschreibungen ihres Ehemanns und all der Erwartungen, die an Ehefrauen gestellt wurden, vermischten.

»Wir setzen uns hin und essen eine Kleinigkeit. Du wirst sehen, es geht dir gleich besser.«

Karolina nickte wortlos. Sie dachte an Esters Wehrlosigkeit und ihre eigene privilegierte Stellung. Ich werde mich nie wieder über Kleinigkeiten beklagen. Niemals. Und wenn die Dinge erst ihren Gang gingen, würden sie auf Schloss Noor sicherlich Hilfe brauchen. Bestimmt würde es eine Arbeitsstelle für Ester geben, doch was würde geschehen, wenn die unfreiwillige Begegnung Folgen hatte? Ein Kind. Was sollte Ester dann tun? Allerdings hatte Ida hoch und heilig versprochen, sich um Ester zu kümmern. Und sie wiederum hatte versprochen, kein Wort zu sagen. Zu niemandem. Die Frage war, ob es ihr gelingen würde, das Versprechen zu halten.

»Ein Brief für Sie, Herr Lundgren.« Als sie ins Hotel zurückkamen, war Anna Öster gerade dabei, die Post zu sortieren. »Er ist mit dem Schiff aus Lysekil gekommen.«

Vater nahm den weißen Umschlag entgegen. »Lysekils Vereinigte Meereskuranstalten« war in blauer Farbe darauf gedruckt.

»Danke. Von Carl Curman, könnte ich mir vorstellen.« Er lächelte. »Hätten Sie eventuell einen Brieföffner für mich?«, fragte er Frau Öster, die ihn nach kurzem Suchen unter einem Papierstapel fand. Karolina versank in ihren Gedanken. Nachrichten von Karl – so schnell. Vor Aufregung konnte sie kaum stillstehen.

»Mach auf!«, sagte sie. »Wie mag es ihm wohl ergangen sein?«

Edvard schlitzte das Kuvert auf.

»Für Sie ist auch ein Brief gekommen, Fräulein Lundgren. Mit demselben Schiff.« Anna Öster lächelte.

»Oh. Danke!« Karolina spürte ein Kribbeln im Bauch, als sie den hellgrünen Umschlag in der Hand hielt.

»Ist der vielleicht von Karl Wallin?« Vater legte den Arm um sie. »Komm, wir gehen nach draußen und lesen unsere Post, während wir auf Ingeborg und Magdalena warten.«

Karolina öffnete ihren Umschlag und zog vorsichtig das zusammengefaltete weiße Briefpapier heraus. Behutsam strichen ihre Finger über die leicht nach rechts geneigte Schrift. Sie schaffte es, den Brief zweimal zu lesen, bevor das Essen kam.

»Stockholm«, sagte sie zu ihrem Vater. »Onkel Curman lässt ihn zur Probe als Kurarzt im Sturebad arbeiten.«

»Das klingt vielversprechend. Der Rest ist ihm selbst überlassen. Ich weiß, dass wir hier eigentlich länger gebucht haben, und wenn du noch bleiben möchtest, tun wir das natürlich, aber ich hätte eigentlich ein paar Dinge in Stockholm zu erledigen.« Er verstummte und sah sie an. »Wollen wir Großmutter und Großvater fragen, ob wir sie auf Schloss Noor besuchen dürfen? Falls deine Großmutter nichts dagegen hat, könnten wir Magdalena fragen, ob sie mitkommen möchte. Und wenn wir sowieso in Stockholm sind, sollten wir uns vielleicht mit Doktor Wallin verabreden.«

»Oh, Papa!« Karolina fiel ihm um den Hals. »Gern!«

»Es ist ja nicht gesagt, dass es klappt, aber das werden wir herausfinden.« Ihre Begeisterung brachte ihn zum Lachen.

Magdalena und Ingeborg setzen sich zu ihnen an den Tisch im Restaurant des Turisthotels. Höflich wurde das Salz herumgereicht, und ein Außenstehender hätte in ihnen eine Familie gesehen, die Konversation betrieb. Doch die Worte waren leer und das Gespräch inhaltslos.

»Wir reisen vielleicht schon morgen ab«, sagte Vater.

Karolina sah, dass Ingeborg die Gabel krampfhaft umklammert hielt, so dass ihre Knöchel so weiß hervortraten wie die von Ester, als sie von dem schlimmen Vorfall erzählte. Karolina versuchte, nicht daran zu denken.

»Ihr reist ab?«

»Ich habe einiges in Stockholm zu erledigen, und wenn Karolinas Großeltern einverstanden sind, können die Mädchen vielleicht eine Weile auf Noor wohnen.«

Ingeborg starrte ihn an. »Und ich?«

»Du kannst noch bleiben, wenn du möchtest.«

»Bleiben? Allein? Wie sähe das denn aus?«

»Du könntest uns natürlich auch morgen nach Göteborg begleiten …«

Lächelnd entspannte sich Ingeborg und hatte gerade tief ein- und ausgeatmet, als Vater weitersprach.

»… und von dort aus den Zug nach Karlstad nehmen.«

Er hat nicht ›nach Hause‹ gesagt, dachte Karolina.

»Wann kommt ihr zurück?«, fragte sie.

»Das weiß ich nicht.« Er blickte auf und sah ihr direkt in die Augen. »Ich weiß es nicht, Ingeborg.«

Ingeborg legte ihr Besteck ab, stand ruckartig auf, drehte sich um und ging.

Karolina und Magdalena sahen zuerst sich und dann Vater an.

»Vater?«, fragte Magdalena.

»Ihr bleibt sitzen und esst in Ruhe auf. Bestellt euch gern ein Dessert. Ingeborg und ich müssen miteinander reden.« Er tupfte sich die Lippen mit der Stoffserviette ab und folgte seiner Ehefrau.

Alles geschah so still und leise, dass außer den beiden Töchtern niemand auf der Restaurantterrasse des Turisthotels bemerkte, dass hier gerade etwas zerbrach.

32

Karin hatte sich gerade auf dem Zahnarztstuhl ausgestreckt, als ihr Telefon vibrierte. »Entschuldigung, ich muss nur schnell gucken, wer es ist.« Sie warf einen Blick auf das Display. Robert. Er wusste doch, dass sie diesen Termin hatte. Sie stand auf und meldete sich. »Ich bin beim Zahnarzt.«

»Majken Sandell, du weißt schon, die verwirrte Dame im Maritime.«

»Ja.«

»Sie hat bei der Notrufzentrale angerufen und war anscheinend furchtbar aufgeregt. Irgendwas mit Hotels und dass irgendjemand von dem Lümmel von Familie Schultz gejagt wird, der an dem Abend, als Holger starb, im Turisthotel war. Ich überlege, ob sie Christer meint, der heißt doch Schultz mit Nachnamen. Wenn das stimmt, was sie sagt, könnte möglicherweise die Zeit drängen, und du bist wahrscheinlich am nächsten dran. Bist du nicht in Kungälv beim Zahnarzt?«

»In Kärna, nach Marstrand brauche ich eine Viertelstunde.« Karin zog sich die Kette, an der das Papiertuch befestigt war, über den Kopf und reichte sie der erstaunten Zahnarzthelferin.

»Es ist ein Notfall, tut mir leid«, rief sie und rannte hinaus.

Die Straße zwischen Kärna und Marstrand war kurvig. Karin steckte sich die Stöpsel ihres Headsets in die Ohren und ging in dem Moment bei der Kirche von Lycke in die Kurve, als das Telefon klingelte. Als sie sah, dass es ausgerechnet Lycke war, musste sie laut lachen.

»Hallo, Lycke, weißt du, dass ich gerade in Lycke bin?«, fragte Karin.

Lycke kamen die Tränen, als sie Karins warmherzige und kräftige Stimme hörte. »Ich brauche Hilfe«, stammelte Lycke leise. »Christer ist hinter mir her. Ich glaube, er hat Holger umgebracht.«

»Wo bist du denn?«, fragte Karin.

Lycke hörte, wie sich Karins Tonfall veränderte. Sie gab sich Mühe, ihre Sorge zu kaschieren, aber sie schimmerte trotzdem hindurch. »Im Turisthotel.«

»Und wo ist Christer?«

»Das weiß ich nicht.«

»Du musst da raus. Sieh zu, dass du unter Menschen kommst. Geh runter zur Fähre. Ich komme!«

»Ich kann nicht raus, es ist abgeschlossen. Beeil dich!«, heulte Lycke.

»Ich bin schon fast in Tjuvkil, Lycke. Versteck dich.« Lycke schluchzte auf, als sie hörte, dass Karin um Fassung rang. »Lycke, hör mir zu, wenn du nicht raus kannst, musst du dich verstecken.« Karins Worte klangen wie ein Befehl und milderten Lyckes Verzweiflung etwas ab. »Hast du gehört, was ich gesagt habe, Lycke? Versteck dich. Sofort. Ich komme!«

»Ja«, antwortete sie kaum hörbar.

Das Herz klopfte Lycke bis zum Hals, und durch ihre Adern rauschte so viel Adrenalin, dass sie sich kaum konzentrieren konnte. Als würde sie das Ganze nicht wirklich erleben, sondern sich in einem Alptraum befinden, sah Lycke sich nervös um. Ein Versteck. Ich muss mich irgendwo verstecken, bis Karin kommt, dachte Lycke. Wie lange kann das dauern? Hatte sie das gesagt? Lycke biss die Zähne zusammen und ließ den Blick umherschweifen. Die Treppe wagte sie nicht hinunterzugehen, denn falls Christer ins Haus eingedrungen war, hielt er sich bestimmt im Erdgeschoss auf und würde sie mit Sicherheit sofort bemerken. Doch musste es in einem so großen Gebäude nicht mehrere Treppen geben? Vielleicht am Ende des Korridors, so dass sie hinunter und nach draußen gelangen konnte, vielleicht durch ein Fenster. Aus dem zweiten Stock konnte sie nicht springen, aber vom ersten war es kein Problem.

Ein schwerer Schimmelgeruch lag in der Luft, und das Atmen fiel ihr schwer. Lycke stand auf und ging in die Richtung, in der sie die Vorderseite des Gebäudes und den Kai vermutete. Sie kam an noch einem Zimmer vorbei und sah, nachdem sie durch eine weiße Flügeltür gegangen war, endlich den Hafen hinter der großen Fensterscheibe.

Splitterndes Glas und anschließend ein dumpfer Schlag ließen sie zusammenzucken. Christer! Ihr Puls schoss in die Höhe, und es wummerte in ihren Ohren. Jetzt musste sie unbedingt eine Treppe ins Erdgeschoss finden, anschließend konnte sie eine Tür öffnen oder vielleicht eine Scheibe kaputtschlagen und durch ein Fenster klettern. Wenn sie erst so weit gekommen war, befand sie sich in Sicherheit und hatte bereits die Fähre im Blick. Oder die Seniorenresidenz Sörgård, wo Menschen waren. Das Problem war nur, dass dort, wo sie eine Treppe vermutet hatte, gar keine war. Sie wagte auch nicht zurückzugehen. Sie wollte horchen, aber ihr pochendes Herz schien alle anderen Geräusche zu übertönen. Angst galoppierte durch ihren Körper. Das Beste wäre gewesen, wenn sie es irgendwie nach draußen geschafft hätte. Die zweitbeste Lösung bestand darin, sich zu verstecken und abzuwarten. Sie kam in einen großen Saal mit Fenstern zu allen Seiten, doch von dort aus gelangte man weder nach unten noch nach draußen. Falsche Richtung. Sie musste zurück. Sie tappte weiter, war sich aber nicht mehr sicher, ob sie auf diesem Weg gekommen war. Das Haus war voller Winkel, Flure und Zimmer. Lycke begriff, dass sie keine Ahnung mehr hatte, wo sie war. Sie riss eine Tür auf und sah zu ihrer Erleichterung eine Balkontür am anderen Ende des Raums, doch als sie dort ankam, stellte sich heraus, dass diese mit rostfreien Schrauben, deren Köpfchen höhnisch blitzten, verschlossen worden war. Tränen der Enttäuschung brannten hinter ihren Lidern. Sie ging ein paar Schritte zurück, bis sie sich in der Mitte des Raumes befand, und wählte einen der beiden Türflügel aus.

»Komm her, damit wir uns unterhalten können. Majken ist wirr im Kopf, und ich bin wütend geworden.«

Die Stimme war deutlich zu hören. Ganz in der Nähe. Lycke stellte sich hinter die Tür, durch die sie hereingekommen war, und sah durch den Spalt an den Scharnieren, wie Christer vorüberging. Er bewegte sich langsam vorwärts und sah sich gründlich um. Seine Hände öffneten und ballten sich immer wieder zu Fäusten zusammen, als würden sie sich schon auf das vorbereiten, was er mit ihr vorhatte, wenn er sie in die Finger bekam. Lycke hielt die Luft an und hatte wieder

Tränen in den Augen. Sollte sie hier stehenbleiben, oder sollte sie versuchen, die Treppe wiederzufinden, über die sie nach oben gekommen war und die garantiert ins Erdgeschoss führte? Vielleicht war dies ihre einzige Chance? Christer war an ihr vorbei und auf den großen Saal zugegangen, wo sie bereits gewesen war, die Sackgasse. Er würde höchstens eine Minute brauchen, um herauszufinden, dass sie sich dort nicht befand. Lycke atmete einige Male tief ein und kam auf Zehenspitzen hinter der Tür hervor. Raus. Sie musste raus. Leise ging sie zurück in den Flur, durch den sie gekommen war, und dann in die andere Richtung. Als sie die dunkle Holztreppe sah, stieß sie innerlich einen Jubelschrei aus, umfasste das geschnitzte Geländer und eilte rasch die Treppe hinunter.

Endlich befand sie sich im ersten Stock. Sie rannte zum Haupteingang und rüttelte an der Tür. Ja, immer noch abgeschlossen. Mit dem Ärmel wischte sie sich den Schweiß von der Stirn und dachte an Walter, der nach dem Essen gern Verstecken spielte und dafür von ihr ausgeschimpft wurde. Aber er liebte es so sehr. Ihr Walter. »Los, mach schon, Mama!«

Sie musste mit einem Fenster zum Kai vorliebnehmen. Oder zur Varvsgata. Ein Sprung aus dem ersten Stock würde kein Problem sein. Ich schaffe das. Und dann nach Hause zu Walter. Zu Martin, der heute wiederkommen würde. Und dann soll sich die Polizei um Christer kümmern.

Die Schritte im Stockwerk über ihr waren jetzt ganz deutlich zu hören. Schnell. Wütend. Während Lycke den Eimern voller Regenwasser auswich, die überall verteilt waren, hörte sie die Schritte näherkommen. Der Kai wirkte durch das Fenster schmerzhaft nah, es kamen sogar Leute vorbeigeradelt. Zwei Frauen vom häuslichen Pflegedienst winkten ihr zu und verschwanden, ehe Lycke reagieren konnte. Bloß nicht heulen. Ich muss einen Weg nach draußen finden. Lycke gelang es, an einem Fenster den oberen Haken zu lösen, aber der untere klemmte. Beim nächsten Fenster war es genau umgekehrt. Beim dritten Versuch gelang es ihr, beide Haken ein wenig zu lockern, doch dann wurden sie vom Holz gestoppt, das vermutlich aufgrund von Feuchtigkeit mit der Zeit aufgequollen war. Die Schritte kamen immer näher und wurden schneller. Hatte er sie gehört? Verzweifelt blickte sie sich um. Es war nicht möglich, eins der Fenster zu öffnen und hinauszugelangen, bevor Christer die Treppe heruntergestapft kam. Sie ging ein paar Schritte rückwärts, um sich einen besseren Überblick zu verschaffen, und übersah daher das kaputte Weinglas auf dem Boden. Das Glas bohrte sich durch ihre dünne Schuhsohle, drang in ihren Fuß ein und brach ab. Der Schmerz strahlte ins ganze Bein aus. Als sie versuchte, den Splitter herauszuziehen, begann der Fuß stark zu bluten.

»Hör mal, ich weiß nicht, was dir durch den Kopf geht, aber wenn wir uns in Ruhe hinsetzen und über alles reden ...« Die Stimme klang ganz deutlich, und Lycke hörte, wie er eine Tür nach der anderen öffnete, während er sich näherte. Ein Versteck. Schnell, schnell. Sie entdeckte einen schmalen Serviergang, bewegte sich so leise wie möglich vorwärts und wusste plötzlich ungefähr, wo sie war. Sie musste sich anstrengen, um den Fuß zu heben und vorsichtig abzusetzen. Erstaunt stellte sie fest, dass sie sich wieder im Foyer befand, direkt neben der Treppe. Sollte sie wieder hinaufgehen? Nein, das würde Christer hören. Doch unter der Treppe verbarg sich ein kleiner Verschlag mit einer tapezierten Tür. Mühsam beugte sie sich hinunter und schaffte es tatsächlich, sich darin zu verkriechen. Ihr rechter Fuß schleifte hinterher, als hätte die Glasscherbe etwas durchtrennt, vielleicht eine Sehne. Als sie sich nach vorne beugte, um die Tür zuzuziehen, sah sie die Abdrücke auf dem schmutzigen Fußboden. Mit Blut vermischter Dreck, ganz leicht zu verfolgen. Wenn sie unendliches Glück hatte, würde er sie nicht sehen, dachte sie und ließ das Tageslicht verschwinden. In dem dunklen Verschlag strömten ihr die Gedanken wild durch den Kopf. Ich bin die Mutter eines kleinen Jungen, er braucht mich. Und Geschwister, Martin und sie wollten versuchen, noch ein Kind zu bekommen. Mit klopfendem Herzen hockte sie da und betete zu Gott.

Wo steckte Karin? Es waren mindestens zehn Minuten vergangen, seit sie telefoniert hatten, oder war es noch länger her? Lycke zog das Telefon aus der Tasche, wagte aber nicht, Karin anzurufen. Stattdessen schickte sie ihr eine SMS. »Bin im Verschlag unter der Eingangstreppe.« Sie konnte gerade noch auf Senden drücken, als sie Schritte hörte.

Karin war durch den Keller hereingekommen und durch eine abgeschlossene Kassettentür gestiegen, deren Unterteil fehlte. Natürlich wusste sie, dass es nicht richtig war, ohne Begleitung hineinzugehen, aber hier ging es ja um Lycke, und die Kollegen, die sie angerufen hatte, konnten nicht mehr weit weg sein. Robert und Folke waren von einem Unfall auf der E6 aufgehalten worden, und deshalb stand sie nun alleine mit ihrer Sig Sauer da und atmete so ruhig wie möglich. Lauschte aufmerksam und stellte sich vor, sie wäre ein Jagdhund mit Supergehör.

Unter der Eingangstreppe, hatte Lycke geschrieben. Zumindest hoffte sie, dass es auch wirklich Lycke war, die die SMS geschickt hatte. Sie bewegte sich vorsichtig und setzte die Füße fast lautlos auf, während sie den Korridor und die angrenzenden Räume in Augenschein nahm. Die Treppe war nun nicht mehr weit entfernt. Auf dem Fußboden entdeckte sie eine Blutspur, die zum Verschlag führte. Karin eilte zu der Tür, ohne darauf zu achten, dass der Fußboden unter ihrem Gewicht knarrte, öffnete sie und flüsterte:

»Lycke.«

Aus dem dunklen Winkel unter der Treppe ertönte ein Schluchzen. Dann ein Schrei. »Pass auf!«

Karin schaffte es gerade noch, sich umzudrehen und zur Seite zu werfen. Das Eisenrohr, das Christer in der Hand hielt, hinterließ eine tiefe Kerbe im Parkett. Dann hob er es erneut. Karin streckte die Hand mit der Waffe aus, zielte auf Christers Schulter und drückte ab. Er ließ das Rohr los und fasste sich erstaunt an die Schulter. Anschließend beugte er sich hinunter, um wieder nach dem Eisenrohr zu greifen, aber Karin richtete die Pistole auf ihn und brüllte laut.

»Hände hinter den Kopf. Sofort!«

Er drehte den Kopf und sah sie mit einem seltsamen Grinsen an. Als wäre das Ganze nur ein Spiel.

»Jetzt sofort, verdammt noch mal!« Adrenalin wurde durch ihre Adern und ihren gesamten Organismus gepumpt.

»Ich habe nichts getan«, sagte er, als wäre er davon tatsächlich überzeugt. Sein rechter Arm hing schlaff herunter und schien zu nichts mehr zu gebrauchen zu sein, aber Karin wagte trotzdem nicht, ihn aus den Augen zu lassen. Sie merkte, dass er sie abschätzig musterte. Seine Augen wanderten zwischen ihr und dem Eisenrohr hin und her, als würde er den Abstand messen. Er hatte nichts mehr zu verlieren.

Lycke kroch heran. Sie sagte nichts, aber sie sah Christer an. Karin erfasste im Augenwinkel, wie schwer sie atmete. Ihre Brust hob und senkte sich angestrengt unter dem Pulli, und ihr weißer Stoffschuh war blutdurchtränkt. Karin hätte gerne die Hand ausgestreckt, sie berührt und in den Arm genommen. Sie konzentrierte sich voll auf Christer, wagte aber nicht, ihm Handschellen anzulegen. Seine Augen suchten ununterbrochen nach einem Ausweg, und sie rechnete praktisch damit, dass er sich auf sie stürzte. Die Sig Sauer hielt sie fest umklammert. Wenn ich muss, schieße ich, dachte sie.

»Ist er alleine, Lycke?«

»Ich glaube schon.«

»Du kannst auch gerne erzählen, wenn wir hier schon stehen«, sagte Karin erstaunlich gefasst, obwohl ihr das Herz bis zum Hals schlug und es in ihren Schläfen dröhnte. Sie stand mit dem Rücken an der Wand, damit sich niemand von hinten anschleichen konnte.

»Was denn erzählen?«, fragte Christer mit ahnungslosem Gesichtsausdruck. Mit dieser Miene hatte er sich bestimmt aus vielen Schwierigkeiten im Leben herauslaviert, dachte Karin. Hier stand er nun neben Lycke, die alles bezeugen konnte, im Angesicht einer Waffe und wirkte geradezu baff. Dann senkte er den Blick und sah sie von unten an.

»Was könnt ihr schon beweisen?«, fragte er mit dem Grinsen eines Wolfs. Dann entspannte er seine Gesichtszüge und legte den Kopf schief. Zog die Augenbrauen hoch. Er sah nett und etwas verwundert aus, als wäre sein Gesicht aus einer Modelliermasse geformt, die sich auf jede erdenkliche Weise verändern konnte.

»Wir haben mehr Beweise, als du denkst. Weißt du nicht, dass man überall Spuren hinterlässt? Schon allein, wenn man atmet.«

Lycke saß mit geschlossenen Augen da. In sich zusammengesunken lehnte sie an der Wand. Karin befürchtete allmählich, dass sie auf dem besten Wege in einen Schockzustand war. Die Waffe konnte sie nicht senken, es war zu riskant.

»Wie geht es dir, Lycke? Bald kommt ein Notarzt und kümmert sich um dich.« Hoffentlich hatte Robert daran gedacht, einen Krankenwagen zu rufen.

»Hm.«

»Lycke, es dauert nicht mehr lange, dann ist jemand für dich da.«

»Majken hat ihn hier an dem Abend gesehen, als Robert starb. Und da hat er zu ihr gesagt, sie solle die Schnauze halten, sofern sie Holger nicht Gesellschaft leisten will«, presste Lycke hervor.

»Hast du das gehört?«, fragte Karin, sah Lycke im Augenwinkel nicken und hörte ein fast lautloses Ja. Christer verzog keine Miene.

Die Kraft im Arm ließ nicht nach, aber sie hatte Angst, dass sie anfangen würde zu zittern. Sie würde Christer dann zwar immer noch treffen, und es war ihr im Grunde auch egal, wo, solange sie ihn aufhielt, aber wo, in Gottes Namen, blieb die Verstärkung?

Sie hatte das Gefühl, hier seit Ewigkeiten mit gezogener Waffe zu stehen, aber in Wirklichkeit konnten nur wenige Minuten vergangen sein, als die Kollegen aus Kungälv auftauchten. Eine Viertelstunde später war das gesamte alte Hotelfoyer voller Polizisten. Christer wurde abgeführt, und Lycke wurde ärztlich versorgt, während Karin den Kollegen Instruktionen erteilte.

Ein Sanitäter klopfte ihr auf die Schulter.

»Lycke möchte mit dir reden.«

Karin ging zum Krankenwagen hinüber und stieg ein. Lycke lag blass unter einer Wolldecke. Ihr Haar war zerzaust und voller Spinnweben. Sie sah aus, als wäre sie eine Woche lang durch den Wald geirrt, und bekam eine Infusion.

»Wie geht es Majken?«, fragte Lycke und zeigte mit zitternder Hand auf die Villa Maritime.

»Alles in Ordnung. Sie ist sehr aufgewühlt, hat sich aber beruhigt, als sie erfuhr, dass du in Sicherheit bist.«

Lycke weinte. Über die alte Dame, die ihr zugerufen hatte, sie sollte weglaufen, aber auch vor Erleichterung, nahm Karin an, als sie neben Lycke saß und ihr sanft über den Kopf strich.

Im selben Moment rief Martin an, um Lycke mitzuteilen, dass er zu Hause angekommen war. Ohne darauf zu reagieren, gab Lycke das Telefon an Karin weiter. Am anderen Ende wurde es ganz still, nachdem Karin in aller Kürze berichtet hatte, was passiert war, und ihn abschließend fragte, ob er an ihrer Stelle im Krankenwagen mitfahren wolle.

Martin musste von irgendeinem Boot mitgenommen worden sein, denn Karin sah ihn schon fünf Minuten später den Kai entlangrennen. In der Zwischenzeit hatte Lycke ein Schmerzmittel bekommen, das ihre vorher so angespannten Züge deutlich weicher hatte werden lassen.

Martin öffnete die Tür des Krankenwagens. Er räusperte sich mehrmals, um seine Stimme unter Kontrolle zu bekommen. »Mein Gott, Lycke.« Nachdem er Karins Platz übernommen hatte, rollte der Wagen auf die wartende Fähre zu.

Karin blieb mit wackligen Beinen zurück und sah Folke und Robert näherkommen.

»Wie geht es dir?«, fragte Folke. Er deutete auf den Krankenwagen. »Willst du nicht mitfahren?«

»Ich bin okay.«

»Na ja«, sagte Robert. »Meistens kommt es erst hinterher. Und du hättest dir das wirklich überlegen sollen, weil ...« Er sah sie bedeutungsvoll an, und Karin begriff, dass er wusste, was los war.

»Du hättest auf Verstärkung warten sollen«, sagte Folke. Sein Gesichtsausdruck war schwer zu deuten, und er trat unruhig von einem Bein aufs andere.

»Dann wäre es vielleicht zu spät gewesen.«

»Das verstehe ich.« Der ältere Kollege nickte anerkennend und klopfte ihr auf die Schulter.

Robert berichtete, dass Jerker das Ergebnis der DNA-Tests bekommen hatte. Die Stiefel, die sie bei Peter zu Hause gefunden hatten, hatte Christer benutzt. Es waren Blutspuren von Holger daran, und sie hatten DNA von Christer daran nachweisen können. In Karins Ohren rauschte es, und es fiel ihr schwer zuzuhören.

»Wir können ihn einsperren«, stellte Folke fest und musterte sie. »Karin?«

»Gut!« Sie nickte eifrig. Ihr Herz klopfte immer noch wie wild, und sie hätte sich gerne hingesetzt und ein Glas Wasser getrunken.

»Folke hat Hausdurchsuchungen von Christers Haus hier in Marstrand und seiner Wohnung in Göteborg organisiert«, sagte Robert. »Jerker hat seine Leute schon losgeschickt.«

Karin sah die beiden an und wunderte sich über die reibungslose Zusammenarbeit. Es schien, als hätten sich die beiden aufeinander eingespielt. Vielleicht hatten die Ereignisse des Tages sie dazu veranlasst, alten Groll hinter sich zu lassen.

Gedanken an das, was hätte passieren können, drängten sich in den Vordergrund. Was, wenn sie etwas später gekommen wäre oder auf die Kollegen gewartet hätte? Hätte, hätte. Für ihre Entscheidung, alleine hineinzugehen, würde sie sich rechtfertigen müssen. Aber Lycke ging es gut, und das war die Hauptsache.

Ida hatte Ester gebadet, nach Hause begleitet und ins Bett gebracht. Ihre älteste Tochter hatte sie gebeten, Ester im Auge zu behalten, weil es ihr nicht gutgehe. Vor allem sollte sie darauf achten, dass Ester sich nicht vom Fleck rührte. Reden könnten sie später, hatte sie zu Ester gesagt und ihre Wange gestreichelt, doch insgeheim fragte sie sich, was es überhaupt bringen würde. Das ganze Gerede führt doch selten zu etwas.

Zurück im Warmbadehaus, warf sie einen Blick in das Terminbuch und sah, dass der Doktor erst in drei Stunden den ersten Patienten hatte. In Kürze würde er in seinem Sprechzimmer eine leichte Mahlzeit zu sich nehmen, und manchmal leistete ihm die Bademeisterin, die ihm das Essen serviert hatte, anschließend noch ein wenig Gesellschaft.

Sie dachte an Bertil, ihren schweigsamen Sohn. Ahnte er, wer sein Vater war? Ahnte es ihr Mann?

Ida ging durch den Korridor und klopfte an Doktor Baumans Tür. Es war niemand da, nicht einmal die Schwester. Sich an ihr zu vergreifen, hatte er bislang nicht gewagt, soweit sie wusste. Sie betrat den Raum und schloss die Tür hinter sich. Hoffentlich war Ester nicht schwanger, dachte sie und stellte fest, dass das Essen des Arztes schon bereitstand. Aufschnitt mit Mayonnaisesalat, Brot mit Butter und Käse und dazu ein Bier. Seine Medizin lag wie immer auf einer Serviette daneben.

Sie wollte das Zimmer gerade verlassen, als sie den Schlüssel im Arzneischrank stecken sah. Falls die Schwester ihn dort vergessen hatte, würde sie was zu hören bekommen. Und der Doktor hatte was gegen sie in der Hand. Als Ida näher trat, sah sie, dass es nicht der Schlüssel der Schwester, sondern Baumans eigener war. Hinter der Glastür waren braune, blaue und grüne Gläser und Flaschen aufgereiht. Ida horchte einen Augenblick, im Flur waren keine Schritte zu hören. Dann ging sie rasch an den Tisch, steckte die Pillen, die auf der Serviette lagen, in die Bauchtasche ihrer Wachstuchschürze, lief zurück zum Schrank und drehte den Schlüssel um. Sie fand die Dose fast auf Anhieb. Schraubte den Deckel ab, nahm eine Tablette heraus, machte die Dose wieder zu und schloss den Schrank ab. Nun lief jemand über den Flur. Schwere Schritte. Ihr Herz klopfte, als sie die kleine weiße Tablette mit zitternder Hand auf der Serviette platzierte und zur Tür eilte. Dort stieß sie mit Bauman zusammen.

»Ida!« Doktor Bauman packte sie am Handgelenk. »Kommst du nach dem Essen zu mir herein?«

»Ja, Doktor Bauman«, antwortete Ida. Die Stelle, an der er sie festhielt, brannte wie Feuer. Als ahnte er, was sie da drinnen getan hatte. Dann ließ er sie los und machte die Tür hinter sich zu.

Während Doktor Bauman sein Essen zu sich nahm, wartete Ida im Zimmer nebenan. Sie war zu unruhig, um sich zu setzen, wollte aber auch nicht weggehen. Noch nicht. Sie faltete weiße Handtücher. Zuerst sorgfältig, aber während ihre Gedanken rasten, wurde sie immer schneller. Sie wusste nicht, wie viel Zeit vergangen war, als sie den sechsten Handtuchstapel auf das Regal neben die Wachstuchschürzen, Eimer und Bürsten räumte. Eine halbe Stunde vielleicht? Mittlerweile musste er doch mit dem Essen fertig sein und sein Medikament eingenommen haben?

In Doktor Baumans Sprechzimmer erklang ein dumpfer Ton. Obwohl sie ihn ersehnt hatte, schreckte sie zusammen. Das gefaltete Handtuch, das sie gerade ins Regal legen wollte, fiel ihr aus der Hand. Eine Weile stand sie reglos da. Dann beugte sie sich hinunter, schob einen Handtuchstapel zur Seite und guckte durch ein Astloch in der Wand. Sie sah einen umgekippten Stuhl und eine Brille auf dem Boden liegen. Daneben der vertraute Anblick von Doktor Baumans Beinen mit den schwarzen Schuhen an den Füßen.

Ida stand auf, streckte den Rücken, bis er knackte, und sah aus dem Fenster. Das Wasser glitzerte, und ihr nächster Patient kam gerade über den Badhusplan spaziert. Oh, war es schon so spät? Sie schnappte sich ein paar Handtücher und einen Eimer und machte die Tür zur Wäschekammer hinter sich zu. In raschem Tempo ging sie über die knarrenden Dielen zur Nr. 9.

33

Montag, 24. Juni 2013

In der Vinkelgata schien die Sonne durchs Fenster, und es roch frisch nach grüner Seife, als Karin den Wischmopp wegstellte. Der Kühlschrank war voll, und Johan hatte begonnen, seine in Leder eingebundenen alten Bücher in das Regal im Obergeschoss einzuräumen. Enttäuscht hatte er feststellen müssen, dass für seinen Gobelin aus Flandern, der in der Prinsgata eine ganze Wand bedeckt hatte, kein Platz war.

Am Abend zuvor waren sie bei Karins Oma im Danska väg im Zentrum von Göteborg gewesen, um Karins Umzugskartons durchzusehen. Drei davon durften mit in das Haus in der Vinkelgata, der Rest blieb bis auf weiteres dort. Karin hatte sich gerade vorgenommen, mit dem Auspacken zu beginnen, als Folke anrief, um ihr zu erzählen, dass Jonny bei Roy zu Besuch gewesen war. Merklich gerührt berichtete er, dass Jonny »Papa« zu Roy gesagt hatte.

»Weißt du, was er noch gesagt hat?«, fragte Folke.

»Nein«, antwortete Karin, verdrehte innerlich die Augen und dachte, woher auch, aber Folke war so gut gelaunt, dass sie ihm nicht böse sein konnte.

»Ja, also, er hat es so ausgedrückt, wie war das noch mal … ›Immerhin hast du das Wohnungsproblem gelöst‹.«

»Wer hat das gesagt?«, fragte Karin.

»Jonny natürlich«, erwiderte Folke. »Dann wiederhole ich es eben.«

»Ja bitte.« Karin grinste in sich hinein.

»›Immerhin hast du das Wohnungsproblem gelöst‹, sagte Jonny«, betonte Folke, bevor er fortfuhr: »›Wie meinst du das?‹, fragte Roy, und darauf antwortete Jonny: ›Auf Staatskosten‹.«

»Gefängnis also«, sagte Karin.

»Genau«, gluckste Folke, doch dann räusperte er sich. »Aber leider nicht lange. So ist das ja heute.«

»Manchmal ist die Welt verrückt.« Karin strich sich über den Bauch. »Robert sagte, Christer ginge es nicht gut.«

»Mir ist überhaupt nicht klar, wie der veranlagt ist. Man wird nicht schlau aus diesem durchtriebenen Miststück. Zuerst war er eiskalt, aber als der Staatsanwalt ihm ein paar Fragen stellte, fing er an zu heulen. Als könnte er seine Gefühle nach Belieben an- und ausschalten. Richtig unheimlich. Robert hält ihn für einen Psychopathen, und womöglich hat er recht. Berechnend, manipulativ und rücksichtslos ist eine gute Zusammenfassung seiner Persönlichkeit. Jonny ist hier unruhig auf und ab gelaufen, nachdem er seinen Vater getroffen hatte. Ich dachte, es läge vielleicht daran, dass er sich nicht entscheiden konnte, ob er Christer besuchen sollte oder nicht, und daher habe ich ihn schließlich gefragt, ob er mit ihm sprechen wolle.«

Karin nickte und gab ein zustimmendes »Hm« von sich.

»Da hat er gesagt: ›Ich wüsste nicht, was ich zu ihm sagen soll. Ich weiß nicht einmal, ob ich ihn kenne. Was für ein Mensch ist er eigentlich?‹ Dann ist er gegangen. Roy hat alles gestanden. Er hat den Jungen angesprochen, weil Christer ihm versprochen hatte, ihn wieder in Kontakt mit seinem Sohn zu bringen. Christer hatte auch die Flüge und das Hotel in Barcelona organisiert. Ich glaube, Jonny war gerührt, als ihm klarwurde, wozu sein Vater bereit gewesen war.«

»Tja, was soll man dazu sagen«, murmelte Karin. »Und Christer? Was sagt der?«

»Christer windet sich wie ein Aal. Ich glaube, von ihm bekommen wir niemals ein Geständnis, doch dafür sieht die technische Beweislage ganz gut aus. Wir warten noch auf einige Laborergebnisse, aber Christer hat ein Rezept für das Medikament, das Peter im Blut hatte.«

»Alles Indizien, wird der Staatsanwalt sagen«, brummte Karin.

»Das ist doch nur ein Detail von vielen. Lyckes Zeugenaussage hat Gewicht. Mit Majkens ist es schwieriger.«

»Was ist mit den Einzelverbindungsnachweisen? All die Textnachrichten und die Anrufprotokolle. Daran erkennt man doch auch immer einiges.«

»In der Tat, aber jetzt steht Robert neben mir und zeigt schon auf die Uhr. Wir wollen Christer noch einmal vernehmen.«

»Konntet ihr ermitteln, wer Holger angerufen hat?«

»Der Anruf kam von Peters Handy. Christer behauptet, Peter hätte Holger angerufen und ins Turisthotel gelockt. Peter und Christer waren beide ebenfalls dabei, aber ich glaube, Christer war derjenige, der Holger erschlagen hat. Es gibt, wie gesagt, einige Lücken in seiner Geschichte.«

»Ich hoffe, es gelingt euch, sie zu füllen, bevor ich wiederkomme.«

»Wann wird das sein?«

»Meine Krankschreibung endet in einer Woche, aber dann machen Johan und ich Urlaub. Zumindest ist das der Plan. Wir sprechen uns also im August, aber wenn ihr mal vorbeikommen wollt, seid ihr herzlich willkommen.«

»Ja, das wäre nett. Ich frage mal Robert.«

Zwei Wochen waren vergangen, seit Karin allein ins Turisthotel gegangen war. Robert hatte recht behalten. Es kam alles hinterher. Die Gedanken. Die Angst. Auch wenn sie schon Schlimmeres erlebt hatte, schien ihr Körper diesmal anders zu reagieren. Hormone strömten durch ihren Organismus, machten sie unberechenbar und brachten eine vollkommen andere Frau zum Vorschein. Nach einem Motorschaden war die Andante unbewohnbar geworden. Zumindest vorerst. Sie hatte Johan den Vorwurf gemacht, er habe absichtlich den falschen Hahn zugedreht, aber das stellte sich als Irrtum heraus. Die Anschuldigungen zurückzunehmen und um Verzeihung zu bitten, war alles andere als leicht gewesen. In diesem Zusammenhang erzählte sie ihm von dem Kind in ihrem Bauch. Johan hatte sofort ausgesehen, als würde er abheben, und das breite Grinsen schien für immer in sein Gesicht gemeißelt zu sein. Seine Küsse verströmten Hoffnung und Zuversicht und wollten ihrer rastlosen Seele Ruhe einflößen. Es wurde von ihr erwartet, dass sie sich freute, aber es fiel ihr schwer, sich an den Gedanken zu gewöhnen. Ein Kind. Es kam ihr alles so unwirklich vor, und sie sah sich selbst nicht in der Rolle einer Mutter. Außerdem wusste sie zu viel über die dunklen Seiten der Gesellschaft und hatte Angst, ein Kind in diese unsichere Welt zu setzen. Und dazu noch das Haus. Auf dem Boot war sie Karin, fühlte sich zu Hause und war zufrieden. Aber hier im Haus – wer war sie da eigentlich?

Ich werde langsam verrückt. Aber vielleicht ist das normal. Laut der Hebamme war alles normal, auch wenn Karin sie darauf hingewiesen hatte, dass das nicht möglich sei. Was sich ebenfalls als normal erwies – dass sie alles in Frage stellte.

Katze Esmeralda stieg über die Schwelle der Terrassentür, hob aber angewidert die Pfötchen, als sie feststellte, dass der Boden nass war, und machte kehrt. Nach ihr kam Ruth herein.

»Wie schön du es hier gemacht hast«, sagte Ruth.

Karin zwang sich zu einem Lächeln. Ich muss der Sache eine Chance geben. Johan zuliebe. Sie hatte das Haus im Sinn, nicht das Kind.

»Jetzt ist es wenigstens sauber.«

Holgers Möbel waren ausgeräumt und in Ruths Schuppen untergestellt worden, aber der Küchentisch und die Stühle waren noch da. Und die Vorhänge, die Ruth genäht hatte.

»Hast du Zeit für eine Pause? Ich habe gebacken und Kaffee aufgesetzt. Aber wenn du möchtest, kann ich dir auch einen Tee machen.«

Plötzlich fing Karin an zu weinen. Dabei war sie eigentlich gar nicht wirklich traurig.

»Aber meine Liebe.« Ruth schlüpfte aus den Holzclogs, kam zu ihr und strich ihr über den Rücken. »Man braucht doch keine Entscheidungen für die Ewigkeit zu fällen. Jetzt wohnt ihr hier, bis das Boot wieder heil ist. Oder so lange, wie ihr Lust habt.«

»Entschuldige.« Karin lief die Nase. »Und danke.« Sie wollte nicht zugeben, dass ihr trotz der wunderbaren Aussicht auf den Albrektsund Kanal, ganz Klöverö und den gesamten weiten Horizont hinter den trügerischen Schären, die man Kupfernägel nannte, das Wasser zu weit weg war. Außerdem war das Boot beweglich. Das Haus hingegen würde sich nicht vom Fleck rühren können. Und sie steckte fest.

Ruth ging in den Flur und kam mit dem Bild zurück, das neben der Garderobe hing. Ein Schwarzweißfoto von zwei Frauen mit Kopftüchern, die vor einer einfachen Hütte stehen.

»Das sind die Vannholmamädels. Die Schwestern hießen Lydia und Augusta«, sagte Ruth. »Sie wohnten in diesem Haus, als es noch auf Vannholm, südlich von Klöverö stand.«

»Ist das Haus umgezogen?«, fragte Karin.

»Ja, klar. Irgendwann in den Zwanzigern. Dieses Gebäude hat Sturm und Salzwasser aus zehn Metern Entfernung getrotzt, aber jetzt könnt ihr beide vielleicht hier ausruhen. Zumindest eine Weile?«

Sie versteht es, dachte Karin, riss ein Stück Küchenpapier von der Rolle ab, putzte sich die Nase und lächelte Ruth an.

»Kann ich dein Angebot annehmen und eine Tasse Tee haben?«, fragte Karin und schlüpfte in ihre Schuhe.

Ruth nickte.

Als sie auf die Treppe hinaustraten, hielt vor der Tür ein Lastenmofa.

»Möchtest du vielleicht auch einen Kaffee?«, fragte Ruth, nachdem Johan den Motor abgeschaltet hatte.

»Gerne.« Er beobachtete Karin, während sie die Umzugskiste mit dem Gitterbett darin auf der Ladefläche in Augenschein nahm. Grinsend wie ein Honigkuchenpferd nahm er ihre Hand.

»Das ist das Alte von Walter, wir dürfen es uns ausleihen«, sagte er. »Es wird alles gut, Karin, das verspreche ich dir.«

NACHWORT

Ich liebe alte Häuser, Treppen, die von mehreren Generationen benutzt worden sind, und das Gefühl, eine hochbetagte Tür zu öffnen. Schmiedeeiserne Scharniere, abgegriffene Klinken und marmorierte Kachelöfen. Einmal durfte ich mir den Schlüssel zum Warmbadehaus ausleihen und war ganz alleine in dem großen Gebäude, während es draußen dämmerte. Ruhig und freundlich, so würde ich die Atmosphäre in dem Haus beschreiben. Die Luft, die Gerüche, die Verzierungen. Spuren und Grüße von denjenigen, die dort gelebt und gearbeitet haben. Es ist schön, ihren Alltag anfassen zu können und uns mit den Menschen von damals zu verbinden. Es wirft jedoch auch viele Fragen über die Orte, die Personen und die früheren Sitten und Gebräuche auf.

Einer, der mir viel von dem Gefühl für das frühere Marstrand vermittelt hat, ist Stig Christofferssen, ein guter Freund und ehemaliger Vorsitzender des Heimatvereins Marstrand. Stig ist im November 2013 verstorben und hat eine große Lücke hinterlassen. Wenn Fragen auftauchen, denke ich immer noch: »Das muss ich Stig fragen.« Er hatte vermutlich ein fotografisches Gedächtnis und nahm sich immer Zeit, meine Fragen zu beantworten und mir Einzelheiten zu erzählen, die mir Bilder verschwundener Zeiten vor Augen riefen. »Da stand früher ein Stall«, konnte er während eines Spaziergangs sagen und in einen Garten zeigen.

Eines Abends, als ich auf dem Weg zu einem Treffen auf Marstrandsö bin, sehe ich, dass die Türen des Turisthotels offenstehen und Rauch herauskommt. Da seit zehn Jahren über das Haus diskutiert wird, ist mein erster Gedanke, hier hat jemand Feuer gelegt, um die Angelegenheit zu beschleunigen. Ich mache die Tür auf und gehe hinein. Das Foyer ist voller Rauch, aber der Rauch ist irgendwie seltsam und erinnert eher an dichten Nebel. Weiter bin ich mit meinen Überlegungen nicht gekommen, als mir eine schwere Hand auf die Schulter gelegt wird und mich ein Feuerwehrmann scharf ansieht.

»Was machst du hier?«, fragt er.

»Ich dachte, es brennt«, antworte ich.

»Dann ruft man die 112«, erklärt er mir mit finsterer Miene.

Nach einem kleinen Streitgespräch über die Frage, ob man in alte Häuser eindringen sollte, in denen es eventuell brennt, wage ich, mich zu erkundigen, was er hier treibt. Er erzählt mir, dass er eine Übung der freiwilligen Feuerwehr von Marstrand vorbereitet.

»Und wie läuft die ab?«, will ich wissen, während wir in dem großen Gebäude herumlaufen. Obwohl ich nicht zum ersten Mal hier bin, genieße ich das Licht, die Weite der Räume und streiche mit den Fingern über Schnitzereien, Messingklinken an alten Kassettentüren und gewölbten Scheiben mit Sandkörnern darin. Gleichzeitig macht es mich traurig, dass alles so verfallen ist.

»Ich habe drei Dummys ausgelegt, die meine Jungs finden sollen.« (Ja, es waren diesmal wirklich nur Männer dabei.) Ich nicke und merke, wie meine Phantasie mit mir durchgeht. Was, wenn bei so einer Übung im alten Turisthotel von Marstrand nicht drei Puppen gefunden werden, sondern vier? Wobei die vierte allerdings kein Dummy, sondern ein echter Mensch ist. Das ist der Anfang einer Geschichte, denke ich, während ich mich etwas verspätet auf den Weg zu meiner Verabredung mache. Nach und nach kommen mir die Charaktere in den Sinn. Der Sägewerkskönig Edvard Lundgren, der im Turisthotel logiert, obwohl er es sich eigentlich gar nicht leisten kann, und seine kränkliche Tochter Karolina. Als ich mit meinem Jüngsten zum Schwimmunterricht im Warmbadehaus gehe, höre ich Karolina husten. So ist das mit Figuren. Sie tauchen plötzlich auf, wenn man am wenigsten mit ihnen rechnet, und dann lernt man sie allmählich kennen.

Die Gebäude eines Ortes berichten von den äußeren Bedingungen und Lebensstandards früherer Zeiten. Sowohl das Turisthotel als auch das Warmbadehaus sind solche Häuser, die vor Geschichten und Historie strotzen. Als der Hering verschwindet, kommt das Baden in Mode. Die

Bewohner der Schären ziehen auf die Dachböden und in die Keller, um ihre Wohnhäuser an Kur- und Badegäste zu vermieten. So macht man das übrigens noch heute, obwohl heute häufiger der ausgebaute Keller oder das Dachgeschoss vermietet werden. Genau wie damals werden die Kinder ermahnt, leise zu sein, damit sie die Urlauber nicht stören.

Marstrands Ära als Badeort beginnt bereits im Jahre 1822, als Andreas Swahn ein paar alte Gebäude der Heringssalzerei in der Arvidsvik auf Koö kauft und zu einem Badehaus und einem Hotel umbaut. Das Problem war, dass sich die städtischen Vergnügungslokale auf der anderen Seite des Sundes befanden und die Urlauber es zu mühsam fanden, sich ständig zwischen den Inseln hin und her rudern zu lassen. Daher ist es nicht den Einwohnern von Marstrand, sondern den Badegästen selbst zu verdanken, dass am Badhusplan auf Marstrandsö schließlich das mit dem Societetshus kombinierte Badehaus errichtet wurde. 1843 ist es fertig, und ab 1850 verbringt Prinz August zwei Sommer in Folge hier und lockt damit die feine Gesellschaft an.

Aber bald wachsen die Aktivitäten über das Haus hinaus, die Pumpen und die spitzen Schreie im kalten Wasser stören bei Lyriklesungen. Man beschließt, ein neues Societetshus und ein separates Warmbadehaus mit angrenzendem Kaltbadehaus zu bauen. Das Warmbadehaus wird 1885 fertig, das neue Societetshus 1886. (Ein Teil des Baumaterials wird später für ein wiederum neues Societetshus und die Villa Baidara, die schwarze Villa in der ersten Reihe an der nördlichen Hafeneinfahrt, verwendet.)

Man verfolgt von Anfang an die Absicht, Oskar II. hierherzulocken, und tatsächlich kommt er von 1887 bis 1907 fast jedes Jahr mit seiner königlichen Yacht Drott, wo er während seiner Marstrandaufenthalte auch wohnt. Der König ist einer der Begründer des Turisthotels, dessen Bau im Jahre 1899 begonnen wird. Stig holt einen schweren Ordner mit der Aufschrift »Turisthotel« aus dem Schrank. Er blättert darin und zeigt und erklärt mir verschiedene Dokumente. In einer Klarsichthülle liegen die Wertpapierurkunden der Aktien. Nr. 1 – sechs sind von Seiner Majestät Oskar II. eigenhändig unterzeichnet worden. Hier findet sich auch eine Schätzung der Baukosten. Mit 41 875 Kronen rechneten Maler Janne Kléeman und Tischler Alfred Augustsson, die den Auftrag übernommen hatten und selbst jeweils 500 Reichstaler investiert hatten.

»Du kannst ja mal gucken, ob du was Interessantes findest«, sagt Stig und überreicht mir den Ordner. Ich bin nicht mehr dazu gekommen, ihn zurückzugeben, bevor er starb, aber wenn das Manuskript fertig ist, werde ich ihn dem Heimatverein überlassen.

Doktor John Bauman, aufgewachsen in Västervik, ist 1906 Leiter und Besitzer von Marstrands Meereskuranstalt. Er kommt 1891 im Alter von dreiunddreißig Jahren als Stadtarzt nach Marstrand und heiratet im selben Jahr Anna Teresia Loneux, wird jedoch schon im Jahr darauf Direktor des Bades und übernimmt allmählich die Meereskuranstalt. Ich habe versucht, mir ein Bild dieses Kurarztes zu machen, und stand nachdenklich vor seinem hohen Grabstein auf dem Friedhof von Koö. Auf einem Schild steht: »Diesen Gedenkstein errichteten die Einwohner von Marstrand und die Kurgäste.« Einige ältere Leute brummten, dass kein vernünftiger Einwohner von Marstrand Bauman ein Denkmal gesetzt hätte, und da habe ich mich natürlich gefragt, warum.

Stig erklärte mir, dass Bauman die Bademeisterinnen nicht gut behandelt und auf diese Weise mehrere uneheliche Kinder gezeugt hatte. Er sagte mir aber nie, wen er damit meinte, und nahm die Antwort auf meine Frage mit in den Tod. Und nicht nur diese. Der Autor Johan Theorin hat in einem Interview gesagt, jemand habe mal den Tod eines Menschen mit einer Bibliothek verglichen, die in Flammen aufgeht. Nie war dieser Vergleich passender.

Victor Hugo Fröblom war tatsächlich Geschäftsführer und Alexander Stenberg der Wachtmeister des Warmbadehauses. Der König hatte eine eigene Bademeisterin, Mina Sahlqvist, und Anna Öster war die Chefin des Turisthotels. Nils von Zweigbergk war Bürgermeister von Marstrand, und Neuman dirigierte fast wie ein Tänzer die Musikkapelle, was König Oskar und viele andere sehr zu schätzen wussten.

Familie Lundgren hingegen ist komplett erfunden, so dass es keine reale Verbindung zum Schloss Noor in Knivsta gibt, aber Amalia Matilda Gustafva Cronhjelm von Hakunge, die ich zu Karolinas Großmutter gemacht habe, hat wirklich auf Schloss Noor gelebt. Und eine junge Frau mit Karolinas Hintergrund wäre wahrscheinlich so aufgewachsen wie sie. Nach dem vorherigen Buch, »Mercurium«, das von der adeligen Metta Fock handelt, der einzigen weiblichen Insassin der Festung Carlsten, hatte ich das Bedürfnis nach einem glücklichen Ende. Ich wollte, dass Karolina und Karl eine Zukunft haben. Übrigens hat mich eine Verwandte von Metta Fock, Cecilia, an einem kalten Januarsonntag bei meiner Recherche auf Schloss Noor begleitet. Wir parken vor dem Hauptgebäude und treten auf den schneebedeckten Hof hinaus. Ich bleibe einen Moment stehen und betrachte die großen Schilder über den Eingängen der beiden Flügel. »Carolus« und »Carolina«. Zwar mit C, aber Karolina ist hier zu Hause, für jemanden, der an so etwas glaubt, war das ein deutliches Zeichen. Und natürlich kriegen sie sich am Schluss. Der Teil kommt im Buch zwar nicht mehr vor, aber ich verspreche hoch und heilig, dass es so ist.

Apotheker Schagerström und seine Frau betrieben tatsächlich die Apotheke, die damals an der Ecke zwischen Rådhusgata und Kyrkogata lag. Die Stadt Marstrand hat 350 Jahre lang ein Apothekenrecht gehabt, als die Apotheke, die sich inzwischen auf Koö befand, im Januar 2014 bedauerlicherweise schließen muss.

Das Turisthotel wurde 2004 von den privaten Besitzern an die Ernst Rosén AG verkauft. Viele Einwohner von Marstrand wünschen sich, dass zumindest die klassische Fassade zum Hafen hin erhalten bleibt, weil sie seit langer Zeit eins der charakteristischen Merkmale der Stadt darstellt.

Das Warmbadehaus wurde unter merkwürdigsten Umständen von der Kommune Kungälv verkauft. Auch wenn die fiktive Version in diesem Buch meine eigene ist, habe ich sie teilweise dem realen Vorgang entlehnt. (In Wirklichkeit gab es zum Beispiel fünf Bieter.)

Es stimmt, dass einige Dinge nicht ordentlich dokumentiert wurden und dass einer der Interessenten sein Angebot in Anwesenheit des Anwalts der »Gewinner« darlegte. (Nicht wissend, dass der Rechtsanwalt die Konkurrenz vertrat.) Die Kommune hatte klugerweise einen Berater engagiert, der die verschiedenen Angebote prüfen sollte, aber die offensichtlich vernünftigen und konkreten Ratschläge dieses Beraters hat niemand beherzigt. Aus irgendeinem rätselhaften Grund wurde beschlossen, zwei Personen würden sich als Käufer besser eignen als die anderen, obwohl viele Fakten dagegen sprachen. Außerdem hatten die Käufer ihr Angebot bereits zurückgezogen, als der Gemeinderat, ohne es zu wissen, für den Verkauf stimmte. Und es ist wahr, dass man sich erst hinterher mit den Käufern geeinigt hat.

Man sollte meinen, dass diejenigen, die mit solchen Angelegenheiten betraut sind, besonnener handeln. Manchmal frage ich mich, ob die Leute immer nur diese eine Wahlperiode und ihre eigene Karriere im Sinn haben. Politisch oder privat. Es geht immer nur um Bausteine in einem Spiel. Welche dauerhaften Werte gibt es denn noch?

Und was ist mit dem Öffentlichkeitsprinzip passiert? Warum läuft der Verkauf eines Gebäudes, das uns allen gehört, im Geheimen ab? Wagt bloß nicht, mir zu erzählen, dass eine Schule und ein Altenheim zu teuer sind, wenn ihr gleichzeitig das Warmbadehaus weit unter Wert verscherbelt.

Nun hoffen viele der Beteiligten, dass die sogenannte Båtellet-Affäre (als Båtellet wird oft das Warmbadehaus bezeichnet) allmählich in Vergessenheit gerät, während andere darauf drängen, dass die Sache aufgeklärt und noch einmal geprüft wird.

Vielleicht bin ich besonders sentimental, weil mein Mann und ich im Restaurant Drott mit Aussicht auf die nördliche Hafeneinfahrt unsere Hochzeit gefeiert haben. Ich wünschte, viele Leute hätten die Möglichkeit, sich hier Erinnerungen zu schaffen und die Atmosphäre des alten Hauses zu genießen. Es ist ein freundliches und hoffnungsvolles Gebäude, in dem sogar der König splitterfasernackt herumgelaufen ist, wo sich gekenterte Jugendliche wieder aufwärmen und Kinder schwimmen lernen konnten, und das schon lange Wind und Wetter trotzt.

Die Felsritzungen hinterm Warmbadehaus, die leider keine Elfenmühlen waren, kannst du lange suchen, denn es gibt sie leider nicht.

In dieser Umgebung steht man ständig mit einem Fuß in der Vergangenheit. Ich selbst fühle mich manchmal mehr in alten Zeiten als im Jetzt beheimatet. Gestalten treten aus dem Schatten hervor und winken mir zu. Wahrscheinlich ist es so in alten Häusern, dass man manchmal noch die Gegenwart ihrer alten Bewohner spürt, obwohl ihre Namen längst in Steine auf dem Friedhof geritzt sind. Wenn sich der Nebel in der Stadt ausbreitet, habe ich in den engen Gassen schon die merkwürdigsten Dinge gesehen. Und was man mir alles erzählt hat ... Nein, das spare ich mir für das nächste Mal auf.

Marstrand, mein Platz auf Erden
Ann Rosman
März 2014

QUELLEN UND DANK

Mein herzlichster Dank gilt allen, die mit ihrer Zeit und ihren Kenntnissen zu diesem Buch beigetragen haben. Für eventuelle Fehler bin ich selbst verantwortlich.

Mündliche Quellen

Angela Rundqvist, Dr. phil. und Wissenschaftlerin im Bereich Alltagsgeschichte am Ethnologischen Institut der Universität Stockholm, die sich die Zeit für mich genommen hat, als ich wissen wollte, wie eine junge adelige Dame damals aufgewachsen ist und wer sie wahrscheinlich zum Arzt begleitet hat. Angela habe ich unter anderem auch wertvolle Informationen über Ehen zwischen dem Adel und dem wohlhabenden Bürgertum zu verdanken. Sie war unheimlich großzügig mit ihrem Wissen, und es ist ein großer Verlust, dass sie 2013 von uns gegangen ist.

Berit Eldvik, Mitarbeiterin des Nordiska Museet, hat mich bei der Kleidung und den damaligen Modemagazinen beraten und mich mit Bildern und Skizzen geeigneter Roben versorgt.

Brigitte »Bea« Abrahamsson, eine gute Freundin und Genealogin, hat sich Doktor Bauman und die anderen Charaktere und ihren Hintergrund angesehen und mir bei zeittypischen Namen geholfen.

Christian Thorén, der im Stadtmuseum von Göteborg arbeitet, hat mir die Sitten und Gebräuche der Zeit erklärt und mich über die Ausflüge Oskars II. sowie seine Kleidung informiert.

Göran Kristensson, Vorsitzender des Heimatvereins Marstrand, hat mir viele Dinge erzählt, die meinen Beschreibungen mehr Zeitkolorit verliehen haben.

Jerker Olsson, der im Auftrag der Ernst Rosén AG für das Turisthotel zuständig ist, hat mir und meinen Lektorinnen Besuche in dem alten Gebäude ermöglicht, damit wir die Atmosphäre in uns aufnehmen konnten. Außerdem hat er mir alte Fotoalben gezeigt und mich mit vielen Dokumenten über das Gebäude versorgt.

Lars »Lulle« Ullander, Gruppenführer bei der Freiwilligen Feuerwehr von

Marstrand, hat mir mit Hilfe mehrerer privater Vorstellungen (bei denen er in verschiedene Rollen schlüpfte) begreiflich gemacht, wie so eine Brandstellenübung inklusive Vor- und Nachbereitung abläuft. Und nicht zuletzt hat er mir erzählt, wie sich die Feuerwehr verhalten würde, wenn bei einer solchen Übung tatsächlich ein Toter aufgefunden würde.

Magnus Bredelius, der Besitzer von Klöverö Werft und Boottankstelle, ist bewandert in der Geschichte der Arbeiterbewegung und Industrialisierung. Danke, dass ich mir die alten Bücher des Schwedischen Touristenvereins ausleihen durfte. Außerdem hat er sich mit dem Hintergrund von Edvard Lundgren befasst. Ich kann einen Besuch der Boottankstelle wärmstens empfehlen, hier gibt es Krabben und Eis. Füllt euren Tank, trinkt einen Kaffee und macht einen Spaziergang auf Klöverö.

Marianne Selander ist die hilfsbereite Bezirkskrankenschwester in der kleinen Ambulanz auf Marstrand.

Mats Segerström hat gemeinsam mit seinem Bruder jahrelang das Restaurant Drott betrieben und mir viel über den Verkauf des Warmbadehauses erzählt.

Robert Blohm, ein guter Freund und Nachbar, arbeitet bei der Kripo Göteborg und hat mir einiges über Polizeiarbeit erzählt. Manchmal muss ich die Vorgänge natürlich etwas an meine Geschichte anpassen, aber die Gespräche mit dir machen immer großen Spaß!

Rolf Eneborg ist ein guter Freund und Nachbar, der mir alte Fotos überlassen und mir einiges über die Kurgastsegler und die typischen Bewohner von Marstrand in den alten Zeiten erzählt hat.

Stig Christoffersson, ehemaliger Vorsitzender des Heimatvereins Marstrand, hat mir Material über das Turisthotel ausgeliehen, Fragen beantwortet und Marstrand aus unterschiedlichen historischen Perspektiven beschrieben. Er hinterlässt eine große Lücke!

Susanne Dahlberg vom Stadtmuseum Göteborg hat mir Zutritt zum Archiv des Stadtmuseums verschafft und mir Dokumente und Fotos von der Jahrhundertwende gezeigt. Unter anderem bekam ich eine Tanzkarte zu Gesicht, aus der hervorging, mit welchen Kavalieren die betreffende Dame getanzt hatte. Ich komme gern wieder und wühle weiter in eurem Archiv!

Torgny Elwmar, IT-Berater und ehemaliger Kollege, hat mit mir über die Frage diskutiert, wie ein Bericht bei einem Probelauf möglicherweise hängenbleiben könnte.

Ich danke den Angestellten von Marstrands Havshotel, die mich in der Spa-Abteilung verwöhnt und mir ein warmes Mittagessen zum Mitnehmen in die

Hand gedrückt haben, als ich mit irrem Deadlineblick und verstrubbelten Haaren bei euch im Restaurant auftauchte.

Auch bei den Mitarbeitern der Kommune Kungälv, die mich mit Informationen zum Verkauf des Warmbadehauses versorgt haben, möchte ich mich bedanken.

Schriftliche Quellen

Hansson, Wilhelm und Almén, Dag: »Skärgårdstrafiken i Bohuslän under 100 år«, Bohusläningens AB, Uddevalla 1968.

Isitt, David und Marstrands Fotoklubb: »Marstrand igår«, Hammar Offsetttryck AB, Alingsås 1991.

Kempe, Arvid: »På ångbåt genom Värmland«, Svenska Touristföreningens årsskrift för år 1908, Wahlström & Widstrand, Centraltryckeriet, Stockholm 1908.

Krantz, Claes: »Människor i Sommarstad«, Natur & Kultur, Stockholm 1945.

Krantz, Claes: »Sommarland«, Wahlström & Widstrand, Stockholm 1956.

Lehman, Math: »Kungasäsonger i Marstrand«, C. E. Fritzes Bokförlags Aktiebolag, Edvard Rydals Boktryckeri, Stockholm 1932.

Lindroth, L.: »Kortfattade badresor för turister«, Svenska Touristföreningens årsskrift för år 1903, Wahlström & Widstrand, Centraltryckeriet, Stockholm 1903.

Overland, Viveka: »Gustafsberg – Sveriges äldsta badort«, Utgiven av Gustafsbergstiftelsen i samarbete med Bohusläns museum, Uddevalla tryckeri, Uddevalla 2007.

Ramberg, Carl: »Vinterfiske vid Koster«, Svenska Touristföreningens årsskrift för år 1904, Wahlström & Widstrand, Centraltryckeriet, Stockholm 1904.

Rundqvist, Angela: »Blått blod och liljevita händer«, Carlssons Bokförlag, Stockholm 2001.

Wallin, J.: »Beskrivning öfver Badorterna å Sveriges vestra kust. Handbok för badgäster af J. Wallin«, Faksimile, Bokförlaget Rediviva, Stockholm 1970.

Wistrand, Tim: »Wistrands Husläkare – handbok i husmedicinen eller anvisning för igenkännandet och den enklaste behandlingen af inre och yttre sjukdomar«, P. A. Huldbergs Bokförlags-Aktiebolag, Johan Jönsons Boktryckeri-Aktiebolag, Norrköping 1904.

Informationsheft der Meereskuranstalt Marstrand, Saison 1. Juni – 1. Oktober, Göteborgs Litografiska Aktiebolag, Göteborg 1901.

»I badkappa – hygieniska vinklar för badgäster af en badläkare«, Otto Ahlströms boktryckeri 1890, Faksimile, Bokförlaget Rediviva, Stockholm 1971.

Artikel

Der Vers, an den sich Karl erinnert, weil Gärda ihn zitiert hat, entstammt der Zeitschrift *Idun* von Ellen Lundberg, es handelt sich um die 21. Ausgabe vom Freitag, dem 22. Mai 1896. Ich habe mir die Freiheit genommen, die Sprache ein wenig zu modernisieren.

Besonderer Dank gilt:

Allen, die mir interessante Dinge erzählt oder Gegenstände mit spannender Geschichte gezeigt und mich und Karin Adler in ihr Haus gebeten haben.

Andrea, Pia und Pontus Hagnö, den Besitzern der Vinkelgata 10. Danke, dass erst Holger und jetzt Karin und Johan bei euch wohnen dürfen.

Niklas Rosman, meinem Mann, der es erträgt, dass ich überall Papier, Bücher und alte Seekarten ausbreite, obwohl ich ein eigenes Arbeitszimmer habe. Und der versteht, dass ich auf der Treppe vor Marstrands Warmbadehaus oder dem Turisthotel sitzen muss, um das Gefühl zu erfassen und zu sehen, wie an einem Septemberabend das Licht einfällt.

Meinen Söhnen Erik und Johan, die immer wieder fragen: »Wie kommst du mit deinem Buch voran, Mama?«, und von mir ermuntert werden, alte Sachen anzufassen, weil dann im Körper etwas passiert. Allerdings sollte man sich hinterher die Hände waschen.

Mirja Turestedt, die meine Geschichten sehr engagiert und lebendig auf den Hörbüchern liest.

Stefan Andersson, einem guten Freund, Liedermacher und Sänger, der das Gedicht des Königs über die Nymphen der Nacht geschrieben hat und auf die Idee gekommen ist, dass die Felsritzungen gar keine echten Ritzungen aus dem Altertum sind. Herzlichen Dank für deine Unterstützung und die Anfeuerungsrufe vom Anfang bis zum Ende!

Cecilia Hård af Segerstad-Dahllöf, deren Ururgroßmutter Metta Fock hieß (die Hauptfigur meines vierten Buchs). Sie ist eine echte Freundin, die mich bei sich aufnimmt, wenn ich in Stockholm bin, das Manuskript gelesen und mir viele wertvolle Hinweise gegeben hat.

Nina Leino, die wieder ein phantastisches Cover entworfen hat.

Helena Edenholm, der engagierten Bibliothekarin in der Bücherei von Marstrand, die ebenfalls das Manuskript gelesen und viele hilfreiche Vorschläge gemacht hat.

Dem ganzen Team von Forma Books und Damm, inzwischen Massolit förlag, aber vor allem:

Cinna Jennehov, Verlegerin.

Anna Lovin, einer Lektorin, die zu ihren Wurzeln nach Ramsvik zurückgekehrt ist und eine eigene Firma gegründet hat. Viel Glück!

Sofia Hamnar, Lektorin.

Conny Swedenäs, Vertreterin.

Folgende Personen waren unentbehrlich, weil sie auf die Kinder aufgepasst haben:

Ulla & Rolf Bernhage, meine Eltern.
Lillan & Claes Rosman, meine Schwiegereltern.
Marinette Thorsell, meine Tante und Ehrenoma meiner Kinder.
Mikael Thorsell, mein Cousin, engagierter Patenonkel und Spielkamerad meiner Söhne.
Robert & Johanna Blohm mit ihren Kindern Axel, Tilda & Fredrik, unsere wunderbaren Nachbarn, die uns helfen, wo sie können.

Last, but not least danke ich euch, meinen Leserinnen und Lesern. Tausend Dank für eure Briefe, die netten Grüße und das Lob auf der Homepage, bei Twitter, auf Facebook und bei persönlichen Begegnungen. Es ist ein unglaubliches Gefühl, eine so engagierte Leserschaft zu haben, die schon auf das nächste Buch wartet.

Wenn du mehr über mich, das Buch und Marstrand wissen möchtest, findest du mich bei Facebook, Twitter oder auf der Homepage www.annrosman.com.